고전소설 연구 대상과 방법의 확장

이제 우리의 시선은 어디로 향하는가!

고전소설 연구 대상과 방법의 확장

이제 우리의 시선은 어디로 향하는가!

김용기 지음

보고사
BOGOSA

　이번에는 책 제목과 상관없고, 책 내용과도 어울리지 않는 발간사로
필자의 심정을 대신하고자 한다. 기 간행된 저서를 출간할 때에는 책
내용이나 집필 의도를 담은 거창한 철학을 들먹이곤 했었다. 하지만 이
번에는 그런 무거운 이야기는 하지 않으련다. 대신, 나의 정신과 육체를
살지게 하신 부모님에 대한 감사의 마음을 전하는 짧은 글로, 그 고마움
을 전하고자 한다.

　얼마 전 어버이날에 큰아들이 기타 반주와 함께 〈가족사진〉이라는
노래를 들려주었다. 나 못지않게 음치인 아들 녀석의 노래라서 처음에
는 웃음이 나왔다. 그런데 혼자 조용히 그 노래의 가사를 음미해 보니,
머리를 쿵 하고 울리는 것이다. 잠시 후에는 가슴을 촉촉이 적셨고, 기어
이 돌아가신 아버지를 생각나게 하여 눈물을 흘리게 만들었다. 아들이
노래를 잘 불러서가 아니다. 큰놈이 그 노래에 담긴 가사의 의미를 이해
하고 있는 것 같아서 눈물이 났다. 또 가사의 의미가 우리 부모님에 대한
나의 마음을 대신하는 듯싶어서 무척 서럽게 들렸다. 후회가 많은 불초
한 아들의 죄스러움을 콕콕 찌르는 듯했다.

　이 노래는 김진호라는 가수가 불렀다. 나이가 그리 많지 않은 젊은
가수였는데, 부모에 대한 애틋함을 어찌 그리도 잘 담아내었는지 …….
이 가수의 가슴에 담긴 사랑의 알갱이가 입을 통해 노랫말로 뿜어져 나
오는 것 같았다. 가사 내용을 잠시 옮겨볼까 한다.

　바쁘게 살아온 당신의 젊음에, 의미를 더해줄 아이가 생기고
그날에 찍었던 가족사진 속의 설레는 웃음은 빛바래 가지만
어른이 되어서 현실에 던져진 나는 철이 없는 아들딸이 되어서
이곳저곳에서 깨지고 또 일어서다
외로운 어느 날 꺼내본 사진 속 아빠를 닮아있네.

　내 젊음 어느새 기울어갈 때쯤, 그제야 보이는 당신의 날들이
가족사진 속에 미소 띤 젊은 우리 엄마
꽃피던 시절은 나에게 다시 돌아와서
나를 꽃 피우기 위해 거름이 되어버렸던
그을린 그 시간들을 내가 깨끗이 모아서
당신의 웃음꽃 피우길.

　아들의 노래가 녹음된 파일을 듣고 또 들었다. 김진호 가수의 동영상도
받아서 반복해서 들었다. 가사 구절구절을 생각할 때마다 얼마나 깊이
울었는지 모른다. 아버지가 보고 싶어서…. 또 연로하신 엄마에게 미안해
서…. 못난 사위 한없이 응원하던 장모님이 애타게 그리워서….

　이 세 분 모두 '나를 꽃 피우기 위해 거름이 되신' 분들이다. 그러나
나는 그런 거름이 되고 있는지 모르겠다. 혹시라도, 현실에 던져져서
힘들었을 때 부모 원망이나 하지 않았는가 하고 걱정이 되기도 한다.
요즘 아이들답지 않게 이런 가사의 의미를 되새길 줄 아는 아들이 있어
서 기쁘고 좋다. 이 세 분들은 당신들의 뜻대로 나를 가두지 않으셨다.
그래서 부족한 내가 불기분방(不羈奔放)한 사람으로 성장할 수 있는 동
력을 주셨다. 내 부모님이 주신 자애와 너그러움을 하나님의 온전한 사
랑과 같이 기억하고 싶다.

육체적으로 나를 낳아주신 분은 아니지만, 필자가 교육자로, 학자로 사람 노릇하며 살 수 있도록 길러주신 분들이 있다. 단국대 강재철 교수님과 중앙대 이찬욱 교수님, 서울대 서대석 교수님에게 받은 은혜는 잊을 수가 없다. 강 교수님은 어떤 때는 은사님 같고, 어떤 때는 나의 부친을 떠올리게 하시는 분이다. 필자의 허물과 실수를 많이 보셨지만 아홉 개의 과실보다 하나의 장점을 응원하시는 분이다. 이 교수님은 내가 좌절할 때마다 당신께서 더 아파하시는 분이다. 서 교수님은 먼발치에서 나의 학문적 성장을 지켜보시고 응원을 해주시는 분이다. 내 삶에 이런 큰 나무와 같은 분들이 있다는 것은 행운이고 보람이다. 자랑스럽다.

다음으로, 자식에 대한 부모의 사랑만큼이나 큰 사랑과 믿음을 준 아내에게 감사의 마음을 전한다. 아내는 내게 하늘이고 안식처다. 인간의 삶이 따뜻하다는 것을 매일 느끼게 해주는 사람이다. 인간의 믿음과 의리를 새길 수 있게 만드는 큰 스승이다. 고맙다. 미안하다. 그리고 너를 만나서 내 삶이 아름답고 당당할 수 있었다. 다시 태어나 또 부부가 되면, 그때는 내가 너와 똑같은 아내로 살리라.

마지막으로 이 책에 새롭게 소개되는 작품들에 대해 말하지 않을 수 없다. 여기에 소개된 일부 작품은 택민국학연구원 연구총서로 간행된 것이다. 경북대 김광순 교수님께서 당신께서 소장하신 필사본 중에서 고르고 고른 100편의 작품을 현대 연구자들과 독자들이 읽기 쉽도록 역주하여 간행한 것들이다. 이 책들은 비매품이어서 시중에서 쉽게 구하기 힘든 자료들이다. 이렇게 간행된 귀한 책을 김광순 교수님께서 단국대 강재철 교수님께 기증하셨고, 강 교수님께서는 한창 현역에서 고소설을 연구하는 필자에게 주면서 폭넓게 공부해 보라고 하셨다. 내가 과문하고 게을러서 이제 겨우 몇 작품만을 대상으로 연구하였고, 그 결과를 이번 저서에 포함시켰다. 귀한 자료를 접할 수 있도록 도움을 주신 경북대 김광순 교수님과 단국대 강재철 교수님께 심심한 사의(謝意)를 표하는 바이다.

코로나19 감염증의 확산으로 세상이 어수선하다. 이런 어려운 상황에서도, 전문서적 출판계 상황이 여의하지 않음에도 불구하고, 변변치 못한 글을 기꺼이 출판해 주신 보고사의 김흥국 사장님과 거친 글을 꼼꼼하게 교정해 주시고 예쁘게 편집해 주신 편집팀 선생님들께도 감사의 말을 전하면서 이만 줄인다.

2020년 9월 소래산 자락에서
약천(若泉) 김용기 삼가 쓰다.

제 2 부 : 고전소설 연구 방법의 확장

전기소설의 죽음에 나타난 인연, 운명, 세계

〈김현감호〉, 〈최치원〉을 중심으로

제1부

고전소설 연구 대상의 확장

〈송부인전〉의 창작 관습과 서사 전략

기획스토리텔링을 중심으로

1. 서론

이 글은 그동안 학계에서 크게 주목받지 못했던 〈송부인전〉의 기획스토리텔링적 요소를 탐색하는 데 목적을 둔다. 필자는 이 작품이 조선 후기에 유행하였던 여러 가지 소설 삽화를 차용하여 당대 독자층에게 어필할 수 있는 감성적 작품을 창작했다고 본다. 이러한 문제의식은 〈송부인전〉을 처음 학계에 소개한 김광순 교수가 서사 단락을 구분하는 데서 소략하게 언급하였고, 이상택 교수도 작품의 구조적 특징과 세계관을 논의하면서 일부 언급한 바 있다. 그리고 후속 연구에서도 이와 관련한 부분적인 논의는 있었으나 본격적 논의의 중심으로 삼은 바는 없다. 이에 필자는 〈송부인전〉이 어떤 이야기 소(素)들을 활용하였고 이를 통해 드러내고자 한 바가 무엇인지를 다각도로 검토해 보고자 한다.

〈송부인전〉은 김광순 교수에 의해 학계에 처음 소개된 이후,[1] 지금까

---

1 김광순, 「송부인전 구조의 분석적 고찰」, 『여성문제연구』 10집, 대구효성가톨릭대학교

지도 비교적 생소한 작품으로 알려져 있었으며 그리 큰 주목을 받지 못했다. 김광순 교수가 이 작품의 간단한 서지적 정보와 작품 형성의 배경적 여건, 구조 분석, 조선시대 여인상 등과 함께 이 작품을 소개한 이후별다른 논의가 없었다는 것이 이를 반증한다. 그리고 이어서 이상택 교수는 하버드 대학교 연경도서관본 한국 고소설 자료를 소개하는 자리에서, 다른 작품들과 함께 〈송부인전〉을 소개한 바 있다.[2] 그는 이 논문에서 김광순 교수와 다른 필사 시기를 제시하고, 간단한 서지 정보와 작품의 순차구조를 소개하였다. 그리고 작품 주지와 구성 삽화, 작품의 세계관적 특징에 대해서 논의하였다. 이후 한동안 이 작품에 대한 논의가 없다가 2000년대 중반 이후 김소라, 김재웅, 김진경, 박은정, 박진아 등에 의해 후속 연구가 진행되었다.

김소라는 〈송부인전〉의 여주인공 송경패가 겪는 시련과, 그녀가 시련의 과정 중에 다른 여성 인물들과 맺는 유대 관계를 '자매애'라는 관점에서 논의하여 선행 연구보다 확장된 연구 결과를 제시하였다.[3] 그리고 김재웅은 영남지역 필사본 고소설을 논의하는 자리에서 〈송부인전〉과 〈유최현전〉은 가정에서 여성의 역할이 강화되는 방향으로 여성의 욕망이 투영되어 있는 작품이라고 밝혔다.[4] 김진경은 〈송부인전〉의 서사적

사회과학연구소, 1981, 167~186쪽.

2 이상택, 「연경도서관본 한국고소설에 관한 일연구」, 『관악어문연구』 16집, 서울대학교 국어국문학과, 1991, 21~32쪽.

3 김소라, 「송부인전 연구 – 여성의 시련과 자매애」, 『문학과 언어』 29집, 문학과 언어학회, 2007, 87~106쪽. 이보다 앞서 김소라는 '〈송부인전〉에 나타난 여성의 현실과 꿈'이라는 논문을 발표한 것으로 알고 있으나, 필자는 이 논문을 직접 구하여 읽어볼 수가 없었다.

4 김웅, 「영남 지역 필사본 고소설에 나타난 여성 향유층의 욕망」, 『한국고전여성문학연

특징과 인물들의 관계 양상을 밝히고 이 작품이 여성적 글쓰기를 통해
여성의 내면의식을 잘 드러내고 있음을 논의하였다.[5] 박은정은 〈송부인
전〉이 여성 인물 송경패의 수난과 그 극복 과정이 서사의 핵심이라는
점을 드러내면서 동시에 그 이면에는 가부장제와 가족에 대한 예리한
통찰을 담아내고 있음을 구체적으로 논의하였다.[6] 가장 최근의 연구자
인 박진아는 이 작품을 모함 모티프 중심으로 밝히면서, 〈송부인전〉에
나타난 모함 모티프의 원인은 주인공의 혼전에 있었던 강제 결혼의 무
산에 대한 보복으로 보았으며, 모함자도 주인공이 속한 집단 바깥에 있
는 특이한 양상으로 이루어진 작품이라고 하였다. 그리고 이를 근거로
이 작품의 서사적 특징 네 가지를 밝히고 있다.[7]

필자는 이러한 선행 연구를 토대로 하되, 여기에 더하여 이 작품이
여러 가지 감성적 요소를 결합하고 재구성하여 새로운 이야기로 만든
기획스토리텔링의 고소설 작품임을 살펴보고자 한다.

2. 〈송부인전〉에 나타난 기획스토리텔링의 요소

선행 연구에 의하면 〈송부인전〉은 늦어도 19세기 중후반에 창작되어

구』, 한국고전여성문학회, 2008, 6~28쪽.
5 김진경, 「송부인전 연구」, 인제대학교 교육대학원 석사학위논문, 2013, 1~60쪽.
6 박은정, 「송부인전에 나타난 가부장의 위상과 가족의 재구성」, 『민족문화논총』 58집, 영남대학교민족문화연구소, 2014, 231~258쪽.
7 박진아, 「송부인전에서 모함 모티프가 나타나는 양상과 그 의의」, 『국학연구론총』 14집, 택민국학연구원, 2014, 1~42쪽.

20세기 중반까지 경북 북부 지역에서 개인적으로 독서된 것으로 알려져 있다. 이 작품은 장위생이라는 사람이 12세 때 시집오기 전에 필사한 것으로 알려져 있고, 답사 당시 장위생이라는 사람의 나이가 90에 가까웠다는 점을 근거로 할 때 최소한 19세기 중후반에는 창작된 것으로 볼 수 있다.

이 작품을 학계에 처음 소개한 김광순 교수는 작품 표지에 있는 정사년을 1797년일 것으로 추정하여 이 작품이 영정조 시대에 대량으로 만들어진 한글본 고소설일 것이라고 보았다.[8] 그리고 이에 대해 이상택 교수는 작품 속 국어학적 표기에 근거하여 이 작품의 표지에 있는 정사년은 개화기인 1917년이라고 하였다.[9] 그리고 김재웅은 현지답사를 통해 이 작품이 적어도 19세기 후반에는 유통되고 독서되었음을 밝히고 있다.[10] 또 박은정은 작품 속 조중인이라는 악인이 중인 신분으로서 재물을 앞세워 양반가의 딸을 재취로 맞아들이려 하고, 송경패의 외숙부인 심천수가 이를 선뜻 받아들이는 것으로 보아 이 작품은 신분제도가 흔들리는 조선 후기의 사회적 분위기를 반영한 것으로 보고 있다.[11]

따라서 이들을 포함한 여러 선행 연구를 종합해 볼 때, 〈송부인전〉은 김광순 교수가 주장하는 18세기 말이나 이상택 교수가 주장하는 20세기 초보다는 19세기 중후반을 창작의 상한선으로 두고 19세기 중후반부터 20세기 초중반까지 필사되어 유통되었던 작품으로 보는 것이 합당할 듯하다.[12]

---

8 김광순, 전게 논문, 167~168쪽.
9 이상택, 전게 논문, 22쪽.
10 김재웅, 전게 논문, 10쪽, 14쪽 참조.
11 박은정, 전게 논문, 239쪽 각주 18번 참조.

이러한 창작시기와 향유는 작가의 창작의도와 성향을 가늠해 볼 수
있는 중요한 단서가 될 수 있다. 19세기 중후반에서 20세기 초에 이르는
시기는, 조선이 근대 문물을 받아들이면서 전통의 고수와 근대적 개화
라는 변화의 소용돌이에 있던 때다. 이렇게 전통과 변화가 공존하던 시
기에, 작가는 그러한 시기적 특징을 담아 〈송부인전〉을 새롭게 기획하
여 이야기로 만들었다고 생각된다.

박진아 역시 필자의 생각과 유사한 맥락에서 이 작품의 특징을 언급
한 바 있다. 그는 이 작품의 작가가 기존 유형의 고소설을 식상하게 여겨
서 새로운 유형의 작품으로 눈을 돌렸다고 보고 있다.[13] 그리고 그러한
새로움을 이 작품의 혼사장애와 신부 수난 모티프의 근대적 변형과 여
주인공이 근대적 시각에서 현실을 파악하고 대응하는 것을 통해 설명하
고 있다.[14]

이와 같이 기존에 익숙한 소재들을 결합하여 활용하되, 새로운 가치
와 의미를 담아내는 방식은 현대 문화콘텐츠 기획에서 즐겨 사용하는
스토리텔링 기법의 하나다. 필자는 〈송부인전〉에 나타나는 이러한 특징
을 고전적 기획스토리텔링이라 명명하기로 한다. 기획스토리텔링이라
는 용어는 현대 문화콘텐츠학에서 새로운 이야기를 만들어 경제적 효과
를 창출하고자 할 때에 사용하는 말이다. 〈송부인전〉의 작가가 이 작품

---

12 〈송부인전〉의 표지에 나타나 있는 정사년(丁巳年)에 해당되는 전후의 연도를 보면 1797
   년, 1857년, 1917년, 1977년이다. 이 중에서 최초 필사자의 필사 연대를 고려한다면,
   1857년이 창작의 상한선이 될 가능성이 있다. 1917년이나 1977년은 필사자의 최초 필사
   시기를 고려하면 너무 후대 간기에 해당되며, 1797년은 다른 구체적인 근거가 제시되기
   까지는 비약적인 창작시기로 판단되므로 잠시 유보하는 것이 좋다는 게 필자의 생각이다.
13 박진아, 전게 논문, 32쪽 참조.
14 박진아, 상게 논문, 32~37쪽.

을 창작하여 어떤 경제적 효과를 창출하고자 했는지는 모른다. 중요한 것은, 〈송부인전〉의 작가가 완성한 결과물과 현대 문화콘텐츠학에서 '기획스토리텔링'기법을 구사하여 작품을 창작하여 결과물을 낸다면, 두 대상 간에 공통점이 발견될 수 있다는 점이다. 그것은 바로 '의도성'과 '전달성'이다. 독자들에게 익숙한 이야기를 서사전개의 도구로 활용한 것은 그러한 친숙성을 활용하여 작품에 대한 수용과 향유 정도를 강화하겠다는 '의도성'이고, 이를 새로운 이야기로 스토리텔링화한 것은 참신성에 기반한 '전달성'의 강화에 해당된다. 이런 점에서 기획스토리텔링 기법은 〈송부인전〉의 작가가 의도했든 의도하지 않았든 간에 고소설과 현대 문화콘텐츠학에서 공통적으로 발견되는 요소라 할 수 있다.

〈송부인전〉에 나타나는 여러 개의 단편적 이야기는 그 자체로 독립하여 존재할 수 있는 것들이다. 그런데 작가는 자신이 의도하는 작품의 완성을 위해 그 중의 하나를 중심 이야기로 두고, 다른 두서너 가지를 매개 이야기로 활용하여 원형스토리를 크게 변형시키고 있다. 이를 현대적 관점에서 보면 원형스토리와 매개스토리의 관계로 정리할 수 있다. 김정희는 상호텍스트적인 관점에서 완전히 새로운 이야기는 존재하지 않으며, 이러한 맥락에서 원형스토리라는 개념을 상정할 수 있다고 보았다. 그래서 영상콘텐츠 시나리오 개발에서 기획의 두 가지 원리로 제시한 첫째는 하늘 아래 새로운 이야기는 없기에 원형스토리를 중심으로 다른 테마를 결합하는 것이며, 다른 하나는 시대적 코드와 접속하는 것[15]이라고 하였다.

앞서 잠시 언급한 바와 같이, 이러한 현대 문화콘텐츠학의 주장은 우

---

15 김정희, 『스토리텔링으로 보는 콘텐츠 기획』, 한국외국어대학교 출판부, 2010, 23~26쪽.

리 고소설에서 흔히 활용해 오던 서사 기법의 하나다. 작가가 새로운 이야기를 선보일 때에 독자들에게 가장 친숙하다고 생각되는 이야기를 원형스토리로 두고, 이를 확장해 나가는 또 다른 친숙한 이야기를 매개 스토리로 삽입하는 방식은 우리 고소설에서 흔히 목도하던 바다. 전면적으로 이러한 기법을 사용한 작품은 많지 않다고 하더라도 부분적으로는 많이 애용하던 서사기법이라 할 수 있다.[16]

이러한 측면에서 〈송부인전〉을 바라보게 되면, 이 작품에서 전체 서사를 견인해 가는 주요 삽화 세 가지를 발견할 수 있다. 하나는 여성 수난담이고, 다른 하나는 어사담, 또 다른 하나는 영웅서사담이다. 이 세 가지는 우리 고소설 독자들에게 익숙한 스토리이며, 각각의 단위담은 그 자체로 완결된 이야기로 존재할 수 있다. 구체적인 논의를 위해 이 작품에 나타난 각각의 단위담을 대략적으로 살펴보기로 한다.

[가] 여성 수난담

송경패는 가장인 아버지 송 진사와 모친 심 씨의 사망 이후 외숙부 심천수의 재산 탐욕으로 일차적 고난을 겪는다. 그리고 심천수와 모의한 조중인과 무녀 등에 의해 강제로 혼인을 해야만 하는 늑혼의 상황에 처한다. 다행히 부모끼리 혼담이 있었던 왕한춘에 의해 일차적 시련은 해결이 된다. 하지만 왕한춘과 혼인한 후 두 번째 가장인 왕한춘의 부재를 틈탄

---

16 필자는 선행 연구에서 원형 스토리와 매개 스토리의 관점에서 〈영이록〉의 서사적 특징을 논의한 바 있고(김용기, 「원형 스토리의 변형과 교구를 통해서 본 영이록의 특징」, 『고전문학연구』 43집, 한국고전문학회, 2013, 193~219쪽), 이러한 방법으로 이황 등장 설화를 현대적 관점에서 스토리텔링화하여 응용할 수 있다는 점을 제시한 바 있다.(김용기, 「원형 스토리와 매개 스토리를 통한 이황 등장 설화의 스토리텔링」, 『구비문학연구』 38집, 한국구비문학회, 2014, 283~309쪽.)

조중인과 그 무리들의 모함에 의해 시댁으로부터 억울한 누명을 쓰고 축출된다. 그리고 강변 갈대밭에서 동생이 밥을 얻으러 간 사이에 해산을 하고, 꿈을 통해 청룡과 황룡이 강변에 서린 꿈을 꾼 유 씨 부인의 구원을 받아 다시 한번 위기에서 벗어난다. 그리고 이후 바느질로 생계를 유지하다가 양판관의 집에서 동생 남패를 만난다. 남패를 따라 분강을 지날 때에 육탄 벼랑에서 남패가 말에서 떨어져 죽자, 송 부인은 다시 혼자가 된다. 다시 유 부인께 돌아갈 면목이 없어서 길을 가다가, 악질에 걸려 숲 속에서 살고 있는 호장의 딸을 만나 의지하여 살게 되고, 은당초로 호장 딸의 병을 치료하여 호장 댁에서 의지하여 함께 살게 된다. 그런데 아들 갈용이 자신의 어머니를 희롱하는 초군들을 징치하고, 이것을 분하게 여긴 초군이 물에 빠져 죽게 되어 살인죄로 처형될 위기에 놓인다. 이때 갈용의 옥사를 해결하러 내려온 왕한춘에 의해 옥사도 해결되고 송 부인과 왕한춘, 갈용은 온전하게 한 가정을 이룬다. 그리고 송 부인을 모함했던 악인들은 대부분 조리돌림 후에 맞아서 죽고, 외숙부 심천수는 송 부인의 선처 호소로 인해 곤장만 맞고 풀려난다.[17]

이와 같이 〈송부인전〉에서 여성 수난담의 주체는 여주인공 송경패이다. 수난의 일부 구간에서는 동생인 송남패도 등장하기는 하지만, 수난의 핵심 주체는 송경패이다. 〈송부인전〉에서 송경패 수난담은 기존 가정·가문소설에 등장하는 억울한 누명 씌우기, 정절 훼손하기와 같은 유형을 수용하였으면서도, 수난의 원인이 다르고 또 위해를 가하는 악인들의 목적성에 있어서도 차별화된 면이 나타난다.

통상적으로 가정소설이나 가문소설 같은 작품군에서는 쟁총형이거나 신분의 불안을 느낀 첩이나 후실이 간계를 통해 정실부인을 제거하는 쪽에 무게가 놓인다. 하지만 〈송부인전〉에서는 그러한 쟁총도, 신분을 위해하는 대상이나 상황이 존재하지 않는다. 작가는 여성 수난담이라는 스토리를 전략적으로 끌어오되, 내용에 변화를 주어서 전혀 다른 내용의 서사를 결구하고 있는 것이다. 그것은 남녀 주인공의 애정과 혼인생활의 문제를 직접적으로 다루지 않고 있다는 점이다. 통속적 고소설에서 흔히 나타나는 남녀의 애정과 혼인생활에서 벌어지는 잡다한 이야기를 전혀 다루지 않으면서 여성의 수난을 그리고 있다는 점은 매우 신선하기 그지없다.

그리고 이 작품에는 여성의 수난이 나타나면서도 남성 중심의 가부장권의 횡포를 전면에 내세우고 있지 않다는 것도 특징적이다. 대신 인간의 일상적 생활에서 벌어질 수 있는 친척들 간의 물욕 때문에 주인공 남매가 시련을 겪는다는 매우 현실적 이야기를 다루고 있다. 가장권의 상실이 재산권의 상실로 이어지고 이는 곧 경제적 문제, 생존의 문제로 직결되어 결국에는 가족이 해체될 수도 있는 위기감을 드러내고 있는 것이다. 그 위기감은 송경패의 수난으로 나타난다.

〈송부인전〉에 나타난 송경패의 수난은 크게 육체적 수난과 정신적 수난, 사회적 수난 세 가지이다. '수난'과 비슷한 개념으로 '고난'을 상정할 수 있다. 시몬느 베이유에 의하면, '고난'의 범주로 육체적 고난, 정신적 고난, 사회적인 고난을 상정하고 있다.[18] 이 중에서 인간에게 가장

---

18 도르테 죌레 저, 최미영·채수일 공역, 『고난』, 한국신학연구소, 1993, 19쪽. 장시광은 이러한 '고난'의 개념을 '수난'으로 치환하여 고소설의 여성 수난담을 다각도로 연구한 바 있다. 본고에서도 그의 적용 방식을 참고로 하였음을 밝혀 둔다.(장시광, 「〈현몽쌍룡기〉 연작에 형상화된 여성수난담의 성격」, 『국어국문학』 152호, 국어국문학회, 2009, 365~410쪽;「〈소현성록〉 연작의 여성수난담과 그 의미」, 『우리문학연구』 28집, 우리문학회, 2009, 131~165쪽.)

고통이 심한 것은 사회적 고통이라고 생각된다. 사회적 차원의 소외, 버림받음, 추방[19]은 다른 고통보다 더 심한 충격을 줄 수 있다. 왜냐하면 사회적 차원의 고난은 정신적 고난과 육체적 고난을 동반할 가능성이 매우 크기 때문이다. 송경패의 경우에도 외숙부에 의한 늑혼이 이루어질 때에는 정신적 고통만 감내하면 되었지만, 조중인과 그 무리들에 의해 모함을 받아 억울한 누명을 쓰고 시댁에서 축출될 때에는 정신적 고통과 함께 육체적 고통이 병행되었고, 사회적으로 격리되는 처지에 놓인다. 이러한 〈송부인전〉의 구성과 내용은 일반 여성 수난담과 확연한 차이를 보인다. 이해의 편의를 위해 간략하게 비교해 보면 다음과 같다.

[가]-1. 여성 수난담의 원형적 요소와 구성			비고-〈송부인전〉
[a]	위해자	처·첩(제2부인, 제3부인 등)과 그 직계 가족들(수하 하인 포함)	외숙부 및 주인공과 직접적인 이해관계가 없는 공모자들
[b]	위해 이유	쟁총, 신분 불안, 시기·질투	물욕, 애욕
[c]	위해 목적	쟁총, 지위 확보, 상대자 축출(제거)	물욕, 애욕 성취 및 애욕 성취 실패에 대한 보복
[d]	위해 방식	모함(정절 훼손), 상대자 축출, 살인	모함(정절 훼손) → 축출(축출로 인해 위해자가 얻는 이득은 없음)
[e]	위해 결과	모함의 사실화, 지위(신분) 박탈, 살해(잠정적), 정배(은둔)	모함의 사실화, 위해 대상자 축출과 유리걸식
[f]	위해 극복	구출, 누명 벗기, 귀환, 지위(신분) 회복	구출, 누명 벗기, 귀환, 지위 회복

위 표에서 나타나는 바와 같이 일반적 여성 수난담과 〈송부인전〉 송경패의 수난 양상은 상당한 차이점이 있다는 것을 알 수 있다. 특히 [d],

---

19 도르테 죌레 저, 최미영·채수일 공역, 상게서, 22쪽.

[e], [f]를 제외한 나머지 항목에 나타나는 형식적, 질적인 차이는 〈송부인전〉이 여성 수난담의 형식을 빌리되 완전히 새롭게 기획된 작품임을 짐작케 해준다.

먼저 [a]의 위해자의 경우 일반적인 가정소설이나 가문소설의 경우에는 여주인공과 적대적 관계에 있는 첩이나 2처, 3처 등이 위해자로 나타나고, 공모자는 대개 그들의 시녀이거나 돈으로 매수된 악인들이다. 하지만 〈송부인전〉에서는 외숙부가 1차적 위해자이며, 2차적으로는 그 외숙부와 공모된 중하층 신분의 인물들이 위해자로 등장한다.[20]

'[b]위해 이유'와 '[c]위해 목적'에 있어서도 큰 차이를 보이는데, 일반적 여성 수난담의 경우에는 쟁총이나 신분 불안을 느낀 첩이나 후처 등의 시기와 질투, 그리고 상대방 축출을 위한 목적이 강한 데 비해, 〈송부인전〉에서는 평소 일면식이 없던 조중인의 애욕과 외숙부의 물욕에 의해 촉발된 위해였다. 그리고 목적을 달성하지 못한 조중인과 그와 공모한 친인척 및 주변인들의 보복에 의해 송경패는 심각한 위기를 맞게 된다.

[d], [e], [f]는 형식상 비슷한 흐름으로 되어 있으나 세부 내용에 있어서는 역시 큰 차이를 보인다. 여주인공이 적대자의 위해로 인해 시댁에서 축출되어 유리걸식하다가 다시 구출되는 큰 테두리는 비슷하지만, 그 과정에서 나타나는 양상은 질적인 차이가 있다. 〈송부인전〉의 경우에는 수난의 여정에서 만나는 사람들과의 관계가 특이한데, 그들과 어

---

20 박진아는 〈송부인전〉의 특이한 내용 중 하나로, 모함자가 외부(집 밖)에 있다는 점과 모함의 원인이 조중인이 애욕을 실현하지 못한 것에 대한 앙갚음이라는 점을 들고 있다. 이러한 특징은 다른 고소설 작품에서 찾아보기 힘든 설정이다.(박진아, 전게 논문, 16~17쪽.)

우러져 만들어가는 비혈연 공동체의 모습은 가족 서사의 새로운 방향성을 제시한다[21]는 점에서 새로운 의미를 도출할 수 있다.

그 새로운 의미는 송경패가 도로 유리걸식 도중에 만나는 사람들과 생존네트워크를 형성한다는 점에서 찾을 수 있다. 그녀는 시댁에서 축출되어 강변 갈밭에서 해산한 후 실신한다. 이때 화림동 유 부인이 신기한 꿈을 꾸고 송경패를 구출한다. 유 부인은 살림은 넉넉하지만 혈육이 전혀 없어 밤낮으로 혼자 거처하던 인물이다. 그러한 유 부인이 송경패를 구출하였기에 그녀는 구원자이다. 동시에 그녀는 외로운 인물이었다가 송경패를 만나 함께 살게 되면서 안온한 삶을 찾았다는 점에서 송경패 또한 새로운 의미의 구원자나 다름없다. 두 인물은 서로 생존네트워크를 형성하게 되는 것이다.

생존네트워크를 형성하는 또 다른 예는 호장의 딸과 그 가족들이다. 후일 동생 송남패를 만나 그를 따라 길을 나섰던 송경패는, 분강을 지날 때 동생이 육탄 벼랑에서 떨어져 죽자 다시 도로를 유리하게 된다. 그때 송경패는 숲 속 초막에서 악질에 걸린 호장의 딸을 만난다. 처음에는 갈 곳 없는 송경패가 호장의 딸에게 의지하게 되나, 송경패가 은당초로 그녀의 악질을 치료하여 줌으로써 두 사람은 서로의 은인이 된다. 그리고 이를 알게 된 호장은 송경패 모자를 자신의 집으로 데려와 살게 한다. 이 역시 서로가 일방적 시혜를 베푸는 것이 아니라, 서로 하나씩 주고받아 생존관계를 형성하는 새로운 의미의 생존네트워크가 형성되고 있는 것이다.

이와 같은 제 요소들은 〈송부인전〉이 전대의 여성 수난담의 형식과

---

21 박은정, 전게 논문, 234쪽.

내용을 빌려오되, 완전히 새로운 관점에서 여성 수난담을 서사화하고 있다고 생각된다. 그것은 작가에 의해 면밀하게 계획된 스토리 구성방식이다. 이런 점에서 〈송부인전〉에 나타난 여성수난담은 기획스토리텔링의 요소로 작용했다고 볼 수 있다. 이와 같은 관점에서 살펴볼 수 있는 것이 어사담이다. 이를 정리해 보면 다음과 같다.

[나] 어사담 :

〈A〉 송경패 구출 어사담

-1. 여주인공 송경패가 부친과 모친이 죽자 외숙부 심천수가 이들의 가산을 탐내어 임의로 처분하고 자신의 집으로 데려가다.

-2. 조중인이라는 중인이 아내가 죽고 나서 후취를 얻고자 무녀, 송경패의 외숙부 등과 모의하여 송경패와 강제로 혼인하고자 날을 잡다.

-3. 왕한춘이 장원급제하고 호남 수의가 되어 종관 땅을 지나고, 송경패는 꿈을 통해 왕한춘이 자신의 부모 산소에 있음을 알고 가서 만나 자초지종을 말하다.

-4. 왕한춘이 자초지종을 알고 녹재와 심천수 등이 행한 일을 알고 혼인날 어사출두하여 심천수와 조중인, 녹재, 무녀 등을 곤장을 치고 이후 방송하다.

-5. 왕한춘이 송경패를 자신의 집으로 보내고, 자신은 황명을 받아 왕사를 수행 중이라 동행하지 못한다고 하다.[22]

〈B〉 아들 갈용 옥사 해결 어사담(명사관 역할)

-1. 초군들이 송 부인을 희롱하자 갈용이 초군의 행패를 무력으로 제압하고, 초군은 분하여 물에 빠져 죽으니 갈용이 사람을 죽음으로 내

몬 죄로 몰리다.

-2. 기량 태수 최운이 갈용을 살인죄로 처벌하려 하자, 운천 태수가
    기량 태수의 지나친 판결을 저지하고, 두 사람의 의견이 분분하여
    나라에 장계한 후 회답을 기다리다.

-3. 왕한춘이 갈용의 옥사를 해결하기 위해 황명을 받아 내려와 갈용을
    심문하다가 그가 송 부인의 아들이며 자신의 아들임을 알게 되다.

-4. 송 부인이 왕한춘에게 자신의 억울한 사정부터 밝혀 달라고 하면서
    왕한춘에 대한 원망의 마음을 하소연하다.

-5. 송 부인과 왕한춘은 서로 오해가 있었음을 알게 되고, 왕한춘의
    무죄도 밝혀지다.

-6. 왕한춘의 말을 들은 왕 진사는 누군가가 중간에서 농간을 부린 것을
    알게 되고, 왕한춘이 하인들을 통해 녹재의 농간임을 밝히다.

-7. 왕한춘이 녹재를 심문하여 조중인, 원산 무녀 자매, 심천수 중촌
    심생원 등이 모의했음을 알고 문초하여 죄상을 모두 자백받다.

-8. 송 부인이 왕한춘에게 애걸하여 외숙부 심천수의 용서를 구하자,
    왕한춘은 심천수에게 곤장 30대를 때려 방송하고 조중인과 무녀
    자매, 녹재는 조리돌림을 한 후에 모두 때려죽이다.[23]

위에 제시한 [나]어사담[24] 중에서 〈A〉는 과거에 급제한 왕한춘이 자

---

23 〈송부인전〉, 93~110쪽.
24 〈송부인전〉에서 순수하게 나타나는 어사담은 1회이다. 그러나 전개되는 이야기의 내용
   을 고려하면 중후반부에 등장하는 갈용의 옥사사건 처리 부분도 넓게는 어사담에 포함된
   다. 굳이 같은 어사담을 반복하지 않고 후반부에서는 명사관을 보내 처리하는 방식을
   취했을 뿐이다. 갈용의 옥사사건에 대해 운천 태수와 기량 태수가 나라에 장계를 올려
   해결해 달라는 것에 대해, 천자는 왕한춘을 명사관(明査官)으로 보내 옥사를 해결하려고
   하는데, 이 또한 독자가 바라는 대로 왕한춘은 슬기롭게 해결하는 것은 독자들이 익히
   알고 있는 어사담의 성격을 가진다고 하겠다.

신의 정혼녀인 송경패를 구출하는 어사담이다. 이는 암행어사가 내려와 민중들이 처한 고난을 시원하게 해결해 주는 삽화를 반영한 것으로 보인다. 그리고 〈B〉는 송부인의 아들 갈용이 살인죄로 옥사를 치를 때에, 운천 태수와 기량 태수가 이에 대한 처리 방법에 대한 견해차로 옥사를 해결하지 못하여 조정에 보고하여 해결하려고 하자, 천자가 왕한춘을 명사관으로 보내 옥사를 해결하는 장면이다.

이 두 가지의 이야기는 어사담이라는 측면에서는 동일하지만, 전형적인 어사담의 내용이나 형식과는 차이가 있다. 대개 어사담은 관리들의 횡포에 대한 민중들의 원망과 고난을 해결해주는 성격이 강한 데 비해, 〈A〉는 외숙부 및 그와 공모한 주변 중하층 인물들의 횡포에 대한 징치와 해결이라는 차이를 가진다. 그리고 〈B〉는 사회적 약자의 억울함을 해결해 준다는 의미를 가지기는 하지만, 두 태수들 간의 의견 대립을 명사관의 조정을 통해 옥사가 해결된다는 특징을 가진다.

이러한 어사담은 어사담의 형식은 가져오되 소설 속 선한 인물과 약자들을 돕는 기존의 암행어사 이야기를 많은 부분에서 변형하고 있는 것이다. 이런 점은 〈송부인전〉에서 여성 수난담과 함께 서사의 추진력을 가하는 인물은 송경패의 남편이자 암행어사인 왕한춘이며, 그가 황제의 명으로 수행하는 어사담은 송경패의 수난을 일차적으로 완료하고 새로운 이야기로 전개될 수 있도록 하는 추인력을 가진다. 어사담 〈A〉와 어사담 〈B〉는 전혀 별개의 것이 아니라, 〈A〉에 대한 미완의 해결과 불필요한 인정이 〈B〉와 같은 서사를 이끌어내는 원인으로 나타나고 있는 것이다. 따라서 이러한 어사담은 〈송부인전〉을 친숙한 대상으로 여기게 하면서 동시에 작품의 질적 변환과 서사의 방향성을 다양화하는 방향으로 이끄는 역할을 한다는 점에서 작가의 기획된 스토리텔링 전략을 감지할 수 있다.

[나]-1. 어사담²⁵의 원형적 요소와 구성		비고-〈송부인전〉
[a]	암행자	암행어사 - 조정관리	〈a〉암행어사-송 부인의 결연 대상자 〈b〉명사관-송 부인의 남편
[b]	암행 목적	지방관의 횡포 감시, 민생 돌봄, 백성의 어려움 해결, 선행 포상	〈a〉탐관오리와 토호무관 염찰하여 대강이라도 바로잡고, 충효를 표양하고 간특함을 명촉하여 초야를 밝히라는 황명. 〈b〉갈용의 옥사 문제 해결 → 갈용이 자신의 아들임을 알게 됨(아들의 옥사 해결).
[c]	암행 대상	*지방 관리 - 감시의 대상 *백성 - 관찰(돌봄)의 대상	〈a〉*지방 관리 - 감시의 대상 *백성 - 관찰(돌봄과 표양)의 대상 〈b〉*지방관리 - 운천 태수와 기량 태수의 갈용 옥사에 대한 의견 *백성 - 갈용의 옥사 사건
[d]	암행자와 암행 대상자와의 관계	공적 관계 - 직접적인 친분 관계없음	〈a〉형식적으로는 공적 관계-직접적인 친분 관계없음→ 실질적인 임무 수행 중 하나는 송경패의 억울함을 해결하는 것 → 결연 대상의 억울함 해결. 〈b〉형식적으로는 공적 관계에서 시작→ 심문 도중 갈용이 자신의 아들임을 알게 됨(혈연 관계).
[e]	암행 결과	지방관의 횡포 징치, 민생의 어려움 해결, 선행(충,효,열) 포상	〈a〉결연 대상의 억울함 해결, 송경패를 괴롭히던 외숙부와 조중인 일당 징벌 가함 〈b〉갈용의 억울한 옥사 해결 및 조중인 일당 처형, 외숙부 곤장 30도 방면

---

25 어사담은 흔히 '암행형 설화'로 분류된다. 이 설화군은 특정 유형 하나로 고정시키기에는 무리가 있다. 같은 인물이라 하더라도 여러 유형의 설화 내용이 발견되기 때문이다. 가령 가장 대표적인 어사담이라 할 수 있는 박기현에 따르면, '박문수 설화'의 경우, 박문수 우위형, 박문수 상대적 우위형, 민중의 상대적 우위형, 민중의 절대적 우위형 등으로 분류된다고 한다. 그리고 우리가 흔히 어사담이라고 하여 떠올릴 수 있는 가장 대표적인 내용은, 암행어사가 암행을 하다가 민중들의 어려움을 확인하고 해결해 주거나 각종 선행을 포상하고 범죄와 악행을 심판하는 것으로 볼 수 있다.(박기현, 「암행형 설화의 유형적 특성 연구」, 『동남어문논집』 36집, 동남어문학회, 2013, 222쪽.)

위의 표는 일반적인 어사담의 내용과 〈송부인전〉에 나타난 어사담을 비교해 본 것이다. 통상적으로 어사담은 '암행형 설화'로 분류되고, 특정 유형 하나로 정리하기 어려운 것이 사실이다. 유명한 박문수 설화의 경우에도 지역별 편차가 크고, 또 같은 지역 내에서도 박문수가 민중의 어려움을 해결해 주는 유형군이 있는가 하면, 민중에게 조롱당하는 유형군도 있다. 하지만 대개 우리가 암행어사 설화라고 하면 먼저 떠올리게 되는 것은 암행어사가 민중의 어려움을 해결하거나 충·효·열을 행한 사람들을 표창하는 것이다. 이를 어사담의 원형이라고 할 때, 〈송부인전〉에 나타나는 어사담의 경우에는 매우 특이한 점이 발견된다.

먼저 '[a]암행자'의 경우, 일반 어사담의 경우에는 조정관리로서 암행어사일 뿐이다. 이에 비해 〈송부인전〉의 암행어사 왕한춘은 조정 관리이면서 동시에 송부인의 결연 대상자이다. 또 왕한춘이 명사관으로 내려 올 때는 송부인의 남편으로 활동하게 된다는 특징이 있다. 물론 어사담에서 이와 유사한 것이 없는 것은 아니다. 〈춘향전〉의 이몽룡이나 〈옥단춘전〉의 이혈룡은 춘향과 옥단춘의 결연 대상자로서 내려와 그녀들의 옥사를 다룬다. 하지만 이몽룡이나 이혈룡의 경우에는 변학도나 김진희의 학정을 징치하는 과정의 하나로 춘향의 옥사를 다루지만, 〈송부인전〉의 왕한춘은 전적으로 송경패의 억울함을 해결하는 암행자의 역할을 한다.

'[b]암행 목적'의 경우 일반 어사담이나 〈송부인전〉의 어사담에서 매우 유사한 면이 발견된다. 둘 모두 기본적인 목적은 지방관의 횡포를 관찰하여 국가의 기강을 바로 잡는 것이다. 그리고 그 과정에서 충·효·열을 행한 인물을 표창하는 목적도 가지고 있다. 〈송부인전〉에서는 두 번의 어사담 중에서 〈a〉의 경우에는 일반 어사담의 목적과 일치하나,

〈b〉의 경우에는 갈용의 옥사 사건에 대한 두 태수 간의 의견을 조정하는 명사관의 역할을 한다는 점이 조금 다르다. 그리고 그 옥사 사건은 자신의 아들의 억울함을 해결하고 부자 및 부부 상봉하는 서사로 연결된다는 특징이 있다.

'[c]암행 대상'의 경우에도 일반 어사담과 〈송부인전〉의 차이보다는 유사성이 강하게 나타난다. 다만 〈b〉의 경우에는 '[b]암행 목적'의 〈b〉와 마찬가지로 갈용의 옥사 사건을 다룬다는 점에서 약간의 차이를 보인다.

'[d]암행자와 암행 대상자와의 관계'는 일반 어사담과 〈송부인전〉 간에 약간의 차이를 보인다. 〈춘향전〉이나 〈옥단춘전〉과 같은 특수한 경우를 제외한다면, 일반적으로 어사담의 원형이라 할 수 있는 일반 어사담의 경우에는 암행자와 어려움에 처한 민중들 간에는 별다른 친분 관계가 형성되지 않은 순수한 공적 관계이다. 이에 비해 〈송부인전〉의 경우에는 결연 대상자이기도 하고, 부자 관계이면서, 또 부부관계를 맺고 있는 사적이고도 가족관계에서 서사가 진행된다.

'[e]암행 결과'의 경우에는 두 서사 간에 큰 차이를 보이지 않는다. 모두 악인이 징치되는 것으로 끝나기 때문이다. 굳이 차이를 거론한다면, 일반 어사담의 경우 관리의 징치가 동반되는 경우가 있으나, 〈송부인전〉의 경우에는 관리의 징치보다는 주인공을 위해하던 악인들에 대한 징치 선에서 종결된다는 점이다.

이와 같이 〈송부인전〉의 작가는 기존에 독자들의 눈과 귀에 익은 어사담을 차용하되, 이 작품 특유의 어사담을 새롭게 결구하고 있다고 판단된다. 이 역시 작가에 의해 철저하게 기획된 스토리텔링 전략의 결과라 할 수 있다. 이와 같은 방식의 서사로 다음의 영웅서사담도 해당된다.

[다] 영웅서사담

〈A〉 왕한춘의 영웅서사담

-1. 왕한춘이 명사관으로 내려가 갈용의 옥사 사건을 해결하고 올라가
니, 천자가 대사마 대장군을 제수하다.

-2. 이때 북쪽 오랑캐 돌궐이 반란을 일으켜 삭주 자사로부터 급한 장계
가 올라오니, 만조백관은 왕한춘이 문무겸전하고 지략이 과인하므
로 중임을 맡기라 하다.

-3. 왕한춘이 대명 대사마 대장군 겸 정목 도원수가 되어 반란을 진압하
러 가다.

-4. 왕한춘이 초반에 석관 지역에서 적장 여럿의 목을 베나, 이후 돌궐
장수 발특에 의해 명군 장수 여럿이 죽임을 당하고, 왕한춘 또한
발특의 공격으로 인해 위기에 처하다.[26]

〈B〉 송남패의 영웅서사담

-1. 송남패가 육탁 벼랑에서 물어 떨어지고는 헤어나지 못하고 점점
깊이 잠겼다가 바다에 이르러 용이 건져내어 정신을 차려 현판을
보니 대수부지궁(大水府之宮)이다.

-2. 남패가 자신이 온 곳이 용왕천국이라고 생각하고 돌아다니며 구경
하다가 주애운졸을 따라 용왕 앞에 가게 되다.

-3. 용왕이 송랑을 반갑게 맞이하여 극진하게 대접한 후에 자신의 딸과
혼인시켜 부마로 삼고자 하다.

-4. 송남패가 용녀와 혼인하여 살다가 인간 세상에 잠깐 다녀오겠다고
하니, 용왕은 아직 나갈 때가 되지 않았으니 시절을 기다리라 하다.

-5. 송남패가 용왕이 준 병법서를 익혀 풍운조화와 벽력과 소나기를
무불통달하다.

---

26 〈송부인전〉, 110~114쪽.

-6. 송남패가 용녀와 혼인한 지 10년 만에 용녀가 병들어 죽으니, 용왕
   은 송남패에게 이제 세상에 나갈 때가 되었다는 점과 앞에 큰일이
   있음을 알려 주고, 오총마, 용린갑, 청룡검을 선물로 주다.

-7. 용왕이 송남패에게 인간세상으로 나가서 다른 곳에는 들르지 말고
   석관에서 사람이 사생 중에 들었으니 급히 가서 구하라 하여 송남
   패가 석관 지역으로 가다.

-8. 송남패가 석관 지역에서 적들을 물리치고 위기에 처한 왕한춘을
   구하다.

-9. 송남패와 왕한춘이 서로 상봉하고, 송남패로부터 저간의 사정을
   들은 왕한춘은 신기하게 생각하다.

**-10. 왕한춘이 천자에게 첩서를 띄우고 승전고를 올리면서 회군하니,
   천자가 마중 나와 왕한춘의 공을 치하하다.**

**-11. 왕한춘이 이번 전쟁의 공은 송남패의 것이라 하니 천자가 거주성명
   을 묻다.**

**-12. 천자가 환궁하여 논공행상을 하니, 왕한춘에게는 초국공을 봉하고,
   송남패에게는 외국공을 봉하다.[27]**

위의 예문 [다]는 〈송부인전〉에 나타난 영웅서사담을 인물의 행위를
중심으로 구분해 본 것이다. 〈A〉는 남주인공 왕한춘의 영웅서사담의 일
부이고, 〈B〉는 송경패의 남동생 송남패의 영웅서사담을 정리한 것이다.
〈B〉에서 진하게 표시된 -10, -11, -12는 〈A〉의 왕한춘 영웅서사담과
연결되기 때문에 두 사람 모두에게 해당되는 공동 서사이다.

이를 보면 두 인물 모두 비범성을 발휘하는 것으로 나타나지만, 특이
한 것은 전반부에서 맹활약을 펼치던 왕한춘의 활약이 감쇄되고 있다는

---

27 〈송부인전〉, 114~121쪽.

점이다. 이는 후반부에서 송남패의 극적 출현을 위한 포석으로서, 송남패의 영웅적 활약을 염두에 둔 것이다. 송남패가 국가에 공을 세워 가장의 죽음으로 인해 겪었던 가문의 번성을 자연스럽게 이끌어내려는 작가의 배려가 녹아 있다.

이렇게 볼 때 〈송부인전〉에서 영웅서사담의 주요 인물은 왕한춘과 송경패의 남동생인 송남패라고 할 수 있지만, 그 중에서도 영웅서사담의 주체적 인물은 송남패라고 할 수 있다. 송남패가 영웅서사담의 주체가 되면서, 이 작품은 송경패 남매가 자신들의 집안에 닥친 위기를 독자적으로 극복하게 된다는 의미를 부여할 수 있게 된다.

이러한 영웅서사담과 군담은 가문소설이나 영웅소설에서 흔히 나타났던 이야기 단위이다. 이러한 유형군에서 영웅서사담은 주인공들이 국가에 공을 세워 몰락한 가문을 회복하거나 더욱 번성하게 하는 기제로 활용되고 있다. 〈송부인전〉 역시 이러한 전대의 유형을 답습하되, 입공하는 주체를 달리하고, 행복한 결말에 이르는 방식도 달리 설정하는 차이를 보인다. 이 작품에서는 기존에 보이던 부모와의 상봉은 이루어지지 않으며, 부모가 구몰한 후에 자매와의 상봉을 통해 가문의 회복을 그리는 특이함을 연출한다. 이 또한 다른 이야기 삽화들처럼 작가의 의도된 스토리텔링의 전략이라 생각된다. 이해의 편의를 위해 일반 영웅서사담과 〈송부인전〉의 영웅서사담을 비교해 보면 뒷장의 표와 같다.

표에서 알 수 있듯이 영웅의 일생과 같은 영웅서사담과 〈송부인전〉의 영웅서사담은 큰 차이를 보인다. 먼저 '[a]혈통', '[b]출생', '[c]능력'의 경우에는 영웅의 일생 중심의 영웅서사담과 〈송부인전〉의 영웅서사담이 완전히 다르게 나타난다. 〈송부인전〉의 송남패의 경우에는 일반 귀족 영웅에게서 나타나는 고귀한 혈통이나 비정상적 잉태나 출생, 비범

[다]-1. 영웅서사담의 원형적 요소와 구성[28]			비고-〈송부인전〉[29]
[a]	혈통	고귀한 혈통	평범함 - 송 진사의 아들
[b]	출생	비정상적 잉태나 출생	평범한 출생
[c]	능력	범인과 다른 탁월한 능력	평범함
[d]	시련	어려서 기아가 되거나 죽을 위기에 처함.	송 진사의 득병 후 사망과 모친의 사망 후 누이 송경패와 남게 되었을 때, 외숙부의 재산 탐욕으로 인해 재산을 빼앗기고 고초를 겪음.
[e]	위기 극복	구출·양육자를 만나 죽을 고비를 극복함.	암행어사가 된 왕한춘에 의해 외숙부로부터 겪던 고초에서 벗어남.
[f]	성장 후 시련	성장 후 다시 위기에 처함.	왕한춘이 황성을 떠난 후 외숙부와 조중인 일당이 누이 송경패를 모함하여 누이와 함께 유리걸식하게 되고, 양 판관에게 구출되어 그의 양자가 되었다가 다시 누이를 만나 이동하던 중에 벼랑에 떨어져 죽다.
[g]	위기 극복	투쟁적으로 위기를 극복하고 승리자가 됨.	벼랑 아래 물속에 떨어진 송남패는 용왕의 도움으로 구출되고 용녀와 혼인하여 살다가 용왕으로부터 병법서를 익혀 비범한 능력을 획득하여 다시 인간세상으로 환생하고, 위기에 처한 매형 왕한춘을 구하고 동시에 오랑캐를 물리쳐 승리자가 되다.

한 능력 자체가 나타나지 않는다. 이러한 면은 귀족 영웅보다는 민중영
웅의 모습에 훨씬 가깝다. 그렇다고 송남패가 민중영웅인 것도 아니다.
이러한 세 가지 요소에서 나타나는 차이는 질적으로 매우 극단적이어서
두 이야기가 영웅서사담으로서 가지는 위치를 분명하게 하고 있다. 그

---

28 영웅서사담의 구성과 내용은 일반적으로 '영웅의 일생'에서 제시된 내용을 위주로 정리해
  보았다.(조동일, 「영웅의 일생, 그 문학사적 전개」, 『동아문화』 10집, 서울대학교 동아문
  화연구소, 1971, 165~214쪽.)

29 〈송부인전〉에 나타나는 영웅서사담은 왕한춘과 송남패 두 경우로 나눌 수 있다. 그러나
  작품에서 차지하는 비중이나 완결된 영웅서사담의 형식을 보이는 것은 송남패의 영웅서
  사담이다. 이에 본고에서는 송남패의 영웅서사담을 중심으로 비교하기로 한다.

러면서도 〈송부인전〉의 영웅서사담의 특색을 잘 드러내는 부분은 [d]
부터 [g]까지의 서사다.

'[d]시련'의 경우, 일반 영웅서사담의 주인공은 어려서 기아가 되거
나 죽을 위기에 처하지만, 〈송부인전〉의 송남패는 부모 구몰 후 외숙부
심천수에게 재산을 빼앗기고 두 남매가 외숙부로부터 고초를 겪는 것으
로 나타난다. 재산은 빼앗겼지만 생명을 위협하는 수준은 아니다.

'[e]위기 극복'의 경우 일반 영웅서사담의 주인공은 구출자나 양육자
를 만나 위기에서 벗어남에 비해, 〈송부인전〉의 경우에는 장차 매형이
될 어사 왕한춘에 의해 외숙부와 조중인 일당이 처벌받는 것으로부터
일차 위기에서 벗어나게 된다. 그런데 풀려난 조중인 등이 송경패에게
앙갚음을 하게 되면서 송남패는 다시 시련에 빠지게 된다.

'[f]성장 후 시련'에서는 일반 영웅서사담과 〈송부인전〉의 영웅서사담
의 특징이 극명하게 구분되는 부분이다. 일반 영웅서사담의 경우, 주인공
이 비범성을 발휘하는 과정 중에 다시 한번 위기에 봉착하게 됨에 비해,
〈송부인전〉의 송남패의 경우에는 조중인 등이 송경패와의 애욕을 성취
하지 못한 것에 대한 앙갚음 때문에 빚어지는 시련이다. 그 앙갚음은
애초에 누이인 송경패를 향하는 것이었지만, 시련의 결과는 두 남매에게
모두 미치게 된다. 그리고 송남패는 양판관에게 다시 구출되었다가 다시
누이를 만나 이동하던 중에 벼랑에서 떨어져 죽게 되는 시련을 겪는다.

'[g]위기 극복'의 경우 일반 영웅서사담에서는 주인공이 투쟁으로 위
기를 극복하는 것으로 나타난다. 이에 비해 〈송부인전〉에서는 송남패가
벼랑에서 떨어져 용궁으로 가고, 거기서 용왕의 사위가 되었다가 용녀
가 죽은 후에 용왕으로부터 병법서를 받아 비범한 능력을 획득하여 인
간세상으로 돌아가 국가에 공을 세움으로써 완전히 위기를 극복하게 된

다. 송남패의 경우에는 위기 극복의 과정이 훨씬 복잡하고 많은 단계를
거치는 것으로 나타나는 것이다.

이러한 차이 역시 〈송부인전〉의 작가가 전대에 유행하였던 영웅서사
담의 구조를 차용하되, 이를 자신의 의도와 독자들의 취향을 고려하여
적절하게 재가공했다고 생각된다. 이는 곧 작가에 의해 철저하게 기획
된 영웅서사담 스토리에 해당된다고 할 수 있다.

3. 대중적 이야기 소(素)의 서사적 이미지화 전략

앞서 논의한 것처럼 이 작품은 스토리의 논리성이 단절된 독립적인
이야기 세 개가 결합된 작품이다. 작품 전체적인 중심 서사가 송 부인의
수난이라면, 그 수난담의 줄기에 새롭게 투입된 두 개의 이야기가 병치
되어 있는 구성법을 취하고 있다. 그러면서 서사의 전반적인 흐름은 송
경패 남매의 이합집산의 반복 과정을 거쳐 최종적으로 행복한 결말에
이르는 것으로 귀결되고 있다. 이러한 서사적 내용을 큰 골격 중심으로
본다면 우리 고소설 일반에서 흔히 볼 수 있는 구조라 할 수 있다.

이와 함께 〈송부인전〉에는 고소설 일반의 주제와 소재적 요소를 모두
함의하고 있다. 권선징악, 사필귀정, 복선화음, 선남선녀의 비범성, 위기
의 순간 초월계의 음조와 예시와 같은 내용들은 전대 및 당대의 고소설
구성 요소를 망라한 것들이다. 이러한 것들은 비단 〈송부인전〉에서만
발견되는 것이 아니다. 이러한 디테일한 요소들이 여성 수난담, 어사담,
영웅서사담 등과 어우러져서 이 작품 특유의 향취를 풍기고 있다. 그
향취는 처음에는 익숙한 형식과 내용인 것처럼 느껴지다가, 서사가 진

행되는 과정 중에서 새로운 풍미를 느끼게 되고, 전체를 다 읽은 후에는 같은 듯하면서도 새로운 소설 한 편을 감상한 느낌을 가지게 되는 여운을 남긴다.

이러한 느낌은 고소설 향유 독자들에게 익숙한 대중적 이야기 소를 활용하여 서사적 마디로 이미지화시키는 전략에 의한 나타난 현상이다. 독자에게 익숙한 대중적 이야기 소 하나하나가 새로운 의미생성의 작은 모델 기능을 하는 것이다. 독자들은 〈송부인전〉을 읽으면서 작품 전체를 그리기보다는 작은 단위담 하나하나를 이미지로 연상하게 된다. 그리고 각각의 이미지화된 단위담들을 모아 다시 더 큰 이미지로 그리도록 하여 전체적으로 한 편의 작품을 감상할 수 있도록 설계하고 있다.

통상적으로 이미지라고 하는 것은 문자와 같은 인지적 요소를 그림과 같은 시각적, 감각적 요소로 재현하는 것을 의미한다.[30] 그런데 〈송부인전〉에서는 그러한 시각적, 감각적 이미지화가 아니라, 익숙한 이야기 덩어리를 서사의 전면에 깔아서 독자의 머리와 가슴으로 느낌이 가능하게끔 하는 '서사적 이미지화'를 시도하고 있다. 이러한 '서사적 이미지화'는, 이청준의 소설 〈선학동 나그네〉에 나타나는 '심리적 실재'와 비슷한 기법[31]이라 할 수 있다.

---

30 이 글에 사용된 이미지의 개념이나 착상은 진중권의 글에 나온 일부 용어를 응용하여 활용한 것이다. 그가 이미지로 인간과 세계를 매개할 수 있는가라는 질문에 대해 답하는 과정을 읽으면서, 독자에게 익숙한 서사적 이미지화가 작가와 독자를 매개할 수 있다고 생각해 보게 되었다.(진중권, 『이미지 인문학』, 천년의 상상, 2015, 37~57쪽 참조.)
31 '심리적 실재' 기법은 〈선학동 나그네〉의 미학적 가치를 잘 드러내는 기법이라 할 수 있다. 선학동에는 학이 나는 형상을 하고 있는 '관음봉'이라고 하는 산이 있고, 그 산 앞에는 넓은 바다였다. 밀물 때가 되면 그 물위에 비친 관음봉의 그림자가 꼭 학이 날아오르는 형상을 닮았다. 그런데 간척 사업을 하여 포구에 물이 막힌 뒤로는 더 이상 학이 날아오르지 않게 된다. 더불어 마을 사람들의 인심도 사나워진다. 그런데 눈먼 여자 소리

이 작품의 작가는 새로운 이야기의 재현이라는 낯섦을 형상화하기 위해, 독자들이 기존에 익숙하게 대했던 '서사적 이미지 덩어리들'을 작품 속으로 견인해 왔다. 작가도 익숙하고 독자도 익숙한 '서사적 이미지'를 통해 작가는 새로운 독자들과 만나는 자리를 만들고 있는 것이다. 익숙함을 취했기 때문에 진부할 수는 있지만, 그 익숙함을 새롭게 조합하고 변형하여 새로운 이야기를 전개시킬 수 있었다. 다만 그 구성의 치밀함이나 개연성의 부족은 이 작품에 대한 비판을 가하도록 하는 결함으로 남는다는 점에서 아쉬움이 있다. 지금까지 논의된 서사적 이미지화, 그리고 기획스토리텔링의 과정을 시각적으로 이미지화하면 다음과 같이 정리할 수 있다.

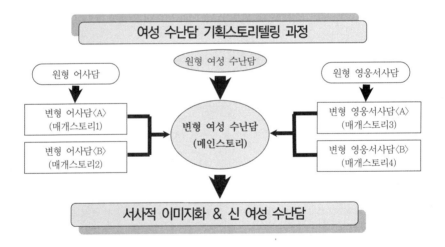

꾼이 물이 들어오는 때에 맞춰 소리를 하게 되면서 마을 사람들은 머릿속으로 옛날 물위를 날아오르는 학(관음봉의 그림자)을 떠올리게 된다. 그 학은 실재하지는 않지만 마을 사람들의 심리에(가슴에) 존재하게 된다. 이를 '심리적 실재'라고 한다. 이는 심리적으로 특정 이미지를 떠올리게 하는 것이라는 점에서 〈송부인전〉에 나타나는 '서사적 이미지화'와 통하는 바가 있다고 본다.

4. 기획스토리텔링을 활용한 통속적 감성 고소설 창작

소설을 존재하게 하는 요소는 여러 가지가 있겠지만, 소설의 생명성
이라는 입장에서 보면 가장 중요한 요소는 '재미' 혹은 '흥미'일 것이다.
이는 소설을 소설로 존재할 수 있게 하는 필요조건이 된다. 이러한 소설
의 재미는 곧 독자의 수용과 반응으로 연결된다. 이는 곧 한 편의 고소설
이 대중의 사랑을 받아서 성공한 작품으로 자리매김하는 것을 의미한
다. 물론 여기에 시대성과 정신적 가치와 같은 충분조건을 담아낼 수
있으면 금상첨화다. 이를 스토리텔링 기법으로 치환하여 이야기하면 감
성과 가치[32]의 조화가 이루어지면 더할 나위 없다는 말이다.

그렇다면 〈송부인전〉은 어떤가? 필자가 보기에 이 작품은 감성적 요
소와 가치적 요소가 함께 드러나는 작품이다. 이 작품의 감성적 성공
요인으로는 전시대 및 당대에 유행하던 여성 수난담, 어사담, 영웅서사
담과 같은 대중적 이야기 素를 활용하여 독자의 시각적, 감각적 흥미에
부응하도록 했다는 점이다. 그리고 그러한 세 가지 단위담이 가지는 감
성적 요소가 감성의 자극에만 그치지 않도록 전략적 기획스토리텔링을
하여 나름의 가치를 담아내고 있다.

먼저 여성수난담에 나타나는 가치적 요소를 살펴보면, 송 부인은 일
차적으로 당대의 사회문화가 요구하는 여성상을 보여준다는 점이다. 당
대의 사회와 문화에서 학습되고 구축된 성 역할을 보여주는 것이다. 송
부인이 왕한춘에 의해 위기에서 벗어나고, 그와 결혼한 이후 소주 왕

---

32 클라우스 포그, 크리스티안 부츠, 바리스 야카보루 지음, 황신웅 옮김, 『스토리텔링의
   기술 : 어떻게 만들고 적용할 것인가?』, 멘토르, 2012, 33~36쪽. 본고에서 사용한 '감성
   과 가치'의 조화에 대한 아이디어는 이 저서를 참고로 하였음을 밝혀 둔다.

진사 댁에 들어가서 보여주는 모든 행위 하나하나[33]는 그러한 모습에 해당된다.

그러면서 동시에 그녀는 새로운 여성상, 즉 주체적 여성의 모습도 보여준다. 자아를 인식하고 주체적 결단을 내리는 모습도 보여주면서 서서히 변모하는 여성상을 드러내기도 하는 것이다. 조중인과 무녀 등의 모함에 의해 송 부인의 정절이 의심되자 송 진사는 며느리에게 비상을 주며 자결을 강요한다. 송 부인은 누명을 쓰고 자결을 할 수도 없고, 또 달아나서 시부모의 명령을 거스를 수도 없는 상황에 놓인다. 그래서 그녀는 시부모를 찾아가, 불효한 자부가 살아서 구고의 뜻을 받들지 못했는데, 이제 여기서 죽으면 시댁의 시름이 되고, 그것은 곧 죽어서 시댁에 무한한 걱정을 끼치게 되는 것이라 한다. 그러므로 자신을 송씨 집안에서 내쳐주면 문 밖에 나가서 죽겠다고 하면서 시아버지인 송 진사를 설득한다.[34] 송 진사가 이를 허락하자 그녀는 동생 송남패와 함께 도망하여 도로 유리걸식을 감행하여 스스로 살길을 도모한다. 이러한 송 부인의 모습은 유교적 사회가 요구하는 여성상을 보여주면서 한편으로는 새로운 사회적 여성상(gender)의 가능성을 열어두고 있다.

두 번째로 어사담에 나타나는 가치적 요소는 민중들이 바라는 소망과 대의의 실천과 관련된다. 그것은 바로 사회적 타자에 대한 국가적 대의성의 실현이다. 이 작품 속에서는 어사인 왕한춘이 배우자가 될 송경패의 위기를 구해주는 것으로 나타나거나, 자신의 아들인 갈용의 옥사를 해결해주는 존재로 나타나지만, 이는 곧 민중들이 바라는 국가 공

---

33 〈송부인전〉, 65쪽.
34 〈송부인전〉, 75~76쪽.

권력의 진정한 면모라고 볼 수 있다. 이러한 왕한춘의 행위는 사회적 약자에 대한 국가 기관의 돌봄과 보살핌의 대의를 드러낸 것이라고 생각된다.

세 번째로 영웅서사담은 일차적으로 흥미성이라는 감성과 직결되지만, 그러한 흥미성 속에 물리적 한계의 극복과 도약이라는 정신적 가치가 함의되어 있다. 송남패가 벼랑 아래 물속으로 떨어져 죽은 후 수중 용궁으로 가서 용왕의 부마가 되고 다시 초월계의 도움을 받아 비범한 능력을 획득한 후에 인간 세상으로 돌아오는 과정의 서사는 사회적 약자들에게 갱생의 가능성과 같은 희망을 품게 한다는 의미가 있다.

따라서 〈송부인전〉의 작가는 기획스토리텔링 기법을 활용하여 통속적 감성 소설을 창작하였지만, 그 속에는 조금씩 싹트는 새로운 기운과 가치가 녹아 있음도 알 수 있다.

5. 결론

이상에서 살펴본 바와 같이 〈송부인전〉은 전 시대에 유행하였던 여성 수난담과 어사담, 그리고 영웅서사담과 같은 스토리를 결구한 작품이다. 다만 각각의 단위담의 특징을 가져오기는 했으되, 여기에는 작가에 의해 의도된 새로운 이야기 요소들이 많이 가미되어 전대의 유사한 작품군에서는 맛볼 수 없는 향취를 풍기는 새로운 작품이 탄생되었다. 이를 굳이 현대식 용어로 치환하여 말하자면 '기획스토리텔링'의 기법을 비교적 이른 시기에 활용하여 새롭게 가공된 신선한 작품이 창작되었다는 것이 필자의 생각이다. 이 작품의 작가는 진부한 형식을 끌어들이되 내용에는 변화를 주는 전략적 스토리텔링 기법을 이미 오래 전에 감지하고 있었는지도 모른다. 그래서 이 작품은 진부한 형식을 차용한 것에 초점을 두면 선행했던 작품들 결합한 삼류 작품으로 치부될 수도 있고, 그 형식적 결합 속에 내용의 변화를 준 것에 초점을 두면 새로운 성격의 작품이 창작되었다고 볼 수도 있다. 물론 필자는 후자의 견해를 취한다. 그 이유는 이 작품이 드러내는 신선함과 새 시대를 지향하는 방향성 때문이다.

먼저 이 작품이 보여주고 있는 신선함은, 남녀 주인공의 애정과 혼인생활의 문제를 직접적으로 다루지 않고 있다는 점이다. 통속적 고소설에서 흔히 나타나는 남녀의 애정과 혼인생활에서 벌어지는 잡다한 이야기를 전혀 다루지 않으면서 여성의 수난을 그리고 있다는 점은 매우 신선하기 그지없다.

그리고 이 작품에는 여성의 수난이 나타나면서도 남성 중심의 가부장권의 횡포를 전면에 내세우고 있지 않다는 점이다. 대신 인간의 일상적 생활에서 벌어질 수 있는 친척들 간의 물욕 때문에 주인공 남매가 시련을 겪는다는 매우 현실적 이야기를 다루고 있다. 가장권의 상실이 재산권의 상실로 이어지고 이는 곧 경제적 문제, 생존의 문제로 직결되어 결국에는 가족이 해체될 수도 있는 위기감을 드러내고 있는 것이다. 또 시아버지 왕 진사에 의해 축출되는 장면 역시 단순한 가부장권의 횡포라기보다는, 남편이라는 보다 가까운 가장권이 부재함으로 인해 벌어질 수 있는 위험과 시련을 그리고 있는 것으로 보아야 할 것이다.

세 번째는 이 작품에서 물욕을 추구하는 자와 애욕을 탐하는 자가 여주인공에게 위해를 가한다는 신선한 발상이다. 이는 여성수난담이 나타나는 여느 가정소설이나 가문소설과 달리 매우 현실적 차원의 문제를 드러내고 있는 것이다. 그래서 상층의 사대부가 처첩들의 쟁총 때문에 빚어지는 문제가 아니라, 돈이나 아름다운 여성을 탐하는 남성의 속물적 근성, 그리고 이들에게 편승하여 물질적 대가를 바라는 중하층 인물들의 현실적 논리를 집중적으로 드러내고 있다.

　이렇게 냉혹한 현실적 논리 속에서 힘없는 어린 남매가 살아가는 모습을 형상화하면서 작가는 한편으로 이들의 고난을 해결해 주기 위해 어사담과 영웅서사담과 같은 익숙한 스토리를 병치시키고 있다. 이는 단순히 과거의 답습을 의미하지 않는다. 작가는 여성수난담, 어사담, 영웅서사담과 같이 독자들에게 매우 익숙한 이야기들을 하고 있으면서도 작품 곳곳에서 새 시대에 맞게 새롭게 싹트는 가치를 툭툭 던지고 있다. 한 예로 송경패의 원조자라 할 수 있는 호장의 딸을 왕한춘의 첩으로 들이거나, 그로 인한 신분상승을 유도하지 않는다는 점이다. 여기에는 일부다처를 거부하고 일부일처를 공고화하려는 작가의식의 숨어 있다. 그리고 유 씨 부인을 비롯한 주변 원조자들에게도 경제적 보답을 한다는 점과 송남패가 양부인 양판관이 새롭게 양자를 들인 것을 보고 스스로 파양을 하는 것도 그러한 예에 해당된다. 이러한 면은 이 작품이 전반적으로는 봉건주의적 현실을 인정하면서도 일부 자본주의적 가치와 관계를 중시하는 사회의 변화를 담고 있는 것으로 볼 수 있다. 즉 전근대의 집단적 가치를 존중하고 드러내면서도 개인의 자율성과 가치를 중시하는 새로운 작품이 창작된 것이라 할 수 있다는 것이다. 그래서 이 작품에는 가부장제에 의한 선악 이분법이 나타나지 않는다. 이러한 전반적인 내용과 특징은 〈송부인전〉의 작가에 의해 철저하게 계산되고 기획된 결과물이다.

황중윤의 〈사대기〉에 나타난
현실적 국가관

순환론에 의한 왕조교체를 중심으로

1. 서론

이 글은 동명(東溟) 황중윤(黃中允, 1577~1648)의 〈사대기(四代紀)〉에 나타난 국가관과 현실적 특징을 살펴보는 데 목적을 둔다. 황중윤은 선조 10년(1577년)에 안동에서 태어나 광해군대(光海君代)와 인조대(仁祖代)에 걸쳐 활동한 정치가이자 문인이었다. 하지만 그간 학계에서는 그와 그의 작품에 대해 큰 관심을 두지 않았다.[1] 그래서 한동안 그의 작품

---

1 황중윤은 36세 때인 광해군 4년(1612)에 과거에 급제하여 왕성하게 활동하다가 인조반정 (1623년) 이후 오랜 기간 유배생활을 한다. 그리고 10여 년의 유배기간 동안 현재 전하는 한문소설들을 지은 것으로 알려져 있다. 황중윤의 생애와 작품에 대해서는 선행연구에서 밝혀져 있으므로 이를 참고하기 바란다. 필자가 황중윤의 생애와 관련하여 참고한 선행연구는 다음과 같다.
   김동협, 「옥황기 고찰」, 『동방학문학』 5호, 동방한문학회, 1989, 103쪽.
   김동협, 「황중윤 소설 연구」, 경북대학교 박사학위논문, 1990, 10~18쪽.
   조안나, 「사대기의 표현특질과 주제의식」, 고려대학교 대학원 석사학위논문, 2013, 1~3쪽.
   김인경·조지형 옮김, 『황중윤 한문소설 일사·삼황연의』, 새문사, 2014, 9~10쪽.
   김동협 역주, 『사대기』, 박이정, 2015, 26쪽.

에 대한 연구도 매우 미진한 편이었다. 황중윤의 소설을 학계에 소개한 김동협 교수의 연구[2] 이후 일부 논의가 있었지만 다른 고소설 작가들에 비해 크게 관심을 받지 못하였다. 이러한 상황에서 〈사대기〉가 최근 학위논문으로 연구되기도 하고, 황중윤의 한문소설이 단행본으로 출간되기도 하면서 새롭게 주목을 받고 있다.

〈사대기〉를 처음 학계에 소개한 김동협 교수는, 이 작품의 서지적 상황과 황중윤의 소설관을 간략하게 언급하였다. 그리고 작품 내용 분석에서는 〈사대기〉에 나타난 원·하·상·연(元·夏·商·燕) 4왕조의 황제 13명을 제시하고 이를 기능적 단락이고 명명하였다. 그리고 이 순서에 따라 각 단락의 대략적인 내용을 요약한 후 황중윤의 역사관을 첨언하는 것으로 마무리하였다.[3] 그리고 이러한 내용은 바로 다음해에 발표된 그의 박사학위 논문에서 재론된다.[4] 상당한 시간이 경과한 후에 이루어진 조안나의 후속 연구에서는 김동협의 연구에서 한 걸음 더 나아가 〈사대기〉의 표현상 특징으로 '다양한 명명 방식의 사용', '전고(典故)의 활용', '한문 양식의 도입'의 세 가지를 제시하고, 이 작품에 드러난 시공간적 특성과 주제의식까지 심화해서 논의하였다.[5] 조안나는 "황중윤이

---

2 김동협 교수는 두 번에 걸친 학술조사를 통해 황중윤의 작품을 발굴하여 학계에 보고하였다. 그 중에서 1981년 문학과 언어연구회 학술 자료 조사단의 일원으로 참가하여 발굴한 작품들 중 天君紀(Ⅰ), 四代紀, 玉皇紀, 天君紀(Ⅱ), 逑川夢遊錄, 東溟文集序, 天君紀序, 家狀, 書家狀後, 墓碣銘并序, 墓誌銘并序, 跋, 戒酒文 등을 東溟文集에서 뽑아『황동명소설집』으로 간행한 바 있다.(김동협,「사대기 고찰」,『논문집』8집, 동국대학교 경주캠퍼스, 1989, 120쪽 참조.)
  황중윤 저·김동협 편,『황동명소설집』, 문학과 언어연구회, 1984, 1~377쪽.
3 김동협,「사대기 고찰」,『논문집』8집, 동국대학교 경주캠퍼스, 1989, 119~136쪽.
4 김동협,「황중윤 소설 연구」, 경북대학교 박사학위논문, 1990, 10~31쪽, 57~67쪽.
5 조안나, 전게 논문, 2013, 1~48쪽 참조.

〈사대기〉에서 말하려고 했던 것은 백성이 가장 중요한 주체이며, 그 백성들이 평등하게 살 수 있고, 권력의 사사로움이 없는 나라를 원하는 것임을 알 수 있다."라고 하여, 김동협 교수가 〈사대기〉에 나타난 황중윤의 역사의식으로 제시한 부분[6]을 조금 다르게 표현하고 있다. 김동협 교수가 황제의 덕치를 황중윤의 역사의식 및 〈사대기〉의 주제의식으로 내세우고 있음에 비해, 조안나는 '백성'을 주체로 보고자 한 점이 다르다. 이후 김인경과 조지형은 황중윤 한문소설을 번역하면서 이러한 선행연구의 주요 내용을 작품 해제 부분에서 재론하였다.[7] 일부 표현은 다르지만, 큰 틀에서 보면 김동협 교수나 조안나가 논의한 자장 내에서 논의되었다고 할 수 있다.

필자는 선행연구의 논의들을 대폭 수용하여 활용하면서도, 선행연구에서 범박하게 제시되었던 순환론에 의한 왕조교체의 이유와 과정을 세밀하게 제시하고자 한다. 특히 각 왕조와 황제명, 관련 오행, 계절적 속성과 황제들의 성품을 하나의 맥락에서 해명하여 각 왕조가 패망하고 등극하는 개연성을 일목요연하게 제시할 필요성이 있다. 그리고 이러한 논거에 근거하여 순환론적 세계관에 의한 왕조교체의 필연성을 제시하고, 그 왕조교체의 필연성은 가장 현실적 근거 위에서 실현되고 있다는

---

6 "결론적으로 말하면 작가는 황제는 인을 쌓아야 하며, 사치에 흐르거나 간사한 여자에 빠져서도 안 되고, 학정·폭정(虐政·暴政)을 해서도 안 되며, 더더구나 명위부정(命位不正)해서는 안 된다고 생각하고 이들을 기준으로 원·하·상·연(元·夏·商·燕) 4나라 13명 황제를 평했다. 이를 순서대로 매긴다면 명위부정이 가장 옳지 못하며 다음이 폭정, 학정이고 그 다음이 사치에 흐르고 간사한 여자에 빠지는 것이다. 그리고 비록 혁명을 하여 천통(天統)을 이었더라도 인정(仁政)을 베풀면 성렬(聖烈)의 임금이 된다고 하여 혁명을 인정하였다."(김동협, 상게 논문, 1989, 135쪽.)

7 김인경·조지형 옮김, 전게서, 2014, 9~21쪽.

점을 고찰하기로 한다. 이러한 논의가 진행되고 나면, 〈사대기〉에서는 각 황제들의 실정(失政)을 해결하기 위해 역성혁명이 이루어지기 때문에 일반 고소설에서 볼 수 있는 초월성이나 종교성에 편승하지 않는다는 특징이 자연스럽게 드러날 것이다. 그래서 궁극적으로는 〈사대기〉에는 역성혁명을 할 때에 강조하는 '천명'과 같은 고차원적인 논리를 강조하지 않고 있다는 점과, 왕조교체의 근거를 매우 현실적 차원에서 피력하고 있다는 점을 구체적으로 살펴보고자 한다.

필자의 이러한 논의가 진행되어도 여전히 〈사대기〉의 창작시기에 대한 정확하게 해명이 필요하다.[8] 또 〈달천몽유록〉을 제외한 황중윤의 다른 작품들에 대한 작품론도 풍부하지 못하다는 점에서 학계의 더 많은 관심이 필요하다고 하겠다.

이에 연구자는 〈사대기〉의 현실적 국가관을 순환론적 세계관 및 왕조교체와 관련지어 살펴보고자 한다. 선행연구에서 논의된 바와 같이 〈사대기〉는 봄·여름·가을·겨울 4계절이 순환할 때 일어나는 자연 현상, 동물, 식물 등을 의인화한 의인소설이다.[9] 그리고 동시에 4왕조의 교체를 서사의 근간으로 하는 왕조교체형 소설이기도 하다.[10] 이 작품

---

8 〈사대기〉에 대한 정확한 창작시기는 아직 추정만 하고 있는 실정이다. 황중윤의 〈天君紀序〉의 말미에, '崇禎 癸酉年(1633년) 中秋에 東溟老父가 쓰다'라는 기록이 있는데, 이 시기는 황중윤의 나이 57세 되던 해이다. 그리고 황중윤은 그의 나이 47세이던 인조반정(1623년) 시기에 유배되었고, 1633년(인조 11년)에 임금의 특명으로 돌아왔다. 김동협 교수는 이러한 기록을 바탕으로, 황중윤이 자신의 유배기간에 〈천군기〉를 비롯한 〈사대기〉, 〈옥황기〉 등을 창작하였을 것이라고 추정하고 있다. 그래서 〈천군기〉나 〈사대기〉의 창작시기를 1623년(인조 1년)~1633년(인조 11년) 사이에 창작되었을 것이라고 포괄적으로 추정한 바 있다.(김동협, 상계 논문, 1990, 23쪽 참조.)

9 김동협, 전게 논문, 1989, 133쪽.

10 〈사대기〉에서 주요 분명한 왕조로 등장하는 것은 4왕조이지만, 최초 원(元)왕조가 '현명

은 작품 문면을 통해 쉽게 알 수 있는 바와 같이 원나라, 하나라, 상나라, 연나라에 걸친 4왕조 13명의 황제들에 대한 치국과 왕조교체에 관련한 이야기를 다루고 있다. 4왕조를 거치고 있으므로 자연스럽게 작가의 국가관에 대한 현실적 이야기가 큰 줄기를 이루고 있다. 이러한 특징을 살핀 다음에는 〈사대기〉에 나타난 작가의 현실인식도 함께 논의해 보기로 한다.[11]

2. 〈사대기〉의 순환론적 왕조교체[12]

〈사대기〉는 4계절과 각 계절에 속하는 동식물의 의인화(擬人化)를 통해 원·하·상·연 4왕조 13명의 황제에 대한 가상의 국가와 가상의 역사를 다루고 있다. 특이한 점은 4계절의 순환이 곧 4왕조의 교체와 일치하고 있다는 점이다. 그리고 각 왕조에 속한 황제들의 공적과 실정 또한

(玄冥)'을 폐하고 개국을 하고, 또 동황(東皇)이 연(燕) 왕조의 민종수제를 폐하는 것까지 합하면 총 6회에 걸친 왕조교체가 나타난다. 다만 '현명'과 '동황'의 국가가 무엇인지 나타나지 않기에 편의상 4왕조라고 하겠다. 그리고 논의의 필요에 따라 6회의 왕조교체를 제시해야 할 경우에는 별도로 밝히기로 한다.

11 황중윤의 〈사대기〉는 백호 임제의 〈화사〉와의 비교를 통해 작품의 연원에 대한 천착이 가능하고, 또 남하정의 〈사대춘추〉와의 비교 연구도 가능하다. 그리고 〈사대기〉가 〈천군기〉와 〈옥황기〉와 함께 『삼황연의』에 묶일 수 있었던 요인에 대한 논의도 함께 진행될 수 있을 것이다. 이 중에서 세 작품이 『삼황연의』에 묶여진 것은 작자 황중윤에 의한 것인지, 그 후손에 의한 것인지가 해명되지 않았고, 『삼황연의』라는 제명(題名) 자체 또한 누가 붙인 것인지 분명하지 않기에 그 요인을 파악하기 어렵다. 이 자체에 대한 연구만으로도 한 편의 독립 논문이 나올 수 있을 것이다. 또 〈화사〉나 〈사대춘추〉와의 비교 연구 또한 별도의 지면에서 비교 연구하는 것이 보다 적절하다고 판단하여 본고에서 별도로 언급하지 않기로 한다. 즉 지면의 부족 및 논지의 통일성을 고려하여 다른 지면을 통해 이들 문제를 거론하고자 한다.

계절적 속성과 일치하도록 결구하였다. 이런 점에서 〈사대기〉의 서사적 큰 틀은 순환론적 국가관을 근간으로 하고 있다고 할 수 있다. 이해의 편의를 위해 작품 문면에 제시된 4왕조와 계절의 관계 양상을 정리해 보기로 한다.

먼저 원 왕조와 관련된 부분부터 정리해 보기로 한다.

왕조	황제명	관련 오행 (方位-德-五色)	계절적 속성과 성품	비고
(?)	玄冥	北-水-黑	겨울 귀신. 刑殺을 담당하는 북방의 신[13]	백성들이 玄冥을 원망함.
元[14]	[1].三元東皇帝[15]	東-木-靑	봄, 靑陽, 溫和, 好養生	건국주, 신하들의 추대에 의해 역성혁명의 주체가 됨.
	[2].仁宗木帝	〃	봄-中和, 能敬承	
	[3].明宗靑帝	〃	봄-氣宇淸明	
	[4].衍宗閏帝	〃	봄-季, 常有侈意, 好風流遊賞	사치, 향락, 미색에 빠져 夏나라 태조 朱明에게 나라를 빼앗김.

12 이 글에서 제시된 '순환론적 왕조교체'란, 계절이 순환되는 섭리에 따라 왕조교체가 이루어진다는 표제적 의미를 지닌다. 그리고 보다 심오하고 본질적인 의미는, 춘·하·추·동의 순환이 자연의 섭리이고 필연이듯이 왕조교체 또한 그러한 섭리에 따라 이루어진다는 것이다. 다만, 이러한 왕조교체의 섭리와 필연에는 유교적 대의명분이 있어야만 하는데, 그 기제로 작용하는 것이 바로 '실정과 어진 덕'이라고 하는 요인이다. 이 둘의 상생상극의 상호 작용을 통해 왕조교체는 필연적으로 교체(순환)된다는 의미로 사용하고 있음을 밝혀 둔다.

13 김인경·조지형 옮김, 『황중윤 한문소설 일사삼황연의』, 새문사, 2014, 214쪽. 〈사대기〉를 정확하게 독해하기 위해서는 다양한 전고에 대한 이해가 필요하다. 본고에서는 김인경·조지형이 번역하면서 주석한 내용을 부분적으로 참고로 하고, 경우에 따라서 추가 설명을 덧붙였다. 이후 주석에 대한 설명은 특별히 필요한 경우가 아니면 관련 페이지를 제시하지 않기로 한다. 그리고 본고의 텍스트는 황중윤의 『逸史』 소재 〈사대기〉를 번역한 김인경·조지형의 역서를 저본으로 하고, 이하에서는 작품명과 번역서의 페이지만을 밝히기로 한다. 그리고 부분적으로 김동협 교수의 〈사대기〉 번역과 원문을 참고로 하였

위 예문은 원 왕조의 태조인 삼원동황제(三元東皇帝)부터 4대 황제인 연종윤제(衍宗閏帝)의 계절적 속성과 성품을 정리해 본 것이다. 그 전에 제시되는 '현명(玄冥)'이라고 하는 황제는 어느 국가의 황제인지 분명하게 제시되지 않는다. 다만 그 '현명'이라는 명칭 역시 '겨울 귀신'의 이름이고, 형살(刑殺)을 담당하는 북방의 신이라는 점에서 전체적인 틀은 계절의 순환에 맞게 배치되었다.

삼원동황제가 원을 건국하기 전에는 '현명'이 나라를 다스렸다. '현명'의 실정 탓에 백성들은 추위를 호소하고 가난한 집들은 배고픔에 울부짖었다. '현명'이 '겨울 귀신'을 의미하기에, 거기에 맞게 백성들이 추위와 배고픔에 시달리는 것으로 형상화 되었다. 백성들이 고통을 견디다 못해 '이해가 언제나 없어질까? 내 너와 함께 모두 망했으면 좋겠다.'[16]고 할 정도로 '현명'을 원망했다.

이에 목공(木公)은 고통 받는 백성들을 구하기 위해 백성들의 여망을 따라 '현명'을 몰아내는 것을 자신의 임무로 삼는다. 목공은 후일 '삼원동황제'가 되는 인물인데, 자(字)는 '청양(靑陽)'이다. 여기서 '삼원(三元)'은 천·지·인 삼재를 가리키며, '동황'은 봄을 주재하는 신화 속 상제의 이름이다.

이러한 목공 '삼원동황제'의 호칭과 관련된 부분을 '동황', '목공', '청

음을 밝혀둔다.(김동협 역주, 「사대기」, 박이정, 2015, 5~169쪽.)

14 여기서 말하는 '元' 왕조는 중국의 역대 왕조인 '원'나라가 아니다. 작가가 〈사대기〉를 창작하면서 허구적으로 설정한 국가이다. 작가는 동황제(東皇帝)가 『주역』의 원·형·이·정의 '원'을 취한 것(元, 元亨利貞之元也. 〈사대기〉 '元紀', 534쪽 참조)이라고 하여 국명을 '원'으로 지은 이유를 밝히고 있다.

15 三元은 天·地·人 三才를 가리키며, 東皇은 봄을 주재하는 신화 속의 上帝 이름이다.

16 "時日曷喪 予及汝偕亡", 〈사대기〉 '元紀', 533쪽.

양'으로 분리한 후 오행에 입각해서 풀어 볼 수 있다. 한 해의 시작인 '봄'은 오행의 동쪽을 의미한다. 그리고 '木'은 오행의 '목덕(木德)'을 의미하며, 오색으로는 청색에 해당된다.[17] 그래서 '삼원동황제'의 성품은 온화하고, 덕성은 조화옹에 견줄 만하여, 살리기를 좋아하며, 만물을 길러주는 마음을 천부적으로 타고난 것[18]으로 나타난다. 이는 자연계의 '봄'이 갖는 속성 그 자체이다. '현명'이라는 '겨울 귀신'을 이길 수 있는 것은 '봄'을 주재하는 신이기 때문에 부여된 계절적 속성과 성품이다.

작가는 '현명'으로 표상된 '겨울 귀신'의 폭정을 일소할 인물로 '동황'이라고 하는 봄의 신을 제시하였다. 자연계의 순환논리에 따라 겨울의 차가운 얼음을 녹이고 봄이 오듯이, '현명'의 폭정을 몰아내고 '동황'의 어진 정치를 위해 역성혁명이 필요하다는 논리를 자연스럽게 획득하고 있는 것이다. 이는 목공의 사사로운 욕심에 의한 것이 아니고, '천시'를 따른 것으로 나타난다.[19]

황제로 등극한 동황제는 제일 먼저 용사(龍師)를 봉하여 천수현공(天水縣公)[20]으로 삼아 백성들이 밭으로 나가 씨를 뿌릴 수 있도록 한다. 이는 겨울 귀신인 '현명'이 지배하던 시절에 백성들이 농사를 짓지 못하여 추위와 배고픔에 고통 받던 현실적 문제를 해결하기 위한 조치다. 그리고 봄과 관련된 다른 인물들에게도 여러 관직을 봉하는 것을 통해 전대 황제 '현명'의 실정을 바로잡고자 한다. 이를 간단히 정리하면 다음과 같다.

---

17 조안나, 전게 논문, 2013, 13쪽 참조.
18 性本溫和 德侔造化 其好生養物之心 天所鍾也. 〈사대기〉 '元紀', 533쪽.
19 十二月 三十日 甲辰啓行 進營於東郊 順天時也. 〈사대기〉 '元紀', 533쪽
20 龍이 구름을 몰고 나니며 비를 내리게 하기 때문에 붙여진 용의 별칭이다.

NO	인물	관직	해야 할 일
ⓐ	雷師	雷州 震澤公	*숨어 사는 자를 진작시켜 황제의 교화를 베풀게 함. *간사한 자를 처벌하여 황제의 위엄을 떨침.
ⓑ	雲卿	紀官 奉天縣侯	*가뭄에 장맛비가 되어 내려야 함.
ⓒ	羲仲	日官 暘谷侯	*떠오르는 해를 공손히 맞이하고, 봄 농사를 고르게 다스림. *백성의 농사철을 공경히 내려주는 것.
ⓓ	風后	扶風縣伯	*백성들에게 기운을 불어 넣어 울울한 자들은 북돋아 주고, 거의 죽게 된 자와 쓰러진 자들은 일으켜 주며 유폐되어 있는 자들은 풀어줌. *살려는 의지를 회복시키는 데 힘씀. *사방이 바람 따라 움직이듯 교화시키는 것.
ⓔ	造化翁	冢宰 司命君	*곱고 추함, 크고 작음, 저것과 이것, 높고 낮음을 막론하고 은혜를 고루 베푸는 것. *지극히 공평하여 조금의 사사로움도 없게 하여 황제의 공평한 사랑과 은택을 널리 펼치는 것. *교화의 중책

위의 표 ⓐ~ⓔ는 '현명'이 지배하던 겨울의 폭정을 몰아내고, 동황제가 백성들을 위해 새롭게 봄기운과 생명을 불어넣는 장면을 정리한 것이다. 제시된 '뇌사, 운경, 희중, 풍후, 조화옹'은 각각 겨울에 움츠러들었던 존재들에게 황제의 교화를 베풀기도 하고, 농사철에 비를 내리기도 하며, 농사에 필요한 햇빛을 비추어 주고, 겨울에 거의 얼어 죽게 된 존재들에게 생명의 숨기운을 불어넣기도 하며, 온 세상을 공평하게 교화하는 역할을 하는 인물들이다.

이들은 모두 '봄'이라는 계절과 관련된 자연물들이다. 작가는 이러한 계절적 자연물의 의인화를 통해 당대 백성들이 현실적으로 가장 필요한 것들을 제공해야 한다는 점을 강조하고 있다. 그것은 곧 백성들이 굶지 않고, 아프지 않게 해야 한다는 생존과 관련된다. 그래서 작가는 동황제의 제위 기간 동안 곡식, 채소, 과일나무, 약초와 관련된 인물들을 등장시켜 백성들을 위무하는 것으로 형상화하고 있다.[21]

2대 황제인 인종목제(仁宗木帝)와 3대 황제인 명종청제(明宗靑帝), 그리고 4대 황제인 연종윤제(衍宗閏帝) 역시 동황제와 같은 오행에 해당되며, 각각 봄의 계절적 속성과 성품을 가지고 있는 것으로 나타난다. 또 계절적 배경인 봄에 해당되는 동식물이나 자연물을 등장시켜 백성들의 삶을 윤택하게 하는 데 힘쓴다.

다만 연종 윤제의 경우에는 흐드러진 계춘(季春)의 속성과 관련되기에, 그러한 계춘의 분위기에 맞게 태자 시절부터 분에 넘치는 뜻을 가지고 있고, 풍류와 유람을 좋아하는[22] 것으로 나타난다. 그리고 위 씨와 요 씨 두 왕비와 8~9명의 미인들의 치마폭에 싸여 밤낮으로 색에 빠져 정무를 폐한다. 또 주변에 온갖 소인배들이 아첨을 떨고, 조정의 신하들이 모두 이에 동화되어 날마다 사치하고 허세를 부리며 노는 것을 숭상한다. 그래서 점점 나라의 일을 생각하는 자가 한 사람도 없게 되고, 윤제 스스로도 이를 태평성대라 여기고 노는 일에 빠져 만족할 줄을 모른다.

윤제의 사치와 향락이 절정에 이르자 주명(朱明)이라는 인물이 나타나 윤제를 폐위시키고 자신이 하(夏)나라를 건국한다. 작가는 『通鑑』「外紀」의 사평에서, '윤제는 비록 죽이는 것을 좋아하지는 않았으나 제멋대로 사치를 부려 궁정이 어지러워지고 간사한 기색이 가득하였으며, 결국 외적을 불러들여 비바람이 밝은 대낮을 칠흑같이 어둡게 하였다'고 하고 있다. 이는 '겨울'을 상징하던 '현명'과 같은 폭정은 없었지만, '계춘'을 상징하는 '윤제'의 화려한 사치로 인해 나라가 망하게 되었음

---

21 〈사대기〉 '元紀', 535~538쪽 참조.
22 衍宗閏帝 名季 自在東宮 常有侈意 好風流遊賞. 〈사대기〉 '元紀', 541쪽.

을 이야기하는 것이다. '현명'의 폭정을 '겨울'과 관련지어 봄을 상징하
는 '동황'에 의해 멸망할 수밖에 없는 논리로 삼았다면, '윤제'의 사치는
'계춘'과 관련지어 여름을 상징하는 '주명(朱明)'에 의해 패망할 수밖에
없는 논리로 삼고 있는 것이다. 元 왕조에서 하 왕조로 교체되는 것을
자연계의 순환론적 세계관에 입각하여 형상화하고 있는 것이다. 이해의
편의를 위해 夏 왕조의 태조 주명과 후대 황제들을 오행 및 계절적 속성
과 성품에 따라 정리해 보면 다음과 같다.

왕조	황제명	관련 오행 (方位-德-五色)	계절적 속성과 성품	비고
夏[23]	[1].淸和赤帝	南-火-赤	여름, 氣淸形和, 威稜頗烈, 胸抱旋乾轉坤之智, 心懷易序換時之術, 色尙赤	건국주, 스스로 역성 혁명의 주체가 됨.
	[2].二世炎帝	〃	여름-中夏	실정한 것 없음. 夏至가 위세를 부리자 황자 祝融이 모반을 일으키자 그에게 황위를 빼앗김.
	[3].三世火帝	〃	여름, 威已鑠金, 肆焰無忌	황자의 아들로 모반하여 황제가 됨. 학정을 일삼다가 금천씨에게 나라를 빼앗김.

    위 예문은 하 왕조 태조부터 삼세화제(三世火帝)까지의 오행 및 계절
적 속성과 성품을 정리해 본 것이다. 주명은 '여름'의 이칭인데, 남방을

---

23 여기서 말하는 '夏'나라는 두 가지 의미를 내포하고 있다. 첫째는 글자 그대로 '여름'을
    의미하여 지은 가상의 국가이다. 두 번째는 실제 중국 역사의 하나라의 이미지를 가진다.
    〈사대기〉에서 하 왕조의 삼세화제는 학정을 일삼다가 가을을 상징하는 '商' 왕조 금천
    씨에게 멸망한다. 이는 실제 중국 역사의 하나라 걸왕(桀王)이 폭정을 하여 상나라의
    탕왕(湯王)에게 망한 것을 고려한 것이라 생각된다.

지키는 신인 주조(朱鳥)²⁴ 별자리의 정기를 받았으며, 후일 하 왕조 태조
인 청화적제(淸和赤帝)가 되는 인물이다. 그는 붉은 색을 숭상하였다.
'주명', '적제', '색상적(色尙赤)'을 오행에 대입해 보면, 남방(南方)과 화
덕(火德), 적색(赤色)에 각각 해당된다. 모두 여름의 강렬한 열기와 관련
된다. 여름의 강렬한 열기로 인해 만물이 왕성하게 자랄 수 있지만, 한편
으로는 그 열기가 지나치면 괴롭게 인식되기도 한다. 그래서 朱明은 기
가 맑고 형체가 조화로워 위세가 자못 사납기도 하고, 가슴에는 하늘과
땅을 되돌릴 지혜를 품고 있기도 하며, 마음에는 세서(歲序)와 사시(四
時)를 바꿀 재주를 품은 자²⁵로 형상화되고 있다.

　청화적제는 백성들을 잘 기르는 데 부지런히 힘써 선정을 베푼 것으
로 나타난다. 등장하는 인물들도 모두 여름과 관련되는 동식물이나 자
연물들이다. 루괵왕(螻蟈王-개구리), 지룡왕(地龍王-지렁이), 왕과(王瓜-
오이), 내모(來牟-보리), 목면씨(木綿氏-목화), 공상씨(公桑氏-비단) 등이
등장하여 태평성대를 이루는 데 기여하는 것으로 형상화된다. 그런데
여름이 차츰 무르익자 구양증(歐陽憎-쉬파리)과 하급(何急-벼룩) 등이 백
성들을 침해하고, 또 청화적제가 그들의 행동을 금하지 못하고 포용하
자 백성들로부터 원망을 듣게 된다.

　청화적제의 뒤를 이어 즉위한 이세염제(二世炎帝)는 큰 실정이 없다.
다만 여름이 점점 길어지자 하지(夏至)라는 인물과 그 가문의 위세가
심해져 사람들이 모두 두려워하게 된다. 이에 황자(皇子)들 중 하나인

24　주조(朱鳥)는 28수(宿) 가운데 정, 귀, 유, 성, 장, 익, 진(井, 鬼, 柳, 星, 張, 翼, 軫)의
　　총칭으로 남방을 지키는 신이다.
25　〈사대기〉 '元紀', 544~545쪽, '夏紀', 546쪽.

화정려(火正黎)의 아들 축융(祝融)[26]이 모반을 일으켜 황위에 올라 삼세화제(三世火帝)가 된다. 축융이 모반으로 즉위하여 처음에는 나라 사람들이 기대하고 희망을 걸기도 한다. 하지만 점점 그의 위세가 쇠도 녹일 정도가 되고, 불꽃을 뿜어대는 것이 거침이 없게 되자 백성들의 삶은 점점 피폐해져 간다. 이를 드러내기 위해 작가는 한여름과 관련된 자연물을 대거 등장시키고 있다. 복경(伏庚-삼복) 삼 형제, 한발(旱魃-가뭄)과 같은 자연재해와 관련된 인물들이 백성들을 고통에 빠뜨리는가 하면, 초곡(草穀)을 해치는 종, 명, 모, 황(螽, 螟, 蟊, 蝗) 등이 백성들의 벼 이삭을 모두 먹어치워서 백성들이 굶어죽을 지경에 이른다. 삼세화제 축융의 실정으로 인해 백성들의 삶이 피폐해지자 서백 금천씨(西伯 金天氏)가 백성들을 위해 군대를 일으켜 삼세화제를 폐하고 자신이 商나라를 세워 황위에 오른다.

이해의 편의를 위해 商 왕조의 태조 서백과 후대 황제들을 오행 및 계절적 속성과 성품에 따라 정리해 보면 다음과 같다.

왕조	황제명	관련 오행 (方位-德-五色)	계절적 속성과 성품	비고
商[27]	[1].金天西皇帝	西-金-白	가을, 氣象澄肅, 容彩清爽	건국주, 추대에 의해 황위에 오름.
	[2].中宗白帝	〃	가을, 氣宇清曠, 有晴雲烈日之表	晚秋
	[3].肅宗金帝	〃	가을, 天性殘忍, 嘗以肅殺爲心	燕 왕조 玄英에게 제위를 禪位함.

---

26 남방과 여름철을 관장하는 火神.

27 여기서 말하는 '商' 왕조 역시 작가가 가상으로 설정한 국가이다. 그런데 '상' 왕조 역시 '夏' 왕조와 마찬가지로 작가가 두 가지를 고려한 듯하다. 하나는 '商' 자가 '서쪽 상', '가을 상'의 뜻을 가지기에 '商'나라를 '가을'과 관련지었다. 다른 하나는 실제 중국 역사에

위 예문은 상 왕조 태조부터 삼대인 숙종금제(肅宗金帝)까지의 오행 및 계절적 속성과 성품을 정리해 본 것이다. 서백(西伯)은 상 왕조 태조 인 금천서황제(金天西皇帝)가 되는 인물인데, '금천'은 '가을을 다스리는 신'을 의미한다. 그는 군대를 일으킨 후 김호(金虎)를 전군(前軍)의 선봉 장으로, 백룡(白龍)을 좌우 유격장군으로 삼는다. '서백', '금천', '백룡'[28] 을 오행에 대입해 보면, 서방(西方)과 금덕(金德), 백색(白色)에 각각 해 당된다. 금천서황제는 기상이 맑고 엄숙하며 용모와 풍채가 맑고 시원 하여 아랫사람들이 그를 좋아하고 경외하는[29] 것으로 나타난다. 이러한 이미지는 '가을'의 계절적 속성과 일치한다.

금천은 여름의 열기를 식히기 위해 병예(屛翳-바람), 운진(雲陳-구름), 우공전(雨工箭-빗방울), 은죽창(銀竹槍-장대비), 옥마(玉麻-쏟아지는 빗줄 기) 등을 총동원한다. 이에 복경(伏庚-삼복) 삼 형제 등이 자신들의 처지 를 감지하고 스스로 목숨을 끊고, 화제(火帝) 역시 항복하니 이칙(夷則-孟秋) 등이 금천을 받들어 황제의 자리에 오르게 한다.

이와 같이 작가는 의인화 기법을 통해 무더운 여름이 가고 가을이 오 는 장면을 각 계절에 맞는 자연물을 등장시키는 것으로 형상화하고 있 다. 그리고 금천이 황제로 등극하여 가을이라는 계절적 속성에 맞는 성 품으로 나라를 잘 다스린 결과, '곡식이 풍년이 들고 과일이 모두 잘 익어서 농민들이 조금이나마 쉴 수 있었으며, 나라 안이 평안해져서 서

서 하나라 걸왕이 폭정을 하자 상나라의 탕왕이 걸왕을 폐위시키고 상나라를 건국한 것을 고려한 것이다.

28　오색 중에서 백색은 서쪽에 해당된다. 그래서 서백의 휘하 장수로 서쪽과 관련되는 백룡 을 등장시켰다.

29　帝氣象澄肅 容彩淸爽 群下愛而畏之. 〈사대기〉 '商紀', 554쪽.

황제가 자못 편안한 마음'[30]이 들었던 것으로 나타난다.

2대인 중종백제(中宗白帝)의 이름은 욕수(蓐收)[31]인데, 그 성품은 기개와 도량이 맑고 밝으며, 구름이 갠 하늘에 태양이 뜨겁게 내리쬐는 듯한 모습으로 나타난다. 이러한 백제가 천지를 정돈하는 데 힘쓰자 가을 한철에 천하가 복색을 바꾸었고, 산림 초야의 무리들이 모두 옷을 노랗게 물들이고 붉은 옷을 입었으며, 이보다 더한 사람도 있었다. 그리고 점점 화려함을 숭상하는 풍조가 날로 심해져서 줄기와 뿌리까지도 병들어갔다. 그러자 식견이 있는 사람들은 머지않아 쇠잔해지는 화가 있을 것이라고 근심하였다. 전체적으로 이러한 이미지는 맑은 가을 하늘과 단풍이 든 산천, 그리고 단풍이 절정에 이르러 점점 겨울로 접어드는 장면을 연상하게 한다.

이렇게 절정의 가을 이미지를 보여준 2대 백제 황제가 붕어하고, 겨울 초입을 상징하는 3대 숙종금제(肅宗金帝)가 등극한다. 금제는 천성이 잔인하고 숙살(肅殺)[32]을 마음먹고 있어서, 민심이 깜짝 놀라 두려워하고 천하가 휑하니 살기를 즐거워하는 마음을 잃었다. 금제의 이러한 성품은 만추(晩秋)의 계절적 이미지와 잘 부합한다. 금제의 학정으로 인해 백성들의 원망하여 울부짖는 소리가 일시에 사방에서 일어난다. 그리고 곧 찾아오는 겨울, 즉 현영(玄英)의 위세와 권세가 성대해지니 그에게 황위를 선양(禪讓)하면서 商 왕조는 멸망하게 된다.

금제에게 황위를 선양받은 현영은 연(燕)나라를 건국한다. 이해의 편

---

30 時 禾黍豐登 苽菓皆熟 農民少歇 國中安寧 帝頗有宴安之志焉. 〈사대기〉 '商紀', 555쪽.
31 가을의 신이면서 서쪽의 신.
32 쌀쌀한 가을 기운이 풀이나 나무를 말리어 죽이는 것.

의를 위해 연 왕조의 태조 현영(玄英)과 후대 황제들을 오행 및 계절적
속성과 성품에 따라 정리해 보면 다음과 같다.

왕조	황제명	관련 오행 (方位-德-五色)	계절적 속성과 성품	비고
燕[33]	[1].顓頊皇帝	北-水-黑	겨울, 嚴厲, 全無和色, 人畏其威	건국주, 金帝로부터 황위를 선양받음.
	[2].玄宗陰帝	〃	겨울, 酷烈之政, 無德政, 無仁心	
	[3].愍宗水帝	〃	겨울, 嚴酷, (心)寒	봄을 상징하는 東君에 의해 폐위됨.

위 예문은 연 왕조 태조부터 삼대인 민종수제(愍宗水帝)까지의 오행
및 계절적 속성과 성품을 정리해 본 것이다. 현영은 연 왕조 태조인 전욱
황제(顓頊皇帝)[34]가 되는 인물인데, 개원 현율(玄律)[35] 원년에 수덕으로

---

33 '연' 왕조와 '겨울' 이미지와의 연결은 조금 조심스럽다. 앞서 '원' 왕조는 작가가 『周易』의
元亨利貞의 '元'을 취하였다고 본문에서 밝혔고, 하 왕조, 상 왕조는 夏와 商의 한자
뜻풀이가 가지고 있는 의미와 실제 중국 역사를 고려하여 명명한 것으로 추측할 수 있었
다. 그런데 '연' 왕조의 명명에 대한 추측은 조금 조심스럽다. '夏' 字와 '商' 字와 같은
단순한 한자 뜻풀이나, 중국 역사에 대한 추정만으로는 한계가 있기 때문이다.
이에 필자는 고심 끝에 '燕' 字의 고전적 의미에 대해 탐색해 보았다. 漢나라 許愼이
撰한 『說文解字注』에 따르면 燕은 '제비 연'으로, 제비를 다르게 '玄鳥'라고 한다는 내용이
있다.(燕燕玄鳥也) 그리고 細注에는 날개를 펼치고 있는 모양을 본떠서 '北'으로 상형하였
다는 내용이 있다.(故以北像之)(許愼 撰, 『說文解字注』, 十一篇下, '燕'部, 상해고적출판,
1988, 582쪽. 및 염정삼 역, 『說文解字注 부수자 역해』, 서울대출판부, 2008, 569쪽 참조.)
이를 통해서 볼 때 '연' 왕조를 '겨울'의 이미지와 연결 지은 것은 크게 두 가지를 고려한
듯하다. 첫째는 제비를 '현조(玄鳥)'라고 했을 때, '현'이 가지는 의미이다. '현'은 오행으
로 봤을 때 '겨울'에 해당된다. 두 번째는 제비가 날개를 펼치고 있는 모양을 본떠서 '北'으
로 상형한 것을 활용하였다는 점이다. '北'은 오행으로 봤을 때 역시 '겨울'에 해당된다.
따라서 작가가 이런 점을 고려하여 '연' 왕조와 '겨울'의 이미지를 연결 지어 명명한 것으
로 추측할 수 있다.
34 전욱(顓頊)은 겨울을 주관하는 상제를 말한다.

왕이 되어 10월을 새해의 시작으로 삼았다. '전욱(顓頊)', '수덕(水德)', '현영(玄英)' 등을 오행에 대입해 보면, 북방과 수덕, 흑색(黑色)에 각각 해당된다. 북방, 흑색 등의 오행과 관련되는 전욱의 성품은 엄격하고 사나웠으며, 사람을 대할 때에 전혀 온화한 빛이 없었다.

이러한 전욱의 이미지는 '겨울'의 계절적 속성과 일치한다. 그래서 전욱은 백성들에게 혹독하게 대하여 백성들로부터 큰 원망을 산다. 이에 작가는 『資治通鑑』의 사평을 통해, '전욱은 이름과 지위가 바르지 않았고, 아랫사람을 다스림이 잔혹하여 천하 사람들로 하여금 온몸에 소름이 돋게 하였다. 후대의 임금들도 이와 같았으니 자손들이 어찌 장구히 보존될 수 있었겠는가?'[36]라고 하여 전욱과 그 후손들의 실정을 꼬집는다. 전욱이 아랫사람을 다스림이 잔혹하다는 것은 겨울의 차갑고 날카로운 추위와 잘 부합된다.

뒤이어 등극하는 현종음제(玄宗陰帝)와 민종수제(愍宗水帝)는 전욱보다 더 혹독한 정치를 하여 백성들이 괴로워한다. 특히 연 왕조의 마지막 황제가 되는 민종수제 때에는 조정에 있는 신하들이 모두 엄혹한 길로 황제를 인도하였다. 그 중에서도 소한(小寒)과 대한(大寒) 형제는 상벌을 제멋대로 하고, 권력을 마음대로 휘둘러 천하가 그 기세를 두려워하여 그의 영향권 안에 들어가지 않은 이가 없었다. 여기에 비렴(飛廉-겨울바람), 육출공(六出公-눈) 등은 대한이 정사를 맡은 것을 틈타 군대를 움직여 천하를 다투니 강토가 어지러워지게 된다.

---

35 겨울을 가리키는 용어이다.

36 帝名位不正 而御下又猛 使天下之人 凜凜然寒慄遍體 貽厥如此 子孫安保其久長乎? 〈사대기〉 '燕紀', 559쪽.

　　이에 동쪽 끝 부상(扶桑) 밖 해가 뜨는 나라에서 동군(東君)을 추대하여 백성들을 구원하고자 한다. 그는 옛날 동황제(東皇帝)의 후손이다. 동군은 사람됨이 관대하고 통달하며 함께 살고자 하는 마음이 있었다. 그가 인의(仁義)의 군대를 일으켜 민종수제를 폐하니 연 왕조가 망하고 만다. 겨울을 상징하는 민종수제와 겨울의 속성을 가진 비렴, 육출공 등이 봄의 기운을 가진 동군에 의해 일소되고 있는 것이다. 이와 같이 작가는 의인화 기법을 통해 혹독하게 추운 겨울이 가고 따뜻한 봄이 오는 장면을 각 계절에 맞는 자연물을 등장시켜 형상화하고 있다.

　　이상에서 살펴본 바와 같이 〈사대기〉는 4왕조의 흥망성쇠를 계절의 순환이라는 세계관에 입각하여 서사를 진행시키고 있다.[37] 이상을 왕조교체와 계절의 순환을 중심으로 간략하게 정리하면 다음과 같다.

1. 玄冥(겨울)[38] → 2. 元 왕조 4대(봄) → 3. 夏 왕조 3대(여름) → 4. 商 왕조 3대(가을)
　　↑　　　　　　　　　　　　　　　　　　　　　　　　　　　　　↓
B. ?(가을) ← ← ← A. ?(여름) ← ← ← 6. 東君(봄) ← 5. 燕 왕조 3대(겨울)

　　위의 도식에서 1번부터 6번까지는 작품 문면에 나타나 있는 계절의 순환과 왕조교체를 간략하게 정리한 것이다. 1번 현명(玄冥) 황제가 다스리는 나라가 구체적으로 무엇인지는 나타나지 않으나, 계절적 속성은

---

37 '계절의 순환' 그 자체가 '세계관'일 수는 없다. 하지만 〈사대기〉에서 작가 황중윤은 '계절의 순환'을 통해 '역사의 순환', '왕조교체'를 이야기하고 있다. 즉 〈사대기〉에서 '계절의 순환'은 작가가 역사와 인간, 국가를 바라보는 '세계관'으로 활용되고 있다고 볼 수 있다.
38 여기서 '겨울'이라는 계절은 순환의 대상이지만, '현명'이라는 인물은 순환의 대상이 아니다.

겨울로 나타난다. 그리고 6번 동군이 건국하는 나라 역시 분명하게 나타나지 않지만 계절적 속성은 봄이다. A, B는 작품 문면에 서술되지는 않지만, 이 작품이 순환론에 입각해 있다는 점을 고려하면 여름과 가을에 각각 해당된다. 어떤 왕조가 들어서는지는 아직 모른다. B다음에 다시 1의 겨울로 순환된다. 단 이때 1의 '현명'은 순환의 대상이 아니고, 단지 1의 '겨울'이라는 계절만 순환의 대상이다.

특이한 것은 2번 元 왕조(봄)의 삼원동황제의 후손이 6번에서 동군(봄)으로 등장한다는 점이다. 계절의 순환과 함께 왕조교체가 이루어지되, 이는 일회성에 그치는 것이 아니라, 주체의 덕성 여부에 따라 그 후손이 다시 황위에 오를 수 있음을 드러낸 것이다. 황제들이 덕을 닦아야만 하는 당위성을 인지할 수 있는 부분이다. 다만 봄, 여름, 가을에 속하는 왕조의 후손은 계절의 속성상 다시 황위에 오를 수 있지만, 겨울에 속하는 왕조는 엄혹한 계절의 속성상 그 후손이 다시 황위에 오를 가능성은 매우 희박하다. 이후 반복되는 계절의 순환에서 겨울에 속하는 왕조의 건국주는 완전히 다른 집안의 인물에 의해 왕조교체의 주역이 결정될 가능성이 크다. 이 작품에서 겨울은 군주의 '폭정'을 상징하는 것으로 나타나기 때문이다.

이와 같이 〈사대기〉는 순환론적 국가관을 서사의 원리로 끌어들이고 있다. 이러한 서술 원리를 따르게 될 경우 왕조교체의 필연성과 인의를 실현해야만 한다는 당위성을 자연스럽게 피력할 수 있다. 그리고 독자들이 익숙한 계절적 속성에 등장인물의 성격을 대입시킴으로써 허구적 인물의 성격을 자연스럽게 창조할 수 있다.[39] 전체적인 서사 전개 과정

---

39 〈사대기〉와 같이 계절의 특성을 드러내는 자연물과 동식물을 활용하여 계절의 순환과

이 자연계의 순환론에 입각해 있기 때문에 서사적 유기성의 맥을 정리하기에도 유용하다. 뿐만 아니라 전지적 시점에 의해 서사를 진행시키면서도 작가의 주관적 시점에서 전체 서사를 통어할 수 있는 명분이 생긴다. 동시에 그러한 작가의 시점은 주 독자층이 되는 당대 유학자들의 인식과도 거리가 가깝게 되기 때문에 독자들의 공감을 사기에도 유용하다. 그 중에서도 순환론적 세계관을 서사의 원리로 활용할 경우 무엇보다 중요한 것은, 종교적, 신화적, 초월적 외경을 억지스럽게 형상화할 필요가 없다는 점이다. 〈사대기〉에서는 일반 고소설에서 흔히 나타나는 天上 주재자나 초월적 존재의 전지전능한 권능과 위력이 '자연계의 순환'이라는 자장 속에 모두 수렴되기 때문이다.

3. 순환론적 세계관에 의한 왕조교체의 현실성

〈사대기〉에서는 초월계의 전지전능한 권능과 위력이 강조되지 않는다. 왕조교체의 필연성이나 위정자의 덕성 실천과 같은 당위성은 '자연계의 순환'이라는 자장 속에서 모두 설명될 수 있기 때문이다. 초월성을 개입시키지 않으면서도 순환론적 국가관에 의해 작가가 강조하고자 하는 유교적 덕치를 서사화할 수 있다.

유교 이념의 정당성을 강조하고 있다는 점에서 〈사대기〉는 17·8세기에 양산된 많은 영웅소설이나 가정·가문소설들의 주제의식과 통하

왕조교체에 활용하게 되면, 이들이 단순한 등장인물에 그치지 않고 각 계절을 입체적이고도 사실적으로 드러내는 임무를 수행하게 된다는 장점이 있다.

는 면이 있다고 할 수도 있다. 하지만 작가가 〈사대기〉에서 드러내고자 하는 유교적 덕치는 초월적·종교적 세계관을 활용하는 여타 고소설과 다르다. 일부 고소설 작품에서는 유교 이념의 정당성을 입증하기 위해 초월적 세계를 개입시킨다.[40] 이러한 작품에서는 주인공의 의지보다 천상계의 예정된 삶에 의해 유교 이념의 정당성이 강조된다.

이와 달리 〈사대기〉에서는 유교적 덕치나 왕조교체의 필연성을 설명하기 위해 초월성이나 종교성보다 더 큰 삶의 원리인 '자연계의 순환 원리'를 차용하고 있다.[41] 이러한 순환 원리를 따르게 되면 초월성이나 고차원적인 종교성에 의지하지 않기 때문에 각국의 황제는 물론 신하들 또한 현실계의 구체적인 삶을 통해 자신의 생각이나 행위 전모를 보여주어야만 한다. 만일 그렇지 못할 경우 황제는 민심에 의해 폐위되고, 그 아래 위정자들은 비참한 말로를 맞이하게 되는 것으로 나타난다.

이러한 순환론적 세계관에 의한 현실성 때문에 〈사대기〉에서는 유교적 이상사회인 태평성대가 나타나되, 신화적 질서나 초월적 세계관에 의한 이상향의 제시는 나타나지 않는다. 〈사대기〉에서 가장 이상적인 황제로 제시되는 삼원동황제는 "생각건대 왕도를 행하는 자의 정치는 백성을 양육하는 데에 있다."[42]고 하여 자신이 표방하는 이상적 정치를 역설한다. 이는 동황제가 생각하는 이상적 정치이면서 작가 황중윤이

---

40 이상택, 『한국 고전소설의 세계』, 돌베개, 2005, 198쪽.

41 필자는 본고에서 '초월성'이나 '종교성'보다 '자연계의 순환 원리'를 더 큰 삶의 원리라고 보고자 한다. 왜냐하면 '초월성'이나 '종교성'이 자연계의 삶과 동떨어져 있는 것이 아니라, 이 둘은 '모든 세계(자연계)' 속에서 재정립된 별도의 세계라고 보기 때문이다.

42 竊念王者政在養民. 〈사대기〉 '元紀', 535쪽.

생각하는 유교적 이상세계의 모습이다. 실제로 동황제는 관직을 봉할 때에 백성들의 삶과 가장 밀접한 부분들을 먼저 챙긴다. 그것이 실현되면 그것이 곧 유교적 태평성대요 이상사회이기 때문이다. 이러한 면은 Ⅱ장의 표에서 동황제가 ⓐ~ⓔ의 '뇌사, 운경, 희중, 풍후, 조화옹' 등에게 이들이 해야 할 일들을 일일이 일러주면서 강조하는 모습에서 구체적으로 증명되고 있다. 그래서 작가는 동황제의 치적에 대해『史記』「本傳」의 사평을 통해 다음과 같이 말한다.

> 동황제가 즉위한 이래로 살리기를 좋아하고 죽이기를 싫어하였으며, 억지로 일을 행하지 않아도 나라가 다스려지고 말을 하지 않아도 교화가 이루어지니 천하가 기뻐하였고 한 사람도 자신의 자리를 얻지 못한 자가 없었다. 황제의 은혜가 상서로운 바람 따라 높이 날아가고 황제의 덕이 온화한 기운과 함께 널리 퍼져 날짐승·길짐승·물고기·자라에까지 미쳤으니 모두 삼황·오제(三皇·五帝) 때보다 더하였다.[43]

동황제에 대한 이러한 사평에서 나타나는 바와 같이 그는 초현실적 존재나 종교에 의지한 것이 아니라 현실 속에서 유교적 이상사회를 구현하였다. 이러한 조짐은 애초 동황제가 현명의 폭정을 일소하고 역성혁명을 통하여 元 왕의 황제 자리에 오르는 서두에서부터 강조되어 있다.

> 당시에는 현명(玄冥)이 천하를 다스리고 있었는데, 크게 해악을 끼친 탓에 백성들은 추위를 호소하고 가난한 집들은 배고픔에 울부짖었다. 사람

---

43 帝卽位以來 好生惡殺 無爲而治 不言而化 天下熙熙 無一物不得其所 恩從祥風翶 德與和氣遊 暨鳥獸魚鼈 咸若不啻四三而六五矣. 〈사대기〉'元紀', 538쪽.

들이 그 고통을 견디다 못해 이 해가 언제나 없어질까? 내 너와 함께 모두 망했으면 좋겠다고 하였으니, 얼마나 현명을 원망했는지 알 수 있겠다.[44]

현실의 폭정에 시달리던 백성들은 이러한 고통을 해결해 줄 인물이 木公이라고 생각하였다. 목공은 그러한 백성들의 고통을 알고 해결하기 위해 백성들의 뜻에 따라 군사를 일으켜 현명을 몰아내고 동황제가 된 다. 그가 역성혁명의 주체가 되어 원 왕조의 태조가 되는 데에는 그 어떤 초현실성도 개입하지 않는다. 오로지 백성들의 현실적 고통을 가장 현 실적으로 해결해 줄 수 있었기에 왕조교체의 주역이 된 것이다. 동황제 는 황제가 된 이후에도 유교적 덕치를 잘 실현하였기 때문에, 후일 그 후손인 동군(東君)에게 다시 황위가 돌아가게 된다.

하 왕조의 주명(朱明)이나 상 왕조의 서백(西伯), 연 왕조의 전욱(顓頊) 역시 전 시대 황제의 실정에 편승하여 왕조교체의 주역이 된 인물들이 다. 이 중에는 전 시대 황제보다 나은 정치를 한 인물도 있고, 연 왕조의 전욱과 같이 더 심한 폭정을 일삼은 인물도 있다. 중요한 것은 〈사대기〉 의 왕조교체 주역들은 누구 하나 예외 없이 유교사회에서 강조하는 현 실의 실정을 해결하고자 하는 목적에서 역성혁명을 단행한다는 점이다. 그 어떤 초월성이나 종교에 편승하지 않는다.

이러한 면은 황제의 실정으로 인해 폐위되는 사례를 확인해 보면 쉽 게 확인할 수 있다. 확인을 위해 앞서 Ⅱ장의 '순환론적 왕조교체'에서 제시하였던 사례들을 부분 변형하여 잠시 옮겨보기로 한다.

---

44 時 玄冥御宇 大肆虐威 蒼生呼寒 白屋啼饑 人不堪其苦曰 '時日曷喪 子及汝偕亡' 怨可知 也. 〈사대기〉 '元紀', 533쪽.

왕조	황제명	계절적 속성과 성품	폐위 사유
元	[4].衍宗閏帝	봄-季, 常有侈意, 好風流遊賞	사치, 향락, 미색에 빠져 夏나라 태조 朱明에게 나라를 빼앗김.
夏	[3].三世火帝	여름, 威已鑠金, 肆熖無忌	황자의 아들로 모반하여 황제가 됨. 학정을 일삼다가 金天氏에게 나라를 빼앗김.
商	[3].肅宗金帝	가을, 天性殘忍, 嘗以肅殺爲心	폭정을 일삼다가 燕 왕조 玄英의 위세에 눌려 그에게 제위를 禪位함.
燕	[3].愍宗水帝	겨울, 嚴酷, (心)寒	엄혹한 정치를 하다가 봄을 상징하는 東君에 의해 폐위됨.

위에 제시된 황제들은 4왕조의 마지막 황제들이다. 이들의 성품은 각 계절의 속성과 부합되도록 설정되었다. 그래서 이들이 폐위되는 사유 또한 계절적 요인과 같은 맥락에서 해석할 수 있다. 중요한 것은 정도의 차이는 있으나, 이들 모두 자신의 실정으로 인해 백성들이 도탄에 빠졌고, 이로 인해 역성혁명의 빌미를 제공했다는 점이다. 역성혁명의 주체들이 건국주가 될 때와 마찬가지로, 이들 또한 초현실적인 외부 요인에 의해 황위를 빼앗기는 것이 아니라, 자신들의 현실적 과실에 의해 폐위되고 있는 것이다.

이상에서 살펴본 바와 같이 〈사대기〉에는 역성혁명을 할 때에 강조하는 '天命'과 같은 고차원적인 논리나 징후는 거의 나타나지 않는다. 다만 왕조교체의 근거를 매우 현실적 차원에서 피력하고 있다. 〈사대기〉에서 굳이 왕조교체의 관념적인 논리를 찾는다면, 유교에서 民心은 天心이라 하고, 민심으로 드러나는 천심을 따르는 이치를 제시할 수 있다. 이 작품에서는 맹자가 말하는 '順天者存 逆天者亡'[45]이 왕조교체의 고차원적

45 『孟子』, 離婁章句 上. 성백효 역주, 『孟子集註』, 전통문화연구회, 1996, 204쪽 참고.

근거이면서 자연계의 항고 불변의 법칙으로 활용되고 있는 것이다.

4. 결론

이상에서 〈사대기〉에 나타난 순환론적 국가관과 현실적 특징에 대해 살펴보았다. 논의된 내용을 요약하여 정리하면 다음과 같다.

첫째, 〈사대기〉에는 순환론적 왕조교체를 서사 원리로 활용하고 있다. 이러한 서술 원리는 왕조교체의 필연성과 인의의 당위성을 자연스럽게 피력할 수 있다는 장점이 있다. 그리고 무엇보다도 순환론적 왕조교체를 서사의 원리로 활용할 경우, 종교적, 신화적, 초월적 외경을 억지스럽게 형상화할 필요가 없다는 점이다. 〈사대기〉에서는 일반 고소설에서 흔히 나타나는 천상 주재자나 초월적 존재의 전지전능한 권능과 위력이 '자연계의 순환'이라는 자장 속에 모두 수렴되고 있다.

둘째, 〈사대기〉에서는 왕조교체의 근거를 매우 현실적 차원에서 찾고 있다. 〈사대기〉에서 굳이 왕조교체의 관념적인 논리를 찾는다면, 유교에서 民心은 天心이라 하고, 민심으로 드러나는 천심을 따르는 이치를 강조한다는 점 정도이다. 이 작품에는 군왕이 실정을 하면 역성혁명을 할 수 있다는 점, 왕조교체의 주역에게 인의와 같은 덕성을 강조하고 있다는 점이 매우 강조되어 있다.

〈옥황기〉의 천명과
권선징악에 나타난 작가의식

1. 서론

이 글은 동명(東溟) 황중윤(黃中允, 1577~1648)의 〈옥황기(玉皇紀)〉에
나타난 천명과 권선징악의 양상을 살펴보는 데 목적을 둔다. 황중윤은
〈옥황기〉 외에도 〈천군기〉, 〈사대기〉, 〈달천몽유록〉과 같은 한문소설을
창작하였고, 900여 편의 운문이 문집을 통해 전해지고 있다. 하지만 그간
학계에서는 황중윤이라는 작가와 작품에 대해 별로 관심을 두지 않았다.[1]

---

[1] 황중윤은 선조 10년(1577년)에 안동에서 태어나 광해군대와 인조대에 걸쳐 활동한 정치
가이자 문인이다. 36세 때인 광해군 4년(1612)에 과거에 급제하여 왕성하게 활동하다가
인조반정(1623년) 이후 오랜 기간 유배생활을 한다. 그리고 10여 년의 유배기간 동안
현재 전하는 한문소설들을 지은 것으로 알려져 있다. 황중윤의 생애와 작품에 대해서는
선행연구에서 밝혀져 있으므로 이를 참고하기 바란다. 필자가 황중윤의 생애와 관련하여
참고한 선행 연구는 다음과 같다.
김동협, 「옥황기 고찰」, 『동방학문학』 5호, 동방한문학회, 1989, 103쪽.
김동협, 「황중윤 소설 연구」, 경북대학교 박사학위논문, 1990, 10~18쪽.
조안나, 「사대기의 표현특질과 주제의식」, 고려대학교 대학원 석사학위논문, 2013, 1~3쪽.
김인경 · 조지형 옮김, 『황중윤 한문소설 逸史 · 三皇演義』, 새문사, 2014, 9~10쪽.
김동협 역주, 『사대기』, 박이정, 2015, 26쪽.

김동협 교수가 황중윤과 그의 작품에 대해 소개[2]한 이후 일부 논의가 있기는 했다. 하지만 연구의 양과 깊이는 매우 제한적이었다. 그러다가 최근 〈사대기〉가 석사학위 논문으로 연구[3]되기도 하고, 황중윤의 한문소설이 단행본으로 번역되어 출간[4]되면서 새롭게 주목을 받고 있다.[5] 하지만 〈옥황기〉의 창작시기도 포괄적으로만 추정[6]하고 있는 형편이고, 이 작품에 대한 깊이 있는 작품론도 거의 전무한 상태라는 점에서 앞으로 학계의 더 많은 관심이 필요하다고 하겠다.

이에 필자는 〈옥황기〉에 나타난 권선징악의 양상과 천명에 대해 살펴보고, 여기에 함의되어 있는 작가 황중윤의 현실적 정치의식도 함께 고찰해 보고자 한다.

---

2 김동협 교수는 두 번에 걸친 학술조사를 통해 황중윤의 작품을 발굴하여 학계에 보고하였다. 그 중에서 1981년 문학과 언어연구회 학술 자료 조사단의 일원으로 참가하여 발굴한 작품들 중 天君紀(Ⅰ), 四大紀, 玉皇紀, 天君紀(Ⅱ), 縫川夢遊錄, 東溟文集序, 天君紀序, 家狀, 書家狀後, 墓碣銘幷序, 墓誌銘幷序, 跋, 戒酒文 등을 東溟文集에서 뽑아『黃東溟小說集』으로 간행한 바 있다.(김동협, 「四大紀 考察」, 『論文集』 8집, 동국대학교 경주캠퍼스, 1989, 120쪽 참조.)

   황중윤 저, 김동협 편, 『황동명소설집』, 문학과 언어연구회, 1984, 1~377쪽.

3 조안나, 상게 논문.

4 김인경·조지형 옮김, 상게서 ; 김동협 역주, 상게서.

5 김용기, 「황중윤의 〈사대기〉 연구-왕조교체의 특징을 중심으로」, 한국어문교육연구회 제210회 학술대회, 2017.

6 현재까지 〈옥황기〉의 창작시기는 포괄적으로 추정만 하고 있다. 황중윤의 〈天君紀序〉의 말미에, '崇禎 癸酉年(1633년) 中秋에 東溟老父가 쓰다'라는 기록이 있는데, 이 시기는 황중윤의 나이 57세 되던 해이다. 그리고 황중윤은 그의 나이 47세이던 인조반정(1623년) 시기에 유배되었고, 1633년(인조 11년)에 임금의 특명으로 돌아왔다. 김동협 교수는 이러한 기록을 바탕으로, 황중윤이 자신의 유배기간에 〈천군기〉를 비롯한 〈사대기〉, 〈옥황기〉 등을 창작하였을 것이라고 추정하고 있다. 그래서 〈천군기〉나 〈사대기〉, 〈옥황기〉의 경우 1623년(인조 1년)~1633년(인조 11년) 사이에 창작되었을 것이라고 포괄적으로 추정한 바 있다.(김동협(1990) 상게 논문, 23쪽 참조.)

2. 징악(懲惡)을 통한 권선(勸善)의 지향

〈옥황기〉는 시점, 인물, 시간 설정, 공간 설정, 구성 방식, 주제의식 등에 있어서 매우 특이한 고소설이다. 전체적으로는 다분히 도가적 색채가 강하지만, 작품 전면에 흐르는 논리나 주제의식은 환상적이지 않고 매우 현실적인 권선징악으로 나타난다.

이 작품은 총 13개의 형식적인 단락으로 구성되어 있으면서, 서두와 결말을 제외한 나머지 11개 단락은 중국의 역대 왕조 순으로 서사가 진행되고 있다. 그리고 일반적인 소설이 가지는 인물들 간의 치열한 갈등 관계가 나타나지 않으며, 자아와 세계의 상호 우위에 입각한 대결[7]도 나타나지 않는다. 다만 역사적 사실에 허구적 진실을 가미한 이야기라는 점에서 소설적 요소를 다분히 가지고 있는 작품이다.

특징적인 것은, 중국 역대 왕조의 주요 인물들을 중심으로 짧은 서사가 진행되면서, 그 과정에서 자연스럽게 왕조교체가 나타난다는 점이다. 그리고 왕조와 왕조의 교체 사이에 있는 서사적 간극은 '권선징악'과 '복선화음'의 논리로 메우고 있다. 전체 11개 왕조 이야기는 각각독립되어 존재하면서도, 한 왕조가 망한 이유는 결국 옥황상제에 의한 '징악' 때문이며, 그 왕조를 대체하는 인물은 옥황상제에 의해 새로운천명을 부여받은 자로 교체되고 있다. 이렇게 볼 때 〈옥황기〉에서 옥황상제가 새로운 인물에게 제위(帝位)를 주는 것은 크게 두 가지로 볼 수있다. 하나는 권선징악의 논리이고, 다른 하나는 천명과 같은 정명적(定

---

7 조동일은 '소설'에 대해 말하기를, '소설은 자아와 세계가 상호 우위에 입각해서 대결하여 자아와 세계에 두루 통용될 수 있는 진실성을 추구하는 것'이라고 한 바 있다.(조동일, 『한국소설의 이론』, 지식산업사, 1994, 137쪽.)

命的) 논리이다.

　이 장에서는 먼저 〈옥황기〉 서사 전편에 나타나는 '징악'과 '권선'의
양상에 대해 살펴보기로 한다. 논의의 편의를 위해 〈옥황기〉의 서사 단
락과 주요 인물 및 인물의 성격을 '권선'의 대상과 '징악'의 대상으로
이대별(二大別)하여 정리해 보기로 한다.

NO	서사(시대별) 단락	등장인물	비고	
			권선 대상	징악 대상
[1]	玉皇上帝 소개 및 관직 설치, 인간세상 주관	玉皇上帝 및 天曹의 관원과 四海 君長		
[2]	傳說時代	有巢氏, 燧人氏, 神農, 伏義, 軒轅, 陶唐氏, 有虞氏		
[3]	三代 (夏·殷·周)시대	禹임금, 桀王, 湯임금, 伊尹, 紂王, 文王(姬昌), 武王(姬發), 周公 旦, 穆王, 靈王, 萇弘		걸왕, 주왕, 장홍
[4]	春秋戰國時代	管仲, 老聃, 孔子, 莊子, 列禦寇		
[5]	秦代	秦始皇, 趙高		진시황, 조고
[6]	漢代	項籍, 劉邦, 張良, 毛女, 商山, 四皓, 孝文帝, 孝武帝, 東方朔, 李少君, 劉安, 八公, 孝宣帝(病己), 史良娣, 王莽, 光武帝(劉秀), 嚴光	유방, 광무제(유수)	효무제, 유안, 왕망
[7]	三國時代~ 魏晉南北朝時代	劉備, 諸葛亮, 司馬氏, 元帝, 張華[8]		사마씨
[8]	隋代	煬帝		양제
[9]	唐代	李世民, 則天武后, 蒼璧, 玄宗, 安祿山, 楊貴妃, 肅宗, 眞如, 韓滉, 顏眞卿, 李白, 李泌, 李林甫, 盧杞, 嚴武, 李尉, 張弘正, 羅公遠, 憲宗, 白樂天, 韓愈, 黃巢	이세민	측천무후, 안녹산, 양귀비, 이임보, 노기, 엄무, 장홍정, 황소
[10]	宋代	趙匡胤, 陳摶, 眞宗, 徽宗, 蘇軾, 邵雍, 林靈素, 郭紹, 高宗(康王), 康與之, 岳飛, 秦檜, 朱熹, 方朝散, 蔡小霞	악비	임영소, 고종(강왕), 진회
[11]	元代	테무친(鐵木眞), 쿠빌라이(忽必烈), 順帝		
[12]	明代	朱元璋, 張景和, 劉伯溫(劉基), 花雲, 太宗(永樂帝), 夏原吉, 曹文姬, 林鴻, 張眞人	화운	
[13]	東溟 上箋於眞官	東溟(작가 황중윤)		

위의 표에서 [1]은 작품의 서두 부분에 해당되고, [13]은 마무리에 해당된다. 그리고 [2]~[12]까지의 왕조에 나타는 인물 서사를 통해 작가가 말하고자 하는 바가 드러난다. 11개 시대에 등장하는 인물들은 매우 많지만, 우리가 일반적으로 聖人이나 그에 준하는 인물로 평가하는 대상에게는 크게 '권선'을 강조하지 않고 있다. 대신 역사적으로 특별하게 '덕'이 있다거나 '충의'가 있었다고 판단되는 인물에게는 '권선'의 의미를 부각시키고 있다. 그리고 역사적으로 잔혹하거나 백성을 도탄에 빠뜨린 인물들에 대한 '징악'은 상대적으로 강하게 부각되어 있다. 위의 표에서 '권선' 대상보다 '징악'의 대상이 압도적으로 많이 나타나는 것을 통해 확인할 수 있다.

이 작품에서 '권선'보다 '징악'이 부각되고 있는 이유는 무엇일까? 그것은 고소설에 나타나는 권선징악의 목적을 헤아려 보면 쉽게 이해할 수 있다. 강재철은 고소설에 나타난 이러한 권선징악에 대해서, "'징악' 자체가 목적이 아니고, '징악'하여 '권선'하는 데 의의를 둔다. 다시 말해 '권선'이 本이고 '징악'은 末인 것이다. 道의 실현 방법으로 '징악'하여 '권선'하기도 하는 것이다. 착한 성품을 회복시키고 밝은 세상으로 인도하자는 데 권선징악의 목적이 있는 것이다."[9]라고 한 바 있다. 그는 '권선'을 위해 '징악'이 필요한 것으로, 이는 시대를 초월한 문학작품의 영원한 최선의 주제가 된다[10]고 하였다.

---

8 '장화'는 위진남북조 시대 진나라 사람이지만, 이 작품에서는 당나라 측천무후 다음 부분에 등장한다.

9 강재철, 「고소설의 징악 양상과 의의」, 『동양학』 33집, 단국대학교 동양학연구소, 2003, 50쪽.

10 강재철, 「권선징악 이론의 전통과 고전소설」, 인하대학교 대학원 박사학위논문, 1993,

이 작품의 작가인 황중윤 역시 이와 같은 주제의식을 담아서 〈옥황기〉를 창작하지 않았을까 한다. 따라서 이 작품은 역대 왕조의 주요 인물들에 대한 '징악'의 행동과 '권선'의 행동에 대한 대비를 통해 '권선'의 행동을 강조하고 있다고 볼 수 있다.

3. 징악의 현실적 근거와 명분으로서의 천명

그렇다면 〈옥황기〉에서는 구체적으로 무엇을 '징악'의 대상으로 삼았고, '징악'의 명분은 무엇으로 제시하고 있을까? 〈옥황기〉에서 작가의 권선징악 내지 복선화음에 대한 의식은 옥황상제가 조회 후 유사와 사명군에게 하는 말에 잘 나타난다. 그리고 각 왕조에서 특정 인물이 행하는 악행에 대해 상제는 아주 엄하게 징치하고 있다. 해당되는 부분을 정리해 보면 다음과 같다.

[A] 옥황상제의 권선징악 의지와 명분

　[1] 천하가 이미 넓어졌고, 백성의 수가 억조에 이르렀으니, 인간 세계를 주관하는 사람이 없으면 혼란해질 것이다. 이에 유사에게 명하여 군사(君師)를 세웠으니, 이것이 바로 역대 帝王이 생겨난 시초이다.[11]

4쪽.

11 天下旣廣 億兆至衆 有慾之界 無主乃亂 遂命有司 肇立君師 此歷代帝王之所創始也. 본고의 텍스트는 김인경·조지형이 『逸史』 소재 〈玉皇紀〉를 번역한 자료를 대상으로 하였다. 그리고 본고의 번역문은 이 번역서의 내용을 참고로 하였다. 텍스트의 페이지는 이 번역서의 한문 원문 페이지를 제시하고, 이하에서는 작품명과 원문 페이지만을 밝히기로

[2] 상제가 진재(眞宰)를 봉하여 사명군(司命君)으로 삼고 말하였다. "너는 사람의 수명과 빈부귀천을 관장하되, 수명은 백사십을 평균으로 하고, 빈부귀천은 그 사람의 선함과 악함을 살펴서 가감하도록 하라."[12]

[3] 상제가 말하였다. "수명의 경우 스스로를 해치는 자들은 어쩔 수 없지만, 그렇게 심하지 않은 자들은 팔십, 칠십, 육십으로 차등을 두어라. 또한 악하면서도 부귀한 자들은 그 자신이 요행히 화를 면했다면 그 자손이 응당 그 재앙을 받을 것이요, 선하면서도 비천한 자들은 비록 그 자신이 부귀를 누리지는 못했더라도 그 자손에게 복을 내려주면 될 것이다. 이것을 변치 않는 법도로 정하도록 하라."[13]

[4] 상제가 또 지부(地府) 왕에게 명을 내렸다. "선한 사람을 억울한 죄로 해치지 말고, 간사한 사람을 감싸주지 말라. 나라의 임금이라고 해서 용서해 주지 말고, 필부라고 해서 소홀히 대하지 말라. 악을 행한 경중을 헤아리고 죄를 범한 대소를 살펴서 형벌을 적용하고 시행하라. 이 모두를 천조(天曹)에 보고토록 하며, 맡은 직분을 공경히 행하라."[14]

위 예문 [A]는 〈옥황기〉의 13개 형식 단락 중에서 첫 번째 단락에

한다.(김인경·조지형 옮김, 『황중윤 한문소설 逸史·三皇演義』, 새문사, 2014, 562~563쪽.)

12 帝又封眞宰爲司命君曰 汝司人壽命貧富貴賤 其壽命 率以一百四十爲常 其貧富貴賤 視其善惡而加減焉. 〈옥황기〉, 563쪽.

13 帝曰 壽命之自戕賊者已矣 其不至甚焉者 以八十七十六十爲次第 亦可惡者而富貴者 其身幸而免禍 則其子孫當受其殃 善者而貧賤者 雖其身不得自享 而其子孫當畀其福 以此定爲恒式也. 〈옥황기〉, 563쪽.

14 帝又勅地府王曰 凡人之善者毋枉害 淫者毋敢護 物以國君而貸之 勿以匹夫而忽之 審其爲惡之輕重 察其犯罪之大小 用刑施罰 一稟於天曹 務欽哉. 〈옥황기〉, 563~564쪽.

나타나는 내용이다. 이 중에서 [1]은 옥황상제가 지상에 문명을 열고 난 후에, 인간 세계를 주관하는 군사(君師)를 세우는 장면이다. 여기서 주목할 것은 '천하가 넓어졌고 백성의 수가 억조에 이르렀기 때문에, 인간 세계를 주관하는 사람이 없으면 혼란해질 것'을 우려하여 제왕을 두었다는 것이다. 즉 인간 세상의 帝王은 옥황상제의 명에 따라 인간 세계를 주관하여 혼란해지지 않도록 해야 한다. 만일 이러한 상제의 命에 어긋난다면 그 왕조나 제왕은 교체의 대상이 되는 것이다. 이후 서사에서 각 왕조의 왕조교체 명분은 인간 세상을 잘 다스렸느냐 그렇지 않느냐로 나타난다.

그리고 [2]는 옥황상제가 인간의 수명과 빈부귀천에 대한 권선징악의 기준을 제시하는 부분이다. 상제는 진재에게 명하여 인간의 빈부귀천을 줄 때에는 그 사람의 '선함'과 '악함'을 살펴서 가감하라고 하고 있다. 상제에 논리에 따르면 '선 = 부귀', '악 = 빈천'이 되게 해야 한다는 것이다.

그런데 이에 대해 사명군 진재는 '가난하고 천해야 할 사람이 혹 청탁으로 인하여 부귀를 도모해서 얻는 경우도 있고, 마땅히 부귀해야 할 자가 혹 빈천하게 됨을 면치 못하는 경우가 있을 경우 어떻게 처리해야 하냐'고 묻는다. 이는 매우 현실적인 질문이고, 인간 세상에서 수많은 선량한 사람들이 의아해 하는 부분이다. 이러한 현실적인 질문에 대해 상제는 [3]과 같이 대답하고 있다. 상제는 벌을 받아야 할 자가 현세에 벌을 받지 못하면, 그 후손이 재앙을 받게 하고, 선을 행한 자가 현세에서 복을 받지 못하면 그 자손이 복을 받을 수 있도록 하라고 한다.

[4]는 [3]과 관련하여 어떤 경우라도 '권선징악'의 이치가 실현되게 하라고 강조하는 부분이다. 상제는 지부왕에게 명하여, 선한 사람을 억

울한 죄로 해치지 말라고 하고, 간사한 사람을 감싸주지 말라고 한다. 특히 제왕이라고 하여 용서해 주지 말고, 평범한 사람이라고 하여 소홀히 대하지 말라고 한다. 악의 경중과 죄의 대소를 가려 형벌을 적용하고 시행하라는 것은 현실계의 삶에서 공평무사(公平無私)의 원칙을 강조한 것이라고 생각된다.

이러한 [2]~[4]에 나타난 옥황상제의 말은 사실 작가 황중윤이 평소 품고 있었던 생각을 드러낸 것이라 생각된다. 불편부당(不偏不黨)해야 할 현실의 삶은 사실 옥황상제의 권위를 빌려서 이야기해야 할 정도로 혼탁했던 것이다. 이에 작가 황중윤은 상제의 입을 빌어 자신이 보아온 현실의 부조리를 시정하고 싶었던 것이다. 이런 점에서 옥황상제는 황중윤의 생각을 대변하는 전지적 서술자라 할 수 있다.

상제의 입을 빌어 드러나는 작가의 생각은 악행에 대한 징악으로 구현하고 있다. 아래 [B]의 내용은 현실계 인물의 악행에 대해 상제가 징치하는 내용이다. 구체적으로 살펴보기로 한다.

[B] 악행에 대한 상제의 징악

[1] 상제가 천을(天乙)에게 명하여 하나라 걸(桀)을 정벌하게 하였다. 걸은 왕 노릇을 하면서 말희에게 깊이 미혹되어 크게 음욕을 자행하였다. 백성들을 지푸라기처럼 여겨 그 잔학한 기운이 하늘에 서릴 정도였으며, 천하가 도탄에 빠져 백성들이 그 고통을 견디지 못해 원망하고 울부짖는 소리가 하늘을 찔렀다.[15]

[2] 주(紂)는 달기와 음탕한 짓을 하였으며, 백성들을 마구 죽이고 해쳤

15 帝命天乙 伐夏桀 桀之爲王也 深惑妺喜 大肆淫慾 草芥黎首 虐焰蟠蒼穹 天下塗炭 怨讟 徹上天. 〈옥황기〉, 565쪽.

다. 사람을 불로 태우고 지지며 독충이 우글거리는 구덩이에 빠뜨
리는 것도 너무 심하였는데, 맨발로 물을 건너는 사람의 정강이를
자르고 임산부의 배를 가르는 것도 너무도 참혹하였다. 그래서 천
하 사람들이 고통스러워하며 '이해가 언제나 없어질꼬? 내가 너와
함께 망해버렸으면 좋겠다.'라고 하였다. 게다가 '주'는 스스로 '나
의 삶은 命이 하늘에 있지 않은가?'라고 하는 등 하늘을 빙자하여
속이는 일이 또한 극에 달했다. 이에 상제가 크게 노하여 희발(姬
發)에게 명하여 빨리 가서 그를 정벌하게 하였다.[16]

[3] 무 씨(武氏)는 음란하고 잔혹하여 거리낌이 없으며, 혹리들에게
일을 맡겨 현인을 죽이고 백성들에게 해악을 끼치며 하지 못하는
바가 없습니다. (중략) 상제가 말하였다. "하늘에서 이미 무씨를
유폐하라 명하였다."[17]

[B]의 예문 [1]은 하나라 걸왕(桀王)이 음욕을 자행하고 백성을 도탄
에 빠지게 하여 그 원망하는 소리가 하늘에 사무치자 상제가 걸왕을 폐
위시키는 장면이다. 상제는 은(商)나라 천을(天乙-湯王)에게 명하여 하
나라 걸왕을 정벌하게 한다. 이는 [A]-[4]에서 帝王이라도 악행을 하면
용서하지 말라고 했던 자신의 말을 실천함과 동시에 天命의 실현에 해
당된다.

[2]의 예문에 제시된 은나라 마지막 제왕인 '주' 역시 달기와 음탕한
짓을 일삼고 백성을 마구 죽이고 해쳤으며, 천하 사람들을 고통 속에

---

16 紂者 淫荒妲己 殺戮生靈 炮烙蠆盆 旣已甚矣 斫脛刳腹 其亦慘矣 天下疾首曰 '時日曷喪
余及汝偕亡' 且自稱 我生不有命在天 其矯誣亦極矣 帝大怒 命姬發亟征之. 〈옥황기〉,
565쪽.

17 武氏淫虐無忌 崇任酷吏 戕賢毒民 無所不至 (중략) 帝曰 自天已命廢幽之矣. 〈옥황기〉,
577~578쪽.

빠뜨린 인물이다. 그 고통이 얼마나 심했으면 사람들이 '이해가 언제나 없어질꼬? 내가 너와 함께 망해버렸으면 좋겠다.'라고까지 한다. 거기다가 '주'는 자신에게 아직 천명이 있다고 생각한다. 이에 上帝가 크게 노하여 희발(姫發-周武王)에게 명하여 그를 정벌하게 한다.

夏나라 桀왕이나 殷나라 紂왕은 앞서 [A]-[1]에서 제시한 바 있는 현실 세계를 잘 다스리라는 상제의 가르침을 제대로 수행하지 못한 제왕들이다. 뿐만 아니라 현실 세계를 혼란스럽지 않게 다스려야 할 제왕들이 오히려 미색에 빠져 음행을 일삼고 백성을 고통에 빠뜨리자 상제는 그들에게 내렸던 천명을 거두어 그 다음 왕조의 인물에게 부여한다. 걸왕이나 주왕의 악행에 대한 징악이 천명의 회수로 나타나고 있는 것이다. 이 중에서 두 제왕이 미색에 빠져 음행을 일삼고 또 백성을 고통스럽게 한 것은 징악에 대한 현실적 근거가 된다. 그리고 그들의 악행에 대한 징치의 명분은 상제의 명령, 즉 천명으로 나타나고 있기에 절대적인 것이 된다.

[3]의 예문에 제시된 측천무후 역시 같은 논리가 적용될 수 있다. 측천무후 역시 음란하고 잔혹함이 거리낌이 없는 인물로 나타난다. 혹리(酷吏)들에게 일을 맡겨 현인(賢人)을 죽이고 백성들에게 해악을 끼쳤다. 그래서 상제가 천명을 명분으로 측천무후를 유폐시킨다. 그녀가 자행한 악행은 징악의 구체적인 근거가 되고, 이에 대한 상제의 천명 이행은 징악에 대한 절대적 명분을 바탕으로 현실 세계의 질서를 바로잡는 행위가 된다.

〈옥황기〉에는 이 외에도 진시황의 학정과 조고의 악행에 대한 상제의 징악이 나타난다. 또 효무제의 실정과, 왕망의 제위 찬탈에 대한 징치, 수 양제의 악행과 양귀비의 음행, 그리고 당나라 이임보의 악행과 엄무와 장홍정의 악행 및 황소의 참혹한 행실, 명나라 때 요망한 술사의 행동에 대해서도 천명의 명분으로 징악하는 장면이 나타난다. 이들은 모두 징악을 할 수밖에 없는 구체적인 악행을 보여주고 있고, 상제는 이에 대해 사사로운 감정이 아닌 천명의 절대성으로 징악을 실현한다.

4. 정명(定命)과 사대부의 현실적 치국 의식의 교직

앞서 살펴본 바와 같이 〈옥황기〉에는 권선징악에 의해 11개 시대의 왕조가 교체되는 양상을 보여주고 있다. 여기에는 옥황상제의 징악 의지도 작용하고 있고, '운수(運數)'에 의해 그렇게 예정되어 있는 것들도 있다. 작품 전체적으로는 옥황상제의 전지전능한 능력과 의지에 따라 모두 움직이고 있는 것 같지만 사실은 그렇지 않은 부분들도 존재한다. 그야말로 '하늘'에 의해 원래 그렇게 예정되어 있는 것들이 존재한다는 것이다. 인간이나 초월적 존재가 어찌할 수 없는 운수를 우리는 정명(定命)이라고 한다. 유가에서 흔히 말하는 '천명'도 여기에 해당된다. 어쩌면 이러한 '정명론'은 유가의 오랜 전통일 수도 있다. 한 예로 다음의 예문을 검토해 보기로 한다.

> 小子는 감히 상제의 명을 저버릴 수 없습니다. 하늘이 寧王에게 복을 내리시어 우리 작은 주나라를 흥하게 하시었습니다. 寧王께서는 점을 쳐서 능히 천명을 편안히 받을 수 있었습니다. 이제 하늘은 民을 돕고자 하니 복점의 결과를 따라 일을 해야 합니다. 아아, 하늘은 밝히고 벌하시니 우리를 도와 위대한 기업을 이루게 할 것입니다.[18]

 위의 예문에서 상제의 명을 저버릴 수 없다는 것은, 하늘이 자신들의 조상에게 복을 내려 나라를 일으키게 했듯이, 자신 또한 천명을 따라 나라를 공고히 하겠다는 내용이다. 이 부분은 원래 성왕 자신이 반역자를 토벌함에 있어서 전쟁이 백성들에게 얼마나 큰 피해를 주는가에 대해 걱정하니, 신하들이 용기를 북돋아 주자, 조부인 문왕과 부친인 무왕이 거북점의 지시에 의하여 나라를 세웠듯이 자신 또한 천명을 따라 주나라를 공고히 하겠다는 내용이다. 여기서 성왕은 잠시 고민을 하기는 하지만, 천명은 따를 수밖에 없는 필연적인 것으로 인식하고 행동에 옮긴다.

 『서경』에는 이 외에도 천명에 대한 내용들이 많이 포함되어 있다. 유가에서는 이러한 정명적 천명에 대해 순응하는 편이다. 그냥 인정한다. 원래 그렇게 되도록 정해졌기 때문에 논리나 맥락을 따질 수 없는 것이다. 황중윤 역시 〈옥황기〉 곳곳에서 이러한 태도를 취하고 있다. 하나만 예를 들어 보기로 한다.

 상제가 말하였다. "夷狄으로서 중국의 군주가 된 것은 나의 본뜻이 아니다. 다만 지금 천지가 百六會[19]에 해당하니, 쿠빌라이가 없다면 백 년 후까지 眞人을 일으킬 수 없을 것이다. 일단 진인이 일어나기 전까지만 그에게 천하를 맡기는 것이 또한 옳을 것이다."[20]

---

18 子惟小子 不敢替上帝命 天休于寧王 興我小邦周 寧王惟卜用克綏受玆命 今天其相民 矧亦惟卜用 嗚呼 天明畏弼我不丕基. 『書傳』卷第七「周書」〈大誥〉. 保景文化社, 1990, 二六五. 이 부분의 번역은 이가원 선생이 감수한 번역본을 참고하였다.(李家源 감수, 『書經』, 홍신문화사, 1991, 396~397쪽.)
19 百六會 : 기막힌 厄運의 시대를 의미한다. 106년마다 도래한다고 한다.
20 帝曰 夷狄而主中國 非子本意也 但今天地政屬百六會 不有忽必烈 無以興眞人於百年之

위의 예문은 유사가 테무친과 쿠빌라이가 모두 중국의 군주가 되었다고 하며 의아해 하는 것에 대해 상제가 답변하는 내용이다. 이는 상제 자신의 뜻이 아니라, 자신도 어쩌지 못하는 운수에 의해 오랑캐가 중화의 주인이 되었다고 한다. 그리고 이러한 운수는 100년 후에 진인이 나타날 때까지 어쩔 수 없다고 한다.

이와 같이 오랑캐가 중원을 지배하는 것에 대해 작가는 상당한 불쾌감을 드러내면서도 그것은 원래 그렇게 되도록 정해졌다는 논리를 편다. 문명이나 예법에 있어서 중화나 조선에 비해 미개하다고 여긴 오랑캐가 중화를 지배하는 논리를 달리 찾을 수 없기 때문이다. 〈옥황기〉에서는 이러한 정명적 사고를 드러내는 부분이 곳곳에 존재한다. 특별한 공적을 내세우지 않으면서도 옥황상제가 제위를 부여하는 경우가 있는데, 이는 그 인물의 운명이 그렇게 정해져 있기 때문이다. 효선제가 그러하고, 유비 또한 그러하다. 측천무후, 당 현종, 송 태조 조광윤 등에 대해서도 운명이 그렇게 정해졌기 때문에 제위에 오를 수 있었다고 한다. 조금 차이점이 있다면 명나라 주원장의 경우에는 좀 더 구체적으로 유가적인 '天命'이 있었기 때문에 황제가 되는 것으로 나타난다. 이에 대해서 작가는 별다른 반론을 제기하지 않는다.

그런데 이러한 정명적 논리에 의해 제위에 오른 인물들이라 하더라도 왕조교체의 대상이 되는 것은 피할 수 없다. 왕조교체 또한 정해져 있기 때문이다. 교체 또한 정명인 것이다. 이에 대해서 작가는 "세상 사람들은 원기가 쇠하면 온갖 병이 모두 생겨 죽음에 이르게 된다. 나라도 사람과 같아서 치운(治運)이 이미 다하면 난신적자(亂臣賊子)가 여기저기에

後 姑付之於眞人未興之前也 亦宜. 〈옥황기〉, 594~595쪽.

서 일어나 나라가 망하는 데에 이르는 것이 이치이다"[21]라고 하는 상제
의 말을 통해 그 定命의 논리가 해체될 수 있도록 하였다.

그렇다면 작가는 이들이 정명에 의해 제위에 오르고, 또 운수가 다한
정명이 새로운 천명 의해 왕조가 교체되도록 한다는 논리에 머무르고
마는 것인가? 그것은 아니다. 이 작품에서는 서두에서부터 지속적으로
악행을 저지른 군주는 민심으로 대변되는 천명을 통해 징악하도록 결구
하고 있다. 그 징악의 과정 속에 유가인 황중윤의 현실 인식과 현실을
개선하고자 하는 실천 의지가 교직되어 있다.

이 작품은 전체적으로 도가적 색채가 강한 것이 사실이지만, 작품 곳
곳에 나타나고 있는 현실적 문제의식에는 황중윤의 사대부로서의 정치
적 포부가 반영되어 있다. 이러한 유가적 현실 인식과 사대부로서의 정
치적 포부를 '옥황상제'라고 하는 가상적 절대자의 권능과 입을 통해
드러내기도 하고, 상제와 대화하는 주요 인물을 통해 드러내기도 하면
서 단순한 서사전개에 새로운 의미를 부여하고 있다. 인간이나 초월적
존재도 어찌할 수 없는 정명에 의해 제왕이 되기도 하고, 교체되기도
하되, 이러한 무미건조한 논리를 현실적 근거에 의해 징악한 후 작가가
새로운 현실적 대안을 제시함으로써 작품 전체적으로 깊이를 더하고 있
는 것이다.

이러한 면은 유가적 현실 인식과 사대부로서의 정치적 포부가 드러난
다음의 예를 통해서 확인할 수 있다.

---

21 帝曰 世人元氣旣衰 則諸病俱生 以至於師焉 國猶人也 治運旣盡 則亂賊橫起 以至於亡理
也. 〈옥황기〉, 584쪽.

군주는 眞人으로서 세상에 내려와 나라를 보호하고 백성들을 편안하게
하는 자입니다. 진실로 요·순의 無爲를 익히고 文帝·景帝의 검약을 이어
받아야 합니다. 그런데 보검을 물리쳐 쓰지 않고 명마를 버리고 타지 않으
니, 어찌 만승의 높은 지위와 사해의 부유함과 종묘사직의 중대함을 지니
신 분이 경솔히 작은 재주를 좇아 장난하며 노는 일을 할 수 있겠습니까?
반드시 그 술법을 배우고자 하신다면 이는 옥새를 품고 민가에 들어가는
격으로 예기치 못한 일이 벌어짐을 면치 못할 것입니다.[22]

위 예문은 융기(隆基-당 현종)가 나공원을 초대하여 모습을 감추는 술
법을 배우고자 청했을 때 나공원이 이융기에게 한 말이다. 앞서 제시한
바와 같이, 帝王은 인간 세상을 혼란하지 않게 하기 위해 옥황상제가
내려 보낸 인물이다. 평범한 인물이 아닌, 하늘에서 내려온 眞人이다.
그러한 진인이 음행에 빠지거나 백성을 도탄에 들게 해서는 안 된다.
그런데 이융기는 백성을 잘 다스리는 방법이나 실천에는 관심이 없고,
고작 도가의 술사들처럼 모습을 감추는 술법에 관심을 가지자 나공원이
위정자로서 치국의 바른 도리에 대해 말하고 있는 것이다. 이 말은 표면
상으로는 등장인물인 나공원이 하는 말이지만, 실상은 작가 황중윤이
자신의 임금에게 하고 싶었던 말일 수도 있다. 또는 평소 자신이 가지고
있던 유가의 치국에 대한 정치관일 수도 있다.

그렇다면 제왕은 어떻게 나라를 다스려야 하는가? 이는 다음 예문에
서 매우 구체적으로 나타난다.

---

22 君以眞人降化 輔國安人 誠宜習唐·虞之無爲 繼文·景之儉約 却寶釰而不御 棄名馬而
不乘 豈可以萬乘之尊 四海之富 宗廟之重 社稷之大 而輕循小術 爲戲玩之事乎 必欲學之
未免懷璽入人家 困於魚服矣.〈옥황기〉, 582쪽.

[1] 상제께 크게 명을 받아
經世濟民의 큰 책무를 짊어졌다네.
바라노니 사철과 열두 달에 한 번 시험하여
도탄에 빠진 天下를 구제하고 싶었다네. (이하 생략)[23]

[2] 생각건대, 상제께서 仙才를 선발하실 때 미천한 사람을 등용하는 데에도 힘쓰셨습니다. 진실로 적합한 사람이라면 비록 낮고 천하더라도 버리지 않으셨으며, 외국에 있다 해도 또한 발탁하셨습니다. (중략) 상제께서 널리 취하심을 바로 여기에서 알 수 있습니다.[24]

위의 예문 [1], [2]에는 황중윤의 경세제민(經世濟民)과 인재 등용과 관련한 유가로서의 정치의식이 드러나 있다. 예문 [1]은 상제와 여러 진인들이 백옥루에 모여서 시를 지어 노래하는 대목이다. 해당 부분은 상제가 '공구'에게 '노래하겠는가' 하고 묻자 공구가 재배하고 노래한 내용의 일부이다. 인용한 부분만 보면, 이 시는 위정자로서 경세제민하여 도탄에 빠진 백성을 구하고 싶다는 내용이다. 이는 공구의 생각과 입을 빌려 작가 황중윤이 평소 가지고 있는 위정자로서의 포부를 드러낸 것이라 생각된다.

이와 같이 〈옥황기〉에서는 시대마다 주요한 인물들의 잘못된 행위를 통해서는 징악을 통해 반면교사로 삼고 있고, 예문 [1]과 같은 인물의 발화를 통해서는 작가의 생각을 직접 투영시켜 황중윤 자신이 말하고자 하는 바를 독자에게 노출시킨다. 이러한 면은 이 작품의 주 독자층이

---

23 荷誕命兮上帝 負經濟之丕責 冀一試兮時月 拯四海之墊溺. 〈옥황기〉, 586쪽.

24 伏以上帝簡選仙才 務敭側陋 苟其人焉 則雖下賤而不棄 在外國而亦拔 (중략) 帝之廣取 玆可想也. 〈옥황기〉, 600쪽.

될 수 있는 같은 유학자들 입장에서 보면 크게 공감할 수 있는 내용들이다. 이 작품이 표면적인 주제로는 권선징악을 내세우고 있지만, 사실은 유학자의 위민의식을 드러낸 문사적 취향의 성격이 강한 작품임을 알 수 있는 부분이다.

이러한 면을 단적으로 증명해 주는 것이 위의 예문 [2]의 내용이다. 예문 [2]는 〈옥황기〉의 마지막 부분 중 일부이다. 작가는 마지막에서 자신을 직접 작품의 등장인물로 내세운다. 이 부분은 상제가 세상을 다스린 지 오래되어 천조(天曹)의 일과 여러 진인들의 언행이 적지 않았는데, 동명이라는 자가 누설을 금지하는 것에 저촉될까 두려워 그 대강만을 추려 기록하고 진관에게 올린 글의 앞부분이다. 뒤에 일부 결락된 부분이 있기는 하지만, 작가가 무엇을 말하고자 하는지는 서두에 분명하게 나타난다.

이 내용은 작가 황중윤이 진정으로 바라는 군주의 상이 제시되어 있다. 동명은 상제가 인재를 선발할 때 미천한 사람을 등용하는 데에도 힘을 썼다고 했다. 그리고 정말 적합한 사람이라면 낮고 천함을 가리지 않고 버리지 않았으며, 외국에 있어도 발탁했다고 했다. 상제가 이렇게 널리 인재를 취했듯이, 동명 자신이 지금 모시고 있는 군주도 그러하기를 바라고 있는 것이다.

이 작품은 서두에서부터 마지막 부분까지 각 시대별 주요 인물들의 본보기가 되는 행동과 경계해야 할 악행들을 함께 보여주되, 군주나 주요 인물들의 악행에 대한 징악을 통해 권선의 주제의식을 지속적으로 보여주고 있다. 그러면서 그 사이사이에는 작가가 독자에게 직접적으로 말하고 싶은 부분을 툭 던지듯이 집어넣어서 자신이 이 글을 통해 전하려는 바를 끝까지 견지하고 있는 작품이다.

5. 결론

이상에서 황중윤의 한문소설 〈옥황기〉에 나타난 권선징악과 천명의 관계에 대해 살펴보았다. 작가는 이 작품에서 중국 역대 제왕들의 '징악'을 통해 '권선'의 중요성을 강조하고 있다. 그리고 이러한 '징악'과 '권선'의 당위성을 왕조교체와 천명을 통해 보여주고 있다. 제왕이라 하더라도 어질지 못하고 악한 행실을 많이 하면 폐위되는 비극을 맛봄과 같이, 우리 또한 현실의 삶에서 악하고 도리에 어긋나게 살면 그와 비슷한 징치를 당하게 될 것이라는 믿음을 형상화하고 있는 것이다.

이러한 형상화가 가능했던 것은 황중윤이 당대 정치계나 현실 세계의 모습이 공평무사하지 못하다고 생각했기 때문이라고 생각한다. 그래서 이를 개선하기 위한 옥황상제를 통한 권선징악과 같은 낭만적 해결 방법을 활용한 것 같다. 이러한 작가의 생각은 앞서 선한 사람과 악한 사람의 빈부귀천의 차별에 대한 의지에서 분명하게 드러난다. 또 공평무사하지 못한 제왕들에게는 '폐위'라고 하는 '징악'의 실현을 통해 事必歸正의 순리를 강조하고 있기도 하다. 이를 위해 작가는 제왕들의 실정이나 악행을 징악의 현실적 근거로 삼고 있다. 그리고 그들의 행위를 징치할 명분으로 '천명'을 제시하고 있다.

이와 같이 황중윤은 조선 중기 사대부로서 현실 정치와 위민에 매우 관심이 많은 작가요 정치가였다. 〈옥황기〉 역시 황중윤이 평소 가지고 있던 현실 세계에 대한 관심과 개혁의지를 집약한 작품이다. 이는 작품 후반부에 제시되어 있는 경세제민과 도탄에 빠진 백성을 구하고 싶다는 '공구'의 시와 작품 말미에서 '동명'이 '진관'에게 올리는 글에 나타난 '고른 인재 등용'과 관련한 글이 이를 증명한다. 이런 점에서 〈옥황기〉

는 '징악', '권선', '천명', '왕조교체'와 같이 다소 관념적인 이야기를 하는 듯하지만, 그 과정에서 현실에 대한 작가의 날카로운 비판의식과 개혁의지를 엿볼 수 있는 작품이라고 할 수 있다.

황중윤이 가지고 있는 이러한 권선징악과 천명, 왕조교체에 대한 생각을 보다 더 잘 이해하기 위해서는, 이 작품과 함께 〈사대기〉를 함께 읽어보면 전체적인 이해가 보다 쉬울 수 있다. 같은 주제를 대상을 달리하고 방법을 달리하여 드러내고 있기 때문이다. 〈사대기〉의 경우 권선징악, 왕조교체, 천명 등을 드러냄에 있어 봄, 여름, 가을, 겨울을 의인화하고, 또 각 계절과 관련된 동식물이나 자연물을 의인화하여 황중윤 자신의 유가적 현실인식을 드러내고 있는 작품이다. 황중윤이 현실에 대해 얼마나 많은 관심을 두고 있었는지 미루어 짐작할 수 있는 부분이다.

〈화문록〉의 서술방식과
주제의식의 관계

1. 서론

〈화문록〉은 낙선재에 소장되어 있는 7권 7책의 한글 장편소설이다.
정병욱에 의해 처첩간의 쟁투를 그린 가정소설[1]로 소개된 이후, 여러
연구자들에게 지속적으로 관심을 받아온 작품이다.[2] 애초에 이 작품은

1 정병욱, 「이조말기 소설의 유형적 특징」, 『문화비평』 봄호, 1969; 김열규 외 『고전문학을
  찾아서』, 문학과 지성사, 1991에 재수록.
2 이수봉, 「화문록연구」, 『개신어문연구』 1집, 충북대 개신어문연구회, 1981; 이수봉, 『한
  국가문소설연구』, 경인문화사, 1992에 재수록.
  두창구, 「화문녹의 연구」, 『관동어문학』 4집, 1985.
  김도경, 「화문녹연구」, 세종대학교 석사학위논문, 1989.
  이창헌, 「고전소설의 혼사장애구조와 유형에 관한 연구」, 서울대학교 석사학위논문,
  1987.
  박순임, 「고전소설에 나타난 처첩관계 갈등」, 한국학중앙연구원 박사학위논문, 1990.
  김탁환, 「사씨남정기계 소설 연구」, 서울대학교 석사학위 논문, 1993.
  강인범, 「화문록의 서술기법과 주제의식」, 고려대학교 석사학위논문, 1994.
  이순우, 「화문록 연구」, 『한국고전연구』 2집, 한국고전연구학회, 1996.
  차충환, 「화문록의 성격과 장편 규방소설에 접근 양상」, 『인문학연구』 7호, 경희대 인문
  학연구소, 2003.
  정영신, 「화문록의 인물 갈등과 옹호에서 보여지는 환상성과 페미니즘적 성격」, 『동방학』

처·첩 갈등을 그린 소설이라는 관점에서부터 시작되었다. 그러다가 서술시각과 장편 가문소설적 성격 및 텍스트 형성과정 등에 대한 논의로 점차 논의의 관점을 달리해 왔다.

선행 연구에서 어느 정도 밝힌 바와 같이, 이 작품의 주된 내용과 특징은 인물 간의 갈등과 독창적인 인물 성격의 창조에 있다. 선행 연구에서 인물 간의 갈등으로 내세우고 있는 것은 '처·첩 갈등,[3] 부부갈등'이 주된 내용이고, 인물의 독창적인 성격으로 제시하고 있는 것은 호홍매와 화경의 애정 중심 지향적 인물 성격이었다.

필자 또한 선행연구에서 밝힌 이러한 갈등 양상과 인물 성격에 주목하되, 이들과 조금 다른 시각에서 〈화문록〉의 특징과 소설사적 의의를 규명해 보려고 한다. 그것은 첫째, 이 작품에서 유사한 장면을 반복적으로 보여주는 서술방식이다. 〈화문록〉에 나타나는 유사 장면은 세 가지로 나타나는데, 이는 각각의 장면이 서로 대응되거나 인물의 심리 변화에 기여한다는 특징을 지닌다. 그리고 이러한 세 가지 유사 장면은 공통적으로 제가(齊家)의 의미를 가지며, 궁극적으로는 그것이 치국(治國)의 의미로까지 확장되면서 주제의식을 드러내는 데 기여하고 있다. 이러한 서술 방식은 삼대록계 장편소설에서 각각 독립되는 단위담이 반복되는 것과 형식적으로나 질적으로 그 의미를 달리한다.[4]

12집, 한서대학교 동양고전연구소, 2006.
이지영, 「화문록의 텍스트 형성 및 서술시각에 대한 고찰」, 『한국고전여성문학연구』 23집, 한국고전여성문학회, 2011.
3 선행연구에서 妻·妾 갈등으로 논의된 것은, 엄밀하게 이야기 하면 妻·妻 갈등으로 수정되어야 한다. 왜냐하면 이혜란과 호홍매는 처첩의 관계가 아니라, 첫째 아내와 두 번째 아내로 나타나며, 왕후와 만 귀비도 처·첩의 관계로 볼 성질은 아니기 때문이다.
4 가령 〈소현성록〉 연작의 경우, 소현성이나 그 자식들인 소운경, 소운희, 소운성, 소수주,

두 번째는 이러한 세 가지 유사 장면에 지속적으로 관여하면서 심리 변화와 정신적 성장을 하는 인물의 성격을 통해, 이 작품이 기존 작품과 다른 작가의식을 보여주고 있다는 점을 드러내는 것이다. 이를 통해 〈화문록〉이 제가와 치국과 같은 집단적 가치 중심의 주제의식을 보여주면서도 화경의 육체적, 정신적 성장과 변화 과정을 통해 개인적 가치와 욕망을 동시에 긍정하는 작가의식을 엿볼 수 있다는 점이다. 그리고 그 과정에서 주요 인물들의 정신적 성장이 나타난다는 점에서 성장소설적 성격도 함께 살펴볼 수 있을 것이다.

2. 유사 장면의 반복적 서술과 기능

어느 시대나 한 시대를 대표하는 문학 형식이나 유행하는 내용들이 있다. 이 작품들은 독자들과의 소통이나 반응에서 성공한 문학작품들이라 할 수 있다. 소설에 국한에서 이를 다르게 표현하면, 특정 시대에 유행하는 문학은, 그 시대에 주도적인 '이야기'를 만들어낸 사람들에 의해 움직여질 수 있다는 것이다. 이런 작품들은, 마음을 움직이는 이야기, 새로우면서도 근본적인 공감대를 잃지 않는 이야기를 담고 있다. 〈화문

소수빙 등의 부부 이야기는 전체적으로 '가문의 창달'과 '가문의 번성'이라는 주제로 귀결되지만, 이들 하나하나의 이야기나 인물 성격이 다른 인물의 성격 변화에 직접적으로 관여하지는 않는다. 이와 달리 〈화문록〉의 경우에는 세 이야기가 아주 긴밀하게 작용하고 있으며, 하나의 이야기는 다른 인물의 성격 변화와 서사에 직접적으로 관여한다는 점에서 차이가 있다. 즉 인물 하나의 행위가 다른 인물의 행위변화에 직접적으로 관여하는 것으로 나타나는 것이 〈화문록〉의 서술방식이라면, 〈소현성록〉의 경우에는 인물의 단위담의 반복과 결합의 결과 '가문창달'과 '가문번성'이 나타난다는 차이점이 있다.

록)의 재미와 의의는 이러한 지점에서 확인할 수 있다.

〈화문록〉에서 보여주는 처·처(妻·妻) 갈등5과 부부 갈등은 오랜 기간 가정소설과 가문소설군의 작품들에서 빈번하게 나타나던 내용들이다. 그런데 이 작품에서는 이러한 인물 간의 갈등 양상을 엮어가는 방식이 새롭고, 그 기능 또한 독특하다. 내용은 유사하지만 그 내용을 풀어가는 방식과 기능이 새롭다는 점에서 읽는 재미가 남다르다. 그것은 한 남자를 사이에 둔 두 여자들에 대한 세 가지 이야기인데, 이는 내용상 유사한 장면의 반복으로 볼 수 있고, 그러면서도 그 각각은 작품 자체에서 유의미한 기능을 담당하고 있다고 볼 수 있다. 이를 순서대로 살펴보기로 한다.

1) 화경과 '이혜란-호홍매'와의 관계

〈화문록〉의 전체 서사의 중심은 화경을 중심으로 한 이혜란과 호홍매의 갈등이라 할 수 있다. 이들의 관계를 다시 세부적으로 분석해 보면, '화경-이혜란', '이혜란-호홍매', '화경-호홍매'의 갈등 양상으로 구분할 수 있다.

이들의 관계에서 발생하는 갈등의 1차적 원인은 화경과 호홍매의 감성(感性)을 중심으로 한 애정 욕망이다. 이들은 화경과 이혜란의 혼약

---

5 가정·가문 소설의 경우 상황이나 관계설정에 따라 '처-처' 갈등이나 '처-첩' 갈등으로 명칭이나 관계가 구분될 필요가 있다. 〈화문록〉의 경우 '호홍매'가 첩으로 들어오는 것이 아니라, 2처로 들어와 1처의 지위를 가지는 것으로 볼 때, '처-처' 갈등으로 보기로 한다. 특히 이 작품은 호홍매가 불안한 첩의 지위에서 정실의 자리를 탐하여 갈등이 일어나는 것이 아니라, 화경의 사랑을 독차지하기 위해 이혜란을 모해하고 또 갈등이 일어난다는 점에서 전형적인 '처-첩' 갈등과는 그 성격이 다르다고 본다.

이후에 죽서루에서 우연히 만나 서로의 외모에 반한다. 인격적인 흠모가 바탕이 된 사랑이 아니라, 감각적이고 본능적인 연애 감정에 기반한 감성적 애정이다.

〈1〉 화경이 외숙부인 한 어사의 집을 찾아갔다가, 후원 죽서루에서 호홍매를 발견하다.

〈2〉 화경이 그 현란한 자태에 눈이 황홀하고 정신이 나가 멍하니 서서 보다.

〈3〉 한줄기 바람이 불어 주렴을 흔들고, 때마침 홍매의 금비녀가 땅에 떨어지자 홍매가 비녀를 잡으려 하다가 화경과 눈이 마주치다.

〈4〉 두 사람이 한동안 바라보다가, 호홍매는 화경의 빼어난 외모에 넋이 빠지고 마음이 요동치며, 화경 또한 정신이 아득해지고, 떨어진 비녀를 거두어 소매 속에 넣다.[6]

위의 내용은 화경과 호홍매가 죽서루에서 우연히 만나 서로에게 급속하게 호감을 가지는 장면이다. 이로 인해 화경은 이혜란과의 혼사를 원하지 않게 되며, 호홍매와 결연을 하기 위해 노력한다. 홍매 또한 화경의 '재실'이라도 마다하지 않겠다는 태도를 취하고 다른 남자에게는 시집가지 않겠다고 한다. 화경과 홍매와의 만남은 화경이 이혜란을 멀리하게 되는 원인이 되며, 이혜란 역시 화경을 방탕한 남자라 여기고 거부하는 것으로 이어진다.

이후 화경은 과거에 급제한 후 각노 호빈의 노력과 이 상서의 중재로

---

6 임치균, 송석욱 역 〈화문록〉, 한국학중앙연구원 출판부, 2011. 12~13쪽. 본고의 텍스트는 한국학중앙연구원에 소장되어 있는 7권 7책을 번역한 이 자료로 하며, 이하에서는 작품명과 권수, 그리고 페이지만을 밝히기로 한다.

호홍매를 둘째 부인으로 맞이한다. 이로 인해 호홍매는 뜻을 이루었지
만, 홍매의 화경에 대한 사랑의 감정은 독점적 성향이 강하기에 그녀의
질투심은 이혜란을 제거하고자 하는 마음으로 이어진다. 호홍매는 자신
에 대한 화경의 마음을 십분 이용하여 점진적으로 이혜란을 모해하여
결국은 이혜란을 첫째 부인 자리에서 내쫓고 자신이 첫째 부인 자리를
차지한다. 이에 대한 내용을 잠시 정리해 보면 다음과 같다.

〈1〉 화경이 이혜란의 처소인 죽서루에 대한 발걸음이 드물고, 호홍매
      침소를 자주 드나들자 홍매는 기뻐하며 돈을 뿌려 집안 하인들의
      환심을 사다.
〈2〉 화운의 생일날 호홍매가 이혜란의 시비 난화를 매수하여 화운이
      마실 술에 독을 타고, 이로 인해 화운이 정신을 잃고 쓰러지며, 이
      혜란이 모든 의심을 받다.
〈3〉 이 일로 이혜란에 대한 화경의 마음은 더욱 멀어지고 그녀를 증오
      하게 되다.
〈4〉 호홍매는 약난을 통해 변용단을 구하여 이혜란이 외간 남자와 사통
      하는 것으로 꾸미고, 이를 목격한 화경은 이혜란을 더욱 증오하다.
〈5〉 호홍매가 약난과 모의하여 이혜란이 설경윤과 사통한 것으로 꾸며
      화경이 믿도록 하다.
〈6〉 단약에 중독되어 정신이 많이 흐려진 화운과 화경은 결국 이혜란을
      폐출하고 호홍매를 첫째 부인 자리에 앉히다.[7]

위의 내용은 화경이 편벽된 사랑으로 인해 가장으로서의 역할을 제대
로 하지 못하는 점을 드러내고 있는 부분들로 이루어져 있다. 또 이를

---

7 〈화문록〉, 50~78쪽.

이용한 호홍매의 행위와 간계로 인해 이혜란이 축출되고 홍매가 첫째 부인을 차지하는 내용이다.

그런데 호홍매는 화경의 사랑을 독차지 하고 또 첫째 부인의 자리까지 차지하였지만, 여기서 만족하지 않는다. 그녀는 난소에게 요약을 주어 계략을 시행하게 한다. 난소는 이혜란의 유모와 그 딸 난앵의 모습으로 변하여 그들을 독약으로 해친다. 그리고 자신의 오라비 난춘과 함께 이혜란에게 독약을 먹인 후 그녀의 아들 천보와 함께 강물에 버리려 하다가 하남 절도사로 부임하는 유세광에 의해 뜻을 이루지 못한다.

이러한 서사에서 중요하게 그려지는 것은 크게 두 가지이다. 하나는 色의 욕망에 현혹되어 가장으로서의 역할을 제대로 하지 못하는 미숙한 화경의 모습이다. 다른 하나는 자신의 애정 욕망 실현을 위해 수단과 방법을 가리지 않는 악녀 호홍매의 모습이다.

그런데 특이한 것은 이러한 유사한 장면이 이것 하나에 그치지 않는다는 점이다. 부수적인 인물로 등장하는 양진과 그 처첩에 대한 이야기도 화경 내외의 이야기와 흡사하다. 그리고 이러한 유사 장면의 반복적 제시를 통해 드러내려는 서사적 의미도 서로 긴밀하게 통하는 바가 있다고 판단된다. 다음 절에서 이를 살펴보기로 한다.

2) 양진과 '한씨 – 계앵'의 관계

〈화문록〉에서 화경의 이야기와 유사한 내용으로 제시되는 되는 것은 선비 '양진의 이야기'이다.[8] 남쪽의 장사, 영능 근처에 전염병이 크게

---

8 〈화문록〉에 나타나는 세 가지 이야기 중, 양진의 이야기는 다른 두 가지 이야기와 달리

돌고 흉년까지 들어 백성들이 많이 상하니, 임금은 화경에게 명하여 소
와 양과 곡물을 보내어 주린 백성들을 구휼하고 마을을 돌며 위로하라
고 한다. 이에 화경이 백성을 돌보니 위엄과 덕이 함께하고, 반 년 만에
교화가 크게 이루어져 도적이 양민이 되고 그 칭송하는 소리가 자자하
게 된다. 그 공으로 화경은 병부상서 대사마에 제수된다. 이후 화경은
하남 땅 경계에서 어떤 소년이 묘 앞에서 통곡하는 것을 목격하고 다가
가 그 사연을 묻는다. 이에 양진이 이야기하는 내용을 잠시 정리해 보면
다음과 같다.

〈1〉 양진은 명문가 집안의 딸 한 씨와 혼인하였는데, 한 씨는 용모와
　　　덕성이 옛사람에 못지않았으며, 혼인하여 5년에 슬하에 아들 하나
　　　를 두다.
〈2〉 양진이 사리에 어둡고 모자라 요상한 계집 계앵에게 빠지다.
〈3〉 양진이 창녀 계앵에게 우연히 한 번 정을 준 뒤로 안개 속에 빠지듯
　　　아득하여 정신을 차리지 못하고 첩으로 삼다.
〈4〉 계앵이 얼굴을 바꾸는 개용단, 외면단이라는 약을 먹고는 한 씨의
　　　얼굴이 되어서 양진을 미혹하여 한 씨를 이런저런 계략으로 모함
　　　하다.
〈5〉 양진은 그것에 미혹되어 한 씨를 음란한 계집으로 오해하며 화를
　　　내고 그 모자를 내치다.
〈6〉 얼마 후 태화산 도사가 개용단·외면단을 지어 본처나 애첩을 없애
　　　려고 하는 여자들에게 천금에 파는 바람에 봉변을 당한 집이 많다

양진의 요약적 진술로 이루어져 있다. 화경이나 임금과 비교했을 때, 서술 방식에서 약간
의 차이가 있다. 그러나 이야기의 골자와 근간은 같은 위계에서 파악될 수 있다. 작가의
의도된 서술 방식이라 할 수 있다.

는 이야기를 듣다.

〈7〉 양진이 계앵도 이 약으로 한 씨를 잡은 것으로 짐작한 후, 계앵을 심문하여 모든 사실을 알고, 급히 아내를 찾았으나 아내는 자신의 결백을 밝히려고 목숨을 끊다.

〈8〉 양진이 요망한 계앵을 죽여 원수를 갚을까도 하였으나, 아들 셋과 딸 하나를 둔 터라 자식들 볼 낯을 보아 망설인다고 하고, 화경에게 처결 방안을 자문하다.

〈9〉 화경이 세상에 어찌 그런 약이 있냐고 하니, 양진은 약이 아직 그대로 있으니 시험하자고 하고, 화경은 시동에게 약을 주고 되고 싶은 사람이 되어 보라 하니, 시동이 약을 먹고 화경의 모습으로 변하다.

〈10〉 화경이 이에 놀라고, 양진에게 흉악한 계집을 죽여 죄를 다스리라고 하고, 한 씨를 위하여 제사를 지내고, 그 아들을 돌보아 영혼이나마 위로하라고 하다.[9]

위의 이야기는 양진이 경험한 내용을 화경에게 들려주는 장면이다. 양진은 창녀 계앵에게 미혹되어 가장으로서의 역할을 제대로 하지 못하여 어진 아내를 죽게 만든 장본인이다. 양진의 아내는 지극히 원통함을 품고 비명에 죽었는데, 이로 인해 양진은 죽어도 씻지 못할 한이 가슴에 맺혀 있다.

그런데 특이한 것은, 요악한 첩 계앵의 행위가 태화산 도사의 장난과 어우러져 있다는 점이다. 그런 점에서 아마도 이 이야기는 하남 땅 요악한 귀신이 장난하는 것과 밀접한 관련을 맺고 있는 것으로 볼 수 있다. 바로 이전 이야기에 하남 절도사가 하남 땅에 요악한 귀신이 장난하므

---

9 〈화문록〉, 108~110쪽.

로, 어진 신하를 보내어 요상한 귀신을 제압해 달라고 하는 내용이 있다. 이에 임금은 이혜란의 오라비인 이부시랑 이관을 하남 순무어사로 보내어 요상한 귀신을 제압하라고 하고, 이관은 하남 여러 곳을 잘 다스리고 요상한 귀신을 제압한다. 그러면서 요상한 귀신 이야기는 〈본전〉 속에 있으므로 이 글에서는 자세히 밝히지 않는다고 한다.

〈화문록〉과 관련된 〈본전〉이 따로 있는지는 현재 확인되지 않고 있으나, 태화산 도사 이야기와 요악한 귀신의 장난은 정황으로 보나 의미상으로나 통하는 바가 있다. 〈소현성록〉에도 단약으로 세상을 요란하게 하는 사악한 도사 이야기가 나오는 것으로 볼 때, 이와 같은 맥락으로 그 정황을 대략 추리할 수 있다고 본다.[10]

따라서 하남 땅 요악한 귀신의 장난은 태화산 도사의 단약 사건과 관련이 있고, 이는 다시 계앵이 단약을 사용하여 어진 한 씨를 모함하는 내용으로 연결되고 있는 것으로 볼 수 있다. 그리고 그 단약은 어리석고 미숙한 가장 양진의 정신을 혼미하게 하는 사건과 어우러짐으로써 서사 내용을 풍부하게 하고 있다.

이러한 양진 이야기는 일부 상이한 화소가 개입되어 있고, 서술방식의 차이가 있기는 하지만, 전체적으로 볼 때 화경의 서사와 매우 대동소이하고, 거기서 추출되는 의미 또한 일맥상통하는 면이 있다. 이를 간단하게 표로 정리해 보면 더욱 분명하게 확인할 수 있다.

---

10 또 〈화문록〉 본문 속에 잠시 언급되는 〈본전〉에 대한 이야기는 실재 존재한다기보다는 서술기법상 제시한 것은 아닐까 하는 추측도 해볼 수 있다. 그리고 〈화문록〉 마지막에 등장하는 〈화씨팔룡기〉 역시 실제 존재한다기보다는 이후 연작을 고려한 사전 포석의 작업으로 제시하지 않았을까 하는 생각도 할 수 있다. 〈본전〉 역시 〈화씨팔룡기〉를 염두에 둔 복선이나 설명으로 볼 수 있지 않을까 하고 조심스럽게 짐작해 본다.

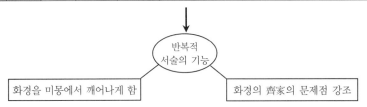

NO	인물	성장 시기	성격	행위 1	행위 2	매개요소	결과 1	결과 2
[A]	화경	어린 소년	호탕/ 사리에 어두움	齊家에 미숙함	악녀 호홍매에 게 미혹됨	단약, 변용단/음탕한 여인으로 누명	어진 첫째 부인 축출	모자 죽을 고비
[B]	양진	어린 소년	호탕/ 사리에 어두움	齊家에 미숙함	악녀 계영에게 미혹됨	개용단, 외면단/음탕한 여인으로 누명	어진 첫째 부인 축출	첫째부인 자살

반복적
서술의 기능

화경을 미몽에서 깨어나게 함   화경의 齊家의 문제점 강조

위의 표에서 볼 수 있는 바와 같이 화경 서사와 양진 서사는 유사한 장면으로 구성되어 있다. 이는 화경의 서사를, 사람을 달리하여 반복적으로 보여주면서 화경의 제가의 문제점을 드러내고 있는 것으로 볼 수 있다. 그러면서 동시에 양진의 이야기는 화경이 단약의 혼몽함에서 깨어나 호홍매와 이혜란을 다시 바라볼 수 있게 한다는 기능적 역할도 하고 있다. 그리고 이러한 화경과 양진의 서사에서 반복되는 장면은, 임금의 경우로 확대되어 적용되고 있다.

이러한 유사한 서사의 반복은 〈소현성록〉과 같은 삼대록계 장편소설에서 독립되는 유사한 단위담이 반복되는 것과 그 의미가 질적으로 다르다. 〈소현성록〉과 같은 삼대록계 장편소설에서 유사한 단위담이 반복되는 것은 독립적 성향이 강하면서 동시에 '가문'의 창달이나 번성과 관련된다.

이에 비해, 〈화문록〉의 경우에는 각각의 단위담이 독립되면서 동시에 그 의미가 상호 긴밀하게 작용하고 있다는 점이 다르다. 또 그러한 서사의 긴밀성이 주인공 화경의 성격 변화에 절대적으로 기여한다는 점에서 다른 장편소설과 변별되는 바가 있다. 이들의 이야기와 통하는 바가 있는 임금의 이야기를 다음 절에서 살펴보기로 한다.

3) 임금과 '왕후 – 만 귀비'의 관계

〈화문록〉에서는 사대부가의 부부 이야기가 왕실에도 그대로 적용되게 함으로써 제가와 치국을 동시에 문제 삼고 있다. 이는 상황을 좀 더 확장하여 주제의식을 심화시키려는 의도가 아닌가 생각된다.

임금과 왕후, 그리고 후궁 만 귀비의 관계는 독립적으로 존재할 수 있는 이야기이다. 그러면서 동시에 전반부의 화경과 호홍매, 이혜란 이야기의 연장선상에서 전개되는 서사이기도 하다. 뿐만 아니라 임금의 이야기는 곧 화경의 이야기로 치환해 볼 수 있도록 결구하고 있다는 점에서 그 의미하는 바가 심상치 않다.

이 갈등은 크게 다음의 두 가지 사건과 관련되어 진행된다.

> [가] 출거된 호홍매가 재기를 위해 이혜란 참소와 모략
> [나] 화경과 이혜란의 재결합과 이를 깨기 위한 임금의 사혼

[가]와 [나]는 사실 같은 맥락에서 파악될 수 있는 것인데, 논의의 편의를 위해 둘로 구분하였다. [가]의 모략의 구체적인 내용이 [나]의 임금의 사혼(賜婚)으로 나타난다고 볼 수 있다. 이를 감안하여 둘을 구분하여 논의해 보면, 이 중에서 [가]는 하남 지역에서 양진을 통해 개용단

과 외면단에 대해 목도한 후, 화경은 호홍매에 대해 의심하기 시작하고 그녀를 점점 멀리하는 것에서 시작되는 서사이다. 그러던 중 화경은 이혜란이 살려달라는 꿈을 꾼 후 이화당에서 홍매와 난소의 대화 내용을 엿듣고 일의 전모를 알게 된다. 이에 화경은 화씨 집안에 숨어 있던 난화를 잡아와 그동안의 사악한 일들이 모두 호홍매가 꾸민 것임을 알게 된다. 그래서 화경은 부친에게 고하여 호홍매를 친정으로 출거시킨다.[11] 하지만 친정으로 쫓겨난 홍매는 어머니 만 부인을 통해 후궁인 만 귀비에게 이혜란을 음란한 여자로 참소하고, 그녀를 해칠 모략을 꾸민다.[12]

[나]는 이씨 형제들과 남학사의 장난 후 이혜란과 재결합한 화경 부부에 대해서 가해지는 사건들이다. 친정으로 쫓겨난 호홍매는 이혜란이 죽은 줄 알고 화씨 집안으로 돌아갈 궁리를 한다. 그러다가 그녀가 죽지 않고 살아있다는 것을 알게 된 후 어머니 만 부인과 함께 이혜란의 행복을 깰 궁리를 하게 된다. 그 방법은 만 귀비의 딸 태아공주의 부마로 화경을 선택하게 하는 사혼과, 이혜란을 첩으로 강등시키는 방식으로 나타난다.

따라서 [가]와 [나]는 모두 이혜란의 액운이 다하지 않은 것과 관련되며, 이 두 이야기는 다음의 [다]서사로 통합되어 복합적인 문제로 나타나게 된다.

[다] 임금의 혼암(昏暗)과 편벽된 애정으로 인한 치국의 불안[13]
　 - 만 귀비가 신선이 자신에게 와서 하늘이 태아공주와 화경을 연분으로

---

11 〈화문록〉, 113~127쪽.
12 〈화문록〉, 197~199쪽.
13 〈화문록〉, 201~254쪽. 아래 내용은 이와 관련된 내용을 개조식으로 정리해 본 것이다.

정하였다고 거짓 이야기를 하며 화경을 부마로 삼아 달라 하다.

- 임금은 만 귀비를 총애하여 만 귀비의 뜻에 따라 조서를 내려 화경을 부마로 삼고, 이혜란에게는 첩의 등급을 주다.

- 화경이 공주와 혼인하라는 임금의 명령을 따를 수 없다고 하고, 만언소를 올려 임금이 만 귀비만 총애하는 것을 간하고, 만안 등의 참람함을 고하나, 임금은 그를 불러 꾸짖다.

- 화경이 다시 후궁의 부마가 되어 간사한 무리와 같은 당이 되는 것을 원하지 않는다고 하니 화경을 옥에 가두라고 하다.

- 임금은 귀비를 총애하여 중전을 폐할 뜻을 가지고 있었는데, 화경이 만 귀비를 욕하는 것을 듣고 크게 노하다.

- 만 귀비가 임금에게 다시 참소하여 이혜란과 그 부친 이광운을 참수하라 하고, 임금은 교지를 내려 이혜란을 잡아 올리라 하다.

- 만 귀비가 임금에게 이혜란을 멀리 유배보내라 하니, 임금은 그녀를 촉도 해남에 유배 보내라 하고, 화경도 멀리 유배 보내라는 만 귀비의 말에 촉 땅으로 유배 보내다.

- 이혜란의 오라비 이관이 사직 상소를 올리자, 중전을 폐할 뜻이 있던 임금이 즉시 윤허하다.

- 이 상서가 전공을 세운 후 돌아와 세 번 사직상소를 올리니, 임금이 이광운의 관직을 삭탈하고 남부 포정사로 임명하다.

- 임금이 만 귀비에 대한 은총이 날로 더해져 태자를 내쳐 조대 땅을 두루 살피라 명하고, 중전을 내궁에 가두니, 임금의 잘못을 간하다가 죄를 입은 신하가 많고, 다투어 벼슬을 버리고 고향으로 돌아간 이름난 정승과 판서들이 부지기수이다.

- 중전이 임금의 박대와 만 귀비의 모해를 입어 주야 슬퍼하다가 병이 들어 세상을 버리다.

- 나라의 운세가 불행하여 임금의 건강이 좋지 않아져 백약이 효과가 없어지니, 임금이 태자를 나오라 하여 지난날을 뉘우치고, 간신을 멸

리하고 충신을 등용하라 하다.

위에 제시한 [다]의 내용은 이혜란과 화경에 대한 호홍매의 질투가, 그들에 대한 참소와 괴롭힘으로 나타나다가 그것이 임금의 편벽된 사랑과 치국의 불안과 통합되어 있는 서사이다. 한 가정의 파탄과 제가의 문제가 임금에게로 확대되면서 동시에 국가적인 문제로 나타나고 있는 것이다.

이 중에서 임금과 '왕후 - 만 귀비'와 직접적으로 관련되는 부분만을 추려보면, 위의 밑줄 친 것들이 이에 해당된다. 임금은 앞서 제시되었던 화경이나 하남 선비 양진과 같이 편벽된 사랑으로 인해 한 가정의 분란을 초래하였다. 그리고 결국에는 왕후가 마음의 병을 얻어 죽게 만드는 인물이다. 이는 민간의 기준으로 국한해서 보면 제가에 문제가 있는 것이며, 사회 및 국가적 차원에서 보면 치국의 문제로 나타난다.

이런 점에서 이 부분 역시 화경의 문제를 반복적으로 제시하는 장면에 해당되며, 그 의미 또한 제가의 문제로 귀결된다고 할 수 있다. 이를 앞서 논의된 것에 더하여 정리해 보면 다음과 같다.

NO	인물	성장시기	성격	행위 1	행위 2	매개요소	결과 1	결과 2
[A]	화경	어린 소년	호탕/사리에 어두움.	齊家에 미숙함.	악녀 호홍매에게 미혹됨.	단약, 변용단/부인을 음탕한 여인으로 누명	어진 첫째 부인 축출	모자 죽을 고비
[B]	양진	어린 소년	호탕/사리에 어두움.	齊家에 미숙함.	악녀 계영에게 미혹됨.	개용단, 외면단/부인을 음탕한 여인으로 누명	어진 첫째 부인 축출	첫째 부인 자살
[C]	임금		사리에 어두움.	齊家(治國)에 미숙함.	악녀 만 귀비에게 미혹됨.	간인들의 참소	왕후 폐위/태자 원찬	왕후 죽음

따라서 화경, 양진, 임금의 서사는 유사 장면이 반복적으로 제시되는
서술 방식에 따라 진행되고 있다는 것을 알 수 있다. 이는 화경의 齊家와
감성적 애정의 문제를 입체적으로 보여주기 위한 서술방식이라 생각된
다. 이는 하나하나가 독립되는 서사로 이루어져 있지만, 그것은 결국
서로 앞뒤의 서사를 조명하게 하여 주제의식을 분명하게 하는 데 기여
하고 있는 서술방식이라 할 수 있다. 이를 간단하게 정리해 보면 다음과
같다.

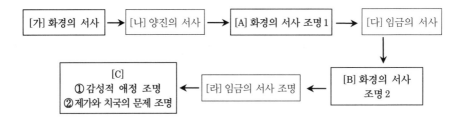

이와 같은 서술방식과 의미를 통해 〈화문록〉에서는 감성적 애정과
가장의 제가(화경-임금)와 치국(임금)의 문제를 입체적으로 조명하고 있
다고 생각된다. 그래서 〈화문록〉의 화경, 양진, 임금의 서사는 각기 독립
적이면서도 각각의 서사를 독해하는 데 일정 부분 영향을 끼치는 방식
으로 서술되고 있다고 할 수 있다. 물론 이때 궁극적인 주제는 '[C]②'
가 된다. 하지만 이것이 드러나는 과정 속에서 '[C]①'의 의미가 여러
가지로 해석될 수 있는 여지를 남긴다는 점에서 〈화문록〉에서 이 또한
무시할 수 없게 되었다.

따라서 〈화문록〉의 서술방식을 이렇게 정리하고 보면, 해결해야 할
문제가 하나 더 생긴다. 그것은 바로 감성적 애정의 수용에 대한 것이다.
이 작품에서는 '[C]②'가 결국에는 '[C]①'의 감성적 애정[14]의 폐단 때

문인 것처럼 제시하고 있다.

하지만 이 작품의 작가는 작품 전면에서 일방적으로 호홍매를 부정하지는 않고 있다. 〈사씨남정기〉의 교 씨와 같이 악인이면서 동시에 정조의 가벼움을 드러내는 여성이 아니라, 자신이 이상으로 생각하는 남성에 대한 확고한 의지가 있으면서 동시에 정조를 중시하는 여성으로 형상화하고 있다. 자신의 애정 실현이나 위치를 확고히 하기 위해 악행을 저지르기는 하지만, 화경에 대한 여성으로서의 의리나 정조를 지키려 고수하는 개성적인 인물로 형상화되어 있는 것이다.

이런 점에서 〈화문록〉의 감성적 애정은 제가나 치국이라는 주제의식 구현에는 부정적으로 작용하고 있지만, 그 속에는 감성적 애정의 또 다른 평가라는 작가의식이 함께 내재해 있는 것으로 볼 수 있다. 이를 다음 장에서 살펴보기로 한다.

3. 인물의 정신적 성장과 심리 변화에 나타난 작가의식

문학 작품 속에는 작가의 생각이 녹아 있기 마련이다. 그래서 비슷한 시기에 양산된 작품들 중에는 형식과 주제가 비슷하면서도 주제에 대한 작가의 변화된 생각을 감지할 수 있는 것들이 간혹 보인다. 이러한 작가

---

14 〈화문록〉에서 감성적 애정의 문제는 화경, 양진, 임금이 모두 해당되는 문제이다. 이 중 서사의 전면에서 감성적 애정을 문제 삼고 있는 것은 화경의 애정이다. 따라서 양진의 애정 문제는 화경을 깨우치는 데 활용되고 있다면, 임금의 애정 문제는 화경의 감성적 문제를 확대시키는 역할을 한다고 할 수 있다. 본고에서는 화경의 감성적 애정의 문제를 집중적으로 드러내고, 양진과 임금의 경우에는 이를 보조하는 차원에서만 다루었다. 그래서 위의 표에서도 화경의 서사를 진하게 표시하여 이를 구분하였다.

의 변화된 생각은 시대적인 흐름의 반영일 수도 있고, 작가의 생각 변화를 통해 독자의 수용과 인식의 변화를 이끌어 낼 수도 있다.

〈화문록〉에 나타나는 이러한 작가의식은 바로 애정에 대한 긍·부정적 시각과 이를 실현해 나가는 미숙한 남성들의 행동수정과 정신적 성장으로 나타난다. 물론 이러한 정신적 성장은 〈화문록〉의 것만은 아니고, 삼대록계 장편소설에 일반적으로 나타나는 현상들이다. 삼대록계 장편소설에서는 수많은 남성 인물들이 그러한 정신적 성장을 하는 것으로 그려지고 있다.[15] 그리고 그러한 정신적 성장과 동시에 나타나는 것은 가문의 안녕과 번영을 위한 제가와 사대부로서의 가장 큰 이상이라 할 수 있는 치국의 안정이다.

작가는 주인공 화경이 정신적 성장을 거쳐 이러한 경지에 도달하기까지 무수한 시행착오를 겪게 하고 있다. 첫 번째는 호홍매와 이혜란을 통해 드러나는 개인적 감성 중심의 애정 욕망이다. 이 과정에서 화경은 미성숙한 정신연령과 단약으로 인해 정신이 혼미해져 어진 부인 이혜란을 곤경에 빠뜨린다. 작가는 이러한 화경에 대해, 그와 유사한 방식으로 그를 웃음거리로 만들면서 점진적으로 성숙할 수 있는 계기를 마련해 준다.

그것은 이씨 형제들과 남학사의 조롱을 통해서 나타난다. 이들은 술에 미혼단을 타서 화경에게 먹인 후, 죽은 줄로 알고 있는 이혜란을 그와 만나게 해 준다. 그리고 이러한 장면에서 연출되는 화경의 우스꽝스러운 모습을 주변사람들이 보고 조롱하게 된다. 또 화경이 이혜란을 설경

---

15 삼대록계 장편소설의 성장소설적 성격을 잘 드러낸 논문으로는 다음의 글이 좋은 참고가 된다. 박은정은 〈소현성록〉과 〈소씨삼대록〉에 나타난 남성 인물들의 성장소설적 성격을 구체적으로 밝히고 있다.(박은정, 「소운성을 통해서 본 〈소현성록〉의 성장소설적 성격」, 『어문학』 108집, 한국어문학회, 2010, 53~86쪽.)

윤과 사통했다고 의심하여 그녀를 폐출하는데 앞장 선 것에 대해서는, 이씨 형제들과 남학사가 추녀인 녹섬을 동침시켜서 보복을 하는 것으로 나타난다. 이 과정에서 화경은 분노를 표출하기도 하지만, 자신의 애욕 중심의 감성적 욕망이 그릇됨을 서서히 깨우치게 된다.

화경의 이러한 깨달음은 개인적 서사로 끝나는 것이 아니다. 서사 전면에서 사필귀정과 권선징악의 사회적 주제의식과 병행하여 나타나고 있다. 다만 애욕에 대해서는 극단적인 혐오의 감정을 드러내지 않고 용서와 화해를 통해 시행착오를 수정해 나가는 방식을 동시에 취하고 있다. 이는 제가의 완성이면서 치국의 실현으로 볼 수 있다. 그리고 제가와 치국에 함의된 속성은 한 인물의 정신적 성장이라 할 수 있다. 그래서 이 작품에서는 애정이나 제가, 치국에 부족한 인물은 나타나지만, 이는 모두 포용해야 할 대상으로 나타난다.

따라서 〈화문록〉에서는 화경의 개인적 감성 중심의 애욕과 집단적 가치 중심의 제가와 치국 어느 것 하나도 버리지 않고 서사의 전면에서 안고 가고 있다. 그리고 시행착오를 거쳐 이 둘을 하나로 실현할 수 있는 정신적 성장을 이루는 인물이 새로운 시대에 요청되는 인물임을 드러내고 있는 것이 아닌가 생각된다. 이를 표로 시각화해 보면 다음과 같다.

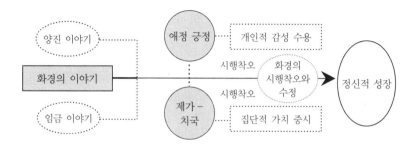

따라서 〈화문록〉은 당대의 집단적 가치라 할 수 있는 제가와 치국을 서사의 전면에 내세워 주제의식으로 표방하고 있으면서도, 시대의 변화에 따른 인간 개개인의 감성인 애정을 비교적 긍정적 시선에서 조망하고 있는 작품이라 할 수 있다.

이런 점에서 이 작품은 개인적 가치와 집단적 가치를 동시에 아우르고자 하는 작가의식이 내포되어 있다고 할 수 있다. 다만 제1의 가치로서 집단적 가치인 제가와 치국이 우선시되면서 제2의 가치인 개인적 감성적 차원의 애정을 수용할 수도 있다는 가능성을 열어 두고 있다. 이런 점에서 칠정(七情)의 전면적 수용에는 이르지 못하고, 변화 가능성 내지 수용 가능성이 녹아 있는 것으로 판단된다. 칠정이 작품에서 전면적으로 수용되지 못하고 있다는 점은 화경, 양진, 임금의 애정 중심의 감성이 한 인물의 시행착오로 기능한다는 점에서 드러난다. 다만 그러한 시행착오가 주인공을 비롯한 양진과 임금의 정신적 성장을 이끌어 내고 있다는 점에서 이 작품은 성장소설적 성격도 함께 가지고 있는 작품이다.

이러한 작가의식은 사고와 경험의 중요성을 동시에 인정하고 있는 것으로 볼 수 있다. 같은 대상에 대한 다른 인식, 즉 자기 방식대로의 이해를 인정하고 있는 것이다. 그래서 그 과정에서 나타나는 '시행착오'라고 하는 경험이 더 큰 정신적 성장의 바탕이 될 수 있음을 드러내고 있다. 이는 인물의 '사고'와 '경험'을 동시에 아우르는 통합적 사고의 중요성을 강조하는 것이라 할 수 있다. 그리하여 최종적으로 이성 중심의 유교적 이념이 감성 중심의 개인적 가치와 서로 대치되지 않도록 귀결시키고 있는 것이다.

4. 결론

이상에서 〈화문록〉에 나타난 서술방식과 주제의식의 관계를 논의해 보았다. 지금까지 논의된 것을 간략하게 요약하는 것으로 결론을 삼고 자 한다.

첫째, 〈화문록〉에는 유사한 장면이 세 번 반복적으로 서술되는데, 이는 인물의 성격 변화와 주제의식과 유기적으로 작용하는 방식이라는 점에서 독특한 기능을 한다고 보았다. 이는 전대의 삼대록계 장편소설이 독립된 단위담을 반복하는 것과 형식이나 질적인 면에서 차이가 있는 것이다.

둘째, 세 명의 인물과 관련되는 서사는 순차적으로 진행되면서도 하나의 서사는 그 다음 서사와의 긴밀한 관계를 통해 전체적으로 입체적 성격을 띠는 것으로 드러난다. 가령 '화경의 서사 → 양진의 서사 → 화경의 서사조명 1 → 임금의 서사 → 화경의 서사조명 2 → 임금의 서사조명 → ①감성적 애정 조명 ②제가와 치국의 문제 조명'의 과정과 의미망을 형성하는 것으로 나타난다.

셋째, 작가는 양진의 이야기와 임금의 이야기를 전후에 병치시켜서, 화경의 이야기를 입체적으로 드러낸다. 그 과정에서 제가와 치국이라는 집단적 가치의 중시와 애정의 긍정이라는 개인적 감성을 동시에 수용하고 있다. 그리고 그 과정에서 각각의 인물들의 시행착오와 수정을 통해 정신적 성장을 이끌어내고 있는 성장소설적 성격도 함께 드러내고 있다.

넷째, 이런 점에서 이 작품은 인물의 '사고'와 '경험'을 동시에 아우르는 통합적 사고의 중요성을 강조하는 작품이라 할 수 있다. 그리하여 최종적으로 이성 중심의 유교적 이념이 감성 중심의 개인적 가치와 서로 대치되지 않도록 귀결시키고 있다.

〈태원지〉의 해양 표류와
도서 간 이동의 의미

영웅의 자아실현을 중심으로

1. 서론

이 글에서 논의하려는 〈太原誌〉는 국적 문제가 불분명한 영웅소설이다. 이 작품은 원래 중국 소설 〈태원지〉를 번역한 것이라는 입장과[1] 한국의 작품이라고 주장하는 경우로 이대별(二大別) 된다.[2] 전자는 대개 작품 내용에 대한 별다른 언급 없이 〈태원지〉가 『중국역사회모본(中國歷

---

1 조희웅, 「낙선재본 번역소설 연구」, 『국어국문학』 62·63 합병호, 1973, 266~267쪽; 박재연, 『중국소설회모본』, 강원대학교출판부, 1993, 156쪽, 164쪽; 민관동, 「중국고전소설의 한글 번역문제」, 『고소설연구』 5집, 한국고소설학회, 1998, 417~455쪽; 吳淳邦, 「韓日學者研究中國小說的一些優勢」, 『중국소설논총』 14집, 한국중국소설학회, 2001, 255~266쪽; 민관동, 『중국 고전소설의 전파와 수용－한국편－』, 아세아문화사, 2007, 24쪽, 28쪽, 44쪽, 48쪽.
2 김진세, 「태원지攷－李朝後期 社會人들의 Utopia를 中心으로－」, 『영남대학교논문집』 1·2합집, 영남대학교, 1968, 13~14쪽; 『태원지』, 사단법인 국학자료보존회, 1980, 서문 (Ⅰ－Ⅷ쪽); 임치균, 「태원지 연구」, 『고전문학연구』 35, 한국고전문학회, 2009, 355~384쪽; 홍현성, 「태원지 시공간 구성의 성격과 의미」, 『고소설연구』 29, 한국고소설학회, 2010, 291~319쪽.

史繪模本)』이라는 저자 미상의 필사본에 이 작품명이 있다는 이유로 중
국 원작설을 주장하고 있다. 이와 달리 후자는 작품 속 내용에 대한 분석
을 통해 〈태원지〉가 한국의 작품일 것이라는 주장을 하는 경우이다. 특
히 후자의 경우에는 김진세에 의해 〈태원지〉의 한국적 특성이 제시된
이래, 임치균[3]과 홍현성[4] 등에 의해 이 작품이 한국 작품일 수 있다는
점이 주장되어 어느 정도 입론으로 굳어진 것으로 보인다.

그리고 분명한 입장을 밝히지는 않았지만 심정적으로 〈태원지〉가 한
국 작품일 수 있음을 암시하는 정병욱의 연구나[5] 최근에 연구된 김경미,[6]
허순우,[7] 김용기[8]의 연구 결과를 종합해 볼 때, 이 작품은 한국적 요소가
매우 강한 작품으로 생각된다. 다만, 위의 두 견해 모두 결정적인 근거를
제시하지는 못하고 있다는 점에서 아직 좀 더 치밀한 고증이 필요한 것
으로 보인다.

이러한 국적 문제 외에도, 〈태원지〉는 작품의 구성과 내용적 측면에
서 특이한 면이 많이 발견된다는 점에서 문학사적으로 매우 중요하게
다루어야 할 작품이다. 천명에 대한 이중적 인식이 그러하고, 천명에
의해 새로운 왕조가 건국되는 곳이 중원 땅이 아닌 미지의 땅 '태원'이라

---

3 임치균, 위의 논문, 361~380쪽.
4 홍현성, 위의 논문, 294~315쪽.
5 정병욱, 「낙선재문고 목록 및 해제를 내면서」, 『국어국문학』 44·45 합병호, 국어국문학
  회, 1969, 3쪽, 51쪽.
6 김경미, 「타자의 서사, 타자화의 서사, 〈홍길동전〉」, 『고소설연구』 30, 한국고소설학회,
  2010, 204~205쪽.
7 허순우, 「중화주의 균열이 초래한 주체의식의 혼란과 극복의 서사-〈태원지〉-」, 『고소
  설연구』 33, 한국고소설학회, 2012, 215~245쪽.
8 김용기, 「태원지의 서사적 특징과 왕조교체」, 『고소설연구』 34, 한국고소설학회, 2012,
  187~212쪽.

는 점도 특이하다. 또 일반 영웅소설의 주인공과 같이 신이한 출생담을 가지고 있으면서도, 정작 주인공 임성은 별다른 비범성을 보여주지 않는다는 점도 기존 영웅소설과 차별화되는 점이 있다. 그리고 이들이 '태원'으로 이동하게 되는 것이 스스로의 의지에 의한 것이 아니라 '天意'에 의한 것이며, 그 과정의 절반을 해양 표류담과 도서 간 이동으로 채우고 있는 것도 특이하다. 특히 그러한 해양 표류 끝에 도착한 '태원'에서 중원과 또 다른 차원의 천명이 실현된다는 점에서 새로운 세계에 대한 인식의 전환도 엿보인다.

이에 본고에서는 임성의 해양 표류 과정과 도서 간 이동의 의미를 영웅의 인물 정체성 확립과 자아실현 맥락에서 살펴보고, 태원에서 천명을 바탕으로 통일전쟁을 하는 것 역시 주인공 임성의 자아실현이라는 측면에서 논의해 보고자 한다.

2. '임성'의 해양 표류와 도서 간 이동 과정

1) 해양 표류 전 준비단계

〈태원지〉는 작품의 거의 절반 정도를 해양 표류와 도서 간 이동에 할애하고 있다. 특히 그 해양 표류가 아주 우연하게 이루어지되, 그것이 천의에 의한 것이라는 점, 이들의 해양 표류 전에 천하 대사 모의가 이루어진다는 점은, 이 작품이 영웅 서사물에 해당된다는 것을 드러내는 단서가 된다.

그래서 이 작품의 작가는 주인공의 해양 표류 전에 몇 가지 단계를 설정하고 있는데, 그것은 바로 인물의 비범성과 세상을 개혁하겠다는 의지의 지향성 설정이다. 이 중 인물의 비범성은 고소설의 전형적인 출생담으로 나타나고, 주인공의 지향성은 임응과의 천하대사 모의와 이후 만나게 되는 종황(미백)이나 하승과 같은 영웅호걸들이, 임성의 천명 실현을 위해 혁명을 준비하는 것으로 나타난다. 먼저 논의의 편의를 위해 그의 출생담을 간단하게 정리해 보면 다음과 같다.

[A] 절손 위기와 기자치성[9]

① 임우가 부인 유 씨와의 사이에 늦도록 대를 이를 자식이 없어 늘 걱정하다.

② 임우가 입신양명도 못 하고 대를 이를 자식도 두지 못함을 한탄하니, 유 씨 부인이 기자치성(祈子致誠)을 권하다.

③ 임우가 옳게 여기고 명산대찰을 찾아 기도를 드리기로 하였으나, 집이 가난하여 제물과 제상을 차릴 수 없어, 적벽강 아래에 가서 3일 밤낮으로 고기를 낚아 팔아 제물을 준비하여 목욕재계하고 기도하다.

[B] 태몽과 신이한 출생

④ 그 날 밤 꿈에 신선이 공중에서 내려와 임우의 정성에 하늘이 감복하였다고 하고, 이후 귀한 자식을 낳아 복록이 무궁할 것이라 하며,

---

9 〈태원지〉의 출생담에 대한 특징과 정리는 필자의 선행연구에서 이미 제시한 바 있다. 그러나 선행연구에서는 이러한 출생담이 왕조교체형 서사를 취하는 작품에 필수적으로 나타나는 요소라는 점을 밝히고, 이러한 〈태원지〉의 출생담은 한국적 요소임을 드러내기 위해 활용되었다. 하지만 본고에서는 제시한 출생담은 영웅인 임성의 자아실현을 위한 단계적 요소로 바라보고 있다는 점에서 선행연구와 차별된다. 발췌한 자료는 유사하나 논의의 관점을 달리 한 것이다(위의 책, 195쪽 참조).

인간 세상에서 보지 못한 환약 두 알을 주다.

⑤ 부부가 한 알씩 삼키자 기이한 향기가 나고, 꿈에서 깨어난 부부가 기뻐하며, 이후 유 부인이 잉태하여 아들을 낳아 이름을 '임성'이라 하고 자를 '덕재'라 하다.

[C] 비범성

⑥ 임성은 뛰어난 기상과 재기가 평범한 아이들과 달랐으며, 글 읽기를 좋아하고 제자백가와 병법서인 〈육도삼략〉을 통달하니 호걸과 선비들이 구름같이 모이다.[10]

위 예문을 통해서 알 수 있듯이, 〈태원지〉의 임성 출생담은, '무자→절손 위기→기자치성→태몽→비범한 인물의 출생'의 형식을 취하고 있다. 이는 우리 영웅소설에서 흔히 나타나는 전형화된 출생담이다. 하지만 임성의 경우는 이러한 전형화된 출생담이 서사 전개상에서 다른 특별한 의미를 가지지는 않는다. 이는 그가 비범한 인물이라는 점을 상투적으로 강조하는 형식적 의미가 강하다. 다만 전체적인 서사 맥락상에서 그가 비범한 인물이기에 천명의 수혜자일 수 있음을 증명하는 기제가 된다.

비범한 인물로 형상화된 임성은 그의 사촌 임응과 함께 적벽강에 배를 띄우고 유람을 하다가 천하를 도모할 일을 의논한다. 어쩌면 조금은 급작스러울 수 있는 이러한 서사 전개는, 서두에 제시된 임성의 비범한

---

10 한국학중앙연구원 소장 『太原誌』. 본고에서는 임치균이 이를 교주한 것을 텍스트로 하였다. 그리고 임치균과 배영환이 현대어로 번역한 것(임치균, 배영환 역, 『태원지』, 한국학중앙연구원, 2010)을 참고로 하였음을 밝혀 둔다. 이하에서는 작품명과 페이지만을 밝히기로 한다. 임치균 교주, 『태원지』 권지일, 한국학중앙연구원출판부, 2010, 1a~2b.

출생담이 있기에 크게 문제시되지 않는다. 그리고 이후의 서사는 비범한 영웅 '임성'이 자신의 뜻을 펼치는 '자아실현의 과정'이라는 의미를 가진다.

임성의 이러한 자아실현 서사에 동참하게 되는 인물은 아주 다양하게 나타난다. 그 인물들은, 강 한가운데서 조우하게 되는 종황, 조정, 하승 일행, 그리고 이들과 만난 후 추가적으로 합류하는 양관 3부자 일행이다. 이 만남에서 종황은 어젯밤 꿈이 예사롭지 않더니 하늘이 임성을 자신들에게 보내준 것이라 하고, 이후 이들은 함께 천하를 도모할 일을 의논하게 된다.

그런데 종황은, 임성이 하늘이 낸 인물이 분명하고, 또 천하의 대의를 행할 군대를 모집하여 강을 건너 오랑캐의 심장부로 진격한다면 도탄에 빠진 백성들은 그를 환영할 것이라고 하면서도, 아직 오랑캐인 원나라의 천명이 다하지 않았다고 하며 때가 되지 않았다고 한다. 그러면서 아직은 신의와 인덕으로 호걸들을 사귀면서 자취를 강호에 감추고 시절을 엿보면서 움직여야 하며 함부로 행동해서는 안 된다고 한다. 이에 하승과 임응이 대사를 도모하자고 하고, 조정은 세월이 물같이 흐르는데 이렇게 기다리다가 어느 때에 천하를 얻을 수 있겠느냐고 한다. 이에 대해 종황은 하늘의 도는 자주 변하는 법이며, 오랑캐의 천명도 오래가지 않을 것이라고 하며 만류하니, 임성이 그 말에 따르자고 한다. 그래서 그들은 병사와 무기는 미리 준비하기로 하고, 재물 모을 방도를 상의하다가 300수레에 질 좋은 철을 싣고 가는 양관 3부자를 만나 뜻을 함께하기로 한다.[11]

---

11 『太原誌』 권지일, 3b~9b.

이들이 매양 밤낮으로 모여 천하 대사를 의논하자, 자연의 움직임을 살피는 관리가 동남쪽에 王者의 기운이 있다는 보고를 한다. 이에 원나라 조정에서는 전국의 부와 현의 우두머리에게 각처에 방을 붙이고 살피라는 엄명을 내린다. 그래서 병사들의 수색이 심해지자, 임우는 두렵고 걱정이 되어 아들 임성에게 강물에 배를 띄워 일단 화를 피하라고 한다. 임성이 그 뜻을 종황에게 이르니 많은 제장이 반대한다. 이에 종황은 별자리를 보니 자신들에게 재앙이 닥칠 것이라 하고, 동해 밖에 자신들이 갈 만한 나라가 있다면 걱정이 없겠지만 그런 곳이 있다는 말은 듣지 못하였다고 한다. 그런데 조정은 동방에 조선(朝鮮)이라는 나라가 있으며, 동방예의지국이라고 부른다고 하니, 일행들은 일단 그곳에 가서 의지하기로 하고 배를 돌려 곧바로 출발한다. 그런데 갑자기 큰 바람을 만나 망망대해에서 표류하게 된다.[12]

2) 해양 표류와 도서 간 이동을 통한 시련과 정체성 확립

앞서 잠시 살펴본 바와 같이, 임성 일행의 해양 표류는 아주 우발적으로 시작된다. 그들의 천하대사 모의는 계획적이었지만, 그것을 실현하기 위한 첫 단계라 할 수 있는 해양 표류는 우발적인 것이다. 하지만 그 우발적인 사건이 전체적인 서사의 맥락에서 보면 필연적 과정이며 천의의 실현 과정이라는 의미성을 획득하게 된다.

이후에 이들은 수많은 표류와 도서 간 이동을 경험하게 된다. 이렇게 시작된 임성 일행의 해양 표류는 귀도(鬼島)에서 반복되는 표류를 제외

---

12 『太原誌』 권지일, 10a~12b.

하더라도 12회나 반복된다. 그들은 해양 표류마다 이름 모를 섬에 닿게
되는데, 그곳에서 온갖 요괴를 만나 능력을 시험받고, 또 신이한 인물들
을 만나서 도움을 받거나 신성한 존재임을 암시받는다.

따라서 이러한 표류와 도서 간 이동은 단순한 물리적 공간의 이동에
머무르지 않는다. 전체적인 서사의 맥락에서 보면, 이들의 표류와 도서
간 공간 이동은 모두 임성 일행의 천명 실현이라는 맥락으로 귀결된다.
임성 일행이 표류하게 되는 과정과 그곳에서 만나는 대상 및 성격을 정
리해 보면 다음과 같다.

[가] 임성의 해양 표류와 도서 간 이동 과정[13]

[1] 임성 일행이 〈외로운 섬〉에 도착하여 응천 대장군을 죽이고 신기한
배를 얻고 반수와 여의를 수하로 삼다.―대상의 성격 : '요괴'(권지
일, 12b-24a)

[2] 바람이 크게 일어 방향이 동쪽으로 바뀌고, 임성 일행은 〈자정동〉에
들어가 긴 수염에 새 부리와 같은 입을 가진 '흰 옷 입은 사람'들을
만나 곤경에 빠지나 종황(미백)이 신이한 술법으로 이를 퇴치하니
이들은 소만한 '쥐'였다.―대상의 성격 : '요괴'(권지일, 24a- 30a)

[3] 임성 일행이 〈어느 섬〉에 도착하여 이무기를 만나 곤경에 빠졌다가
종황(미백)의 술법으로 이를 퇴치하다.―대상의 성격 : '요괴'(권지

---

13 이외 관련된 내용은 필자의 선행연구에서 도표로 간략하게 제시한 바 있다. 이는 〈태원
지〉에서 해당 부분을 발췌하고 정리하였다는 점에서 중복되는 바가 있다. 하지만 필자의
선행연구에서는 해당 도표를 화이관 극복의 과정과 '왕조교체 서사'의 맥락에서 정리한
것이고, 본고에서는 '시련극복'을 통한 '자아정체성 확립'의 관점에서 입론하고 있는 것이
므로 자료 활용의 본질적 성격은 다르다. 이에 본고에서는 선행연구에서 제시한 항목을
좀 더 상세하게 소개하여 본고의 논지에 맞게 재활용하였음을 밝힌다(김용기, 앞의 책,
2012, 203~205쪽 참조).

일, 30a-34b)

[4] 임성 일행이 이무기의 소굴을 벗어나 열흘을 표류하다가 양식이
떨어졌는데, 〈섬 하나〉가 보여 갔다가 하늘이 주신 쌀 1천여 석과
살찐 고기 수백여 덩이를 얻고, 동해의 신을 만나 이것은 천명을
받아 임성을 위로하는 것이라는 말을 듣다.—대상의 성격 : '구원자
(天命 강화자)'(권지일, 35a-37b)

[5] 임성 일행이 동해 신과 이별하고 떠나 5일 후 〈신명동〉에서 도사로
변신한 원숭이 정령을 만나고, 종황이 가르쳐 준 술법으로 임응이
신명봉을 사용하여 요괴들을 퇴치하다.—대상의 성격 : '요괴'(권지
일, 37b-42b)

[6] 임성 일행이 여러 날을 표류하다가 바다 위에서 여우 요괴로 변한
〈여인국〉 사람들을 만나고, 임성이 여우 요괴로 변한 여인국 여왕
에게 미혹되어 일행이 위기에 빠지나 이를 눈치 챈 종황이 술법을
행하여 제압하니 여왕과 아홉 공주는 꼬리가 일곱, 다섯, 셋인 여우
이다.—대상의 성격 : '요괴'(권지일, 43a-권지이, 8a)

[7] 임성 일행이 여인국을 떠나 7, 8일 후 〈한 섬〉에 다다라 금빛 지네를
만나 곤경에 처하나 종황의 술법으로 퇴치하고, 종황은 바다의 하
찮은 족속들은 동해의 신 해약이 거느린 것들인데, 임성이 천명을
받은 줄 알고 범접하지 못하게 했다 하다.— 대상의 성격 : '요괴'(권
지이, 9a-13b)

[8] 임성 일행이 다시 배를 띄워 가다가 〈바다 위〉에 무지갯 빛 오색영롱
한 서광이 비치는 곳을 보고 다가가 금궤 하나를 발견하고 거기서
'전국옥새'를 얻은 후, 종황은 이 옥새는 하늘이 임성에게 주는 것이
라 하다.—대상의 성격 : '신성성(天命 강화)'(권지이, 13b-14b)

[9] 임성 일행이 다시 〈한 섬〉에 다다라 남해 용왕 광덕왕을 만나고,
광덕왕은 임성 일행에게 옥새를 자신에게 달라고 하고, 광덕왕은
임성을 본 후 절하며 하늘이 정한 일을 범하였다며 사죄한 후 사라

지다.-대상의 성격 : '天命 강화자'(권지이, 15a-20a)

[10] 임성 일행이 동남쪽으로 가다가 〈鬼島〉에서 여러 귀신을 만나지만 이를 모두 퇴치하다.-대상의 성격 : '요괴'(권지이, 21a-23a)

[11] 임성 일행이 〈귀도〉에서 요괴들을 물리치고 가려 하나, 배가 다시 〈귀도〉로 돌아가기를 반복하고, 여기서 이들은 순풍과 천리안이라는 두 괴물을 만나며, 이 두 요괴는 임성의 전국옥새를 요구하고, 종황은 두 요괴에게 자신과 겨루어 이기면 준다고 한 후, 순풍과 천리안과 대결하고 천문진으로 두 요괴를 퇴치하다.-대상의 성격 : '요괴'(권지이, 23b-34a)

[12] 임성 일행이 다시 27일을 표류하여 〈서안국 청릉현〉에 상륙하고, 거기서 평기이라는 이인을 만나 〈태원〉 5국의 실정과 유행하는 참요(讖謠)에 대해 듣고 ,임성은 자신이 天命의 주체자임을 분명하게 자각하다.-대상의 성격 : '건국 협조자'(권지이, 34a-43b)

위에 제시한 [가]의 서사단락에서 [1], [2], [3], [5], [6], [7], [10], [11]번의 항목은, 표면적으로 임성 일행의 능력을 확인하고 시험하는 성격과 관련된 표류담임을 알 수 있다. 그러면서 동시에 이계(異界)에 대한 탐험이라는 문학적 환상의 의미도 함께 구유하고 있다. 해양 표류 과정 중에 당도하는 이들 섬에서 임성 일행은 다양한 요괴를 만나고 퇴치한다. 이러한 무용담을 통해 임성이 천명 수혜자일 뿐만 아니라 이들 일행이 대사를 감당할 능력이 있음을 드러낸다.

이에 비해 [4], [8], [9]번의 항목은 임성의 천명을 강화하고 원조하는 역할을 하는 장소이며 대상들이다. [4]번의 동해 신은 임성 일행이 식량이 부족하여 위기에 처하였을 때, 천명을 받아 임성을 돕는 역할을 하게 된다. 그리고 [8]번의 내용은 임성이 '나라를 전한다'는 '전국옥새'

를 하늘로부터 받아서 태원 땅에서 이루게 될 천명 실현의 명분을 획득
하는 장면이다. 또 [9]번 광덕왕과의 일시적인 갈등은 용왕에 의해 임성
이 천명을 받은 인물임이 강화되는 장면이다.

이러한 표류의 과정을 거쳐 도착한 곳이 [12]번의 서안국 청릉현이
다. 이곳은 태원 5국의 하나인 금국의 속국인데, 임성 일행은 그곳 인물
인 평기이로부터 태원의 자세한 상황을 알게 되고, 이를 통해 임성은
자신이 天命의 주체자임을 알게 되고, 그 일행은 보다 확고한 의지를
가지게 된다. 이상의 내용을 의미단락별로 재구조화하여 보면 다음과
같다.

[나] 해양 표류와 도서 간 이동의 의미 및 재구조화

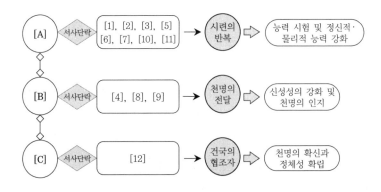

[가]의 서사단락을 토대로 하여 의미 단락별로 재구조화한 [나]의 표
를 보면, 임성 일행의 해양 표류와 도서 간 이동이 단순한 물리적 공간
의 이동이 아니라는 점을 알 수 있다. [A]는 천의에 따른 임성의 시련이
면서 능력의 강화 과정이고, [B]는 여러 신격과의 만남과 초월적 현상

에 대한 경험을 통해 임성이 신성한 존재임을 드러내면서, 동시에 天命의 주체자임을 구체적으로 인지해 나가는 과정이다. 그리고 [C]는 이러한 일련의 과정 끝에 도착한 미지의 땅에서 그곳의 이인(異人)인 평기이로부터 임성 자신이 천명의 주체자임을 분명하게 인식하고, 아울러 대사를 실현할 방책을 도모하게 된다. 이는 그동안 해양 표류와 도서 간 이동 과정에서 혼란스러웠던 자신의 정체성이 분명하게 확립되었다는 것을 의미한다. 이에 임성은 본격적으로 자아실현을 위한 착수단계에 들어간다.

3) '서안국'에서의 정착과 자아실현의 토대 마련

임성 일행이 수차례의 해양 표류와 도서 간 이동을 통해 태원 땅에 도착한 이후에는 더 이상의 표류나 도서 간 이동은 하지 않는다. 그리고 그간의 해양 표류나 도서 간 이동은, 임성의 의식의 성장을 보여준다. 아직 완숙되지 못하여 쉽게 흔들리는 임성의 정신적 취약을, 천의에 따른 해양 표류를 통해 조금씩 강화시켜 나가게 형상화하였다. 임성이 해양 표류를 통해 미지의 섬에 도착할 때마다 보이는 충격과 혼란스러움은 그의 정체성이 확고하지 못함을 드러낸다. 정체성이 확립되지 않은 사람은 자아실현을 하기 어렵다.

그런데 해양 표류와 도서 간 이동을 통해 정착하게 된 '서안국 청릉현' 즉, '태원' 땅에서의 임성의 행위와 정신은 전반부와 확연히 다른 모습을 보인다. 이는 그의 정체성이 확립되었기 때문이다. 임성의 정체성 확립은 크게 두 가지 계기를 통해서 이루어진다. 하나는 종황과 평기이의 대화를 듣고서 임금의 올바른 정치가 얼마나 중요한 것인가를 인식한 것이고, 다른 하나는 평기이가 들려주는 태원 5국의 실정과 그곳에서 유행하는 참요를 통해 자신이 천명의 주체자임을 알게 되는 것이다. 이를 통해 임성은 자신이 무엇을 해야 하는지 분명하게 인식한다.

임성 일행이 '서안국 청릉현'에 도착하여 그 곳 도사인 평기이를 만나게 되고, 평기이와 종황(미백)은 서로 중원과 태원의 역사를 열거하며 여러 나라의 흥망성쇠에 대해 이야기 한다. 종황이 이야기하는 중원의 흥망성쇠와 평기이가 이야기하는 '태원'의 흥망성쇠에는 일정 부분 공통점이 나타나고 있다. 그것은 임금이 어질고 정치가 잘 이루어진 경우에는 태평성대를 누렸다는 것이다.[14]

이러한 중원과 태원의 공통점을 통해서 볼 때, 적어도 정치적 의미에서는 〈태원지〉에서 새로운 가치를 발견하기 어렵다. 임성 일행이 중원 땅 元나라의 압박을 피해 해양 표류를 거쳐 태원에 도착하였고, 거기서 새로운 질서를 구축하고자 하는 것은 맞지만, 그 새로운 질서는 중원 중심의 질서를 재구축하는 것이라고 할 수 있다. 즉 과거 중원에서 중요시하는 가치와 태원에서 강조하는 가치의 핵심사항이라고 할 수 있는, '어진 정치를 통해 태평성대를 누리게 하는 것' 말고는 새로운 가치나 비전의 제시는 없다는 것이다. 해양 표류와 도서 간 이동을 통해 미지의 세계인 '태원'에 도착하기는 하였지만, 거기서 구축하고자 한 본질적인 내용은 중원의 복사판에 지나지 않는 것이다.

이러한 특징은 아마도 주인공 임성의 개인적인 '자아실현'에 좀 더 큰 무게 중심을 두고 있어가 아닌가 생각된다. 〈태원지〉에서 작품의 서두에서부터 결말까지 지속적으로 관심을 두고 있는 것은, 임성의 물리

---

14 『太原誌』 권지이, 37b~42b.

적 성장과 확대, 그리고 그의 의식의 변화이다. 특히 임성은 평기이의 말을 듣고, '태원 말을 비로소 드르니 쇠횐흐미 쑴이 처음으로 씬듯흐지라'[15]라고 하며 분명한 인식의 변화를 보이고 있다. 그동안 해양 표류 후에 닿게 되는 이름 모를 섬에서 보이는 혼미함과는 다른 인식을 하고 있는 것이다. 그러므로 임성 개인의 물리적 공간의 확장과 의식의 변화 초점을 두고 있는 상태에서 새로운 가치와 비전의 제시까지 나아가기는 어려웠다고 판단된다.

이는 평기이가 태원 땅 임금들의 실정(失政)을 제시하고, 또 민심을 드러내는 참요의 내용들이 별반 새로운 것들이 아니라는 점을 통해 드러난다. 실제로 임성은 평기이로부터 태원 땅 임금들의 실정으로 인해 민심이 동요하고 있는 것을 듣게 되는데, 이는 앞서 종황이 언급하였던 중원 땅 임금들의 실정과 대동소이하다. 이러한 태원 지역의 실정과 참요의 내용은 임성의 자아실현의 명분이 될 뿐이다. 논의의 편의를 위해 해당 부분을 정리해 보면 다음과 같다.

[다] 태원 5국의 실정[16]

① 태원의 다섯 나라는 9천 세 동안 왕조가 유지되는 동안, 나라에 순박한 풍속이 있고 백성들은 배불리 먹는 태평성대가 지속되었다.

---

15 『太原誌』 권지이, 41a.
16 [다]와 아래의 [라]에 인용 부분은 필자의 선행연구에서 정리된 바 있다. 선행연구에서는 이 두 가지를 통해, 〈태원지〉도 〈장백전〉, 〈유문성전〉, 〈음양삼태성〉, 〈현수문전〉 등과 같이 기존 왕조(〈태원지〉의 경우에는 태원 5국)의 '실정'을 통해 왕조교체의 필연적 근거를 제시하는 것으로 활용하였다. 본고에서는 선행연구와 달리, 이러한 '실정'은 미지의 세계인 '태원'에서 임성의 자아실현을 위한 토대를 마련하기 위한 설정으로 보아 논의의 방향을 다르게 보고자 하였다(김용기, 앞의 책, 2012, 199쪽 참조).

② 그런데 수년 전부터 다섯 나라가 분수를 지키지 않고 망령스럽게
합병을 하고자 하여 서로 전쟁을 계속하다.
③ 그래서 다섯 별이 자리를 잃었고, 또 혜성이 나타나면서 요사스런
훼방꾼이 곳곳에서 일어났고, 재앙과 이변이 연이어 발생하다.

[라] 태원 5국에 유행한 참요의 내용
① 다섯 별이 빛을 합하여 서방을 비추고 있구나.
② 두 나무가 나란히 서 있음이여, 큰 집을 이루는구나.
③ 백성이 평안함을 생각하는 것이 덕재에게 달렸도다.[17]

위의 예문 [다]는 서안국 도사 평기이가 임성 일행에게 알려주고 있
는 태원 5국의 실정과 재변에 대한 내용이다. 그리고 예문 [라]는 태원
5국의 실정이 민심을 통해 구체적으로 드러나고 있는 참요의 내용이다.
특이한 것은, 이 참요가 단순히 태원 5국의 실정을 문제 삼고 있는 것이
아니라, 태원 땅에 있던 천명이 새로운 주인에게로 부여 될 것임을 암시
한다는 점이다. 평기이가 해석해 주는 내용을 보면, 예문 [라]①의 '다
섯 별이 빛을 합한다'는 것은 다섯 나라를 통일시킨다는 말이고, '서방
을 비춘다'는 말은 임성이 서쪽에서 온다는 말이다. 그리고 예문 [라]②
의 '두 나무가 나란히 서 있음'은 '수풀 임(林)'자를 의미하며, '집을 이
룬다'는 것은 임성의 이름이 '이룰 성(成)'자이니 임성이 대업을 세운다
는 의미이다. 또 예문 [라]③의 '백성이 평안함을 생각하는 것이 오직
덕재에게 달렸다'는 것은 임성의 字가 덕재이니, 백성이 임성의 덕을
입어 길이 안락하리라는 말로 풀이된다.

---

17 『太原誌』 권지이, 42a~42b.

이와 같이 〈태원지〉에서는 중원 땅 원나라 천자의 구체적인 실정은 나타나지 않는다. 그 대신, 임성 일행이 바다를 표류하여 도착한 태원 땅 다섯 왕들의 실정이 나타난다. 이는 중원의 역사적 현실을 부정하지 않고, 미지의 세계인 '태원'에서 임성의 자아실현을 위한 토대를 마련하기 위한 설정으로 보인다. 만약 그렇지 않으면, 임성은 자신에게 부여된 천명 실현을 위해 중원의 원나라를 정복하고 '명(明)'을 건국하는 과정을 거쳐야 한다.

하지만 이 작품에서는 중원 지역의 元에 대해서는 별다른 관심을 보이지 않고, 미지의 세계에 대한 탐색과 인식의 성장과정을 드러내는데 주력하고 있다. 이는 곧 이 작품이 지향하는 바가 단순히 중원의 원나라를 정복하는 것을 통해 주인공 임성의 천명을 실현하는 데 목적이 있는 것이 아니라는 점을 의미한다. 그보다는, 미지의 세계를 새롭게 탐험하고 이러한 시련의 과정을 통해 의식의 성장을 이루어 새로운 땅에서 새로운 천명을 통해 자아실현을 하는 모습을 그리는 데 주안점이 있다고 보인다. 그래서 이 작품에서는 해양 표류와 도서 간 이동이 내용의 거의 절반을 차지하고 있으며, 그 나머지 절반가량은 미지의 땅 '태원'에서 통일전쟁을 하는 것으로 형상화되어 있다. 그러면서 아이러니하게도 중원과 다른 태원에서만 가능한 새로운 가치의 실현과 같은 비전 제시는 하지 않고 있다.

따라서 임성 일행이 '서안국 청릉현'에 도착하여 그 곳 이인 평기이를 만나고, 또 그로부터 태원 5국의 실정과 그곳에서 유행하는 참요를 듣는 것은 임성의 정체성을 확립하는 것을 의미하고, 이는 동시에 그의 자아실현의 토대를 마련한다는 의미를 가진다고 볼 수 있다. 다만 그 자아실현이 임성의 개인적 차원에서 실현됨으로써 새로운 가치와 비전의 제시가 없다는 아쉬움을 낳고 있다.

3. 천명을 통한 건국과 통일전쟁을 통한 자아실현

평기이로부터 태원 5국의 실상과 이곳에서 유행하는 참요를 듣고 정체성을 확립한 임성은, 평기이로부터 태원 5국의 지도를 받아 도로의 원근과 산천의 험악한 정도, 진을 치고 양식을 쌓을 곳 등을 익힌다.[18] 이는 임성이 미지의 땅 태원에서 투쟁을 하기 위한 본격적인 과정에 해당된다. 임성의 통일전쟁은 매우 지난한 과정을 거치고, 작품 분량도 매우 많이 차지한다. 그 주요 내용과 의미를 표로 정리하면 다음과 같다.

NO	정복되는 대상	임성과의 관계와 의미	서사적 의미	비고
[A]	청릉현	1만 2000명의 병사 확보	통일전쟁을 위한 최소한의 물리력 확보	최초 100여 명이 안 되는 병사로 시작
[B-1]	서안국 1 (도주성 / 진방성)	공간 및 세력 확대	이름이 드러나고 백성을 위무하는 영웅으로 부각	100고을과 120여 군현 복속, 정병 10만 이상 확보
[B-2]	서안국 2	대흥국 건국	세력의 확장과 천명 및 자아실현 1단계 부각	정병 90만 이상 확보/ 임성의 자아실현은 천명을 명분으로 함.
[C]	금국	가장 힘든 통일전쟁 및 극복 대상	통일전쟁의 백미	가장 치열한 정복담
[D]	토국/목국/ 화국/수국	태원 5국 모두 정벌	황제 등극과 자아실현의 완성	통일전쟁의 완성

---

18 『太原誌』 권지이, 43b~44a.

위의 표에서 [A]의 단락은 서안국에 속한 청릉현을 정복하는 내용이
다.[19] 여기서는 큰 물리적 충돌은 일어나지 않고, 계교로 이루어진다.
임성 일행이 아직은 통일전쟁을 할 만한 물리력을 확보하지 못했기 때
문에, 이 단락은 그러한 최소한의 물리력을 확보하는 데 중점을 두고
있다.

[B-1]과 [B-2] 역시 서안국에 속한 성들인데, 편의상 1, 2로 나누어
보았다. 이 중 [B-1]은 임성이 서안국에 속한 도주성과 진방성을 정복
하는 내용인데,[20] 이는 임성의 공간 및 세력을 확대시키는 결과를 가져
온다. 그리고 서사 전개상으로는 '태원'에서 본격적으로 임성의 이름이
실질적으로 알려지게 된다. 이는 임성이 백성을 위무하는 것으로 나타
난다. 그리고 [B-2]는 서안국을 완전히 정복하고 대흥국을 건국하여
그에게 부여된 천명이 일차적으로 실현되는 내용이다.[21] 이를 통해 임성
은 정병 90만 이상을 확보하게 된다.

여기서 특기할 것은 임성이 자신의 해양 표류와 같은 시련과 대흥국
건국의 명분으로 천명을 내세우고 있다는 점이다. 임성은 자신이 해양
표류 중 요괴의 변고를 물리친 것도 천명이고, 서안국왕 유원정도 천명
을 업신여긴 죄로 민심을 따라 징치한 것이라고 한다.[22] 이렇게 임성의
시련과 건국을 천명으로 보고, 이것이 임성의 자아실현 과정의 하나라
라고 본다면, 임성의 자아실현 또한 천명을 명분으로 하여 실현되고 있
는 셈이다. 그리고 그의 자아실현은 단순히 물리적 공간의 확장이나 지

19 『太原誌』 권지이, 44b~46b.
20 『太原誌』 권지이, 48b~권지삼, 6a.
21 『太原誌』 권지삼, 7a~23a.
22 『太原誌』 권지삼, 18a~18b.

위의 높아짐으로만 나타나지 않고, 백성을 잘 위무하고 어진 정치를 펴
는 것과 병치됨으로써 그 의미를 퇴색시키지 않고 있다. 이는 대흥국왕
이 된 임성이 평기의 딸을 왕비로 삼고, 1년이 안 되어 나라가 크게 다스
려져 백성들이 길에 떨어진 물건을 줍지 않을 정도로 법도가 세워지는
것을 통해 제시된다.[23] 이렇게 태원 지역 백성들의 현세적 생활문제를
해결하는 것을 통해, 임성의 자아실현이 단순히 해양 표류 후 구사일생
으로 태원에 안착하여 물리력을 바탕으로 한 통일전쟁의 차원에 머무르
지 않게 하고 있다.

[C]는 임성이 天命과 자아실현의 1단계를 거친 후 본격적으로 통일
전쟁을 수행하는 서사에 해당된다.[24] 금국 정복담은 '태원'에서 치르는
전쟁 중 가장 치열하게 진행되고, 분량상으로도 많은 부분을 차지한다.
이는 임성이 미지의 땅 '태원'에서 펼치고자 하는 천명과 자아실현의
완성이 쉽지 않음을 드러내는 것이라 할 수 있다.

이렇게 지난한 금국 정벌이 끝난 후, 나머지 4국에 대한 정벌은 순조
롭게 이루어진다. [D]는 토국, 목국, 화국, 수국이 모두 항복을 하여 '태
원' 5국을 모두 통일하는 단락이다.[25] 이후 임성은 황제에 등극함으로써
애초 그에게 부여된 천명이 온전하게 실현된다. 이로써 임성은 자신이
애초에 꿈꾸었던 천하를 도모하고자 하는 꿈을 실현하게 된다. 다만 그
꿈의 실현은 오랑캐가 지배하고 있는 중원 지역이 아니라, 해양 표류를
통해 도달한 미지의 땅 '태원'에서 이루어진다는 점이 특이하다.

---

23 『太原誌』 권지삼, 21b~23b.
24 『太原誌』 권지삼, 23b~권지사, 28a.
25 『太原誌』 권지사, 29a~37b.

이렇게 임성의 자아실현이 중원에서 실현되지 않고, 미지의 땅 '태원'에서 실현되도록 한 것은, 크게 두 가지 면에서 추측해 볼 수 있다. 하나는 이 작품이 유통되었을 것으로 짐작되는 18~19세기의 동아시아 정세를 고려한 것이다. 이 당시는 중원을 정복한 청(淸)이 명(明)을 정복하고 패권을 누리던 시기인데, 중원의 元을 전복하고 다시 명을 건국 주체자로 하는 작품을 그리기는 쉽지 않았을 것이다. 그래서 이 작품에서 원에서 '대흥국'으로의 왕조교체를 설정하지 않은 것은, 실제 역사적 사실을 부정할 수 없었던 현실의 반영이라고 볼 수 있다. 하지만 그것은 조선 후기 당대 현실에서 오랑캐인 청을 인정한다는 의미이기보다는, 순수하게 역사적 사실을 인정한다는 의미이다.[26]

그리고 다른 하나는 〈태원지〉의 창작의식이 일반 영웅소설의 주인공들처럼 공적인 영역에서 무력과 도술을 바탕으로 현실적인 어려움을 해결하는 데 목적이 있는 것이 아니라, '새로움'을 추구하는 작가의식과 관련을 맺고 있기 때문이다.[27] 실제로 〈태원지〉에서는 이전의 영웅소설에 나오는 천명과 다른 면이 있는데,[28] 천명도 새롭고 땅도 새롭고, 주인

---

26 실제 역사적 사실에 입각하여 〈태원지〉의 왕조교체를 다시 생각해 볼 수도 있다. 가령, 오랑캐 국가인 원나라를 부덕한 나라로 설정하고, 천명을 받은 주원장이 그 부덕한 원나라를 전복하여 명이 건국되는 방향으로 왕조교체를 이루게 할 수도 있다. 하지만 이러한 작품은 〈장백전〉과 〈유문성전〉에서 이미 다루어진 바 있고, 또 〈장백전〉의 작가와 달리 〈태원지〉의 작가는, 명나라를 정복하고 건국한 나라가 청나라이기 때문에, 이를 당대 사회에서 문제 삼는 것을 부담스러워 했다고 볼 수도 있다.

27 김용기, 앞의 책, 2012, 209~210쪽.

28 중원 지역 원나라의 천명을 인정한 상태에서, 새로운 미지의 땅 '태원'에서 건국을 하는 것이 임성에게 부여된 천명이라는 점에서 기존 영웅소설의 천명과 다르다. 일반 영웅소설에서의 천명은 기존 왕조를 전복하고 새 왕조를 창업하는 것으로 나타난다. 이에 해당하는 작품으로는 〈장백전〉, 〈유문성전〉, 〈음양삼태성-옥주호연〉, 〈현수문전〉 등이 있다.

공의 성격이나 활약 방식도 새롭다는 점에서, 이 작품은 사고의 틀을
깨는 인물의 모습을 통해 자아실현을 완성하는 영웅의 모습을 형상화하
고 있는 것으로 볼 수 있다.

4. 결론

필자는 〈태원지〉가 국적 문제에 있어서 불명확한 면이 있지만, 선행
연구를 통해서 볼 때 한국적 요소가 매우 강한 고소설이라는 전제에서
논의를 시작하였다. 그 이유는 이 작품이 구성과 내용 면에서 특이한
요소가 많이 발견된다는 점에서 문학사적으로 의미가 매우 크다고 보았
기 때문이다. 그 중에서도 필자는 이 작품의 해양 표류와 도서 간 이동의
의미, 그리고 이를 통해 드러나는 영웅의 자아실현을 중점적으로 살펴
보았다. 이상의 논의를 통해 필자는 다음과 같은 결론을 얻었다.

1. 〈태원지〉는 작품 전체의 절반가량을 해양 표류와 도서 간 이동에
할애하고 있는데, 이는 크게 세 단계를 거친다. 첫째는 해양 표류 전
준비단계로서, 주인공의 비범성과 의지의 지향성이 드러나는 부분이다.
둘째는 해양 표류를 통해 인물들이 시련을 겪고 이러한 시련을 통해 정
체성을 확립하는 단계이다. 셋째는 이렇게 형성된 정체성을 바탕으로
자아실현을 위한 토대를 마련하는 것으로 드러난다.

이런 점에서 〈태원지〉의 해양 표류와 도서 간 이동 과정은 단순히
물리적 공간의 이동을 의미하지 않는다. 그것은 인물의 시련을 통한 정
체성의 확립 과정이다.

2. 정체성이 확립된 임성의 자아실현은 크게 두 가지로 방향에서 나타

난다. 하나는 천명을 통한 '대흥국'의 건국이고, 다른 하나는 통일전쟁
을 통한 '태원' 5국의 정벌과 황제로의 등극으로 나타난다. 하지만 임성
의 자아실현은 단순히 개인의 영달이나 물리적 환경의 개선으로 그치지
않는다. 그것은 민생을 돌보는 영웅의 모습과 미지의 세계를 탐색하는
것으로 제시되는 '새로움'의 추구로 나타난다.

  3. 이런 점에서 〈태원지〉는, 임성이 제한된 환경의 벽을 허물고 사고
의 틀을 깨는 인물의 모습을 통해 자아실현을 완성하는 영웅의 모습을
형상화하고 있는 작품으로 볼 수 있다.

홍세태 〈김영철전〉에 나타난
세 가지 폭력과 문학사적 의미

1. 서론

　이 글은 유하(柳下) 홍세태(洪世泰, 1653~1725)의 〈김영철전〉을 대상으로 17세기 동아시아 전란이 조선, 명, 후금(청) 삼국의 백성들에 끼친 폭력성과 문학사적 의미를 드러내는 데 목적을 둔다.

　현재 〈김영철전〉은 다양한 작가와 이본들이 존재한다. 그 이본들 중에서 현재 〈김영철전〉의 이본으로 전하는 나손본, 서인석본, 박재연본 등은 창작시기와 작가가 분명하지 않다. 작가와 창작시기를 비교적 분명하게 확정할 수 있는 이본은 홍세태의 「유하집」 소재 작품인 〈김영철전〉, 조원경본으로 알려진 김응원 작 〈김영철전〉, 안석경의 『삽교집』 소재 〈김영철전〉, 성해응의 문집 소재 〈김영철전〉 등이다. 이들은 작품 제목이나 주인공의 명칭에서는 동일하거나 유사하지만, 주제의식에서는 큰 차이를 보이는 것으로 알려져 있다.

　이 중에서 처음으로 소개된 것은 홍세태 작 〈김영철전〉이다. 박희병은 오랫동안 학계의 관심을 받지 못했던 홍세태 작 〈김영철전〉을 소개하고[1] 작품의 미학적 특징을 밝혔다. 그의 이러한 연구를 시작으로 다양한 작품론과 이본 연구사가 진행되었다. 박희병에 의해 홍세태의 「유하집」 소재 〈김영철전〉[2]이 소개된 이후에 단국대학교 나손문고본 소장 국문본 〈김철전〉이 권혁래 교수에 의해 소개되었다.[3] 그리고 양승민·박재연에 의해 원작 계열로 추정되는 한문본 〈김영철전〉이 발굴되었다.[4] 이어서 서인석 교수에 의해 국문본 〈김영텰뎐〉이 소개되면서 국문본의 자장을 넓힐 수 있게 되었다.[5] 그리고 최근에는 송하준 교수에 의해 조원경본 〈김영철전〉이 17세기 후반 김응원(1628~?)에 의해 창작되었음이 확인되었다.[6] 이 외에도 삽교 안석경(1718~1774)의 문집인 『삽교집』 소재 한문본 〈김영철전〉도 소개되었고[7] 성해응(1760~1839)의 『연경재전집』에 수록된 것[8]까지 합하면 국문본 2종, 한문본 5종 등 총 7종의 이본들이 확인된다.

　이러한 이본에 대한 소개 외에도 〈김영철전〉은 다양하게 연구되었다.

1 박희병, 「17세기 동아시아의 전란과 민중의 삶」, 김학성·최원식 외, 『한국근대문학사의 쟁점』, 창작과비평사, 1990, 13~51쪽.

2 홍세태, 「柳下集」 卷九, 影印標點, 『한국문집총간』 167, 민족문화추진회, 1996, 485~489쪽.

3 권혁래, 「나손본 김철전의 사실성과 여성적 시각의 면모」, 『고전문학연구』 15집, 한국고전문학회, 1999, 113~147쪽.

4 양승민·박재연, 「원작 계열 김영철전의 발견과 그 자료적 가치」, 『고소설연구』 18집, 한국고소설학회, 2004, 85~110쪽.

5 서인석, 「국문본 김영텰뎐의 이본적 위상과 특징」, 『국어국문학』 157호, 국어국문학회, 2011, 115~141쪽.

6 송하준, 「새로 발견된 한문필사본 김영철전의 자료적 가치」, 『고소설연구』 35집, 한국고소설학회, 2013, 239~268쪽.

7 윤지훈, 「삽교 안석경의 기록정신과 김영철전」, 『동방한문학』 39집, 동방한문학회, 2009, 169~414쪽.

8 성해응, 「魯認, 金英哲, 崔陟」, 『研經齋全集』 권54, 오성사 영인, 1982, 339~347쪽.

처음으로 홍세태 작 〈김영철전〉을 소개한 박희병[9] 이후 정출헌[10] 김진
규[11] 송하준[12] 양승민[13] 권혁래[14] 이승수[15] 이민희[16] 엄태식[17] 한정미[18] 서
신혜[19] 등에 의해 다양한 관점에서 논의가 이루어졌다.

　이들이 대상으로 한 이본들은 대부분 현전하지 않는 「김영철유사(金
英哲遺事)」의 내용에서 크게 벗어나지는 않는다고 본다. 그러면서 작가

9　박희병, 전게 논문, 1990, 13~51쪽.

10　정출헌, 「고전소설에서의 현실주의 논의 검토-15세기 금오신화에서 18세기 초 김영철전
까지-」, 『민족문학사연구』 2권 1호, 민족문학사학회, 1992, 104~128쪽.

11　김진규, 「김영철전 역해」, 『새얼 어문논집』 12집, 새얼어문학회, 1999, 209~236쪽.
김진규, 「김영철전의 포로소설적 성격」, 『새얼 어문논집』 13집, 새얼어문학회, 2000,
251~288쪽.

12　송하준, 「조선후기 역사소설의 변모양상과 주제의식」, 고려대학교대학원 박사학위논문,
2004, 32~42쪽.

13　양승민, 「김영철전의 형상화 방식과 그 작가의식」, 『국어국문학』 138호, 국어국문학회,
2004, 277~304쪽.

14　권혁래, 「김영철전의 작가와 작가의식」, 『고소설연구』 22집, 한국고소설학회, 2006,
93~126쪽.
권혁래, 「보상과 리더십의 관점에서 본 김영철전」, 『동양문화연구』 19집, 영산대학교
동양문화연구원, 2014, 183~208쪽.

15　이승수, 「김영철전의 갈래와 독법-홍세태의 작품을 중심으로-」, 『정신문화연구』 30권
2호, 한국학중앙연구원, 2007, 293~317쪽.

16　이민희, 「전쟁 소재 역사소설에서의 만남과 이산의 주체와 타자-최척전, 김영철전, 강로
전을 중심으로-」, 『국문학연구』 17호, 국문학회, 2008, 7~38쪽.
이민희, 「기억과 망각의 서사로서의 만주 배경 17세기 소재 역사소설 읽기-최척전, 강로
전, 김영철전을 중심으로-」, 『만주연구』 11집, 만주학회, 2011, 209~241쪽.

17　엄태식, 「김영철전의 서사적 특징과 서술 시각」, 『한국고전연구』 24집, 한국고전연구학
회, 2011, 523~557쪽.

18　한정미, 「김영철전에 나타난 이방인의 형상」, 『이화어문논집』 30집, 이화어문학회,
2012, 79~105쪽.

19　서신혜, 「17세기 전쟁서사의 소설사적 특성과 의의」, 『동방학』 30집, 한서대학교부설
동양고전연구소, 2014, 7~31쪽.

도 다르고, 주제의식도 다른 작품에 대해 각 작품의 미학적 특질을 드러
내었다. 필자는 그 중에서도 〈김영철전〉에 대한 최초의 모본이 되었던
「김영철유사」에서 가장 가까운 시기에 창작된, 홍세태 작 〈김영철전〉에
나타난 세 가지 폭력성과 문학사적 의미를 탐구해 보고자 한다. 그 이유
는 홍세태 작 〈김영철전〉이 모본에서 가장 가까운 시기에 창작되었으
며, 무엇보다 작가도 분명하고, 내용도 작가의 임의적인 첨가가 없이
가장 온전하게 보전된 작품이라고 보기 때문이다. 그리고 모본에서 일
부 축소는 있었다 하더라도 다른 후속 작품들보다 허구적 내용의 첨가
가 적은 상태의 작품이기 때문에, 모본이 된 「김영철유사」 속 김영철의
폭력적 실상을 가장 사실적으로 드러낼 수 있다고 본다.[20]

2. 중원 강대국(명·후금)의 조선에 대한 군사적 폭력

　선행 연구에 의하면 현재 전하는 〈김영철전〉의 이본들은 「김영철유
사」의 자장 속에 있는 것으로 볼 가능성이 매우 높다.[21] 홍세태는 「독김
영철유사(讀金英哲遺事)」라는 시와 이 시의 제목 밑에 붙어 있는 細注에

20　소설이라는 장르 면에서만 본다면, 홍세태 작 〈김영철전〉보다 박재연본이나 조원경본이
　　내용도 더 풍부하고 소설적 미학의 완숙도 면에서 더 적절한 판본이 될 수 있다. 그리고
　　낙질본이기는 하지만 국문본인 서인석본도 같은 맥락에서 바라볼 수 있다. 하지만 이들
　　은 소설적 허구가 많이 개입되었다고 보아, 김영철에 대한 사실적 폭력성을 온전히 드러
　　내기에는 홍세태 작이 더 적절하다고 보았다. 홍세태 작은 일부 축약이 있기는 하지만
　　시와 세주, 그리고 작품 말미에 드러난 입전 동기 등을 통해서 김영철이 당하거나 가한
　　폭력성을 드러내기에 부족함이 없다고 보았다.

21　이에 대해서는 박희병, 전게 논문, 1990, 45~46쪽. 양승민·박재연, 전게 논문, 2004,
　　97~102쪽. 서인석, 전게 논문, 2011, 120쪽, 124쪽 등에서 이러한 논의를 하고 있다.

서[22] 〈김영철전〉을 지은 이유를 밝히고 있다. 그리고 이 부분과 함께 작품 말미에 있는 논찬부를 통해 작가의 문제의식을 도출할 수 있다. 홍세태가 「김영철유사」를 읽고 느낀 감흥을 지은 시와 세주, 그리고 논찬부에 드러난 김영철의 억울한 사정과 안타까움에 대한 심정 토로를 통해서, 17세기 동아시아 전란이 주인공과 그 가족, 그리고 동아시아 삼국의 인물들에게 가한 폭력성의 단상을 짚어볼 수 있다고 본다. 먼저 홍세태가 말하고 있는 폭력성에 대한 단서를 압축하고 있는 논찬부의 내용을 확인해 보기로 하자.

　　외사씨는 말한다.
　　영철은 오랑캐를 정벌하러 갔다가 오랑캐 땅에 억류되었고, 달아나 중국에 가서 살았다. 두 곳에서 모두 처자식을 두고 살았지만, 모든 것을 버리고 마침내 고국으로 돌아왔으니, 그 의자 어찌 그리 매서운지! 그가 겪은 일 또한 기이하다고 할 만하다. 가도(椵島)를 공격하던 때에는 사지를 넘나들면서 힘을 다해 애썼으니 그 공적을 기억할 만하거늘, 손톱만큼의 상도 받지 못했다. 게다가 현령은 말 값을 받아 냈고, 호조에서는 잎담배 값으로 은을 내놓으라고 독촉했다. 그리하여 늙어서도 성 지키는 일을 하다가 끝내 가난 속에서 울적한 마음을 품은 채 죽고 말았으니, 이 어찌 천하의 충성스런 선비를 격려하는 방법이란 말인가? 나는 영철의 일이

---

22 철석같은 김영철 / 천추의 사적 과연 슬프도다 / 마음은 오직 부모 / 양국의 처자식 있건만 / 말 훔쳐 험한 산 뚫고 / 배에 숨어 거친 바다 건너왔네 / 살아 돌아와도 오히려 나그네 신세 / 늙어서까지 잔비(殘碑) 지키다 죽었네.(細注 : 김영철은 평안도 영유현 사람이다. 무오년 심하 전투에 종군하여 오랑캐의 포로로 있는 동안 처자식이 있었다. 도망쳐 황조에 들어가 등주에 살았는데, 또한 처자식이 있었다. 훗날 우리나라 사행선에 의탁하여 고향으로 돌아왔다. 그 후 가업은 텅 비어 아무 것도 없었으며, 자모산성의 수졸이 되었다가 죽었다. 나이가 80여 살이었다. 나는 그것이 너무 슬퍼서 입전했다.)

잊혀져 세상에 드러나지 않음을 슬퍼하여 이 전을 지어 후인에게 보임으로써 우리나라에 김영철이란 사람이 있었음을 알리고자 한다.[23]

위의 예문을 보면, 전란이 김영철이라는 인물에게 가한 폭력성이 크게 두 가지로 나타난다. 하나는 전란으로 인해 종군하여 오랑캐 땅까지 가서 싸우다가 포로가 되었다고 탈출한 것이다. 다른 하나는 사지를 넘나들며 싸웠지만 국가로부터 아무런 보상도 받지 못했고, 오히려 경제적, 정신적, 육체적으로 큰 피해를 받았다는 것이다. 작가가 전달하는 두 가지 폭력성 외에 우리가 하나 더 추단할 수 있는 것은, 이러한 전란으로 인해 김영철이 오랑캐 땅(후금)과 중국 땅(명)에 두고 온 처자식들에게 가한 폭력성이다.

이하에서는 이러한 폭력성에 대해 다각적으로 살펴보기로 하되, 본 장에서는 먼저 중원 강대국이었던 명과 후금(청)이 조선에 가한 폭력성의 총체성에 대해 먼저 살펴보기로 한다.

병자호란을 전후한 17세기 동아시아 전란은 명나라와 후금(청)의 쟁탈전 속에 휘말린 조선에게 막대한 피해를 준 전쟁이다. 이런 점에서 명나라와 후금 모두 조선에게 국가적, 정치적으로 폭력을 가한 가해국이라고 할 수 있다. 이를 살펴보기 위해 〈김영철전〉에 나타난 조선과 명, 청 간에 이루어진 전쟁의 개요를 정리해 보기로 하자.

---

23 홍세태, 〈김영철전〉, 박희병 標點·校釋(2007), 『한국한문소설 교합 구해』, 소명출판, 2005. 이에 대한 번역은 박희병·정길수 편역, 〈김영철전〉, 『전란의 소용돌이 속에서』, 돌베개, 2007, 91쪽. 이하에서는 작품명과 번역문의 페이지만을 밝히기로 한다.

[1] 명나라가 조선에 가한 군사적 폭력

-1. 무오년(1618)에 명나라에서 대군을 일으켜 건주의 오랑캐를 토벌
   하러 나서며 우리나라에 병력 지원을 요구하자 우리 측에서는 강홍
   립을 도원수로, 김경서를 부원수로 삼아 2만 군사를 이끌고 가게
   하다.[24]

-2. 기미년(1619) 봄 2월, 강홍립이 명나라 군대와 합류했고, 명나라
   군대가 맨 앞에 서고 우리 군대의 좌영과 중영이 그 다음에 섰으며
   우영이 후군이 되어 참전하다.[25]

위의 두 예문은 명나라가 조선에 가한 군사적 폭력이다. 여기서 말하
는 군사적 폭력성은 조선이 명나라에 대한 사대의 예와 관련된다는 점
에서 정치적 의미를 동반하고 있다. 이러한 복잡한 국제 관계 때문에
조선은 명나라가 요구하는 군사적 지원을 거부할 수 없게 된다.

예문 -1은 명의 요구로 명과 후금의 전쟁에 휘말린 조선의 군사적 개
입이다. 이로 인해 주인공 김영철은 그의 종조부와 함께 좌영장 김응하
의 예하 부대원이 되어 참전하게 된다. 김영철의 기구한 운명은 여기서
부터 시작된다.

예문 -2는 명나라의 요구로 구원군으로 참전한 조선군이, 명나라 경
략 양호의 군대와 협력하여 후금군과 전투하게 되는 부분이다. 이 전쟁
에서 후금의 누르하치는 정예병 수만 명을 아들 귀영가에게 주어 명군
을 격파하게 한다. 이로 인해 후금군과 우리 군 좌영의 전투가 시작된다.
김응하의 좌영이 위급하여 강홍립에게 구원을 요청하나 강홍립은 응하

---

24 〈김영철전〉, 69쪽.
25 〈김영철전〉, 70쪽.

지 않는다. 김경서가 혼자 나가 싸우다가 돌아와 오랑캐의 상황을 이야
기한 후, 지금 나가 싸우면 오랑캐를 격파할 수 있다고 한다. 하지만
강홍립이 광해군의 밀지를 보여주자 더 이상 말을 하지 못한다. 결국
김응하는 전사하고, 김경서와 강홍립은 오랑캐에 투항하게 된다.[26]

명나라의 요청으로 인해 원치 않는 전쟁에 휩쓸린 조선군과 거기에
소속된 김영철은 큰 상처만 입게 된다. 〈김영철전〉에 나타난 가족의 이
산과 재회, 그리고 김영철의 육체적, 정신적 아픔은 모두 명나라가 조선
에 가한 군사적, 정치적 폭력성에 굴종할 수밖에 없었던 피해자 조선의
현실을 총체적으로 드러내고 있는 것이다. 이는 단순히 한 개인의 비극
적 삶을 드러내는 데 머무르지 않는다. 이는 박희병의 말한 바와 같이,
'한 민중의 개인사와 당대 동아시아사가 한데 혼융되어 빼어난 역사적
총체성을 구현해내고 있는 것'[27]으로 보아야 할 것이다. 이는 결국 한
개인이 받는 폭력적 피해는 개인사 너머에 있는 국가적, 정치적 폭력성
에서 자유로울 수 없음을 의미한다.

한 개인이 국가의 정치적 군사적 폭력성에 무방비로 노출될 수밖에
없다는 점은, 조선과 명의 관계에서보다 조선과 청의 관계에서 훨씬 더
구체적이고 입체적으로 나타난다. 이를 예시해 보면 다음과 같다.

[2] 청나라가 조선에 가한 군사적 폭력

-1. 우리 군대의 장교 한 사람이 전투에서 오랑캐의 머리를 베어 그릇에
　　담아 두었는데, 투항하면서 발견되자 누르하치가 크게 노하여 우리

26 〈김영철전〉, 71~72쪽.
27 박희병, 전게 논문, 1990, 14쪽.

군사들을 불러 모으고 그 중에서 용모와 복장이 준수한 자 400여 명을 뽑아 죽이다.[28]

-2. 병자년(1636) 겨울 오랑캐가 조선에 쳐들어왔다가 철수하면서 공유덕 등을 남겨 수군을 이끌고 가도를 공격하게 하다.[29]

-3. 경진년(1640)에 오랑캐가 개주를 침범하고자 조선에 원군을 요청하니 상장 임경업은 김영철을 통역으로 데리고 출전하다.[30]

-4. 신사년(1641) 7월에 오랑캐는 임경업으로 하여금 정예병을 선발하여 금주로 가서 겨울을 지내고 조선으로 돌아가게 하다.[31]

-5. 신사년(1641)에 우리나라 유림이 군대를 이끌고 금주에 갈 때, 김영철이 다시 종군하게 되고, 오랑캐 측에서는 아라나를 진중에 보내 군사 업무를 의논하게 하다.[32]

위의 예문은 조선이 청나라로부터 받은 군사적 폭력에 대한 피해 상황이다. 예문 -1은 강홍립에 대한 조선군 좌영장 김응하의 구원 요청과, 부원수 김경서의 협공 제안에 대해 도원수 강홍립이 광해군의 밀지를 근거로 거부하고 난 후 청나라 군대에 투항한 후의 장면이다.

강홍립은 누르하치에게 투항한 후 출정할 때 임진왜란 당시 우리나라에 투항한 왜인 300명을 뽑아 종군하게 했는데, 조선군이 청나라에 투항한 후 누르하치에게 이들을 바쳤다. 누르하치는 몹시 기뻐하며 이튿날 열병하기로 했다. 이에 왜인들은 누르하치를 암살하고 강홍립을 붙

---

28 〈김영철전〉, 72쪽.
29 〈김영철전〉, 82쪽.
30 〈김영철전〉, 82~83쪽.
31 〈김영철전〉, 85쪽.
32 〈김영철전〉, 86쪽.

잡아 조선으로 돌아갈 계획을 세웠는데, 계획이 누설되어 모두 사살된
다. 누르하치는 변란이 일어날 것을 우려하여 조선군을 모두 죽이고자
했으나 실행하기가 쉽지 않았다.

그런데 마침 조선군 장교 한 사람이 전투에서 획득한 청나라군의 목
을 베어 그 머리를 그릇에 담아 두었다가 투항한 후에 발견되어 누르하
치를 분노하게 한다. 이에 누르하치는 조선군 중에서 용모와 복장이 준
수한 자들을 골라 이들은 조선의 양반 출신 장교들이고, 자신에겐 쓸모
가 없으니 모두 죽이라고 한다. 대부분 이때 참수되었고, 김영철도 죽을
지경에 이르렀으나, 오랑캐의 장수 아라나가 김영철이 자신의 죽은 아
우를 닮았다며 누르하치에게 부탁하여 자신이 부릴 수 있게 해달라고
한다. 누르하치는 아라나의 부탁을 들어주고 중국인 투항자 다섯 사람
까지 상으로 하사하게 된다. 이 사건으로 인해 김영철은 아라나와의 질
긴 인연과 악연을 반복하게 된다. 이후 김영철은 명나라 사람 전유년
등과 함께 아라나의 집에서 밤낮으로 천한 일을 하다가 두 번이나 달아
나다가 잡혀 두 번에 걸쳐 양쪽 발꿈치를 잘리는 월형을 받게 된다. 그리
고 결국에는 전유년 등과 함께 탈출을 하여 등주로 가서 전유년의 누이
와 혼인하여 가정을 꾸리고 자식을 두게 된다.

예문 -2에서부터 예문 -5는 청나라의 군사적 압력에 굴복한 조선이
원하지 않는 전쟁에 반복적으로 휘말리는 장면이다. 그리고 이 장면에
서 김영철은 통역 등의 임무로 종군하여 임무를 수행하다가 엄청난 경
제적, 정신적 피해를 입는다. 김영철은 임경업의 발탁으로 전쟁에 통역
임무 등으로 참전하여 나름의 공을 세우기는 했으나, 예문 -5에서 옛날
주인이었던 아라나를 만나 다시 죽을 악연에 처하게 된다. 명나라의 군
사적, 정치권 폭력과 마찬가지로, 청나라의 군사적, 정치적 폭력에 대해

무력한 조선군과 조선 백성의 삶이 압축적으로 제시되어 있다.

이와 같이 위에 제시된 압축된 서사 내용은, 조선이 청나라와의 정치적, 군사적 관계에서 받은 피해 상황을 개괄적, 간접적으로 제시하고 있다. 그러나 이러한 외피를 벗기고 그 속으로 들어가서 정밀하게 조망해 보면, 양국 간에 있었던 군사적 가해와 피해로 인한 조선군과 조선 민중의 참상이 적나라하게 드러난다. 그 전란의 참상은 김영철을 중심으로 나타나지만, 그 김영철은 그 자신이면서 타자화된 조선 민중 전체를 상징한다. 독자들은 청나라의 군사적 폭력에 무자비하게 희생당하는 모습을 통해, 당시 전란으로 인해 자신이 입었던 상처의 기억을 공유하게 된다. 타자의 폭력적 피해가 나의 폭력적 피해와 동일시되면서 이 작품은 작가와 주인공과 독자의 감정에 대한 공명도가 일치하게 된다.

이러한 현상에 대해 이민희 교수는, '타자가 경험한 사건의 기억을 재구성하고 나누어 가진 결과'라고 보았다. 그리고 '내가 직접 경험한 사건이 아닌 이상, 과거의 사건을 누군가가 완벽하게 재현하거나 표상하지는 못하지만, 사건 외부의 시점에서 과거의 폭력적인 사건을 가능한 한 완벽하게 재현·표상하려는 리얼리즘적 욕망에 기초해 수많은 서사 문학을 생산해 내려 하기 때문'[33]에 〈김영철전〉과 같은 작품의 구현이 가능한 것으로 보고 있다.

그리고 특징적인 것은, 명나라가 조선에 가한 군사적, 정치적 폭력성은 청나라의 군사적, 정치적 폭력성에 대한 원인만을 제공한 것으로 나타나고, 직접적인 군사적, 정치적 폭력성은 청나라에 대한 것으로만 나타난다. 조선이 청나라의 군사적 폭력성 때문에 받는 피해는 개인으로

---

33 이민희, 전게 논문, 2011, 211~212쪽.

부터 관리, 조정에 이르기까지 그 피해가 훨씬 직접적이고 구체적으로
나타난다. 이에 비해 명나라와의 관계에서는 명나라로 인해 원치 않는
전쟁에 휘말렸으면서도, 임경업과 명나라 간에는 밀약이 오가며 협력하
는 우호적 관계로 나타난다.[34] 이는 작가와 당시의 인식이 숭명배청(崇明
排清) 의식에 입각해 있었기 때문에 나온 결과가 아닌가 생각된다.

3. 조선 조정의 '백성에 대한 정치적 폭력'

외적이 쳐들어오거나 국가의 안보상 필요하여 징집을 하는 그 자체만
을 두고 백성에 대한 국가의 정치적 폭력이라 단언할 수는 없다. 그러나
그렇게 국가를 위해 헌신한 사람에 대한 적절한 보상이 없거나 가혹한
수탈이 이어졌다면, 이는 백성에 대한 국가의 정치적 폭력의 일종으로
볼 수 있다.

[1] 조선 조정의 정치적 폭력 1

-1. 병자년(1636) 겨울, 영유현의 현령이 영유현에 주둔하고 있는 청군
  장수 공유덕에게 김영철을 보내어 인사말을 전하게 하다.
-2. 공유덕의 수하 장수 중에 아라나의 조카가 있어서 김영철을 알아보
  고 잡아가고자 하니, 영유 현령이 자기가 타던 말을 주고 아라나에
  게 주게 하고, 그 장수에게는 다른 물품을 선물로 주어 김영철이
  풀려나다.
-3. 영유 현령은 자기 말 값을 김영철에게 모두 받아 내다.[35]

---

34 〈김영철전〉, 83~85쪽.

[2] 조선 조정의 정치적 폭력 2

-1. 신사년(1641)에 조선군 유림이 군대를 이끌고 청나라 군대의 요청으로 금주에 갈 때에, 김영철이 다시 종군하게 되다.

-2. 청나라 측에서는 아라나를 진중에 보내어 군사 업무를 의논하게 했는데, 아라나가 김영철을 알아보고, 자신의 은혜를 배반했을 뿐만 아니라 김영철이 자신의 천리마를 훔쳐갔다고 하며 죽이려고 하다.

-3. 유림이 아라나를 달래고, 김영철의 속신 값으로 가는 잎담배 200근을 치르다.

-4. 조선군과 청나라군이 함께 명나라 군사 10만을 물리치고 승리하니, 유림이 김영철을 청태종에게 영철의 지난 일을 고하며 벌을 줄 것을 청하나, 청태종은 영철이 조선 사람이고 8년 동안은 자신의 백성이었고, 6년 동안은 등주(명나라) 백성이었다가 다시 조선 백성이 되었는데, 조선은 곧 자신의 백성이며, 영철의 두 아들이 자신의 나라에 속해 있어서 부자가 모두 자신의 백성이라 할 수 있으며, 등주 또한 자신의 백성이 될 수 있다고 한 후, 영철이 온 것이 하늘의 뜻이라며 영철에게 비단 10필과 몽고말 1필을 주다.

-5. 김영철이 청태종에게 청하여 하사받은 말을 아라나에게 주어 살려준 은혜에 보답하고 달아난 죗값을 치르고자 하니 청태종이 허락한 후, 다시 노새 한 마리를 주다.

-6. 조선에서 교대할 군대가 오자 김영철은 봉황성으로 돌아가게 되고, 유림은 영철에게 '금주에서 영철의 죗값을 치르기 위해 내놓은 잎담배는 호조의 군수물자이므로 김영철에게 갚도록 하라'고 하다.

-7. 김영철이 집으로 돌아오니, 호조에서 영철에게 은 200냥을 내라고 독촉하고, 영철은 청태종에게 받은 노새를 팔고 가산을 모두 털어

---

35 〈김영철전〉, 82쪽.

절반을 마련하고, 나머지 절반은 친척들의 도움을 받았지만 역시 부족하다.[36]

[3] 조선 조정의 정치적 폭력 3

-1. 영철은 의상, 득상, 득발, 기발 네 아들을 두었는데, 자신이 종군하 며 겪은 고통을 늘 생각하며 자식들이 같은 고통을 겪을까 두려워 하다.

-2. 무술년(1658)에 조정에서 자모산성을 고쳐 쌓으며 성을 방비할 병 사를 모집했는데, 이에 응한 사람은 군역을 면해 준다고 하여, 영철 이 네 아들과 함께 성에 들어가 살았는데 영철의 나이 예순이 넘다.

-3. 영철은 가난 속에서 늙어가고, 20여 년간 성을 지키다 84세 되던 해에 죽다.[37]

위의 예문 [1]-[3]은 김영철이 국가에 공을 세웠음에도 불구하고 보 상을 받지 못하고 물질적, 육체적, 정신적 피해를 입고 있는 상황을 제시 한 것이다. 예문 [1]은 관리인 영유 현령의 명으로 공무를 수행하러 갔 다가, 김영철을 알아 본 아라나의 조카를 달래기 위해 지급한 말 값을 김영철로부터 모두 받아내는 장면이다. 영유 현령이 김영철이 잡혀 가 지 않도록 자신의 말을 통해 아라나의 조카를 달랜 것은 잘 한 일이라 할 수 있지만, 그 말 값을 모두 변제하게 한 것은 김영철의 공에 비해 지나친 감이 있다.

그리고 예문 [2]는 조선군 장수 유림을 따라 종군하게 되었을 때의 장면이다. 여기서 김영철은 공무 수행 중 청군의 군사 대표자인 아라나

---

36 〈김영철전〉, 86~89쪽.
37 〈김영철전〉, 90~91쪽.

를 만나 다시 위기에 처한다. 유림이 아라나에게 김영철의 속신 값으로 잎담배 200근을 주고 풀려나지만, 유림은 그 잎담배는 국가 기관인 호조의 군수물자라며 배상할 것을 요구한다. 그리고 호조에서는 김영철에게 은 200냥을 독촉하여 받아낸다. 이러한 국가 기관과 관리의 폭력성은 오랑캐인 청태종의 너그럽고 호기로운 행동과 대비된다. 아라나는 김영철의 죄목을 열거하고 그를 벌주라고 청하지만, 청태종은 오히려 그를 자신의 백성으로 받아들이고, 영철이 자신에게 온 것은 하늘의 뜻이라며 상까지 내린다. 또 김영철이 하사받은 말을 아라나에게 죗값으로 주고 나자, 김영철의 성품을 칭찬하고 다시 노새를 선물로 주기까지 한다.

조선 조정과 관리의 폭력성과 청태종의 너그러운 태도의 대비는, 곧 조선 위정자들의 정치적 폭력성을 부각시키는 역할을 한다. 백성을 이용만 하고 팽개치는 이러한 국가의 정치적 폭력성은 예문 [3]에서도 이어지고 있다. 김영철은 평생 군역을 짊어지고 또 자신의 능력을 통해 공을 세웠지만, 80세가 되어 죽어서야 그 무거운 짐에서 벗어나게 된다. 이는 당시 민중의 현실이기도 하면서 동시에 국가의 백성에 대한 포용력과 헤아림이 없는 폭력성의 극단을 보여주는 사례라고 하겠다.

4. 김영철의 삼국 처·자에 대한 정신적 폭력

앞서 살펴 본 두 가지 폭력성은 김영철이 외부 폭력으로부터 받은 피해자의 성격이 짙다. 그런데 본장에서 살펴볼 내용은, 김영철이 그러한 피해의 과정 속에서 자의 반 타의 반 저지른 폭력성에 대해 논의해 보고자 한다. 그것은 바로 김영철이 여진, 명, 조선 삼국의 여자들과 혼인하여 그들에게 가한 정신적 폭력성이다.

[1] 여진 아내와 두 아들에 대한 정신적 폭력

〈가〉

-1. 아라나는 김영철이 두 번이나 도망치다가 잡히자, 그 마음을 돌리려고 자신의 제수를 영철과 혼인시키다.

-2. 신유년(1621)에 청이 요동의 심양을 침공하여 함락시키고 심양으로 도읍을 옮기자, 아라나는 온 집안을 이끌고 심양으로 가면서 김영철에게 건주에 남겨 좋은 농사일을 감독하게 하고, 이해에 영철은 득북, 득건 두 아들을 낳다.

-3. 김영철이 다시 출전할 날이 다가오자 여진 아내는 술과 고기를 마련해 영철과 함께 먹고 마시고, 술과 고기를 주며 다른 사람들과 나누어 먹으라며 울며 전송하다.

-4. 전유년은 김영철이 처자를 두어 고향으로 돌아가고 싶은 마음이 자신들과 다르지 않냐며 묻자, 김영철은 처자식 때문에 부모님을 잊을 수가 있냐고 하다.

-5. 전유년은 조선 사신이 뱃길로 등주를 경유해 북경으로 가는 정보를 알려 주고 함께 탈출하자 하니, 다들 좋다고 하고, 전유년은 김영철이 다른 마음을 먹을까 하여 등주로 돌아가면 시집가지 않은 자신의 누이를 소실로 주겠다고 하다.

-6. 열 사람이 손가락을 깨물어 피를 내고 그것을 술에 타 함께 마신 후 탈출을 하고, 도중에 넷은 죽고 전유년, 김영철을 포함한 6인은 탈출에 성공하다.[38]

---

[38] 〈김영철전〉, 73~77쪽.

〈나〉

-1. 유림이 잎담배 200근으로 김영철의 몸값을 지불하자, 아라나가 영
철에게 아들을 보고 싶지 않냐고 묻고, 즉시 진중에 있는 득북을
불러오게 하다.

-2. 부자가 만나 눈물을 흘리고, 이후 득북은 매일 술과 밥반찬과 과일
을 차려와 부친을 대접하다.

-3. 김영철은 자기가 타던 말을 득북에게 주며 돌아가 득건에게 주라고
하다.[39]

　[1]의 예문 〈가〉는 김영철이 청나라 장수 아라나에 의해 살아난 이후,
그의 집에서 살다가 두 번에 걸쳐 달아나고, 월형을 받은 후 아라나의
호의에 의해 그의 제수와 혼인을 한 후의 일이다. 아라나는 자신의 동생
을 닮은 김영철이 세 번째 도망치다가 잡히면 죽게 되기 때문에, 그의
마음을 돌리고자 자신의 제수와 혼인시켜 그를 정착시키고자 한다. 그
리고 김영철에게 많은 권한을 주면서 전유년을 포함한 명나라인들을 감
시하게 한다. 하지만 김영철은 전유년에게 설득되어 여진의 처와 자식
들을 버리고 탈출하기에 이른다.

　[1]의 예문 〈나〉는 훗날 유림을 따라 다시 종군하게 된 김영철이 전장
에서 아라나를 만나 다시 위기에 처하나, 유림이 호조의 군수물자인 잎
담배 200근으로 몸값을 지불한 후 아라나에 의해 득북을 만나는 장면이
다. 득북은 어머니와 자식들을 버리고 간 아버지를 지극 정성으로 대접
한다. 물론 김영철 또한 그러한 아들과 여진 땅에 두고 온 득건을 배려하
는 장면이 나온다. 자신이 타던 말을 주면서 득건에게 주라고 한 것은

---

39 〈김영철전〉, 88~89쪽.

그 예이다. 작품 본문에 직접적으로 나타나지는 않지만, 여진 아내에 대한 마음도 깊었으리라 짐작된다. 하지만 그것은 김영철의 마음일 뿐이고, 현실적, 결과적으로는 여진 아내와 두 아들을 버린 아버지이다. 이런 점에서 김영철은 전란의 피해자이면서 동시에 가족을 버린 가해자이기도 하다.

동아시아 전란으로 인해 명과 청은 조선에게 군사적, 정치적, 정신적 폭력을 입힌 가해자이다. 그러면서 동시에 그 전란 속에 휘말린 조선의 민중을 위로하고 잡아두기 위해 청나라 장수 아라나가 행한 행동은 조선인에 의해 여진인이 상처받고 있음을 드러낸다. 이는 전란이라는 것이 절대 강자에 의한 폭력을 행사하는 것만이 아니라, 약자가 예기치 않게 강자에게 폭력을 행사할 수 있다는 점을 보여준다. 차이점이 있다면, 국가적, 정치적으로는 물질적, 육체적 폭력성이 강하게 드러났다면, 가족 간의 관계에서는 정신적 폭력성이 중심이라는 점이 다르다.

이러한 점을 잘 드러내기 위해 작가 홍세태는 여진의 처자만이 아니라, 명나라 처자를 버리고 탈출하는 김영철의 모습을 다시 한번 보여주면서, 그러한 전란의 참상과 폭력성을 입체적으로 드러내고 있다. 김영철이 명나라 등주 아내와 아들에게 가한 정신적 폭력의 양상을 살펴보기로 하자.

[2] 명나라 등주 아내와 두 아들에 대한 정신적 폭력

-1. 전유년과 탈출에 성공한 김영철은 요동을 벗어나 명나라 척후병에 잡히나, 여섯 사람 가운데 그 형이 척후병 장교인 사람이 있어서 살아나다.
-2. 김영철 등의 탈출 이야기가 알려지자, 명 천자는 영철에게 옷과

음식과 돈을 내려주며 집을 사고 아내를 얻게 하다.

-3. 김영철은 전유년과 함께 등주로 가서 살게 되고, 이후 아직 혼인하지 않은 전유년의 누이와 혼인하여 득달, 득길 두 아들을 낳다.

-4. 경오년(1630) 겨울에 조선의 진하사 일행을 태운 배가 등주에 정박했는데, 영철은 같은 마을 사람인 뱃사공 이연생을 만나다.

-5. 이듬해 봄에 사신 일행이 북경에서 등주로 다시 돌아와 날이 밝는 대로 조선을 향해 출발하려 하자, 영철의 아내는 등불을 환희 켜고 영철과 앉아 이야기하며 그 눈치를 살피다.

-6. 김영철은 아내와 자식을 차마 버리고 갈 수도 없고, 이 기회를 놓치면 고국으로 돌아갈 날이 언제 다시 올지 알 수 없어 고민하다가, 술을 내오라고 하여 아내와 마신 후 아내가 취해 잠이 든 사이에 이연생의 배로 가서 갑판의 판자를 뜯어내고 밑에 숨다.

-7. 새벽에 영철의 아내가 10여 인을 거느리고 와서 배 안을 뒤졌지만 김영철을 찾지 못하다.

-8. 병자년(1636) 가을 이연생이 다시 사신 일행을 따라 배를 타고 등주에 갔을 때, 영철의 아내가 두 아들을 데리고 전유년과 함께 와서 영철의 소식을 묻자, 이연생은 모르는 일이라고 잡아떼다.

-9. 이듬해 사신 일행이 돌아오는 길에 영철의 아내가 다시 와서, 조선이 이미 청나라에게 항복하여 이 뱃길도 끊어진다고 하는데, 제발 한 말씀만 해달라고 해 주면 자신의 마음이 풀리겠다고 하다.

-10. 이연생이 그제야 김영철의 소식을 자세히 전해주다.[40]

위의 예문 [2]는 여진의 처자를 버리고 등주에 정착한 김영철이, 전유년의 누이와 혼인하여 가족을 꾸리다가 다시 조선으로 탈출을 하고, 그

40 〈김영철전〉, 77~82쪽.

러한 김영철을 애타게 찾는 등주 아내의 모습이다.

위의 예문을 보면 전유년의 누이와 혼인한 김영철은 득달, 득길 두 아들을 낳아 등주에서 정착하게 된다. 하지만 김영철이 자신의 고향 사람인 이연생을 만나 고향으로 돌아갈 가능성이 생기면서 그러한 평화는 깨지고 만다. 영철은 이연생에게 부탁하여 고향으로 돌아갈 수 있게 해 달라고 부탁하고, 돌아가는 날 그 배에 올라 갑판을 뜯고 숨어서 목적을 이룬다. 이러한 김영철의 행동을 이상하게 여긴 등주의 아내는 매우 조심스럽게 영철의 행동을 살핀다. 하지만 영철이 준 술을 먹고 취한 사이 남편은 배에 올라 숨게 된다. 새벽에 깨어서 그녀는 10여 인을 데리고 이연생의 배에 올라 배 안을 뒤지지만 찾지 못한다. 이로 인해 김영철과 등주 아내는 이별하게 된다. 하지만 등주 아내는 포기하지 않고, 조선의 사신단이 등주에 머무를 때마다 찾아와 영철의 소식을 탐지한다. 그러다가 이연생을 만나 김영철의 소식을 묻지만, 이연생은 속 시원히 대답해 주지 않는다. 영철의 등주 아내는, 조선이 청에 항복하여 이 뱃길도 막힐 것이니, 속 시원히 대답해 주면 자신의 한이 풀릴 것이라고 한다. 이 말에 이연생은 영철의 소식을 자세히 알려 준다.

예문 [2]에 나타난 등주 아내와의 이별은 예문 [1]에 나타난 여진의 아내와 이별할 때보다 훨씬 더 애처롭게 나타난다. 그리고 여진의 처자와의 이별에서는 부자 상봉의 애틋함과 이별을 통해 김영철이 가한 정신적 폭력성을 드러내고 있다면, 등주 아내와의 이별에서는 남편을 보내기 싫은 아내의 애틋함과, 이별 후 남편을 애타게 다시 만나고자 하는 아내의 마음과 그 좌절의 안타까움을 통해 김영철이 처·자에게 가한 정신적 폭력성을 드러내고 있다.

하지만 작가 홍세태는 자신이 직접 그러한 김영철의 정신적 폭력성에 대해 비판하지 않는다. 대신 노년에 접어든 김영철이 북쪽 건주와 남쪽 등주를 바라보면서 자탄하는 말을 통해 자신이 그들에게 가한 정신적 폭력의 실상을 독자들에게 실토한다. 김영철이 예순이 넘어 자모산성을 지키며 늙어갈 때에, 사람들에게 '내가 아무 잘못도 없는 처자식을 저버리고 와 두 곳의 처자식들로 하여금 평생을 슬픔과 한탄 속에서 살게 했으니, 지금 내 곤궁함이 이 지경에 이른 게 어찌 하늘이 내린 재앙이 아니겠는가!' 하다.[41]고 하는 장면은 그가 여진의 처·자와 등주의 처·자에게 가한 정신적 폭력을 압축하여 드러낸 말이다. 그리고 이는 직접적이지는 않더라도 조선 처자식들에게 가해지는 또 다른 간접적 정신적 폭력의 단상이기도 하다. 부친이 북쪽과 남쪽을 번갈아 보면서 두 곳에 떨어져 있는 옛 처자를 그리워하는 모습은 조선 처자식들에게 지울 수 없는 상처가 되기 때문이다.

따라서 이렇게 입체적으로 드러난 정신적 폭력성은, 전란이 국가나 특정 개인의 물질적, 육체적 훼손뿐만 아니라 눈에 보이지 않는 곳에서 가해지는 정신적 폭력의 아픔을 강조한 것이라 생각된다.

5. 〈김영철전〉에 나타난 폭력의 문학사적 의미

〈김영철전〉에 나타나는 세 가지 폭력은 17세기 동아시아 전란이 단순한 국가 간의 대결과 상처에 그친 것이 아님을 구체적으로 보여주고 있다. 조선, 명, 후금(청) 사이에 벌어진 전란은, 간접적으로는 투항 후 참

---

41 〈김영철전〉, 90쪽.

전한 왜군 300여 명의 전사도 가져왔다. 따라서 〈김영철전〉에 나타난
전란은 국가와 국가, 국가와 개인, 개인과 개인 등에 걸친 폭력을 입체적
으로 그리고 있으면서 전란이 민중과 민중들의 가족사에 남긴 다양한
상처들을 김영철의 인생역정을 통해 파노라마처럼 보여주고 있다.

  그리고 이러한 폭력은 개인사에 걸쳐서 다양한 중세 디아스포라의
양산과 문제점을 보여주기도 한다. 비슷한 시기 동아시아 전란을 배경
으로 하고 있는 〈최척전〉에는 이러한 중세 전란 디아스포라가 구체적으
로 나타나고 있다.[42] 그만큼 치밀하거나 구체적이지는 아니더라도, 〈김
영철전〉에는 김영철이 후금 땅에서 여진의 아내와 두 아들, 명나라 등주
에서 아내와 두 아들을 두고 정착하여 생활한 점, 그리고 조선에 투항하
여 새롭게 정착한 왜인들이 조선 주류 사회에 동화되거나 통합되지 못
하고 전란의 희생물이 되었다는 점 등을 중세 전란 디아스포라의 성격
측면에서 고려해 보아야 할 부분이다.

  Berry는 소수민족집단 이민자들의 문화변용을 연구하는 글에서, 디
아스포라의 유형을 몇 가지로 나누었다. '다른 인종과 민족 집단과의
관계를 얼마나 중요하게 여기는가?', '자신들의 문화적 특성이나 관습의
유지를 얼마나 중요하게 여기는가?'에 따라 '통합, 동화, 고립, 주변화'
의 네 가지 유형으로 분류하고 있다. 이를 정리해 보면 다음과 같다.

  (가) 통합(integration) : 통합은 소수민족 이민자들이 거주국의 주류
      사회에 활발히 참여하면서도 자신들의 고유한 전통과 문화를 유

---

[42] 〈최척전〉에 나타난 전란 디아스포라에 대해서는 필자가 선행 연구에서 밝힌 바 있으므로
   이를 참고하기 바란다. 김용기, 「최척전의 동아시아 전란 디아스포라와 그 특징」, 『고전
   문학과 교육』 30집, 한국고전문학교육학회, 2015, 145~174쪽.

지하는 경우이다.

(나) 동화(assimilation) : 동화는 이민자들이 주류 사회에 활발히 참여
하는 과정에서 자신들의 고유한 문화와 정체성을 상실하여 주류집
단에 흡수되는 경우이다.

(다) 고립(isolation) : 고립은 이민자들이 사회참여를 활발하게 하지
않으면서 자신들의 문화정체성을 강하게 유지하려고 하는 경우로
서, 이들은 보통 차이나타운과 같은 민족 엔클레이브(enclave, 소
수의 이문화 집단의 거주지)에 격리되어 산다.

(라) 주변화(marginality) : 주변화는 주류 사회에도 참여하지 않고 자
신들의 문화도 잃어버리는 경우로서 사회의 밑바닥 계층으로 전락
하여 기성 질서에 반항하는 가치관과 행동양식을 갖게 될 수 있다
고 한다.[43]

이러한 전란 디아스포라의 유형에서 보면, 조선에 투항한 왜인들의
경우에는 그들 스스로는 조선에 동화하고자 하였지만, 조선 조정에 의
해 동화와 통합이 거부된 인물들에 해당된다. 이에 비해 김영철의 경우
에는 후금과 명나라의 가족들은 김영철을 동화와 통합의 대상으로 나타
난다. 그리고 후금과 명에 남은 김영철의 가족들은 주류인이면서 전쟁
으로 인해 아버지를 잃은 부계라는 기득권을 상실한 인물들이다.

이상을 통해서 볼 때 〈김영철전〉에 나타난 폭력성은 국가와 국가, 국
가와 개인, 개인과 개인사가 17세기 동아시아 전란에 의해 굴절되고 뒤

---

43 Berry, John, "Finding Identity : Segregation, Integration, Assimilation or
Marginality?", *Ethnic Canada: Identities and Inequalities*, edited by Leo Driedger.
Toronto: Copp Clark Pitman, 1987, pp.223~239. ; 윤인진, 「코리안 디아스포라-재외
한인의 이주, 적응, 정체성」, 『한국사회학』 37-4, 한국사회학회, 2003, 113쪽에서 재인
용하여 재구조화함.

틀리면서 아파하는 민중의 모습을 사실적으로 그리고 있는 작품이라고
볼 수 있다. 또 전란으로 인해 자의로 전란 디아스포라가 되는 것을 거부
하기도 하고, 또 타의로 주류국에 편입되어 동화나 통합이 되는 것을
거부당한 디아스포라의 모습들을 보면서 독자들은 많은 생각들을 했을
것이다. 이 작품을 읽은 독자들은 작가와 주인공 김영철 등과 함께 전란
의 폭력성을 함께 추체험하고 또 다른 작품으로 서사화되는 것을 목도
하기도 했을 것이다. 그리고 간접적이나마 작가 및 주인공과 함께 그
폭력성에 대해 공감하면서 동질적인 민족의식을 체화도 가능하게 되었
을 것이다. 이러한 민족의식의 내면화가 〈김영철전〉을 독서물로 접하게
하고, 또 반복적으로 재생산, 재가공하게 되는 창작 현상으로 이어지게
되었지 않았나 생각된다. 따라서 〈김영철전〉은 〈최척전〉과 함께 전란으
로 야기된 민중들의 현실적 삶의 문제와 아픔을 잘 그려낸 수작이라고
평가할 만하다.

6. 결론

〈김영철전〉에 나타나는 세 가지 폭력성은 조선, 명, 후금(청)사이에
발생한 17세기 동아시아 전란의 참상과 직결되어 있다. 이들 삼국의 역
학 관계에서 비롯된 전란은 개인사는 물론 국가와 국가, 국가와 개인에
걸친 다양한 폭력의 잔상을 남겼다. 이러한 상처는 동아시아 삼국을 무
대로 한 전란이, 조선인과 명나라, 후금은 물론, 조선에 의해 타의로 참
여한 임진왜란 당시 일본군 포로들의 참상에 걸치기까지 아주 광범위하
게 나타나고 있다.

먼저 국가 간의 폭력은 군사적 폭력으로 나타난다. 이는 조선을 직접 침공한 청나라뿐만 아니라, 조선에게 구원을 요청한 명에 의해서도 나탄다. 다만 명나라가 조선에 가한 군사적 폭력성은 청나라의 군사적, 정치적 폭력성에 대한 원만을 제공한 것으로 나타나고, 직접적인 군사적, 정치적 폭력성은 청나라에 의한 것만으로 강조되어 있다.

다음은 조선 조정이 백성에게 가한 정치적 폭력성이다. 이는 수많은 공적을 세운 주인공 김영철이 거기에 걸맞은 보상을 받기는커녕, 엄청난 물질적, 육체적, 정신적 피해를 받는 것으로 나타난다. 뿐만 아니라, 평생을 전장에서 공을 세웠음에도 불구하고, 적절한 보상 대신 80이 되어 죽은 후에야 군역에서 면제된다. 이는 위정자들이 백성을 이용만 하고 무책임하게 팽개치는 국가의 정치적 폭력성이며, 김영철을 비롯한 당대 민중들이 처한 현실이기도 했다. 국가가 백성들에 대한 헤아림과 포용력을 발휘하지 못한 잘못된 정치력의 부재인 것이다.

이와 달리 전란의 피해자였던 김영철이 삼국의 아내에게 가한 정신적 폭력 또한 간과할 수 없는 부분이다. 그가 여진의 아내와 두 아들, 그리고 명나라 등주 아내와 두 아들을 버리고 떠난 것은, 그들에게 씻을 수 없는 상처를 준 정신적 폭력에 해당된다. 뿐만 아니라 고국에 돌아와서도 버리고 온 처자를 생각하며 회한에 젖어 있는 모습을 바라보는 조선의 아내와 네 자식들에게도 큰 정신적 상처를 주었다고 생각된다. 이러한 정신적 폭력성은 전란이 국가나 특정 개인의 물질적, 육체적 피폐함만을 가져오는 것이 아니라, 가시적이지 않은 측면에서 더 큰 아픔을 가져올 수 있다는 점을 드러내고 있는 것이다.

이를 통해 필자는 홍세태 〈김영철전〉이 17세기 동아시아 전란을 통해 다양한 중세 디아스포라의 양산과 문제점을 보여주고 있는 문제작이라고 본다. 이런 점에서 〈김영철전〉은 〈최척전〉과 함께 전란으로 야기된 민중들의 현실적 삶의 문제와 아픔을 잘 그려낸 수작이라고 평가할 만 하다.

못난 사위 성공담의
리텔링을 통한 문학치료

〈장경전〉을 중심으로

1. 서론

우리 서사문학 속에는 우부현부형(愚夫賢婦型) 설화나 고소설 작품들이 많이 존재한다. 〈온달전〉은 비교적 오래된 우부현부형 설화에 해당된다. 그리고 이러한 설화는 후대 영웅소설에 많은 영향을 주었다.

일부 영웅소설 중에는 '우부(愚夫)'는 아니지만, 처가 식구들로부터 환대받지 못하는 '못난 사위'가 등장하는 작품들이 여럿 있다. 이들 작품에서 '못난 사위'들은 대개 현실적으로, 물질적 결핍이 있는 존재들이다. 이는 하층 민중들의 현실적인 사고가 반영된 결과라고 할 수 있다. 그래서 이들 작품들은 대개 현실의 물리적 고난을 극복하고 '잘난 사위'가 되어 부귀영화를 누리는 것으로 끝난다. 김홍균이 '못마땅한 사위형 소설의 형성과 변모양상'을 논하는 자리에서, '못마땅한 사위'형 소설은 신화와 같은 순차적 구성 속에다 사회적·개인적 문제를 사위와 처 가족의 갈등을 통해 나타내었으며, 이러한 갈등의 구조와 문제의식은 민담에서 수용했다[1]고 한 것은 이러한 면을 염두에 두고 한 말이다.

그가 '못마땅한 사위'형 작품으로 제시한 것은 〈소대성전〉, 〈장풍운전〉, 〈장경전〉, 〈낙성비룡〉, 〈사심보전〉, 〈신유복전〉이다. 김홍균이 제시한 '못마땅한 사위'는 주로 장모나 처가의 입장에서 바라보았을 때에 해당되는 명칭이다. 처가의 다른 인물들이나 제3자의 입장에서 사위되는 인물의 부족함을 표현하기에는 부족한 감이 있다.

이에 필자는 김홍균이 제시한 작품들에 〈영이록〉과 〈소현성록〉의 손기를 추가하여 '못난 사위'라고 명명하기로 한다. '못난 사위'이기에 '못마땅한 사위'이고, '못마땅한 사위'이기에 '못난 사위'가 된다는 점에서 큰 차이는 없다. 다만, '못난 사위'가 장모나 장인 외에도 사용하기에 포괄적이라는 점과 서사의 결말 부분에서는 '잘난 사위'가 된다는 점을 고려하여 필자가 자의적으로 변형하여 명명하기로 한다.

참고로, 이 글에서 다루고자 하는 '못난 사위'는 설화에서 쉽게 발견되는 '바보 사위', 즉 치우담(痴愚譚)과는 그 성격을 달리한다. 설화에 나타나는 '바보 사위 설화'는 내용에 따라 첫날밤, 처가행, 먹는 것, 문안, 문상에 관한 내용으로 나눌 수 있는데, 모두가 신랑이 처가에 가서 이루는 희극적인 사건이라는 점이 특징이다.[2] 이들 설화 속 '바보 사위'들은 처가에서 치르는 특정한 의례 과정 중에 바보스러움이 드러나면서 웃음을 유발한다는 공통점을 지닌다.

이에 비해 고소설 속 '못난 사위'의 경우에는 대부분 영웅호걸의 기상

---

1 이에 해당하는 작품으로 〈소대성전〉, 〈장풍운전〉, 〈장경전〉, 〈낙성비룡〉, 〈사심보전〉, 〈신유복전〉을 제시하고 있다.(김홍균, 「'못마땅한 사위'형 소설의 형성과 변모양상」, 『정신문화연구85』 겨울호 통권 제27호, 정신문화연구원, 1985, 148쪽.)

2 김교봉, 「바보 사위 설화의 희극미와 그 의미」, 흔민崔正如博士頌壽紀念論叢編纂委員會 편, 『민속어문논총』, 계명대학교출판부, 1983, 638쪽.

을 지닌 인물들이라는 점에서 큰 차이를 가진다. 이들은 '바보'가 아니라, 처가 식구들이 주인공의 물리적, 환경적, 신분적인 부족함을 못마땅하게 여겨 '못난 사위'로 대우하면서 구박을 가한다. 하지만 이 '못난 사위'들은 서사의 중반 이후에 입공을 통해 그러한 물리적 결핍을 극복하여 '잘난 사위'가 되는 공통점을 지닌다.

필자는 이러한 '못난 사위담'이 나타나는 영웅소설의 하나인 〈장경전〉을 통해 독자 자신을 재인식하고 세상살이에서 받은 상처를 문학적으로 치료할 수 있는 방안을 모색하는 데 목적을 둔다. 이 작품은 '못난 사위'가 '못난' 시련을 극복한 후 입공하여 '잘난 사위'가 된다는 점에서 그 자체로 하나의 위안의 문학이자 좋은 문학치료의 대상이다. 즉 문학 작품을 통한 독자의 치료라는 차원에서 접근하기에 적절한 작품이다.

〈장경전〉을 통한 또 다른 차원의 문학치료는, 이 작품의 서사 중 일부를 리텔링하여 작품 속 주인공의 서사를 치료하는 문학치료의 과정을 상정해 볼 수 있다. 이 작품 속 주인공들은 전쟁을 통한 입공, 그리고 높은 벼슬과 부귀영화를 누림으로써 못난 사위가 잘난 사위가 되는 특징을 지닌다. 사람 그 자체에 대한 인식의 변화나 관계 개선을 통한 것이 아니다. 이에 필자는 각각의 서사 주체들의 입장을 공감하는 연습을 통해 작품 속 인물들의 상처를 치유해 보는 시도도 함께 고민해 보고자 한다.

이를 통해 자기 자신을 주체적으로 바라보고, 타자를 대할 때에는 타자의 못난 점을 눈에 보이는 대로 성급하게 판단할 것이 아니라, 못난 점을 새롭게 보기, 다르게 보기, 정확하게 깊이 있게 보기를 할 수 있는 능력을 배양하는 데 기여하고자 한다.

2. 〈장경전〉의 '못난 사위' 서사 성격

고소설에서 '못난 사위'로 천대받는 인물은 비교적 다양하게 나타난다. 〈낙성비룡〉의 경우에는 육체적으로 비정상적이면서 가난과 같은 물리적 조건의 결핍으로 인해 장모로부터 '못난 사위'로 천대받는 인물이다. 〈소대성전〉과 〈신유복전〉의 경우에도 가문의 몰락으로 인한 가난과 현재의 신분상 결핍 때문에 '못난 사위'가 되는 경우이다. 〈낙성비룡〉, 〈소대성전〉, 〈신유복전〉 세 작품은 이러한 못난 사위담을 공통적으로 가지고 있으면서도, 지인지감형(知人知鑑型) 작품으로 분류될 수도 있다.[3] 〈소현성록〉이나 〈영이록〉의 손기의 경우에는 정신적 미성숙으로 인해 '못난 사위'보다는 '바보 사위'가 되어 장모뿐만 아니라 동서인 소운성의 조롱을 받는 인물이다.

이에 비해 〈장경전〉에는 잘남과 못남의 이중적 성격을 가진 사위가 등장한다. 장경을 잘난 사위로 인식하여 받아들이는 쪽은 권력자의 집안이다. 이에 비해 장경을 못난 사위로 생각하여 거부하는 인물은 천한 기생의 어머니라는 점이 특이하다.

〈장경전〉은 문벌은 높지만 가난으로 인한 결핍 때문에 못난 사위가 된다. 주인공 장경의 하층 체험이 상당한 비중을 차지하고 있다[4]는 점에서 〈낙성비룡〉이나 〈소대성전〉과 약간 다른 점도 있다. 〈장경전〉에서는

---

3 이들 세 작품이 가진 지인지감형의 성격과 특징에 대해서는 현혜경의 논문을 참고하기 바란다.(현혜경, 「고전소설에 나타나는 지감화소의 성격과 의미 – 〈소대성전〉, 〈낙성비룡〉, 〈신유복전〉을 중심으로」, 『국어국문학』 102집, 국어국문학회, 1989, 175~200쪽. ; 「지인지감유형 고전소설 연구」, 이화여자대학교 박사학위논문, 1990, 1~139쪽.)
4 서인석, 「장경전」, 김진세 편, 『한국고전소설작품론』, 집문당, 1990, 423쪽.

주인공의 몰락이 방자 노릇을 하며 살아가는 데까지 이르고 있는데, 이
는 간신의 박해를 피해서 도망치는 동안에만 몰락을 경험하는 작품들과
좋은 대조를 이룬다.[5] 그래서 서대석은 〈장경전〉을 두고 군담소설의 전
형에서 이탈된 작품이라고 보기도 하였다. 주인공 장경의 고난도 특수
하고 도사도 등장하지 않으며 군담을 통한 영웅적 쟁투도 빈약하다[6]는
이유 때문이다.

　이러한 장르상의 특징과 함께 〈장경전〉에는 못난 사위담의 차별성
또한 도드라지게 나타난다. 하나는 못난 사위담이 장경의 부친과 장경
에 걸쳐 2대 연속으로 나타난다는 점이다. 그리고 다른 하나는 주인공
장경의 경우에는 비록 현실적으로는 가난하지만, 문벌은 높은 집안의
후손임에도 불구하고 기생 초운의 모친에게조차 못난 사위가 된다는 점
이다. 세 번째는 기생 초운의 모친과는 달리 당대 권력가인 절도사 소운
성과 우승상 왕귀가 장경의 인물됨을 알아보고 사위로 삼기 위해 갈등
하고, 이를 천자가 조정해 준다는 점이다. 즉 당시 권세가들에게 방자인
장경은 잘난 사위로 인정받는다.

　〈장경전〉의 이러한 특징을 고려하여 장경의 부친 장취와 장경의 서사
에 나타나는 혼인 장애담을 중심으로 정리해 보기로 한다.

5　조동일, 『한국소설의 이론』, 지식산업사, 1994, 441쪽.
6　서대석, 『군담소설의 구조와 배경』, 이화여자대학교 출판부, 1985, 49쪽.

1) 장취의 못난 사위담

[A] 장취의 기본 조건과 내적 자질	
[가] 기본 조건	㉠ 장취는 공렬후(公烈侯) 장진의 후예이다.[7]
[나] 내적 자질	㉠ 재학과 도덕이 높다.(333쪽) ㉡ 용모와 기상이 비상하여 군자지풍(君子之風)이 있다.(334쪽)

위의 표 [A]는 주인공 장경의 부친 장취의 기본 조건과 내적 자질을 정리한 것이다. 이 작품에서 장취는 명문가의 후손이면서 재학과 도덕이 높고, 용모와 기상이 비상하여 군자의 풍격이 있다. 이러한 면은 장취의 존재본원이 비범함을 드러내는 역할을 한다. 하지만 보통사람들은 이를 알지 못한다. 여공은 장취의 이러한 어짊을 인정하여 그를 사위로 삼지만, 그 아내는 장취를 마음으로 수용하지 않는다. 이를 정리해 보면 다음과 같다.

[B] 장취의 외적 조건과 타자의 판단	
[다] 외적 조건	ⓐ 집이 간난(艱難)하여 나이 많도록 취처하지 못하다.(333쪽) ⓑ 납채(納采)할 형세 없어 근심하다가, 모친 생시에 가졌던 옥지환으로 빙물을 삼아 보내다.(333쪽)
[라] 타자의 판단	〈장모〉 ㉠ 장취의 빙물을 보고 탄식하며, 빈한한 장취에게 딸을 시집보내어 일생을 곤하게 하니 지하에 돌아가도 편안히 죽지 못하리라 하다.(333~334쪽)

[B]의 [다]에 나타난 바와 같이, 장취는 집이 매우 간난(艱難)하여 취

---

7 이윤석·김유경 교주, 『현수문전·소대성전·장경전』, 이회, 2005, 333쪽. 본고에서는 일본 동양문고에 소장되어 있는 〈장경전〉을 교주한 것을 텍스트로 한다. 이하에서는 인용문 옆에 페이지를 표기하고, 별도로 각주 처리를 할 때에는 작품명과 자료집의 페이지만을 밝히기로 한다.

처하지 못하다가, 여공이 그의 어진 인품을 보고 청혼하여 사위로 삼는
다. 그런데 장취는 혼인 예물을 준비할 수 없어 생전에 모친이 가지고
있던 옥지환으로 빙물을 삼아 보낸다. 하지만 여공의 아내는 그 빙물을
보고 가난한 사위를 맞이할 수 없다며 악담을 한다. 주인공 장경이 태어
나기 전 부모대의 가난과 그 가난으로 인한 혼인 장애담이 제시되어 있
는 것은 못난 사위담 이상의 의미가 있다.

이와 같이 본격적인 서사 앞부분에 장취의 신분에 어울리지 않는 가
난을 강조하여 제시한 것은, 이 작품의 기본적 서사의 편폭이 그만큼
크다는 것을 의미한다. 가난한 부친이 성친하여 귀자를 낳고, 그 아들이
다시 부모와 헤어져 고아가 되어 하층 신분인 방자가 된 것은 가난의
대물림과 같다. 그러다가 주인공 장경이 뛰어난 문장력을 바탕으로 권
력가들의 눈에 들고 과거 급제 후 전장에 출전하여 공을 세워 연왕에
오르는 서사의 편폭은 하층민의 신분 상승 욕망을 반영한 것이라 하겠
다. 이는 장취의 아들 장경의 서사에서 본격적으로 제시된다. 이를 같은
방식으로 정리해 보기로 한다.

2) 장경의 못난 사위담

[A]-1. 장경의 기본 조건과 내적 자질	
[가] 기본 조건	㉠ 장경은 공렬후(公烈侯) 장진의 후예 장진의 아들이다.(333쪽)
[나] 내적 자질	㉠ 태몽에 세존이 장취 부부에게 귀자를 점지하여 낳은 아들이 장경이다.(337쪽) ㉡ 7세에 시서(詩書)를 통달하고 무예를 좋아하다.(336쪽) ㉢ 장경은 두우성(斗牛星)이 하강한 인물이다.(349쪽)

[A]-1은 장취의 아들 장경의 존재본원을 정리한 것이다. 장경의 부친

장취도 명문가의 후손이라는 점과 재학(才學)과 도덕이 높고 용모와 기
상이 군자지풍(君子之風)이 있어서 비범함을 드러내었다. 그 아들 장경
은 그러한 부친보다 한 단계 더 비범함을 드러내고 있다. [나]의 ㉠~㉢
에 나타난 바와 같이, 세존이 장취 부부에게 귀자를 점지하였다는 것이
나, 7세에 시서를 통달하고 무예를 좋아하였으며, 특히 두우성이 하강한
인물이 장경이라는 점은 그의 존재본원이 비범함을 강조한 것이다.

　그러나 이 또한 장경의 존재본원이 비범하다는 것일 뿐, 현실 속 장경
은 전전걸식(轉轉乞食)하며 지내는 걸인에 불과하다. 이러한 걸인에게서
[A]-1과 같은 비범함을 읽어내기란 쉬운 일이 아니다. 다음의 내용은
현실의 삶 속 장경의 외적 모습과 그에 따른 평범한 사람들의 판단을
정리한 것이다.

[B]-1 장경의 외적 조건과 타자의 판단	
[다] 외적 조건	ⓐ 장경은 전란(모반)으로 부모와 이별한 후 13세까지 전전걸식하며 지내다.(340쪽) ⓑ 장경은 관노 차영의 집 사환이 되었다가, 관노의 아들 대신 방자가 되어 官家 구실과 잡역을 거행하다.(340~341쪽) ⓒ 이(虱)를 잡고 있는 장경에게 창기 초운이 관가의 남은 밥도 가져다 주고, 머리도 빗겨주다.(341쪽) ⓓ 소성운이 운주 절도사로 부임하여 장경의 의복이 남루함을 보고 그 주인 차영을 불러 옷을 지어 입히라 하고 책방에 두고 사환을 시키니 모든 일에 매우 영리하고 민첩하다.(341쪽)
[라] 타자의 판단	〈창기의 부모〉 ㉠ 그 고을 창기 초운이 아름다워 많은 사람들이 천금을 들여 초운을 구하나, 초운이 장경을 잊지 못하고 마음에 두자, 초운의 부모가 천 만 금을 얻어 부모를 효양하지 않고 의지 없는 걸인 장경을 따른다며 나무라다.(341~342쪽) ㉡ 초운이 장경에 대한 마음을 접지 않자 그 부모가 장경을 원망하다.(342쪽) 〈운주 절도사 소성운의 세 아들〉 ⓐ 소성운이 세 아들을 불러 장경을 사위로 삼겠다고 하니, 세 아들은 장경이 多才하고 문필이 유려하나 근본을 알지 못하고, 또 자신들의 수하 사환하던 賤人을 사위로 들이는 것은 불가하다고 하다.(344~345쪽)

[B]-1은 장경의 외적 삶의 모습과 그에 따른 평범한 사람들의 주관적 판단을 정리한 것이다. [다]ⓐ~ⓔ에 제시된 바와 같이 장경은 13세까지 전전걸식하며 사는 인물이다. 그리고 명문가의 후손이 ⓑ에서처럼 관노의 사환이 되었다가 관노의 아들 대신 관가 방자의 구실과 잡역을 대신하게 되는 삶을 산다. 옷에 있는 이를 잡고, 의복이 남루한 방자의 모습에서 [A]-1에 제시되었던 존재본원의 비범함을 볼 수 있는 사람은 매우 드물다.

〈장경전〉에서는 인물의 외적 조건을 보고 주관적으로 판단하여 장경을 못난 사위로 인식하는 인물은 두 부류다. 하나는 [라]에 나타난 창기 초운의 부모가 하는 판단이다. ㉠에서 볼 수 있는 바와 같이, 창기 초운의 부모는 장경의 물리적 조건의 불비함을 근거로 자신들의 생각을 강조한다. 초운의 부모는 딸이 창기임에도 불구하고 자신의 딸을 천금으로 얻으려 하는 사람들이 많다는 것을 알고 현재 걸인과 같은 관가의 방자인 장경을 사위로 받아들일 수 없다고 하며 완강하게 거부한다. 가문이나 인물됨, 문재(文才)와 같은 내적 자질은 아예 관심이 없다. 초운의 부모는 존재본원의 기품이나 발전 가능성보다는 물리적이고 외형적인 조건에 지배를 받기 때문에 장경을 못난 사위로 인식하고 있는 것이다.

또 다른 반대 부류는 운주 절도사 소성운의 세 아들이다. 소절도사는 장경의 문재와 인물됨을 알아보고 그를 사위로 삼고자 한다. 그러나 소성운의 세 아들은, [라]ⓐ와 같은 이유를 들어 반대한다. 그들은 장경이 多才하고 문필이 유려하다는 내적 자질보다, 근본을 알 수 없다는 점과 자신들이 사환으로 부리던 천한 사람을 여동생의 배필로 받아들일 수 없다고 한다. 내적 자질보다 철저하게 외형적 조건에 집착하여 사람을 평가하고 있다.

이들 두 부류에게 있어서 장경의 내적 자질은 관심사가 되지 못한다. 이들에게 장경은 그저 근본 없이 가난하고 천한 걸인에 불과할 뿐이다. 그래서 이들에게 장경은 못난 사위로 인식된다.

그런데 특이하게도 〈장경전〉에서는 장경의 외형적 조건보다 그의 존재본원적 기품에 더 무게를 두는 인물들이 다수 등장한다. 운주 절도사 소성운은 자신의 책방 사환 장경이 글 읽는 소리를 듣고 그 능력에 탄복하고, 이후는 관가의 방자 신역을 시키지 아니하고 학업에만 힘쓰게 하고, 임기가 끝나고 경사로 갈 때에 장경을 데리고 가서 경성에서도 학업에만 힘쓰게 하는 인물이다.[8]

뿐만 아니라 장경의 비범함을 알아본 소절도사는 세 아들들에게 장경을 사위로 맞이하면 어떠냐고 묻는다. 세 아들이 [라]ⓐ와 같은 이유로 반대할 때, 소성운은 세 아들이 지인지감(知人知鑑) 없이 한갓 근본만 생각하는 것을 나무라고, 왕후장상(王侯將相)이 어찌 씨가 있으며, 후일 깨달음이 있을 것이라[9]고 한다.

또 외동딸을 둔 우승상 왕귀는 소성운의 집에 있는 장경이 문필이 기이하고 용모가 빼어나다는 말을 듣고 나머지 조건은 보지 않고 부인에게 구혼 의향을 묻는다. 이에 왕귀 부인도 남편의 말에 동의를 한다. 왕승상은 장경의 문재를 시험 한 후 그 문재에 탄복하고, 무슨 일로 소절도의 집에서 머무는지 묻는다. 장경이 저간의 사정을 이야기하여 그가 오갈 데 없는 인물임을 알고도 다시 찾아오라고 당부한다. 장경이 과거에 급제하제 왕승상의 부인은 남편의 지인지감에 탄복한다. 그리고 장경을

---

8 〈장경전〉, 343~344쪽.
9 〈장경전〉, 345쪽.

사위로 삼는 문제를 두고 소절도와 갈등하게 되자, 천자에게 부탁하여 장경을 사위로 삼는다. 왕승상은 장경의 외적 조건보다는 그의 빼어난 文才인 내적 자질을 우선적으로 볼 줄 아는 인물이다. 왕소저도 마찬가지다. 또 장경이 왕승상의 딸 왕소저와 결혼하자, 애초에 혼담이 오갔던 소성운의 딸이 다른 사람과는 혼인하지 않겠다고 하는 경우도 외형적 조건보다는 내적 자질을 우선시하는 경우라고 볼 수 있다. 여기에 더하여 소소저의 경우에는 남녀간의 信의 문제도 중시하는 인물이다.

이들과는 신분이나 처지가 조금 다르지만, 창기 초운도 사람의 외형적 조건보다 내적 자질을 우선적으로 평가하는 인물이다. 초운은 [다]의 ⓒ에서 알 수 있는 바와 같이 이를 잡고 있는 장경에게 관가의 남은 밥도 가져다주고, 머리도 빗어 주면서 그에 대한 사랑을 키워가는 인물이다. 장경이 경사로 올라가는 소성운을 따라갈 때에는 그에게 자신의 마음을 드러내고 정절을 지키겠다고 한다. 이에 장경이 시를 지어 신표로 삼고,[10] 후일 초운이 상사병에 걸려 죽게 되었을 때 신표로 삼았던 월기탄을 주어 초운을 살리고 그녀를 아내로 맞이하게 된다.[11] 장경과 초운 역시 사람의 내적 자질을 우선시하면서 동시에 남녀간의 信의 문제를 강조하는 경우라고 하겠다.

이상을 통해서 알 수 있는 것은, 〈장경전〉의 작가가 크게 세 가지를 고려하여 서사를 결구했다는 점이다. 하나는 가난이라는 물리적 결핍 때문에 2대에 걸쳐 나타나는 못난 사위담에 녹아 있는 현실적 조건에 대한 관심이다. 이러한 면은 대상을 달리하여 창기의 부모조차도 가문

10 〈장경전〉, 343~344쪽.
11 〈장경전〉, 361~363쪽.

이나 명분보다는 금전과 같은 현실적이고 실리적인 면에 관심을 두고 있다는 것을 통해 재확인된다. 관가의 방자로 하층민이 된 장경이, 같은 부류의 하층민인 창기 부모에게조차 관심을 받을 수 없다는 상황을 통해 당대 현실상의 변화를 잘 반영하고 있다. 이는 현실이 급속도로 황금 만능주의에 물들어가고 있음을 상징적으로 보여준다고 하겠다.

그리고 다른 하나는 기성세대와 젊은 세대 간의 가치관 충돌이다. 운주 절도사 소성운과 우승상 왕귀가 인물이 가진 내적 자질과 존재본원의 기품을 중시하는 가치관을 드러낸다. 이와 달리 소성운의 세 아들은 그러한 내적 조건보다 외형적 조건을 중시하는 가치를 드러내어 서로 충돌하고 있음을 형상화하고 있다. 이들은 모두 상층 권력자들에 속한다. 그러면서도 기성세대인 소절도사와 왕승상은 명문가의 사람들답게 존재본원의 기품과 인간의 내적 자질에 우선적 가치를 두고 있다. 이에 비해, 젊은 세대인 소절도사의 세 아들은 현실적인 안정과 외형적 조건에 우선적 가치를 두고 있어서 세대 간의 가치관 충돌이 미묘하게 그려지고 있는 것이다. 이는 당대의 상황이 기성세대와 젊은 세대 간에 가치관 충돌이 일어나고 있음을 간접적으로 드러내고 있는 것이라 할 수 있다.

마지막 하나는 장경에 대한 소소저의 관계와 장경과 창기 초운의 관계에서 나타나는 인간관계상의 信에 대한 문제이다. 앞서 잠시 논의한 바와 같이 소성운과 왕귀는 장경을 서로 사위 삼으려고 갈등하였다. 하지만 우승상 왕귀가 천자에게 하소연하여 외동딸을 장경과 혼인시키자 소성운의 딸은 다른 가문에는 시집가지 않겠다며 절의를 내세운다. 이에 장경은 소성운의 은혜와 소소저의 마음을 동시에 헤아려 그녀를 둘째 부인으로 맞이한다. 이 또한 독단적으로 처리하지 않고 첫째 부인인 왕소저와 의논하여 결정함으로써[12] 그녀에 대한 信도 저버리지 않는다.

장경과 초운은 월기탄으로 신표를 삼아 서로의 마음을 나누고 헤어진다. 그리고 먼 훗날 이를 매개로 다시 상봉하게 되고, 최종적으로는 초운이 왕후의 반열에 오르게 됨으로써 두 사람의 信의 문제가 매우 비중 있게 처리됨을 알 수 있다. 최하층 신분인 창기가 최상층의 왕후가 된다는 서사적 간극은 다른 작품에서 쉽게 발견하기 어려운 예라 하겠다.

이렇게 본다면 〈장경전〉의 장경은 두 가지 성격의 사위가 동시에 나타나는 경우에 해당된다고 하겠다. 하나는 장경의 내적 자질과 존재본원의 기품을 우선시하여 그를 사위로 탐내는 절도사 소성운과 우승상 왕귀의 경우다. 이들에게 장경은 현실적, 물리적 결핍이나 외형적 조건과 상관없이 잘난 사위로 인식된다.

이와 달리 현실적, 외형적 조건을 우선시하는 소성운의 세 아들과 창기 초운의 부모에게는 관가의 방자이면서 걸인과 같이 행색이 남루한 장경은 못난 사위로 인식된다. 이들에게는 인간의 기품이나 발전가능성보다는 현재 가시적으로 보이는 조건을 갖춘 사위가 잘난 사위이고 그렇지 못한 경우는 못난 사위로 판단되는 것이다.

3. 못난 사위담을 통한 문학치료와 리텔링

세상에는 잘난 사람도 많고 못난 사람도 많다. 기준을 무엇으로 하느냐에 따라 다르겠지만, 아마도 잘난 사람보다 못난 사람이 곱절은 많을 것이다. 잘난 사람과 못난 사람에 대한 구분은 다른 사람이 나를 보면서

---

12 〈장경전〉, 354~355쪽.

판단할 수도 있고, 자기 스스로 못난 사람이라고 생각하여 못나게 행동하는 경우도 있을 수 있다. 어느 것이든 세상살이에서 정신적으로나 육체적으로 운신의 폭을 제한하고 자존감을 떨어뜨리기는 마찬가지다. 다만, 스스로 못난 사람이라고 생각하는 경우라면 상대적으로 개선의 기회가 더 많고, 쉬울 수도 있다. 나만 변하면 되기 때문이다. 이에 본장에서는 못난 사위담을 통해서 세상으로부터 상처 입은 자기 자신을 문학적으로 치료하는 방안을 모색해 보고자 한다.

1) 타자로서의 '못난 사위'를 통한 자기 발견과 문학치료

문학치료는 문학으로 심리적 장애를 치료하는 것[13]으로 정의내릴 수 있다. 이를 위해서는 몇 가지 염두에 두어야 할 것이 있다. 그것은 '자신의 서사', '소통과 교류 속에서 함께 만들어 가는 서사', '문학치료의 과정은 곧 사람의 서사를 변화시키는 과정'에 대한 분명한 인식이다.[14] 왜냐하면 사람은 누구나 '자신의 서사'를 가지고 있기 때문이고, '자신의 서사'를 수없이 만들고 수정하며 살아가야 하기 때문이다. 가령 '갑'이라고 하는 사람이 어떤 사건이나 상황 때문에 스스로 못난 사람이라고 생각할 경우, 그는 이미 자기 자신을 '못난 사람의 서사' 속에 자신을 가둔 것이 된다. 이러한 '갑의 서사'를 치료하고 개선하기 위해서는 '갑'과 문학치

---

13 정운채, 「주역의 인간 해석 체계와 문학치료의 이론적 구조화」, 『문학치료의 이론적 기초』, 도서출판 문학과 치료, 2006, 225쪽.

14 여기에서 사용하는 '자기 서사', '소통과 교류를 통해 함께 만들어 가는 서사', '문학치료의 과정이 곧 환자의 서사를 변화시키는 과정'이라는 이론적 틀은 정운채의 다음 글을 참고로 하여 필자의 논지에 맞게 수정하였음을 밝힌다.(정운채, 「고전문학 교육과 문학치료」, 상게서, 303~305쪽.)

료자가 '갑의 서사'를 함께 만들어가는 소통과 교류가 필요하다.

[1] 자기 서사 진단하기 – 예시

요소\질문	[A]-[가] 기본 조건	[A]-[나] 내적 자질	[B]-[다] 외형적 조건	[B]-[라] 타인의 판단
1. 나의 서사에는 '못난 사위'[15] 장경과 같은 다음의 요소들이 나타나는가?	×[16] 예) : _____	○ 예) : _____	○ 예) : _____	○ 예) : _____
2. '못난 사위'를 포함하여 〈장경전〉에서 나와 가장 가까운 요소를 가진 인물은 각각 누구인가?	장경 이유 : _____	소성운 이유 : _____	우승상 왕귀 예 : _____	초운 예 : _____
3. 다음의 요소들을 기준으로 했을 때, 나는 어떤 사위에 해당된다고 생각하는가?	△ 이유 : _____	○ 이유 : _____	△ 이유 : _____	△ 이유 : _____
4. 다음의 요소들을 기준으로 했을 때, 다른 사람은 나를 어느 정도의 조건을 갖춘 사위라고 생각하겠는가?	× 이유 : _____	△ 이유 : _____	△ 이유 : _____	○ 이유 : _____

위의 '자기 서사' 진단하기는 앞서 제시한 '못난 사위'들과 비교했을 때, 그들과 같이 현실의 '나'도 배척당하는 요소가 있는지, 현실 속에서 나의 기본적 조건과 내적 자질은 어느 정도가 되는지, 타인이 보았을 때, '나'의 외적 조건은 어떠하며 그에 따른 타자의 평가는 어떠할 것인

---

15 자신이 만일 여성이라면, '못난 며느리'로 바꾸어 활용하면 된다. 만일 자신이 학생이라면 '못난 학생'으로, 아직 미혼이라면, 앞으로 사위나 며느리가 된다는 가정하에서 진단하면 된다.

16 조건에 부합하지 않으면 ×, 중간 정도에 해당되면 △, 상당 부분 부합하면 ○으로 표시한다.

가에 대해 스스로 진단해 보기 위한 것이다.

이러한 작업은 같은 상황을 통해서 '서사의 주체'를 달리 설정해 봄으로써 전체 서사를 통합적으로 볼 수 있게 하는 데 기여한다.[17] 가령, '못난 사위'와 '처가 식구들'을 각각 '서사의 주체'로 설정할 경우, 못난 사위담 고소설에서 못난 사위만 서사의 주체가 되는 것이 아니라, 다양한 서사의 주체가 소통하고 있음을 알게 된다. 그들 각각의 서사 주체들이 자기 서사를 만들어 가면서 타자를 이해하고 나의 생각과 조정하는 과정을 거쳐야 문학치료가 가능해지게 된다.

그래서 '서사의 주체'를 '나'로 세워서 진단하고 평가해 보기도 하고, 타자인 '못난 사위'들을 '서사의 주체'로 세워서 진단하고 평가해 보기도 하면서 '서사의 주체'가 누구인가에 따라 진단과 평가의 결과가 달라질 수 있다는 점을 확인할 수 있다. 그리고 '서사의 주체'를 '나'로 세워서 [B]의 [다], [라] 두 요소를 진단할 때에는, '못난 사위'를 '서사의 주체'로 하여 진단하고 평가할 때와 매우 다른 불편한 요소가 있다는 점도 알게 될 것이다. 왜냐하면 '못난 사위'들을 '서사의 주체'로 하여 [B]의 [다], [라] 두 요소들을 진단하고 평가할 때에는 비교적 담담하게 반응할 수 있으나, '서사의 주체'를 '나'로 설정하여 [B]의 [다], [라] 두 요소를 진단하고 평가하게 되면 강한 거부감이 들면서 자신만의 내면의 서사가 작용할 수도 있기 때문이다.[18]

---

17 필자는 '서사의 주체'의 개념과 이를 통해 거둘 수 있는 효과에 대해서 다음의 자료를 참고하여 응용하였다. 구체적인 사항을 알고자 한다면 다음의 자료를 참고하기 바란다. (서사와문학치료연구소 편, 『행복한 삶과 문학치료』, 쿠북, 2016, 291~297쪽 참조.)
18 우리는 어떤 인물에 대해서 이해는 하지만 절대 공감을 하지 못하는 경우도 있다고 한다. 이는 우리 내면의 서사가 문제를 포괄하지 못하거나, 외부의 서사와 내면의 서사가 충돌

타자로서의 '못난 사위'를 통해 자기를 진단하고 새로운 자기를 발견하였다면, 그 다음은 어떤 과정을 거치면 좋을까? 그것은 바로 다양한 타자의 상황과 정서에 공감하는 연습을 하는 것이다. 장모나 처가 식구들이 '못난 사위'에 대해 부정적인 태도를 취하거나 비난하는 것을 우리는 쉽게 나쁜 사람들이라고 비판할 수 있다. 하지만, 우리 역시 세상을 살면서 장모나 처가 식구들처럼 다른 사람의 외면이나 조건만 보고 그 사람을 평가하여 비난하면서 살아가고 있다. 이는 '타인의 서사'에 대한 공감 능력이 부족하기 때문에 되풀이되는 실수를 하게 되는 것이다.

[2] 공감 서사 만들기 – 예시

공감 서사 질문	공감 서사 답변하기 – 타자가 이해해 주었으면 하는 것 –
1. 장경의 외적 조건에서 어떤 점이 가장 힘들었을까요?	답변 1 : _____ 답변 2 : _____
2. 초운의 모친이 장경을 사위로 받아들일 수 없는 이유는 무엇이었나요?	답변 1 : _____ 답변 2 : _____
3. 소성운의 세 아들은 장경의 어떤 점이 마음에 들지 않았나요?	답변 1 : _____ 답변 2 : _____
4. 소성운과 우승상 왕귀는 장경의 어떤 점이 마음에 들었으며 그 이유는 무엇인가요?	답변 1 : _____ 이 유 : _____
5. 초운의 모친과 소성운의 세 아들이 장경에게 꼭 하고 싶은 말이 있다면 무엇일까요?	답변 1 : _____ 답변 2 : _____
6. 장경이 초운의 모친과 소성운의 세 아들에게 꼭 하고 싶은 말이 있다면 무엇일까요?	답변 1 : _____ 답변 2 : _____

할 때 나타난다고 한다. 즉 작품 세계의 서사를 따라가지 못하거나 강한 거부감이 드는 순간 내면의 서사가 작동한다고 한다.(서사와문학치료연구소 편, 상게서, 2016, 213쪽 참조.)

위의 표 공감 서사 만들기는 수용적 문학치료에서 동류요법을 이용하여 제작할 수 있다. 이는 우울한 사람들에게 우울한 음악을 들려주어 공감해 주면 치료가 쉽다는 데 근거한 것이다. 우울한 사람에게 록음악을 들려주는 것보다 우울한 음악을 들려주어 공감해 주면 더 쉽게 우울한 분위기에서 빠져 나올 수 있다는 것이다.[19]

따라서 '못난 사위들'의 힘듦에 대한 공감 서사 만들기도 필요하고, 그 못난 사위들을 받아들이지 못하고 박대하는 장모나 처가 식구들의 입장에서 공감 서사를 만들어 볼 필요가 있다. 그리고 동시에 주인공에게 우호적인 인물들에 대한 공감 서사도 만들어 볼 필요가 있다. 그래야만 다른 사람이 처한 가장 어려운 현실적 문제들을 머리로 헤아리고 정서적으로 공감하게 되어 타자와 소통할 수 있기 때문이다. 그렇게 하기 위해서는 '서사의 주체'에 대해 타자가 눈에 보이는 대로 속단하여 판단하지 말아야 한다. 그리하여 내가 본 것을 내가 생각하고 싶은 대로 편리하게 판단하는 것을 자제하는 느린 판단이 필요하다. 현실적, 물리적 결핍에 대한 공감, 현실적 불만에서 오는 정서적으로 불편한 감정에 대한 공감과 헤아림이야말로 다른 사람과 소통하면서 세상을 살아가는 가장 중요한 기본적 자세이다.

2) 못난 사위 서사의 리텔링을 통한 문학치료

문학치료에는 문학 작품의 수용을 통해 독자 또는 나 자신을 치료하는 방법이 있고, 다른 한편으로는 문학 작품 속 인물 서사의 주체가 가진

---

19 변학수, 『문학치료』, 학지사, 2015, 49쪽.

아픔을 직접 치료해 보는 방법도 있을 수 있다. 독자라고 하는 제3자의 입장에서 작품의 전체 서사를 관망하면서 서로 갈등하는 인물이나 요소를 찾아 회복적 대화를 시도하여 치료해 볼 수 있다는 것이다.[20]

앞 절에서 '타자로서의 '못난 사위'를 통한 자기 발견과 문학치료'가 문학 작품을 객관적 대상으로 두고 이를 통해 독자의 정서와 아픔을 치유하는 것이 목적이었다면, 본절에서는 작품 속 인물 서사 그 자체를 리텔링하여 작품 속 인물의 상처를 직접 치료하는 방안을 모색하는 데 목적을 두고 있다.

작품 속 인물 서사를 리텔링하여 작품 속 인물의 상처를 직접 치료하기 위해서는 서두부터 결말까지 치열한 갈등과 긴장이 연속되어야 효과가 크다. 하지만 앞서 논의한 '못난 사위담'을 담고 있는 영웅소설들의 경우에는 전반부의 현실적 고난이나 인물 간의 갈등이 중반 이후에 모두 해소되어 행복한 결말에 이르기 때문에 인물 서사 그 자체를 리텔링하기가 쉽지 않다. 이런 경우에는 극히 일부 서사만 비틀기 하거나, 등장인물 중 일부를 제외하거나 추가하는 방법을 사용할 수 있다. 보다 눈에 띄는 효과를 보기 위해서는 인물의 이름과 대략적인 골격만 남기고 전면적으로 수정하는 방법도 있을 수 있다.

그렇다면 이러한 리텔링은 왜 필요하고, 왜 시도하는 것인가? 일반적으로 리텔링을 하는 이유는 다음의 몇 가지로 정리할 수 있다. 첫째, 새로운 소재의 빈곤, 둘째, 틈입의 즐거움, 셋째, '정말 그랬을까?' 하는

---

20 필자는 선행 연구에서 〈소현성록〉이 소현성과 소운성 부부 간의 갈등을 회복적 대화를 통해 인물 갈등을 치료해 보는 시도를 한 적이 있다.(김용기, 「회복적 대화를 통한 고소설의 인물 갈등 치료-〈소현성록〉의 소현성과 소운성 부주를 중심으로-」, 『문학치료연구』 33집, 한국문학치료학회, 2014, 9~41쪽.)

이야기에 대한 끝없는 의심, 넷째, 이야기 뒤집기를 통한 전복의 즐거움[21] 등이다. 여기에 필자는 인물 서사의 리텔링을 통한 작품 속 인물의 상처를 치료하기 위한 목적도 추가할 수 있다고 본다.

다만 본고에서는 실질적인 리텔링 작업을 시도하지는 않고, '못난 사위담'에서 어떤 요소들을 조정하면 좋을 것인가에 대한 대략적인 방향만 제시하기로 한다.

[3] 리텔링 할 서사 정하기 - 예시

NO	리텔링 할 서사(인물)	이유	대체 서사(인물)
1	자신이 마음에 들지 않는 인물 정하기	_____	_____
2	자신이 마음에 들지 않는 인물의 행동 정하기	_____	_____
3	자신이 마음에 들지 않는 서사의 일부분 정하기	_____	_____
4	인물 서사 중에서 부자연스럽다고 생각하는 부분 정하기	_____	_____
5	상식적으로 납득이 가지 않는 인물의 행동 정하기	_____	_____
--	_____	_____	_____
--	_____	_____	_____

위의 표는 '못난 사위담' 영웅소설들의 내용 중에서 특정 부분을 리텔링하여 작품 전체에 변화도 주고, 동시에 원작 서사에서 상처받은 인물들을 치료하기 위한 것이다. 리텔링 의도에 따라 인물 서사 일부만 변형할 수도 있고, 작품 전면을 대상으로 개작할 수도 있다.

가령, 특정 작품에서 자신이 마음에 들지 않는 서사의 일부 선택한

---

21 유강하, 『고전 다시 쓰기와 문화 리텔링』, 단비, 2017, 31~43쪽 참조.

후, 리텔링해야 할 이유를 제시하고 전체 서사의 맥락을 고려하여 자신이 마음에 드는 서사로 수정하는 것이다. 이 수정 작업을 하면서 리텔링을 하는 '나'도 치료를 받고, 동시에 작품 속 인물도 치료를 받을 수 있도록 한다면 기본적 목적은 달성한 셈이다. 거기에 작품성과 흥미까지 담보할 수 있다는 최선의 리텔링이 될 것이다.

이러한 리텔링 작업은 리텔링된 작품의 결과도 중요하지만, 작업을 수행하는 사람이 그 과정에서 심리적으로 성숙해질 수 있고 정서적 조정 과정을 거칠 수 있다. 당연히 작품 속 주요 인물들의 상처도 치료하면서 서사적 긴장을 유지시킬 수 있다는 장점이 있다.

4. 결론

이상에서 〈장경전〉에 나타난 '못난 사위담'의 성격과 이를 통한 문학 치료 방안에 대하여 살펴보았다. 이 작품은 문벌은 높지만 가난으로 인한 물리적 결핍 때문에 못난 사위가 되는 장경의 서사를 그 축으로 하면서 궁극적으로는 사람에 대한 외적 판단보다는 내적 자질의 중요성을 강조하고 있는 작품이다.

〈장경전〉이 가지고 있는 물리적 결핍으로 인한 시련과 상처, 그리고 사람 됨됨이와 능력 발휘를 통한 성공담은, 현대를 살아가는 많은 사람들에게 정신적 위안이 될 수 있는 요소를 갖추었다고 판단된다. 그래서 장경의 시련과 성공담을 활용한다면 현실의 삶에서 위축되거나 상처입고 좌절한 학습자들을 문학적으로 치료하는 데 큰 도움이 될 수 있다고 생각한다.

〈장경전〉에는 기생 초운의 모친과는 달리 당대 권력가인 절도사 소운성과 우승상 왕귀가 장경의 인물됨을 알아보고 사위로 삼기 위해 갈등하고, 이를 천자가 조정해 준다는 점이 특징으로 나타난다. 즉 당시 권세가들에게 방자인 장경은 잘난 사위로 인정받고 있다는 점에서 사람 보는 안목의 중요성이 강조되고 있다고 하겠다.

제 2 부

고전소설 연구 방법의 확장

천문·인문의 관계를 통한 〈소대성전〉과 〈용문전〉의 선·악 비교

선·악 집단의 특징과 판단 기준의 비교를 중심으로

1. 서론

완판 43장본 〈소대성전〉 말미에, '뒤 말은 하권 용문젼을 ᄉ다보소셔'[1]라는 기록을 근거로 하여 〈용문전〉은 〈소대성전〉의 속편으로 보고 있다. 이 글은 이본 관계, 선후 관계에 있는 〈소대성전〉과 〈용문전〉에 나타난 선·악 집단을 비교해 보는 데 목적을 둔다.

일반적으로 우리 고소설에는 권선징악이 주제로 나타나는 경우가 많다. 이와 달리 〈소대성전〉과 〈용문전〉에는 고소설 일반에서 발견되는 권선징악과 다른 측면의 선과 악이 형상화되어 있다. 일반적인 고소설 작품 속의 선과 악은 인간의 보편적인 윤리를 기준으로 하여 나타는 것들을 인성적인 측면을 강조한 것이다. 이에 비해 본고에서 다루고자 하는 두 작품은 천문과 인문의 부합 정도에 따라 특정 집단이 지향하는 가치에 따라 선의 집단과 惡의 집단으로 구분된다. 이는 단순히 인물들

---

1 완판 43장본 〈소대성전〉 43쪽. 『한국고전소설판각본자료집1』, 국학자료원, 1994, 594쪽.

간의 갈등이나 정적(政敵) 또는 간신들의 참소에 의한 선·악 갈등의 양
상을 보이는 것과 차이가 있다.

이러한 차이를 살펴보기 위해 필자는 먼저 고소설 창작이론으로서의
권선징악을 천문과 인문의 풀이를 통해 제시하였다. 고소설 속에는 天
文(하늘의 무늬-질서)과 人文(인간의 무늬-질서)의 조화를 통해 집단의 가
치를 규범화하고 있다. 이를 문학적으로 형상화하여 당대 사회의 집단
적 가치에 부합되면 선의 집단으로 규정되고 부합되지 않으면 악의 집
단으로 매도된다는 점을 논의해 보고자 한다.

이를 토대로 〈소대성전〉과 〈용문전〉에서 胡王의 위아지심(爲我之心)
이 왜 선이 아닌 악으로 규정되고, 소대성과 용문의 대의지심(大義之心)
이 선으로 규정되는지를 구체적으로 살펴보고자 한다. 그러면서도 두
작품 속에 나타나는 당대 사회 집단의 생각과 미미한 가치관의 변화를
감지해 보고자 한다.

그리고 마지막으로 이 두 작품은 일상성에 입각한 선·악 구분과 달
리, 〈소대성전〉과 〈용문전〉에 나타난 선과 악은 '집합성'으로 묶을 수
있기 때문에 비교적 명료하게 구분된다는 점을 논의해 보고자 한다.

2. 고소설 창작이론으로서의 권선징악과 문학적 형상화

우리 고전소설의 상당 부분은 권선징악을 주제로 하고 있다. 권선징
악은 고소설의 천편일률적인 주제 그 이상을 함의하고 있다. 강재철은
道의 실현 방법으로 '징악'하여 '권선'하기도 한다고 하고, 착한 성품을
회복시키고 밝은 세상으로 인도하자는 데 권선징악의 목적이 있다[2]고

하였다. 즉 '권선'을 위해 '징악'이 필요하기에 권선징악은 시대를 초월한 문학 작품의 영원한 최선의 주제[3]가 될 수 있다고 하였다. 실제로 우리의 가정소설, 가문소설은 물론이고 상당수의 영웅소설과 판소리계 소설에도 이러한 권선징악의 주제의식이 나타난다.

그런데 가정소설이나 가문소설, 그리고 판소리계 소설에 나타나는 권선징악과 본고에서 다루고자 하는 〈소대성전〉이나 〈용문전〉에 나타나는 권선징악의 기준이나 성격은 좀 다른 면이 있다. 가정소설, 가문소설, 판소리계 소설 등에 나타나는 권선징악은 정확한 기준이 없어도 대개 '세상에 그러는 법은 없어'할 때의 인간 보편의 윤리적 기준을 따라 판단하면 큰 문제가 되지 않는다. 이들 작품들이'세상에 그러는 법은 없어'라고 하는 윤리적 기준을 '문학적으로 형상화'한 것이기 때문이다. 그래서 개인적인 직관(intuition)에 의한 주관성으로 선과 악을 판단해도 '세상'과 '법'이라는 보조 장치가 있어서 완전한 주관성을 배제할 수 있다.

그렇다면 무엇을 '문학적으로 형상화'한 것인가? '문학은 사람의 삶(生)을 형상화한다'라고 하면 나름의 답이 될까? 즉 '文 = 무늬(삶의 무늬)'로 보는 것이다. '文'에 대한 字源을 통해 이에 대한 단서를 찾을 수 있다.

---

2 강재철, 「고소설의 징악양상과 의식」, 『동양학』 33집, 단국대학교 동양학연구소, 2003, 50쪽.
3 강재철, 『권선징악 이론의 전통과 고소설의 비평적 성찰』, 단국대학교출판부, 2012, 28쪽.

'문'은 교차하여 그린다는 뜻이다. 교차하는 무늬를 상형하였다. 文부에
속하는 한자는 모두 文의 의미를 따른다.[4]

이때의 '文'은 크게 두 가지로 나누어 정리할 수 있다. 하나는 우주
자연의 무늬를 상징하는 '천문(하늘의 무늬)'이고, 다른 하나는 이러한
천문에 바탕을 둔 '인문(인간의 무늬)'이다. 천문과 인문에 대한 이러한
의미는 『周易』 '분괘' 편에 보인다. 이에 의하면 '천문을 보아 시간의
변화를 살피고, 인문을 보아 천하를 화성한다.[5]'라고 하였다.[6]

이러한 개념을 변용하여 적용한다면 '文'은 천문(하늘의 무늬-질서)과
인문(인간의 무늬-질서)을 포괄하는 개념이 될 터이다. 그래서 고전문학
속에 형상화된 천문과 인문은 당대 사회가 표방하고 있는 집단의 가치
규범과 질서의 반영이라고 할 수 있다. 그리하여 고소설 작품 속에서
당대 사회가 표방하는 집단의 가치 규범이라 할 수 있는 천문과 인문의
정신에 부합되면 '권선'의 대상이 되고, 어긋나면 '징악'의 대상이 된
다. 왜냐하면 '문학'은 천문과 인문을 형상화한 구체적 대상이기 때문
이다. 이를 정리해 보면 다음과 같다.

---

4 文: 錯畫也. 象交文 凡文之屬皆从文. 許慎 著, 염정삼 역해, 『說文解字注』, 서울대학교
   출판부, 2008, 443쪽.

5 觀乎天文以察時變 觀乎人文以化成天下. 『周易』 '賁卦' 편.

6 고전문학의 작품 세계와 天文과 人文에 대한 관계는 다음의 논문을 참고 바란다. 김용기,
   「옥루몽의 문화적 융합과 서사지향」, 『다문화콘텐츠연구』 15집, 문화콘텐츠기술연구원,
   2013, 279~304쪽.

文(무늬)	天文(하늘의 무늬 - 질서)	→ 집단의 가치 규범화
	↓ 적용	
	人文(인간의 무늬 - 질서)	
	천문 - 인문	
	↓ 형상화	
	문학(고소설) - 집단의 가치 규범(천문-인문)을 반영	
	↓	
	집단의 가치 규범에 부합	집단의 가치 규범과 괴리
	↓	↓
	권선(勸善)의 대상	**징악(懲惡)의 대상**

이런 점에서 본다면 고소설에 나타난 권선징악은 단순한 주제적 차원을 넘어선 문학 창작 이론의 자격을 가진다. 고소설 속 권선징악은 천문과 인문으로 형상화된 당대 사회의 가치 규범과 질서를 반영한 것이기 때문이다. 그리고 여기서 말하는 사회 질서는, '성스러운 자연의 질서의 반영'이다. 즉 자연 질서의 올바른 운행이 사회 질서 유지에 바탕이 된다는 것이다. 예를 들면 일월성신(日月星辰)과 사계절의 운행이 도수(度數)에 맞게 운행되는 것이 곧 사회 질서의 올바름이라고 보는 것이다. 이와 달리 도덕의 타락, 사회 질서의 문란은 곧 자연 질서의 불균형을 가져온다[7]고 믿는 것과 관련된다.

이러한 생각을 현대적 관점에서 해석한 것이 르네 웰렉과 오스틴 워렌의 문학 본질론이다. 이들은 문학의 본질에 대해 엄밀하게 규정하기

---

7 M. 엘리아데 저, 이은봉 역, 『聖과 俗』, 한길사, 1998, 24쪽 참조.

어렵지만, 문학은 '사회의 소산인 언어를 그 매체로서 이용하고 있는 사회적 제도'로 규정하고 있다. 더 나아가 "문학이 '인생'을 '재현'하는 데, '인생'이 넓은 의미에서는 하나의 사회적 현실"[8]이라고 보고 있다. 고소설에서는 인생을 재현한 문학 작품에 대한 가치 판단을 '권선'과 '징악'이라는 양가적 가치로 형상화하고 있는 것이다.

3. 〈소대성전〉의 권선징악과 천문·인문

〈소대성전〉은 일본 대마도 通詞[9]였던 오다 이쿠고로(小田幾五郎)가 1794년(정조18년)에 쓴 〈象胥紀聞〉下, '雜聞'조[10]에 기록되어 있다. 일본의 하급 통역관이었던 오다 이쿠고로가 조선의 사신들을 비롯한 조선 수행원들에게서 들은 내용을 기록한 책에 〈소대성전〉이 있다는 것은, 이 작품의 창작 연대와 인기를 가늠해 볼 수 있는 좋은 단서가 된다.

〈소대성전〉은 비교적 이른 시기부터 지금까지 꾸준하게 연구되었다.[11] 이 작품은 판각본, 필사본, 활자본 등을 포함하여 대략 50여 종의

---

8 르네 웰렉·오스틴 워렌 저, 이경수 역, 『문학의 이론』, 문예출판사, 1995, 131쪽 참조.
9 한국-通事 : 일본-通詞
10 小田幾五郎 著, 栗田英二 譯註, 『상서기문』, 이회문화사, 2005, 186쪽.
11 〈소대성전〉 연구와 관련된 주요 연구를 소개하면 다음과 같다.
　조희웅, 「〈낙성비룡〉과 〈소대성전〉의 비교 고찰」, 『관악어문연구』 3집, 서울대 국어국문학과, 1978, 463~471쪽.
　이복규, 「〈소대성전〉 방각본 검토」, 『국제대학논문집』 8집, 국제대학교, 1980, 1~21쪽.
　이원수, 「〈소대성전〉과 〈용문전〉의 관계-〈용문전〉 이본고를 겸하여-」, 『어문학』 46집, 한국어문학회, 1985, 153~174쪽.
　김현양, 「〈소대성전〉의 서사체계와 소설적 특성」, 『연세어문학』 26집, 연세대 국어국문

이본이 존재하는 것으로 알려져 있다. 선행 연구에 의하면 활자본은 대개 경판 23장본과 거의 동일하고, 경판계는 영웅의 입공에 초점을 두어 당시 독자의 취향을 고려한 경향이 강하며, 완판계는 장편화하는 경향이 있어서 이상서의 지인지감에 의한 채봉과 소대성의 결연이 부연되는 등 장면의 확대화 경향이 있다[12]고 하였다. 본고에서는 부연 부분이 가미되고 장편화되어 장면의 확대화가 이루어진 완판 43장본을 대상으로 하여 작품 속 선·악 집단의 권선징악과 천문·인문의 관계를 살펴보고자 한다.[13]

앞서 잠시 논의한 바와 같이, 〈소대성전〉이나 〈용문전〉은 가정소설이나 가문소설, 판소리계 소설에 나타난 권선징악과 조금 다른 면이 있다

학과, 1994, 1~39쪽.

임성래, 「완판 〈소대성전〉의 대중소설적 기법」, 『열상고전연구』 10집, 열상고전연구회, 1997, 185~208쪽.

김도환, 「〈낙성비룡〉의 구성적 특징과 소설사적 위상-〈소대성전〉과의 비교 검토를 통해서-」, 『Journal of Korean Culture』 18, 한국어문학국제학술포럼, 2011, 125~155쪽.

이대형, 「〈소대성전〉의 한문본 〈대봉기〉 연구」, 『열상고전연구』 34집, 열상고전연구회, 2011, 189~214쪽.

서혜은, 「경판 〈소대성전〉의 대중화 양상과 그 향유 의식」, 『한국사상과 문화』, 한국사상문화학회, 2014, 37~59쪽.

김동욱, 「〈소대성전〉의 주인공 소대성의 인물 형상 연구」, 『고전문학연구』 50집, 한국고전문학회, 2016, 131~157쪽.

이유진, 「신자료 〈소대성전〉 이본의 현황과 서사적 특징-경기대학교 소장본·필암서원 소장본을 중심으로-」, 『고소설연구』 43집, 한국고소설학회, 2017, 53~90쪽.

이유진, 「신자료 한문본 〈소대성전〉의 발굴과 의미」, 『정신문화연구』 40집, 한국학중앙연구원, 2017, 165~192쪽.

12 서경희, 「소대성전의 서지학적 접근」, 이화여대 석사학위논문, 1998, 102~103쪽 참조.

13 본고의 텍스트는 완판 43장본 〈소대성전〉으로 한다. 그리고 신해진 교수가 교주한 내용을 기본으로 하였음을 밝힌다. 신해진, 「완판 43장본 〈蘇大成傳〉 해제 및 교주」, 『고전과 해석』 4집, 고전문학한문학연구학회, 2008, 154~239쪽. 이하에서는 작품명과 텍스트가 수락된 논문집의 페이지만을 밝히기로 한다.

고 한 바 있다. 악인으로 지목되는 인물의 이미지가 단순히 악행의 실현 여부 때문에 악인이 되는 것이 아니라, 천문과 인문의 관계 속에서 파악해야 하기 때문이다.

각자의 위치에서 보면, 明 天子나 소대성, 胡王은 자신이 선이고 상대방이 악에 해당된다. 전체 서사 맥락 속에서 보면, 천상계나 초월적 인물들이 명 천자와 소대성을 옹호하고 있고, 상대적으로 호왕을 부정적 인물로 평가하고 있기 때문에 선·악에 대한 최소한의 판단을 할 수 있다. 그마저도 최종적으로 인물의 윤리적 행위에 대한 권선징악의 형식을 취하지 않는다. 아직 천명이 명나라에 있고, 소대성이 이를 수호하는 인물이며, 호왕에게 아직 천명이 없다는 당위성만 드러낼 뿐, 호왕의 행위 그 자체가 징악이 대상이거나 명 천자를 권선의 대상으로 내세우지는 않는다. 다만 아직 천명이 다하지 않은 명나라를 소대성이 수호하고 충성을 다하는 것이 권선의 대상이 될 뿐이다. '세상에 그러는 법은 없어'라고 할 때와 같이, 윤리적으로 부도덕한 인물의 행실을 문제 삼는 것이 아니라, '우리 집단에서는 이렇게 해야 해'라고 하는 집단적 가치의 이행과 수호 여부가 권선징악의 대상이 되고 있는 것이다. 이는 작품 속에 상반되는 두 집단의 인물 및 그 인물들과 관련되는 천문과 인문의 반영 및 일치 정도를 비교해 보면 쉽게 이해할 수 있다. 이를 표로 정리하면 다음과 같다.

표에서 [A]는 明나라 중심의 중원과 관련되는 인물 및 서사에 대한 내용을 정리한 것이고, [B]는 중원과 적대적 위치에 있는 胡國과 관련되는 인물 서사에 대한 내용을 정리한 것이다. [A]의 비고에 제시한 바와 같이 이 작품은 같은 영웅소설이면서도 〈유충렬전〉이나 〈조웅전〉과 달리 정적(政敵)이나 간신들에 의한 참소나 대결이 나타나지 않는다. 그

선·악 집단	왕조	중심 인물	전생 신분	조력자(내용)	천문·인문의 질서 반영	비고
[A] 선 집단	明-憲宗 (중원)	소대성 (海東 인물)	東海 龍子[14]	㉠ 이승상(소대성 구조)[15] ㉡ 전설 속의 강의 하나인 약수를 건너 줌.)[16] ㉢ 영보산 청룡사 노승(스승)[17] ㉣ 천상계(天唱)[18] ㉤ 죽은 이승상(보신갑을 줌.)[19] ㉥ 동해 용왕(비룡을 줌.)[20] ㉦ 옥포선관(비룡을 전함.)[21] ㉧ 천상 화덕진군 (화재에서 구출)[22]	㉮ 태을성(자미원)-중원 천자를 상징하는 별[23] ㉯ 옥황상제가 익성(오랑캐)을 죄 주라고 함.[24] ㉰ 중원 천자는 옥황상제가 옹호하는 인물[25] ↓ 소대성이 지키고자 하는 明(中原)을 천상계가 옹호함.	*조정 내 적대자 없음.
↕						
[B] 악 집단	北匈奴 西戎 등 北方五胡國 (오랑캐)	응천대왕 (胡王)	天上 翼星[26]		ⓐ 북흉노와 서융이 중원을 범하고자 모반함.[27] ⓑ 응천대왕 - 자신이 천명을 받았다고 주장함.[28] ⓒ 익성(북방 오랑캐를 지키는 별)[29]	*사명산 천관도사의 제자[30]

    래서 권선징악의 기본 성격 또한 이들 작품에 비했을 때 단순하다.
    표에 제시된 바와 같이 선 집단과 악 집단의 중심인물은 모두 초월계

---

14 완판 43장본 〈소대성전〉, 158쪽.
15 완판 43장본 〈소대성전〉, 161~168쪽.
16 완판 43장본 〈소대성전〉, 191쪽.
17 완판 43장본 〈소대성전〉, 192~202쪽.
18 天唱은 두 번 나타나는데, 한 번은 천상계가 소대성에게 天文을 통해 中原의 위기를 알리는 부분이고(199쪽), 다른 한 부분은 천상계가 소대성에게 천자의 위기를 알리고 장소를 알려준 다음 천자를 빨리 구하라고 직접 알려주는 부분(225쪽)이다.
19 완판 43장본 〈소대성전〉, 204쪽.
20 완판 43장본 〈소대성전〉, 205~207쪽.
21 완판 43장본 〈소대성전〉, 205~207쪽.
22 완판 43장본 〈소대성전〉, 220쪽.

의 인물이라는 점에서 천문과 인문의 소통을 꾀하려고 한 점이 눈에 띈
다. 다만 [A]㉠～㉣의 조력자나 [A]㉮～㉰의 천문·인문의 질서 반영
의 정도를 보면 [A] 집단인 명나라와 그 중심인물인 소대성, 천자 등의
서사 전모는 천문과 인문의 질서가 잘 조화를 이루는 것으로 나타난다.
곧 하늘의 의지나 질서가 인간 세상의 의지나 질서로 반영되어 형상화
되고 있는 것이다. 그래서 이 그룹에 속한 집단의 전모는 선으로 규정된
다. 그리고 이 집단을 이끌었던 인물인 소대성이 해동 인물이라는 점을
내세운 것으로 보아 이는 중화주의를 표방하던 조선 후기 조선의 집단
적 감정이 투영된 것으로 볼 수 있다.

이 집단과 달리 [B] 집단은 천문과 인문의 불일치가 강조되어 있다.
호왕이 전생에 天上 翼星이었다는 점에서는 천문의 지상화가 실현된
것처럼 보인다. 그런데 [B]ⓒ에서 그 익성이 오랑캐를 지키는 별이라고
하여 부정적 평가를 전제하고 있다. 또 호왕 자신이 천명을 받았다고
주장하지만, '익성을 벌주어 인간 세상에 두지 말라'[31]고 한 옥황상제의
말을 통해 그 말의 허위임을 드러낸다. 이는 [B]집단이 천문과 인문이
불일치되고 있음을 보여줌과 동시에, 그 집단의 가치가 상위 질서인 천

---

23 완판 43장본 〈소대성전〉, 200～201쪽.
24 완판 43장본 〈소대성전〉, 201쪽.
25 완판 43장본 〈소대성전〉, 225쪽.
26 완판 43장본 〈소대성전〉, 205쪽.
27 완판 43장본 〈소대성전〉, 195쪽.
28 완판 43장본 〈소대성전〉, 195쪽.
29 완판 43장본 〈소대성전〉, 201쪽.
30 완판 43장본 〈소대성전〉, 220쪽.
31 완판 43장본 〈소대성전〉, 201쪽.

문에 의해 인정받고 있지 못함을 드러내는 역할을 한다. 그래서 호왕이 강조하는 가치는 천문에 의해 인정받고 보호되는 집단적 가치가 아니라 호왕 자신의 위아지심(爲我之心), 즉 자신이 중심이 되어 천문과 인문의 중심에 서고자 하는 사사로운 욕망으로 평가받게 되는 것이다. 그래서 호왕을 중심으로 한 [B]집단의 가치는 악으로 규정될 수 있다. 이 역시 중원을 중심으로 하여 오랑캐가 내세우는 패권주의적 정세를 부정하고 자 하는 조선 후기 조선의 집단적 감정이 투영된 것이라 하겠다.

따라서 爲我之心을 표방하여 천문과 인문의 불일치에 따른 [B]집단 의 패권주의적 침탈 행위는 징악에 가깝다. 이와 달리 천문과 인문의 조화를 통해 천명이라는 대의적 질서를 수호하고자 하는 [A]집단의 대 의지심(大義之心)은 권선에 해당된다. 이런 점에서 〈소대성전〉은 爲我之 心을 표방하는 오랑캐가 천명을 지키고자 하는 중원 중심의 大義之心을 이길 수 없다는 것을 형상화하고 있는 작품이라고 하겠다.

4. 〈용문전〉의 권선징악과 천문·인문의 관계 강화

〈용문전〉은 본격적으로 연구되지 않다가 최근에 와서 다시 연구자들 의 관심을 받고 있는 작품이다. 연구된 결과물은 그리 많은 편은 아니지 만 〈용문적〉 자체에 대한 매우 다른 관점의 접근이 이루어졌고, 〈소대성 전〉과의 이본 관계 연구도 진행되었다.[32]

---

32 〈용문전〉 자체에 대한 개별 연구 및 〈소대성전〉과의 비교 연구 몇 가지를 소개하면 다음 과 같다.
  이원수, 「〈용문전〉의 일고찰-조선후기 가치관의 전환과정을 중심으로-」, 『국어교육연

이 작품은 경판본과 완판본 간의 내용상 차이가 나는 부분이 있기 때문에 어느 판본을 대상으로 연구했는가에 따라 세부 내용과 최종적인 결론 도출이 달라질 수도 있다. 본고에서는 경판본보다 비교적 내용이 풍부하고 완판 계열의 선본이라 할 수 있는 완판 38장본 〈용문전〉[33]에 나타난 권선징악과 천문·인문의 관계에 대해 살펴보기로 한다. 특히 완판 38장본은 忠의 가치가 약화되고 가치관의 변화가 강조되어 있다는 점, 어진 군주를 선택하겠다는 택군지현(擇君之賢)에의 논리를 앞세워서 자신의 변절을 합리화하는 내용[34]이 나타나기에 유독 관심이 간다. 시대적 변화에 따른 가치의 상대성을 고려할 때 주목하지 않을 수 없는 판본이 완판 38장본인 것이다.

구』16집, 국어교육학회, 1984, 1~21쪽.

이지하, 「〈용문전〉 연구」, 『관악어문연구』14집, 서울대 국어국문학과, 1989, 279~298쪽.

서경희, 「〈용문전〉의 서지와 유통」, 『이화어문론집』16집, 이화어문학회, 1998, 93~111쪽.

이명현, 「〈용문전〉에 나타난 유교규범과 천명」, 『語文論集』28집, 중앙어문학회, 2000, 385~420쪽.

김서윤, 「〈용문전〉의 자아실현 서사와 그 교육적 활용 방안」, 『고전문학과 교육』36집, 한국고전문학교육학회, 2017, 141~167쪽.

박혜인, 「용문전 속 귀화인 인식 연구-'이민족 영웅'의 형상화를 중심으로-」, 『이화어문논집』42집, 이화어문학회, 2017, 33~62쪽.

〈소대성전〉과 〈용문전〉의 이본 관계 연구로는 다음의 논문을 참고할 수 있다.

이원수, 「〈소대성전〉과 〈용문전〉의 관계-〈용문전〉 이본고를 겸하여-」, 『어문학』제46집, 한국어문학회, 1985, 153~174쪽.

엄태웅, 「〈소대성전〉, 〈용문전〉의 경판본에서 완판본으로의 변모 양상-촉한정통론과 대명의리론의 강화를 중심으로-」, 『우리어문연구』41집, 우리어문학회, 2011, 35~76쪽.

33 본고의 텍스트는 완판 38장본 〈용문전〉이다. 그리고 신해진 교수가 학술지에 교주하여 정리한 것을 바탕으로 하였다. 신해진, 「완판 38장본 〈용문전〉 해제 및 교주」, 『고전과 해석』7집, 고전문학한문학연구학회, 2009, 133~196쪽. 이하에서는 작품명과 작품이 수록된 논문집의 페이지만을 밝히기로 한다.

34 이원수, 상게 논문, 1984, 8쪽 및 7~13쪽 참조.

〈용문전〉은 중원 국가인 명나라와 오랑캐 국가인 호국이 천명을 두고 쟁탈전을 벌이는 구도라는 점에서는 〈소대성전〉과 비슷한 면이 있다. 이는 아마도 〈용문전〉이 〈소대성전〉의 인기에 편승하여 상업적 목적 때문에 기획된 작품이기 때문에 생긴 결과[35]라 할 수 있다. 그리고 기본적으로 천명을 받은 중원 지역의 집단이 선의 집단으로 그려지고, 그 天時가 이르지 않은 상태에서 중원의 천명을 빼앗고 부친의 복수를 하려는 호국은 악의 집단으로 그려진다는 점도 〈소대성전〉과 비슷하다. 정적이나 간신의 모해에 의한 대립과 갈등이 없다는 점도 〈소대성전〉과 맥을 같이 하는 부분이다.

그러나 주인공 용문이 胡國 인물이었다가 다시 明國으로 귀화하여 자신의 모국을 징치하는 구도로 되어 있다는 점에서 〈소대성전〉의 구도와는 많이 다르다. 특히 호국의 백성이었던 용문이 명국의 장수가 되어 활동하면서, 선과 악의 경계는 허물어진다.[36] 대신 천문과 인문의 관계 속에서 누가 천문에 보다 부합하는가 부합하지 않는가에 따라 선한 집단과 악한 집단이 구분된다. 이 작품에서는 천명 또는 천시에 순응하는 자는 선한 집단으로, 역천하는 인물은 악한 집단으로 형상화되고 있다.

앞서 〈소대성전〉의 권선징악과 천문과 인문의 관계를 분석했던 방식으로 〈용문전〉을 정리하면 다음과 같다.

---

35 이지하, 상게 논문, 284쪽 참조.
36 이명현은 〈유충렬전〉이나 〈조웅전〉과 같은 영웅소설에서는 善의 표상인 주인공과 惡으로 대변되는 적대자의 갈등이 도식적으로 나타나지만, 〈용문전〉에서는 선악의 대립보다 주인공의 내적 갈등이 주된 요소로 나타난다고 하였다.(이명현, 전게 논문, 392~393쪽)

선·악 집단	왕조	중심 인물	전생 신분	조력자(세계)	천문·인문의 질서 반영	비고
[A] 선 집단	明 (중원)	소대성	동해 광덕왕의 三子[37]	㉠ 영보산 청룡사 노승(스승-명국의 위기를 알려줌.)[38] ㉡ 연화선생(明國과 소대성을 도움.[39]	㉮ 천명은 아직 중원(明)에 있음.[40] ㉯ 紫微星 – 大明 天子 됨.[41] ㉰ 아직 天命이 있는 大明이 逆天한 胡國에게 망하게 될 위기.[42] ㉱ 天時를 모르고 호왕이 찬역지심을 품어 명국을 침범함.[43] ㉲ 천상계-옥황상제 (천명-明國 大司馬 대장군이 될 용문에게 전장기계를 줌.)[44]	*조정 내 적대자 없음. *胡王을 목베는 것은 용문이 아닌 소대성임.[45]
		*용문 2	*동해 龍子-天上 33天 神將	㉢ 연화선생(明國을 위해 용문을 설득하고 이끌다.)[46]		*천명을 알고 明國으로 귀화한 歸化人[47] *明國 大司馬 大將軍[48] *조정 내 적대자 없음.
↕						
[B] 악 집단	胡國 (오랑캐)	*용문 1	*동해 용자-天上 33天 神將[49]	㉠ 천상계-옥황상제(천명으로 임무 부여)[50] ㉡ 호왕(친림하여 용문 발탁.)[51] ㉢ 천관도사(용문을 천거하고 호왕과 용문을 도움.)	㉮ 연화선생 – 천명을 받아 용문을 가르치다.[52]	*호국 출생[53] *호왕에게 天命이 없음을 알고 天命과 忠臣不事二君 사이에서 갈등함.[54] *胡國 大司馬 大將軍[55] *조정 내 적대자 없음.
		胡王	*天上 翼星[56]	㉣ 선왕의 세 아들 및 서선우의 두 아들[57] ㉤ 천관도사(인재를 추천하고 호왕과 용문을 돕다.)[58]	㉯ 부친의 복수 (천명이 없음.)[59] ㉰ 호왕이 천시를 모르고 天位를 참시하려 함.[60]	*소대성의 칼에 죽음 *후손들이 비범하여 다시 천시를 기다려 원수를 갚고 대업을 이루고자 함.[61]

---

37 완판 38장본 〈용문전〉, 186쪽.

38 완판 38장본 〈용문전〉, 146쪽.

39 완판 38장본 〈용문전〉, 146, 153, 155, 167~168쪽.

40 완판 38장본 〈용문전〉, 141, 170, 186쪽.

41 완판 38장본 〈용문전〉, 186쪽.

42 완판 38장본 〈용문전〉, 137, 146, 154쪽.

43 완판 38장본 〈용문전〉, 154, 170~171, 174, 183, 186, 188쪽.

위의 표를 보면, [A]집단과 [B]집단의 서사 배분이 비교적 균등하게 이루어져 있음을 알 수 있다. 앞서 논의한 〈소대성전〉의 경우에는 외형 상으로 [A]집단이 [B]집단에 비해 천상계의 절대적인 지지를 받고 있었 다. 그래서 [A]집단의 소대성이나 明 天子와 달리 [B]집단인 호국과 호왕에게는 천상계나 초월적 인물과 같은 조력자가 거의 등장하지 않는 다. 또 [A]집단은 천문과 인문의 조화가 강조되고 있음에 비해, [B]집단 은 천문과 인문의 부조화가 강조되고 있었다.

이와 달리 〈용문전〉의 경우에는 위 도표에서 확인할 수 있는 바와 같이 외형상의 서사 배분은 비교적 균등하다. 중심인물, 중심인물의 전 생 신분, 조력자 등의 위계나 활동 면에서 [A]집단과 [B]집단이 크게

---

44 완판 38장본 〈용문전〉, 141쪽.
45 완판 38장본 〈용문전〉, 187쪽.
46 완판 38장본 〈용문전〉, 153, 167~171쪽.
47 완판 38장본 〈용문전〉, 173~178쪽.
48 완판 38장본 〈용문전〉, 141, 179쪽.
49 완판 38장본 〈용문전〉, 135쪽.
50 완판 38장본 〈용문전〉, 141, 179쪽.
51 완판 38장본 〈용문전〉, 159~160쪽.
52 완판 38장본 〈용문전〉, 138~140쪽.
53 완판 38장본 〈용문전〉, 134~136쪽.
54 완판 38장본 〈용문전〉, 173~177쪽.
55 완판 38장본 〈용문전〉, 160쪽.
56 완판 38장본 〈용문전〉, 186쪽.
57 완판 38장본 〈용문전〉, 159쪽.
58 완판 38장본 〈용문전〉, 145쪽.
59 완판 38장본 〈용문전〉, 133~134, 154, 159쪽.
60 완판 38장본 〈용문전〉, 137, 171, 178~179, 183쪽.
61 완판 38장본 〈용문전〉, 190쪽.

차이 나지 않는다. 차이가 있다면 천문이 인문의 질서에 반영된 정도, 조화성에서 변별된다.

〈용문전〉의 경우에도 천문과 인문의 조화 정도에 따라 [A]집단은 선의 집단으로 규정되고, [B]집단은 악의 집단으로 규정된다는 점에서 〈소대성전〉과 전체적인 맥을 같이하고 있다. 그러면서도 이 두 작품을 가장 이질적으로 만들고 있는 것이 하나 있는데, 그것은 바로 중심인물 중의 하나인 '용문'의 성격과 태도 변화이다.

위의 표에서 [B]의 '용문1'은 원래 호국 태생의 인물이다. 그리고 [B]ⓔ의 천관도사의 천거로 호왕에게 발탁되는 인물이다. 그래서 [B]의 '비고'란에 제시한 바와 같이 '胡國 大司馬 大將軍'이 되는 인물이다. 이러한 용문을 [B]㉫의 연화선생이 천명의 이름으로 용문을 가르친다.[62] 뿐만 아니라 용문은 [B]㉠과 같이 천상 옥황상제로부터 천명으로 임무를 부여받는 인물이다. 그 임무는 [A]의 '비고'란에 있는 바와 같이 '明國 大司馬 大將軍'이 되어 명나라를 호국의 침략으로부터 수호하는 것이다.

이러한 천명의 실현을 위해 연화선생은 설영두에게 편지를 써서 용문을 설득한다. 연화선생과 설영두의 설득, 소대성의 위엄에 마음이 흔들린 용문은 호왕의 기상이 대업을 이루지 못할 것임을 알고 명국으로 귀화할 마음을 먹는다.[63] 천명을 알게 된 용문은 [A]의 '비고'란에 제시한 바와 같이 명나라로 귀화하여 '明國 大司馬 大將軍'이 되어 명나라를

---

62 연화선생은 明國을 위해 직접 胡國을 찾아가 용문을 설득하여 가르친다. 여기에 해당되는 부분은 위 도표의 [A]ⓔ부분이다.

63 완판 38장본 〈용문전〉, 168~174쪽.

위해 싸우게 된다. [A]의 ㉮~㉲는 그러한 용문의 행위를 정당화시켜는
天文과 人文의 조화 상태를 형상화한 것들이다.

〈용문전〉에서 [B]의 '용문1'→[A]의 '용문2'로의 변화, '胡國 大司
馬 大將軍'→'明國 大司馬 大將軍'으로의 변화는 다양하게 해석될 수
있다. 이 작품에서 용문은 시종일관 '武人'으로서의 자질만 강조된다는
점을 고려할 때, 용문의 이러한 변화는 유가적 文治에 무력을 가미해야
한다는 조선 후기 조선의 집단적 감정이 투영된 것이라 할 수 있다. 소대
성이 문무를 겸비한 것으로 그려지면서 소대성을 능가하는 용문의 무력
을 강조함으로써 힘의 논리에 따라 위축되었던 조선 후기 조선인들의
희망이 반영되었다고 하겠다.

이와 함께 또 해석될 수 있는 부분은, 용문의 성격 변화에 기여하는
연화선생과 설영두의 설득 장면을 고려한다면, 〈용문전〉은 조선 후기
중원을 중심으로 하는 패권주의적 정세에서 종횡가(縱橫家)의 면모도 강
조하고 있다고 하겠다. 그리하여 王道와 함께 패도적(覇道的) 가치 성향
도 고려해야 함을 간접적으로 형상화하고 있다고 하겠다.

〈용문전〉에서는 시대 변화에 따른 새로운 생각을 투영시키고 있으면
서도 기본적으로는 천문과 인문의 조화에 따른 권선징악의 논리는 견지
하고 있다. 이 작품 역시 〈소대성전〉과 마찬가지로 선 집단과 악 집단의
중심인물은 모두 초월계의 인물이라는 점에서 천문과 인문의 소통을 꾀
하려고 한 점이 눈에 띈다. 다만 [A] 집단인 명나라와 그 중심인물인
소대성, 용문, 명 천자 등의 서사 전모는 천문과 인문의 질서가 잘 조화
를 이루는 것으로 나타난다. 곧 하늘의 의지나 질서가 인간 세상의 의지
나 질서로 반영되어 형상화되고 있는 것이다. 그래서 이 그룹에 속한
집단의 전모는 선으로 규정된다.

이 집단과 달리 [B] 집단은 천문과 인문의 불일치가 강조되어 있다. 〈소대성전〉과 마찬가지로, 〈용문전〉에서도 호왕은 전생에 天上 翼星이었다는 점에서 천문의 지상화가 실현된 것처럼 보인다. 그런데 [B]㉯에서 호왕이 천시를 모르고 천위(天位)를 참시하려 한다고 하면서 부정적평가를 내리고 있다. 이는 [B]집단이 천문과 인문이 불일치되고 있음을보여줌과 동시에, 그 집단의 가치가 상위 질서인 천문에 의해 인정받고있지 못함을 드러내는 역할을 한다.

그래서 〈소대성전〉과 마찬가지로 〈용문전〉에서도 호왕이 강조하는가치는 천문에 의해 인정받고 보호되는 집단적 가치가 아니라 호왕 자신의 爲我之心, 즉 자신이 중심이 되어 천문과 인문의 중심에 서고자하는 사사로운 욕망으로 평가받게 되는 것이다. 그래서 호왕을 중심으로 한 [B]집단의 가치는 악으로 규정될 수 있다. 이 역시 중원을 중심으로 하여 오랑캐가 내세우는 패권주의적 정세를 부정하고자 하는 조선후기 조선의 집단적 감정이 투영된 것이라 하겠다. 따라서 〈용문전〉에서도 爲我之心를 표방하여 천문과 인문의 불일치에 따른 [B]집단의 패권주의적 침탈 행위는 징악에 가깝다. 이와 달리 천문과 인문의 조화를통해 천명이라는 대의적 질서를 수호하고자 하는 [A]집단의 大義之心은 권선에 해당된다. 다만 〈용문전〉은 '용문'이라는 인물의 성격 변화와행위를 통해 〈소대성전〉에서 중시하지 않았던 무력, 패도, 종횡가적 성격이 새로운 시대에 필요함을 강조하고 있다는 점에서 큰 차이를 보인다. 이러한 면은 소대성에 의해 호왕이 죽은 이후, 호왕의 후손들이 다시비범한 능력을 바탕으로 천시를 기다려 대업을 이루려 하는 서사로 마무리하는 것을 통해 짐작할 수 있다.

5. 천문 · 인문의 융합성에 의한 선 · 악 집단 판단

우리가 세상을 살면서 절대적 정량에 의해 선과 악을 구분하기는 어렵다. 앞서 잠시 언급한 바와 같이 '세상에 그러는 법은 없어'라고 하는 개인적 직관에 의한 선과 악의 구분은 비교적 쉬울 수 있다. 하지만 많은 경우 선과 악은 상대적으로 작용하기 마련이다. 내가 선하다고 판단한 사람을 다른 사람은 악하다고 판단할 수도 있고, 그 반대일 수도 있다. 또 선과 악이 집단성적 가치관과 밀접하게 관련을 가질 경우 개인적 가치관에 따른 선·악 구분은 더더욱 어렵다. 즉 우리의 일상적 삶에서의 선·악은 애매 모호성을 모두 제어하지 못한다. 주관성, 상대성, 집단성에 따라 달라질 수 있기 때문에 예측 불가능성이 너무 크기 때문이다. 그래서 일상에서의 선과 악은 절대적이지 않고 상대적으로 나타난다. 이를 표로 정리하면 다음과 같다.

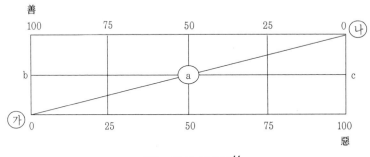

[선 · 악의 상대성]⁶⁴

---

64 김용기, 「심성론으로 본 〈사씨남정기〉의 인물 선·악 문제」, 『우리문학연구』 54집, 우리문학회, 2017, 35쪽 참조.

표에서와 같이 절대 惡이나 절대 선의 경우는 현실적으로 불가능하다. 이론상으로는 ㉮와 같이 절대 선의 경지에 이른 성인(聖人)이 될 수도 있고, ㉯와 같이 절대 악의 경지에 이른 나찰(羅刹)이 될 수도 있다. 그리고 'a'는 선과 악을 구분하는 임계점이다. 이 임계점을 기준으로 하여 우리는 하루에도 몇 번씩 선과 악을 넘나들며 살아가고 있다. 그러면서도 자신의 생각과 행위가 선이라고 착각하기도 한다. 또는 악을 행하고도 선이라고 변명하기도 한다. 애매 모호성을 모두 제어하기 어렵기 때문에 그렇다.

이러한 일상성에 입각한 선·악 구분과 달리, 〈소대성전〉과 〈용문전〉을 포함한 고소설 속 선·악 구분은 비교적 명료하다. 그것은 선의 집단과 악의 집단을 '집합성'으로 묶을 수 있기 때문이다. 가령, '인문이 천문에 부합하는 집단이다(1)' 또는 '인문이 천문에 부합하지 않는 집단이다(0)'와 같은 이진법으로 판단할 수 있기 때문이다. 천문과 인문의 조화 내지는 융합의 정도에 따라 선·악으로 쉽게 구분되는 것이다. 물론 그 사이에 존재하는 세세한 변수들과 규칙들은 어느 정도 부합하는가에 따라 질적 구분이 가능하다.

천문과 인문의 융합에 의한 조화성의 정도에 따라 선·악을 구분하는 방식은, 퍼지 이론에서 애매하고 불분명한 상황을 정량적으로, 집단성으로 표현하는 것과 같은 맥락이다. 인간의 언어와 사고는 애매함을 동반하고 있기 때문에, 집단성에 부합하는가 부합하지 않는가, 또는 어느 정도 부합하는가를 0에서 1사이의 수로 표현하여 구분하는 것이다. 그래서 1에 가까울수록 긍정적인 성격이 강하게 되고 0에 가까울수록 부정적인 성격을 띠게 되는 것이다. 이를 정리해 보면 다음과 같다.

NO	천문과 인문의 조화 정도	천문과 인문의 조화 정도의 수치화(1~ 0)	선악 판정	비고
[1]	天文과 人文이 조화롭다	1		善의 집단
[2]	------------------	0.9	↑	1에 가까울수록 善의 집단에 가까움
[3]	------------------	0.8		
[4]	------------------	0.7		
[5]	------------------	0.6		
[6]	------------------	0.5	↓	0에 가까울수록 惡의 집단에 가까움
[7]	------------------	0.4		
[8]	------------------	0.3		
[9]	------------------	0.2		
[10]	------------------	0.1		
[11]	天文과 人文이 조화롭지 않다	0		惡의 집단

위의 표에서 천문과 인문의 조화성 정도가 '1'에 해당되는 [1]은 완벽한 善의 집단이다. 그리고 '1'에서 비교적 가까운 0.9, 0.8의 조화성을 이루는 [2]와 [3]도 비교적 선한 집단으로 분류될 수 있다.

이와 달리 천문과 인문의 조화성 정도가 '0'에 해당되는 [11]은 완전한 惡의 집단이다. 그리고 '0'에서 비교적 가까운 0.1, 0.2의 조화성을 이루는 [10]과 [9]도 비교적 악한 집단으로 분류할 수 있다.

천문과 인문의 조화성 정도가 0.5, 0.6에 해당되는 [5], [6]의 경우에는 사실 판단이 매우 어렵다. 이 경우에는 서사 전반에 나타나는 인물의 행위와 가치 지향성을 종합적으로 고려하여 판단해야 할 듯하다. 고소설에서는 절대적 선인이나 악인이 아닌 경우에는 자신의 현실적인 실리에 따라 행동하는 경우가 종종 있는데, 그러한 인물들이 대개 이 경계를 넘나드는 인물들이라 생각된다.

그렇다면 〈소대성전〉과 〈용문전〉에서 [1]~[11]의 구분은 어떻게 구분할 수 있도록 형상화되고 있는가? 그것은 바로 천상적 근거, 초월적

근거, 인간적 근거, 현실적 근거를 통해 충분하게 납득할 수 있도록 제시
된다. 앞의 표에서 제시한 바와 같이, 〈소대성전〉에서는 천상계와 초월
계의 인물, 현실계의 인간에 의한 지지를 받는 것으로 나타난다. 천상적
근거, 초월적 근거, 인간적 근거에 의해 소대성의 행위가 절대적 지지를
받는 것은, 그가 속한 집단이 선의 집단임을 입체적으로 드러내고 있는
것이다.

　이와 달리 호국 응천대왕의 경우에는 자신이 천명을 받았다고 주장은
하지만 그 근거가 없기에 선의 집단으로 분류하기 어렵다. 다만 옥황상
제가 익성(응천대왕)을 벌주라고 한 것이 그가 악의 집단일 수 있는 근거
가 된다. 하지만 서사 전면을 통해 호국 응천대왕이 악행을 저지른 구체
적 근거는 미약하기 때문에 그는 절대적 악에 해당되는 [11]의 단계까
지 위치 지우기는 어렵다.

　〈용문전〉의 경우에도 이와 흡사하다. 소대성이 활약하는 明나라가 아
직 천명을 가지고 있고, 이를 수호하는 소대성과 명나라를 천상계와 초
월계가 지지하는 것을 통해 明과 소대성, 그리고 서사 중반부 이후에
明과 소대성을 위해 싸우는 용문이 선의 집단으로 분류된다. 그 반대
입장에 있는 胡王은 악의 집단으로 분류된다. 앞의 표에서 정리한 바와
같이 호왕은 천시를 모르고 천위를 참시하려 하기에 악의 집단에 배속
된다. 그 외에는 부모의 원수를 갚고 대업을 이루려 하였다는 것 외에는
악행을 저지른 구체적 증거는 제시되지 않는다. 이런 점에서 〈용문전〉
의 호왕도 절대적 악으로 평가되는 [11]의 단계에 해당되는 인물은 아
니라고 할 수 있다.

　이상을 통해서 볼 때, 이본 관계에 있는 〈소대성전〉과 〈용문전〉의 경
우에는 이 작품을 향유한 집단이 옹호하였던 질서, 즉 중원 중심의 천문

과 인문의 조화를 이루느냐 그렇지 않느냐에 따라 선의 집단과 악의 집단으로 분류되고 있음을 알 수 있다. 그 외 일반 고소설에서 나타나는 政敵의 악행이나 심성론 인성적 측면의 선악은 나타나지 않았다. 그 이유는 이 작품들을 향유한 사람들은 자신들과 같은 가치를 공유하는가 그렇지 않은가를 선악 판단의 중요한 기준으로 보았기 때문이다. 그래서 자신들과 같은 가치를 공유하는 집단은 선의 집단으로, 그렇지 않은 집단은 惡의 집단으로 인식될 수 있도록 형상화하였다.

다만 이 두 작품을 향유한 집단의 집단적 가치를 염두에 두지 않는다면, 〈소대성전〉의 호국 응천대왕이나 〈용문전〉의 호왕은 [5], [6]에 위치하면서 실리를 추구하는 인물이기에 선악 판별이 어려운 인물로 볼 수도 있는 여지가 있다는 점에서 읽는 재미가 남다르다고 하겠다.

6. 결론

이상에서 〈소대성전〉과 〈용문전〉에 나타난 선·악 집단의 특징과 판단 기준을 비교해 보았다. 이를 비교하기 위해 필자는 권선징악을 고소설 창작이론으로서 제시하고, 그 이론에 적용할 수 있는 구체적인 기준을 천문과 인문의 조화성 여부를 제시하였다. 천문, 즉 하늘의 무늬(질서)와 인문, 즉 인간의 무의(질서)가 잘 조화되면 선으로, 그렇지 않으면 악으로 규정될 수 있음을 제시하였다. 그리고 이를 〈소대성전〉과 〈용문전〉에 적용해 보았다.

〈소대성전〉과 〈용문전〉 두 작품은 모두 일반 고소설에서 발견되는 권선징악적 차원의 선과 악의 구분이 어려운 작품이다. 그러함에도 불구하고 이 작품을 읽은 독자는 소대성과 그가 수호하려는 明나라를 선의 집단으로, 이와 적대적인 관계에 있는 호국왕과 오랑캐들을 악의 집단으로 인식하게 된다. 그 이유는 서사 전면에서 천상계, 초월계, 인간계가 모두 明과 소대성(〈소대성전〉), 明과 소대성, 용문(〈용문전〉)을 지지하고 있고, 반동 인물로 등장하는 호국왕과 오랑캐에게는 그러한 지지를 하지 않기 때문이다.

이는 곧 두 작품의 향유 집단이 중원 중심의 천문과 인문의 조화를 이루는가 그렇지 않은가를 주된 기준으로 삼았기 때문이다. 자신들과 같은 가치를 공유하는 집단을 선의 집단으로 상정해 놓고 그 반대에 있는 집단을 악의 집단으로 규정하고 있는 것이다. 이러한 서사 결구는 조선 후기 중화주의를 표방했던 집단의 사람들이 현실적으로 우위에 있는 청나라 오랑캐를 배척하기 위한 명분으로 삼고자 했던 자기 위안의 성격에서 파생된 것이라고 하겠다.

〈최척전〉의
동아시아 전란 디아스포라와 그 특징

1. 서론

이 글은 〈최척전〉에 나타난 전란 디아스포라의 특징을 살펴보는 데
목적을 둔다. 선행 연구에서 〈최척전〉에 대한 작품론과 문학사적 의의
등에 대해서는 충분한 검토가 이루어졌다. 이 작품은 작품론의 바탕이
되는 이본 연구[1]나 창작 동인이나 창작 기반에 대한 연구,[2] 작자나 작
자의식과 관련된 문제를 다룬 연구,[3] 장르론적 관점에서 소설사적 위

---

1 권혁래, 「최척전의 이본 연구 – 국문본의 성격을 중심으로」, 『고전문학연구』 18집, 한국고
   전문학회, 2000, 357~389쪽; 지연숙, 「최척전 이본의 두 계열과 선본」, 『고소설연구』
   17집, 한국고소설학회, 2004, 165~191쪽; 이대형·유춘동, 「최척전의 이본, 〈三國奇峰〉
   에 대한 연구」, 『고소설연구』 34집, 한국고소설학회, 2012, 351~376쪽; 이필준, 「최척전
   의 필사본 비교와 작품의 분석 연구」, 『국어문학』 53집, 국어문학회, 2012, 127~160쪽.
2 양승민, 「최척전의 창작동인과 소통과정」, 『고소설연구』 9집, 한국고소설학회, 2000,
   67~113쪽; 장효현, 「최척전의 창작 기반」, 『고전과 해석』 8집, 고전문학한문학연구학
   회, 2006, 149~165쪽.
3 민영대, 「최척전에 나타난 작자의 애정관」, 『국어국문학』 98집, 국어국문학회, 1987,
   55~76쪽; 민영대, 「최척전 고 – 작자의 체험반영과 용의주도한 작품구성–」, 『고소설연
   구』 6집, 한국고소설학회, 1998, 247~280쪽; 민영대, 「최척전에 나타나는 중국적 요소
   와 작자의 의도」, 『한국언어문학』 66지, 한국언어문학회, 2008, 173~202쪽; 나금자,

상을 다룬 연구,[4] 구원이나 희망과 관련지은 연구,[5] 동아시아의 전란과 그로 인한 가족 이산이나 유랑과 관련지은 연구,[6] 17세기 동아시아의 전란 체험과 이로 인한 공간성의 확장과 관련지은 연구,[7] 17세기 소설 사의 맥락에서 〈최척전〉을 검토한 연구[8] 등 매우 다양한 관점에서 연구되었다.

이러한 다양한 연구에도 불구하고, 아직도 이 작품과 관련되어서 부연 설명되어야 할 것들이 많다고 생각한다. 그 이유는 〈최척전〉이

「최척전의 여주인공 '옥영'의 형상화를 통해 본 작자의 소망과 치유─홍도전과의 비교를 통하여─」, 『인문학논총』 19집, 서울여자대학교 인문과학연구소, 2010, 158~187쪽.

4 박일용, 「장르론적 관점에서 본 최척전의 특징과 소설사적 위상」, 『고전문학연구』 5집, 한국고전문학회, 1990, 73~102쪽.

5 강진옥, 「최척전에 나타난 고난과 구원의 문제」, 『이화어문논집』 8집, 이화어문학회, 1986, 225~252쪽; 신해진, 「최척전에서의 '장육불'의 기능과 의미」, 『어문논집』 35집, 안암어문학회, 1996, 343~371쪽; 김현양, 「최척전, '희망'과 '연대'의 서사─'불교적 요소'와 '인간애'의 의미층위에 대한 주체적 해석─」, 『열상고전연구』 24집, 열상고전연구회, 2006, 75~100쪽.

6 박희병, 「최척전─16,7세기 동아시아의 전란과 가족이산」, 김진세 편, 『한국고전소설작품론』, 집문당, 1990, 83~106쪽; 강동엽, 「최척전에 나타난 임진왜란과 동아시아」, 『어문론총』 41호, 한국문학언어학회, 2004, 99~134쪽; 권혁래, 「최척전에 그려진 '유랑'의 의미」, 『국어국문학』 150집, 국어국문학회, 2008, 207~235쪽; 김청아, 「최척전에 나타난 離合의 다중구조 양상과 그 의미」, 『인문학연구』 통권 86호, 충남대학교 인문과학연구소, 2012, 5~32쪽; 신선희, 「전란이 낳은 이방인의 삶─최척전」, 『장안논총』 33집, 장안대학교, 2012, 1553~1572쪽; 정출헌, 「임진왜란과 전쟁포로, 굴절된 기억과 서사적 재구」, 『민족문화』 41집, 한국고전번역원, 2013, 5~40쪽.

7 신태수, 「최척전에 나타난 공간의 형상」, 『한민족어문학』 51집, 한민족어문학회, 2007, 395~428쪽; 최원오, 「17세기 서사문학에 나타난 越境의 양상과 超國的 공간의 출현」, 『고전문학연구』 36집, 한국고전문학회, 2009, 224쪽; 진재교, 「越境과 敍事─동아시아의 서사 체험과 '이웃'의 기억─최척전 독법의 한 사례」, 『한국한문학연구』 46집, 한국한문학회, 2010, 129~162쪽.

8 정환국, 「17세기 애정류 한문소설 연구」, 성균관대학교 박사학위논문, 1999, 70~89쪽.

16~17세기 동아시아의 전란을 배경으로 하여, 전란의 참혹상을 직접적
으로 그리고 있으면서도, 다른 한편으로는 전란에 의해 한·중·일을 떠
돌다가 정착했던 인물들의 행적과 해후의 과정을 통해 전란으로 받은
외상을 치유하는 듯한 인상을 주기 때문이다.

물론 〈최척전〉의 이러한 성격은 앞서 밝힌 선행연구에서 얼마간 다루
어졌다.[9] 하지만 필자는 이러한 선행연구와 접근 방법을 달리하여 〈최척
전〉이 전란 외상 치유의 목적성이 강한 작품임을 구체적으로 살펴보고
자 한다. 그것은 다름이 아니라, 이 작품에 나타난 주요 인물들의 행적과
서사적 결구가 해외 유랑[10]과 정착에 있다고 보고, 이러한 인물 성격을
'전란 디아스포라'라고 하는 관점에서 접근하고자 한다. 즉 〈최척전〉에
는 통상적인 디아스포라의 성격과는 다른 차원의 디아스포라적 인물이
감지되는데, 이것이 바로 전란 외상을 치유하고자 하는 작가의 의도와
관련이 있다고 본다.

2. 전란 前·後 中·日 속 조선인 디아스포라

디아스포라(Diaspora)는 일반적으로 민족분산(民族分散)이나 민족이
산(民族離散)으로 번역된다. 그리고 한 민족 집단 성원들이 세계 여러

---

9 각주 5)번에 제시된 강진옥, 김현양, 신해진 등의 선행 연구는 〈최척전〉의 이러한 성격을
   잘 드러내고 있는 연구들이다.

10 〈최척전〉을 '유랑'의 관점에서 파악한 선행연구로 권혁래의 연구가 있다.(권혁래, 「최척
   전에 그려진 '유랑'의 의미」, 『국어국문학』 150집, 국어국문학회, 2008, 207~235쪽.)
   필자는 이러한 선행 연구에서 한 걸음 더 나아가, 그 유랑하는 인물들을 '전란 디아스포라'
   의 관점에서 재해석하고자 한다.

지역으로 흩어지는 과정뿐만 아니라 분산한 동족들과 그들이 거주하는 장소와 공동체를 가리키는 개념[11]으로 사용되고 있다. 이는 고대 유대인들과 그리스의 역사에서 비롯된 것으로 알려져 있다. 역사적으로 그 근원을 살펴보면, 이스라엘은 아시리아와 바빌로니아의 연속적인 침임으로 나라가 망하고, 수많은 유대인들이 이집트를 비롯한 주변 지역으로 흩어지게 되는데, 그 과정에서 디아스포라의 역사가 시작[12]된 것으로 알려져 있다. 그리고 최근에는 "디아스포라 연구가 활발해지면서 디아스포라는 유인의 경험뿐만 아니라 다른 민족의 국제이주, 망명, 난민, 이주노동자, 민족공동체, 문화 차이, 정체성 등을 아우르는 포괄인 개념으로 사용되고 있다."[13]고 한다.

이러한 디아스포라에 대해, Berry는 소수민족집단 이민자들의 문화 변용을 연구하는 글에서, '다른 인종과 민족 집단과의 관계를 얼마나 중요하게 여기는가?'와 '자신들의 문화적 특성이나 관습의 유지를 얼마나 중요하게 여기는가?'에 따라 '통합, 동화, 고립, 주변화'의 네 가지 유형으로 분류하고 있다. 이를 정리해 보면 다음과 같다.

(가) 통합(integration) : 통합은 소수민족 이민자들이 거주국의 주류 사회에 활발히 참여하면서도 자신들의 고유한 전통과 문화를 유지하는 경우이다.

11 윤인진, 「코리안 디아스포라 - 재외한인의 이주, 적응, 정체성」, 『한국사회학』 37집 4호, 한국사회학회, 2003, 102쪽.
12 임채완, 전형권 저, 『재외 한인과 글로벌 네트워크』, 한울아카데미, 2006, 25쪽.
13 정성호, 「코리안 디아스포라 : 공동체에서 네트워크로」, 『한국인구학』 31권 3호, 한국인구학회, 2008, 107~108쪽.

(나) 동화(assimilation) : 동화는 이민자들이 주류 사회에 활발히 참여
    하는 과정에서 자신들의 고유한 문화와 정체성을 상실하여
    주류집단에 흡수되는 경우이다.
(다) 고립(isolation) : 고립은 이민자들이 사회참여를 활발하게 하지
    않으면서 자신들의 문화정체성을 강하게 유지하려고 하는 경
    우로서, 이들은 보통 차이나타운과 같은 민족 엔클레이브
    (enclave, 소수의 이문화 집단의 거주지)에 격리되어 산다.
(라) 주변화(marginality) : 주변화는 주류 사회에도 참여하지 않고 자
    신들의 문화도 잃어버리는 경우로서 사회의 밑바닥 계층으로
    전락하여 기성 질서에 반항하는 가치관과 행동양식을 갖게
    될 수 있다고 한다.[14]

이 네 가지 디아스포라의 유형 중에서, 〈최척전〉에 주로 나타나는 유
형은 '동화'와 '통합'의 디아스포라이다. 이는 우리 민족의 디아스포라
역사와 견주어 볼 때, 충분히 가능성이 있는 문제다.

일반적으로 사회학에서는 우리나라의 민족 분산을 19세기 중엽부터
시작된 것으로 보기 때문에 유대인, 중국인, 그리스인, 이탈리아인 등
세계의 여러 민족들에 비해서 디아스포라의 역사가 짧은[15] 것으로 보고
있다. 그래서 우리에게서 '디아스포라'의 개념은 경술국치를 전후한 시
기에 이루어진 것으로 인식되고 있다. 하지만 우리 역사에서 디아스포

---

14 Berry, John. 1987. "Finding Identity : Segregation, Integration, Assimilation or
    Marginality? Ethnic Canada: Identities and Inequalities, edited by Leo Driedger.
    Toronto: Copp Clark Pitman, 223–239쪽. ; 윤인진, 「코리안 디아스포라 - 재외한인의
    이주, 적응, 정체성」, 『한국사회학』 37집 4호, 한국사회학회, 2003, 113쪽에서 재인용하
    여 재구조화함.
15 윤인진, 상게 논문, 105쪽.

라는 훨씬 오래 전에 나타났던 현상이다. 고구려 멸망 이후 수십만의 고구려인들이 영주(지금의 朝陽) 땅으로 강제 이주되어 그곳에 정착하여 살았다[16]는 사실은 익히 알려져 있는 사실이다. 또 "백제의 멸망과 일본 열도로의 정착이나 광개토대왕의 정복 활동 후에 고구려 안에 백제, 신라, 가야의 일부 주민과 동부여, 북부여 주민이 존재했다"[17]는 사실은 우리의 디아스포라 역사가 매우 오래된 것임을 증명하는 단서가 된다.

　실제 역사 속에서 상당히 오래 전부터 존재했던 한민족의 디아스포라는, 고소설 속에서도 비교적 이른 시기에 구체적으로 형상화되어 있다. 우리 고소설에서 많은 작품들이 가족의 이산과 재회를 다루고 있다는 것을 상기한다면 쉽게 수긍할 수 있는 문제다. 그리고 고소설에 나타난 가족 이산은 전란이나 간신의 모해로 인한 것이 많은 비중을 차지하고 있다. 하지만 대개의 고소설에서는 가족 이산을 다루고자 하는 것이 주된 목적이 아니고, 인물의 입공과 보다 큰 행복을 위한 고난서사의 과정이라는 성격이 강하다.

　이에 비해 〈최척전〉의 가족 이산은, 우리 민족의 실제 전란으로 발생한 아픔을 그리려 하는 과정 중에 필연적으로 가족 이산을 드러내야만 했다는 점에서 일반 고소설과 다른 점이 있다. 그리고 그러한 가족 이산의 결과 오랜 기간 동안 가족 구성원들이 서로 다른 나라에 정착하며 사는 디아스포라가 되었다는 것 역시 여느 고소설의 가족 이산과 성격이 다르다고 하겠다.

---

16 신형식, 「고구려 유민의 동향」, 『민족발전연구』 11·12호, 중앙대학교 민족연구발전연구원, 2005, 180쪽 참조.

17 윤명철, 「한민족 역사 속에서 디아스포라의 의미와 성격」, 『한민족연구』 7호, 한국민족학회, 2009, 14쪽.

그렇다면 〈최척전〉에 나타나는 가족 이산과 이로 인해 발생한 디아스 포라의 성격에는 어떤 특징이 있는 것일까? 〈최척전〉에는 크게 보아 다 섯 종류의 디아스포라가 존재한다. 하나는 임진왜란 전에 자신의 의사 에 의해 형성된 디아스포라이고, 둘째는 전란으로 인해 자포자기한 상 태에서 중국에 정착한 디아스포라이며, 셋째는 전란으로 인해 일본으로 강제 이주하는 과정에서 생긴 디아스포라이고, 넷째는 전란으로 인해 조선에 정착한 중국인 디아스포라이다. 그리고 다섯째는 타국에 존재하 는 혈육을 위해 새로운 가정을 꾸려 정착하는 디아스포라이다.

본장에서는 이 중에서 첫째와 둘째, 셋째 디아스포라의 성격에 대해 먼저 살펴보고자 한다. 먼저 살펴볼 수 있는 것은 임진왜란 전에 자신의 의사에 의해 스스로 타국 속 디아스포라를 자처한 인물이다. 이에 해당 되는 인물은 조선 삭주 출신의 토병으로서 후금의 누르하치(奴酋)에게 신임을 받아 조선인 포로들을 관리하는 일을 하고 있는 사람이다. 이에 해당되는 부분을 잠시 옮겨 보면 다음과 같다.

> 늙은 호병이 말하기를, 두려워 말라. 나는 원래 삭주 토병이었다. 그곳 부사의 학정을 싫어하여 그 고통을 견디지 못하고 가족들을 데리고 후금 땅으로 온 지 십 년이 지났다. 후금 사람들은 성정이 솔직하고 가혹한 정치가 없다. 인생이 아침이슬과 같은데, 어찌 고통스러운 고향 땅에 얽매 이겠는가. 누르하치가 나에게 정병 80명을 데리고 본국인(조선인)들이 도망가지 못하게 감시하게 하고 있다. 이제 그대들의 말을 들어보니 크게 기이한 일이다. 내가 비록 누르하치에게 문책을 받더라도 마음의 흡족함 을 얻으면 보내주지 않겠는가. 다음날 건량을 넉넉하게 준비하여 주고 샛길을 가리켜 그들로 하여금 가도록 하였다.[18]

위의 예문은 최척과 몽석이 누르하치가 함락한 요양에 각각 참여하였다가 우연히 만나 서로 붙잡고 통곡할 때에, 이들의 대화를 엿들은 후금의 늙은 병사가 하는 말이다.

이 장면 바로 앞의 이야기를 보면, 최척과 몽석이 만나는 과정이 나타난다. 후금의 누르하치가 요양을 공격하자 이에 명 황제가 전국에 군사를 모집하여 후금을 치도록 명한다. 이때 소주 출신 오세영은 교유격의 총병으로 있었는데, 여유문을 통해 최척이 재주가 있다는 것을 알고 그를 서기로 삼아 심하 전투에 참여하게 된다. 그리고 몽석은 남원에 살다가 武學이 되어 조선 군사로 참전하였다가 후금의 포로가 되어 감옥에 갇히게 된다. 최척과 몽석이 감옥 속에서 서로 친해지자 최척은 자신이 살아온 내력을 이야기해 준다. 이를 들은 몽석이 자세한 내막을 물어서 두 사람이 부자지간이라는 것이 밝혀진다. 이렇게 서로 붙들고 통곡을 하자 후금의 늙은 병사가 조선말로 무슨 일인지 자세히 말해 달라고 한다. 최척 부자는 두려워 선뜻 대답을 못 한다. 이에 늙은 후금 병사가 최척 부자를 안심시키기 위해 자신에 대해 먼저 밝히는 대목이 위의 예문이다.

이 예문의 대강을 정리해 보면, 늙은 후금 병사는 원래 조선 평안북도

---

18 老胡曰 無怖 我亦朔州土兵也. 以府使侵虐無厭 不勝其苦 擧家入胡 已經十年. 胡人性直 且無苛政. 人生如朝露 何必局束 於捶楚郷乎. 奴酋使我領八十精兵 管押本國人 以備逃 連 今聞爾輩之言 大是異事 我雖得責於奴酋 安得忍心而不送乎. 明日 備給餱糧 使其子 指送間路. 박희병 標點·校釋 〈최척전〉, 『韓國漢文小說 校合句解』, 소명출판사, 2005, 440쪽. 〈최척전〉은 여러 이본이 있으나, 온전한 판본이 없고, 또 오자나 탈락, 변이가 심한 편이라고 한다.(지연숙, 전게 논문, 188쪽.) 본고에서는 그 중에서도 서울대 도서관 一簣文庫本이 선본이 될 만하다는 선행 연구 결과에 따라 본고에서는 이를 저본으로 하여 여러 판본을 참고하여 교합한 박희병의 교합본을 텍스트로 하기로 한다. 이하에서 는 작품명과 교합본의 페이지만을 밝히는 것으로 대신하고자 한다.

서북에 위치한 '삭주(朔州)' 출신의 군인이었다. 삭주 부사의 수탈이 심하여 견디지 못하고 가족들을 데리고 호인들의 땅으로 들어오게 되었다고 한다. 그 세월이 벌써 10년이 지났으며, 호인들의 성정이 솔직하고 또 가혹한 정치 또한 없다고 한다. 또 누르하치가 자신으로 하여금 정병 80명을 거느리고 본국인(조선인)들이 도망하지 못하도록 방비하는 일을 시켰는데, 이제 두 사람의 이야기를 들어보니 크게 기이하다고 한다. 그래서 자신이 비록 누르하치에게 문책을 받을지언정 사람의 인정상 붙잡아 둘 수 없어 풀어주려고 한다. 그리고 다음 날 마른 식량을 넉넉하게 준비하여 샛길을 가르쳐 준다.

이를 보면 임진왜란 전에 벌써 자발적으로 고국을 떠나 중국 지역으로 망명하여 정착한 사람들이 있음을 알 수 있다. 권혁래는 위의 예문에 나타나는 삭주 출신의 토병과 같은 인물들이 17세기 이전에 평안한 삶을 찾아 북방 땅을 찾아 망명한 사람들이며, 삭주 토병은 그러한 이주민 중의 한 명이고, 이를 통해 17세기 이주민의 형상을 발견할 수 있다고 하였다.[19]

이는 앞서 제시한 디아스포라의 유형 중, '(나)동화(assimilation)'형 디아스포라에 해당된다. 이 호병은 보다 나은 삶을 위해 다른 나라로 떠나갔다가 그 주류 사회에 살아남기 위해 완전히 동화된 디아스포라인 것이다. 이 호병은 주류 사회라고 할 수 있는 후금의 사회에 적극적으로 참여하면서 주류 사회에 흡수된 것을 전혀 후회하지도 않고, 조선으로 돌아갈 생각도 하지 않는다. 그래서 이 호병은 점진적으로 조선의 고유

---

19 권혁래, 「최척전에 그려진 '유랑'의 의미」, 『국어국문학』 150집, 국어국문학회, 2008, 216쪽.

한 문화와 정체성을 상실해 갈 가능성이 크다는 점에서 후금에 정착하여 그들 사회에 동화된 디아스포라라고 할 수 있다.

이러한 후금 병사에 대해 권혁래는 '고국을 떠났으나 동포에 대한 애정은 여전함을 보여준다.'고 하였다. 하지만 필자의 생각은 조금 다르다. 그 후금 병사가 동포에 대한 애정은 있을 수 있으나, 그의 조선에 대한 애정은 식어버린 상태이다. 그에게 조선에 대한 애국심이 남아 있다고 하기에는 그가 겪은 상황이나 현재의 상황으로 적절하게 설명하기 어렵다. 그는 조선 관리의 학정을 피해서 이국땅을 찾아 정착하여 후금의 장교가 되어 상당히 만족한 삶을 살고 있다. 또 후금 사람들의 성정이 정직하다고 하는 것으로 보아 그는 완전히 후금에 동화된 인물이다.

더 중요한 것은 후금에 정착한 조선인 늙은 병사가 후금 정부나 주류 인들로부터 차별과 냉대를 받지 않았다는 점이다. 그는 민족이나 종족 우선 정책의 관리 대상자가 아니라 후금 속에서 어느 정도 개별적 존재로서 인정과 존중을 받고 있는 인물이라고 할 수 있다. 다만 이 후금 병사와 같이 스스로 모국의 압제를 피해 국경을 넘은 사람들이 상당히 많이 있었겠지만, 문면에 나타난 후금 병사와 같이 모두가 좋은 조건으로 살았거나 환대를 받지는 않았을 것이라는 점에서 다분히 희망적인 요소로 볼 수 있다. 이는 역사적 사실에 작가의 원망(願望)이 가미된 디아스포라의 형상이 아닐까 생각된다.

다음으로 살펴볼 수 있는 형상은, 전란으로 인해 자포자기한 상태에서 중국에 정착한 디아스포라이다. 여기에 해당되는 인물은 주인공 최척이다. 이에 해당되는 서사는 상당히 길기 때문에 다음과 같이 개조식으로 간략하게 제시한다.

① 정유재란이 일어나 남원이 왜적에게 함락되다.

② 최척 일가가 지리산 연곡으로 피난을 갔는데, 최척이 양식을 구하러 내려왔다가 가족과 헤어지다.

③ 옥영의 시녀 춘생으로부터 옥영을 비롯한 최척의 가족들이 모두 적병에게 끌려갔다는 말을 듣다.

④ 최척이 섬진강 변에서 자결하려다가 주변 노인들의 만류로 실패하고, 고향 남원으로 돌아오다.

⑤ 최척이 낙심하여 금교 옆에 주저앉아 있다가 명나라 장수 10여 명이 금교 아래에서 말을 씻기는 것을 보고 다가가서, 자신은 왜적들에게 온 가족이 변을 당하여 의탁할 곳이 없으니, 허락해 준다면 장수를 따라 중국에 들어가 은둔하고 싶다는 사정을 말하다.

⑥ 여유문이라는 장수가 자신은 오 총병 밑에 있는 사람이며, 자신의 집은 절강성 소흥부에 있고, 살림이 넉넉지는 않지만 먹고살 만하며, 사람이 살면서 서로 마음 맞는 사람 만나는 것만큼 귀한 일이 없다고 하며 자기 부대로 가자고 하다.

⑦ 여유문은 최척이 생각이 깊고 활쏘기와 말타기에 능하며 글도 잘하는 것을 알고 한 막사에서 식사와 잠을 같이하다.

⑧ 최척은 명나라 군사들의 장부 담당하는 임무를 맡았다가, 오 총병의 부대가 명나라로 돌아갈 때 따라갔고, 그 후 여유문을 따라 소흥부에서 함께 살게 되다.

⑨ 최척은 중국 소흥부에서 여유문과 의형제를 맺고 살았으며, 여유문은 자기 누이동생과 최척을 맺어주려고 했으나 최척이 사양하다.

⑩ 여유문이 병들어 죽자 최척은 의탁할 곳이 없어 강호를 떠돌며 명승지를 유람하다.[20]

---

20 〈최척전〉, 430~433쪽.

위의 예문은 최척이 정유재란 당시 왜적들에게 가족들이 모두 잡혀갔다는 말을 들은 후 실의에 빠졌다가, 우연히 금교 아래에서 명나라 장수 여유문을 발견하고 그에게 구원을 요청하는 장면이다. 그리고 이후 여유문을 따라 명나라로 건너가 정착한 내용을 정리한 것이다.

최척은 자포자기한 상태에서 스스로 명나라로의 망명을 선택했고, 거기서 비교적 만족한 삶을 살았다. 여유문과 의형제도 맺고, 심지어 그로부터 자기 누이와의 결혼도 제의를 받지만 최척은 거절한다. 그 이유는 부모와 아내의 생사를 모르고, 평생 상복을 벗을 수 없는 자신이 편하게 아내를 얻을 수 없다[21]는 것 때문이었다.

이를 통해 알 수 있는 것은, 최척이 후금의 장교가 된 조선인 토병과 달리 중국에 완전히 동화된 인물이 아니라는 점이다. 그는 민족애와 가족애가 강한 인물이기에 여유문의 누이동생과의 혼인도 거절했다. 이로 보아 그는 앞서 제시한 디아스포라의 유형 중, '(가)통합(integration)' 단계의 성격을 가진 디아스포라라고 할 수 있다. 이를 간접적으로 확인할 수 있는 것은, 최척이 주우를 만나 상선을 타고 안남에 갔다가 옥영과 재회한 이후의 장면이다. 해당되는 장면을 정리해 보면 다음과 같다.

① 최척은 1600년 봄 주우를 따라 상선을 타고 무역을 하러 안남에 정박하다.
② 그곳에는 일본 배 10여 척이 같은 항구에 정박해 있었는데, 10여 일을 머무른 어느 날 밤 선창에 기대어 염불 소리를 듣다가 퉁소를 꺼내 계면조 한 곡을 연주하다.

---

21 〈최척전〉, 433쪽.

③ 일본 배에서 염불하는 소리가 그치고 조선말로 칠언절구 읊는 소리가 들린 후 슬프게 탄식하는 소리가 들리다.

④ 최척이 망연자실하여 있을 때 주우가 그 이유를 묻고, 최척은 자신이 들은 시가 자신의 아내가 손수 지은 것이며, 이 시를 알고 있는 사람은 자신과 아내 외에는 없다고 하다.

⑤ 최척이 주변 사람들에게 자기 가족이 모두 왜적들에게 변을 당한 사실을 이야기하자, 두홍이라는 사람이 자기가 가서 찾아보겠다고 하지만 주우와 주변 사람들이 만류하여 날이 밝기를 기다리다.

⑥ 최척이 아침에 일본 배로 가서 어젯밤에 들은 시를 읊은 사람을 찾다가 옥영을 만나다.

⑦ 주우가 일본 상인 돈우에게 사정을 이야기하고 옥영을 놓아달라고 하며 백금 세 덩어리를 주니, 돈우가 사양하다.

⑧ 돈우는 자신이 옥영을 얻은 지 4년이 되었는데 성실하고 단정함을 아꼈으며, 여자인 줄을 몰랐다고 한 후 은 열 냥을 주어 옥영에게 주며 작별을 고하다.

⑨ 최척도 돈우에게 감사의 인사를 한 후 옥영을 자기 배로 데리고 오자, 소문을 들은 주변 사람들이 끊이지 않았으며 그 중 일부는 금은이나 비단을 선물로 주다.

⑩ 주우가 고향에 돌아와 방 하나를 비우고 최척 부부가 살도록 배려하다.

⑪ <u>최척은 옥영을 만나 삶에 대한 의욕이 강해졌고, 부모와 어린 자식에 대한 근심 때문에 고국으로 돌아갈 마음이 날로 더해지다.</u>

⑫ 최척 부부가 만난 지 1년 만에 아들 하나가 생겼으며, 아이를 낳기 전날 밤 꿈에 장육불이 나타났고, 등에 큰 점이 있어서 아이 이름을 몽선(夢仙)이라 하다.

⑬ 몽선이 장성하자 최척과 옥영은 어진 며느리를 얻고자 하다.[22]

---

22 〈최척전〉, 434~437쪽.

위의 예문 ①~⑬은 여유문 사후 최척이 중국에서 정착하는 과정을 드러낸 것이다. 옥영을 만나기 전까지 그는 조선에 대한 생각을 지워버린 것처럼 나타난다. 하지만 여유문의 누이동생과의 혼담 거절에서도 나타났듯이 그는 고국과 가족에 대한 생각을 끊임없이 하고 있는 인물이다. 위의 예문 ⑪에서 알 수 있는 바와 같이 옥영을 만난 이후 삶에 대한 의욕이 강해진 것과 동시에 그는 고국에 있는 부모와 어린 자식을 먼저 떠올린다. 하지만 그러한 희망이 당장 실행될 수 있는 상황은 아니기에 둘째 아들 몽선을 낳고 그가 장성하자 어진 며느리를 구한다. 당연히 며느리가 될 사람은 중국인이 된다는 점을 고려한다면, 최척은 이국땅에서 정착한 디아스포라이다. 그러면서 동시에 고국으로 돌아갈 의지를 잃지 않았다는 점에서 앞서 제시한 유형 중, '(가)통합' 단계의 디아스포라로 분류할 수 있다.

그리고 최척의 경우에서 특징적인 것은 이들 부부가 해외 2세를 낳아 정착하고 있다는 점이다. 그리고 앞서 제시되었던 후금 장교가 된 조선 토병과 마찬가지로, 주류 국가에서 차별과 냉대를 받지도 않는다. 뿐만 아니라 최척이 만난 주우나, 옥영과 일본 상인 돈우의 관계에서 알 수 있는 것처럼 이들은 주류 국민들과 상호 보완적인 관계에서 생존네트워크를 형성하고 있다는 것이 특징적이다. 뿐만 아니라 주류민들과 상하 주종 관계를 맺고 있는 디아스포라가 아니라, 개별적 존재로서 어느 정도 수평적 관계 유지가 가능한 것으로 나타난다.[23]

---

23 물론 주우와 최척, 돈우와 옥영의 관계에서 경제적 주도권을 쥐고 있는 인물은 주우와 돈우이고, 최척과 옥영은 이들에게 예속되거나 의지해야만 할 대상들이다. 하지만, 주우나 돈우 역시 최척과 옥영 옆에 꼭 필요한 인물이라는 점을 고려할 필요가 있다.

또 예문 ⑨에서 최척과 옥영의 사연을 알게 된 주변의 수많은 사람들이 위로와 축하를 하고, 또 금은과 비단을 주는 모습에서는 동아시아 전란으로 인한 아픔보다는, 최척과 옥영과 같은 디아스포라에 대한 다문화적 배려가 강하게 목도 된다. 늙은 후금 병사와 마찬가지로 최척 역시 차별과 냉대를 받는 디아스포라가 아니라, 다민족으로부터 보호와 인도, 협력의 대상으로 나타나고 있는 것이다.

이러한 점은 세 번째 디아스포라인 옥영도 마찬가지다. 위의 예문에서 최척과 만나는 장면에서 어느 정도 확인은 되었지만, 옥영 역시 차별과 냉대의 존재인 디아스포라가 아니라, 보호와 협력의 디아스포라로 나타난다. 해당 장면을 정리해 보면 다음과 같다.

① 옥영은 늙은 왜병 돈우에게 잡혀 일본으로 잡혀가다.
② 돈우는 부처의 자비심에 대한 마음이 깊어 살생을 하지 않다.
③ 돈우는 전쟁 전에 배를 타고 다니며 장사를 하는 것을 업으로 삼았는데, 노를 잘 저어서 소서행장이 뱃사공의 우두머리로 삼았다.
④ 돈우는 영민한 옥영을 아껴서 그가 도망하지 않도록 하기 위해 맛있는 음식과 좋은 옷을 주어 그를 안심시키고 위로했다.
⑤ 옥영은 삶에 뜻을 잃어서 여러 번 바다에 나가 목숨을 끊으려고 했으나 번번이 사람들에게 발견되어 뜻을 이루지 못하였다. 어느 날 저녁에 장륙금신의 부처가 꿈에 나타난 자신은 만복사의 부처인데, 뒤에 반드시 좋은 일이 있을 것이므로 죽지 말고 열심히 살라고 하여 이후 옥영은 삶에 희망을 가지고 살게 되다.
⑥ 돈우의 집은 나고야에 있는데, 옥영을 집 안에만 있게 하고 바깥으로는 다니지 못하게 하다.
⑦ 옥영은 자신이 약골이며 병이 많아 조선에 있을 때도 남자들이 하는 일은 못하였으며, 주로 바느질과 음식 만드는 일을 주로 했다고 하

니, 돈우는 옥영을 더욱 불쌍히 여기고 잘 보살펴 주다.
⑧ 돈우는 전쟁이 끝나고 중국의 복건성과 절강성 등을 다니면서 무역
을 했는데, 옥영에게 뱃일을 돕게 하다.[24]

위의 예문에서 알 수 있듯이, 옥영은 차별과 냉대보다는 보호와 배려
를 받는 디아스포라로 나타난다. 최척과 차이가 있다면 일본에서의 디
아스포라 생활이 길지 않았다는 점이다. 또 하나는 최척과 달리 상호보
완적 협력 관계의 성격이 상대적으로 약하고, 대신 철저하게 보호를 받
는 대상이라는 점이다. 그리고 예문 ④에서 볼 수 있듯이 돈우는 그가
도망가지 않도록 하기 위해 더 많은 배려와 보살핌을 하고 있다는 점이
호병 장교나 최척과 다른 점이다. 그러나 이 역시 옥영의 상황이 그들과
처지가 달랐다는 점을 고려한다면 큰 차이점이라고 볼 수 없다. 호병
장교의 경우 조선 관리의 학정을 피해 자발적으로 후금의 디아스포라가
된 경우이고, 최척 역시 본인의 의지에 의해 여유문을 따라 명나라로
들어가 중국 디아스포라가 된 것이다.

이에 비해 옥영은 전쟁 포로로 일본으로 끌려간 상태에서 왜병 돈우
의 마음을 얻어 보호를 받고 있다. 이러한 저간의 상황을 고려한다면
옥영 역시 차별과 냉대를 받는 인물이 아니다. 다만 후금 장교나 최척
의 경우와 같이 어떤 유형의 디아스포라에 해당되는지는 분명하게 확
인되지 않는다. 옥영이 어떤 성격의 디아스포라인지는 후일 홍도를 며
느리로 얻은 후 조선으로 돌아가고자 하는 행위에서 드러나게 된다. 이
를 고려하면 옥영 역시 '(가)통합(integration)' 단계의 디아스포라에 해

---

24 〈최척전〉, 432~433쪽.

당된다고 할 수 있다. 중국에서 남편 최척과 재회하여 둘째 아들 몽선을 낳고, 또 며느리 홍도를 얻어 20여 년을 살게 되지만, 끝내 고국 조선과 재 이별한 남편과 가족을 찾아 떠나는 장면은 이를 간접적으로 드러낸다.

이상에서 전란 전후 중국과 일본 속 조선인 디아스포라에 대해 살펴보았다. 한 사람은 전란 전에 자의적으로 후금의 디아스포라가 된 조선인이고, 다른 한 사람은 전란 후 실의에 빠져 자의적으로 중국 디아스포라가 된 조선인이다. 그리고 다른 한 사람은 전란으로 인해 포로가 되어 일본 속 디아스포라가 된 조선인이다. 이들 모두 16·17세기에 고국을 떠나 디아스포라가 된 인물이라는 태생적 공통점을 가지고 있다. 그리고 이들은 자의든 타의든 디아스포라가 되었음에도 불구하고, 주류국가에서 차별과 냉대를 받기보다는 상호보완적 관계 속에서 생존네트워크를 형성하고 있다. 또 민족이나 국가 우선의 관계를 경험하기보다는 개별적이고 수평적인 관계 형성을 주로 하게 된다는 특징이 있다. 그리고 부분적으로 동아시아 전란으로 인한 아픔보다는 다문화주의적 배려와 협력을 더 강하게 드러내고 있다는 점도 특징이라 하겠다.

3. 전란으로 인한 조선 속 중국인 디아스포라

앞 장에서 살펴본 바와 같이, 〈최척전〉은 다양한 디아스포라의 형상을 통해 동아시아 전란의 아픔과 함께, 전란 후에 간절하게 바라는 원망(願望)을 드러낸 작품이라는 점이 감지된다. 작가는 이러한 점을 보다 입체적으로 드러내기 위해 조선 속 중국인 디아스포라를 두 번에 걸쳐 형상화하는 치밀함을 보인다. 그리고 이를 단순하게 나열하는 차원에서 나아가 중국 속 조선인 디아스포라와 조선 속 중국인 디아스포라가 긴밀한 관계를 맺는 것을 통해 제 3의 디아스포라 탄생을 예고하고 있다. 이러한 구조적 특징은 작가에 의해 치밀하게 계산된 배치이다.

첫 번째로 나타나는 조선 속 중국인 디아스포라는 진위경이라는 침술사이다. 이와 관련된 부분을 정리해 보면 다음과 같다.

> [A] 조선 속 중국인 디아스포라 1-진위경
> ① 최척은 아들 몽석과 함께 20여 년 만에 조선으로 돌아오게 되었는데, 무리하게 오다가 등에 종기가 심하게 나서 생명이 위태하게 되다.
> ② 몽석이 은진 땅에서 급하게 침술사 한 명을 구하였데, 그 사람은 임진왜란 때 조선에 온 명나라 군사였으며, 사정이 있어서 명나라로 돌아가지 못한 사람이다.
> ③ 중국인 침술사가 침으로 종기를 찢고 치료하자 며칠 후 최척이 회복하여 고향으로 돌아오다.
> ④ 몽석은 자신의 부친을 살려 준 명나라 침술사에게 은혜를 갚고자 그를 데리고 집으로 돌아오고, 최척은 그에게 거주와 성명을 묻다.
> ⑤ 그 침술사는 이름이 진위경이라고 한다. 원래의 집은 중국 항주 용금문에 있으며, 정유재란 때 유정 장군 부대에 소속되어 왔다가 순천에서 적의 형세를 살피던 중에 장군의 뜻을 어겨 군법으로 다스려질 위기에 처하자 밤중에 도망한 후 다시는 고국으로 돌아가지 못하였다고 하다.
> ⑥ 최척이 부모와 처자가 있는지 물으니, 그 침술사는 아내와 딸이 있었다고 하고, 딸은 자신이 떠날 때 몇 개월 되지 않았으며 이름이 홍도라고 하다.
> ⑦ 최척이 그 말을 듣고 자신이 항주에 살 때, 침술사 옆집에 살았으며,

침술사의 아내는 병으로 죽었고 그 딸은 후일 자신이 며느리로 삼았
다고 하다.

⑧ 진위경은 자신이 지금까지 대구 박씨 성을 가진 사람 집에서 노파를
얻어 침술로 생계를 꾸렸다고 한 후, 이제 최척의 말을 들으니 고향
집에 온 것 같다고 하며 자신이 이곳으로 옮겨와 살면 어떠냐고 묻다.

⑨ 몽석이 자신의 아버지를 살려준 은인이고, 또 자신의 어머니와 동생
이 진위경의 딸에게 의탁하여 한 가족을 이루었다고 하며 허락하니,
진위경이 최척의 가족과 함께 살게 되다.[25]

위의 예문 ①~⑨는 진위경이 조선 속 중국인 디아스포라가 될 수밖
에 없었던 사연을 드러내고 있다. 특히 예문 ⑤는 진위경이 전란 속에서
조선 속 중국인 디아스포라가 될 수밖에 없었던 불가피성을 드러낸 것
이다. 그리고 예문 ⑦은 최척의 말을 들은 진위경이 자신의 의지가 작동
하여 스스로 조선에 동화되는 디아스포라가 되고자 하는 부분이다. 이
런 점에서 진위경은 앞서 제시한 디아스포라의 유형 중, '(가)통합'의
디아스포라에서 '(나)동화'의 디아스포라로 전이해 가는 모습을 보여준
다고 하겠다. 그리고 다음에서 논의될 홍도와의 만남 이후에는 완전히
동화된 단계의 성격을 갖게 된다.

진위경의 경우에서 특징적인 것은, 그 역시 작품 속 다른 디아스포라
들과 마찬가지로 조선에 살면서 별다른 차별과 냉대를 받지 않았다는
점이다. 그는 탈영 이후 조선인과 협력적 생존네트워크를 형성하고 있
다는 점이 위의 예문을 통해서 드러난다. 이는 명나라 군사들이 조선을
원조하였다는 시혜의식 때문에 나타난 인물 형상일 수도 있다. 하지만

---

25 〈최척전〉, 440~442쪽.

문면 상으로는 그러한 점은 별로 부각되지 않는다. 그냥 조선인과 조선 속 중국인 디아스포라가 상호 협력적 관계를 형성하고 있다는 점만 강조된다. 진위경이 최척의 목숨을 구해주는 장면 역시 같은 맥락에서 이해될 수 있다.

두 번째로 확인되는 조선 속 중국인 디아스포라는 진위경의 딸 진홍도이다. 진홍도는 진위경이 조선으로 출병하였을 때 중국 항주에 어머니와 남은 인물이다. 그럼에도 그녀가 조선 속 디아스포라가 될 수밖에 없었던 것은 전란 중 진위경이 군법에 저촉되는 행위를 한 결과 고국으로 돌아가지 못하였기 때문이다. 이에 해당되는 대목을 정리해 보면 다음과 같다.

[A-1] 조선 속 중국인 디아스포라 2-진홍도
① 옥영의 집 옆에 진홍도라는 처녀가 살고 있었는데, 태어난 지 얼마 안 되어 아버지 진위경은 조선으로 출전하여 돌아오지 않았고, 얼마 후 어미마저 세상을 떠나 이모 밑에서 자라다.
② 홍도는 아버지가 낯선 땅 조선에서 죽은 것과 아버지의 얼굴을 알지 못하는 것을 늘 가슴 아프게 여겨, 아버지가 돌아가신 나라에 가서 넋이라도 불러 통곡하고 아버지의 한을 가슴에 새겨 돌아오기를 소원하였으나 여인 홀로 조선으로 가기가 쉽지 않았다.
③ 최척의 집에서 며느리를 구한다는 소문을 듣고 이모에게 중매를 부탁하여 최척의 며느리가 되기를 청하다.
④ 홍도의 이모가 최척과 옥영을 찾아가 홍도의 뜻을 전하니, 그들 부부는 그 뜻을 가상히 여겨 홍도를 며느리로 맞이하다.[26]

---

26 〈최척전〉, 437쪽.

⑤ 옥영은 요동으로 출전한 명나라 관군들이 거의 대부분 전사했다는 소식을 들은 후 최척도 전사했으리라 생각하고 물 한 모금 입에 대지 않고 남편을 따라 죽고자 하였으나, 어느 날 밤 꿈에 장육불이 나타나서 죽지 않으면 뒤에 반드시 기쁜 일이 있을 것이라는 말을 듣고 생각을 바꾸다.

⑥ 옥영은 꿈을 꾼 후 최척이 살아 있을 지도 모른다고 생각하게 되고, 살아 있다면 전쟁터가 조선과 가까우니 반드시 조선으로 갔을 것이라며 몽선에게 배와 양식을 준비하라고 하다.

⑦ 몽선이 옥영을 만류했으나, 홍도가 몽선에게 어머니의 뜻을 말리지 말라며 남편을 설득하다.

⑧ 몽선이 어머니 옥영의 뜻에 따르기로 하고, 방으로 돌아와 경솔한 홍도를 나무라다.

⑨ 홍도는 임진왜란 때 조선에 간 병사들 중, 사고나 탈영으로 인해 명나라로 돌아오지 못하여 조선 땅에 머물고 있는 사람들이 많다고 하고, 자신이 몽선과 어머니의 도움으로 조선에 갈 수 있다면 자신의 아버지가 묻혔을 전쟁터에 가서 외로운 원혼을 위로하고자 한다고 하다.

⑩ 옥영과 몽선, 홍도 일행이 조선으로 출항하고, 도중에 심한 풍랑을 만나 무인도에 상륙하였다가 해적에게 배를 빼앗기다.

⑪ 홍도 일행은 조선 통제사의 무역선을 만나 구출을 받고 조선 순천에 도착하여 남원으로 돌아오다.

⑫ 홍도가 20년 만에 아버지 진위경과 상봉하고, 남원 서쪽 옛집에서 함께 살다.[27]

위의 예문 ①~⑭ 중, ①~④는 아버지 진위경이 출전하여 죽은 곳으

---

27 〈최척전〉, 442~449쪽.

로 알고 있는 조선으로 가기 위해 홍도가 최척의 둘째 아들 몽선과 결혼하는 장면이다. 그리고 ⑤~⑭는 옥영과 남편 몽선을 따라 조선으로 가는 장면을 정리한 것이다.[28]

홍도가 최척의 며느리가 된 것은, 몽선을 사랑해서가 아니다. 이 둘의 연애담이나 애정적인 생각이 드러나지 않는 것으로 보아, 홍도는 철저하게 조선으로 가기 위해서 몽선과 혼인을 한 것으로 판단된다. 예문 ②와 ⑨를 보면 이러한 홍도의 생각이 분명하게 드러난다. 홍도는 아버지가 조선으로 출병하여 전사한 것으로 알고 있다. 그래서 아버지의 원혼을 달래주기 위해 중국 속에서 디아스포라로 살고 있는 조선인과의 결혼도 마다하지 않는 적극적인 인물이다. 그리고 그녀는 자신의 그러한 뜻을 성취한다. 홍도는 자의 뜻대로 조선에서 아버지를 만나 함께 살게 되는 것이다. 그 결과 그녀는 조선 속 중국인 디아스포라가 된다. 진위경이 전란으로 인해 어쩔 수 없이 조선에 정착한 중국인 디아스포라라고 한다면, 진홍도는 타국에 있을지도 모르는 혈육을 위해 새로운 가정을 꾸려 조선에 정착하는 디아스포라라고 하는 점에서 차이가 있다.

이를 통해서 볼 때 홍도는 주류국의 국민으로서 디아스포라와 협력 관계를 맺고 살다가, 자신의 뜻을 이루기 위해 자신이 돌보던 디아스포라들의 국가로 돌아가 자신이 도리어 디아스포라가 되는 인물이다. 그리고 그녀는 앞으로 조선 문화에 동화되어 살 가능성이 크다는 점에서 앞서 제시하였던 디아스포라의 유형 중 '(나)동화'의 디아스포라가 될 가능성이 매우 크다고 판단된다. 또 작품에서 더 이상 나타나지는 않지

---

28 이 두 단락 사이에 다른 서사가 포함되어 있어서, 임의로 두 번의 각주 처리를 하였다.

만 그녀와 몽선의 관계에서 출생하는 자녀들은 진위경이나 홍도 자신과
는 다른 차원에서 제3의 디아스포라가 될 가능성을 열어두고 있다고
하겠다.

조선 속 중국인 디아스포라에서 특징적인 것은, 이들이 중국 속 조선
인 디아스포라와 긴밀하게 생존네트워크를 형성하고 있다는 점이다. 그
리고 이들은 역사 속 조선과 명의 관계처럼 철저하게 한 가족처럼 협력
하고 공생한다는 특징도 있다. 또 서로 다른 문화적 집단에 속하면서도
문화적 변용과 적응을 쉽게 하는 것으로 드러난다. 그래서 이들은 모국
과의 유대가 강하면서도 주류국민과의 관계 역시 긴밀한 관계를 형성하
고 있다.

4. 다차원적 디아스포라의 문학적 형상화와 그 의미

〈최척전〉은 여러 선행 연구에서 17세기 전란 체험에 허구적인 내용이
가미된 작품이라는 것이 밝혀졌다.[29] 필자는 이러한 선행연구를 토대로
하되, 이 작품이 16·17세기 동아시아 전란 체험 후, 전란의 아픔을 곡
진하게 드러내면서, 동시에 한·중·일에 존재했던 전란 디아스포라들
의 생존네트워크와 협력적 공생 관계를 살펴보고자 하였다. 그리고 동
시에 그러한 디아스포라들을 통해 전란으로 인한 외상을 치유하려는 목
적성이 강한 작품이라는 점을 드러내고자 하였다.

---

29 양승민이나 정환국, 장효현, 권혁래 등에 의해 이 작품은 실사에 바탕을 둔 허구적 작품이
라는 점이 구체적으로 논의되었다. 그 외에도 이 작품을 구원의 문제나 희망을 다룬 작품
이라고 보는 일련의 연구 또한 큰 틀에서 그 맥을 같이한다고 하겠다.

그래서 〈최척전〉에 등장하는 다양한 디아스포라들의 행복한 일상은 임진왜란 전후에 실제로 존재했던 사실적 기록의 재현이라고 볼 수 없다고 보았다. 그것은 실제로 존재했던 다양한 디아스포라들이 그렇게 잘 살았으면 좋겠다는 작가와 시대적 원망이 반영된 상상적 디아스포라들이다. 임진왜란 전후에 실제로 디아스포라들이 존재하기는 했겠으나, 그들이 〈최척전〉 속 디아스포라들처럼 최종적으로 행복한 삶을 영위하지는 못했을 것이다. 그래서 작가는 그 대안으로 문학적 허구 속에서나마 그들이 행복하게 살기를 바라는 위안의 문학으로 〈최척전〉을 소설로 형상화했다고 생각된다. 이는 작가가 이 작품이 실사의 기록이라는 점을 강조하기 위해 작품 말미에 덧붙인 기록에서 그 단서를 찾을 수 있다. 해당 부분을 제시하면 다음과 같다.

> 아! 부자와 부부, 시아버지와 장모, 형제가 네 나라에 분리되어 2대를 시름없이 바라보며 살았다. 적국에서 삶을 영위하면서 사지를 드나들었지만 마침내 한 가정을 이루었으니 뜻과 같지 않음이 없다. 이 어찌 인력으로 이룬 것이겠는가? 반드시 황천후토가 지극한 정성에 감동하여서 이처럼 기이한 일이 능히 이루어진 것이 아니겠는가?[30]

위 예문의 내용을 대강 보면, 최척의 부모자식, 부부와 시아버지와 장모, 형제 등 온 식구가 네 나라에 분리되어 20여 년의 세월을 시름없이 바라보며 살았다고 한다. 그리고 적소에 살면서 사지에 처한 상황을 몇 차례나 겪었지만 필경 다시 모여 화목한 가정을 꾸렸으니 모두가 뜻

---

[30] 噫 父子夫妻舅姑兄弟 分離四國 悵望三紀 經營賊所 出入死地 畢竟團圓 無不如意 此豈
人力所致哉 皇天后土 必感於至誠 而能致此奇異之事也. 〈최척전〉, 449쪽.

대로 되었다고 한다. 하지만 그것은 모두 사람의 힘으로 된 것이 아니고 황천후토가 그들의 지극한 정성에 감동하였기 때문에 이처럼 기이한 일이 이루어졌다고 한다.

위 대목은 작가 조위한이 최척에게 들은 내용을 기록하였다는 대목 앞에 쓴 내용이다. 이 내용은 작가가 최척에게 들은 내용을 기록한다는 사실적 부분 앞에 있는 부분이다. 그런데 이 부분으로 인해 이 작품에 상당한 허구적인 내용이 포함되어 있음을 드러내기도 한다. 이 부분의 내용과 본문 속에 나타나는 옥영의 태몽을 비롯한 총 5회의 위기적 상황에서 장육불이 현신하여 구원해 주는 장면은 정확하게 일치한다. 실제로 있을 수 없는 일이다. 작가는 이러한 초월적 장면들을 실제로 있었던 일인 것처럼, 사람의 정성이 지극하면 일어날 수 있는 일인 것처럼 형상화하고 있는 것이다.

하지만 이는 임진왜란과 같은 절망적 상황 속에서도 황천후토와 같은 초월적 존재의 도움이 있다면 기적적인 생존과 행복이 가능하지 않겠는가 하는 생각을 문학적으로 형상화한 것이라 생각된다. 작가는 바로 그러한 바람을 다섯 명의 디아스포라를 통해 드러내고 있다. 그 결과 나타나는 문학적 의미는, 전란을 전후하여 중국과 일본에 정착하였던 조선인 디아스포라들이 주류국의 냉대와 차별 속에서 살지 않고, 그 국가 내부에서 보호받고 상호 협력적 관계를 형성하면서 사는 것으로 나타난다. 다만 동아시아 전란의 주범이었던 일본의 경우에는 조선이나 명나라에 정착한 디아스포라를 나타내지 않음으로써 일본인에 대한 극단적 우호는 드러내지 않았다. 중국으로 간 조선인과 일본으로 끌려간 조선의 포로들이 잘 살기를 바랄 뿐, 조선에 정착한 일본 디아스포라는 그리지 않음으로써 이 작품이 바라는 원망이 무엇인지를 간접적으로 드러내고 있다고 생각된다.

그 결과 〈최척전〉에 등장하는 디아스포라들은 근현대 이후에 나타난 디아스포라들이 이주민으로서 겪는 차별과 냉대는 전혀 나타나지 않는다. 대신 작가의 주제의식 구현에 맞게 이주민과 본국인이 민족의식을 내세우지 않고, 상호 협력적 공생 관계를 형성하여 다문화적 차원의 삶을 유지한다. 또 경우에 따라서는 민족이나 국가보다 가족애를 앞세우고 있어서 동아시아 전란을 민족주의적 관점에서만 독해하는 것을 차단하고 있기도 하다. 일반적인 의미의 디아스포라들이 인종과 민족을 앞세운 차별과 냉대 속에서 살아남기 위해 여러 가지 행동 양식을 보이고 있는 것에 비해, 〈최척전〉에서는 그러한 성격의 디아스포라들은 전혀 나타나지 않는 것이다.

따라서 이 작품은 전란으로 인해 발생한 디아스포라들의 아픔을 문학적으로 형상화한 것이 아니라, 동아시아 3국에 걸쳐 나타나는 다양한 디아스포라들이 주류국의 보호와 협력을 통해 궁극적으로 행복해지는 인간적 소망을 그린 것이라고 본다. 그래서 이 작품에는 시련은 있어도 심각한 인간적, 소설적 갈등은 크게 나타나지 않는다. 실사적 차원의 계급이나 계층은 있을지언정 그들로 인한 약자들의 인간적 절망이나 고뇌도 그렇게 심각하게 나타나지 않는다. 대부분의 인간관계는 생존에 필요한 협력적 관계를 이루고 있으며, 개인과 개인 간의 수평적인 인간관계가 매우 중요시되고 있다. 국가와 국가, 민족과 민족 간의 큰 전란을 배경으로 하면서도 정작 민족주의는 전혀 내세우지 않고 그 속에 살아가는 인간들의 삶과 소망을 문학적으로 곡진하게 그려내고 있는 작품이라고 생각한다.

5. 결론

지금까지 〈최척전〉에 나타난 전란 디아스포라의 양상과 특징을 살펴보았다. 논의된 것을 정리하면 다음과 같다.

첫째, 〈최척전〉은 다양한 디아스포라들을 통해 동아시아 전란 외상을 치유하기 위해 창작된 위안의 문학이라는 점이다. 그리고 이를 구현하기 위해 다섯 명의 상상의 디아스포라들을 등장시켰다.

둘째, 다섯 종류의 상상의 디아스포라들은 임진왜란 전에 자신의 의사에 의해 형성된 디아스포라. 전란으로 인해 자포자기한 상태에서 중국에 정착한 디아스포라. 전란으로 인해 일본으로 강제 이주하는 과정에서 생긴 디아스포라. 전란으로 인해 조선에 정착한 중국인 디아스포라. 타국에 있을지도 모르는 혈육을 찾기 위해 새로운 가정을 꾸려 정착하는 디아스포라였다. 이 중에서 후금 장교가 된 늙은 호병은 본문에서 제시한 디아스포라의 유형 중 '동화된 디아스포라'의 성격이 강하였다. 그리고 최척과 옥영은 '통합의 디아스포라', 그리고 진위경은 '통합의 디아스포라'를 거쳐 '동화된 디아스포라'로 전이해 가며, 홍도의 경우에는 이후의 진행 상황을 추정해 볼 때, '동화된 디아스포라'가 될 가능성이 크다.

셋째, 〈최척전〉에 등장하는 디아스포라들은 일반적인 의미의 디아스포라들과 달리, 차별과 냉대를 받지 않고, 주류 국가의 사람들과 상호 협력적 관계를 맺고 있으며, 공생적인 생존네트워크를 형성하고 있다는 점이 특징적이었다.

넷째, 이 작품에는 시련은 있어도 심각한 인간적, 소설적 갈등은 크게 나타나지 않는다. 실사적 차원의 계급이나 계층은 있을지언정 그들로

인한 약자들의 인간적 절망이나 고뇌는 그렇게 심각하게 나타나지 않는
다. 대부분의 인간관계는 생존에 필요한 협력적 관계를 이루고 있다.

　이렇게 볼 때, 〈최척전〉은 국가와 국가, 민족과 민족 간의 큰 전란을
배경으로 하면서도 정작 민족주의는 전혀 내세우지 않고 그 속에 살아
가는 인간들의 삶과 소망을 문학적으로 곡진하게 그려내고 있는 작품이
라고 볼 수 있다. 그래서 이 작품에는 개인과 개인 간의 수평적인 인간관
계와 상호 공생을 통한 해피엔딩이 존재할 뿐, 지배계급 중심의 이데올
로기 문제는 전혀 다루지 않고 있다.

회복적 대화를 통한
고소설의 인물 갈등 치료

〈소현성록〉의 소현성과 소운성 부부를 중심으로

1. 서론

이 글은 고등학교 현장에서, 창의적 체험 활동[1] 시간을 활용하여 고소설을 읽고, 그 속에 등장하는 인물들의 갈등을 회복적 정의[2]에 기초하여

---

[1] 고등학교 현장에서 창의적 체험활동은 자율활동, 동아리활동, 봉사활동, 진로활동의 4개 영역으로 운영된다. 이 활동들은 글로벌 지식기반 사회에서 새로운 지식과 가치를 창출하고 더불어 살 줄 아는 능력, 창의적 인성을 고루 갖춘 인재상이 요구되는 것과 맞물려 도입되었다(경기도 청소년활동진흥센터, 『창의적 체험활동 프로그램집』, 하상출판사, 2011, 10쪽 참조). 이 중에서 필자가 염두에 두고 있는 것은 동아리 활동 중 '독서'와 관련된 활동을 전제로 한다. 이 활동은 학교마다 실시 횟수와 총 시수의 가감이 있을 수 있으나, 방학을 제외하고 월 3회 각각 3시간 정도 배정된다. 일반 교과활동과 충돌되지도 않아서 학습 부담도 없기에, 이러한 활동을 하기에 적절하다고 판단된다.

[2] '회복적 정의'라는 개념은 최근 '응보적 정의'에 대한 상대적 개념으로 주목받고 있다. 이는 법조계에서 '자신의 범죄에 상응하는 응분의 대가를 지불해야 마땅하다'는 생각에 대한 상대적 개념으로 도입되었다. '응보적 정의관에 따르면 범죄에 대한 응보만 있지 회복은 있을 수가 없다. 그러나 회복적 정의관에 따르면 범죄로 인하여 영향을 받은 사람들이 함께 모여서 범죄로 야기된 손해를 어떻게 회복할 것인지에 대한 합의를 도출해내는 과정이 중요시 된다.' 회복적 정의관의 이러한 장점은 최근 초·중등학교에서 학교폭력에도 적용하여 매우 긍정적인 반응을 얻고 있다. 이에 필자는 이러한 회복적 정의관

치료하는 방안을 탐구하는 데 목적을 둔다. 고소설 속 인물들 간에 발생하는 갈등을, '회복적 대화'의 방식을 통해 수정하는 연습을 한 후, 이를 학습자들이 내면화하는 활동을 통해 건전한 소통의 문화를 만들어 보자는 취지이다. 이를 위해 〈소현성록〉의 부부관계에서 발생하는 갈등과 정서표출 양상을 검토해 보고, 이를 통해 구체적인 활동 방안을 강구해 보고자 한다.[3]

이런 점에서 필자의 논의는 〈소현성록〉에 대한 기존의 연구물과 분명하게 차별된다. 〈소현성록〉은 권성민[4]에 의해 그 상세한 실체가 밝혀진 후 대개 순수 문학연구의 관점에서 다루어졌다. 작품의 총체적 연구[5]나 인물 형상과 성격에 주목[6]하기도 하였고, 여성의 입장에서 작품을 분석하고 의미를 부여하기도 하였다.[7] 또 서사구조 및 서술시각 등에 주목한

에 근거하여 고소설 속 인물들 간의 갈등을 치료해 보고, 이를 학생들의 입장에서 내면화하는 기회로 삼고자 한다. 이종원, 「응보적 정의와 회복적 정의 -사형제도를 중심으로-」, 『신학과 실천』 28집, 한국실천신학회, 2011, 882~883쪽.

3 이런 점에서 이 글은 〈소현성록〉에 대한 새로운 해석은 아니다. 〈소현성록〉의 갈등 관계 중 기존 연구 성과를 활용하여 주요 인물들의 갈등을 치료해 보는 연습을 하고, 이러한 활동을 통해, 학교 현장에서 관계 소통의 장애나 정서표출에 문제가 있는 학생들을 대상으로 확대 적용하여, 학생들의 정서순화, 언어순화, 관계소통 등의 문제를 개선하는 데 활용하고자 한다.

4 권성민, 「옥소 권섭의 국문시가 연구」, 서울대학교 석사학위논문, 1992, 32쪽 참조.

5 임치균, 「연작형 삼대록 소설 연구」, 서울대학교 박사학위논문, 1992. 본고에서는 이를 단행본으로 간행한 그의 저서를 주로 참고하였다. 임치균, 『조선조 대장편 소설 연구』, 태학사, 1996, 43~95쪽.
박영희, 「〈소현성록〉 연작 연구」, 이화여자대학교 박사학위논문, 1993, 1~258쪽.

6 정선희, 「소현성록 연작의 남성 인물 고찰」, 『한국고전연구』 12집, 한국고전연구학회, 2005, 37~68쪽.

7 정창권, 「소현성록의 여성주의적 성격과 의의-장편 규방소설의 형성과 관련하여-」, 『고소설연구』 4집, 한국고소설학회, 1998, 293~328쪽.
장시광, 「소현성록 연작의 여성수난담과 그 의미」, 『우리문학연구』 28집, 우리문학회,

연구,[8] 가문이나 이념 성향과 관계된 연구,[9] 개별 화소의 특징에 주목한 연구[10] 등, 이 지면에서 모두 소개하기 힘들 정도로 많다.

　필자는 이러한 선행연구와는 달리, 〈소현성록〉의 부부 갈등[11]과 정서 표출 중에서 문제 장면을 추출하고, 이를 회복적 정의관에 근거하여 수정하는 활동을 해 볼 것이다. 그리고 다음 단계에서는 학습자들의 반응과, 학습자들이 인지하고 해석하는 내용을 공유하고 조정하는 활동, 그리고 궁극적으로는 이러한 활동을 통해 학습자들이 심리적 장애와 문제를 스스로 치유할 수 있도록 하는 힘을 기르는 활동 장면 구성을 해보려고 한다. 이는 문학작품의 형식적 읽기나 단순한 이해 활동에서 나아가, '작품서사'[12]를 통해 학습자의 문학적 체험을 극대화하고, 그 과정에 나

2009, 131~165쪽..

8　송성욱, 『조선시대 대하소설의 서사문법과 창작의식』, 태학사, 2003, 13~306쪽.
　　박일용, 「소현성록의 서술시각과 작품에 투영된 이념적 편견」, 『한국고전연구』 14집, 한국고전연구학회, 2006, 5~37쪽.
9　조광국, 「소현성록의 벌열 성향에 관한 고찰」, 『온지논총』 7집, 온지학회, 2001, 87~113쪽.
　　이승복, 『고전소설과 가문의식』, 월인, 2000, 62~70쪽, 263~269쪽 참조.
　　김용기, 「출생담을 통해서 본 소현성록 가문의식의 발현 양상」, 『고전문학과 교육』 21집, 한국고전문학교육학회, 2011, 309~348쪽.
10　한길연, 「대하소설의 요약 모티프 연구-미혼단과 개용단을 중심으로-」, 『고소설연구』 25집, 한국고소설학회, 2008, 301~330쪽.
11　〈소현성록〉에 나타나는 부부갈등은 크게 보았을 때 소현성 부부(소현성-화씨, 석씨, 여씨), 소운성 부부(소운성-형씨, 명현공주, 소영), 소운명 부부(소운명-임씨, 이씨, 정씨), 소수빙 부부(소수빙-김현)에게서 크게 두드러진다. 본고에서는 이 중, 작품 전체의 비중을 감안하여 소현성 부부와 소운성 부부 갈등을 중심으로 살펴보고자 한다.
12　정운채는 종래의 문학이론에서 말하는 '서사'를, 문학치료학적 관점에서 '작품서사'와 '자기서사'로 나누어 설명하고, 작품서사는 자기 서사가 허용하는 범위 안에서 자기서사와 다를 수도 있음을 세 가지 경우로 나누어 제시하였다. 여기서 말하는 '작품서사'는 제공된 텍스트를 이해하여 얻어낸 서사를 말한다. 정운채, 「문학치료학의 서사 및 서사의 주체와 문학연구의 새 지평」, 『문학치료연구』 21집, 한국문학치료학회, 2011.11.10. 237~238쪽

타나는 학습자들의 반응과 능동적인 수정을 중시하는 활동이다.[13]

2. 회복적 대화를 통한 부부 갈등과 정서 치료

문학교육은 문학교과에 국한되어 이루어질 것이 아니라, 전방위적인 학교 교육과정 속에서 이루어질 수 있다. 이는 '문학을 통해서 바람직한 인간 형성을 추구한다'는 문학교육의 목표를, 최근 강조되고 있는 창의적 체험활동을 통해서도 할 수 있다는 의미이다. 이러한 활동에 학습자의 체험이나 개인적 환경을 고려한 반응 중심의 문학교육[14]을 접목시키

및 233~247쪽 참조.

13 필자의 이러한 관심은 최근 주목 받고 있는 반응중심 문학교육과 긴밀하게 연결된다. 반응중심 문학교육은 텍스트에 대한 분석과 문학적 지식보다 학습자의 문학체험에 더 큰 관심을 가지며, 학습자의 다양한 반응을 존중하고 있다. 이희정, 「반응중심의 문학 토의 학습」, 초등국어교육학회 편, 『읽기 수업방법』, 박이정, 1996, 295~329쪽 참조.

14 반응중심 문학교육은 신비평의 영향하에 진행된 기존 텍스트 중심 문학교육을 비판하면서 등장한 문학교육의 대안적 관점이다. 이 이론은 문학 텍스트에 대한 분석과 문학적 지식을 강조하기보다는 독자의 생생한 문학 체험을 강조하고, 수업 상황에서 학습자의 다양한 반응을 존중하고 허용할 것을 권장한다. 이희정, 「반응중심의 문학 토의학습 모형」, 초등국어교육학회, 『읽기 수업 방법』, 박이정, 1999, 295쪽 각주 1번 및 295~301쪽 참조. 이와 같은 반응중심의 문학교육에 대한 논의는 몇 년 전부터 진행되었다. 이러한 논의는 정운채가 문학치료의 이론적 토대를 마련한 이후 여러 연구자들이 순수학문 영역과 현장의 상황을 반영한 교육대학원 연구물에서 많이 양산되었다. 그 대략적인 몇 가지 결과물을 제시하면 다음과 같다.
노정화, 「고전소설에 나타난 아동의 반응과 그 교육적 의미」, 건국대학교 교육대학원 석사학위논문, 2002.
조혜원, 「옥루몽에 대한 아동의 반응과 그 교육적 의미」, 건국대학교 교육대학원 석사학위논문, 2003.
전영숙, 「바리공주를 활용한 문학치료의 실제 및 그 교육적 활용방안 연구」, 건국대학교 박사학위논문, 2004.

면, '바람직한 인간 형성을 추구하는' 문학 교육의 목표와, '더불어 살 줄 아는 능력이 요구되는 창의성과 인성을 고루 갖춘 인재의 육성'이라 는 창의적 체험활동의 목표를 동시에 달성할 수 있다.

본고에서 논의 대상으로 삼고 있는 〈소현성록〉에는 여러 부부가 갈등 하면서 아주 다양하고도 부적절한 정서가 빈번하게 표출된다. 이러한 갈등과 정서표출은 특정 시기 부부를 중심으로 일어나는 갈등과 정서표 출이다. 하지만 이를 현대 인간사회에 확대 적용해 보면, 부부관계는 남녀 관계 중의 하나이고, 작품 속에서 문제시되는 시대적인 문제도, 결국은 인간사회를 배경으로 한다는 점에서 현대의 여러 상황에 적용할 수 있는 여지가 있다.

이에 본장에서는 〈소현성록〉에 나타난 문제적 갈등 장면과 거기서 표출되는 정서표출의 양상을 정리하여 회복적 정의관에 입각한, '회복 적 질문하기' 방식을 통해 문제 장면을 수정해 보는 활동을 해보기로 한다. 논의의 편의를 위해 중심이 되는 갈등관계를 두 가지의 경우로 압축하여[15]하여 살펴보고자 한다.

이 외에도 문학치료적 관점에 그 이론적 토대를 마련한 정운채의 연구들이 있다. 정운채 는 그간의 연구 결과물을 모아 단행본으로 발간할 바 있는데, 본고에서는 이를 참고로 하였음을 밝혀 둔다. 정운채, 『문학치료의 이론적 기초』, 문학과치료, 2006, 13~436쪽.

15 임치균은 〈소현성록〉의 주요 갈등을 이러한 세 가지 갈등관계를 중심으로 논의한 바 있다. 그는 이 작품의 갈등을 소현성, 소운성, 소운명이 그들의 처첩들과 얽힌 관계와 성격을 중심으로 논의 하였다(임치균, 「〈소현성록〉연구」, 『한국문화』 16집, 서울대학교 한국문화연구소, 1995, 51~61쪽). 본고에서는 이 중 소현성과 소운성 부부의 갈등관계를 활용하고자 하며, 이를 바탕으로 필자가 의도하는 대로 시각화하여 활동자료로 삼고자 한다.

1) 소현성 부부의 갈등과 정서 치료

(1) 인물간의 갈등 양상과 소통

〈소현성록〉을 통해 부부간의 갈등과 정서표출에 나타난 치료 활동을 하기 위해서는 우선 작품 전체에 대한 독해와 정리가 선결되어야 한다. 이는 크게 두 가지 방법을 병행하여 진행할 수 있다. 하나는 과제를 통해 학습자들이 전체 내용을 통독한 후 참여하게 하는 것이고, 다른 한 방향 은 본 활동과 관련 있는 부분을 해당 시간에 집중적으로 읽고 정리하는 활동이다. 이러한 기초적인 활동 후에는 줄거리 작업과 병행하여 인물 간의 관계와 갈등 양상을 표로 정리한 후, 이에 대한 구체적인 관계를 학습자들과 함께 토론해 보는 활동을 할 수 있다. 먼저 이들의 관계와 갈등 양상을 표로 정리한 후 세부적인 설명을 하기로 한다.

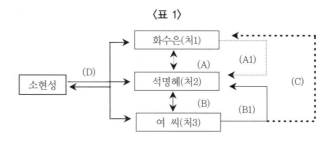

〈표 1〉

위에 제시한 〈표 1〉은 소현성과 그 아내들의 관계를 정리해 본 것이 다. 소현성과 그 아내들의 갈등 관계는 네 인물들이 가진 개성과 각각의 인물들이 처한 환경에서 비롯된다.[16] 이 중에서 소현성의 처첩들은 각각

---

16 이러한 개인적 성향 외에, 중요하게 거론될 수 있는 것은, 처첩제도와 남성 중심의 사회라

최선의 인물, 중간적 인물, 최악의 인물[17]로 형상화되어 있다. 이 세 여인들의 성격은 애초 정해진 성격이나 개성적인 면에 사회적 관계가 첨가되면서 더욱 뚜렷해진다.

이 중 배우자들의 관계에서는 (A)와 (B)의 관계에서 모두 심각한 갈등관계가 형성되지만, 정도가 더 심한 것은 (B)의 관계이다. 특징적인 것은 (A)와 (B) 모두에서 직접적인 감정을 표출하거나 위해를 가하는 것은 화 씨와 여 씨이며, 이에 대해 석씨는 별 응대를 하지 않거나 상대를 헤아리는 자세를 취한다는 점이다. (A1)과 (B1)의 화살표 방향은 바로 그러한 상황을 드러낸 것이다. 다만 석 씨에 대한 화 씨의 태도는 여 씨에 비해 상대적으로 덜 악의적이기에 그 향하는 화살표를 점선으로 표시하였고, 석 씨에 대한 여 씨의 태도는 극단적이고 직접적이기에 실선으로 처리할 수 있다. 그리고 화 씨에 대한 여 씨의 감정표출은 석 씨에 비해서는 상대적으로 덜하지만, 역시 직접적인 위해를 가하고자 하는 상태이기 때문에 굵은 점선으로 그 정도를 표시할 수 있다.

(D)의 관계는 소현성이 이들 세 명의 아내들과 갈등관계를 맺고 있음을 표시한 것이다. 소현성은 가장 선인이며 부덕(婦德)이 있는 석명혜에게도 서로 간의 이해가 상충하고 원활한 의사소통이 이루어지지 않을 때는 극단적인 감정을 표시한다. (D)의 권역에서 소현성과 화 씨의 갈등은, 서로의 행동에 대한 극단적인 감정표출로 나타난다. 이는 석파에 의해 진행된 소현성의 재취 문제가 표면화되면서 일어난 일이

는 '사회제도'상의 문제가 제기될 수 있지만, 본고에서는 그러한 외적인 상황은 일단 논외로 하고, 일단 대인 관계에서 발생한 소통의 문제와 정서표출의 문제에 국한하여 논의하기로 한다.

17 임치균, 상게 논문, 52쪽.

다. 둘 다 원만한 의사소통을 시도하기보다는 상대의 잘못만을 문제 삼
고 있다.

역시 (D)의 권역에서 소현성과 여 씨의 갈등도 그 형식은 조금 다르
지만 극단적인 면이 있다. 소현성은 본인이 원하지 않는, 천자의 압력에
의해 여 씨와 늑혼을 하였다. 소현성은 여 씨를 들인 후 화 씨 처소에서
8일, 석 씨와 여 씨 처소에서 각각 6일씩 거처하여 나름대로 형평을 유
지하려 애쓴다. 하지만 충분한 이해 없이 이루어진 이러한 일방적인 행
동의 결과 여 씨는 극단적인 방법을 쓰게 된다. 그녀는 무고행위와 개용
단과 외면단을 통해 석 씨와 화 씨를 궁지로 몰아넣는다.[18] 하지만 일의
전모가 탄로 나게 되자 소현성은 여 씨를 축출하게 되고, 여 씨와 그
부모는 이러한 소현성을 원망하여 다시 해칠 궁리를 한다.

이들과 달리 (D)의 권역에서 소현성과 석 씨의 갈등은 조금 다른 면
이 있다. 두 사람의 관계에서 갈등이 일어나기는 하지만, 그 사이에 양
쪽 집안의 어른들이 개입하여 일이 커지거나 감정이 상하는 경우가 있
는 것이다. 하지만 이 경우도 역시 석 씨의 경우는 일방적으로 공격을
당하는 입장에 있고, 주로 상대를 궁지로 몰고 감정을 직접적으로 표출
하는 경우는 석 씨가 아닌 그 상대방인 소현성이다. 소현성은 여 씨의
개용단 계교로 인해 석 씨가 설 씨와 사통한 것이라고 생각하게 되고,
결국에는 그녀를 음란한 여자로 여겨 집안에서 축출하고 만다. 뿐만 아
니라 자신을 나무라는 석 참정에게 도리어 화를 내며 석 씨가 낳은 두
아들이 자신의 자식이 아니라는 말까지 한다. 이에 대해 석 씨는 감정을
극도로 자제하지만, 석 참정의 명에 의해 소 씨 가문으로 가지 않게 되

---

18 조혜란·정선희 역주, 『소현성록1』, 소명출판사, 2010, 204~243쪽.

고, 소현성은 못 먹는 술을 먹어 몸에 병이 나게 된다. 소현성의 병이
깊어지니 양 씨 부인이 석 씨를 부르나 석 참정은 자기 생전에 석 씨를
보내지 않으려 하지만 양 씨 부인이 부르니 두 아들만은 보내라고 한다.
그러다가 소현성의 병이 더욱 깊어지자 석파가 석 참정에게 편지를 보
내게 되고, 이에 석 씨가 부친에게 결연한 의지를 보이며 소부로 돌아간
다. 하지만 소부로 돌아온 석 씨는 소현성을 대하여 극도로 말을 자제하
고 병간호만 하니, 소현성이 자신이 화가 난 것은 석 씨 때문이 아니라
석 참정의 말과 행동이 너무 과하였기 때문이라고 한다. 이에 석 씨는
조부와 부친의 일도 모두 자신의 깊은 죄라고 사죄하여 두 사람 간의
갈등은 해소된다. 이상을 토대로 이들의 갈등의 원인을 간단하게 정리
해 보면 다음과 같다.

[가] 갈등의 원인

▶ 소현성과 화 씨 :
① 화　씨 - 석파가 소현성의 재취를 주장하여 화가 남.
　　　　　 - 자신의 시비를 소현성이 엄한 매질로 다스린 것.
　　　　　 - 자신이 병들어도 소현성이 찾지 않은 것.
② 소현성 - 화 씨의 석파에 대한 무례한 언행.
　　　　　 - 화 씨의 병을 핑계로 한 패악한 행동.

▶ 여 씨와 석명혜와 소현성 :
① 여　씨 - 소씨 가문 사람들의 눈에 보이지 않는 편견과 냉대.
　　　　　 - 소현성이 화 씨와 석 씨에게 미혹되어 자기를 멸시한다고
　　　　　　 생각함.
　　　　　 - 석 씨의 빼어난 행동거지에 대한 질투.

                          - 석 씨로 인해 소현성의 사랑을 받지 못할 것이라는 생각.
    ② 석   씨 - 몸을 삼가고 조심하기만 할 뿐 여 씨와 적극적으로 소통하
                          지 않음.
    ③ 소현성 - 천자의 늑혼으로 인해 원하지 않는 결혼을 하였음.
                          - 자신의 기질이나 입장을 여 씨에게 설명하지 않음.
                          - 구성원들의 충분한 이해 없이 일방적으로 동침 날을 정
                          한 것.

(2) 인물의 갈등관계에서 표출되는 정서

그렇다면 위에서 제시된 인물들의 갈등의 원인은 무엇이고 거기서
표출되는 정서는 어떤 것들인가. 정서의 개념에 대해서는 학자마다, 그
리고 각 분야마다 그 개념이 조금씩 다를 수 있지만, 학자들 사이에 의견
의 일치를 보이는 것은, 정서란 어떤 대상이나 상황을 자각하고 그에
따르는 생리적 변화를 수반하는 복잡한 상태라고 본다.[19] 이런 점에서
등장인물의 정서표출이 본인은 물론 상대에게 어떤 생리적 변화와 영향
을 끼치고 있는지 살펴볼 필요가 있다. 위에서 논의된 것들을 중심으로
비교적 심각하게 갈등하는 인물들을 중심으로 그 원인과 결과를 정리해
보면 다음과 같다.

[나] 정서표출의 양상과 결과

    ▶ 소현성과 화 씨 :
    ① 화   씨 : 화 씨는 감정을 통제하지 못하고 극단적으로 자신의 설움과

---

19 김경희, 『정서란 무엇인가』, 민음사, 1997, 12쪽.

분노의 정서를 표출하여 상대의 마음을 상하게 하고, 문제
의 본질로부터 멀어지게 하였다.

② 소현성 : 소현성은 화 씨의 행동에 대해 이성적으로 대응하지 못하
고 폭력과 감정을 앞세운 분노의 정서를 표출하였다. 이는
적절하지 못한 정서표출과 원활하지 못한 의사소통으로
인해 빚어진 것으로서 서로에게 상처만 주는 결과를 초래
하였다.

▶ 여 씨와 석명혜와 소현성 :

① 여　씨 : 여 씨는 정확한 근거가 없이 스스로의 추측과 상황판단에
의해 석 씨에 대한 질투와 혐오, 그리고 점점 분노의 감정을
표출한다. 그래서 차츰 상대에 대해 공격적 성향을 가지게
되고, 도리에 어긋나는 간계로써 석 씨를 위해하고 사람을
죽이려는 시도까지 하게 된다.

② 석　씨 : 석 씨는 인격적으로는 흠이 없으나 자신을 낮추기만 할 뿐
상대의 감정이나 상황을 헤아려 여 씨와 소통을 시도하려는
의지가 부족했다. 그 결과 상대로 하여금 더 큰 과오를 범하
게 하였다.

③ 소현성 : 소현성은 자신의 감정과 입장만을 생각했을 뿐 여 씨의 감
정이나 입장을 전혀 고려하지 않았다. 일방적이고 개인적
규범에 얽매인 그의 태도, 그리고 문제가 생겼을 때마다 상
당히 충동적인 정서표출은 상대를 고립시키고 위축시키기
만 했을 뿐 공감과 유대, 혹은 이해를 얻지 못했다. 그래서
구성원의 갈등은 상당 부분 그로부터 비롯되었다는 책임에
서 자유로울 수 없다.

(3) 회복적 대화를 통한 갈등과 정서 치료

이상과 같은 소현성 부부의 갈등은 어떻게 치료할 수 있을까? 필자는
회복적 정의관에 기초한 '회복적 대화'를 통해 그 가능성을 찾을 수 있다
고 본다. 회복적 대화의 시작은 '상호 존중'에서 시작된다. 상호 존중에
는 인격적 무시나 가치 폄하 금지와 같은 소극적 상호 존중이 있다. 그리
고 인정하기, 감사하기, 칭찬하기와 같은 적극적 상호 존중이 있다.

이에 입각해서 소현성과 화 씨의 입장에서 국한해서 볼 때, 문제가
되는 것은 소극적 상호 존중의 원칙의 위배로 인해 발생된다. 그리고
이에 대한 해결책은 적극적 상호 존중을 통해 해결할 수 있다. 소현성과
화 씨의 관계를 중심으로 이를 정리해 보면 다음과 같다.

[소극적 상호 존중의 원칙 위배 – 인격적 무시 금지 원칙 위배]

　　　〈소현성〉 : * 석파가 소현성의 재취를 주장하여 화 씨의 인격을 무시
　　　　　　　　　 한 것.
　　　　　　　　 * 화 씨의 시비에게 폭력을 행하여 화 씨의 인격을 간접적으
　　　　　　　　　 로 무시한 것.
　　　　　　　　 * 병든 아내인 화 씨에게 문병하지 않은 것.
　　　　〈화　씨〉 : * 소현성의 재취를 주장한 석파에게 무례한 언행을 한 것.
　　　　　　　　 * 병을 핑계로 소현성에게 패악한 행동을 한 것.

이러한 소극적 상호 존중의 원칙을 위배해서 발생한 소현성과 화 씨
의 갈등은, 적극적 상호 존중의 원칙을 적용하여 갈등 해결의 실마리를
찾을 수 있다. 항목별로 이를 정리해 보면 다음과 같다.

[적극적 상호 존중의 원칙]에 입각한 치료

① 인정하기

〈소현성〉 :* 화 씨가 정실 아내라는 점과 자녀 출산 가능성이 있음을
　　　　　　인정하기.

　　　　　* 화 씨가 소현성의 재취를 주장한 석파에게 항의를 할 수
　　　　　　있는 권리를 인정하기.

　　　　　* 남편인 소현성에게 서운한 감정을 드러낼 수 있는 입장 인
　　　　　　정하기.

〈화　씨〉 :* 효심이 있고 예법을 중시하는 소현성이, 석파에게 무례한
　　　　　　자신에게 화를 낼 수 있음을 인정하기.

　　　　　* 병을 핑계로 소현성에게 패악한 행동을 한 것이 잘못임을
　　　　　　인정하기.

② 감사하기 :

〈소현성〉 :* 화 씨가 소현성 자신과 부부관계라는 사실 자체에 대해 감
　　　　　　사하기.

　　　　　* 자신의 후사를 위해 걱정해 주는 사람이 있음에 감사하기.

〈화　씨〉 :* 소현성이 자신과 부부관계라는 사실 자체에 대해 감사하기.

　　　　　* 자신들의 부부관계를 위해 걱정해 주는 사람이 있음에 감
　　　　　　사하기.

③ 칭찬하기 :

〈소현성〉 :* 화 씨가 여러 악조건 속에서도 가출하거나 죽지 않고 시련
　　　　　　을 극복하고 있는 과정 자체에 대해 칭찬하기.

　　　　　* 석파가 소현성 자신의 재취 문제를 주장한 것에 대해, 화
　　　　　　씨가 자신의 생각을 적극적으로 표명한 것에 대해 칭찬하기.

〈화　씨〉 :* 석파가 소현성 자신의 재취를 주장한 것에 대해, 쉽게 응낙

하지 않은 자체에 대해 칭찬하기.

* 화 씨 자신의 패악한 행동이 예법과 교양에 어긋난 행동임
을 인지시켜 준 것에 대해 감사하기.

[회복적 대화를 통한 치료]

소현성과 화 씨의 갈등은 육체적, 언어적 폭력이 수반된 응보적 복수에 있다. 이를 해결하기 위해서는 자기중심적 해석에서 벗어나 역지사지의 입장에서 바라보아야 하고, 제3자의 입장에서 객관화하는 노력이 필요하다. 그리하여 궁극적으로는 소현성과 화 씨가 당사자들의 갈등에 대한 자발적 해결의지가 동반된 대화와 소통이 요구된다. 이를 위해 두 사람은 서로에게(두 사람 공동에게) 회복적 질문하기를 시도해 볼 필요가 있다. 몇 가지 질문 내용을 만들어 보면 다음과 같다.

① 우리(소현성, 화 씨)에게 무슨 일이 일어났나요?
→ 석파가 우리 가문의 후사를 위해 재취 문제를 주장했습니다.
② 이 일로, 누가, 어떤 영향(피해)을 받았나요?
→ 나(화 씨)는 인격적 무시를 당했고, 이로 인해 석파에게 무례한 행동을 했어요. 그리고 나(소현성)는 그에 대한 보복으로 화 씨의 시비를 엄한 매질로 다스렸고, 이로 인해 우리들(소현성, 화 씨)의 감정이 격해지게 되었어요.
③ 어떻게 하면 그 피해가 회복될 수 있을까요?
→ 내가(소현성) 재취를 원하지 않는다는 점을 석파를 비롯한 가족 구성원에게 상세하게 알리고, 가문을 위해 필요하다면 납득할 만한 이유를 제시해야겠지요. 그리고 이 문제는 가문의 문제이면서 동시에 우리들 부부관계의 문제이므로 우리들(소현성, 화 씨)에게 맡겼으면 한다는 점을 천명할 필요가 있습니다.

④ 앞으로 이런 일이 생기지 않으려면 어떻게 하면 좋을까요?

→ 우리 부부가 육체적으로, 정신적으로 아무런 문제가 없음을 가족 구성원들에게 인지시켜야지요. 그리고 가문을 핑계로 해당 부부 당사자들 몰래 일이 진행되지 않도록 가족 상호간의 예절을 지키도록 하면 좋겠지요.

⑤ 석파와 집안 어른들에게 하고 싶은 말은 무엇인가요?

→ 우리(소현성, 화 씨)가 한 가정의 주체임을 알아 주셨으면 좋겠어요. 그래서 우리 부부의 문제는 우리들의 대화를 통해 해결할 수 있도록 맡겨 주었으면 좋겠어요.

이러한 회복적 대화는 갈등 당사자들의 갈등 원인을 고려하여 상황에 맞게 조절하여 사용해 볼 수 있다. 물론 경우에 따라서 잘 맞지 않는 경우도 있을 수 있으나, 최대한 문제 상황을 해결하려는 방향에서 조직하면 극단은 피할 수 있다.

2) 소운성 부부의 갈등과 정서 치료

(1) 인물의 갈등관계

소운성과 그 아내들의 갈등관계는 소현성의 경우보다 복잡하지는 않지만, 그 정도에 있어서는 상당히 치열하고 거기서 표출되는 정서표출 또한 극단적이다. 소운성과 아내들의 관계에서도 가장 선인이며 최선의 인물로 등장하는 인물이 가장 극악무도한 인물로부터 심한 학대를 받는 것으로 나타난다. 그리고 최선의 인물은 별로 저항하지 않고 일방적으로 공격을 받는 입장에 있다. 또 그 인물은 남편과도 어느 정도 갈등관계를 형성한다. 이들의 관계를 표로 정리해 보면 다음과 같다.

〈표 2〉

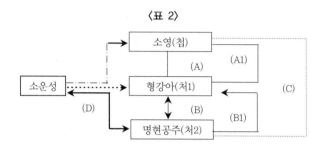

위의 〈표 2〉는 소운성과 그 처첩들의 갈등관계를 정리해 본 것이다. 갈등이 상대적으로 약하거나 없는 경우는 점선으로 처리하였고, 실선 화살표의 경우에는 비교적 강한 적대감을 드러내는 경우이다. 그리고 화살표가 없이 실선으로 처리된 경우는 심각한 갈등이 없으면서 비교적 우호적인 관계임을 드러낸다. 또 실선과 점선이 혼합된 소운성과 소영 의 관계는 일방적이고 폭력적인 행사가 이루어진 것을 표시한다.

먼저 (A)의 소영과 형 씨는 상대적으로 크게 갈등하지 않는다. 이 경 우는 워낙 소영의 입장이 수세에 있고 내세울 만한 가문이 아니기 때문 이기도 하고, 형 씨가 소영을 관대하게 받아들이기 때문이기도 하다. 형 씨는 소영을 받아들일 때에 그 기색이 태연하고 온화한 기운이 가득 하며[20] 소운성이 소영을 첩으로 들인 후 그 위치 문제로 전전반측하자 형 씨는 소영을 첩의 항렬로 받아들인다면 규방에 한이 없게 할 것[21]이 라고 한다. 다만 소영을 첩으로 들일 때에 형 씨가 거만한 태도로 소영의 절을 받는 장면[22]이 있어서 그녀가 소영에게 일정한 거리를 두고 있음을

20 정선희 역주, 『소현성록2』, 소명출판사, 2010, 87쪽.
21 상게서, 106쪽.
22 상게서, 105~106쪽.

암시받을 수는 있다. 하지만 소영이 이에 대해 별로 내색을 하지 않기에 두 사람 간에는 갈등이 형성되지 않는다. 그래서 두 사람 사이에는 갈등을 의미하는 화살표가 형성되지 않으며, 비교적 그 관계가 돈독하게 드러나기에 소영과 명현공주와의 관계와 차별화하기 위해 실선으로 표시하였다.

(B)의 형 씨와 명현공주의 관계는 아주 치열하고 장기적인 갈등 양상을 보인다. 이들은 서로 만나기도 전에 갈등의 불씨를 가지고 있었다. 소운성은 애초 형 씨와 혼인하였는데, 소운성의 당당하고 빼어난 모습에 반하여 공주가 그를 일방적으로 신랑감으로 선택한다. 그런데 소운성과 소현성이 그 불가함을 이야기하자, 황제에게 간하여 형 씨를 폐출하고 공주를 1부인으로 삼도록 한다.[23] 하지만 이러한 처사에 대해 형공과 형 씨가 적극적으로 대응하지 않고 순순히 응함으로써 더 이상의 갈등은 일어나지 않는 듯하다. 그러나 소운성이 혼인 후 10여 일이 지나도 공주궁을 찾지 않고, 또 형 씨에 대한 그리움으로 상사병이 나면서 공주의 감정이 폭발하고 상황은 커지게 된다. 명현공주의 소운성에 대한 분한 감정은 소운성은 물론이고, 형 씨에게도 동시에 향하게 된다. 특히 명현공주가 형 씨의 빼어난 거동을 보고 투기하고 미워하는 마음이 일어나면서 그녀의 표적은 형 씨로 집중되고, 부 씨 황후까지 끌어들인 공주는 형 씨를 집요하게 괴롭히고 죽이고자 하는 마음을 먹는다.[24] 이러한 공주와 황후의 행동에 대해 형 씨는 공주와 동렬이 될 수 없다고 하면서 몸을 낮추기 때문에[25] 상호 충돌은 일어나지 않는다. 그래서

---

23 정선희 역주, 『소현성록2』, 소명출판사, 2010, 133~155쪽.
24 정선희 역주, 『소현성록2』, 소명출판사, 2010, 228, 237, 275, 276쪽.

(B1)과 같이 공격의 양상은 명현공주 쪽에서 형 씨 쪽으로 일방적으로 향하고 있다. 하지만 이러한 형 씨의 노력이나 태도는 공주에게 전혀 통하지 않는다. 그러다가 친정으로 돌아간 형 씨가 죽었다는 소식이 전해지면서 공주의 형 씨에 대한 분노의 감정은 멈춘다. 공주는 형 씨가 죽었다고 여기고 의기양양해서 스스로 만족하게 된다.[26]

그런데 이러한 명현공주의 행위는 형 씨가 살아있다는 것을 알게 되면서 다시 급변하게 된다. 그녀는 부 씨 황후를 통해 자신을 속인 소현성을 참소하게 하고, 소운성과 형 공을 유배 보내고 형 씨와 그 아들에게는 사약을 내리라는 황제의 명을 이끌어 내기도 한다.[27] 하지만 이러한 공주의 극단적인 행동은 그동안 그녀의 패악한 행동에 대해 인내했던 소현성과 양 씨 부인의 감정을 폭발하게 하고, 도리어 자신이 죽을 위기에 처하게 된다. 소현성은 형부와 예부에 그 죄를 물어 공주를 죽이고자 하고, 양 씨 부인의 만류와 한상궁의 지시를 받은 공주의 사죄로 죽을 위기를 면하게 된다. 하지만 이로 인해 마음의 병을 얻은 명현공주는 어린 나이에 요절하고 만다. 이로써 형 씨와 명현공주의 갈등은 끝이 나고 소운성과의 갈등도 해소된다. 앞서 형 씨가 거짓으로 죽었다고 했을 때 잠시 갈등이 해소되었듯이 명현공주가 실제로 죽음으로서 이들의 갈등은 더 이상 지속되지 않는 것이다. 이런 점에서 형 씨와 명현공주의 갈등은 둘 중의 한 사람이 죽음으로써 해결되는 양상을 보인다.

그렇게 극악무도했던 명현공주이지만, 그녀는 자신보다 신분이나 위

25 정선희 역주, 『소현성록2』, 소명출판사, 2010, 232쪽.
26 최수현, 허순우 역주, 『소현성록3』, 소명출판사, 2010, 29쪽.
27 최수현, 허순우 역주, 『소현성록3』, 소명출판사, 69~71쪽.

치, 외양 등이 열등하다고 여기는 인물에 대해서는 아무런 위해도 가하지 않고, 관심도 두지 않는다. 위의 표에서 (C)는 바로 그러한 관계를 드러낸다. 소영은 형 씨와도 비교 대상이 되지 않는 가문이었고 또 첩이었기 때문에 명현공주는 그에 대해 별다른 관심을 두지 않는다. 자신이 소유하고 싶은 소운성이 마음을 두고 있는 것은 소영이 아니라 형 씨였기 때문에 두 사람 간에는 충돌이 일어날 수 없다. 그래서 이들의 관계는 직접적이지 않기에 점선으로 표시하였고, 어느 누구도 상대에 대해 관심을 두지 않고 있기 때문에 화살표가 어느 방향으로도 형성되지 않는다.

이와는 달리 (D)의 권역에서는 좀 더 복잡한 갈등 관계가 형성된다. 먼저 소운성과 소영의 관계에서는, 소영이 신분이나 배경에 있어서 약자에 있기 때문에 시종일관 그녀는 소운성에게 맹종하는 양상을 보인다. 심지어 자신의 몸을 겁탈하는 소운성을 거부할 수도 없다.[28] 대신 그 대가로 소영은 소운성의 첩의 자리를 얻는다. 소영은 소운성에게 겁탈을 당하였고, 그 관계도 일방적으로 소운성이 소영을 공격하는 방식을 보이기 때문에 화살표는 소운성에게서 소영을 향하게 할 수 있다. 하지만 이는 갈등 관계라고 하기에 애매한 점이 있고, 또 그러한 소운성에 대해 소영이 크게 원망하거나 거부하는 태도를 보이지 않기에 점선과 실선이 혼합된 화살표가 소운성에게서 소영을 향하는 것으로 표시하였다.

그리고 (D)의 권역에서 소운성과 명현공주의 관계는 가장 치열하고 복잡한 갈등양상을 보여준다. 소운성과 가장 치열하게 갈등하는 인물은 명현공주이지만, 그 갈등은 형 씨와 명현공주와의 갈등 속에 다 포함될

---

28 정선희 역주, 『소현성록2』, 소명출판사, 2010, 64쪽.

수 있다는 점에서 복합적인 양상을 보인다. 소운성은 기본적으로 명현공
주를 싫어하기는 하지만, 본격적으로 그녀와 갈등하게 되는 것은 그녀로
인해 형 씨가 축출되고 또 위해를 받기 시작하면서부터이다. 물론 그
전에 명현공주의 사치한 생활과 방자한 행동, 스스로를 자랑하며 사람을
업신여기는 태도 등으로 인해 어느 정도 거리를 두기는 하지만[29] 이는
본격적인 갈등양상 이전의 모습이다. 소운성과 명현공주의 본격적인 갈
등은 공주에 의해 형 씨가 축출되고, 이로 인해 소운성이 상사병을 앓기
시작하면서부터이다. 공주는 소운성이 형 씨에 대한 그리움으로 상사병
이 난 것을 알고 소운성이 죽어야 시원할 것 같다고 하고, 또 소운성에게
조만간 형 씨를 죽여 그와 함께 묻을 것이니 노심초사하지 말라고 한다.[30]

그러나 소운성에 대해 극도의 반감을 가지고 있는 명현공주이지만,
한편으로 그녀는 소무신이라는 무당을 통해 부적을 구하여 이부자리 속
에 넣어 두는 등, 소운성의 마음을 얻기 위해 노력하기도 한다. 하지만
그것이 뜻대로 되지 않자 소무신을 통해 그를 죽이고자 마음먹는다. 그
러면서 또 한편으로 회심단을 구해 그의 마음을 돌리고자 하는 노력도
보인다.[31]

이러한 모든 노력을 일순간에 바꿔버린 것은 죽은 줄로만 알았던 형
씨가 살아있다는 사실을 알게 되면서부터이다. 그래서 그는 소현성과
소운성을 유배 보내고 형 씨와 그 자식은 사약을 받게 하고자 부 씨 황후
에게 부탁한다. 그러나 그녀의 이와 같은 극단적인 행동이 소현성과 양

---

29 정선희 역주, 『소현성록2』, 소명출판사, 2010, 156~170쪽.
30 정선희 역주, 『소현성록2』, 소명출판사, 2010, 197, 207쪽.
31 정선희 역주, 『소현성록2』, 소명출판사, 2010, 50~59쪽.

씨 부인의 화를 돋게 하고 이로 인해 자신이 죽을 위기에 처하기도 한다. 마음의 병을 얻은 그녀는 결국 목숨이 경각에 처하고 이를 위로하는 소운성에게 철여의로 내리치거나 칼로 찌르려는 극단적인 모습을 보인다. 이러한 공주가 죽자 소운성은 슬퍼하지 않고 오히려 기뻐하고 속이 시원하다고 한다.[32] 그래서 이 둘의 갈등관계는 형 씨와 공주의 관계와 마찬가지로 해소되지 않고, 또 한 사람이 죽음으로써 해결된다.

(D)의 권역에서 소운성과 형 씨의 갈등관계는 앞서 소현성과 석 씨의 관계와 유사한 면이 있다. 이 둘의 관계는 두 사람 간의 갈등이라기보다는 주변의 압력이나 딸의 목숨을 살리고자 하는 부모형제들의 개입으로 인해 불거진 경우가 대부분이다. 가령 황제가 형 공에게 소운성의 처 형 씨를 데려가라고 하고 혼인을 파기하라고 하여 형 씨가 친정으로 돌아갈 때에, 소운성은 형 씨와 헤어지면서 좋은 가문, 귀한 집안의 군자를 만나 청춘을 괴로이 보내지 말고 자녀를 낳아 화락하라고 한다. 이에 형 씨는 발끈하며 신세한탄을 하고 난 후 자결하려는 태도를 보인다.[33] 이는 황제의 늑혼에 의해 마음이 상한 소운성의 마음에 없는 소리인데, 이로 인해 두 사람은 잠시 감정 대립을 하게 된다. 그리고 친정으로 돌아가 형 씨가 거짓으로 죽었다고 한 후 장례를 치를 때에도 소운성과 그 집 형제들과는 잠시 다툼이 일어난다. 자신을 들어오지 못하게 하고, 또 형 씨의 거짓 초상을 치른 이유를 들은 소운성은 두 씨 부인에게 혼서를 돌려보내고 형 씨를 다른 가문에 시집보내면 다시는 오지 않겠다고 한다. 심지어 혼서와 자식을 찾아가겠다는 말까지 한다. 이에 형 씨는

---

32 정선희 역주, 『소현성록2』, 소명출판사, 2010, 97~98쪽.
33 정선희 역주, 『소현성록2』, 소명출판사, 2010, 146쪽.

극도로 화를 낸다. 역시 소운성도 형 씨에게 처자를 다 죽이고 자신도 자결하겠다는 태도를 취하여 극단적인 행동을 한다. 이러한 일련의 행동이나 갈등은 모두 소운성과 형 씨의 본질적인 감정대립이 아니다. 그것은 황제의 늑혼과 또 이로 인한 딸의 안전을 도모하기 위한 부모형제들의 개입으로 인해 빚어진 갈등이다. 그리고 주로 감정을 표출하고 공격적인 입장을 보이는 것은 소운성이고, 형 씨는 주로 공격을 받고 있으나 그 공격은 악의에 찬 것이 아니라 그녀를 향한 소운성의 마음이 직설적으로 표출된 것이다. 그래서 화살표의 방향은 소운성에게서 형 씨 쪽으로 향하고 있고, 그 감정은 증오나 위해를 가하고자 하는 것이 아니기에 점선으로 처리할 수 있다.

(2) 인물의 갈등관계에서 표출되는 정서

대개 정서는 객관적 실체가 아닌 보다 심리적인 작용이라고 할 수 있다. 이러한 심리적 작용으로서의 정서는 자아와 대상간의 정서적 공유를 필요로 한다. 만약 그렇지 않을 경우에는 이유 없는 반감과 증오의 감정이 표출된다. 형 씨와 명현공주, 명현공주와 소운성의 관계가 바로 그와 유사한 경우라 할 수 있다.[34] 이들의 갈등의 원인과 정서표출의 결과를 정리해 보면 다음과 같다.

---

34 물론 〈소현성록〉에서 이들 인물이 갈등하는 이유는 개인적인 인성의 문제도 있지만, 보다 근본적인 이유는 17세 이후의 가부장제와 밀접한 관련이 있을 것이다. 이러한 제도적인 문제가 아니었다면 이들이 갈등할 이유가 없기 때문이다. 하지만 본고에서는 이러한 제도적, 사회적 차원의 문제는 일단 논외로 하고, 작품 문면에 나타난 갈등양상과 정서표출만을 논의의 대상으로 삼고자 한다.

[가] 갈등의 원인

▶ 명현공주와 형강아 :

① 명현공주 - 소운성이 형 씨에게만 마음이 있고 그로 인해 상사병이
                       난 것.
                     - 형 씨의 빼어난 거동을 보고 투기하고 미워하는 마음이
                       생긴 것.

② 형   씨 - 소운성이 자신으로 인해 상사병이 나서 공주의 화를 돋
                     운 것.
                   - 자신의 빼어난 외모와 행동거지가 공주의 질투심을 유
                     발한 점.

▶ 소운성과 명현공주 :

① 소 운 성 - 명현공주에게 살기가 있고, 원치 않는 결혼을 황제의 늑
                     혼에 의해서 한 것.
                   - 명현공주가 소현성을 잡아 가두고 형 씨를 폐출하게
                     한 것.
                   - 명현공주가 사치한 생활을 하고 방자하게 행동한 것.
                   - 명현공주가 자신이 데리고 놀던 창기 4명을 인체(人彘)
                     로 만든 것.
                   - 형 씨를 죽여 소운성과 함께 묻어 주겠다고 한 것.
                   - 자신을 죽여 한을 풀겠다고 한 것.

② 명현공주 - 소현성과 소운성 등이 자신의 혼인을 반대한 것.
                   - 소운성이 자신을 집안의 죄인이라고 하고, 혼인 후 10일
                     동안 공주궁에 오지 않은 것.
                   - 소운성이 형 씨로 인해 상사병이 난 것.
                   - 소운성이 자신의 잘못을 열거한 것.
                   - 소운성이 형 씨의 방을 떠나지 않은 것.

- 소운성이 자신을 원수로 여기는 것.
- 소운성이 형 씨와 대화하면서 소운성이 자신에게 고초
  를 겪게 할 것이라는 말을 들은 것.

[나] 정서표출의 양상과 결과

▶ 명현공주와 형 씨 :

① 명현공주 : 명현공주는 자신의 우월한 신분과 위치를 활용하여 유아
독존적인 태도를 취한다. 인간의 존엄성에 대한 인식이 부족하
고 권력이면 무엇이든 할 수 있다고 생각하며 사치한 생활로
일관한다. 그녀는 사람의 신체는 물론 정신마저 소유하려 든다.
또 매사에 충동적이고 감정의 기복이 심하며 자기중심적인 반감
과 혐오의 정서를 표출한다. 자신보다 잘난 사람을 수용하지 못
하며 강한 질투심을 드러낸다. 그 결과 주변에 진심으로 자신을
이해해주는 사람이 없고 구성원 전체를 적으로 만드는 결과를
초래했다. 결국 무분별하고 절제되지 않은 행동과 정서표출로
인해 그녀는 새로운 환경에 적응하지 못하여 스스로 파국의 길을
걸었으며, 여러 선량한 사람에게 정신적 물질적 피해를 주었다.

② 형 씨 : 형 씨는 별다른 부정적 정서를 표출하지 않는다. 그리고 스스
로 갈등을 자초한 것도 없다. 문제가 있다면 소운성이 자신으로
인해 상사병이 났다는 것과 공주가 강한 질투심을 느낄 정도로
행동거지가 빼어난 점이다. 그녀는 자신을 찾아온 소운성을 돌
려보내려고 노력하며, 공주에게는 정중하게 인사를 드리고 자
신의 생각을 밝히며 철저하게 몸을 낮추고 삼가는 태도를 취한
다. 어쩌면 외모와 함께 완벽할 정도로 규범적이고 바르며 절제
된 행동이 소운성을 사로잡고 공주로 하여금 분노하게 했을 수
도 있다. 형 씨의 이러한 정당하고 이성적인 정서표출은 규범적
으로 온당하고 이상적일 수는 있으나 다소 인간미가 결여된 인

물이라 할 수 있다.

▶ 소운성과 명현공주 :

① 소운성 : 소운성은 매사에 자기중심적이어서 자기의 입장과 감정을 우선시 한다. 이로 인해 주변의 인물들이 피해를 입기도 한다. 자신이 좋아하거나 원하는 것을 위해서는 극단적인 방법이나 행동을 취하여 정서적으로 미성숙한 면을 많이 노출한다. 자신의 감정을 통제하지 못하여 분풀이의 대상으로 소영을 겁탈하기도 하고, 형 씨를 보지 못하였을 때에는 자신의 감정을 조절하지 못하여 상사병을 앓기도 하는 인물이다. 또 명현공주와 관계에서는 그녀에게 살기가 있다는 개인적 판단과 그녀로 인해 고초를 겪었다는 개인적 감정, 그녀의 방자한 행실 등을 이유로 들어 공주를 적대시하여 그녀가 새로운 환경에 적응하도록 돕지 못하였다. 그 결과 공주는 온갖 악행을 일삼게 되고, 그녀의 그릇된 가치관은 미성숙하고 부정적인 정서표출로 이어지게 되었다. 따라서 소운성의 유아독존적이고 충동적이고 감정적인 행위는 그의 미성숙한 정서와 관련이 깊다고 할 수 있다.[35]

② 명현공주 : 명현궁주는 소운성에 대해서 진정한 사랑이 없이 맹목적으로 집착하고, 자신의 행동 개선이 없이 무당이나 부적을 동원한 편법으로 사람의 마음을 사로잡겠다는 그릇된 사고를 하는 인물이다.[36] 애정이 없이 사람의 감정마저도 소유하려는 그녀는

---

35 그러나 소운성은 조금씩 정신적으로 성숙해 가는 모습을 보인다. 박은숙은 소운성의 이러한 면을 성장소설적 관점에서 논의한 바 있다. 그는 〈소씨삼대록〉이 소운성의 출생에서부터 성년화, 혼인, 사회적 성취, 죽음에 이르기까지의 전 과정과 운성의 변화를 그리고 있다고 하고, 이는 〈소씨삼대록〉이 운성의 성장 일대기로 볼 수 있게 하는 근거를 제공하는 것이라 하였다. 박은정, 「소운성'을 통해서본 〈소현성록〉의 성장소설적 성격」, 『어문학』 108집, 한국어문학회, 2010, 53~83쪽 참조.

36 명현공주가 소운성의 풍모를 보고 반하였고, 또 소씨 집안에 들어와서는 자신의 사랑을

결국 남편 소운성의 마음을 점점 멀어지게 하는 결과를 초래하였다. 그리고 소운성과 형 씨에 대한 감정을 절제하지 않고 극단적인 분노의 감정을 표출하여 많은 사람들이 희생되었고, 남편을 비롯한 가족 구성원들과 화합하지 못하고 파국을 맞게 되었다.

(3) 회복적 대화를 통한 갈등과 정서 치료

앞서 소현성과 화 씨의 경우에서 적용한 방식을 그대로 적용하여 소운성과 명현공주의 갈등관계를 치료해 보기로 하자. 먼저 두 사람이 상호 존중의 원칙을 위배하고 있는 것을 정리해 보면 다음과 같다.

[소극적 상호 존중의 원칙 위배 – 인격적 무시 금지 원칙 위배]

〈소 운 성〉 : * 명현공주를 소씨 집안의 죄인이라고 하면서 혼인 후 10일 동안 공주궁에 가지 않은 것.
* 형 씨로 인해 상사병이 난 것.
* 공주의 잘못을 열거한 것.
* 아내가 된 공주를 원수로 여긴 것.
* 형 씨와 대화하면서 공주에게 고초를 겪게 할 것이라는 말을 한 것.

〈명현공주〉 : * 소운성이 원치 않는 결혼을 늑혼에 의해서 실행한 것.
* 시아버지 소현성을 잡아 가두고 소운성의 아내 형 씨를 폐출한 것.
* 소운성이 데리고 놀던 창기 네 명을 인체(人彘)로 만든 것.

갈구할 충분한 자격이 있다고 할 수도 있다. 그러나 그녀의 사랑은 감각적이고 또 소유욕에 더 가깝다고 보기에 진정한 사랑이 없이 맹목적으로 집착하였다고 본다.

* 형 씨를 죽여서 소운성과 함께 묻어 주겠다고 한 것.
* 소운성을 죽여 자신의 한을 풀겠다고 한 것.

이러한 소극적 상호 존중의 원칙을 위배해서 발생한 소운성과 명현공주의 갈등은, 적극적 상호 존중의 원칙을 적용하여 갈등 해결의 실마리를 찾을 수 있다. 항목별로 이를 정리해 보면 다음과 같다.

[적극적 상호 존중의 원칙]에 입각한 치료
① 인정하기
〈소 운 성〉: * 명현공주가 자신을 좋아하고 있다는 점과, 지위를 통해 늑혼을 행사할 수 있는 위치에 있음을 인정하기.
* 공주와의 혼인을 반대하고 그녀를 싫어한 것에 대해 공주가 화가 날 수 있음을 인정하기.
* 공주로 귀하게 자라 버릇이 없고 안하무인일 수 있다는 점 인정하기.
* 자신보다 형 씨만을 향한 소운성의 마음에 대해 공주가 화가 날 수 있음을 인정하기.
〈명현공주〉: * 서로 간에 사랑이 전제되지 않은 결혼에 대해 소운성이 거부할 수 있음을 인정하기.
* 혼인의 주체가 소운성 당사자에게 있음을 인정하기.
* 부부로서 소운성이 첫째 부인 형 씨에게 지극한 애정이 있음을 인정하기.
* 소운성이 공주인 자신보다 형 씨를 더 좋아할 수도 있음을 인정하기.
② 감사하기 :
〈소 운 성〉: * 일국의 공주가 자신에게 호감을 가진 것에 대해 감사

하기.

〈명현공주〉 : *자신이 원하는 남자를 선택하여 함께 할 수 있게 된 사
실 자체에 대해 감사하기.

③ 칭찬하기 :

〈소 운 성〉 : *명현공주가 일국의 공주로서 자신의 애정을 적극적으
로 표현한 것에 대해 칭찬하기.

〈명현공주〉 : *공주인 자신보다 첫째 부인인 형 씨를 아끼는 마음 자체
가 소중하다고 칭찬하기.

[회복적 대화를 통한 치료]

소운성과 명현공주의 갈등 역시 육체적, 언어적 폭력이 수반된 응보
적 복수로 인해 발생한다. 이를 해결하기 위해서는 자기중심적 해석에
서 벗어나 역지사지의 입장에서 바라보아야 하고, 제3자의 입장에서 객
관화하는 노력이 필요하다. 따라서 이들에게도 소현성과 화 씨의 경우
처럼, 서로에게(두 사람 공동에게) 회복적 질문하기를 시도해 볼 필요가
있다. 몇 가지 질문 내용을 만들어 보면 다음과 같다.

① 우리(소운성, 명현공주)에게 무슨 일이 일어났나요?

→ *내가(명현공주)의 소운성 당신을 일방적으로 좋아하여 당신이
원하지 않는 결혼을 하게 되었어요. 그 과정에서 여러 사람을 육체적,
정신적으로 아프게 했어요. *내가(소운성) 당신의 일방적인 구애에
대해 극단적으로 대처하여 그대의 마음을 아프게 했고, 이로 인해
그대가 나와 내 주변 사람들에게 극단적으로 행동하게 만들었어요.
그 결과 우리들의 관계가 회복하기 어렵게 되었어요.

② 이 일로, 누가, 어떤 영향(피해)을 받았나요?

→ 그 결과 우리들의 관계가 회복하기 어렵게 되었어요. 또 여러 사람

들이 육체적으로 다치거나 정신적으로 고통을 받게 되었어요.

③ 어떻게 하면 그 피해가 회복될 수 있을까요?

→ 우리 두 사람이 서로에 대한 극단적 감정을 누그러뜨리고, 역지사지의 입장에서 진심으로 사과하는 것이 필요할 듯해요.

④ 앞으로 이런 일이 생기지 않으려면 어떻게 하면 좋을까요?

→ 우리들 각자의 존재에 대해 서로 존중하는 마음가짐이 필요할 듯해요. 그리고 * 내가(명현공주) 당신에 대한 구애를 빠른 시간에 실현하려 하지 않고 시간을 두고 노력하는 것이 필요할 것 같아요. 그리고 형 씨에 대한 당신(소운성)의 마음을 인정하는 것도 필요할 것 같아요. * 나도(소운성) 당신에 대한 혐오의 감정을 거두고, 사람을 좋아하는 것이 나쁜 감정이 아님을 인정하는 태도를 가지는 것이 필요할 듯해요.

⑤ 천자와 소현성을 비롯한 가족들에게 하고 싶은 말은 무엇인가요?

→ 우리(소운성, 명현공주)가 서로 사랑하는 주체가 달랐음을 인정해 주셨으면 해요. 그리고 그 애정 주체의 다름이 왜 소중한 것인지를 기성세대의 슬기와 합리로 접근해 주셨으면 해요.

소운성과 명현공주의 갈등은 소현성과 화 씨의 경우보다 훨씬 더 극단적이고 치열하다. 따라서 갈등을 치료하기 위한 회복적 대화도 하나의 질문에 대한 각각의 대답이 필요한 경우와 공통으로 답해야 할 것들이 공존한다. 그래서 갈등을 치료하기 위한 회복적 대화에서, 갈등으로 인한 나쁜 결과와 피해, 회복 가능성을 묻는 대화에서는 소운성과 명현공주가 공통적으로 대답해야 할 것들이다. 그러나 갈등의 원인과 그 대안을 묻는 대화에서는 소운성과 명현공주가 각각 대답해야 할 몫이 존재하게 된다. 위에 제시한 회복적 대화에서는 이러한 양상을 한눈에 확인할 수 있다.

3. 〈소현성록〉 부부 갈등에 대한 학습자 반응과 수정 활동

현재 중·고등학교 현장의 인간관계에서 가장 큰 문제점은 무엇인가? 여러 가지가 있겠지만 인간관계의 부적절성과 의사소통의 부재, 그리고 타인에 대한 배려와 이해심이 부족한 학생들이 점점 늘어나고 있다는 점을 들 수 있다. 이와 같은 학생들의 인성과 정서의 문제는, 한국 사회 의 빠른 핵가족화와 밀접한 관련이 있다. 핵가족화로 인해 소수 인원의 가정이 점점 늘고, 그로 인해 학생들의 인성교육에 문제점이 생겼으며, 타인에 대한 이해 부족과 의사소통이 원활하지 못하게 되었다. 그리고 학교 현장에서는 이러한 상황에 적절하게 탄력적으로 대응하지 못했다.

이러한 것을 비교적 합리적으로 교육할 수 있는 것이 문학교육이라고 생각한다. 하지만 실제 문학교육에서는 이러한 점들보다 입시를 위해 진행되어 온 것이 사실이다. 이러한 방식으로는 올바른 문학교육, 문학 감상이 될 수 없고, 더구나 학습자가 문학작품을 어떻게 수용하고 반응 하는지를 점검하고 피드백할 수도 없다. 왜냐하면 동일한 작품이나 갈 등 상황이라 하더라도 학습자의 선행 경험이나 환경에 의해 학습자의 이해나 정서적 반응이 다르게 나타날 수 있기 때문이다. 따라서 문학 작품 속 갈등이나 정서는, 이를 대하는 학습자의 반응에 주목하면서 이 루어져야 한다.[37]

---

[37] 이 글은 문학교육의 문제에 대해 논의하려는 것이 아니다. 다만 문학치료 활동을 정규 교과과정 속에서 실질적으로 할 수 있는 것이 문학수업인데, 실제는 그러하지 못했고, 또 현실적 차원에서 학부모나 학생들, 학교 차원에서 그러한 것을 용인하지도 않는다. 그래서 필자는 문학을 통해 문학치료를 부담 없이 할 수 있는 것이 바로, 창의체험 시간의 활용이라고 보는 것이다.

앞서 논의한 〈소현성록〉 등장인물들의 갈등관계나 거기서 유발되는
정서는 대개의 학습자들이 삶을 살아오면서 유사한 방식으로 체험하였
을 가능성이 매우 큰 사례들이기 때문에 학습자의 반응을 관찰하면서
학습할 수 있는 가능성이 있다. 이는 학습자의 체험을 통해 텍스트에
쉽게 접근하게 할 수 있다는 장점이 있고, 정서적으로나 상황적으로 공
명도가 매우 크다는 이점이 있다. 이는 문학정서 체험이 학습자의 체험
역(體驗域) 안에서 생성되는 것으로서 문학정서 체험은 일정한 정서문화
를 배경으로 학습자가 텍스트에 접근하게 한다는 특성[38]을 잘 살리는
길이기도 하다.

이를 위해서는 작품 속 인물들의 갈등과 정서표출에 대해 인상 비평
을 한 후에, 이를 다시 자신의 교우관계나 가정환경 등을 투영시켜서
감상해 보는 과정이 필요하다. 이러한 과정은 인물이 처한 갈등상황과
정서를 공유한다는 점에서 학습자의 이해에 도움이 된다. 이는 '작품
속 인물의 서사'를 '자기 서사화'시킬 수 있고, 동시에 자기 서사를 작품
속 인물의 서사에 병치시켜 바라볼 수 있다는 장점이 있다. 또 이와 유사
한 활동을 같은 공간 내의 여러 학습자가 서로 공유하게 된다면 작품
속 인물 서사의 갈등과 정서표출의 문제, 그리고 학습자가 旣 경험한
갈등과 정서표출을 객관화해 볼 수 있다는 장점이 있다. 필자는 이를
'정서 공유의 단계'라고 명명하고 그 구체적인 활용 방안을 다음과 같이
제시한다.

---

[38] 구인환 외, 『문학 교수·학습 방법론』, 삼지원, 1998, 125쪽.

[A] 정서 공유 단계

[1] 갈등 상황에 대한 화 씨(여 씨, 석 씨, 소현성)의 정서표출은 적절한가?			
[예] - 이유		[아니오] - 이유	
①	--- ---	①	--- ---
②	--- ---	②	--- ---
③	--- ---	③	--- ---
[2] 자신의 교우관계나 가정환경(과거, 현재 포함)적 경험이 대답에 영향을 미쳤는가? - 영향을 미쳤을 경우에는 아래의 빈 칸에 그 경험의 내용을 간략히 적어 보시오. -			
경험의 사례	(1) (예시) 저를 낳아 준 엄마가 돌아가시고, 아버지가 재혼을 하였는데, 아빠와 새 엄마는 물론 새 엄마가 데리고 온 아이들과 늘 싸우면서 자란 경험이 있다. (2) (예시) 친한 친구가 있었는데, 그 친구가 새로 전학 온 친구와 더 친하게 지내서 여러 번 다툰 경험이 있다.		

위에 제시한 '[A] 정서 공유 단계'에서 주의할 것은, [1]번 발문에 대해 [예]와 [아니오] 모두에 대한 이유를 함께 작성하는 것이며, 그 이유의 항목 수도 동일해야 한다는 점이다. 그리고 [2]의 '경험의 사례'는 많아도 무방하나, 제시한 〈소현성록〉의 인물의 상황과 자신의 경험의 상황이 적용 가능한 것이어야 한다는 점이다. 이 단계에서 여러 명의 학습자 경험이 발표되고 나면 학습자는 스스로 작품 속 인물의 갈등 상황이나 정서표출에서 무엇이 문제가 있는지를 추출해 낼 수 있다.

[B] 정서 조정 단계

[1] 갈등 상황에 대한 화 씨(여 씨, 석 씨, 소현성)의 정서표출을 조정할 수 있는가?			
[예] - 〈내용〉		[아니오] - 〈이유〉	
①	--- ---	①	--- ---
②	--- ---	②	--- ---
③	--- ---	③	--- ---

[B]의 '정서 조정 단계'에서는 [A]의 '정서 공유 단계'에서 반복적으로 활동한 내용을 바탕으로 좀 더 나은 상황으로 조정해 보는 활동이다. 학습자에 따라서는 한 번에 조정이 이루어지는 경우도 있을 수 있고, 몇 번의 시행착오를 거친 후에 가능한 경우도 있다. 단시간에 조정이 이루어지는 학생들은 위의 표에서 [예]에 해당하는 란에 그 내용을 작성하면 되고, 그렇지 않은 경우에는 정서의 조정이 되지 않는 이유를 [아니오]에 해당되는 란에서 그 이유를 작성하면 된다. 이때 학습자는 [아닌] 이유를 작성하면서 다시 조정의 단계를 거치게 되고, 시간이 흐른 후에는 긍정적인 방향으로 조정할 수 있다. 이때 교사가 유의할 것은 절대 어떤 학습자에 대해서도 가치 평가를 해서는 안 되며, 조정의 과정에 개입해서는 안 된다는 점이다. 교사는 활동을 진행만 하고, 다음 단계를 안내만 하면 된다. 그리고 이 과정 다음에는 이를 심화시켜 학습자가 내면화할 수 있는 과정이 필요하다.

[C] 정서 심화 단계

[A]단계와 [B]단계 학습 후, 갈등 상황에 대한 화 씨(여 씨, 석 씨, 소현성)의 정서표출의 바람직한 양상을 정리하여 발표 및 감상하기.	
[1]	각 인물의 바람직한 정서표출의 양상 정리하기
[2]	再정리된 정서표출의 내용을 발표 및 감상하기

[C]의 '정서 심화 단계'에서는 [B]의 '정서 조정 단계'에서 조정한 것을 바탕으로 이를 내면화는 과정이다. 각각의 인물이 갈등상황에서 표출한 정서를 재검토하고 조정한 후에 바람직한 정서표출의 양상을 정리해 보는 활동이다. 그리고 이렇게 정리된 내용을 발표하여 학습자 상

호 간의 생각을 공유하고, 이를 통해 자신의 생각을 내면화할 수 있게 된다. 이러한 활동은 소운성과 명현공주의 상황을 자신의 경험에 적용하는 활동으로 확장시켜 진행할 수 있다.[39]

이상과 같이 우리는 문학작품을 통해 인간관계에서 생길 수 있는 갈등과 정서표출의 양상을 간접적으로 학습할 수 있다. 그리고 이러한 문학 속에서 인물 갈등을 학습할 때에는 그 자체에 대한 이해도 중요하지만, 학습자의 반응을 고려하는 활동이 병행되어야 이해의 폭을 깊게 할 수 있다.

하지만 이보다 더 중요한 것은, 인간관계에서 발생하는 갈등과 정서는 정답이 없으며, 불확실성으로 가득한 시행착오와 수정의 과정이 필요하다는 인식이다. 경우에 따라서는 부정적인 인간관계나 정서표출이 가치 있는 피드백으로 작용할 수도 있다는 자세도 필요하다. 그리고 제일 중요한 것은 마음의 귀로 상대방의 말을 들어야 하고, 상대방을 인격적으로 존중하는 마음이 있을 때에 불행한 결과를 초래하지 않는다는 점을 활동 속에 스며들게 해야 할 것이다.

4. 결론

학교 현장에서 창의체험 시간에 이루어지는 독서와 갈등 치료는 매우 중요한 '교육활동'이라고 생각한다. 그리고 문학 속 갈등 치료와 수정활동

---

39 본고에서는 구체적 활동 사례를 제시하여, 다른 장면에서도 적용할 수 있도록 하는 데 목적이 있으므로, 소운성 부부의 갈등과 정서에 대한 수정활동은 생략하기로 한다.

을 통한 내면화의 목적은, 학습자의 원만한 의사소통과 건전한 정서표출을 위한 문학적 인성의 함양이다. 문학이라는 것이 '사람들이 사는 이야기'라는 점에서 이는 문학을 통한 갈등 치료의 주요한 목표일 수 있다.

그렇지만 문학작품을 수신서(修身書)로 신봉할 수도 없고, 문학수업을 도덕 교과의 수업처럼 할 수도 없다. 그렇다고 교사와 같은 기성세대가 이해하는 문학 작품 속 내용을 주입시켜서도 안 된다. 그 이유는 시대와 환경이 변했고, 더 중요한 것은 학습자가 변했기 때문이다. 특히 이러한 문학을 통한 갈등 치료 활동은 정규 교과수업에서 구체적으로 실시하기는 어렵다. 그래서 학생들의 창의적 체험 활동 시간을 활용하여, 학습자의 반응을 고려한 활동 중심의 수업이 절실하게 요청된다. 학습자들의 경험이나 환경에 따라 동일한 상황에 대한 학습자들의 반응은 각기 달리 나타날 수 있기 때문이다. 이는 작품 속 인물 서사에, 학습자가 경험한 자기 서사를 투영하여 이해함으로써 작품 내용을 더 정확하고 깊이 있게 이해할 수 있는 방법이 되고, 궁극적으로는 소통 장애와 정서표출의 장애를 치료할 수 있는 방안이 되기도 한다.

이를 위해 필자는 〈소현성록〉 주요 갈등과 정서표출 양상을 정리한 후, 이를 회복적 정의관에 입각하여 '회복적 대화'를 통해 갈등을 치료하는 방안을 제시해 보았다. 그리고 이를 바탕으로 학습자 반응을 고려하여 수정하는 방안도 함께 제시하였다. 이와 같이 회복적 정의관에 입각하여 고소설 갈등을 치료하는 활동과 학습자 반응 중심으로 갈등을 수정해 보는 활동을 하게 되면, 작품 속 타자의 서사를 자기 서사화할 수 있고, 동시에 자기의 경험 서사를 객관화할 수 있다는 장점이 있다. 그리고 이러한 활동을 통해 작품 속 등장인물의 정서를 여러 학습자들이 공유하고 조정하면서 스스로 정서적 성숙을 기할 수 있다.

심성론으로 본 〈사씨남정기〉의 인물 선·악 문제

1. 서론

지금까지 〈사씨남정기〉는 다양한 관점에서 연구되었다. 창작 동기와 관련한 목적소설론이나 이본 연구, 욕망의 문제, 이념이나 배경 사상, 선·악의 대립 등과 같은 다양한 논의가 있었다. 이 중에서 필자가 관심을 가지고 있는 선·악의 대립과 관련해서는 이상구,[1] 신재홍,[2] 조현우,[3] 이상일[4] 등의 선행 연구가 있다. 그리고 선·악 대립에 주안점을 두지는 않았지만, 〈사씨남정기〉의 인물들의 형상이나 '惡'에 초점을 둔 연구도 있었다.[5]

---

1 이상구, 「〈사씨남정기〉의 작품구조와 인물 형상」, 정규복 외, 『김만중문학연구』, 국학자료원, 1993, 249~297쪽.

2 신재홍, 「〈사씨남정기〉의 선·악 구도」, 『한국문학연구』 2호, 고려대학교 민족문화연구원 한국문학연구소, 2001, 175~207쪽.

3 조현우, 「〈사씨남정기〉의 악녀 형상과 그 소설사적 의미」, 『한국고전여성문학연구』 13집, 한국고전여성문학회, 2006, 319~348쪽.

4 이상일, 「〈사씨남정기〉에 나타난 선·악 대립 구조와 비평적 가치화 방법」, 『국어교육연구』 42집, 국어교육학회, 2008, 117~141쪽.

필자는 〈사씨남정기〉의 인물들에 관심을 두되, 그 인물들의 선·악 문제를 심성론적 측면에서 살펴보는 데 목적을 두고 있다. 이 작품은 처첩의 관계에 주목하느냐, 아니면 선·악의 관계에 주목하느냐에 따라 그 의미가 확연히 달라지고,[6] 또 고소설 악인의 형상은 17세기 후반 〈사씨남정기〉에서 본격적으로 나타나 조선 후기로 갈수록 그 비중이 점차 확대[7]되고 있다. 즉 이 작품에서 가장 중요하게 다루고 있는 것은 선·악의 문제이며, '복선화음(福善禍淫)'의 문제가 이 작품의 주제이기 때문에, 선·악의 문제를 인간 심성의 문제와 윤리적 관점[8]에서 살펴볼 때 이 작품의 진정한 의미가 드러난다고 보는 것이다.

물론 〈사씨남정기〉를 처첩갈등의 측면에서 다루어 당시 사회 제도와의 관련성을 찾는 것도 의미가 있다. 하지만, 권선징악적 측면에서 당시의 윤리관이나 심성론과의 관계에서 다룰 때 작품 자체의 주제나 의미 전달에 보다 가깝게 다가갈 수 있다. 일반적으로 권선징악의 목적은 '징악' 자체가 목적이 아니고, '징악'하여 '권선'하는 데 의의가 있는데,[9] 〈사씨남정기〉 역시 '징악'을 통해 '권선'의 중요성과 올바른 心性을 강

---

5 신해진, 「〈사씨남정기〉 교 씨의 인물형상과 의미─형상의 소종래를 중심으로─」, 『고전과 해석』 11집, 고전문학한문학연구학회, 2011, 33~62쪽.
  우연상, 「〈사씨남정기〉의 악 개념에 대한 철학적 분석」, 『존재론 연구』 29집, 한국하이데거학회, 2012, 287~315쪽.
  김미령, 「〈사씨남정기〉에 담긴 혐오적 시선」, 『국학연구론총』 17집, 택민국학연구원, 2016, 361~380쪽.
6 이상구, 상계 논문, 253쪽.
7 신해진, 상계 논문, 35쪽.
8 신재홍, 상계 논문, 178~181쪽.
9 강재철, 「고소설의 징악양상과 의의」, 『동양학』 33집, 단국대학교동양학연구소, 2003, 50쪽.

조하고 있는 작품이다. 이에 필자는 〈사씨남정기〉의 인물들을 심성론으로 접근하여 등장인물의 선·악관을 포폄하고자 한다. 작품의 주 텍스트는 구활자본 〈사씨남정기〉로 하였고 부분적으로 김광순 소장 필사본 〈남정기〉와 『한국고전소설판각본자료집』에 수록되어 있는 〈사씨남정기〉를 참고하였다.

2. 등장인물의 선·악 문제와 그 근거 기준

1) 심성론과 선·악 문제

문학 작품에 나타난 선·악 양상을 이해하는 작업은 텍스트의 분석을 통해서 어느 정도 가능하다. 그러나 개별 작품에 나타난 선·악관의 양상이 어떠한 의의가 있는가 하는 문제와 등장인물의 선·악 시비에 관한 문제는 개별 작품 이상의 논의를 필요로 한다.[10] 이에 본고에서는 심성론을 토대로 하여 〈사씨남정기〉에 나타난 등장인물들의 선·악관을 검토하고자 한다.

심성론의 근거가 되고 있는 것은 '人心은 위태롭고 道心은 은미(隱微)하니, 정(精)하게 하고 한결같이 하여야 진실로 그 中道를 잡을 것이다'[11] 라는 『書傳』의 문구에 그 연원을 두고 있다. 이러한 심성론은 두 가지 측면에서 그 해석이 가능하다. 하나는 인간의 마음(心)을 다루어

---

10 김홍균, 「낙선재본 장편소설에 나타난 선·악관의 심성론적 검토」, 『정신문화연구』 14권 3호 통권44호, 한국정신문화연구원, 1991, 57쪽.
11 人心惟危 道心惟微 惟精惟一 允執厥中. 『書傳』 卷第二, 「虞書」 〈大禹謨〉.

나감에 있어 성·정을 중심으로 다루어 나가는 입장이고, 다른 하나는 인심·도심을 중심으로 다루어 나가는 입장이다. 전자가 인간의 심성을 보다 철학적인 측면에서 분석한 개념이라면, 후자는 보다 윤리적인 측면에서 가치론적 해석을 바탕에 깔고 있다고 할 수 있다. 이 중에서 필자는 인심·도심설을 중심으로 〈사씨남정기〉에 나타난 인물들의 선·악관을 살펴보고자 한다.

　인심과 도심에 관한 문제는 心 그 자체의 파악에 있다고 하기보다는 선·악의 근거 기준에 주안점이 있다고 할 수 있다. 그런데 문제는 인심을 악으로, 도심을 선으로 단순히 이대별(二大別) 할 수 있는가에 있다. 결론부터 말하자면 그렇게 할 수 없다고 함이 타당하다. 이러한 결론은 위에서 제시한 『서전』의 문구인, '인심은 위태하고, 도심은 은미하니'라고 하는 말에 이미 예시되어 있다. 육자정은 이에 대해서 말하기를,

　'舜임금이 만약 人心을 전혀 좋지 않은 것으로 간주했다면 모름지기 사람으로 하여금 이를 버리라고 했을 터인데 오직 위태롭다고만 한 데 그친 것은 그것만으로는 편할 수가 없으니, 정밀히 한다고 하는 것은 정밀하게 살펴서 잡되게 섞이는 바가 되지 않도록 하고자 한 것이라' 했으니 이 말이 옳다.[12]

라고 하여 人心이 인간에게 오직 해롭기만 한 것은 아니다. 그 절도(節度)를 잃었을 때만 위태롭기에 인심을 곧바로 악으로 대치시키기는 어렵다. 여기서 위태롭다는 것은 인심에 내재된 인간의 욕구를 겨냥한 표현이다.

12 陸子靜云 舜若以人心爲不好則須說使人去之 今止說危者 不可據以爲安耳 精者 欲其精察而不爲所雜也 此言亦自是. 程敏政, 『心經附註』卷一.

인심 그 자체는 악한 것이 아니나 거기에 내재된 欲이 절도를 잃어 과하게 되면 그로부터 악으로 될 소지가 있으므로 위태롭다고 한 것이다. 그러므로 인심 그 자체는 아직 악으로 단정하기 어렵다. 다만 그럴 수 있는 가능성이 있을 뿐이다.

　인심과 도심을 곧바로 선과 악으로 대치시킬 수 없음은 주자의 말을 통해서 분명하게 알 수 있다. 그는 말하기를,

　　비록 上智라도 인심이 없지 못하고, …… 비록 下愚라도 도심이 없지 않으니, 이 두 가지가 방촌의 사이에 섞여 있어서 다스릴 바를 알지 못하면 위태로운 것이 더욱 위태로워지고, 은미한 것이 더욱 은미해져서 天理의 공변됨이 끝내 인욕의 사사로움을 이기지 못할 것이다.[13]

라고 하여 성인에게도 인심이 있고, 어리석은 사람이라도 도심이 있다고 했다. 이는 사람의 마음에는 누구에게나 인심과 도심이 혼재해 있는데 위태로운 인심을 조절하지 못하면 그것이 사욕으로 흘러 악이 될 소지가 있음을 의미한다. 또 은미한 도심을 정밀하게 살펴 행하지 않으면 인심과 도심이 서로 갈등하게 되고, 여기서 도심이 인욕의 사사로움을 이기지 못하면 위태로워진다는 것이다. 그러므로 인심과 도심 그 자체를 선과 악으로 곧바로 대치시킬 수는 없다.

　그렇다면 인심·도심설에서 선·악·시·비가 문제됨은 어디에 있는가? 우리는 이에 대한 답을 상기 인용문에서 확인할 수 있다. 이 글에서 주자는 도심을 天理之公으로, 인심을 人欲之私로 규정하고 있다. 이는

13　雖上智 不能無人心 …… 雖下愚 不能無道心 二者 雜於方寸之間而不知所以治之 則危者 愈危 微者愈微 而天理之公 卒無以勝夫人慾之私矣. 『中庸章句』序.

도심을 '公'으로, 인심을 '私'로 서로 상정하여 공적이고 보편성으로서의 성질을 갖는 도심을 선의 근거로, 사적이고 개별성으로서의 성질을 갖는 인심은 악이 될 수 있음을 내포하고 있다고 할 수 있다. 그래서 그는 주장하기를,

> 반드시 도심으로 하여금 일신의 주를 삼고 인심이 매양 명령을 따르게 한다면 위태로운 것이 편안하게 되고 은미한 것이 드러나게 된다.[14]

고 하였다. 그런데 여기서 하나 문제가 되는 것은 공적이고 보편적인 것을 선으로, 사적이고 개별적인 것을 악의 소지로 삼을 수 있는 기준이 어디에 있는가 하는 것이다. 그것은 바로 성리학의 중요한 속성의 하나인 家의 구조적 원리에서 그 일단을 찾아볼 수 있다. 家의 구조적 원리란, 통체(統體)-부분자적(部分子的) 세계관과 家 중심의 가치체계에 바탕하여 家의 실현, 즉 本家에서 태어나 業家的 무대 속에서 一家를 이루어 국가적 무대 속에서 大家로 활약하여 역사에 이름을 날리고자 하는 형태의 삶을 구성하고 작동시키는 기본 원리를 말한다.[15]

따라서 도심을 '공'의 개념으로, 인심을 '사'의 개념으로 상정하여 공적이고 보편적인 것을 선의 근거로 파악하고, 사적이고 개별적인 것을 악의 소지로 파악하는 것은 통체에 비해 부분자를 열등시한 성리학적 세계관과 관련이 있다고 생각된다.

그렇다면 문제는 모두 해결된 것일까? 문제는 그렇게 간단하지 않다.

---

14 必使道心常爲一身之主 而人心每聽命焉 則危者安 微者著…. 『中庸章句』序.
15 崔鳳永, 「韓國人의 社會的 性格 Ⅱ」, 느티나무, 1995, 9쪽.

우리는 주자의 인심·도심설에서 선과 악이 상반되는 듯한 인상을 쉽게 지울 수가 없다. 앞서 필자는 주자의 글을 통하여 인심 = 악, 도심 = 선이라는 등식은 성립되지 않는다고 했다. 그러함에도 불구하고 이 양자가 상반되는 듯한 인상을 주는 것은 무엇 때문일까? 그것은 바로 인심과 도심이 한마음 안에서 서로 갈등상태에 있기 때문이다. 갈등상태란 둘 이상의 무언가가 하나의 대상에 혼재해 있다는 것이다. 이것은 '상반'과는 다르다. 그리고 선과 악은 상반되는 개념이 아니다. 선과 악은 특정한 상황을 기점으로 바뀔 수 있는 가능성이 있다. 이를 그림으로 표시하면 다음과 같다.

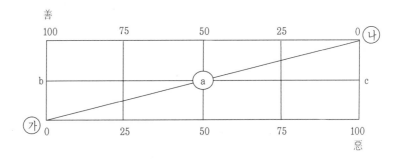

이해의 편의를 위해 선과 악을 위와 같이 수치화하여 표시할 수 있다고 하자. 위의 표에서와 같이 절대선(㉠)과 절대악(㉡)은 이론적으로는 가능하지만 현실적으로는 불가능하다. 아무리 악한 인간이라 하더라도 1~2 정도의 선은 가지고 있을 수 있기 때문이다. 반대로 아무리 성인이라 하더라도 1~2 정도의 악은 가지고 있을 수 있다. 위의 표에서 ⓐ를 기점으로 하여 b하단으로 갈수록 선인에 가깝다. 반대로 ⓐ를 기점으로 하여 c상단으로 갈수록 악인의 성질이 강해진다. ㉠가 성인의 경우에 해당한다면 ㉯는 우인의 경우라 할 수 있다. 앞서 주자의 글에서 성인이라 하여 인심이 없는 것이 아니며, 우인이라 하여 도심이 없는 것이 아니라 한 것은 이와 유사하다고 할 수 있다.

이렇게 본다면 ⓐ는 선과 악을 구분하는 임계점이다. 그리고 인간에게 있어서 이 ⓐ는 점진적으로 형성되기도 하지만, 특정 상황에 의해 순식간에 형성되기도 한다. 그래서 한순간에 ㉮지점을 향하기도 하고, ㉯지점을 향하기도 한다. ㉮지점에 가까울수록 성인에 가까워진다. ㉯의 지점에 가까울수록 점점 우인(악인)에 가까워진다.

2) 인심 · 도심과 〈사씨남정기〉에 나타난 인물의 선 · 악 문제

이제 앞서 논의된 내용을 토대로 〈사씨남정기〉에 나타난 인물들의 선·악·시·비에 대해서 살펴보기로 하자. 〈사씨남정기〉에 나타난 인물들의 성격은 비교적 그 개성이 뚜렷하기 때문에 위에 제시한 모델이 아주 유용하게 쓰일 수가 있다.

〈사씨남정기〉는 한 가정 내에서 일어나는 처·첩 간의 갈등을 통하여 선과 악이 상호 대립하는 구성 방식을 취하고 있다. 갈등을 일으키는 주된 인물은 교 씨이다. 교 씨가 갈등을 일으키는 주된 동기는 쟁총과 이를 통한 생존의 몸부림에 있다. 아래 예문을 통해 확인하기로 하자.

한림이 들어오다가 두 아이의 노는 것을 보고, 인아 비록 어리나 골격이 준매초출(俊邁超出)하여 장주의 다만 미려함에 비할 바가 아니라. 한림이 미처 관복을 벗지 아니하고 인아를 안고 무애(撫愛)하여 왈 이 아이 얼굴이 우리 先人과 같으니 우리 집의 큰 보배라 하고 유모를 명하여 각별 보호하라 하고 내당으로 들어가니, 장주의 유모가 들어와 교녀를 보고

눈물 흘리며 고하여 왈 노야께오서 홀로 인아만 안아 사랑하시고 장주는
돌아보지도 아니하시더이다. 교녀 대노하여 왈 내가 사 씨로 더불어 인물
이 같지 못한 중 또한 재질이 같지 못하고 문채가 같지 못하고 지혜가
같지 못한 중 또한 적서지분이 현수(懸殊)하나 내 한갓 아들이 있기로
상공의 편벽된 사랑을 입었더니 이제 제 아들이 있으니 이제는 인아가
이 집 주인이 되고 내 자식은 무용이라. 제 외면으로 선대(善待)하나 중심
은 그렇지 아닐 것이오. 지난번 거문고 곡조 의론도 미워서 말함이라. 일
조에 상공께 참소하면 마음이 자연 변하리니 장부의 마음이 한번 변한
즉 나의 전정이 어찌 위태치 아니리오.[16](필자 현대역)

위의 예문은 교 씨가 장주를 낳은 후 얼마 지나지 않아 사 씨가 다시
아들 인아를 낳고 생긴 변화를 드러내는 부분이다. 사 씨가 인아를 낳기
전에는 교 씨의 아들 장주를 안고 즐거워했다. 그런데 이제는 인아를
먼저 안고 이 아이가 유 씨 가문을 빛나게 한다고 한다. 이에 유모가
교 씨에게 그 상황을 전하고, 교 씨는 이때부터 심각한 생존의 위협을
받는다. 아마도 이 부분이 교 씨에게서는 악으로 가는 임계점 ⓐ가 될
수 있다. 물론 사 씨가 인아를 낳기 이전에도 사 씨의 출산을 막기 위해
약을 먹여 낙태를 시도하는 악행을 저지르기도 한다. 하지만 결정적으
로 교 씨의 악행을 가속화시킨 것은 바로 유연수가 인아를 편애한 이
장면이다.

교 씨가 악인이 될 수밖에 없도록 만든 임계점 ⓐ의 상황이 없었다면
교 씨는 착하게 살 수 있었을까? 아니면 이 상황으로 인해 교 씨의 모든

---

16 〈사씨남정기〉, 인천대학 민족문화연구소 편, 『구활자본 고소설전집』 21권, 인천대학 민
    족문화연구소 자료총서간행위원회, 1984, 26~27쪽.

악행은 용서가 될 수 있을까? 이 상황 전후에 나타나는 교 씨의 생각이
나 행위로 볼 때, 그럴 가능성은 매우 낮다. 그녀의 행위는 변명은 될
수 있을지언정 뚜렷한 설득력은 가지지 못한다. 왜냐하면 그녀의 삶의
목적은 철저하게 개인의 행복 추구에 있었기 때문이다. 언제나 명분보
다는 실리가 앞서며 타인의 불행은 곧 나의 행복이라는 가치관에 입각
해 있다. 이러한 그녀에게서 공적이고 보편성에 입각한 선의 행위는 찾
아보기 힘들다. 통체와 부분자의 관계에서 통체의 가치를 우선시한 당
대의 관점에서 보면 철저하게 사욕으로 일관한 그녀의 행위는 분명 악
이라 할 수 있다.

이는 단순히 그녀의 행복 추구를 탓하려는 것이 아니다. 다만 선의의
경쟁에 입각한 행복의 추구가 아니라 술수가 앞선 그녀의 방법상의 부
적절함이 문제다.

혹자는 이러한 방법을 쓸 수밖에 없었던 그녀의 처지를 변호하고 싶
을지도 모르겠다. 즉 사 씨와 교 씨의 관계는 그 시작점에 있어서 벌써
처와 첩이라는 신분상의 우열이 결정된 상태에 있었기 때문에 애초에
공정한 경쟁은 이루어질 수 없었고, 술수는 달리 선택의 여지가 없었던
그녀가 택할 수 있는 유일한 길이었다고 말이다.

또 하나 교 씨를 변호할 수 있는 견해로 남성 중심의 유교문화를 제기할
수도 있다. 한상현은 그의 글에서 말하기를, '교 씨와 같은 악녀는 남성
중심의 가부장적 틀에서 파생된 일부다처제의 희생녀요, 남편의 일방적
편애로 소외된 희생녀였다.'[17]고 하여 교 씨의 행위를 변호하고 있다.

이러한 교 씨에 대한 변호는 교 씨가 악인이 되어가는 과정 전체에

17 한상현, 「고소설에 나타난 악녀의 실상」, 건국대학교 대학원 석사학위논문, 1996, 61쪽.

주목한 것이다. 그 중에서도 임계점 ⓐ의 부분을 강조하여 해석한 것이라 판단된다. 위의 표에서 교 씨는 '㉠ → ⓐ → ㉯'의 과정을 거치되, 교씨가 결정적으로 악인이 된 데에는 사 씨의 아들 출산과 남편 유연수의 편애라고 하는 ⓐ의 상황이 결정적이었다는 것이다. 이는 교 씨가 악인이 되어가는 과정을 설명하기에 매우 적절하다. 또한 당대 적장자 제도의 문제와 연결 지어 교 씨의 악행을 변호할 수도 있다. 어떤 사람의 악행은 특정한 상황이나 사람과의 상호 작용 속에서 나타난다는 논리다. 지당한 생각이다.

이러한 악인화 과정과 상호작용성에 대한 주목은 교 씨의 성격 변화나 인간성 옹호라는 측면에서는 다소 생각해 볼 여지가 있다. 하지만 이것만으로 교 씨의 악행을 긍정할 수는 없다. 전자의 견해가 설득력이 약함은 그녀가 첩을 자처한 데 있다. 교 씨가 '가난한 선비의 아내가 되기보다는 차라리 공후 부귀가의 희첩(公侯 富貴家의 姬妾)이 되겠다'[18]라고 하는 말에서 우리는 그녀가 명분보다는 실리를 추구하는 성격의 소유자임을 알 수 있다. 이 말은 교 씨가 첩에게 가해지는 어떠한 부당함도 감수하고 대신 그 보상으로서 일신의 영화를 누리겠다는 사욕이 작동한 것이라고 봐야 한다. 그런데 그녀는 이러한 초심을 뒤로한 채 보다 큰 만족, 즉 공적 가치의 수행자가 되려고 한다. 그리하여 방중술을 사용하여 아들을 낳고, 사 씨가 아들을 낳자 동청과 작당하여 그녀를 모해하게 된다. 결국은 자신의 자식까지 죽이는 데 이르며 종국에는 창기로 전락하고 만다.

---

18 自謂與其衰門寒士妻 寧爲名宦姬妾. 〈南征記〉, 金光淳 所藏 筆寫本, 『韓國古小說全集』 11권, 景仁文化社, 1993, 13쪽.

교 씨의 이러한 비극적 결말은 신분상의 열등함에서만 기인했다고 하기에는 지나친 옹호다. 또 그녀가 어쩔 수 없이 지질렀다고 하는 행위들, 즉 동청과 냉진 두 사람과 더불어 음란한 짓을 한 것이나 남편인 유연수마저 죽이고자 한 그녀의 태도는 한 아이의 어머니로서, 한 남자의 아내로서는 도저히 상상도 할 수 없는 일이다. 우리가 교 씨의 행위를 惡으로 단정할 수 있는 이유는 신분상의 열등함이나 '어쩔 수 없었다'는 상황에 기인하는 것이 아니다. 교 씨가 악녀로 평가받는 것은 그녀의 가치관과 삶의 태도로 인한 부정적 결과 때문이다. 혹 이러한 교 씨의 전모를 그녀의 개성이라든가 아니면 당대 여성들, 특히 사 씨에게서 발견되지 않는 능동성으로 이해할 수 있을 수도 있다. 하지만 그렇게 보기에는 너무나 비이성적이고 비상식적인 측면이 강하다. 따라서 전자와 같은 견해에는 동의하기 어렵다.

그러면서도 우리가 인정하거나 인지하고 넘어가야 할 부분이 있다. 즉 교 씨가 남성 중심의 가부장적 틀에서 파생된 일부다처제의 희생녀라든가, 남편의 일방적 편애로 소외된 희생녀라는 견해는 일견 설득력이 있다. 그러나 이러한 외적인 이유만으로 그녀의 악행을 긍정하거나 옹호할 수는 없다. 간혹 인간의 삶에 있어서 '상황'에 대한 설명이 필요할 때가 있기는 하다. 하지만 교 씨의 경우는 시대 상황만으로 그녀에 대한 평가를 달리 내리기에는 사욕이 너무나 강했다. 악은 외적인 상황에서 기인하기도 하지만, 내적인 과욕에서 생기기도 한다. 『설문해자』에서도 '惡' 字의 풀이를, '惡過也'[19]라 했고, 앞서 주자의 글에서도 사람이 인욕의 사사로움을 다스리지 못하여 그 절도를 잃으면 위태로운 것

---

19 惡過也. (漢)許慎 著·(宋)徐鉉 校定, 『說文解字』 卷十 下, 中華書局, 1989, 221쪽.

이 더욱 위태로워져 악이 된다고 했다. 그러므로 교 씨에게는 구실은 있으나 명분이 약하므로 이 견해 또한 전적으로 수긍하기는 어렵다.

그러면 인심·도심과 앞서 제시한 그림으로 보았을 때 교 씨의 선·악·시·비는 어떻게 이해되어야 하는가? 그녀의 마음은 위태로운 인심에서 출발했다. 교 씨는 애초에 악 25~50 사이의 그 언저리에 그녀의 마음이 놓였으리라 짐작된다. 자신이 잘살기 위해 첩을 선택한 그 순간부터 그녀의 마음은 위태로웠다고 할 수 있다. 이 위태로운 인심을 잘 조절하지 못하다가, 사 씨의 아들 출산과 유연수의 편애라고 하는 ⓐ의 상황을 맞이하자 곧바로 사욕에 빠졌다가 종국에는 악으로 흘러 ㉯의 지점 상단을 향해 치달았다. 그녀의 욕망은 지극히 개별적이며 사적인 가치관에 입각해 있다. 통체와 부분자의 관계에 있어서도 공적 성질을 갖는 통체의 가치나 질서보다 사적이고 부분자적인 질서에 철저한 기반을 두고 있으므로, '인간은 사회적 동물이다'라는 관점에서 긍정할 수가 없다.

그렇다면 교 씨에게서 도심이 전혀 발견되지 않는가? 앞서 논의된 것만 본다면 그녀에게서 도심은 전혀 발견되지 않는다. 하지만 그녀에게도 도심으로 볼 수 있는 구석이 분명 있다. 그것은 바로 동청이 교 씨의 아들을 죽여 사 씨를 축출하려는 음모를 꾸미는 데서 그 일단이 발견된다. 동청의 이러한 엄청난 계획에 교 씨는 말하기를,

> 교녀 동청의 등을 치며 왈, 시랑(豺狼)도 오히려 제 새끼를 사랑하거든 하물며 사람이 참아 제 자식을 죽이리오. …… 이 일은 차마 사람의 할 바가 아니라 ….(현대역 필자)[20]

라고 하여 그녀가 위태롭고 위태로운 인심으로만 일관한 것은 아니다. 다만 이러한 도심을 오로지(專一)하지 못했기 때문에 파멸하고 만 것이다. 이때 만약 그녀가 정밀하게 살펴 오로지 할 수 있었다면 그녀의 삶은 위태로운 인심에서 도심으로 탈바꿈 될 수도 있었다. 그렇게 하지 않았기 때문에 그녀는 구제될 수 없었다.

이상을 통해서 볼 때 교 씨의 악행은 외부적 요인에 자극을 받은 것은 맞지만, 궁극적으로는 내부에서 發한 것이 된다. 앞서 제시한 모델로 본다면 惡이 극에 달하여 선이 회생 불가능할 정도로 훼손된 상태라 할 것이다. 굳이 그 지점을 짚어보자면 ㉯와 그 부근 지점이 될 것이라 생각된다.

이러한 교 씨와 달리 사 씨는 어떤 인물인가? 선행 연구에서 사 씨는 '윤리의 화신인 성녀(聖女)'[21]나 '재색과 부덕을 갖춘 이조 여인의 이상형'[22]으로 인식되어 왔다. 실제로 사 씨는 작품 전체에서 시종일관 선의 체현자로 그려지고 있으며 매사에 긍정적인 수용의 태도를 보이고 있다. 이러한 그녀가 교 씨와 갈등을 일으키게 되는 주된 동기는 스스로 그 족함을 알지 못하여 첩을 들이는 데 있었다. 사 씨가 스스로 족함을 알지 못했다는 것은 무엇을 이름인가? 그것은 바로 무자로 인한 죄를 짓지 않으려는 그녀의 욕심이라 할 수 있다. 결과론적이기는 하지만 첩을 들인 얼마 후 그녀는 잉태를 함에도 불구하고 그 시간을 슬기롭게 기다리지 못했다. 그래서 아들을 얻으려는 그녀의 욕심은 한 가정에 풍

20 〈사씨남정기〉, 『한국고전소설판각본자료집』 권4, 국학자료원, 1994, 320쪽.

21 이금희, 〈사씨남정기에 나타난 서포의 여성관〉, 「국어교육」 69·70합집, 한국국어교육연구회, 1988, 156쪽.

22 김용숙, 〈사씨남정기를 통해 본 이조여성생활〉, 「김만중연구」, 새문사, 1983, Ⅲ-57쪽.

파를 몰고 온 것이다. 『道德經』에 이르기를,

　　화(禍)는 만족함을 모르는 것보다 더 큰 것이 없고, 허물은 얻으려는
　　욕심보다 더 큰 것이 없다. 그러므로 만족할 줄 아는 족함이라야 항상
　　풍족하다.[23]

라고 하여 모든 화와 허물의 원인은 만족을 모르는 욕심에 있다고 하였
다. 분명 모든 악의 소지는 인간의 사욕에 있다.

　그런데 여기서 문제가 되는 것은 사 씨가 아들을 얻고자 하는 마음이
철저한 사욕에 그 기반을 두고 있지 않다는 것이다. 유교사회에서 부부
가 자식이 없다고 하는 것은 큰 불행이 아닐 수 없기 때문이다. 이 불행
은 비단 그 당사자에게만 한정되는 것이 아니라 한 가문의 문제, 나아가
국가적 문제이다. 『맹자』에도 '후손 없음이 가장 큰 불효이다'[24]라고 하
여 자식이 한 가정과 가문에 있어서 가지는 중요성을 지적하고 있다.
그래서 무자는 곧 불행과 직결된다.

　유교사회에서 혈통의 단절은 크나큰 불행이 아닐 수 없으며 후사에
거의 절대적인 가치를 두었다. 그 결과 고소설에는 혈통과 조상숭배의
문제가 '행복한 부부생활↔무자로 인한 불행'의 구조[25]로 나타나기도
한다. 대를 이을 후사가 있음은 부부의 행복이면서 동시에 가문의 번영
과 관련된다. 또 이것은 나아가 국가의 초석이 된다는 점에서 사 씨의

---

23 禍莫大於不知足 咎莫大於慾得 故 知足知足 常足矣. 老子, 『道德經』, 第四十六章 '天下
　有道'.
24 孟子曰 不孝有三 無後爲大. 『孟子』「離婁章句」上 二十六章.
25 박대복, 「고소설에 수용된 민간신앙 연구」, 중앙대학교 대학원 박사학위논문, 1989, 19쪽.

욕심은 사적이면서 동시에 공적인 가치가 된다. 이는 통체의 가치를 절대시한 사회에서 있을 수 있는 지극히 자연스러운 행위이다. 따라서 사씨가 후사에 대해 집착하는 것은 과도히 나무랄 성질이 못 된다.

사 씨에게 있어서 우리가 또 하나 집고 넘어가야 할 부분은 '현모양처'에 대한 정당한 평가이다. 한상현은 '양처의 행동은 본능을 억제하는 극히 내향적인 성격의 소유자라든가, 당대 지배논리의 희생자 또는 일체 남편 종속적이며 현실 순응적인 인물'[26]로 평가하여, 현모양처를 피동적 산물의 소산으로 낮게 평가하고 있다. 그의 이러한 견해는 부분적으로 설득력이 있다.

그런데 우리가 여기에서 간과하지 말아야 할 부분이 있다. 그것은 다름이 아니라, 현모양처가 단순히 시대의 피동적 산물이라든가 수동적 존재, 또는 가부장제에 의한 가상적 총체가 아니라는 점이다. 현모양처는 하나의 인격의 이름이다. 시대의 피동적 산물이 아니라 능동적 주체일 수도 있다. 또 가부장제에 의한 가상적 총체가 아니라 역사적이면서도 구체적인 개인을 가리킨다고 보아야 할 것이다. 인간은 시대 상황과 밀접한 관련을 가지고 당대의 가치를 수용하면서 살아간다. 하지만 그러한 사람을 모두 시대의 희생적 산물로 싸잡아 폄하하는 것은 옳지 않다. 그러한 선택을 한 그 사람의 가치관 내지 개인적 판단을 존중할 필요가 있다. 그러므로 사 씨와 같은 인물을 단순히 당대 윤리의 피동적 산물로 매도하여 이해하는 것은 바람직하지 않다고 생각한다.

이를 토대로 우리는 작품 전체에 걸쳐 체현되고 있는 그녀의 선한 행위를 공적가치와 통체적 가치의 수행이라는 측면에서 파악할 수 있다.

---

26 한상현, 전게 논문, 61~71쪽.

이 두 가지는 앞서 논의한 바 있는 도심의 성격에 가깝다. 사 씨가 교 씨와의 갈등에서 개인적인 차원에 입각한 응분의 조처를 전혀 취하지 않은 것은 그녀의 덕성이 가장 크게 작용했다. 동시에 교 씨의 사적·부분자로서의 가치가 시간과 공간의 제한을 받는 유한성임을 인식했기 때문이기도 하다. 이는 사 씨 자신이 추구한 공적·통체적 가치가 그 우위에 있음을 확신했기 때문이다. 이는 인욕의 사사로움을 도심으로 극복한 것이 된다. 물론 그 근저에는 공적이고 통체적인 가치가 자리하고 있다. 교 씨가 추구한 가치가 물질적 사욕 즉 인심에 해당한다면, 사 씨가 추구한 가치는 공적이고 보편성으로서의 성격을 갖는 정신적 가치 즉 도심에 해당한다.

이를 통해서 볼 때 사 씨의 마음은 기본적으로 도심에서 시작하여 도심으로 그 끝을 맺고 있음을 알 수 있다. 이를 앞의 표로 설명한다면 선한 마음이 가득 찬 ㉮의 지점까지는 아니더라도 ㉮와 가장 근접한 부분이 사 씨의 심성이 놓일 수 있는 자리가 아닌가 한다. 그만큼 사 씨의 마음은 도심으로 가득 차 있는 상태라고 할 수 있다.

사 씨와 교 씨가 시종 선 또는 악으로 일관하고 있다면, 유연수와 설매는 사건의 전개에 따라 선과 악이 서로 교차하는 양상에 해당된다. 유연수는 처음에는 학덕이 높고 부귀공명을 멀리하는 인물로 형상화되어 있다. 그러나 사 씨의 청으로 첩 교 씨를 맞이하고 난 이후에는 감각적 욕망에 점점 빠져들게 된다. 그는 처음에는 교녀의 술수를 사용하여 사 씨를 모함하자 사 씨를 변호하면서 믿지 않는다. 그러나 사건이 전개되어 감에 따라 교 씨의 음모는 보다 집요해지고 그에 따라 유연수도 점점 반신반의하다가 결국 그 술책에 넘어가게 된다.

이와 같은 서사 전개 과정에는 작가의 아주 치밀한 전략이 구사되어

있다. 그래서 독자들은 그런 유연수의 행동이 '그럴 수도 있겠다.'고 생
각한다. 교 씨의 음모로 사 씨를 차츰 멀리하게 된 유연수는 결국 그녀를
폐출시키고 첩 교 씨를 정실로 맞이하게 된다. 그러나 결국에는 그 자신
마저 교 씨와 동청의 음모로 정배(定配)살이를 하게 된다. 유배지에서
그는 그간의 모든 잘못을 뉘우치게 되고 누명을 벗게 되어 돌아오던 중
에 설매를 통하여 사건의 전모를 알게 된다. 그 후 사 씨와 상봉하게
된 유연수는 사 씨의 권유로 가명을 사용하면서 농사일로 소일하게 된
다. 이후 관직에 복귀하게 된 그는 창기로 생을 연명하고 있던 교 씨의
소식을 듣고 그녀를 징치한다. 참으로 아이러니한 것은, 첩을 들여 풍파
를 몰고 왔던 그가 사 씨의 권유로 다시 임 씨를 첩으로 맞이한 후 행복
한 삶을 영위한 것으로 끝을 맺는다는 것이다.[27]

　이상을 통해서 본다면, 유연수의 마음은 도심으로 시작되었다가 인욕
의 사사로움에 빠져 크나큰 과오를 범하게 되고 다시 회개하여 도심으
로 회복되는 것으로 볼 수 있다. 그런데 그가 인욕의 사사로움에 빠져
과오를 범하게 되는 원인은 어디에 있는가? 그것은 바로 인심과 도심이
혼재해 있는 그 상황을 정밀히 살피지 못한 데 있다. 그래서 그의 마음은
도심이 인욕의 사사로움에 가려지게 되었고 결국은 크나큰 과오를 범하
게 된 것이다. 정밀히 살피지 못하여 인욕의 사사로움으로 빠진 그의
행위는 인심·도심설에서 본다면 전적으로 그 자신의 잘못이라 할 수
있다.

---

27 사 씨에 의해 유연수가 임 씨를 다시 첩으로 들여 행복한 삶을 영위하는 것으로 작품이
　마무리되는 것을 보면, 이 작품의 주제가 처첩간의 갈등을 다루었다고 보기 어려운 면이
　있다. 〈사씨남정기〉에서 처첩간의 갈등은 인물의 선·악을 드러내기 위한 하나의 장치일
　수도 있다.

그런데 유연수는 여기서 주저앉지 않는다. 그는 다시 본연의 상태인 도심으로 회복한다. 이는 교 씨가 사적이고도 부분자적인 가치에 입각한 논리로 공적이고 통체적 가치를 전도(顚倒)하려 한 행위에 대하여, 유연수를 다시 도심으로 회복시킴으로써 교 씨의 그러한 가치에 일침을 가하려는 작가의 의도가 엿보인다고 할 수 있다. 따라서 유연수의 심적 변화 단계는 도심→인심→도심의 구조를 가지며, 선과 악의 임계점 ⓐ를 기준으로 하였을 때, 선이 큰 비중을 차지하는 ㉠를 향해 있다고 하겠다.

〈사씨남정기〉에서 유연수와 같이 성격의 변화를 보이는 인물로는 설매가 있다. 이는 작가가 상층의 유연수를 통해서 도심→인심→도심의 과정으로 설정하여 公的이고 통체적 가치를 긍정한 것이라면, 설매의 경우는 하층인물을 대표하여 그러한 가치를 체현한 인물로 설정하고 있다고 볼 수 있다.

설매는 애초에 악한 인물이 아니었다. 적어도 납매의 흉계에 넘어가기 전까지 그녀는 그저 평범한 하녀에 불과했다. 그러던 것이 납매의 꼬임과 금전에 마음이 동하여 악으로 전락하는 인물이다. 그러다가 후환이 두려워 더 큰 악의 구렁텅이로 빠져들게 된다. 어찌 보면 금전에 눈먼 인간의 나약한 모습을 그대로 드러내고 있는 인물이 바로 설매가 아닌가 한다. 그러나 인간성 옹호라는 측면을 떠나 인심·도심으로 파악하게 되면, 그녀의 행위는 분명 인심의 위태로운 면을 드러냄이요, 인욕의 사사로움이며, 더 크게는 악이라 단정할 수 있다.

그런데 설매는 더 큰 악으로는 전락하지 않는다. 그녀는 교 씨가 사씨의 아들 인아를 강물에 던져 죽이라는 명령에 순응하지 않는다. 그녀가 인아를 안고 물가에 왔을 때 아이는 고이 잠들어 있었다. 그때 그녀는

사 씨의 성덕을 흠모하며 차마 아이를 죽이지 못하고 수풀가에 눕혀 두
고 돌아와 교 씨에게는 거짓말을 하게 된다. 그 대목을 보면 다음과 같다.

> 인아를 안고 물가에 오니 아이 오히려 잠이 익히 들었거늘 차마 해치
> 못하고 스스로 눈물을 흘리고 왈, 사부인 성덕이 저 물 같거늘 내 무상하야
> 죽게 하고 이제 그 자식을 마저 해하면 어찌 천하 앙 없으리오. 하고 아이
> 를 수풀 속에 감추고 돌아와 교녀더러 왈 … [28]

이와 같이 그녀는 잠시 인욕의 사사로움에 빠져 악에 머무르기는 했
지만 곧바로 선한 본성 즉 도심을 회복하게 된다. 그리고 유연수를 만나
그간의 잘못을 뉘우치고 결국은 자살하여 자신의 죄에 대해 스스로 단
죄한다. 설매의 이러한 행동은 주자가 '下愚라도 도심이 없지 않다'는
말로 설명할 수 있다. 따라서 설매의 경우도 유연수와 거의 비슷하게
도심→인심→도심의 구조를 가지며, 선과 악의 임계점 @를 기준으로
하였을 때, 선이 큰 비중을 차지하는 ㉮를 향해 있다고 하겠다.

〈사씨남정기〉에는 철저하게 악으로만 일관하고 있고 시종 인욕의 사
사로움에 지배를 받고 있어서 선이나 도심으로서의 면모를 조금도 찾아
볼 수 없는 인물도 등장한다. 동청과 냉진이 그 대표적 인물이다.

동청은 본래 그 위인 됨이 주색과 도박을 일삼는 자다. 인물이 잘나고
언변이 뛰어나며 글씨를 잘 써서 처음에는 누구에게나 귀염을 받지만
조금만 지나면 그 집 자제를 유인하고 처첩을 희롱하는 인물이다. 갈
데가 없어 유연수의 집에 의탁하고 있을 때도 처음에는 민첩하고 간활

28 〈사씨남정기〉, 인천대학 민족문화연구소 편, 『구활자본 고소설전집』 21권, 인천대학 민
족문화연구소 자료총서간행위원회, 1984, 69쪽.

(奸猾)하여 무슨 일이든지 잘하는 인물이다. 그러나 시간이 지남에 따라 점점 본색을 드러내다가 결국에는 교 씨와 사통하게 된다. 심지어는 교 씨를 꾀어 그녀의 아들까지 죽인다. 또 사 씨를 축출하고 유연수마저 없애려 하지만 定配살이를 시키는 것으로 끝나고 만다. 유연수를 쫓아 낸 이후에는 자신이 교 씨의 남편 노릇을 하며 간신 엄숭에게 빌붙어 벼슬을 얻고 백성들을 학정에 시달리게 한다. 결국에는 자신의 심복 냉 진으로 인하여 능지처참을 당하고 마는 인물이다.

그는 철저하게 사욕으로 일관하는 인물이며, 그 외 다른 공적이고 보편적인 가치에는 전혀 관심이 없다. 오직 이 세상은 자신과 자신의 행복을 위해서 존재할 뿐이다. 이런 그에게서 도심이나 공적인 가치를 기대하기란 애초에 어려운 것이다. 그의 심적 구조는 인심→악행으로 흘렀으며, 앞의 모형에서 악이 100에 이른 ㉯의 지점이 동청의 심성이 놓인 자리라고 생각된다. 동청과 같은 이러한 인물형은 앞서 이야기한 주자의 '下愚라도 道心이 않다'라는 관점에서 본다면 분명 위배되는 것이다. 그러나 이것은 주자의 말에 문제가 있는 것이 아니라 작가의 극단적인 인물 설정에 문제가 있다고 봐야 한다. 즉 인심과 도심, 선과 악은 극단적으로 대립되는 것이 아님에도 불구하고 작가는 동청을 극단적인 악인으로 설정하여 징악의 조치를 통해 권선의 의도를 드러내고 있는 것이다.

동청과 별반 다를 바 없는 인물로 등장하는 인물인 냉진도 시종 악으로만 일관하는 인물이다. 그는 동청의 부탁을 받고 사 씨를 겁탈하여 그녀를 아내로 맞이하고자 한다. 그러나 사 씨가 천상의 도움으로 그 음모를 먼저 알고 피신하자 결국 실패하고 만다. 나중에는 벼슬하는 동청에 빌붙어 그와 더불어 온갖 학정을 일삼는다. 그리고 동청이 업무로 바쁜 틈을 타서 교 씨와 사통하게 되고 심지어는 동청을 관가에 고하여 그를 제거한다. 이후 동청이 간신 엄숭에게 보낸 십만 금을 가지고 교 씨와 더불어 도망을 간다. 그러나 도중에 자신의 심복에게 몽땅 털리고, 결국에는 도적의 괴수로 잡혀 처형당하게 되는 인물이다.

이런 냉진에게서도 도심이나 공적인 가치는 전혀 발견되지 않는다. 그는 일신의 영화와 탐욕만을 추구하는 인물로 나타난다. 따라서 냉진도 동청과 같은 유형으로 인물의 선·악관을 포폄할 수 있다고 본다.

이 외에도 두 씨 부인이나 임소저, 장주 유모, 납매, 십랑, 엄숭 등의 인물이 등장하지만 여기서는 더 이상 논하지 않겠다.

3) 존천리 거인욕(存天理 去人欲)과 인물의 선·악 문제

여기서 天理와 人欲이란 인심·도심과 별반 다른 것이 아니다. 필자가 편의상 나누어 설명하고자 하는 것이다. 천리란 인간이 공존·공생하기 위해서 요청되는 필수적인 당위 규범으로 인의예지(仁義禮智)를 말한다. 인욕이란 공적인 가치로서의 인의예지를 벗어나 사사로운 욕구를 추구하는 마음을 일컫는 개념이다. 어찌 보면 '존천리 거인욕'이라는 말은 엄밀한 의미에서 인간에 대한 금욕주의의 한 표현이라 할 수 있다. 현재의 관점에서 인간의 감정에 대한 금욕이 옳은가 그른가 하는 문제는 필자의 능력 밖이다. 다만 〈사씨남정기〉에 나타난 당대 사회의 관점에서는 이것에 대한 시·비·선·악을 논의할 수 있다고 본다.

현존하는 자료 중에서 천리와 인욕이 처음으로 대비되어 사용된 곳은 『禮記』「樂記篇」이다.

사람이 나서 고요한 것은 하늘의 성품이요, 사물에 감응해서 움직인 것은 본성의 욕구이다. 사물에 이르면 지혜가 이를 안다. 그런 뒤에야 좋아하고 싫어함이 나타난다. 좋아하고 싫어함이 안에서 절도가 없고 지혜가 밖에서 유혹을 받는다면, 능히 몸을 반성하지 못해서 天理가 멸한다. 대저 사물이 사람을 느끼게 함이 무궁한데, 사람이 좋아하고 싫어함이 절도가 없다면 이는 사물이 이르러서 사람이 물건에 化하는 것이다. 사람이 물건에 화한다는 것은 천리를 멸하는 인욕을 다하려는 것이다. 여기에서 도리에 거슬리고 거짓 마음이 생겨나며 음탕하고 어지러운 일이 일어난다. 때문에 강한 자는 약한 자를 위협하고 많은 자는 적은 자에게 포악하게 된다. ……[29]

상기 예문에서 천리는 인간의 본성 중 하늘과 일치하는 본성이며, 인욕은 물질적 감각적 측면에 대한 인간의 욕망을 가리킨다고 했다. 인욕은 외적 대상에 대한 추구 행위이며, 이는 사람의 본성인 천리를 사라지게 할 수 있는 요인이 된다. 따라서 천리는 공적, 통체적 의미를 지니므로 보존해야 할 가치이고, 인욕은 사적, 부분적 가치를 지닌 것으로서 극복해야 할 대상이 된다. 이러한 '존천리 거인욕'은 인간과 금수(禽獸)를 구별하는 기준으로서의 의미를 지닌다.

그런데 인간이 살아가는 데 있어서 지극히 자연스러운 식색에 대한 추구도 제거해야 할 것인가? 물론 그렇지는 않다. 다만 생존에 필요한 그 이상을 탐하는 개인적인 욕구가 절도를 잃게 되면 惡으로 흐를 소지

---

29 人生而靜 天之性也. 感於物而動 性之欲也. 物至知知 然後好惡形焉. 好惡無節於內 知誘於外 不能反躬 天理滅矣. 夫物之感人無窮 而人之好惡無節 則是物至而人化物也. 人化物也者 滅天理而窮人欲者也. 於是有悖逆詐僞之心 有淫泆作亂之事. 是故 强者脅弱 衆者暴寡 ……『禮記』「樂記篇」.

가 있으므로 제거해야 된다고 하는 것이다. 이 말은 인간이 배고플 때
먹고, 목마를 때 물을 찾는 것 등의 본능적인 욕구 그 자체를 부정하고자
하는 것이 아니다. 이러한 욕망이 천리를 따를 때 긍정될 수 있으며,
인욕의 사사로움으로 인하여 그 절도를 잃게 되면 위태하게 되고, 위태
한 것이 더 위태로워지면 惡으로 흐를 수 있음을 경계한 말이다.

이상을 토대로 〈사씨남정기〉에 등장하는 인물들의 행위를 '존천리 거
인욕'의 입장에서 살펴보기로 하자.

먼저 교 씨의 경우에서 본다면 그녀의 쟁총이나 생존을 위한 노력은
단순히 그 자체만을 두고 볼 때는 제거해야 할 대상이 아니다. 또 그녀
자신의 행복에 대한 추구나 실리를 우선시하는 그녀의 생각 또한 인간
이면 누구나 가질 수 있는 지극히 자연스런 욕구이다. 인간이면 누구나
사랑받고 싶어 하고 행복하기를 원한다. 그래서 인간은 끊임없이 노력
하게 되고 그 노력 속에서 자신의 욕구를 충족시키려고 한다. 그러므로
교 씨가 행복해지고자 하는 그 마음 자체는 인간의 지극한 본성이며 천
리이므로 여기에서는 더 이상 문제 삼을 것이 없다.

그런데 그녀에게서 제거해야 할 인욕이 있다고 함은 무엇을 두고 이
름인가? 그것은 바로 그녀의 행복 추구에 사용된 방법상의 비도덕성과
절도를 벗어나 지나치게 사욕을 추구한 그녀의 과욕에 있다. 교 씨의
이러한 과욕은 그녀의 사사로운 인욕이며, 사사로운 인욕은 위태하므로
제거해야 할 대상이 된다. 이정(二程) 형제가 말하기를,

> 인심이란 사욕이므로 위태롭고, 도심이란 천리이므로 정미하다. 사욕
> 을 없애면 천하가 밝아지게 된다.[30]

라고 하여 일신의 행복을 위한 사사로운 욕심을 경계하였다. 행복이라는
개념은 단지 어떤 구체적인 상황이나 사람의 상태만을 특징짓는 용어는
아니다. 행복이란 개념 속에는 삶의 바람직한 모습, 좀 더 정확히 말하자
면 그에게 있어 축복이 무엇인지를 알려주는 의미가 담겨져 있다. 따라
서 행복이란 개념에는 규범과 가치성이 개입된다.[31] 바로 이 규범과 가치
성으로서의 의미를 가지는 것이 천리이며 절도를 지키는 것이라 할 수
있다. 이 규범과 가치성의 의미를 갖는 천리의 측면에서 본다면 교 씨에
게는 제거해야 할 인욕이 산재해 있다. 먼저 교 씨에게 있어 쟁총은 그녀
의 생존과 직결된다는 점에서는 아무런 문제가 일어나지 않는다. 즉 당
대 사회에서 첩의 위치는 애정생활의 대상이거나[32] 혈통을 잇기 위한
수단이었을 뿐 그 지위란 형편없는 것이었다. 더구나 본처가 아들을 낳
았을 경우에는 첩에게서 출생한 자식은 갖은 냉대와 불합리한 대우를
받았다. 그 자신은 한낱 소모품에 불과했다. 이러한 상황에 직면해 있던
교 씨가 사랑을 잃는다는 것은 그녀의 생존과 관련이 있고, 그녀가 생존
한다는 것은 그녀의 행복 추구와 직결된다는 점에서 부정할 수 없는 것
이다. 그리고 그녀가 생존하기 위해서는 아들을 낳아야 했고, 아들을
낳고자 하는 그녀의 욕구는 부정할 수 없는 가치이다. 이런 점에서 그녀
의 단순히 행복에 대한 추구는 긍정될 수 있고 정당한 욕구라 할 수 있다.

그러나 여기에 동원된 방법은 사사로운 인욕이 개입된 과욕이라 할
수 있으므로 제거해야 할 대상이 된다. 그녀가 하늘의 뜻을 어겨가면서

---

30 人心私欲 故危殆 道心天理 故精微 滅私欲 則天理明矣.『二程全書』一冊,「遺書」卷二
    十四.

31 A.V. Ado 外 著, 박장호·이인재 譯,『윤리학 사전』, 백의, 1996, 397쪽.

32 張德順,「古代小說의 惡女들」,『韓國古典文學의 理解』, 박이정, 1995, 193쪽.

방중술을 사용하여 아들을 낳는 것은 그녀의 과욕이며, 자신이 더 행복해지기 위해서 사 씨와 남편인 유연수를 쫓아내고 동청과 냉진으로 더불어 사통하면서 벌이는 그녀의 행각은 한 인간으로서 저질러서는 안될 비도덕적인 행위이다. 이는 사사로운 탐욕이다. 따라서 그녀의 비도덕적이고 지나치게 사사로운 탐욕은 제거해야 할 인욕이며 악으로서의 성격을 갖는다고 할 수 있다.

그러면 교 씨에게서는 보존해야 할 가치, 즉 천리는 발견되지 않는 것일까? 그녀에게서도 보존해야 할 가치로서의 천리는 분명히 발견된다. 앞서 살펴본 바에 나타난 도심으로서의 일단이 바로 그것이다. 만약 그녀가 그 마음을 잘 보존하여 주일(主一)하였다면 그녀는 더 이상의 과오는 저지르지 않았을 것이며 최소한 불행한 종말은 맞지 않았을 것이다.

따라서 그녀의 삶은 보존해야 할 가치인 천리를 소홀히 하고, 마땅히 제거해야 할 사사로운 인욕을 지나치게 탐했기 때문에 비참한 종말을 고하고 말았다고 생각된다.

교 씨가 보존해야 할 가치인 천리를 본존하지 못하고 제거해야 할 사사로운 인욕을 지나치게 탐하여 악으로 흘렀다면 사 씨의 경우는 어떠한가? 그녀는 시종 공적·통체적 가치를 실현하고 도심으로 일관하고 있는 데서 파악되듯이 천리를 잘 보존한 경우에 해당한다. 앞서도 이야기 하였지만 사 씨가 무자에서 낸 욕심은 사적이면서 동시에 공적인 가치이므로 이는 사욕이지만 제거해야 할 것은 아니다. 가문과 혈통을 중요시 하는 당시 유교 사회의 관점에서 본다면 오히려 천리에 가깝다. 따라서 여기에는 그녀의 사사로운 인욕은 벌써 제거되어 있다고 봐야 할 것이다.

사 씨의 혈통 계승에 대한 집착은 개인적으로는 家에 소속된 일원으로서 本家에 대한 효이며, 가통의 측면에서는 사회적 성격을 가진다.[33] 그러므로 사 씨의 행위는 공적 성격을 가지며 보존해야 할 천리가 된다고 할 수 있다. 혹 그녀가 점한 위치가 가정이라는 사적 영역[34]에 국한되어 있었으므로 그녀의 행위는 사적인 것이 아닌가 하고 의문을 제기할 수도 있다. 그러나 이는 '사적 영역의 확대는 곧 공적 영역'이라는 측면에서 볼 때 별 무리가 없다고 본다. 따라서 그녀의 행위는 정당성을 확보하고 있다.

또 사 씨의 성격을 결정짓는 현모양처라는 개념은 인간의 높은 도덕적 가치에 기반하고 있다. 그러므로 단순히 자아의 억압으로만 볼 것이 아니라 우리가 지향해야 할 고차원적인 정신이라고 보면 좋지 않을까 한다. 그녀가 교 씨와의 갈등에서 개인적인 차원에 입각한 응분의 조치를 전혀 취하지 않았다. 이러한 사 씨의 내적인 힘은 그녀의 인격과 관련이 있다. 따라서 그녀의 인격은 보존해야 할 가치인 천리로서의 성격을 갖는다.

사 씨와 교 씨는 선 또는 악으로 거의 일관하는, 비교적 단조로운 형식을 취하고 있어서 인심과 도심, 천리와 인욕의 구별이 용이한 편이었다. 따라서 여기서 선·악·시·비를 구별하는 것도 별 어려움이 없었다.

---

33 최봉영, 『조선시대 유교문화』, 사계절, 1997, 165~171쪽.

34 私的領域, 公的領域이라는 말은, 여성학 전공자들이 가부장제 사회에서 여성이 가정이라는 하나의 영역만 주어진 데 반해서 남성은 가정과 사회라는 私的領域·公的領域 두 가지가 주어졌으므로 이는 여성과 남성의 관계가 지배와 종속의 관계에 있다고 주장한 데서 나온 개념이다. (公的領域·私的領域에 관한 자세한 내용은, '앤 쇼우턱 사쑨 編著, 『여성과 국가』, 한국여성개발원, 1989'를 참조하기 바람.

그러나 유연수와 설매는 사건의 전개에 따라 그 대응 양식이 도심→인심→도심으로 나타나고 있어서 앞서 논의된 두 인물보다는 자못 복잡한 양상을 띠고 있다. 애초에 유연수는 부귀공명을 멀리하고 여성의 자색보다는 덕을 귀히 여기는 인물로 나타난다. 이는 물질적 감각적 욕망, 즉 사사로운 인욕이 제압된 상태이다. 하지만 그는 이러한 마음을 지속시키지 못하고 교 씨가 교태를 부리자 그 감각적 욕망에 현혹되고 만다. 그의 이러한 감각적 욕망에 대한 탐닉은 사사로운 인욕에 의한 것이다. 사사로운 인욕은 위태하게 되므로 제거되어야 한다. 이것을 제거하지 않았기 때문에 그는 과오를 범하게 되었다. 여기까지만 본다면 그의 마음은 천리가 인욕의 사사로움을 이기지 못하여 악으로 변이된 것이라 할 수 있다.

그러나 유연수는 계속해서 사사로운 인욕의 지배를 받는 것이 아니라 다시 도심으로 회복하게 된다. 도심을 회복했다 함은 다름 아닌 천리의 회복이다. 천리를 회복한 그는 이것을 잘 보존하여 행복하고 평화로운 삶을 살아가게 된다. 따라서 그의 마음은, '천리의 보존→사사로운 인욕의 지배→인욕의 제거→천리의 회복과 보존'이라는 과정으로 설명이 가능하다.

설매의 경우도 이와 유사한 과정으로 설명이 가능하다. 그녀도 처음에는 사사로운 인욕의 지배를 받지 않았다. 그러나 납매의 꼬임과 금전의 유혹으로 마음이 動하게 된다. 설매의 마음이 동했다는 것은 그녀의 물질적, 감각적 욕망에 대한 탐닉을 말함이다. 사사로운 욕심은 위태하게 되므로 제거해야 할 성질이다. 만약 이것이 제거되지 않으면 악으로 흐를 소지가 있는데, 바로 설매의 경우가 그러한 경우이다. 그녀는 위태로운 사욕을 제거하지 않았기 때문에 결국 교 씨와 그 부류들의 음모에 가담하게 된다. 이는 그녀의 본마음을 보존하지 못함과 사욕을 제거하지 못한 데서 기인한 것이다.

하지만 설매는 앞서 유연수의 경우에서 본 바와 같이 지속적으로 사욕의 지배를 받는 것이 아니다. 사욕을 제거하고 천리를 회복하게 된다. 교 씨가 사 씨의 아들 인아를 죽이라고 명령했을 때 아이를 죽이지 않고 돌아와 거짓말을 한 그녀의 행위는 분명 천리를 회복한 것이다. 그리고 도중에 유연수를 만나 그간의 죄행을 뉘우치는 그녀의 진정어린 태도는 한 인간의 아름다운 일면을 보여준 것이라 할 것이다. 이 역시 천리의 회복이다. 이런 점에서 설매는 유연수의 경우와 유사하다고 할 수 있다. 다만 자살로 종말을 맞는다는 점에서 차이가 있을 뿐이다.

〈사씨남정기〉에는 시종 사사로운 인욕의 지배를 받고 있는 인물로 동청과 냉진이 있다고 했다. 이 두 인물에게는 보존해야 할 가치인 천리는 전혀 발견되지 않으며 제거해야 할 인욕만 나타난다.

먼저 동청의 경우를 본다면, 그는 주색과 도박을 일삼는 자이며, 처첩 희롱하기를 예사로 하는 인물이다. 이런 동청의 행위에서 우리는 보존해야할 가치인 천리는 전혀 찾아볼 수 없다. 오직 제거해야 할 인욕만이 존재할 뿐이다. 또 교 씨와 사통하는 것이나 그녀와 모의하여 교 씨의 아들을 살해하고 간신 엄숭에게 아첨하여 백성을 학정에 시달리게 한 그의 행위는 마땅히 제거해야할 사사로운 인욕만 존재한다. 냉진의 경우도 동청과 별반 다를 바 없다. 두 인물 모두 시종 사사로운 인욕의 지배를 받았기 때문에 비참한 말로를 맞게 되는 것이다. 따라서 작가는 천리를 보존하고 사사로운 人欲을 제거해야 바람직한 삶을 사는 것이라는 점을, 긍정 인물과 부정인물의 형상을 통하여 강조하고 있는 것으로 볼 수 있다.

3. 결론

　이상에서 필자는 심성론을 토대로 〈사씨남정기〉에 나타난 인물의 선
·악관을 살펴보았다. 결론을 내리기에는 보다 핍진된 논의가 부족하였
고 아직 이른 감이 없지 않지만 이상에서 논의된 것들을 정리하면 다음
과 같다.

　먼저 필자는 인심과 도심을 곧바로 악과 선으로 대치시킬 수 있는가?
또 선과 악은 상반되는 개념인가에 대한 물음을 제기하는 것으로 시작
했다. 그래서 도출된 것이 인심과 도심을 곧바로 악과 선으로 대치시킬
수 없으며, 선과 악은 상반된 개념이 아니라는 점이 밝혀졌고 그 근거를
『書傳』의 문구와 육자정, 주자의 글을 통해서 확인할 수 있었다. 또 그림
을 통하여 그 이해를 도울 수 있도록 하였다.

　다음으로 논의된 것은 인심·도심설을 중심으로 〈사씨남정기〉에 나
타난 인물들의 선·악관이었다. 여기서는 인심 그 자체는 곧바로 악이
될 수 없으나 그 가능성이 있음에 주목하였다. 철저하게 사욕으로 일관
한 행위나 거기에 수반된 방법이 정당한 것이 아닌 것은 악한 행위로
규정지었다. 또 그것을 사적, 부분자로서의 성격과 관련지어 논하였다.
도심과 선의 관계는 공적이고 통체적 성격으로 파악하여 거기에 기반을
둔 행위는 선으로 규정하였다.

　마지막으로 '존천리 거인욕'과 선·악 문제에서는 인간의 행복추구
그 자체는 지극히 당연한 인간의 본능이지만 거기에 수반되는 행위가
비도덕적이거나 물질적 감각적 욕망에 대한 탐욕은 제거해야 할 사욕으
로 규정하였다. 또 공생공존하기 위해 필수적으로 요청되는 행위는 보
존되어야 할 가치, 즉 천리로 규정하여 논의를 전개하였다.

〈옥루몽〉의 문화적 융합과
서사 지향

1. 서론

　필자는 이 글에서 〈옥루몽〉에 나타난 상호 대립적인 요소들의 관계성
과 상호 융합의 과정을 살펴 이 작품의 서사적 지향이 무엇인지 논의해
보는 데 목적을 둔다. 어느 선학은 우리 고소설의 주제를 두고, 작품마다
각각 다른 주제가 있는 것이 아니라, 작품마다 동일한 주제를 가지고
있다[1]고 한 바 있다. 유교중심의 올바른 정신과 현실적 감각, 부처의 자비
로움, 좀 더 넓고 오묘한 세상에 대한 가능성을 오랜 기간 반복적으로
이야기하다 보니 많은 작품들의 주제가 유사한 면이 있어서 그런 주장을
했는지도 모른다. 특히 고소설 속 유교와 불교, 도교의 관계는 각 작품
속에서 비슷한 기능을 하고 있다는 점에서 이러한 견해는 설득력이 있다.
　어쩌면 본고의 논의 대상인 〈옥루몽〉도 혹 그러한 작품 중의 하나일 수
있다. 하지만 필자가 보기에 〈옥루몽〉은 우리 고소설 일반의 전통을 구유
하고 있으면서도 나름의 독특한 서사 결구와 지향성이 있다고 판단된다.

---

1 김기동, 『이조시대 소설론』, 이우출판사, 1989, 50쪽.

이 작품은 1877년에 필사된 것으로 알려진 가람본 〈육미당기〉 발문에, 斗山[2]이 "吾友南潭樵玉樓夢"[3]이라고 쓴 기록을 토대로 담초 남영로를 작가로 보고 있다.[4] 이후 〈옥련몽〉에서 〈옥루몽〉으로 개작되었으며,[5] 한문 〈옥련몽〉에서 한문 〈옥루몽〉으로 개작되었다고 하여[6] 원본이 한문본일 것이라 추정하였다. 이러한 관행은 상당한 기간 동안 이어져서 〈옥루몽〉은 남영로가 한문으로 창작한 것[7]으로 논의되다가, 최근에는 남영로가 한문으로 〈옥련몽〉을 창작하고, 그것을 번역해 한글 〈옥련몽〉을 만들었으며, 이를 바탕으로 다시 한글 〈옥루몽〉을 창작했다[8]는 견해가 제시된 바 있다.

이러한 서지적 접근 외에도 〈옥루몽〉은 다양한 관점에서 연구되었다.[9] 1990년대 이후에 논의 된 몇몇 연구에 국한해서만 보더라도 대중성과 진지성의 문제,[10] 왕도·패도 병립의 정치이념 구현양상,[11] 서사미학과

---

2 차용주 교수가 '斗山'이라는 호를 썼던 인물을 추적하여 그 구체적 인물이 서순보(徐淳輔)라고 밝히고(차용주, 『옥루몽 연구』, 형설출판사, 1981, 23쪽), 이후 장효현 교수가 보완된 자료를 통해 이를 확정하였다.(장효현, 「육미당기의 작자 재론」, 『고전소설 연구의 방향』, 한국고전문학연구회, 새문사, 1985, 251쪽.)

3 서울대 가람문고 〈육미당기〉, 김기동 편, 『필사본 고전소설전집1』, 아세아문화사, 1980, 607쪽.

4 차용주, 「옥련몽의 저작 및 저작연대 고」, 『어문논집』 10집, 안암어문연구회, 1967, 37~39쪽.

5 성현경, 「옥련몽연구」, 『국문학연구』 9집, 국문학연구회, 1968, 23~96쪽.

6 장효현, 「옥루몽의 문헌학적 연구」, 고려대학교 대학원 석사학위논문, 1981, 82~104쪽.

7 유광수, 「옥루몽 연구」, 연세대학교 대학원 박사학위논문, 2005, 1쪽.

8 유광수, 「옥루몽 한글원작설 변증-정유본 〈옥루몽〉을 중심으로-」, 『고소설연구』 31집, 한국고소설학회, 2011, 183~211쪽.

9 옥루몽의 연구사에 대해서는 유광수의 상게 박사학위논문에서 비교적 상세하게 다루었으므로 연구사적 부분은 이를 참고하기 바란다.(유광수, 상게 논문, 2005, 10~18쪽 참조.)

10 김종철, 「옥루몽의 대중성과 진지성」, 『한국학보』 16집, 일지사, 1990, 22~46쪽.

소설사적 의의,[12] 도교적 성격[13] 등 연구적 관점이 다채롭다고 할 수 있다.

이러한 선행 연구를 통해서 볼 때 〈옥루몽〉은 현실 세계의 정치적 문제를 반영하면서도 상당히 흥미 위주의 성격이 강한 작품임을 알 수 있다. 이는 18세기와 19세기 이후 두드러지게 나타나는 현상인데, 〈옥루몽〉은 그러한 문학사적 흐름을 반영하면서도 전대의 창작 관습을 적절하게 배합하여 그 나름의 문학적 성취를 이루고 있다고 본다. 이 작품의 그러한 문학적 성취는 제 요소의 관계적 융합을 통해 가능하다고 보는데, 본고에서는 서로 대립적일 수 있는 요소간의 관계성과 융합을 살펴보고, 그러한 관계적 융합을 통해 이루어지는 서사적 지향이 무엇인지 함께 논의해 보고자 한다.

2. 천문과 인문의 관계적 융합

'융합'이라는 말은 최근 우리 사회에서 중심이 되는 화두 중 하나이다. 인문정신과 과학정신의 융합, 사회의 변화에 따른 다문화간 융합도 있다. 이러한 융합은 최근에 관심을 받는 말이기는 하지만, 우리의 서사문학에서는 훨씬 오래전부터 사용되던 개념이다. 단군신화에서 천신 환웅과, 곰에서 사람이 된 웅녀의 종별, 세계별 융합에 의해 단군이 출생하

---

11 조광국, 「옥루몽의 서사미학과 그 소설사적 의의」, 『고전문학연구』 15집, 한국고전문학
   회, 1999, 249~277쪽.
12 조혜란, 「옥루몽의 서사미학과 그 소설사적 의의」, 『고전문학연구』 22집, 한국고전문학
   회, 2002, 225~252쪽.
13 최종운, 「옥루몽의 도교적 성격 연구」, 『우리말글』 34집, 우리말글학회, 2005, 2~27쪽.

였고, 주몽신화에서 천신 해모수와 수신 하백의 딸 유화의 융합을 통해 고구려 건국영웅 주몽이 탄생되었다. 이러한 융합은 성질을 달리하는 대상들의 단순한 결합이라는 의미에 그치지 않고 새로운 위대한 인물의 탄생이라는 의미로 확장되었다.

이와 같이 고전문학에서 문화적, 종교적, 인종적 융합은 단순한 결합에 목적이 있는 것이 아니라 새로운 의미를 확대 재생산해 내기 위해 흔히 사용되던 서사적 전통이다. 그 기법이 오랜 기간 관습적으로 통용되다 보니 진부한 것처럼 느껴져서 그 신선함이 반감되었을 뿐이다.

이와 같은 영역별 내지 요소 간 융합 현상은 조선 후기에 생산된 〈옥루몽〉에서도 구체적으로 확인된다. 앞서 잠시 언급한 것처럼, 이러한 현상은 오랜 서사적 전통을 가진 하나의 문학적 문화현상이면서, 〈옥루몽〉그 나름대로의 특색으로 나타난다. 그것은 바로 〈옥루몽〉이 다른 어떤 작품보다도 종교적, 문화적, 신분적 관계성을 염두에 두면서 동시에 융합의 과정을 거쳐 최종적인 의미가 산출되고 있는 것으로 나타난다.

그 중에서 필자가 먼저 관심을 가지고자 하는 것은 천문과 인문의 융합이다. 글자 그대로 풀이해 보면, 천문이라는 말은 '하늘의 무늬'이고, 인문은 '인간의 무늬'를 의미한다.[14] 〈옥루몽〉에는 문창성과 女 5星官의

---

14 이러한 천문과 인문이라는 말은 『周易』'賁卦' 편에 처음 보이는데, 그 내용은, '천문을 보아 시간의 변화를 살피고, 인문을 보아 천하를 화성한다(觀乎天文以察時變, 觀乎人文以化成天下)'이다. 그러나 본고에서 필자는 천문과 인문의 개념을 『周易』의 이러한 철학적 의미로 사용하지 않고 조금 확장된 개념으로 사용하고자 한다. 먼저 천문은 천상에서의 삶과 질서를 포괄하는 개념으로, 그리고 人文은 人世에서의 삶 또는 삶의 흔적이나 방식을 포함하는 개념으로 사용하고자 한다. 이는 〈옥루몽〉에 등장하는 주요 인물들의 전생과 현생의 관계성과, 일월성신의 천상적 질서와 人世의 정치적 질서를 염두에 두고 임의적으로 설정한 개념임을 밝혀 둔다.

천상 백옥루에서의 삶과 이들의 관계가 설정되어 있다. 이들의 천상에서의 이러한 관계는 인세(人世)에서 그대로 재현되어 나타난다. 이는 곧 '천문 = 인문'의 관계성을 드러내는 것으로 볼 수 있다.

하지만 이것은 이 작품에서 궁극적으로 말하려는 바가 아니다. 남녀 주인공의 천상과 인세에서의 관계적 삶의 조명은 '천문 + 인문 = 융합적 의미(주제의식)'의 관점에서 살펴볼 필요가 있다. 즉 천상의 욕망과 지상의 욕망이 관계적으로 융합되어 취몽부생(醉夢浮生)의 덧없음으로 귀결되는 것이 이 작품의 융합적 주제의식이라 할 수 있다. 작품 전체적으로는 유교를 중심으로 불교와 도교가 융합되면서 그것이 또한 불교의 테두리 안에 놓이는 것으로 제시되는 것이다. 천상 성관(星官)들이 인세에 적강하여 불가적 인연에 의해 서로 관계를 맺고 살아가는 삶과 거기에 부수적으로 첨가되는 도교적 원조는 그러한 융합적 주제의식을 드러낸 것이라 할 수 있다. 그리고 〈옥루몽〉에는 이와는 다른 차원에서 '하늘의 무늬'에 대응하는 '인간의 무늬'로서, 人世의 혼란한 정치현실도 함께 제시되고 있다.

따라서 〈옥루몽〉에서 천문과 인문으로 대응시킬 수 있는 요소는 여러 가지가 있겠지만, 첫째는 남녀 성관들의 천상에서의 욕망과 삶이 인세에서의 삶으로 대응되어 나타난다는 점을 살펴볼 필요가 있다. 그리고 둘째는 현세의 정치적 혼란이 일월성신의 천상적 질서로 암시되는 점을 살펴볼 필요가 있다.

먼저 남녀 성관들의 천상과 인세에서의 관계는 주로 남주인공인 문창성과 양창곡과의 관계에서 집중적으로 나타난다. 文昌星은 천상 백옥루에서 문장이 뛰어난 성관이다. 문창성은 옥제가 백옥루 시를 지으라고 하여 3장의 글을 지어 바치는데, 그 글을 들은 옥제가 문창성의 글에 경천위지(經天緯地)할 마음과 충의지사(忠義之辭)가 많아 아름답다고 하고, 이어 태을진군(太乙眞君)에 어떠냐고 물으니, 태을진군 역시 문창성의 흉중에 제세지재조(濟世之才操)를 품었고, 면모(面貌)에 부귀지상(富貴之相)이 현저하다고 한다.[15] 이는 천상 신선이라 할 수 있는 문창성의 慾望을 형상화한 것인데, 이는 인간세상의 양창곡의 삶을 통해 현실화된다.

양창곡은 천상 문창성이 상징하는 문장력을 인세에서 실현하여 과거에 급제하고[16] 강남홍과의 결연 과정에서 반복적으로 그 능력이 발휘된다. 그리고 문창성의 경천위지할 마음과 충의지사 및 제세지재조는, 양창곡이 남만 나탁의 침범을 평정하여 항복받고[17] 그를 도운 축융대왕의 반란 또한 평정하여 항복받으며[18] 홍도국 탈해왕과[19] 북적 선우의 침입을 평정하여 항복[20]을 받아 위기에 처한 국난을 해결하고, 간신 노균과 동홍의 작란에 의해 도탄에 빠진 백성들을 구제하는 것으로 실현된다. 또 태을진군이 문창성의 면모에 부귀지상이 현저하다는 것은 앞의 것들이 실현된 후에 자연스럽게 획득되는 것으로서 인세의 양창곡이 燕王[21]이 되고, 최종적으로 천상에서 적강한 5仙을 2처 3첩으로 거느리며, 자손이 번성하는 것으로 구체화된다.

---

15 동양문고본 〈옥루몽〉 권1, 1~3쪽. 본고의 텍스트는 이것으로 하며, 이하에서는 작품명과 권수 및 페이지만을 밝히기로 한다.

16 〈옥루몽〉 권6, 5쪽.

17 〈옥루몽〉 권17, 4쪽.

18 〈옥루몽〉 권16, 10쪽.

19 〈옥루몽〉 권21, 4쪽.

20 〈옥루몽〉 권30, 9~10쪽.

21 〈옥루몽〉 권21, 25쪽.

　이와 같은 서사전개는 표면적으로는 천상 문창성의 욕망이 인세의 양창곡을 통해 단선적으로 실현된 것으로 보이지만, 여기에는 보다 많은 융합적 의미가 함의되어 있다. 그것은 곧 천문과 인문의 융합을 통하여 인간의 욕망과 성관, 즉 신선의 욕망은 차이가 없다는 것으로서[22] 세계적 이원성과 사유적 일원성을 형상화하고 있는 것이다. 그리고 이러한 천문과 인문의 관계는 단선적으로 천상의 일이 인세에서 실현되었다는 의미로 국한되는 것이 아니라, 천상 성관 6인이 인세에서 결합되는 과정을 통해 유교적 충의의 실현 및 강조라고 하는 의미를 덧붙이고 있다. 이상을 표로 간단하게 정리해 보면 다음과 같다.

<표 1> 문창성관과 양창곡의 천문과 인문의 관계

문창성관			양창곡	
	문창성		과거급제 및 문무 겸전(문창무곡의 정기)	
천문	경천위지 충의지사 제세지재조	➡ 인문	* 과거응시 및 급제 * 남만 나탁, 축융대왕, 홍도국 탈해왕의 침입 　⇒ 정남대원수(征南大元帥)로 출전하여 승리 * 간신 노균과 동홍의 작란으로 인한 국란 해결 * 북적 선우의 침입 ⇒ 유배 중 출전하여 승리	
	부귀지상		* 燕王에 제수됨.	
천문+인문 = 융합적 주제의식 ➡			* 천문과 인문의 이원적 일원성 * 성관(신선)의 인간적(세속적) 욕망 구유 * 유교적 충의의 가치 실현과 강조 * 유교를 중심으로 한 불교와 도교의 융합과 이를 　통한 취몽부생(醉夢浮生)의 덧없음.	

---

22 『山海經』〈海內北經〉에 보면, 신선들도 인간과 똑 같이 다양한 욕망을 지닌 존재로 그려지고 있다. 이것은 신선과 인간의 생활하는 공간은 다르지만, 그 사유하는 바는 동일하다는 것을 드러내는 것이다.(예태일·전발평 편저, 서경호·김영지 역, 『山海經』〈海內北經〉, 안티쿠스, 2008, 283~285쪽 참조.)

위의 양창곡의 천문과 인문의 관계 만큼은 아니지만, 미약하게나마 그 흔적을 드러내고 있는 인물로는 남만왕 나탁과 천상 백옥루 5명의 女 성관들이 있다. 남만왕 나탁은 전생에 천상 천랑성(天狼星)으로서 침략을 상징하는 성관이었는데,[23] 인세에서는 남만왕으로서 중원을 침략하는 인물로 그려지고 있고, 천상 백옥루 5명의 여자 성관들도 인세에서는 그 작명이나 성격이 상당 부분 일치하는 것으로 나타난다. 5명의 여성관들의 관계를 참고로 간략하게 정리해 보면 다음과 같다.

〈표 2〉 文昌星과 5女 星官의 天文과 人文의 관계

天文		人文		비 고
文昌星	→	楊昌曲	燕王	文昌星+武曲星의 精氣(天上界에서 第一位)
帝旁玉女	→	윤소저	上皇后	天上界에서 第二位 ⇒ 천상이나 인세에서 모두 몸가짐이 조심스러움.
天妖仙	→	황소저	下皇后	天上界에서 第三位 ⇒ 천상이나 인세에서 모두 질투심이 많음.
紅鸞星	→	江南紅	鸞城候	천상이나 인세에서 모두 활달하고 자유분방하여 자기 주장 분명함.
諸天仙	→	碧城仙	諸天候	천상에서는 천요선, 인세에서는 황소저의 질투 대상임.
桃花星	→	一枝蓮	桃花候	천상에서는 홍난성, 인세에서는 강남홍에 의해 문창성과 양창과 인연을 맺게 됨.

〈옥루몽〉에서 천문과 인문을 대응시켜 독해할 수 있는 또 다른 하나는 천상적 질서와 인세의 정치적 혼란의 관계이다. 이는 현세의 정치적 혼란과 민심의 동요가 천상적 질서로 암시되는 것으로 나타난다. 이와

관련되는 부분을 정리해 보면 다음과 같다.

[A] 천문 - 일월성신으로의 암시

(1) 양창곡의 꿈에 남해 수월암(水月庵) 관음보살이 나타나, 상제 명으로 무곡성관의 병서를 주니 창생을 보제한 후 빨리 상계로 돌아오라고 하고, 양창곡이 꿈에서 깨어 보니 단서(丹書) 일 권이 놓여 있다.[24]

(2) 백운도사가 한낱 흉성(凶星)이 남두(南斗)를 범하니 남방에 병화가 있을 것이며, 문창성이 제원(帝垣)을 호위하였으니 성군(星君)이 중원에 강생(降生)하여 영명이 후세에 전하다.[25]

(3) 양창곡이 北天을 보니 자미제원(紫薇帝垣)에 흑기 자욱하고 삼태팔좌(三台八座)에 겁기(劫氣)가 어리어 있다.[26]

(4) 양창곡이 天上을 우러러 보니 제원주성(帝垣主星)이 흑기(黑氣)에 싸이어 광채가 황황하다.[27]

[B] 인문 - 인세의 정치적 혼란으로 현시(顯示)

(1) 강남홍은 자미원에 흑기가 일고 삼태성에 겁기가 어리면 간녕지신이 천자의 총명을 가리우고 조정을 탁란한다고 스승 백운도사가 말했다 하다.[28]

(2) 천자는 정인군자(正人君子)의 충언을 멀리하고, 간녕소인(奸佞小人)의 참언을 즐겨 듣고, 충렬지사는 벼슬을 하직하고 고향으로 돌아가는 자가 많다.[29]

---

24 〈옥루몽〉 권8, 2~3쪽.
25 〈옥루몽〉 권13, 12쪽.
26 〈옥루몽〉 권22, 5~6쪽.
27 〈옥루몽〉 권29, 6쪽.
28 〈옥루몽〉 권22, 6쪽.
29 〈옥루몽〉 권22, 8쪽.

(3) 양창곡이 금일 조정사를 보니 기강이 무너지고 위권을 제 마음대로 하여 조금도 거리낌이 없어 탐학을 위주로 하니 민심이 요요하여 나라를 원망하다.[30]

위의 예문에서 [A](1)~(4)는 대개 일월성신의 암시를 통하여 천자와 위정자가 환란을 당할 것임을 드러내고 있는 부분들이다. 그리고 [B](1)~(3)은 [A]에서 천문으로 암시되었던 내용들이 인세에서 구체적 현상으로 나타난 것이다. 이러한 [A]와 [B]의 관계 역시 천문의 암시가 人文으로 실현된 것에 그치는 것이 아니라, 천문과 인문의 관계적 융합을 통해 위정자의 올바른 정치를 강조하고 있다. 따라서 천문과 인문의 관계성과 이들의 융합 작용에 의한 의미화는, 천문이든 인문이든 그 자체로 홀로 존재하는 것이 아니라 자연과 인간의 상호 소통을 인지하여 인간의 정심과 정도를 지향하고 있다고 하겠다.

3. 유·불·선의 직조와 유도 중심으로의 융합

앞서 논의한 천문과 인문이 양자 간의 관계성을 통해 나타나는 지향적 융합이라면, 이보다 철저하게 어울림으로써 특별한 이미지나 의미를 창출하는 것이 있다. 그것은 고소설에서 흔히 목도되는 유·불·선[31]의

---

30 〈옥루몽〉 권27, 15쪽.
31 老莊과 黃老學, 玄學 등은 철학으로서의 道歌라 하고, 한나라 말에 五斗米道나 太平道 등의 출현을 계기로 정립된 학설은 종교서의 道敎라 한다. 그러나 신선사상은 그 이전부터 있었다.(김성환, 「한국 선도의 생사관」, 유초하, 김성환 외 공저, 『한국인의 생사관』, 태학사, 2008, 27~30쪽.) 그리고 본고와 직접적으로 관련이 있는 至高至神으로서의

직조를 통한 유도 중심으로의 융합이다. 〈옥루몽〉에서는 그러한 유교, 불교, 도교의 다문화적 요소가 등장인물과 관계를 맺음으로써 교섭·융합되는 화학작용을 거치게 된다. 이러한 작용은 인물 성격의 입체화, 사건의 다양화와 서사 편폭의 확장을 가능하게 한다.

이하에서는 이와 관련되는 부분들을 간략하게 정리한 후 보충 설명을 하는 것으로 하되, 천상에서는 이 제 문화적 요소가 압축적으로 혼합되어 있으므로 함께 간략히 정리하고, 나머지는 주요 인물 서사에 나타나는 다문화적, 다종교적 요소들을 추출하여 그 융합적 성향과 서사적 지향을 살펴보고자 한다.

[A] 천상세계의 유·불·선 혼합과 관계

(1) 문창성과 5女 성관은 신선이며, 이를 총찰하는 인물은 옥황상제이다.

(2) 문창성은 시문에 능하며, 제방옥녀(帝旁玉女)는 선녀 중에서 지개 (志槪)가 높다.

(3) 천상에는 불가의 석가세존의 세계가 별도로 존재하며, 관음보살이 6성관을 꿈을 통해 인연을 맺어 취몽부생(醉夢浮生)의 덧없음을 가르치고자 하다.

(4) 6성관은 천상의 불가에서 정한 인연대로 인세에서 만나 한 가정에서 삶을 영위하게 될 것임이 암시되다.[32]

옥황상제는 당나라 이전에는 없던 개념이며, 北宋 眞宗(997~1022) 이후에 형성된 것이므로(김일권, 『동양 천문사상, 하늘의 역사』, 예문서원, 2007, 323~324쪽 참조), 본고에서는 도가, 도교, 선교 등을 엄격하게 구분하지 않고 같은 맥락에서 포괄적으로 사용하고자 하며, 서술상의 편의에 따라 각기 다른 용어를 사용하기도 할 것임을 밝혀 둔다.

32 〈옥루몽〉 권1, 1~16쪽.

위 예문은 〈옥루몽〉 시작부분에 장황하게 제시되는 천상세계에서의 유·불·선의 혼합 양상과 관계를 정리해 본 것이다. 상식적인 차원에서는 옥황상제가 최상위에 있고 모든 선관을 총찰하며, 또 이념상으로도 상위에 있는 것으로 추정할 수 있다. 하지만 위에 제시된 〈옥루몽〉 (1)~(4)에서는 옥황상제가 특별한 권한 행사는 하지 않으며, 불가의 석가세존의 세계는 독립적 성향을 가지고 있는 것으로 나타난다. 그래서 (3)과 (4)와 같은 서사 진행이 가능하게 된다. 그리고 문창성의 시문적 능력과 제방옥녀의 지개는 굳이 유교적 속성으로만 단정할 필요는 없겠지만, 語氣상으로는 그러한 성격을 다분히 가지고 있으면서 옥제와 소통하거나 인정을 받는 것으로 제시된다.

일반적으로 우리 고대의 선교와 불교는 서로 융합하게 되고 상호 변화를 꾀하는 방향으로 진행되며, 선·불의 습합은 주로 선교가 불교 안으로 포섭되는 양상으로 전개[33]되지만 〈옥루몽〉의 서두에서는 아직 그러한 양상은 나타나지 않는다. 따라서 〈옥루몽〉의 천상세계에서의 유·불·선의 융합은 이 작품의 전체적인 배경사상을 제시하면서, 이후 각 집단적 문화의 만남과 융합의 과정을 예시하는 것으로 볼 수 있다.

그런데 이렇게 각기 독립적인 성향을 가진 것으로 제시되는 다중교의 성격과 요소는 각각의 인물서사가 진행되는 과정에서는 다문화적 충돌과 융합의 과정을 함께 드러내고 있는 것으로 나타난다. 먼저 남주인공 양창곡 서사부터 살펴보기로 한다.

---

33 김성환, 「한국 선도의 생사관」, 유초하, 김성환 외 공저, 『한국인의 생사관』, 태학사, 2008, 50쪽 참조.

[B] 양창곡 서사의 유·불·선 융합과 서사지향

(1) 양창곡은 학문과 학식이 출중하고 현인군자지풍(賢人君子之風)이 있는 유교적 성격의 인물이다.[34]

(2) 양창곡은 과거에 응시하여 장원급제하여 태학사에 봉해지다.[35]

(3) 양창곡은 남해 水月庵 관음보살로부터 상제가 주라고 한 무곡성관(武曲星官)의 병서를 받고, 창생을 보제하라는 명을 받다.[36]

(4) 양창곡이 관음보살이 준 단서(丹書)를 통해 무곡성관의 용병기마하는 법을 배우다.[37]

(5) 남만(南蠻) 나탁이 침입하니, 양창곡이 정남대원수(征南大元帥)가 되어 출전하다.[38]

(6) 남만왕 나탁이 데리고 온 운룡도사(雲龍道士)가 도술로도 양창곡의 진법을 깨지 못하고, 양창곡의 진법은 천상 무곡성관의 선천음양진(先天陰陽陳)이라 하다.[39]

(7) 노균과 동홍이 작란하여 천자의 총명을 흐리니, 양창곡이 재차 직간하다가 운남으로 유배되다.[40]

(8) 강개청직(慷慨淸直)한 자는 노균의 비루아당(鄙陋阿黨)을 배척하고, 연왕 양창곡과 지기상합하니 이른바 청당(淸黨)이요, 탐권낙세(貪權樂勢)하여 환욕을 탐하는 자는 연왕의 정대위엄함을 기탄하여 동홍, 노균에게 붙으니 이른바 탁당(濁黨)이다.[41]

---

34 〈옥루몽〉 권1, 24쪽.
35 〈옥루몽〉 권6, 5쪽.
36 〈옥루몽〉 권8, 2~3쪽.
37 〈옥루몽〉 권8, 3쪽.
38 〈옥루몽〉 권9, 14~15쪽.
39 〈옥루몽〉 권22, 28~30쪽.
40 〈옥루몽〉 권22, 10쪽~권23, 25쪽.
41 〈옥루몽〉 권22, 22쪽.

(9) 양창곡이 유배 가서 사라지고 난 후 노균과 동홍 등이 청운도사를
　　청하여 온갖 잡술로 서왕모를 내려오게 하고, 신선 안기생과 적송
　　자 등을 天子에게 뵈니, 천자가 선술을 더욱 믿게 되고 정사를 돌보
　　지 않다.[42]

(10) 양창곡이 천자가 위태하게 되고 국가가 간신들의 농간으로 위기에
　　처하자 천자와 국가를 위해 헌신하고 천자의 명을 받아 난신적자를
　　물리쳐 충의를 실현하다.[43]

　위의 내용은 양창곡의 전체 서사에서 유·불·선과 직접적으로 관련되
는 부분을 발췌하여 정리해 본 것이다. (1), (2), (5), (7), (10)는 비교적
유교적 성향이 강한 부분에 해당된다. 그리고 (4), (6)은 양창곡이 초월
적 능력을 획득하는 것과 선·불의 관계를 보여주는 부분이다. (9)는
유교적 충렬지사이자 정인군자인 양창곡이 부재할 때에, 올바른 유가적
정치와 대치는 선술(仙術)의 부정적 측면을 드러내고 있는 부분이다.
　이 중에서 (3)과 (4)에서와 같이 선·불의 초월적 존재의 원조가 있기
에 양창곡이 유교적 차원의 충의 실현은 비교적 수월하게 이룬다. (6)에
서와 같이 운룡도사와 양창곡이 모두 초월적 능력을 발휘하고 있지만,
운룡도사의 도술로도 양창곡을 제압하지 못하고 결국은 양창곡이 승리
를 거두는 바탕에는 (3)과 (4)에서의 상제와 관음보살과 무곡성관의 원
조가 있었던 것이다. 그리고 이러한 초월적 능력을 바탕으로 양창곡의
서사가 지향하는 바는 유교적 충의의 실현이다. 양창곡의 이러한 유교
적 충의는 정심과 정도를 지향하기에, 운룡도사와 같은 초월적 존재가

---

42 〈옥루몽〉 권25, 9~12쪽.
43 〈옥루몽〉 권27, 14쪽 이후부터 권30 마지막까지.

사용하는 잡술에 가까운 도술은 침범하지 못한다.

따라서 양창곡의 서사에는 유·불·선의 융합이 이루어지고 있지만, 이는 단순한 종교적 혼합이 아니라 그러한 융합을 통하여 유교의 정심과 정도를 지향하고 있다고 할 수 있다. 즉, 능력의 근거를 제공하고 힘을 행사하는 정당성을 마련해 주는 것은 선·불의 상제와 관음보살이지만, 이를 바탕으로 한 작품의 서사적 지향은 유교적 가치관의 공감에 기대고 있는 것이다.

이러한 양창곡의 서사적 특징은 유·불·선이 혼용되어 서사를 결구하고 있지만, 유·불·선의 융합은 그 세 종교 자체의 융합에 있는 것이 아니라, 그러한 융합을 통해 보다 현실적 차원의 이념적 가치를 지향하고 있다는 점으로 귀결된다. 그것은 곧 유교의 정도 중심으로의 융합이며 통합이다. 이는 디지털 기술시대의 컨버전스(convergence)와 유사한 것으로 볼 수 있다. 컨버전스는 한 점으로 집합하는 상태, 혹은 그러한 경향을 의미하는데, 이는 양창곡의 서사에서 유·불·선과 같이 서로 뿌리를 달리하는 것들이 유교의 정도와 정심을 통한 충의의 실현으로 귀결되는 것과 유사한 것이다. 이러한 유교의 정심과 정도의 문제는 강남홍의 서사에서 正大함이 더해져서 더욱 구체적이면서 장황하게 나타난다.

[B] 강남홍 서사의 유·불·선 융합과 서사 지향

(1) 강남홍은 요조숙녀(窈窕淑女)형의 기생이며, 신의와 절개를 중히 여기는 인물이다.[44]

(2) 강남홍은 백운도사(白雲道士)에게 의탁하여 사제지의를 맺다.[45]

---

44 〈옥루몽〉 권1, 31쪽; 권3, 1쪽; 15~23쪽; 권4, 27쪽 참조.

(3) 백운도사가 강남홍에게 검술과 의약복서(醫藥卜筮) 및 천문지리
를 가르치다.[46]

(4) 백운도사가 강남홍에게 선천비서(先天秘書)를 주고, 이 법술은 일
호의 궤술(詭術)이 없으며 힘써 배워 긴급한 때에 쓰되, 평생을 신
중하면 세간에 요탄하다 함을 듣지 않는다 하다.[47]

(5) 백운도사가 강남홍에게 부용검(芙蓉劍)을 주고, 이 검은 일월정기
와 천지음양으로 된 것이며, 돌을 치면 돌이 깨치고 쇠를 베면 쇠가
끊어진다고 하다.[48]

(6) 백운도사가 강남홍에게 둔갑법을 가르치고자 하고, 세간에 행하는
도가 세 가지인데 유도, 불도, 선도이며, 유도는 正大함을 주장하고,
선과 불 두 도는 神異한 데 가까우나 그 마음을 닦아 물외에 변역(變
易)치 아니함이 주장이며, 후세에 수도지인(修道之人)이 선·불의
근원을 모르고 둔갑지법을 행하여 이목을 현황케 하니, 도사의 근
본이 아니라고 하고, 그럼에도 불구하고 강남홍의 위인이 정대한
고로 대강 가르치니 긴급한 때에 잠깐 행하며, 자고로 吉人과 貴人
은 배우지 아니한다고 하다.[49]

(7) 강남홍이 축융왕의 요술이 어찌 정도를 대적하겠는가 하고, 백운도
사에게 배운 선천둔갑방서(先天遁甲方書)를 행하여 축융왕의 요
술을 물리치다.[50]

(8) 양창곡이 홍도왕 탈해와의 싸움에서 병이나니, 강남홍이 양창곡을
살리기 위해 황계에서 기도하 자결하려 하니, 백운도사가 나타나

45 〈옥루몽〉 권5, 12쪽.
46 〈옥루몽〉 권13, 2~3쪽.
47 〈옥루몽〉 권13, 3~4쪽.
48 〈옥루몽〉 권13, 5~6쪽.
49 〈옥루몽〉 권13, 7~8쪽.
50 〈옥루몽〉 권15, 26~32쪽.

만류한 후, 자신이 관음보살과 남천문에 올랐다가 강남홍의 액운을 알고 구하고자 왔다며 단약(丹藥)을 주어 이것을 먹이면 나을 것이라 하다.[51]

(9) 백운도사가 강남홍에게 백팔보제주(百八菩提珠)를 주며, 이것은 석가세존이 묘법을 강론할 때에 윤회 염불하던 구슬인데, 낱낱이 정심공부(正心工夫)를 듣자오면 사기(邪氣)가 범치 못하리라 하다.[52]

(10) 강남홍이 소보살과 대결하여 그녀의 요술을 도술로 제압하여 목 베어 죽이다.[53]

(11) 청운도사의 요술을 강남홍이 진언으로 제압하다.[54]

위 예문은 강남홍 서사의 유·불·선 융합과 서사 지향을 추출하여 순서대로 정리해 본 것이다. (1)은 강남홍의 인간적 근본을 짐작하게 해주며, 그 성격은 유교적 여성상에 부합한다. 그리고 이러한 강남홍의 근본은 그녀의 스승 백운도사 강조하는 정심 내지 정도의 정신과 통하는 바가 있다. 위에 제시된 것을 기준으로 보면 강남홍의 서사는 (1)을 제외한 (2)~(11)의 내용이 모두 선·불의 초월적 존재와 병행함을 알수 있다. 그러나 강남홍의 이러한 융합 역시 표면적인 것일 뿐, 근본적인 지향점은 유교의 정심과 정도, 그리고 정대함에 있다.

위에 제시한 강남홍의 서사 대부분이 선·불에 기초하고 있고, 특히 도교적 색채가 짙지만, 이들은 모두 작가와 강남홍이 지향하는 유교적 정신을 빛내기 위한 바탕 그 이상은 아니다. 다만 강남홍의 경우는 양창

---

51 〈옥루몽〉 권19, 22~23쪽.
52 〈옥루몽〉 권19, 24쪽.
53 〈옥루몽〉 권21, 1~3쪽.
54 〈옥루몽〉 권29, 28쪽.

곡과 달리 불교의 정신이 유교적 정심을 닦는 데 보다 직접적으로 관계하고 있다는 점이 조금 다르다. 이는 예문 (9)에서 백운도사가 백팔보리주를 주면서 정심 공부를 강조하는 것을 통해 알 수 있다.

하지만 강남홍의 전체 서사의 지향과 바탕은 예문 (6)과 (7)에 압축되어 있으며, 나머지 (2)~(11)은 이를 구체적으로 확인시켜 주는 기능을 한다. 특히 예문 (6)에서 백운도사가 유도는 정대함을 주장하고, 선과 불은 신이에 가까우며, 강남홍의 위인이 정대하기에 둔갑법을 가르치나, 자고로 吉人과 貴人은 배우지 않는 다는 것이 이를 증명한다. 그래서 강남홍은 예문 (7)과 같이 축융왕과의 대결에서 '요술이 어찌 정도를 대적하겠는가' 하고 당당하게 이야기한다. 이는 유교의 사불범정(邪不犯正)의 정신과 부합하는 면이 있다.

따라서 강남홍이 백운도사에게 의탁하여 병법과 도술을 배워 초월적 능력을 지닌 것은, 잡술을 행하는 것이 목적이 아니며, 유교의 정심과 정도를 지키기 위한 방편으로 활용하고 있다고 볼 수 있다. 그리고 강남홍이 백운도사와 같은 초월적 존재로부터 그러한 신임을 받을 수 있었던 것은 그녀의 위인됨이 정대하였기 때문이다. 이는 백운도사의 같은 제자이면서도 청운동자가 백운도사의 둔갑방서를 훔쳐 몰래 익히고 자랑하는[55] 행동과 대비되는 것을 통해 알 수 있다. 그러므로 강남홍 서사에서 강남홍이 도술로 요술이나 잡술을 제압하는 것은 형식적으로는 도교적 성격의 도술로 제시되고 있지만, 그녀의 힘의 근원이 되고 지탱해 주는 정신은 유교적 차원의 정심, 정도, 정대함이라고 할 수 있다.

그런데 〈벽성선〉이나 〈윤소저〉의 경우에는 이들과 조금 다른 차원에

---

55 〈옥루몽〉 권13, 5~6쪽.

서 서사화되고 있다. 이를 잠시 살펴보면 다음과 같다.

[C] 벽성선 서사의 유·불·선 융합과 서사 지향

(1) 벽성선은 어려서 신인을 만나 옥적(玉笛)을 배웠으며, 문창성과 인연이 있다.[56]

(2) 벽성선은 요조숙녀형의 인물이다.[57]

(3) 벽성선은 정절을 중히 여기는 기생이며, 본처와 그 부모에게 순종적이다.[58]

(4) 벽성선이 가내 풍파를 만나 축출된 후 승당도관(僧堂道觀)을 찾아 의탁하고자 하고 이후 산화암(山花庵)을 찾아가 의지하다.[59]

(5) 마달이 벽성선을 구하여 도관사찰을 찾아 안돈하고자 하고, 유마산(維摩山) 아래 점화관에 가니 백여 명의 도인이 있고, 마달이 벽성선을 부탁하다.[60]

(6) 벽성선이 천자에게 음률로써 직간하여 회심하게 하고 어사대부에 봉해지다.[61]

위 예문은 벽성선의 서사에서 본고의 논의에 필요한 몇 부분을 추출하여 정리한 것이다. 이를 보면 유·불·선이 혼합되어 있는 양상이 양창곡이나 강남홍과 많이 다름을 알 수 있다. 양창곡이나 강남홍은 불교와 도교의 초월적 존재들의 원조나 수학을 통해 직접적으로 물리력을 행사

---

56 〈옥루몽〉 권7, 23쪽; 권8, 23쪽.

57 〈옥루몽〉 권7, 23~26쪽.

58 〈옥루몽〉 권8, 16~17쪽; 권17, 22~26쪽; 권18, 2~7쪽.

59 〈옥루몽〉 권18, 7~11쪽.

60 〈옥루몽〉 권19, 3~4쪽.

61 〈옥루몽〉 권26, 5~20쪽.

하여야 했다. 그렇기기 때문에 이들에게 있어서 불교와 도교는 힘의 원천이 되고 행위의 정당성을 얻는 기제가 되었다. 하지만 벽성선은 직접적으로 물리력을 행사하지 않기 때문에 그녀의 서사에 나타나는 불교와 도교적 요소는 어려서 신인에게 옥적을 배웠다는 (1)번의 내용 외에는 거의 눈에 띄지 않는다. 대신 그녀에게 있어 불교와 도교는 삶의 안식처이면서 기복의 대상으로 기능한다. 그리고 벽성선의 유교 중심의 가치와 正道의 실현은 (2), (3), (6)번과 같이 정절을 알고, 순종적인 부덕(婦德)이 있는 인물로 그려지거나 천자에게 음률로 직간하는 방식으로 나타난다. 그래서 벽성선의 서사에서는 유·불·선의 융합이 별다른 화학작용을 일으키지 않고, 제 종교의 특색이 각기 독립적으로 존재함을 알수 있다.

　벽성선의 서사에서 불교나 도교가 그녀의 유교이념 구현이나 정도 실현에 크게 작용하지 않았다면, 제1 부인이라 할 수 있는 윤소저의 경우에는 불교나 도교적 요소가 아예 존재하지 않는다. 대신 그녀는 유교적 부덕을 중시하는 이념적인 인물로만 그려져서[62] 이념적 순수성을 가진 인물로 나타난다.

　이상에서 볼 수 있는 바와 같이 〈옥루몽〉의 유·불·선의 융합을 통한 유교의 정심과 정도, 정대함의 지향은, 〈창선감의록〉과 같이 유교이념에 입각해 가문이나 일상의 윤리와 같은 문제를 다루는 작품에서 초월계가 개입[63]되는 것과는 부분적으로 다른 면이 있다. 〈창선감의록〉의 화진은 유교 윤리 규범을 준수하기에 그가 추구하는 이념이 정

62 〈옥루몽〉 권4, 2~5쪽.
63 이상택, 『한국고전소설의 세계』, 돌베개, 2005, 201쪽.

당한 것을 입증하기 위해 초월계가 개입된다는 성격이 강하다. 이에
비해 〈옥루몽〉의 양창곡이나 강남홍은 그들의 삶의 과정에서 선·불의
초월적 존재가 원조하고, 이를 바탕으로 유교적 삶의 가치를 실현한다
는 점에서 조금 다르다. 물론 유교윤리의 실현이라는 서사적 방향성에,
불교와 도교적 원조가 포함되는 점이나, 〈창선감의록〉에서 화진이 仙
人으로부터 병법서를 배우는 것은 〈옥루몽〉과 별반 차이가 없다. 다만
〈창선감의록〉의 경우는 위기 극복에서 원조자의 도움이 부각되고, 〈옥
루몽〉은 남녀 주인공의 성취에서 원조자의 도움이 부각된다는 차이점
이 있다.

4. 이족(夷族)의 중화 중심으로의 융화와 그 의미

　　조선 후기 영웅소설이나 장편소설 중에는 전쟁이 큰 비중을 차지하고
있고, 군담은 주인공과 적대자에게 아주 중요한 요소로 작용한다. 그것
은 두 가지 방향에서 접근해 볼 수 있다. 하나는 작품 속에서 군담이
서사의 균형을 깨뜨려 서사적 변화를 가능하게 하는 경우이다. 다른 하
나는 깨뜨려진 균형 상태를 바로 잡는 요소로 작용하는 경우이다. 전자
는 전쟁 등으로 인해 가족의 이산이나 국가적 위기가 초래되고, 이후
주인공의 성격에 큰 변화를 가져와 서사적 변화를 가능하게 할 수 있다.
후자의 경우에는 국가적 위기가 닥치면 진정한 영웅과 충신의 필요성이
대두되고, 이들에 의해 깨어진 서사적 균형이 바로잡히게 된다. 이때
주인공이 전자와 후자 중 어떤 서사와 관련을 맺는가에 따라 주인공의
성격이나 갈등의 정도에 차이가 날 수 있다. 영웅소설의 경우에는 이

둘 중 어느 방향으로든 서사 결구가 가능하고, 이 둘을 복합적으로, 반복적으로 활용할 수도 있다.

그러나 본고의 논의 대상인 〈옥루몽〉의 경우에는 전쟁 그 자체로 인해 적대자와 갈등하는 정도가 다른 작품에 비해 상대적으로 덜하다. 작품 후반부에 가서 간신 노균이 더 이상 권력을 지탱하기 어렵게 될 때에 북 선우와 손을 잡아 남녀 주인공과 갈등하는 정도이다. 이는 일반 영웅소설에 비해 그 정도가 심각하지는 않다. 대신 〈옥루몽〉에서 전쟁은 남녀 주인공으로 하여금 공적 영역에서 활동할 수 있는 기회를 제공하고, 유·불·선의 융합과정을 통해 유교 중심의 정심과 정도를 지향할 수 있게 한다. 그러면서 동시에 군담은 이족(夷族)의 중화(中華)를 향한 융화의 과정을 드러내는 데 기여하고 있으며, 그러한 융화의 과정이 정심이고 정도라는 논리를 제공하는 기제로 활용되기도 한다.

실제로 〈옥루몽〉에는 수많은 이족들에 대한 반란이 있지만, 모두 양창곡과 강남홍의 활약에 의해 패하여 항복한다. 뿐만 아니라 중국 천자의 王化에 대해 감사하는 모습을 보이며 그것이 당연한 것으로 형상화되어 있다. 여러 남북 이족들이 중화로의 융화가 나타나 있는 것이다.[64] 이를 도표로 간략하게 정리하여 이족의 중화로의 융화가 가지는 의미를 간단히 논의해 보기로 한다.

---

[64] 이는 보는 관점에 따라 달리 해석될 수도 있다. 즉 이족의 중화로의 융화가 이족과 중화의 융합을 지향하는 것이 아니라, 중화가 일방적으로 이족을 흡수하는 것으로 볼 수도 있다. 이는 힘의 논리에 따른 해석으로 일견 타당성이 있다. 그리고 대부분의 고소설이나 실제 역사에서도 그러한 성향이 농후하다. 그러나 〈옥루몽〉의 경우에는 그러한 요소와 함께 진정한 의미의 융화로 독해될 수 있는 여지도 함께 존재한다.

침입 국가	침입국왕	전쟁 결과	중화 중심으로의 융화
남만[65]	나탁 (축융왕 원조)	나탁의 항복[66] 축융왕의 항복[67]	* 양창곡이 천자에게 표문을 올려 **"나탁의 죄"**를 사하고 왕호를 잉존하여 저로 하여금 성덕을 감복하여 길이 반복(反覆)함이 없게 해달라고 청하니, 천자가 허락함.[68]
홍도국[69]	탈해	탈해의 항복[70]	* 〃 〃 **"홍도왕 탈해"** 〃 〃[71]
북흉[72]	선우(묵특)	선우의 항복[73]	* 〃 〃 **"선우"** 〃 〃[74]

위에서 간략하게 제시한 바와 같이 〈옥루몽〉에서 이족의 중화 중심으로의 융화는 여러 가지 관점에서 해석이 가능하다. 하나는 힘의 우열에 따른 주종관계의 형성이라는 측면이고, 다른 하나는 변방 국경의 안정을 도모하고자 하는 중화의 현실적인 정책에 따른 것을 형상화했다고 볼 수도 있다. 이 중 후자는 황상의 성덕으로 포장되어, 천자의 이족 왕에 대한 왕화로 형상화되고 있다. 그리고 또 다른 하나는 이러한 천자의 이족 왕에 대한 왕화가 중화와 이족의 진정한 융합을 지향하고 있는 것으로 볼 수도 있다.

이런 점에서 〈옥루몽〉에서는 중화가 일방적으로 이족을 흡수했다고

---

65 〈옥루몽〉 권9, 4쪽.

66 〈옥루몽〉 권17, 3~4쪽.

67 〈옥루몽〉 권16, 10쪽.

68 〈옥루몽〉 권17, 7쪽; 권19, 9쪽.

69 〈옥루몽〉 권17, 8쪽.

70 〈옥루몽〉 권21, 3~4쪽.

71 〈옥루몽〉 권21, 6~8쪽.

72 〈옥루몽〉 권26, 19쪽.

73 〈옥루몽〉 권30, 9쪽.

74 〈옥루몽〉 권30, 11~12쪽.

보기보다는, 최종적으로는 이족과 중화의 융합 정신이 녹아 있다. 이러한 점을 다른 각도에서 부분적으로 반증하는 것이 바로 강남홍이나 벽성선, 그리고 손삼낭의 서사이다. 〈옥루몽〉에는 천한 기생이었던 강남홍이나 벽성선이 공을 세워 남성 못지않은 존귀함을 얻는다. 남녀의 차별적 인식이 해소되어 최종적으로 남녀의 융합을 지향하고 있는 것이다. 또 물속에서 구슬을 캐던 손삼낭 역시 공을 세워 작첩을 받기도 하여, 존귀비천의 융합을 지향하는 의식이 엿보이기도 한다.

따라서 〈옥루몽〉에 나타난 이족의 중화로의 융화에는, 중화에 대한 선망이나 중화 중심의 우월의식도 엿보이지만, 작품 전체의 성격을 고려해 본다면 이는 이족과 중화의 융합을 지향하고 있는 것으로 볼 수 있다. 이는 양창곡과 강남홍에 패한 일지연이 중화를 원망하기보다는 동경하는[75] 모습을 통해 어느 정도 짐작할 수 있다.

5. 결론

이상에서 〈옥루몽〉에 나타난 3가지 관계성과 융합, 그리고 이러한 관계적 융합을 통한 서사적 지향성에 대해 살펴보았다. 이하에서는 지금까지 논의된 것을 간략히 요약하는 것으로 결론을 삼기로 한다.

첫째, 천문과 인문의 관계성과 융합이다. 이는 다시 두 가지로 나누어 살펴보았는데, 하나는 남녀 성관들의 천상에서의 욕망과 삶이 인세에서의 삶으로 대응되어 나타난다는 점이었다. 이와 같은 천문과 인문의 융

---

75 〈옥루몽〉 권15, 17쪽; 권16, 13쪽; 권21, 13쪽.

합을 통하여 인간의 욕망과 성관의 욕망은 차이가 없다는 것으로서 세
계적 이원성과 사유적 일원성을 형상화하고 있다고 보았다. 그리고 둘
째는 천상적 질서와 인세의 정치적 혼란의 관계이다. 이는 현세의 정치
적 혼란과 민심의 동요가 천상적 질서로 암시되어 나타나고 있다. 이러
한 융합적 관계성을 통해 천문이든 인문이든 그 자체로 존재하는 것이
아니라 자연과 인간의 상호 소통을 인지하여 인간의 정심과 정도를 지
향하고 있다고 보았다.

둘째, 유·불·선의 직조와 유도 중심으로의 융합이다. 이는 천상세계
의 유·불·선 혼합과 관계, 양창곡 서사의 유·불·선 융합과 서사지향,
강남홍 서사의 유·불·선 융합과 서사 지향, 벽성선 서사의 유·불·선
융합과 서사 지향을 중심으로 살펴보았다. 이 중 천상세계의 유·불·
선 혼합과 관계는, 작품 전체적인 배경사상을 제시하면서 이후 각 집단
문화의 만남과 융합의 과정을 예시하고 있는 것으로 보았다. 양창곡 서
사의 유·불·선 융합과 서사지향에서는 유·불·선 융합을 통하여 유교
의 정심과 정도를 지향하고 있었다. 그리고 강남홍 서사의 유·불·선
융합과 서사 지향에서는 유교의 정심과 정도 지향성이 좀 더 구체적이
고 장황하게 나타나고 있다. 이와는 달리 벽성선의 경우에는 삶의 안식
처이면서 기복의 대상으로 기능하고 있었는데, 이는 양창곡과 강남홍과
같이 물리력을 행사할 필요가 없기 때문에 벽성선의 서사에서는 선·
불의 융합이나 초월적 존재에 의한 지원이 나타나지 않았다고 보았다.

셋째는 이족의 중화 중심으로의 융화와 의미이다. 이는 여러 가지 측
면에서 해석할 수 있지만, 작품 전체적인 성격을 고려해 본다면, 이족과
중화의 융합을 지향하고 있는 것으로 보았다.

고소설 인물 출생담에 나타난
세계관과 자연의 섭리

〈숙향전〉의 출생담과 복선화음의 관계를 중심으로

1. 서론

이 글은 〈숙향전〉을 통해 고소설 인물 출생담에 나타난 세계관과 자연의 섭리를 천착하는 데 목적을 둔다. 이를 위해 필자는 복선화음과 권선징악을 출생담과 관련지어 해명한 후, 이것이 작품 속에서 어떤 기능을 하는지 살펴보고자 한다.

선행 연구에서 고소설 인물 출생담은 이미 다양하게 논의된 바 있다.[1]

---

1 출생담과 관련된 선행 연구를 보면, 고소설 출생담의 기능이나 역할이 모든 작품에서 동일하게 나타나는 것이 아니라는 것을 알 수 있다. 유형별, 작품별 성향에 따라 출생담은 아주 다양하게 나타나고 그 기능도 천차만별이다. 그래서 단순히 인물의 비범성을 상징하거나 서사의 방향을 예고해 주는 서사적 관습 정도로 치부하는 경우는 출생담에 대한 이해가 부족한 경우라 할 수 있다. 그런 식으로 간단하게 정리될 것 같으면, 그 오랜 세월동안 우리 서사문학의 핵심 화소로 자리할 수 없었을 것이다. 필자는 고소설 출생담이 작품의 성향에 따라 매우 다양한 기능과 역할을 하고 있으며, 중세 시기 문학 향유층들이 세계와 자연을 이해하는 섭리가 녹아 있다는 생각을 견지하면서 논지를 전개해 나가고자 한다. 출생담과 관련하여 대표적인 몇 가지 연구결과를 소개해 보면 다음과 같다. 조동일, 「영웅의 일생, 그 문학사적 전개」, 『동아문화』 10집, 서울대학교 동아문화연구

하지만 대부분은 서사구조나 인물의 특징을 드러내는 것과 관련된 논의
였고, 부분적으로 개별 작품의 특징을 출생담과 관련지어 그 특징을 구
명하기도 하였다. 그러나 인물 출생담을 복선화음이나 권선징악과 관련
지어 작품 속에 나타난 세계관이나 자연의 섭리를 밝히는 논의는 없었
다. 어쩌면 인물 출생담이나 권선징악·복선화음과 같은 주제가 고루하
고 진부하게 느껴져서 더 이상 연구자들의 관심을 받지 못했기 때문일
수도 있다. 아니면, 출생담이나 권선징악·복선화음과 같은 논제로 유명

소, 1971, 165~212쪽.
성현경, 『한국소설의 구조와 실상』, 영남대학교 출판부, 1981, 2~188쪽 참고. 박대복,
「고대소설 주인공의 출생과정과 민간신앙에 관한 연구」, 중앙대학교 대학원 석사학위논
문, 1981, 6~113쪽.
박대복, 『고소설과 민간신앙』, 계명문화사, 1995.
김형돈, 「춘향전의 전기적 구조-춘향의 출생담을 中心으로-」, 『명지어문학』 15집, 명
지어문학회, 1983, 49~69쪽.
김현룡, 「최고운전의 형성시기와 출생담 고」, 『고소설연구』 4집, 한국소설학회, 1998,
1~28쪽.
박병완, 「천강형소설에 나타난 초월주의적 세계관 연구-〈백학선전〉·〈정을선전〉·〈창
난호연녹〉의 경우를 중심으로-」, 단국대학교 대학원 박사학위논문, 1993, 15~235쪽.
김승호, 「나말여초기 탄생담에서의 신화소 개입과 탈락」, 『한국문학연구』 17집, 동국대
학교 한국문학연구소, 1995, 167~195쪽.
오출세, 『한국 서사문학과 통과의례』, 집문당, 1995, 219~250쪽.
박종익, 「고소설의 통과의례적 실상 연구」, 충남대학교 대학원 박사학위논문, 1997, 1~
191쪽.
김용기, 「인물 출생담을 통한 서사문학의 변모양상 연구」, 중앙대학교대학원 박사학위논
문, 2007, 1~278쪽.
김용기, 「소현성록 인물 출생담의 특징과 서사적 기능」, 『어문연구』 149호, 한국어문교
육연구회, 2011, 223~251쪽.
김용기, 「태원지의 서사적 특징과 왕조교체」, 『고소설연구』 34집, 한국고소설학회,
2012, 187~215쪽.
김용기, 「원형 스토리의 변형과 교구를 통해서 본 영이록의 특징」, 『고전문학연구』 43집,
한국고전문학회, 2013, 193~222쪽. 이 외의 연구사는 필자의 박사학위 논문에서 자세히
소개하였으므로 이를 참조하기 바란다.

학술지에 게재될 만한 글을 쓰기 어려운 현실적 문제 때문일 수도 있다. 또 이러한 주제는 연구자들이 너무나 잘 안다고 생각하는 것들이어서, 새롭게 논의될 만한 것이 못 될 것이라고 하는 착시 현상 때문일 수도 있다.

하지만 필자가 보기에 '인물 출생담'이나 '권선징악·복선화음'의 문제는 고소설에서 그리 간단하게 치부될 것이 아니다. 이 두 가지 화두는 서로 무관한 것처럼 느껴지기도 하지만, 실상은 '인물 출생담'과 '복선화음'의 이치는 매우 밀접한 관련을 가진다. 왜냐하면 '복선화음'의 이치에 따라 출생한 주인공은 작품 속에서 선을 실현하고, 세계의 질서를 바로 잡으며, 위대한 과업을 성취한 후 다시 복선화음의 이치를 통해 권선징악의 주제의식을 실현하기 때문이다.

실제로 고소설에서는 무자한 부모가 적선(積善)과 기자치성(祈子致誠)이라는 선을 행한 후 자식을 점지 받는 경우를 볼 수 있다. 그리고 이렇게 출생한 인물이 무질서한 세계를 바로 잡는 역할을 함으로써 복선화음에 의해 권선징악이라는 큰 주제의식을 실현하게 된다. 따라서 고소설의 출생담은 '복선(적선, 기자치성) → 주인공의 출생 → 주인공의 비범한 능력 발휘 → 복선화음 → 권선징악의 주제의식 구현'의 과정으로 이어진다고 할 수 있다.

강재철은 이러한 고소설의 권선징악과 복선화음의 관계에 대해, '권선징악은 주제이고, 복선화음은 하나의 이치로, 권선징악이라는 주제를 위한 결말 구조로 이용된다. 권선징악이라는 목적론적인 주제를 효과적으로 살리기 위해 복선화음의 이치를 수단으로 택했으며, 이것이 권선징악 할 수 있는 명분이 되었다'[2]고 한 바 있다. 그리고 이러한 복선화음 신봉의 논리적 근거를 성감지리(誠感之理)와 인과응보지리(因果應報之

理)로 제시한 바 있다.

필자는 그의 이러한 이론적 토대[3]에 인물 출생담을 접목시켜서, 〈숙향전〉의 출생담에 함의되어 있는 세계관과 자연의 섭리에 대해 구명해 보고자 한다. 고소설의 출생담이 복선화음과 권선징악과 관련된다는 점은 전대의 신화나 영웅설화에서는 나타나지 않는다. 그렇기 때문에 이러한 시도는 고소설 출생담의 세계관이나 자연의 섭리가 신화나 영웅설화의 출생담에 함의되어 있는 의미와 변별된다는 점을 밝히는 계기가 된다. 이를 위해 먼저 전대의 신화나 영웅설화에 나타난 출생담의 특징을 간략하게 살펴본 후, 〈숙향전〉의 출생담에 나타난 복선화음과 권선징악의 관계에 대해 고찰해 보기로 한다.

2. 서사문학 속 인물 출생담의 층차와 세계관의 변화

건국신화와 영웅설화와 같은 서사문학 속 인물 출생담은, 큰 얼개에 있어서는 고소설의 출생담과 비슷한 점이 있다. 그러나 출생담을 통해 구현하고자 하는 세계관은 서로 조금씩 다르다. 이런 점에서 우리의 서

---

2 강재철, 『권선징악 이론의 전통과 고소설의 비평적 성찰』, 단국대학교출판부, 2012, 231쪽.

3 필자가 본고에서 사용하는 권선징악과 복선화음에 대한 이론, 그리고 성감지리와 인과응보지리, 친자감응설(親子感應説), 삼세업보설(三世業報説), 지속의 논리 등과 같은 용어나 개념은 위에서 제시한 강재철의 저서(『권선징악 이론의 전통과 고소설의 비평적 성찰』)를 참고로 할 것임을 밝혀 둔다. 그래서 직접적인 인용이 필요할 경우에는 상게서의 페이지를 밝히기로 하고, 부분적으로 이들 용어를 참고로 하여 필자의 논의를 펼칠 경우에는 직접적인 주석 작업을 하지 않는다는 점도 밝혀 둔다.

사문학 속 인물 출생담은 일정 부분 층차가 있다고 볼 수 있다. 그러한 층위의 차이는 작품 속에 반영되어 있는 세계관[4]의 변화를 가능하게 하였다고 생각된다.

익히 알려진 바와 같이 건국영웅들의 출생담은, 건국 영웅의 신성한 출생과 비범성에 대한 이야기이다. 여기에서는 타국이나 다른 민족에 대한 배려나 존중보다는, 자국의 신성성과 우월성을 드러내는 이야기로 채워져 있으며, 다소 배타적인 성격이 존재한다. 그래서 신화 속 주인공의 신성성은 이러한 신화 목적을 달성하는 데 활용된다. 다만 신성성의 정도에 있어서는 약간의 차이를 보인다. 〈단군신화〉나 〈혁거세 신화〉, 그리고 〈김알지 신화〉 등과 같이 천신(天神)이나 이에 비견할 만한 인물이 강림하여 출생할 경우에는 특별한 시련이나 고난이 존재하지 않고, 성속일여(聖俗一如)의 세계관이 나타난다. 이와 달리 〈주몽신화〉나 〈탈해신화〉와 같이 주인공이 2차 출생을 하는 경우에는 시련과 고난, 즉 투쟁을 거쳐 건국을 하거나 왕위에 등극하는 양상을 보인다. 이들에게 공통점이 있다면 모두 신성하거나 신이한 출생담을 거친 주인공이 건국주가 된다는 점과 어느 경우든 복선화음이나 권선징악의 세계관과 관련을 맺지 않는다는 점이다.

이러한 점은 영웅설화 출생담 역시 마찬가지이다. 〈김유신설화〉나 〈강감찬설화〉, 그리고 〈서동설화〉 등에 나타나는 출생담을 보면, 주인

---

4 본고에서 사용하는 '세계관'에 대한 의미를 분명하게 해 둘 필요가 있다. 본고에서 전체적인 논지 전개를 위해 사용하는 '세계관'이라는 용어는, 작품 속에 구현된 '주제의식'의 의미로 받아들일 수 있을 듯하다. 즉 신화나 설화, 고소설 등에서 '세계관'이 변했다고 하는 것은, 작가가 해당 작품을 통해 구현하고자 하는 '주제의식'이 달라졌다는 의미로 보면 큰 무리가 없을 듯하다.

공은 천신이나 이에 준하는 인물의 직접적인 출생과정을 거치지 않고, 상징적으로 처리되어 있다. 그 상징성이 신성성이나 비범성을 의미한다는 점에서는 건국영웅들과 큰 차이가 없으나, 영웅설화의 지향점이나 세계관은 신화와 많이 다르다. 김유신이나 강감찬과 같은 영웅설화 주인공들의 신이한 출생담은 건국보다는 호국과 관련되어 작용한다. 서동의 경우도 건국 자체보다는 영웅성의 실현을 통한 왕위 등극에 무게의 중심이 놓인다는 점에서 건국신화 영웅들의 양상과는 다르다. 영웅설화 출생담이 신화의 출생담과 통하는 바가 있다면, 설화 속 인물의 출생담이 복선화음과 관련을 맺지 않으며, 주인공의 행위가 권선징악을 실현하는 데 목적을 두지 않는다는 점이다.

　위의 두 경우와는 달리 고소설에서는 주인공의 출생담이 복선화음, 특히 '복선(福善)'과 관련이 깊고, 그렇게 비범하게 출생한 인물의 행위가 권선징악의 주제의식을 실현하는 것으로 귀결된다. 이는 고소설에서 인물의 신이한 출생담을 통해 드러내려는 세계관이 건국신화나 영웅설화의 세계관과 다르다는 것을 의미한다. 그래서 고소설의 경우에는 훨씬 더 복잡한 형식과 다양한 내용의 출생담이 존재하게 된다. 인물의 출생과 서사전개의 양상 자체가 복잡해진 만큼 전체 서사에서 지향하는 세계관도 달라진 것이다. 이러한 차이를 간략하게 정리해 보면 다음과 같다.

> [1] 건국영웅 출생담 : 신성한 혈통→신성한 출생→성속일여(聖俗一如)의 세계관→건국
>
> [2] 영웅설화 출생담 : 상징적 신성성→신이한 출생→호국의 세계관→호국(왕위 등극)

[3] 고소설 출생담 : 부모의 복선(적선) → 기자치성 → 감응에 의한 신

　　　　이한 출생 → 성속 소통의 세계관 → 복선화음 - 권

　　　　선징악[5]

이를 보면 고소설에서 추구하는 세계관이 건국영웅이나 영웅설화와 비교했을 때 많이 변화되었음을 알 수 있다. 건국영웅과 영웅설화 이야기는 건국이나 주인공의 영웅적 활약과 같은 실질적인 결과를 강조하는 데 목적이 있다. 이에 반해 고소설 출생담의 경우에는 복선화음의 이치가 다음 세대에 영향을 미치며, 그 결과 탄생한 주인공이 다시 복선화음의 이치를 현실적으로 실현하여 권선징악의 주제를 드러낸다는 특징이 있다. 따라서 고소설 출생담의 경우에는 복선화음의 '복선(적선)'이 한 생명의 탄생과 관련이 있으며, 그러한 생명의 탄생은 곧 당대 민중의 원망과 정신적 가치의 반영과 관련된다고 할 수 있다.

3. 복선화음의 자연적 섭리[6]와 출생담의 관계

고소설에서 복선화음의 이치는 성감지리(誠感之理) 및 인과응보지리 (因果應報之理)와 밀접한 관련을 맺고 있다.[7] 이 두 가지의 이치는 인물

5　고소설의 경우에는 작품 총량만큼이나 주인공의 출생담과 그 실현 양상이 다양하다. 따라서 모든 고소설에 이러한 공식을 일반화할 수는 없다. 대체로 이러한 수순을 밟는다는 것이다. 고소설의 경우에는 출생담의 실현 양상이나 복선화음의 실현 양상을 크게 두 가지로 나누어 설명할 수 있다. 이에 대해서는 다음 장에서 구체적으로 논의하기로 한다.

6　본고에서 논지 전개를 위해 사용하는 '자연적 섭리'는 그 누구도 거스를 수 없는 초자연적

출생담과 매우 밀접한 관련을 맺고 있다. 이 중에서 성감지리는 불교와 유교의 공통적인 이치라 할 수 있다. 인과응보지리는 불교적 성격이 강하면서 동시에 민간신앙화된 성격이 강하여 유교적이든 불교적이든 크게 구분 없이 인물 출생담에 녹아 있는 이치이다. 그리고 이 두 가지 이치에는 다시 '지속의 논리'가 개입되어 있다. 강재철은 이러한 논리를 '친자감응설(親子感應說)과 지속(遲速)의 논리', '삼세업보설(三世業報說)과 지속의 논리'[8]로 구분한 바 있다.

먼저 성감지리란, 지극한 정성(지성)이 있으면 반드시 초월계의 반응(감응)이 있다는 것이다. 그리고 인과응보지리는 선악의 因에 응하여 화복의 되갚음을 받는 것을 말한다. 친자감응설과 지속의 논리는, 부모의 선악이 언젠가는 자손에게 영향을 미친다는 사상으로서, 내 생명의 연장이라 보았던 후손에게 부모의 선악이 영향을 미친다는 설이다.[9] 삼세업보설과 지속의 논리는, 전세·현세·후세의 삼세를 업보에 따라 윤회하며 태어난다는 이론으로서, 내 생명이 자식에게 이어져 누대(累代)로 전해진다는 유가의 생명관과는 달리 윤회한다고 보는 관점이다. 내 생명이 자식에게 이어지는 것이 아니라 윤회함으로, 선악의 인연에 따라

'질서, 이치, 당위'의 의미라고 볼 수 있다. 그래서 착한 사람이 행한 선행이 자연의 이치에 조응되어서 '착한 행동'은 '복'을 받는 것으로 나타나는 것이다. '착한 행동'에 대한 '복'은 곧 부모들이 바라는 '자녀(인물)의 출생'으로 귀결된다. 이는 곧 인간의 삶의 질서와 자연(하늘-天)의 이치가 서로 조응되고 있음을 드러내는 것이라 할 수 있다. 이러한 '자연적 섭리'가 '복선화음-권선징악'과 같은 주제의식으로 반영되어 있는 것이 고소설의 세계관이라 할 수 있다.

7 강재철, 『권선징악 이론의 전통과 고소설의 비평적 성찰』, 단국대학교출판부, 2012, 174~285쪽 참조.

8 강재철, 상게서, 217~222쪽 참조.

9 강재철, 상게서, 217쪽.

화복을 받기 때문에, 자신이 착한 행동을 하여 업인업과(業因業果)에 의한 복을 받으라는 것이다.[10]

고소설에서는 이러한 성감지리와 인과응보지리, 친자감응에 의한 지속의 논리, 삼세업보와 지속의 논리가 각각 나타날 수도 있다. 하지만 대개는 이 중 두 가지 이상이 동시다발적으로 나타나면서 복선화음의 이치를 구현하는 데 기여한다. 이러한 예가 잘 나타나는 작품으로 〈숙향전〉을 예로 들 수 있다. 먼저 숙향의 출생담 전후 서사를 정리해 보기로 한다.

[A] 숙향의 출생담과 복선화음의 이치

[가] 복선화음

(1) 김생이 벗을 전송하기 위해 반하수에 갔다가 어부들이 잡은 거북을 구워먹으려는 것을 보고, 비싼 값을 주고 사서 놓아주다.

(2) 김생이 양양 땅에 벗을 찾아보고 돌아오는 길에 운교 다리를 건너다가 물이 크게 불어 다리가 넘어져 죽게 되었을 때, 반하수에 놓아주었던 거북이 살려주고, 입에서 제비 알 같은 구슬을 토하여 주다.

(3) 김생이 약관의 나이에 이르렀으나 가난하여 아내를 두지 못하였고, 형초 땅 장회란 사람은 가세가 넉넉하고 슬하에 한 딸만 두었는데, 김생의 이름을 듣고 통혼하니, 김생이 허락하고 운교에서 얻은 구슬을 빙폐로 하여 결혼하다.[11]

---

10 강재철, 상게서, 221~222쪽.

11 황패강 역주, 『연강학술도서 한국고전문학전집5 〈숙향전〉』, 고려대학교 민족문화연구소, 1993, 17~21쪽. 본고의 텍스트는 경판본 〈숙향전〉을 역주한 이 자료로 하며, 이하에서는 작품명과 페이지만을 밝히기로 한다.

[나] 성감지리

(1) 김생 부부가 일점혈육이 없어 매양 차탄하다가 명산대천에 정성으로 기도드리다.

(2) 김생 부부가 완월루에 올라 달을 구경하는데, 갑자기 하늘에서 흰 꽃 한 가지가 떨어져 장 씨 앞에 내려오고, 부부가 이상히 여기고 있는데, 문득 광풍이 크게 일어나 그 꽃이 흩어지다.

(3) 장 씨가 차탄하고 들어와 자는데, 그 밤 꿈에 달이 떠오르며 금두꺼비가 장 씨 품에 들고, 놀라 깨어난 장 씨가 김생에게 꿈 이야기를 하다.

(4) 김생도 꿈에 계화가 장 씨 부인 앞에 떨어지고 금두꺼비가 품에 드는 것을 보았다고 한 후, 얼마 안 있어 자식을 낳을 것이라 하다.

(5) 그달부터 잉태하여 십 삭이 차니, 그날은 사월 초파일이며, 이날 밤에 오색구름이 집을 두르고 향내 진동하며 선녀 한 쌍이 촛불을 들고 들어와 김생더러 "이제 부인이 오십니다"라고 하고 장 씨 부인의 방으로 들어가니, 이윽고 상서로운 기운이 집 안에 가득하다.

(6) 김생이 들어가 보니, 장 씨가 이미 순산을 하였고, 선녀가 유리병의 향수를 기울여 아기를 씻겨 누이다.[12]

[다] 삼세업보와 지속의 논리

(1) 숙향은 월궁소아로서 상제께 죄를 짓고 태을선군과 인간 세계에 적강하다.

(2) 후토부인이, 숙향의 부모 또한 仙君으로 시한이 차면 다시 천상으로 돌아가시게 될 것이며, 숙향은 장 승상 집에 가서 규성선녀(장 승상 부인)의 전생 은혜를 다 갚은 후에 태을을 만나야 부모의 거처를 알게 될 것이고, 그 기간은 15년이 걸릴 것이라 하다.[13]

---

12 〈숙향전〉, 21~23쪽.

위 예문은 〈숙향전〉의 여주인공 숙향의 출생과 관련된 내용을 정리해본 것이다. 출생담이라고 한다면, 기자치성이나 태몽, 출산과 같이 직접적인 것만 해당되는 것으로 알지만 실제는 그렇지 않다. 고소설에서 출생담은 전생의 이야기를 포함하여, 인물의 출생담과 관련된 상징이나 예언 등이 실현되는 전체가 이와 관련된다고 할 수 있다. 이런 점에서 출생담은 단순히 서두를 장식하는 관습적 장치에 머무르지 않는다.

위 예문 [A][가]와 [나]도 그러한 맥락에서 이해하면 된다. 예문 [A][가]는 숙향의 부친 김전이 선을 행하여, 그 구원의 대상인 거북으로부터 받은 구슬을 가지고 결혼을 하였다는 이야기이다. 여기에는 김전과 거북이 각각 한 번씩 구원을 해주고 있는 데, 애초에 선을 행하였던 김전이 거북으로부터 구슬까지 받아 결혼에 성공함으로 인해, 더 많은 보상을 받는 것으로 나타난다. 이 거북은 동해용왕의 딸이며, 후일 숙향이 표진강에 뛰어들어 죽으려 할 때에 그녀를 구해주고, 자신이 부왕으로부터 반하수 내침을 당한 것과 반하수에서 어부들에게 잡혀 죽을 위기에 처하였을 때 김전으로부터 구원을 받은 이야기를 들려준다. 또 숙향이 앞으로 겪어야 할 액운을 이야기해 주기도 한다. 그리고 용녀(龍女)는 이러한 모든 것이 전일 숙향의 부친 김전의 은혜를 갚기 위함이라고 한다.[14]

이를 통해 알 수 있는 것은 숙향의 부친 김전의 적선으로 인해 초월적 존재인 거북(동해 용녀)이 살 수 있었고, 그 행위로 인해 자신 또한 죽을 위기를 겪음은 물론 거북이 준 구슬로 결혼을 하여 주인공을 낳게 된다

---

13 〈숙향전〉, 23쪽, 31쪽.
14 〈숙향전〉, 47~49쪽.

는 점이다. 또 후일 그 거북이 지속적인 은혜 갚음을 하여 김전의 딸 숙향을 죽을 위기에서 구해 주기도 한다.

앞서 범박하게 제시한 바와 같이, 강재철은 이러한 논리를 친자감응 과 지속(遲速)의 논리로 설명하고 있다. 그의 설명에 의하면 부모의 선악 이 언젠가는 자손에게 영향을 미친다고 한다. 내 생명의 연장이라 보았 던 후손에게 부모의 선악이 영향을 미친다는 것이다. 이는 고소설의 인 물 출생이 단순한 출산 행위나 의례에 그치지 않는다[15]는 점을 말해 준 다. 적선의 행위가 '복선화음' 중 '복선'으로 연결되어 한 생명이 탄생될 수 있다는 자연의 이치가 기저에 녹아 있다.

그리고 [나]는 김전 부부가 혼인은 하였지만 자식이 없어 기자치성을 드리고, 이에 초월계의 감응에 의해 잉태하고 출산하는 장면이다. 이는 인간의 정성이 지극하면 그 정성이 하늘에 닿는다는 성감지리의 구체적 예에 해당된다. 『書經』 '대우모'에서 "지극한 정성은 귀신도 감동시킨 다"[16]는 말은 성감지리를 뒷받침해 주는 간접적인 예가 된다. 적선과 인

---

15 민속학의 입장에서 보면 출생담은 儀禮, 通過儀禮의 한 양상에 지나지 않는다.(박환영, 「한·몽 출생의례의 비교민속학적 고찰」, 『비교민속학회』 40집, 비교민속학회, 2009, 129~159쪽; 변종현, 「통과의례의 양상과 그 기능-A.V.Gennep의 이론을 중심으로-」, 『국문학논집』 14집, 단국대학교 국어국문학과, 1994, 193~219쪽; 박찬옥·조희진, 「한 국의 전통 출생의례」, 『한국여성교양학회지』 16집, 한국여성교양학회, 2007, 1~31쪽 등을 보면 인물의 출생은 의례적 성격이 강한 것으로 나타난다). 그리고 고소설의 관점에 서도 출생담을 의례로 보는 경우도 있다(오출세, 「고전소설의 출생의례 考」, 『한국문학 연구』 13집, 동국대학교 한국문학연구소, 1990, 149~204쪽). 하지만 필자가 보기에, 고소설의 출생담은 그러한 의례적 성격을 함의하고 있으면서, 궁극적으로는 인물 서사의 기능적 역할, 주제의식의 구현 등에 더욱 긴밀하게 작용하는 것으로 생각된다.
16 『書經』, 「大禹謨」, "至誠感神". 강재철, 『권선징악 이론의 전통과 고소설의 비평적 성 찰』, 단국대학교출판부, 2012, 178쪽 참조. 성감지리와 관련된 경전과 문집의 구체적인 예는 강재철의 다음 저서를 참고하기 바란다.(강재철, 상게서, 178~186쪽.)

간의 지극한 정성이 결합될 때 비로소 '복선화음'의 '복선'이 비로소 구현되는 것이다. 여기서 인간의 적선은 일시적이고 찰나적인 것일 수도 있어서 행위 대상자의 마음을 온전히 드러내기가 어렵다. 그래서 '치성(致誠)'과 같은 인간의 지극한 정성이 수반되어야 비로소 '복선'이 실현된다고 할 수 있다. 그 결과 새로운 생명이 잉태되는 것이다.

[다]는 부모의 적선과 복선화음의 '복선'에 의해 잉태되고 출생하는 주인공이, 삼세의 업보를 가진 인물이라는 점을 드러내고, 그 업보를 해결하기 위해서는 스스로에게 주어진 액운, 즉 시련의 시간을 거쳐야 한다는 점을 제시하고 있다. 이는 인간의 윤회전생(輪廻轉生)을 복선화음과 인과응보의 논리로 설명하고 있는 것으로 볼 수 있다. 이는 불가적 사유의 일단으로서, 불교의 생명관으로 보면 우리의 생명은 영원무궁한 것으로 윤회하는데, 반드시 선악의 인연에 따라 화복을 받고 윤회한다.[17] 그러므로 이 논리에서 바라보면, 숙향은 반드시 자신이 착한 행동을 하거나 액운의 과정을 거쳐 업인업과(業因業果)에 의한 복을 받아야 한다. 숙향이 거치는 5가지 액운의 과정은 바로 그러한 업인업과의 과정을 통해, 다시 천상으로 돌아가기 위한 윤회전생의 과정이라 할 수 있다.

〈숙향전〉에서 복선화음의 이치를 구현하는 양상은 남주인공 이선에게 있어서도 두 가지로 나타난다. 숙향의 부친 김전과 달리, 이선의 경우에는 그의 부친 이상서의 복선화음의 사전 행위가 나타나지 않는다. 이선의 출생담에는 성감지리가 나타나고, 숙향과 함께 동시 적강했다는 점에서 숙향과 유사한 삼세업보 지속의 논리가 나타난다. 이를 간단하게 살펴보기로 한다.

---

17 강재철, 상계서, 221쪽.

[B] 이선의 출생담과 복선화음의 이치

[가] 성감지리

(1) 이 상서 부부가 일점혈육이 없어 한탄하다.

(2) 부인이 친정에 갔다가 대성사 부처가 영험하다는 말을 듣고 향촉을 갖추어 아이 낳기를 빌고 돌아오다.

(3) 이날 밤 꿈에 한 부처가 나타나, 부인의 정성이 지극하므로 귀자를 점지한다고 하다.

(4) 부인이 이 상서에게 치성 드린 것과 꿈 이야기를 하니, 이 상서는 빌어서 자식을 낳을 것이면 천하에 자식이 없는 사람이 누가 있겠는가 하다.

(5) 그날 밤 이 상서의 꿈에 붉은 곤룡포를 입은 선관이 채운을 타고 내려와 재배하고, 자신은 옥제를 모시던 태을진인인데, 죄를 지어 인간 세상으로 내쳐졌으며, 대성사 부처님의 지시로 이리로 왔다고 하다.

(6) 상서가 깨어나 부인에게 몽사를 이르고, 과연 그달부터 잉태하여 십 삭이 차니 이때는 사월 초파일이다.

(7) 문득 채운이 집을 두르고 이상한 향기가 집에 가득하며, 오시쯤에 선녀가 부인의 방으로 들어오며 때가 되었으니 부인은 편히 누우라고 하다.

(8) 부인이 누구냐고 물으니, 선녀가 자신은 해산을 돕는 선녀라고 하고, 오늘 태을선군이 하강하기로 왔으며, 이 아이의 배필은 남양 땅 김전의 딸 숙향이라 하다.[18]

[나] 삼세업보와 지속의 논리

(1) 부인의 꿈속에 부처가 나타나, 이 상서가 전생에 무죄한 사람을

18 〈숙향전〉, 75~77쪽.

많이 죽였기에 자식이 없도록 점지하였다 하다.[19]

위 예문 [B][가], [나]는 이선의 출생담에 나타난 성감지리(誠感之理)와 삼세업보(三世業報) 지속의 논리를 정리해 본 것이다. 이상서의 경우에는 숙향의 부친 김전과 같은 적선 행위가 없고, 동시에 '복선화음' '복선'이 직접적으로 나타나지 않는다. 대신 숙향의 부친 김전의 경우와 마찬가지로, 이상서의 경우도 성감지리에 의해 자식을 얻는다. 이상서 부부는 대성사 부처가 영험하다는 말을 듣고 향촉을 갖추어 지극 정성으로 기도하고 돌아온다. 그날 밤에 부처가 나타나 부인의 정성이 지극하여 자식을 점지한다고 한다. 실제로 이상서는 그날 밤에 붉은 곤룡포를 입은 선관이 내려오는 꿈을 꾸고 부인이 잉태하여 자식을 낳는다. 이는 부모의 지극한 정성에 의해 초월계가 감응하여 자식을 점지하는 성감지리의 구체적인 예에 해당된다. 어쩌면 부처에게 지극정성으로 기자치성하는 그 행위 자체가 적선이기에, 복선에 해당된다고 할 수 있다.

[나]는 이상서가 전생에 무죄한 사람을 많이 죽였기에 자식이 없도록 점지하였다고 하여, 업인업과에 의해 그가 무자의 대상임을 드러내고 있다. 무죄한 사람을 많이 죽였다는 것은 더할 나위 없이 큰 죄에 해당되므로, 초월계는 그에게 후사를 이을 생명을 주지 않았던 것이다. 이는 삼세업보 지속의 논리에 해당된다. 그런데 이상서 부부는 초월적 존재에게 지극정성으로 발원하여 초월계의 감응을 얻는다. 즉 성감지리에 의해 삼세업보 지속의 논리를 극복하는 것이다.

주인공의 성격이나 서사의 지향점이 〈숙향전〉과 사뭇 다른 〈유충렬

---

19 〈숙향전〉, 75쪽.

전〉의 출생담에서도 이와 유사한 이치와 논리가 발견된다.[20] 이해와 논의의 편의를 위해 해당 출생담을 정리해 보기로 한다.

[A]_유충렬의 출생담과 복선화음의 이치

[가] 성감지리

(1) 개국공신의 후손인 정언 주부 유심이 일점혈육이 없어 한탄하다.

(2) 부인 장 씨가 남악 형산 산신께 발원하여 정성을 드리자고 하다.

(3) 유심 부부가 삼칠일 재계를 정히 하고 소복을 정제하여 제물을 갖추고 축문을 지어 남악산을 찾아가 지성으로 기도하다.

(4) 부부가 지극정성으로 발원하여 기도하니, 산중의 백발 신령들이 모두 그 정성에 감응하여 제물을 모두 흠향하다.

(5) 발원 후 어느 날 한 꿈을 얻은 후 잉태하여 옥동자를 낳다.[21]

[나] 삼세업보와 지속의 논리

(1) 기자치성 후 부인의 꿈에 한 선관이 청룡을 타고 내려와, 자신은 청룡을 차지한 선관인데, 익성이 무도하여 상제께 아뢰어, 익성을 치죄하여 다른 방으로 귀양을 보내었고, 익성이 이걸로 함심하여 백옥루 잔치할 때에 익성과 대전하여 상제에게 득죄하였다고 하다.

---

20 〈유충렬전〉은 〈숙향전〉과 작품의 성격이나 지향점이 완전히 다르다. 그럼에도 비교 작품으로 제시한 것은, 고소설 출생담에 내재되어 있는 자연의 섭리와 복선화음, 권선징악의 논리가 나타난다는 점을 같은 맥락에서 조망해 볼 수 있기 때문이다. 동시에 두 작품과 같이 작품의 성격에 따라 출생담을 통해 드러나는 세계관이나 자연의 섭리를 드러내는 방식이나 강조점이 부분적으로 달라질 수도 있음을 확인할 수도 있다. 이런 점에서 본고의 모든 논리를 모든 작품에 일방적으로 적용할 수는 없다. 큰 틀에서 적용할 수 있되, 작품의 성격에 따라 세부적인 논의를 달리해야 해당 작품의 본질이 손상되지 않는다.

21 최삼룡·이월령·이상구 역주, 『연강학술도서 한국고전문학전집 24 〈유충렬전〉외』, 고려대학교 민족문화연구소, 1996, 15~21쪽. 본고의 텍스트는 완판본을 역주한 이 자료로 하며, 이하에서는 작품명과 페이지만을 밝히기로 한다.

(2) 옥황상제가 자신을 인간 세상에 내치심에 갈 바를 몰랐는데, 남악
　　산 신령들이 부인 댁으로 지시하여 왔다고 하다.
(3) 부인이 그달부터 태기가 있어 십 삭이 찬 연후 옥동자를 탄생하니,
　　방 안에 향취가 진동하고 문 밖에 서기가 뻗치며, 한 선녀가 오운
　　중에 내려와 부인에게 과실을 주면서, 자신은 천상 선녀인데 상제
　　가 분부하여 자미원 대장성이 남경 유심의 집에 환생하였으니 산모
　　를 구완하고 유아를 잘 거두라고 했다 하다.[22]

　위 예문 [A][가]는 개국공신의 후손인 유심 부부가 일점혈육이 없어
남악형산에 기자치성을 드려 자식을 얻는 대목을 정리한 것이다. 유심과
그 아내 장 씨는 모두 자신들이 죄가 많아 자식이 없다고 한탄하는 인물
들이다. 죄가 있으면 자식을 점지받을 수 없다는 세계관, 그리고 그러한
인물에게 자식을 점지하지 않는다는 생명관이 작용하고 있는 것이다.

　그런데 이들 부부는 이러한 부정적 상황을 지극한 정성으로 기도하고
발원하는 것을 통해 극복하고 있다. 남악 형산의 신령들이, 유심 부부의
정성에 감복하여 이들이 바친 제물을 모두 흠향한다는 것은 이를 증명
한다. 이는 곧 성감지리라는 이치에 의해 복을 받았고, 그 복은 곧 자식
점지로 나타나고 있는 것이다.

　예문 [나]는 유심 부부의 기자치성에 의해 태어나는 주인공이 전세에
죄를 지어 인간 세상으로 적강한다는 내용이다. 이는 부모의 죄에 의한
것이 아니라, 주인공이 전생에 지은 죄에 대한 업인업과의 성격이 강하
다. 따라서 이는 친자감응 지속의 논리에서 해명되지 않고, 삼세업보
지속의 논리 속에서 독해되어야 한다. 그래야만 전세와 이후 서사에서

---

22 〈유충렬전〉, 19~21쪽.

나타나는 정한담과의 갈등이 온전하게 수용된다.

〈유충렬전〉의 삼세업보 지속의 논리가 〈숙향전〉과 다른 점이 있다면, 전세의 직분이 현세에 그대로 적용될 수 있게 구성되었다는 점이다. 전생에서 자미원을 지키는 대장으로서 상제 앞에서 다투던 주인공이, 현세에서는 자미원에 대응되는 천자의 안위를 지키고 국가를 수호하는 것으로 나타난다. 이는 유충렬의 출생담이 지향하는 바가 단순히 복선화음 그 자체에 그치는 것이 아니라, 서사 편폭의 확대 속에서 작용될 수 있도록 결구되었음을 의미한다. 이러한 점은 다음 장에서 출생담과 권선징악의 관계를 통해 살펴보기로 한다.

4. 인물 출생담과 권선징악 주제의식의 구현 양상

고소설에서 인물 출생담은 복선화음과 관계를 맺으면서 권선징악의 주제의식 구현에도 기여한다. 그러나 모든 작품에서 권선징악이 두드러지는 것은 아니며, 경우에 따라서는 복선화음의 강조가 권선징악의 주제의식을 대체하기도 한다. 주제인 권선징악을 드러내지 않고, 하나의 이치인 복선화음을 통해 권선징악의 주제의식까지 아우르는 방식을 취하기도 하는 것이다. 물론 어느 작품이든 부분적으로 권선징악의 주제의식이 녹아 있지만, 작품 전체적으로 보면, 복선화음이 전체를 관통하고 있는 기본 이치로 작용하는 것이다. 이러한 예에 해당되는 작품으로 〈숙향전〉을 들 수 있다.

이와는 달리 〈소현성록〉이나 〈창선감의록〉, 〈장화홍련전〉과 같은 가문소설이나 가정소설에서는 철저하게 복선화음과 권선징악이 대등한 자격으로 나타난다. 그것은 아마도 제가(齊家)를 강조하면서 복선화음과 권선징악을 통해 사필귀정이 자연의 섭리라는 세계관을 드러내기 위한 의도라고 판단된다. 그리고 이러한 점은 〈유충렬전〉과 같은 영웅소설에서도 비슷하게 나타난다. 〈유충렬전〉과 같은 영웅소설의 경우 제가와 치국의 문제와 함께 가문회복의식이 함께 작동하면서, 정치적, 사회적 차원의 복선화음과 권선징악이 사필귀정의 논리로 귀결되어 나타나는 것이다.

이와 같이 복선화음과 권선징악, 사필귀정의 이치가 고소설에서 강조되고 있는 것은, 선악을 다스리는 일이 위정(爲政)과 치민(治民) 등 인간사에서 무엇보다 중요한 일이기 때문이다.[23] 이는 모두 사람을 살리고, 또 잘 살게 하는 원리로 작동한다는 점에서 더욱 그러하다. 그러므로 고소설 인물 출생담은 단순한 의례나 서두를 장식하는 관습적 장치가 아니다. 출생담은 복선화음과 성감지리의 이치를 통해 성속(聖俗)이 소통된다는 세계관을 보여준다. 그리고 이러한 세계관은 인간의 출생과 행복한 삶, 계후(繼後)에 관여하게 되고, 주인공은 비범한 능력을 바탕으로 위정과 치민을 통해 권선징악을 구현한다. 따라서 고소설 출생담은 생명을 탄생하게 하는 세계관의 초식이면서 초자연적 섭리로 작용한다고 할 수 있다. 이를 앞서 제시한 과정에 번호를 넣어 표시하면 다음과 같다.

> * 고소설의 출생담 : ①부모의 복선(적선) → ②기자치성 → ③감응에 의한 신이한 출생 → ④성속(聖俗) 소통의 세계관 → ⑤복선화음 - 권선징악

---

23 강재철, 상게서, 175쪽.

이러한 공식을 본 장 서두에서 설명한 〈숙향전〉과 〈유충렬전〉에 대입하여 살펴보면, 지금까지 설명된 내용들이 보다 분명하게 인지될 것이다. 먼저 〈숙향전〉에서는 ①, ②, ③, ④, ⑤번이 분명하게 나타난다. 이는 앞서 제시한 바 있는 숙향의 출생담과 복선화음의 이치에서 구체적으로 확인된 바 있다.

다만 문제는 ⑤번의 복선화음과 권선징악을 숙향의 인물서사에 대입하였을 경우에 생기는 독해 문제다. 삼세업보와 지속의 논리에서 본다면, 숙향은 전생의 죄로 인해 인간 세상에 내쳐진 인물이다. 그래서 그녀는 다섯 번의 죽을 액[24]을 겪게 된다.

그런데 숙향은 그러한 다섯 번의 액을 모두 초월적 존재의 도움으로 극복하게 된다. 그녀는 전생에 천상계에서 죄를 지은 인물임에도 불구하고 초월적 존재의 도움을 받는 것이다. 그녀가 죄인임에도 불구하고 이러한 원조를 받는 것은, 부모가 행한 '복선'의 결과와 관련이 있다. 숙향 개인의 삼세업보의 논리에서 보면 그녀는 분명 벌을 받아야만 하는 인물이어서 5번의 죽을 액을 겪고 있는 인물이다. 하지만 그녀가 마냥 죽을 수 없는 인물인 것이, 근본이 천상계의 인물이며, 김전이 선을 행하고, 또 김전 부부가 '치성(致誠)'을 드린 후에 초월계의 감응에 의해 점지된 인물이기 때문이다. 즉, 숙향은 업인업과의 논리에 따라 삼세업보의 지속의 논리가 적용되어 벌을 받고는 있지만, 그 사이에 부모의 선행과 지극한 정성에 대한 초월계의 감응이라는 소통 작용을 통해 천상계에 의해 점지된 인물이기 때문에 최종적으로는 '복선'의 대상이 되

---

24 ㉠전란으로 인하여 죽을 액운. ㉡명사계에서의 액운. ㉢표진강에서 죽을 액운. ㉣노전에서 화재를 만나 죽을 액운. ㉤낙양 옥중에서 죽을 액운.

고 있는 것이다.

그리고 결정적으로 숙향은 인간세상에서 악행을 저지르지 않았다. 만약 그녀가 악인이거나 악한 행실을 했다면, 그녀는 초월계의 도움을 받지 못했을 것이며, 동시에 액운을 극복하지도 못했을 것이다. 그래서 〈숙향전〉에서는 숙향을 통해서는 '복선화음'의 '화음(禍淫)'이나 '권선징악'의 '징악(懲惡)'을 직접적으로 구현하는 것보다, '복선'과 '권선'의 논리에 따라 이루어지고 있는 것으로 나타난다는 인상을 주고 있다. 대신 이 작품에서는 장 승상 댁에서 숙향을 모해하던 사향이 옥제의 진노를 사서 벼락을 맞아 죽는 장면을 통해 '복선화음'의 '화음'이나 '권선징악'의 '징악'이라는 주제의식이 구현되도록 하고 있다.

하지만 〈숙향전〉에는 숙향 자체가 신이한 출생을 통해 선행을 주도하거나 권선징악을 구현하지는 않고, 초월계의 의지에 따른 예정된 길을 갈 뿐이라는 점에서 다른 고소설과 일정부분 차이를 보인다. 다만 이선의 경우에는 황태후의 약을 구하기 위해 선계로 구약여행(救藥旅行)을 떠나고, 최종적으로 옥지환과 환혼수, 개언초, 계안주 등을 통해 황태후를 살리는 선을 베푼 대가로 초왕에 봉해진다.

이렇게 볼 때, 이선은 스스로의 노력에 의해 '복선화음'의 '복선'을 구현한다는 점에서 숙향과 구별되는 점이 있다. 그리고 초왕에 봉해진 이선과 정렬부인에 봉해진 숙향 부부는 후일 2자 1녀를 두게 되고, 둘째 아들이 오랑캐를 물리쳐 형식적인 권선징악을 구현하는 것으로 나타난다. 그리고 마지막 장면에서는 반야산에서 숙향 자신을 구해준 도적이 오랑캐로 참전하였다가 잡혀 죽을 위기에 처한 것을, 숙향이 은혜갚음을 통해 구해주기도 하여 끝까지 '복선화음'의 '복선'이 강조된다. 이를 통해서 본다면 〈숙향전〉에 나타난 출생담은 권선징악보다는 복선화음

중 '복선'과 밀접한 관련을 가지면서 사람을 살리는 상생의 기제로 작용함을 알 수 있다.

〈숙향전〉에 나타난 출생담과 복선화음, 권선징악의 관계 양상은 〈유충렬전〉에서는 조금 다르게 나타난다. 앞서 제시한 항목을 기준으로 보면, 〈유충렬전〉은 ②, ③, ④, ⑤의 내용이 모두 나타난다. ①번의 부모의 적선(복선)은 형식적으로 나타나지 않는다. 실제 인물출생담의 서사는 ②번부터 시작되고 있는 것이다. 유심 부부는 지극 정성으로 기자기도(祈子祈禱)를 올리고, ③번과 같이 초월계의 감응을 받는, 성감지리의 이치를 실현한다. 본인들 스스로가 말하고 있듯이, 전생에 죄가 많아 무자한 상황을 성감지리로 극복하여 비범한 주인공을 낳게 되는 것이다. 여기서 ②번의 기자치성은 적선의 의미를 함께 가지고 있고, ③번의 감응에 의한 신이한 출생을 하는 성감지리는 그러한 인간에 대한 포상의 의미를 함축하고 있다. 이런 점에서 ④번 성속 소통의 세계관이 작용하고 있다고 할 수 있으며, 간신 정한담과 최일귀가 징치되고 주인공 유충렬이 위기에 처한 왕조를 구한다는 점에서 ⑤번의 복선화음-권선징악도 구체적으로 실현된다고 할 수 있다.

따라서 〈유충렬전〉에 나타난 출생담도 복선화음, 성감지리와의 직접적인 관계 양상을 맺고 서사가 진행된다고 할 수 있다. 왜냐하면 유충렬은 숙향보다 더욱 분명한 복선화음, 권선징악의 구도로 짜여 있기 때문이다. 이는 이 작품의 중후반부 서사가 두 가지로 분명하게 구분되어 진행되는 것을 통해 알 수 있다. 〈유충렬전〉에서 유충렬의 활약은 크게 두 가지 방향으로 나타난다. 하나는 위기에 처한 국가와 천자를 구하는 것이고, 다른 하나는 해체된 가족 구성원을 만나 가문을 회복하는 것이다. 그리고 이 과정에 반드시 거치는 것이 바로 정한담과 최일귀, 옥관도사 등의 악인을 징치하여 권선징악을 이루는 것이다. 실제로 〈유충렬전〉 하권의 전체는 유충렬이 악인들을 징치하고 어지러워진 질서를 바로잡아 권선징악의 주제의식을 드러내는 것을 중심으로 하고 있다. 그리고 그 과정에서 의리와 절개, 충성을 다한 주인공이나 주변 인물들이 포상을 받고, 악인들은 벌을 받는 것이 사필귀정이라는 것을 강조하고 있다. 그러므로 〈유충렬전〉은 인물의 출생담이 복선화음과 권선징악 각각에 대등한 비중을 두고 전개된다는 점에서 〈숙향전〉과 차이가 있다. 그리고 복선화음과 권선징악의 주체가 주인공 유충렬이라는 점 또한 특징적이라 하겠다.

5. 결론

이상에서 논의된 잠정적 결론을 소략하게 정리해 보면 다음과 같다.

첫째, 고소설 인물 출생담은 건국영웅이나 설화적 영웅의 출생담에 나타나지 않는 복선화음의 이치나 권선징악의 주제의식이 강하게 드러난다는 점에서 이들과 층차를 가진다. 신화의 경우에는 주인공의 신성한 출생이 성속일여(聖俗一如)의 세계관을 통해 건국을 하는 데 초점이 있다. 이에 비해 설화의 경우에는 주인공의 신이한 출생을 통해 호국의 세계관을 드러내어 호국이나 왕위 등극에 초점을 두고 있다. 하지만 고소설의 경우에는 인간의 적선(복선)과 지극한 정성에 대한 초월계의 감응이라는 성속 소통의 세계관이 강조되고, 이를 통해 복선화음과 권선징악이라는 주제의식이 강조된다.

둘째, 고소설 출생담은 단순히 의례적 기능이나 서두를 장식하는 것이 아니라, 주인공의 부모와 관련된 복선화음과 성감지리의 이치와 관련되어 권선징악의 주제의식을 구현하는 데 기여한다. 신화 속 건국영웅이나 영웅설화 이야기는 건국이나 주인공의 영웅적 활약과 같은 실질적인 결과를 강조하는 데 목적이 있다. 이에 비해 고소설 출생담의 경우에는 복선화음의 이치가 다음 세대에 영향을 미치며, 그 결과 탄생한 주인공이 다시 복선화음의 이치를 현실적으로 실현하여 권선징악의 주제를 드러낸다는 특징이 있는 것이다. 이를 잘 드러내고 있는 작품이 바로 〈숙향전〉과 〈유충렬전〉과 같은 작품이었음을 살펴보았다.

셋째, 〈숙향전〉에 나타난 출생담은 권선징악보다는 복선화음 중 '복선'과 밀접한 관련을 가지면서 사람을 살리는 상생의 기제로 작용한다.

넷째, 〈숙향전〉과 달리 〈유충렬전〉은 인물의 출생담이 복선화음과 권선징악 각각에 대등한 비중을 두고 전개된다는 점에서 〈숙향전〉과 차이가 있고, 복선화음과 권선징악의 주체가 주인공 유충렬이라는 점 또한 특징적이었다.

17세기 동아시아 전란 체험과 다문화 양상 비교

〈최척전〉과 〈김영철전〉을 중심으로

1. 서론

이 글은 〈최척전〉과 〈김영철전〉에 나타난 전란 체험과 그 속에 내재되어 있는 다문화 양상을 비교하는 데 목적을 둔다. 선행 연구에서 〈최척전〉과 〈김영철전〉은 작품론과 문학사적 의의 등에 대해서는 충분한 검토가 이루어졌다. 〈최척전〉의 경우 이본 연구를 포함하여 다양한 작품론에 대한 연구가 있었다.[1] 〈김영철전〉의 역시 홍세태의 〈김영철전〉

---

[1] 권혁래, 「최척전의 이본 연구-국문본의 성격을 중심으로」, 『고전문학연구』 18집, 한국고전문학회, 2000, 357~389쪽.

지연숙, 「최척전 이본의 두 계열과 선본」, 『고소설연구』 17집, 한국고소설학회, 2004, 165~191쪽.

양승민, 「최척전의 창작동인과 소통과정」, 『고소설연구』 9집, 한국고소설학회, 2000, 67~113쪽.

민영대, 「최척전 고-작자의 체험반영과 용의주도한 작품구성-」, 『고소설연구』 6집, 한국고소설학회, 1998, 247~280쪽.

박일용, 「장르론적 관점에서 본 최척전의 특징과 소설사적 위상」, 『고전문학연구』 5집, 한국고전문학회, 1990, 73~102쪽.

이 소개된 이후 여러 이본과 작품론에 대한 연구가 진행되었다.[2]

두 작품 모두 작품 서지와 작품론에 대한 다양한 연구가 있었지만, 두 작품의 전란 체험에 대한 비교는 없었다. 특히 두 작품은 시대적 배경에서 심하 전투(1619년)와 같은 동시대 전란을 포함하고 있으면서도 이와 관련하여 발생하는 전란 체험 양상은 매우 상이하다. 비슷한 점이 있다면, 〈최척전〉의 주인공 최척이나 〈김영철전〉의 주인공 김영철이 주변국의 사람들에게 비교적 우호적으로 대우받는 장면이 나타난다는 정도이다. 하지만 그 우호적 대우조차도 두 작품은 디테일한 면에서 큰

강진옥, 「최척전에 나타난 고난과 구원의 문제」, 『이화어문논집』 8집, 이화어문학회, 1986, 225~252쪽.

박희병, 「최척전-16,7세기 동아시아의 전란과 가족이산」, 김진세 편, 『한국고전소설작품론』, 집문당, 1990, 83~106쪽.

2 홍세태, 「柳下集」 卷九, 影印標點, 『한국문집총간』 167, 민족문화추진회, 1996, 485~489쪽.

권혁래, 「나손본 김철전의 사실성과 여성적 시각의 면모」, 『고전문학연구』 15집, 한국고전문학회, 1999, 113~147쪽.

양승민·박재연, 「원작 계열 김영철전의 발견과 그 자료적 가치」, 『고소설연구』 18집, 한국고소설학회, 2004, 85~110쪽.

서인석, 「국문본 김영텰뎐의 이본적 위상과 특징」, 『국어국문학』 157호, 국어국문학회, 2011, 115~141쪽.

송하준, 「새로 발견된 한문필사본 김영철전의 자료적 가치」, 『고소설연구』 35집, 한국고소설학회, 2013, 239~268쪽.

박희병, 「17세기 동아시아의 전란과 민중의 삶」, 김학성·최원식 외, 『한국근대문학사의 쟁점』, 창작과비평사, 1990, 13~51쪽.

권혁래, 「김영철전의 작가와 작가의식」, 『고소설연구』 22집, 한국고소설학회, 2006, 93~126쪽.

이민희, 「전쟁 소재 역사소설에서의 만남과 이산의 주체와 타자-최척전, 김영철전, 강로전을 중심으로-」, 『국문학연구』 17호, 국문학회, 2008, 7~38쪽.

이민희, 「기억과 망각의 서사로서의 만주 배경 17세기 소재 역사소설 읽기-최척전, 강로전, 김영철전을 중심으로-」, 『만주연구』 11집, 만주학회, 2011, 209~241쪽.

차이가 난다. 이에 연구자는 두 작품의 주인공이 17세기 동아시아 전란을 체험하면서 주변국 사람들과 맺는 관계 양상과 거기서 나타나는 다문화 현상 및 인식에 대해 천착해 보고자 한다.

2. 〈최척전〉과 〈김영철전〉의 전란 체험의 두 양상

〈최척전〉과 〈김영철전〉 두 작품 모두 17세기 동아시아 전란을 배경으로 하고 있는 작품이다. 하지만 작품 전체가 동일한 시대적 배경을 가지고 있는 것은 아니다. 그래서 전란 체험의 양상도 조금 다르고, 관계하는 인물이나 국적도 조금 다른 면모를 보인다.

가령 〈최척전〉의 최척은 1579년 정유재란(선조 30년)에 의병으로 참전하는 것과 1619년 심하 전투(광해군 11년) 참전하고 난 직후인 1620년까지 직접적으로 활동한다. 이에 비해 〈김영철전〉의 김영철은 1618년 명군의 요양 집결 때 19살의 나이로 참전하여 1619년 심하 전투, 1637년 조·청(朝·淸) 연합군의 가도 공격 때 통사로의 참전, 1640년 조·청 연합군의 개주 공격 때 통사로 참전, 1641년 조·청 연합군의 금주 공격 때 통사로 참전하는 등 다양한 이력을 보인다. 그리고 잠시 봉황성에 머물다가 1658년 자모산성에 들어가 20년 군역을 하고 84세에 세상을 떠나기까지 활동하는 인물이다.

이를 통해서 볼 때, 두 작품은 정유재란 이후 새롭게 동아시아의 패권 다툼에 참여하는 후금과의 관계에서는 공통적 시대성을 보이지만, 그 이전과 이후의 행적에서는 차이를 보이는 것이다. 이러한 점을 염두에 두면서 이하에서는 각각의 작품에 대한 전란 체험의 양상과 특징을 고찰해 보기로 한다.

1) 〈최척전〉의 전란 체험과 문학적 환상성의 교구(交構)

〈최척전〉은 15797년 정유재란(선조 30년)부터 1619년 심하 전투(광해군 11년) 직후인 1620년까지 조선, 왜국, 베트남, 명나라, 후금 등을 경험한 최척과 홍도의 인생 역정을 그리고 있다. 최척이 직접 경험하게 되는 전란은 두 번이다. 하나는 조선에서의 정유재란이고, 다른 하나는 중국에 정착한 후에 참전하게 되는 심하 전투이다. 그런데 특이한 것은 최척이 경험하는 두 가지 전란의 의미가 다르게 나타난다는 점이다. 조선에서의 전란 체험은 아주 잔인한 전란 체험 그 자체이면서 가족과 이별하게 되는 계기가 된다. 이로 인해 실의에 빠진 최척은 자결을 하려다가 실패하고 이후 여유문을 따라 중국으로 건너가 정착하게 된다. 그리고 이 전란과 관련하여 최척이나 옥영은 특별한 환상적 체험을 하게 된다. 이에 해당되는 부분을 정리해 보면 다음과 같다.

[A] **정유재란과 인물 서사의 환상성 1**
 -1. 정유년에 왜적이 다시 침입하자, 남원부의 변사정이라는 사람이 의병을 일으키고, 최척이 활쏘기와 말타기를 잘한다는 소문을 듣고 그를 군사로 삼아 데려가다.
 -2. 최척이 옥영과의 혼인을 앞두고 진중(陣中)에 있게 되니 근심이 쌓여 병이 나고, 혼삿날이 다가오자 편지를 써 휴가를 요청했으나 의병장은 화를 내며 허락지 않다.
 -3. 최척이 군대에서 돌아오지 않아 혼례일을 넘기자, 양생이라는 사람이 정 상사의 처에게 뇌물을 주어 혼사를 성사 시켜 달라고 부탁하다.
 -4. 심 씨 부인이 정 상사 처의 유혹에 넘어가 옥영과 양생의 혼인을

결정하니, 옥영은 어머니를 설득하다가 실패하니 밤에 자결을 시도
하다.

-5. 최숙이 이 일을 자세히 글로 써서 아들에게 보내니, 병들어 있던
최척이 보고 병세가 더 위급해지고, 이에 의병장이 집으로 돌아가
게 하니 병이 나았으며, 마침내 옥영과 혼례를 치르다.

-6. 최척이 아내를 얻고 차차 살림도 넉넉해졌으나 다만 자식이 생기지
않아 늘 걱정하다가, 부부가 만복사에 올라가 기도하니, 옥영의 꿈
에 장육불(丈六佛)이 나타나, 자신은 만복사의 부처인데 최척 부부
가 정성으로 기도하는 것이 기특하여 기이한 사내아이를 주겠다고
하고, 아이가 태어나면 반드시 특이한 흔적이 있을 것이라 하다.

-7. 그 꿈 이후 옥영에게 태기가 있었으며, 열 달 후 남자아이를 낳으니,
아이의 등에 손바닥만 한 붉은 점이 있는 것이 부처가 일러준 것과
같아서, 아이의 이름을 몽석(夢釋)이라 하다.[3]

위 예문 [A]-1에서 -7까지는 정유재란이 일어난 당시 최척과 옥영의
혼사가 겹친 서사를 정리한 것이다. 혼인을 하는 시기에 전란과 같은
불행한 사건이 겹치는 일은 인간사에서 흔히 있을 수 있는 일이다. 문학
에서 주인공 남녀가 혼인을 해야 하는데 전란이 일어난다면 더욱 안타
까운 서사를 결구한 것이 되기도 한다. 위의 예문에서도 [A]-1에서 -5

3 박희병 標點·校釋〈최척전〉,『韓國漢文小說 校合句解』, 소명출판사, 2005, 426~429
쪽.〈최척전〉은 여러 이본이 있으나, 온전한 판본이 없고, 또 오자나 탈락, 변이가 심한
편이라고 한다.(지연숙, 전게 논문, 188면) 본고에서는 그중에서도 서울대 도서관 일사문
고본(一簑文庫本)이 선본이 될 만하다는 선행 연구 결과에 따라 본고에서는 이를 저본으
로 하여 여러 판본을 참고하여 교합한 박희병의 교합본을 텍스트로 하기로 한다. 이하에
서는 작품명과 교합본의 페이지만을 밝히는 것으로 대신하고자 한다. 그리고 부분적으로
권혁래의 번역본을 참고로 하였음을 밝혀 둔다. 권혁래,『최척전·김영철전』, 현암사,
2005 참조.

번까지는 현실적으로 일어날 수 있는 그러한 인간사를 형상화한 것이라고 볼 수 있다. 하지만 -6과 -7의 예문은 비극적 현실에 환상성이 가미된 서사라고 판단된다.

이는 실제로 일어난 기적이나 이적(異蹟)이라기보다는, 비극적 현실을 문학적 환상으로 치유하고자 한 작가의 의도가 반영된 것으로 볼 수 있다. 최척과 옥영 부부의 무자와 만복사에서의 기자치성 및 장육불의 현몽으로 인한 자손 점지는 우리 서사 문학에서 흔히 나타나는 관습적 출생담과 일치한다. 이러한 신이한 출생담을 가진 인물이나 그 부모가 비극적으로 끝나는 경우는 별로 없다. 이는 어떤 시련을 겪더라도 서사의 마지막은 해피엔딩일 것임을 암시하는 복선적 환상에 해당된다. 이러한 면은 전란이 심화되는 다음의 상황에서도 유사하게 나타난다.

[B] 정유재란과 인물 서사의 환상성 2

-1. 1597년 8월에 남원이 왜적에게 함락되자 최척 일가는 모두 지리산 연곡으로 피난하고, 옥영은 남자 옷으로 갈아입고 사람들 사이에 섞여 있으니 여자인 줄 알다.

-2. 양식이 떨어지자 최척은 먹을 것도 구하고 왜적의 움직임도 살펴보기 위해 몇몇 사람과 산을 빠져나왔다가, 왜적이 연곡으로 들이닥쳐 산과 골짜기를 다 뒤지니 3일이나 꼼짝할 수 없었고, 다시 연곡으로 돌아오니 사방에 시체 더미가 쌓여 있고 가족들의 행방을 알 수 없다.

-3. 최척이 시비 춘생을 만나 가족들이 모두 적병에게 끌려갔다는 말을 듣고 섬진가연으로 갔다가, 노인들로부터 왜적들이 장정들을 묶어 배에 태워 갔다는 말을 듣고 최척은 자살을 시도하였으나 주변 사람들의 만류로 실패하고 남원으로 돌아오다.

-4. 최척이 남원 금교 옆에 주저앉아 있다가, 명나라 장수들을 만나, 왜적들에게 가족들이 변을 당했으며 자신은 의탁할 곳이 없고, 허락만 해준다면 장수들을 따라 중국에 들어가 은둔하고 싶다고 하니 명나라 장수 오총병의 밑에 있는 여유문이라는 장수가 이를 허락하다.

-5. 여유문은 최척에게 말 한 필을 주고 자기 부대로 가자고 하고, 최척이 잘생기고 활쏘기와 말타기에 능하며 한문도 잘하여 한 막사에서 식사와 잠을 같이 하다.

-6. 오총병의 부대가 명나라로 돌아가게 되자, 최척은 전쟁에서 죽거나 실종된 명나라 군사들의 장부 담당하는 임무를 맡아 국경을 넘어 명나라로 들어갔고, 그 뒤 여유문을 따라 소흥부에서 살게 되다.

-7. 한편 옥영은 돈우(頓于)라는 왜병에게 잡혀 일본으로 건너가 그의 보호를 받으며 여장을 하고 살다가 삶의 뜻을 잃고 바다에 몸을 던져 자결을 시도하나 실패하고, 어느 날 저녁 장육금신(丈六金身)을 한 부처가 옥영의 꿈에 나타나 '자신은 만복사의 부처인데, 뒤에 반드시 좋은 일이 있을 것이니 죽지 말고 열심히 살라'고 하는 말을 듣다.

-8. 옥영은 꿈을 꾼 후 삶에 희망을 가지게 되고, 나고야에 있는 돈우의 집에서 적응하기 시작하고, 이후 돈우로부터 사간(沙于)이라는 이름을 받으며, 전쟁이 끝나고 돈우와 함께 중국 복건성과 절강성 지방 일대를 다니며 장사를 하다.

-9. 최척은 중국 소흥부 여유문의 집에 살면서 그와 의형제를 맺고, 여유문이 자기 누이동생과 최척을 맺어주려 한 것을 사양하며, 여유문이 죽은 후에는 강호를 떠돌며 명승지를 유람하니, 그에게는 속세를 떠난 풍모가 생겼으며, 청성산에 은거하고 있는 해섬도사(海蟾道師) 王用의 소문을 듣고 찾아가 신선이 되는 법을 배우려고 하다.

-10. 최척은 주우(朱祐)라는 사람을 만나 그의 설득에 의해 그와 함께 상선을 타고 무역을 하며, 어느 날 안남 지역에서 극적으로 옥영과 상봉하고, 주우는 최척 부부에게 방 하나를 주고 정착해 살도록 하다.

-11. 최척은 옥영과 재회한 후 고향으로 돌아가고 싶은 마음 날로 깊어 졌으며, 그러던 중 두 사람 사이에 아들 하나가 생겼고, 아이를 낳기 전날 밤 꿈에, 장육불이 나타나고, 아이의 등에 큰 점이 있어 서 최척 부부는 아이 이름을 몽선(夢仙)이라 하다.

-12. 최척 부부는 몽선이 장성하자 며느리를 맞이하고자 하고, 이웃에 살던 홍도(紅桃)를 며느리로 맞이하고, 홍도는 아버지 진위경이 조선에 출병하여 돌아오지 못한 것을 알고 조선에 가서 아버지의 혼을 위로하고자 하다.[4]

위의 예문 [B]는 정유재란 후 남원이 왜적에게 함락되면서 최척의 일가가 뿔뿔이 흩어지는 장면에서부터 헤어졌던 최척과 옥영이 안남에 서 만나 재회 후 둘째 아들 몽선을 낳고 몽선이 장성하자 홍도를 며느리 로 맞이하기까지의 내용을 정리한 것이다.

이 서사에서는 두 가지의 비극적 인물 서사가 나타나고 있고, 역시 두 번의 문학적 환상의 장치가 제시되고 있다. 첫 번째 비극적 서사는 [B]-1에서부터 -4에 걸쳐 나타나는 내용이다. 주 내용은 정유재란으로 인해 남원이 함락되면서 최척 일가의 가족 이산 및 왜적에 의한 살육이 다. 두 번째는 -5에서부터 -9에 이르는 부분이다. 이 부분은 삶에 대한 의욕을 잃고 해외로 망명하여 방랑하고 있는 최척의 삶과, 왜적에게 일

---

4 〈최척전〉, 430~437쪽.

본으로 잡혀간 포로 옥영의 삶이 병치되어 있다. 첫 번째 비극적 서사는 전쟁의 참상을 직접적으로 드러내는 부분이고, 두 번째 비극적 서사는 전쟁으로 인해 파생된 인물들의 비극적 삶과 관련된 부분이다.

특징적인 것은 이러한 비극적 인물 서사에 문학적 환상이 다시 결구되어 나타난다는 점이다. 첫 번째 문학적 환상은 포로로 잡혀간 옥영이 자결하려다가 실패한 뒤에 장육금신의 부처가 나타나 옥영을 위로하고 좋은 일이 있을 것이라 위로하는 장면이다. 이 일로 인해 옥영은 희망을 가지고 삶에 의욕을 가진다. 그리고 다른 하나는 최척과 옥영이 안남에서 재회한 후 주우의 집에 의탁하고 있을 때 아들 하나가 생기고 그 아들을 낳던 날에 장육불이 꿈에 나타나는 장면이다. 처음에 몽석의 태몽에 나타났던 부처의 형상보다는 덜 상세하고 직접적인 말도 나타나지 않는다. 하지만 그 자체만으로도 이 인물의 삶이 비극적이지 않을 것임을 암시하는 복선적 환상의 장치로는 손색이 없다. 몽석의 태몽 그 이상의 신비함은 나타나지 않지만, 장육불의 현시만으로도 둘째 아들 몽선이 평범한 인물이 아니라는 암시를 하기에는 손색이 없다. 그래서 그는 여항의 평범한 여인이라기에는 무언가 특별함이 있을 것 같은 홍도를 아내로 맞이할 수 있게 된다. 이들의 이러한 결연은 최척 옥영 부부와 몽선 홍도 부부의 삶이 초월적 존재에 의해 보호받고 있다는 점을 드러내는 문학적 환상이라고 생각된다.

이러한 비극적 인물 서사와 문학적 환상의 결구는 최척이 심하 전투에 참가한 이후에 다시 나타난다. 이를 정리해 보면 다음과 같다.

[C] **심하 전투와 인물 서사의 환상성**
-1. 기미(己未年, 1619년)에 후금의 노추(奴酋-奴兒哈赤)가 요양

(遼陽)으로 쳐들어오자, 소주 출신의 오세영이라는 장수가 여유문을 통해 최척이 재주 있고 용맹하다는 것을 들어서 알고 있어서, 최척을 군대 서기로 삼아 자기 밑에 두고자 하다.

-2. 최척이 옥영과 작별을 하고 심하 전투에 참전하여 싸웠으나, 후금군에게 크게 패하며, 누르하치는 명나라 군사는 하나도 남김없이 다 죽이되, 조선 군사는 회유나 협박만 하고 한 명도 죽이지 말라고 명하다.

-3. 이때 남원에 살던 몽석은 무학(武學)이 되어 강홍립 군대를 따라 참전하였다가 후금의 포로가 되고, 같은 감옥에서 부친 최척을 만나며, 후금 간수가 된 조선인 늙은 노병의 도움을 받아 조선으로 탈출하고, 돌아가는 길에 최척이 종기가 심하여 목숨이 위태로울 때 진위경의 도움으로 살아나고, 그가 홍도의 부친인 것을 알고 한 집에서 살게 되다.

-4. 옥영은 남편 최척이 요동으로 철전한 후 관군들이 거의 대부분 죽임을 당했다는 소식을 듣고, 최척도 전쟁터에서 죽었으리라 생각하고 자결하려 하였는데, 어느 날 밤 꿈에 장육불이 나타나 옥영의 머리를 어루만지며, "삼가 죽지 말라! 그리하면 뒤에 반드시 기쁜 일이 있으리라."하고 말하니, 옥영은 몽선에게 조선으로 돌아갈 준비를 하라고 하다.

-5. 옥영 일행이 배를 타고 가다가 풍랑을 만나 표류하다가 작은 섬에 정박하고, 거기서 해적을 만나 배와 재물을 모두 빼앗겼으며, 식량도 떨어져 위기에 처하였는데, 옥영의 꿈에 장육불이 나타나 곧 좋은 일이 있을 것이라고 말하고, 실제로 조선으로 가는 통제사 무역선을 만나 구출되어 남원으로 가서 가족과 상봉하다.[5]

---

5 〈최척전〉, 437~449쪽.

위의 예문 [C]는 최척이 옥영과 다시 이별하고 요양 지역으로 출전한 이후의 서사를 정리한 것이다. [A], [B]의 서사에 비해 상대적으로 비극성은 약화되어 있다. 하지만 최척 부부가 안돈한 삶을 영위하지 못하고 최척이 다시 전장으로 불려가면서 가족 이산이 재현된다는 점에서 여전히 상당한 비극성을 내포하고 있다. 이를 알 수 있는 부분이 바로 [C]-4 부분이다. 옥영은 최척이 요동으로 출전한 이후 관군들이 거의 대부분 죽임을 당했다는 소식을 접한 후 최척도 죽었으리라 생각하고 자결하려 한다. 이는 이들 부부에게 닥친 현실적 상황이 결코 녹록지 않은 충격으로 다가왔다는 것을 의미한다.

그런데 이러한 비극적 서사에 다시 문학적 환상의 결구 된다. [C]-4 에는 옥영의 절망적 슬픔과 함께 장육불의 현신과 위로가 나타난다. 전반부에서 옥영과 부처와의 특별한 인연이 없음에도[6] 불구하고 옥영의 비극적 서사에 장육불이 나타나 그녀를 위로하고 밝은 앞날을 예시해 주는 것은 작가에 의해 의도된 문학적 환상의 결구라고 볼 수 있다. 반복되는 인물의 고난과 아픔에 부처가 중생을 위로하는 형식을 띠는 이러한 장면들은 시련의 시기를 살고 있는 독자들에게 문학적 환상을 통해 위안을 주고자 한 작가의 배려가 담겨 있는 것이다.

6　굳이 최척이나 옥영이 불교 또는 부처와의 인연을 찾는다면, 이들이 부부가 된 후 無子로 인해 만복사에서 기자치성을 한 것밖에 없다. 만일 부처 태몽에 의해 출생한 몽석이나 몽선에게 부처가 현신하여 위로하는 장면이 있다면 불교나 장육불과의 인연을 상정할 수 있지만, 아무래도 옥영과 장륙불과의 친연성은 무리가 있다. 이는 옥영과 장육불과의 인연이라기보다는 작가의 문학적 환상의 도구로 활용된 결과가 아닌가 생각된다.

2) 〈김영철전〉의 전란 체험과 역사적 사실(史實)의 비극적 현장성

〈최척전〉의 이러한 비극적 서사와 문학적 환상의 결구와 달리 〈김영철전〉의 경우에는 전란 체험의 역사적 사실이 매우 사실적(事實的)으로 나타나 있다. 그뿐만 아니라 〈김영철전〉의 김영철은 〈최척전〉의 최척이 겪는 전란 체험의 강도보다 훨씬 구체적이고 직접적이며 다양하게 나타난다.

〈김영철전〉의 김영철은 1618년 명군의 요양 집결 때 19살의 나이로 참전하여 1619년 심하 전투, 1637년 조·청 연합군의 가도 공격 때 통사로의 참전, 1640년 조·청 연합군의 개주 공격 때 통사로 참전, 1641년 조·청 연합군의 금주 공격 때 통사로 참전하는 등 다양한 이력을 보인다. 그리고 잠시 봉황성에 머물다가 1658년 자모산성에 들어가 20년 군역을 하고 84세에 세상을 떠나기까지 활동하는 인물이다. 이에 해당하는 역사적 사실의 비극적 현장성을 순서대로 살펴보기로 한다.

[A] 심하 전투와 사실(史實)의 비극적 현장성

-1. 후금이 명나라를 공격하니, 무오년(戊午年, 1618년)에 명나라는 병사를 일으켜 건주(建州)의 오랑캐를 토벌하고자 조선에도 군사를 내어 도와 달라고 하니, 조선에서는 강홍립과 김경서에게 2만 병사를 주어 파병하니, 김영철도 무학(武學)으로 참전하다.

-2. 강홍립과 김경서는 광해군의 밀지에 따라 후금에 항복하고, 김영철을 비롯한 조선군은 포로가 되었다. 그중에는 임진왜란 때 포로가 되어 참전한 300명의 왜병도 있었는데, 이들은 강홍립의 명을 따르지 않고 자신들 뜻대로 적장을 죽이고 조선으로 돌아가기 위한 모의를 꾸미다가 적발되어 모두 죽임을 당하다.

-3. 조선군 장교 한 사람이 후금 군사의 목을 베어 감추어 둔 것이 적발

되어 양반이나 장교로 보이는 400명을 모두 죽이고자 하였고, 김영
철의 작은할아버지를 비롯한 400여 명의 조선군은 모두 처형을 당
하고, 김영철도 여기에 포함되어 죽을 위기에 처하나 후금 장수 아
라나가 김영철이 자신의 죽은 동생과 닮았다고 하며 종으로 달라고
하여 위기를 모면하다.

-4. 김영철이 떠나기 전 할아버지와 한 약속을 이행하고자 세 번을 도망
치다가 잡혀 두 발꿈치를 잘리고, 세 번째는 죽임을 당할 처지가
되었으나, 아라나가 과부가 된 자신의 제수(弟嫂)를 김영철의 아내
로 삼아 잡아 두려고 하다.

-5. 신유년(辛酉年, 1621년) 후금이 요양과 심양을 공격하고, 도읍을
심양으로 옮기니, 아라나는 가족들과 심양으로 이사하고, 김영철에
게는 건주에 머무르며 밭일을 맡기며, 이해에 김영철이 득북과 득
건을 차례로 낳다.

-6. 을축년(乙丑年, 1625년) 5월에 아라나가 김영철에게 말 3마리를
주며 전유년 등 두 사람을 붙여 건주 강가에 가서 기르게 하고,
김영철에게 두 한족을 잘 감시하라고 하나, 김영철은 전유년 등과
함께 탈출하여 전유년의 고향 등주에서 그의 둘째 누이와 혼인하여
득달(得達)과 득길(得吉)을 낳다.

-7. 경오년(庚午年, 1630년) 10월에 김영철은 조선 진하사 선박 뱃사
공 중에서 고향 사람인 이연생을 만나 그의 도움으로 처자식을 버
리고 등주를 탈출하여 집으로 돌아가, 이군수의 딸과 혼인하다.

-8. 병자년(丙子年, 1636년) 가을에 이연생이 사행선을 타고 등주에
갔을 때에, 김영철의 등주 아내와 자식들이 찾아와 김영철의 소식
을 묻지만, 이연생은 모른다고 하다가, 영철 아내의 간곡한 청에
의해 그가 조선으로 돌아갔음을 말해 주다.[7]

---

7 세태, 〈김영철전〉. 박희병 標點·校釋(2007), 『한국한문소설 교합 구해』, 소명출판,

위 예문 [A]는 후금이 명나라를 공격하자 명이 조선에 군사를 보내어 요청하고, 이에 김영철이 심하 전투에 참전하게 된 것과 그 이후의 서사를 정리한 것이다. 예문 [A]-2는 임진왜란 때 포로가 되었다가 함께 참전한 300여 명의 왜병들의 탈출 모의와 적발 후 참살당하는 장면이다. 임진왜란의 비극적 결과가 다시 심하 전투까지 확대되어 포로였던 왜병들의 비극적 참사까지 이어지고 있다. 그리고 이 일로 인해 후금에서는 조선군 포로들이 난리를 일으킬까 두려워 모두 죽이려고 마음먹었는데, -3과 같이 조선군 장교 한 사람이 후금군의 목을 베어 감추어두었다가 적발되어 조선군 장교나 양반으로 보이는 400여 명 조선군이 모두 처형당하고, 김영철도 처형당할 위기에서 아라나의 도움으로 살아난다. 아라나는 김영철이 죽은 자신의 동생과 닮았다고 하여 후금 왕에게 청하여 자신의 종으로 삼는다. 이와 같이 김영철은 원치 않는 전란에 참전하였다가 죽을 위기를 겪고 결국에는 후금 장수의 종으로 전락하게 된다.

이후 김영철은 예문 -4와 같이 두 번의 탈출에서 모두 잡혀 잡힐 때마다 한 쪽 발뒤꿈치를 잘리는 고통을 겪는다. 그리고 세 번째 탈출 시도에서 다시 적발되어 후금의 법에 의해 죽을 위기에 처한다. 그런데 아라나는 김영철을 죽이지 않고 과부가 된 자신의 제수씨를 김영철의 아내로 삼아 붙잡아 두려고 한다. 그리고 아라나는 예문 -5와 같이 김영철에게 일정 부분 역할을 맡긴다. 이 사이에 김영철은 득북과 득건을 차례로

2005, 540~545쪽. 이에 대한 번역은 권혁래의 번역본을 참고로 하였다.(권혁래, 『최척전·김영철전』, 현암사, 2005. 이하에서는 작품명과 박희병의 교주본 페이지 만을 제시하기로 한다.

낳아서 후금에 거주하는 조선인 디아스포라가 된다.

이후 김영철은 전유년 등과 함께 탈출하여 등주로 가서 그의 누이와 혼인하여 득달과 득길을 낳아서 다시 명나라 거주 조선인 디아스포라가 된다. 하지만 진하사 뱃사공으로 따라온 이연생을 만나고 나서는 명나라 등주 가족들을 버리고 조선으로 탈출한다.

이와 같이 김영철은 전란에 참여하여 포로가 되고, 죽을 위기를 겪다가 후금의 종으로 전락하는 인물이다. 이후 세 번의 탈출에서 두 번은 발뒤꿈치를 잘리고, 세 번째는 후금의 법에 따라 처형을 당해야 하나 아라나의 배려로 살아남아 후금에서 여진 아내를 맞아 가정을 꾸리고 두 아들을 낳는다. 하지만 김영철은 여진의 처자식을 버리고 전유년과 함께 명나라 등주로 가서 다시 가정을 꾸리고 두 아들을 낳지만 이들 역시 버리고 조선으로 탈출한다. 이러한 김영철의 서사에서 그 어떤 환상적 장치의 개입도 없다. 오직 실재했던 역사적 사실이 나타날 뿐이며, 그 과정에서 김영철 개인의 비극과 함께 그가 여진의 처자식과 명나라 등주의 처자식에게 가했던 상처와 아픔이 진하게 드러나고 있는 것이다. 김영철의 전란 체험과 비극적 서사는 이 한 번으로 끝나지 않는다. 다른 한 예를 살펴보기로 하자.

[B] 조·청 연합군의 가도 공격과 사실(史實)의 현장성

-1. 병자년(丙子年, 1636년) 겨울, 후금이 국호를 '청'으로 바꾸어 조선을 침공하고, 조선 왕의 항복을 받아 돌아가면서 평안도 영유현에 고산과 한윤, 공유덕, 경중명 등의 장수와 군사를 남겨 명나라 장수 모문룡이 진을 치고 있는 가도를 공격하게 하다.

-2. 평안도 감사 민성휘(閔聖徽)는 영유 현령 이회(李檜)로 하여금 청

나라 장수를 돕게 하라고 하니, 영유 현령은 김영철이 청나라 말과
명나라 말에 능한 것을 알고 통사(通詞)로 삼아 청나라 진영을 다
니도록 하다.

-3. 김영철이 영유 현령의 명을 받아 청나라 진영에서 일을 보고 가려다
가 청군 장수로 온 아라나의 조카 눈에 띄고, 그 청군 장수는 김영철
을 잡아 아라나에게 데려가려 하니, 영유 현령은 담배 열 근을 선물
로 바치고, 또 자신이 타던 말을 주어 아라나에게 전해 달라고 하여
김영철이 위기를 벗어나지만, 영유 현령은 그 말 값을 김영철에게서
받아내다.[8]

위 예문 [B]는 조·청 연합군이 가도를 공격할 때의 내용을 정리한
것이다. 예문 [B]-1에서부터 -3까지는 병자호란과 기 이후의 내용을
압축하여 정리한 것이다. 병자호란 후 청나라의 요청에 의해 조선군은
명나라 모문룡이 진 치고 있는 가도를 공격한다. 이때 평안 감사 민성휘
가 영유 현령 이회로 하여금 청군을 돕게 하니, 영유 현령 이회는 김영
철이 청나라 말과 명나라 말에 능한 것을 알고 그를 통역관으로 삼아
청나라 진영을 다니도록 한다. 그런데 이 일을 하다가 김영철을 알아
본 아라나의 조카가 김영철을 잡아 데려가려고 하고, 이를 무마하기 위
해 영유 현령은 담배 열 근과 자신이 타던 말을 주어 김영철이 위기를
모면한다. 하지만 나중에 영유 현경을 그 말 값을 김영철에게서 모두
받아낸다.

이 서사는 예문 [A]와 같은 정도의 비극성은 나타나지 않는다. 다만
김영철이 그의 의사와 관계없이 전란에 참여하였다가 위기를 겪고, 이

---

8 〈김영철전〉, 545~546쪽.

일로 인해 비싼 말 값을 변상하는 것은 김영철 개인의 일생에 있어서는 너무나 억울하고 가슴 아픈 일에 해당된다. 김영철에게 있어 전쟁에 참여하는 것 그 자체가 목숨을 건 행위이다. 그런데 목숨을 건 공로를 보상받기는커녕, 오히려 물질적 피해를 감당해야만 하는 비극적인 일이 연속되고 있는 것이다. 이러한 면은 다음의 예문 [C]와 [D]에서도 발견된다.

[C] 조·청 연합군의 개주 공격과 사실(史實)의 현장성

-1. 경신년(庚申年, 1640년) 청나라가 개주를 침범하면서 조선에 원병을 청하니, 임경업은 김영철이 청나라와 명나라 말을 잘하고 양국의 사정에 밝은 것을 알고 통사(通詞)로 삼아 데려가다.

-2. 김영철은 그 역할을 잘 수행하여 명군 장수에게 은 30냥과 베 20필을 상으로 받으며, 돌아오는 길에 처남 전유년을 만나 베 20필을 주며 등주의 아내에게 전해주라고 하다.

-3. 임경업의 주도로 조선군과 명군이 싸우는 척하는 계략이 진행되었으나, 조선 병사의 실수로 계략이 실패로 돌아가고, 외형상 승리한 임경업은 청군 장수로부터 치하를 받으며, 그 자리에서 김영철은 건주의 아내에게서 낳은 득북의 외삼촌을 만나고, 건주에 있는 처자식들의 소식을 듣다.[9]

[D] 조·淸 연합군의 금주 공격과 사실(史實)의 현장성

-1. 신사년(辛巳年, 1641년)에 청나라가 금주를 공격하면서 다시 조선에 군대를 요청하니, 유림을 상장군으로, 영유 현령 심담을 우영장으로, 김영철을 다시 통사로 불러 금주로 가고, 매번 병역의 의무를 다하느라 김영철의 고생스러움은 말할 수 없을 정도이다.

---

9 〈김영철전〉, 546~547쪽.

-2. 김영철이 금주성 전투에서 통역을 맡았다가 우연히 아라나를 다시 만나게 되고, 아라나는 자신이 김영철에게 베푼 큰 은혜 세 가지와 김영철이 자신에게 용서받기 어려운 죄 세 가지를 열거하며 죽이겠다고 하다.

-3. 김영철의 간절한 사죄에도 불구하고 아라나는 김영철을 죽이고자 하고, 이에 유림이 아라나를 달래고 또 한편으로는 세남초 200근을 주어 용서를 청하니 아라나가 김영철을 용서하다.

-4. 아라나는 건주 땅에서 여진의 아내 사이에서 낳은 득북이 청나라 군사로 와 있다고 하면서 김영철에게 만나보겠느냐고 묻고, 즉시 득북을 불러 두 부자가 상봉하게 해주니, 득북이 날마다 술과 고기, 야채와 과일 등을 가져와 아버지에게 드리다.

-5. 청나라가 금주에서 명군과 교전을 벌여 크게 승리하고, 유림이 김영철을 보내 청 황제에게 축하의 인사를 드리러 갔는데, 아라나는 아직 김영철에 대한 노여움이 덜 풀려서 황제에게 고하여 김영철을 죽이고자 하다.

-6. 청 황제가 김영철과 아라나의 사연을 듣고, 김영철은 본래 조선 사람이었는데 8년 동안 자신의 백성이 되었고, 6년 동안은 등주인이 되었다가 다시 조선인이 되었다고 한다. 그리고 조선인도 자신의 백성이며 구사일생으로 도망한 자가 통사로 참전하여 자신 앞에 있는 것이 우연이 아니며, 건주에 있는 두 아들과 등주에 있는 두 아들도 자신의 백성이며, 자신이 천하를 얻는 것은 이로부터 것이니 김영철이 자신에게 온 것도 하늘의 뜻이라고 한 후 아라나에게 다시는 김영철을 괴롭히지 말라고 하다. 또 김영철에게 비단 10필과 달마 한 마리, 한 말 술과 익힌 고기를 하사하니 김영철이 다 먹고 난 후에 달마를 아라나에게 주어 자신의 죄를 씻게 해달라고 청하고, 청 황제는 그러한 김영철을 칭찬하고 다시 청노새 한 마리를 하사하다.

-7. 김영철이 조선 군중으로 돌아와 청 황제가 했던 말과 상 내린 일을 아뢰니, 유림이 김영철의 말 잘함을 칭찬하고 청 황제의 도량이 큼을 기이하게 여기고, 득북이 이날 와서 김영철의 상 받은 일을 기뻐하면서도 건주에 있는 자기 아우는 아버지를 뵐 기약이 없다고 하니, 김영철은 자기가 탄 말을 아우 득건에게 전해 주고 이 말을 볼 때마다 자신을 생각하라고 하다.

-8. 유림이 김영철을 불러 군중에서 두 필 말을 먹이기 힘드니, 청노새를 자신에게 팔면 어떠냐고 물으니, 김영철이 원래 타고 다니던 말은 아들에게 주었고, 청노새는 청군 진영을 오갈 때 없으면 곤란하므로 나중에 팔고자 한다고 하니, 유림이 불편한 안색을 짓고, 얼마 후 조선에서 교대병이 와서 유림을 따라 봉황성으로 돌아가다.

-9. 봉황성에 머물 때에 유림이 김영철을 불러 금주에서 아라나에게 바친 세남초 200근을 주어 목숨을 구하였고, 그 세남초는 나랏돈에서 나온 것이고, 쓰고 남은 것은 호조에 바쳐야 하므로 김영철에게 갚으라고 하다.

-10. 김영철이 집으로 돌아온 후 호조에서 관리를 보내 세남초 값 200냥 갚기를 요구하니, 일가친척들 중 한 사람은 김영철이 임경업 장군과 유림 장군을 따라 종군하여 공을 세운 일을 내세우며 크게 분개하고, 김영철은 청노새와 세간을 모두 팔아 호조에 갚을 돈의 절반을 구하고, 나머지는 친족들의 도움을 받아 갚았으나, 조정에서는 그 후로도 김영철에게 상 주는 일이 없었다.[10]

　이상의 예문 [C]와 [D]에서, [C]의 경우에는 김영철이 다시 전란에 참여하는 내용 외에 개인적 차원의 큰 비극적 서사는 발견되지 않는다.

---

10 〈김영철전〉, 547~548쪽.

다만 조선의 입장에서 볼 때 비극적 역사의 현장성은 나타난다. 조선군이 청나라의 강압을 이기지 못하여 원치 않는 개주 전쟁에 동원되어 치르는 희생과 고통이 나타나고 있기 때문이다. 여기서 김영철은 건주 아내에게서 얻은 득북과 득건의 외삼촌을 만나 그들의 소식을 듣는다. 원치 않는 전란에 참여한 김영철이 후금 땅에 버린 여진의 아내와 자식들의 소식을 접하면서 겪게 되는 마음의 상처를 가늠해 볼 수 있다.

이에 비해 예문 [D]는 다시 전란에 참여한 김영철의 고통이 너무나 잘 나타나 있다. 예문 [D]-1에서 -5는 금주 전투에 참여한 김영철의 정신적, 육체적 고통과 생명의 위협이 잘 나타나 있다. -1에서는 김영철의 정신적, 육체적 고통을 서술자가 직접적 어법으로 분명하게 제시하고 있다. 예문 -2에서는 금주 전투에서 다시 만나게 된 아라나가 김영철에게 죄를 물어 죽이고자 하는 장면이고, 예문 -5는 예문 -3에서 유림의 김영철의 목숨 값으로 세남초 200근을 받은 아라나가 아직 화가 풀리지 않아 청 황제에게 고하여 죽이고자 하는 장면이다. 하지만 청 황제는 김영철의 사연을 알고 그를 죽이기는커녕 그도 자신의 백성이라며 비단 10필과 달마 한 마리, 청노새 한 마리 등을 상으로 준다.

하지만 이후 김영철은 상으로 받은 청노새를 탐하던 유림이 그 청노새를 자신에게 팔지 않은 것을 빌미로, 세남초 200근을 갚으라고 하여 청노새와 집안 세간을 모두 팔고, 그것도 모자라 친척들의 도움을 받아 세남초 값 200냥을 모두 갚는다. 예문 -8에서부터 예문 -10에 이르는 내용이 여기에 해당된다.

김영철은 자신의 재능을 다하여 전쟁에 참여하여 국가를 위해 헌신하고 공을 세웠다. 하지만 전쟁에 참여할 때마다 정신적, 육체적, 물질적 피해를 보게 된다. 이후로도 조정에서는 다른 어떤 보상도 없었고, 김영

철은 죽을 때까지 군역을 벗어나지 못한다. 아래 예문은 그러한 김영철
의 비극적 삶을 보여주고 있다.

[E] 자모산성에서의 군역과 사실(史實)의 비극적 현장성

-1. 김영철은 고국에 돌아와 4명의 자식을 두었는데, 자신이 겪은 군역
    이 너무 고통스러웠기에 자식들 또한 그렇게 될까 걱정했다.
-2. 무술년(戊戌年, 1658년)에 조정에서 자모산성 보수하도록 명하자
    보초병을 모집하여 그들에게는 노역을 면제해 주니, 김영철은 네
    아들과 함께 성에 들어가 살게 되었는데, 그때 나이 60이었다.
-3. 김영철은 주위 사람들에게 건주와 등주의 처자식들에 대한 미안한
    마음을 토로하면서 지금 자신이 고생하는 것은 그 죗값 때문이라고
    했다. 김영철은 성을 지킨 지 20여 년 후 84세에 세상을 떠났다.[11]

위 예문 [E]는 전쟁이 끝나고도 가족과 함께 안돈된 삶을 살지 못하
고, 죽을 때까지 군역에서 벗어나지 못하고 삶을 마감하는 김영철의 모
습을 형상화하고 있다. 김영철은 건주와 등주의 처자식들을 버리고 조
선으로 돌아와 4명의 자식을 두었다. 김영철은 자신이 겪은 군역이 너무
고통스러웠기 때문에 자식들 또한 그렇게 되는 것을 걱정했다. 그래서
나라에서 자모산성을 보수하도록 명하여 보초병을 모집하고 그들에게
노역을 면해 주니, 김영철은 네 아들과 함께 성에 들어가 살게 된다.
이때 김영철의 나이 60이었고, 남은 여생도 성을 지키다가 84세에 세상
을 떠난다.

이와 같이 〈김영철전〉의 김영철은 매우 다양한 역사적 전란에 직접

---

11 〈김영철전〉, 548~549쪽.

동원된다. 그리고 전쟁에 참여할 때마다 정신적, 육체적 고통을 겪어야 했다. 그리고 그 과정에서 건주의 처자식과 등주의 처자식들을 버린 것과 같이 본의 아니게 다른 사람에게 상처를 주기도 했다. 김영철이 치른 전란은 모두 우리 민족이 실제 겪어야 했던 민족적 참상에 해당된다. 그리고 거기에 참여한 힘없는 백성들은 원치 않는 고통을 겪어야 했다. 김영철은 그러한 고통을 겪은 민중들을 대변하는 인물이다. 그리고 전란으로 인해 김영철과 같은 민초들이 겪은 아픔을 드러냄에 있어서 작가는 그 어떤 문학적 허식(虛飾)을 가하지 않는다. 조선이 명나라와 청나라로 인해 겪었던 역사적 사실(史實)과 민족적 아픔도 사실적(事實的)으로 그렸고, 인물이 겪었던 아픔이나 상처도 가식 없이 그려내었다. 이런 점에서 〈김영철전〉은 전란 체험의 역사적 사실(史實)이 그대로 재현된 살아 있는 현장성의 기록 문학이라 할 수 있다.

이상에서 살펴본 바와 같이 〈최척전〉과 〈김영철전〉은 인물이 겪는 전란 체험의 양상이 많이 다르다. 그리고 그러한 서로 다른 전란 체험을 문학적으로 형상화하는 방식도 차이가 있었다. 여기에 하나 더하여 살펴볼 수 있는 것이 바로 17세기 동아시아 전란 체험에 나타나는 다문화 양상이다. 두 작품이 겪는 전란 체험과 문학적 형상화가 다르게 나타났듯이, 두 작품에 전란을 겪거나 겪은 후에 나타나는 다문화 양상도 많이 다르다. 다음 연속되는 두 장에서 이를 살펴보기로 한다.

3. 〈최척전〉의 전란 체험과 다문화 양상

필자는 이전에 〈최척전〉의 전란 디아스포라에 대해 살펴본 바 있다.[12]

필자의 선행 연구에 의하면 〈최척전〉에는 다섯 가지의 디아스포라가 존재한다는 것을 알 수 있다. 첫째는 임진왜란 전에 자신의 의사에 의해 형성된 디아스포라이다. 두 번째는 전란으로 인해 자포자기한 상태에서 중국에 정착한 디아스포라이다. 세 번째는 임진왜란 후 일본으로 포로로 끌려가 생긴 디아스포라이다. 네 번째는 임진왜란 중에 특별한 사정에 의해 조선에 정착한 중국인 디아스포라이다. 다섯 번째는 조선에 있는 혈육을 찾기 위해 조선으로 와서 가정을 꾸리는 디아스포라였다.[13]

〈최척전〉에 나타나는 이러한 다섯 가지 디아스포라들을 통해 알 수 있는 것은, 이들이 냉대와 차별을 받지 않는다는 점이다. 필자는 〈최척전〉에 나타나는 이러한 디아스포라들에 대해 상대국의 원주민들과 '생존 네트워크를 형성'[14]하고 있는 것으로 보았다.

이러한 디아스포라들을 통해서 알 수 있는 것은, 〈최척전〉에는 여러 국적의 민족들이 어우러져 살아가는 다문화 현상이 나타난다는 점이다. 그런데 그 다문화 현상은 현대에 문제시되고 있는 다문화와는 다르고, 〈김영철전〉에 나타나는 다문화와도 다르다.

현대 다문화가 다양성에 대한, 원주민과 이주민의 사로 다름에 대한 배려가 부족한 것에 비해, 〈최척전〉에는 가장 이상적인 다문화 현상이 제시되고 있다. 이에 해당되는 예를 잠시 살펴보기로 하자.

첫째는 최척과 몽석의 탈출을 돕는 조선 삭주 출신의 후금 병사이다. 구체적 내용을 제시하면 다음과 같다.

---

12 김용기, 「최척전의 동아시아 전란 디아스포라와 그 특징」, 『고전문학과 교육』 30집, 한국 고전문학교육학회, 2015, 145~174쪽.

13 김용기, 상게 논문, 148~169쪽.

14 김용기, 상게 논문, 160쪽.

늙은 호병이 말하기를, 두려워 말라. 나는 원래 삭주 토병이었다. 그곳 부사의 학정을 싫어하여 그 고통을 견디지 못하고 가족들을 데리고 후금 땅으로 온 지 십 년이 지났다. 후금 사람들은 성정이 솔직하고 가혹한 정치가 없다. 인생이 아침 이슬과 같은데, 어찌 고통스러운 고향 땅에 얽매이겠는가. 누르하치가 나에게 정병 80명을 데리고 본국인(조선인)들이 도망가지 못하게 감시하게 하고 있다. 이제 그대들의 말을 들어보니 크게 기이한 일이다. 내가 비록 누르하치에게 문책을 받더라도 마음의 흡족함을 얻으면 보내주지 않겠는가. 다음날 건량을 넉넉하게 준비하여 주고 샛길을 가리켜 그들로 하여금 가도록 하였다.[15]

위 예문에 나타나는 후금 병사는 조선 관리의 학정을 피하여 후금에 정착한 인물이다. 지금은 후금의 누르하치에게 신임을 받아 조선인 포로들을 관리하는 인물이다. 이 후금 병사가 하는 말을 보면, 후금 사람들은 성정이 솔직하고 가혹한 정치가 없다고 한다. 그리고 자신은 나름대로 후금 땅에서 잘 적응하여 살아가고 있는 것으로 나타난다. 원주민의 텃세도 없고, 억지로 조선인을 자국민화 하려는 다문화 정책이나 현상도 나타나지 않는다. 그래서 조선인 후금 병사는 이러한 후금 땅에서의 다문화 정책에 매우 만족하고 있는 것으로 나타난다.

두 번째는 전란으로 인해 가족과 이별하여 중국 장수 여유문을 따라 중국에 가서 정착한 최척이 겪는 다문화 현상이다. 최척은 여유문을 따라 명나라로 건너가 절강 소흥부에서 정착하여 살게 된다. 여기서 최척은 여유문과 의형제를 맺는다. 또 여유문이 자신의 누이동생과 최척을 맺어주려고 하나, 최척은 사양한다. 그 이유는 부모와 아내의 생사를

---

15 〈최척전〉, 440쪽.

모르는 상태에서 편하게 새로운 아내를 얻을 수 없다는 이유 때문이다.[16] 여기서 알 수 있는 것은, 중국 명나라 사람 여유문과 그의 누이, 그리고 조선인 최척이 국적과 문화적 충돌 없이 살아가고 있다는 점이다. 국적이 다르고 문화가 다르지만 이로 인해 빚어지는 다문화적 충돌이나 갈등은 나타나지 않는다.

세 번째는 왜병 돈우와 조선인 포로 옥영의 관계에서 발생하는 다문화 현상이다. 언뜻 보면 이들은 가장 치열하게 갈등해야 할 대상들이다. 조선을 침략한 왜국의 병사와 그 포로가 된 인물의 관계이기 때문이다. 서로 우호적일 수 없는 이들조차도 〈최척전〉에서는 서로 화합하는 존재로 형상화시키고 있다.

왜병 돈우의 포로가 된 옥영은 그에게 잡혀 일본으로 건너간다. 그런데 돈우는 부처의 자비심에 대한 마음이 깊어 살생을 하지 않는다. 그리고 옥영을 아껴서 맛있는 음식과 좋은 옷을 주어 그를 안심시키고 위로한다. 또 '사간'이라는 새로운 이름도 주고, 그를 자신의 상선에 태워 중국 복건성과 절강성 등지를 다니며 장사하는 데 동참시킨다. 그뿐만 아니라 안남에서 옥영이 최척과 상봉하여 떠날 때에는 그의 몸값도 받지 않고 많은 은자까지 챙겨주는 인물이다.[17] 이들은 왜인과 조선인, 침략자와 포로의 관계라는 외형상 불편한 관계를 문제시하지 않고 서로 의지하여 생존 네트워크를 형성하고 있다. 국적과 처한 상황이 다른 다문화적 충돌이 가능한 상황에서 이들은 그러한 점을 '부처'라는 공통된 문화적, 정신적 배경을 통해 극복하고 있다. 옥영은 장육불의 현신을

---

16 〈최척전〉, 432~433쪽 참조.
17 〈최척전〉, 432~436쪽 참조.

통해 몽석을 낳았고, 장육불의 현몽을 통해 위로를 받아 삶에 대한 희망을 가진 인물이다. 그리고 돈우 역시 부처의 자비심에 대한 마음이 깊은 사람이기에 국적과 전란이라는 피치 못할 상황이 빚어낸 외형적 갈등 상황을 극복하게 되는 것이다.

네 번째와 다섯 번째는 중국 명나라에서 주우의 도움으로 새롭게 정착한 최척, 옥영과 이 사이에서 태어난 몽선, 그리고 이웃집 명나라 여인 홍도, 홍도의 아버지인 진위경과 진위경이 조선에서 의탁하게 되는 노파 등에서 나타나는 다문화 양상이다.

최척과 옥영은 안남에서 재회한 후 주우를 따라 중국으로 돌아와서 그의 집에서 의탁하게 된다. 주우는 이들 부부에게 특별한 대가도 바라지 않고 방을 주는 등 최대한의 배려를 한다. 그리고 이들에게서 생긴 몽선과 이웃집 홍도의 결연에도 별다른 장애가 없다. 이방인에 대한 편견도 없으며 적대감도 없다. 오히려 명나라 여인인 홍도가 더 적극적으로 몽선과의 혼인을 원한다.[18] 그 이유는 임진왜란 때 조선으로 출병하여 죽은 줄 알고 있는 아버지 진위경의 혼을 위로해 주기 위해 조선으로 가기 위해서이다. 홍도가 몽선과의 혼인에 약간의 다른 뜻이 있기는 하지만, 여기에도 이국인, 이민족에 대한 다문화적 차별과 냉대는 전혀 나타나지 않는다.

이러한 점은 진위경 마찬가지이다. 진위경은 임진왜란 때 조선으로 출병하였다가 유정 장군의 뜻을 어겨 탈영한 인물이다. 그래서 종전 후에도 고향으로 돌아가지 못하고 대구 박 씨 성을 가진 사람 집에서 노파를 얻어 침술로 생계를 꾸려온 인물이다. 이러한 그가 최척과 몽석과

---

18 〈최척전〉, 436~437쪽 참조.

만나고, 최척이 진위경의 딸 홍도를 며느리로 맞이했다는 사실을 서로 알게 된 후부터 함께 사는 장면[19]에서도 다문화적 차별은 나타나지 않는다. 오히려 이들은 옥영과 홍도 일행이 고향으로 돌아오면서 완전히 하나 된 가정을 이룬다.

이와 같이 〈최척전〉에는 〈최척전〉에는 조선, 중국, 후금, 왜국, 안남 등과 같은 다국적 다문화가 나타나고 있지만, 현대에서 말하는 갈등적이고 소모적인 다문화 현상은 나타나지 않는다는 특징이 있다. 이는 현대 사회의 다문화 현상이나 문제와는 상당히 거리가 있는 이상적이고도 환상적인 다문화의 모습이다. 〈최척전〉에서 현대와 같은 다문화 문제가 나타나지 않는 가장 큰 이유는, 서로 살기 위한 생존 네트워크가 나타남에 비해, 강한 자민족 중심의 포용이나 가르침과 같은 일방적 정책이 없기 때문이다.

일반적으로 다문화에서 문제시되는 것은 강한 민족성으로 인해 원주민들이 이주민들에 가하는 차별과 냉대이다. 이러한 점은 현대 한국 사회를 보면 쉽게 납득이 가는 문제이다. 우리 국민들은 남녀노소를 막론하고 자민족 중심의 성향이 매우 강한 것이 사실이다. 그래서 현재 우리나라에 들어와 있는 외국인이나 이주민들을 가르침, 포용, 동정의 대상으로 파악하고 그들을 '진정한 한국인'으로 만들려고 하는 움직임도 나타나고 있다[20]고 한다. 그래서 '다문화'의 문제를 결혼 이민여성, 이주노동자와 같은 이주자 중심의 제한된 범주를 대상으로 사회 통합을 이룰 수 있는 방법으로 한정[21]하려고 한 결과, 국내에 거주하는 외국인과

---

19 〈최척전〉, 440~442쪽 참조.
20 구정화, 박윤경, 설규주, 『다문화교육의 이해와 실천』, 동문사, 2010, 35쪽.

이주자를 다양성보다는 단일성에 융화시켜나가려는 특징[22]을 띠기도 한다. 이는 '다문화'와 이로 인해 나타나는 문제들이 한국 사회 내부의 문제를 야기하는 요인으로 바라보기 때문에 나타난 결과다.

이와 달리 〈최척전〉에서는 원주민들이 이주민들을 가르치거나, 이주민들이 원치 않는 방향으로 일방적으로 포용하려는 모습이 나타나지 않는다. 또 이주민들이 문제를 야기하지도 않지만, 이주민들을 문제의 대상으로 보지도 않는다. 이런 점에서 〈최척전〉에는 조선, 중국, 일본, 후금의 백성들이 서로의 필요에 의해 의지하면서 생존 네트워크를 형성하는 환상과 위안의 다문화가 나타나고 있는 것으로 볼 수 있다.

4. 〈김영철전〉의 전란 체험과 다문화 양상

그렇다면 〈최척전〉에 나타난 다문화와 달리 〈김영철전〉에서는 전란과 다문화가 어떻게 형상화되고 있을까? 앞서 논의한 바와 같이 〈최척전〉은 전란 체험과 인물들의 서사가 환상적으로 결구되어 있는 작품이다. 그래서 전란의 참상이나 이로 인한 인물들의 피폐한 삶을 핍진되게 형상화하기보다는, 문학적 환상의 장치를 통해 전란 체험을 극복할 수 있도록 하는 데 작가의 의도가 집중되어 있다고 판단된다. 그러다 보니 전반부에서 정유재란 후 남원이 함락되고 남원부의 많은 사람들이 왜적에게 죽거나 포로로 끌려가는 것 외에는 전란의 참상이 크게 강조되어

---

21 오경석 편, 『한국에서의 다문화주의』, 한울, 2007, 36~37쪽.
22 이제봉, 「한국의 민족주의와 다문화주의」, 『다문화교육연구』 제5권 제1호, 한국다문화교육학회, 2012, 203쪽.

있지 않았다. 대신 그러한 전란 체험 후 나타나는 가족 이산과 그로 인한 아픔, 재회 등에 관심을 두고 있고, 그 과정에 장육불이 현신하여 인물을 위로하고 밝은 앞날을 예시하는 것과 같은 문학적 환상이 큰 비중을 차지하게 되었다. 그리고 이러한 문학적 환상을 재현하기 위해 조선, 명나라, 후금, 왜국에 속하는 사람들이 서로 협력하여 생존 네트워크를 형성하게 된다. 그래서 〈최척전〉에는 문화적 충돌이 없고 원주민에 의한 이주민들에 대한 차별과 냉대가 나타나지 않았다.

이와 달리 〈김영철전〉에는 조선, 후금, 명나라가 각각의 나라에 가하는 정치적 압력과 폭력이 나타난다.[23] 이는 정치적 충돌이면서 상대국을 서로 인정하지 않는 문화적 충돌의 한 양상이다. 그래서 〈김영철전〉에는 이민족 간의 협력이 나타나면서도 끝내 그들과는 공존할 수 없는 다문화적 이질성과 충돌이 나타난다. 다만 〈김영철전〉에는 김영철이 원치 않는 여러 전쟁에 참여하면서 겪는 전란 체험과 참상을 드러내는 데 목적이 있는 작품이기 때문에 〈최척전〉과 같이 이민족 백성들 간에 나타나는 다문화적 현상은 상대적으로 제한적이다.

〈김영철전〉에 나타나는 다문화 현상의 첫 사례로는 임진왜란 때 포로가 되었다가 심하 전투에 동원된 왜병들에게서 그 일단이 나타난다. 이어서 본격적으로는 김영철과 아라나, 그리고 아라나의 호의로 진행되는 그의 제수와 혼인하는 장면에서 다문화적 현상이 본격화된다.

〈김영철전〉에는 임진왜란 때 포로가 되었다가 김영철과 같이 심하

---

23 〈김영철전〉에는 1618년 심하 전투를 비롯하여 여러 차례 조선, 명, 후금 간에 발생하는 전쟁이 제시된다. 이는 정치적 충돌이면서 문화적 충돌의 한 사례가 된다고 본다. 하지만 본고에서는 그 사이에 발생하는 인물들 간의 다문화적 양상에만 주목하고, 정치적 충돌과 같은 다른 층위의 다문화는 논의에서 제외하기로 한다.

전투에서 연합군으로 참전한 왜군 포로 300명이 등장한다. 그런데 이들
은 조선군 도원수인 강홍립을 따르지 않고 독자적으로 적장을 죽이고
조선으로 돌아가고자 하다가 모의가 탄로가 모두 처형을 당한다.[24] 이는
조선군과 일본인 출신 포로들의 생각 차이로 볼 수도 있지만, 전란에
참전한 조선군과 일본군 포로들의 입장이 다른 것에 기인한 문제다. 하
나는 명나라와의 사대의 예 때문에 참전한 쪽이고 다른 하나는 임진왜
란 때 조선에 항복한 일본인이기 때문에 굳이 심하 전투에는 동원될 이
유가 없었던 것이다. 그런데도 왜군 포로들이 심하 전투에 동원된 것은
조선의 입장에서는 그들이 이민족이고 침략자로 인식되었기 때문이다.
그래서 그들이 항복하여 조선군이 되었다면 함께 전쟁을 치러 그 진정
성을 보여야만 했을 것이다. 즉 왜군 포로들은 아직 하나 된 조선인으로
인정받지 못하여 희생양이 되어도 좋은 조선 내 이민족으로 치부되었거
나, 아니면 완벽히 하나 된 조선인이 되었기 때문에 당연히 사대의 예를
다하는 전쟁에 동원된 경우에 해당된다. 그러나 아무리 보아도 후자보
다는 전자 쪽에 무게감이 놓인다. 왜군 포로들은 조선인으로 동화되어
살고자 했으나, 끝까지 조선인이 되지 못한 이민족이었던 것이다.

이 사건 이후에 제시되는 김영철의 포로 생활과 후금에서의 혼인 및
가정생활은 조금 다른 차원의 다문화를 보여준다.

  -1. 아라나는 김영철이 두 번이나 도망치다가 잡히자, 그 마음을 돌리려
     고 자신의 제수를 영철과 혼인시키다.
  -2. 신유년(1621)에 청이 요동의 심양을 침공하여 함락시키고 심양으

로 도읍을 옮기자, 아라나는 온 집안을 이끌고 심양으로 가면서 김
영철에게 건주에 남겨 좋은 농사일을 감독하게 하고, 이해에 영철
은 득북, 득건 두 아들을 낳다.

-3. 을축년(1625년)에 아라나가 김영철에게 말 세 마리를 주고 전유년
등 두 사람을 붙여 건주 강가로 가서 기르도록 하고, 아라나는 영원
전투에 갈 때 타고 갈 것이니 잘 키우라고 하다.

-4. 김영철이 다시 출전할 날이 다가오자 여진 아내는 술과 고기를 마련
해 영철과 함께 먹고 마시고, 술과 고기를 주며 다른 사람들과 나누
어 먹으라며 울며 전송하다.[25]

위 예문은 김영철이 죽을 위기에 처했을 때에, 아라나는 김영철이 죽
은 자신의 아우를 닮았다고 하며 청 황제에게 청하여 종으로 삼은 이후
의 내용이다. 아라나는 김영철에게 생명의 은인이고 많은 호의를 베풀
었지만 김영철은 두 번을 도망치다가 잡혀 양쪽 발뒤꿈치를 잘린다. 이
에 아라는 예문 -1과 같이, 김영철이 세 번째 도망치다가 잡히면 죽여야
만 하기 때문에, 과부인 자신의 제수를 김영철과 혼인시켜 잡아두려 한
다. 이후 김영철은 아라나로부터 제법 대우를 받고 정착해서 살게 된다.
여진 아내와의 사이에 득북, 득건 두 아들도 낳고, 제법 정도 생긴 듯하
다. 여진의 아내 역시 김영철에게 비교적 우호적이다. 하지만 김영철은
이들을 모두 버리고 전유년과 함께 탈출을 하게 된다.

여기서 알 수 있는 것은, 아라나가 김영철을 대하는 것은, 김영철이
자신과 후금에 종속되기를 바란다는 것이다. 이는 〈최척전〉에 나타나는
다문화와는 양상이 다르다. 〈최척전〉에서는 원주민과 이주민들이 스스

로의 자발적 선택에 의해 생존 네트워크를 형성하고 있는 다문화로 나타난다. 하지만 〈김영철전〉의 경우에는 위에서 본 바와 같이 일방적인 종속을 요구하는 다문화이다. 이러한 다문화 양상은 원주민이 이주민에게 베푸는 시혜의식에 의한 것으로써, 주종관계가 분명한 다문화 현상이다. 그리고 아라나의 호의나 여진 아내의 은근한 정에도 불구하고 김영철이 탈출을 감행하는 것은, 그의 조국에 대한 민족주의적 성향도 한몫을 한다. 물론 김영철이 조선으로 돌아가려는 것은, 조선으로 돌아가 집안의 대를 이어야 한다는 목적성이 있기 때문이다. 이와 함께 그를 움직인 내면 의식을 찾는다면 그것은 바로 김영철 내부에 깊숙이 민족주의라고 볼 수 있다.

그렇다고 김영철이 보인 태도가 오랑캐에 대한 차별과 냉대 때문에 행해진 다문화 양상은 아니다. 이는 전유년과 탈출하여 명나라 등주로 갔을 때의 상황을 보면 알 수 있다. 해당되는 부분을 정리해 보면 다음과 같다.

-1. 김영철 전유년과 함께 명나라로 탈출하고, 그의 탈출 이야기가 알려지자, 명 천자는 영철에게 옷과 음식과 돈을 내려주며 집을 사고 아내를 얻게 하다.

-2. 김영철은 전유년과 함께 등주로 가서 함께 살게 되고, 이후 아직 혼인하지 않은 전유년의 누이와 혼인하여 득달, 득길 두 아들을 낳다.

-3. 경오년(1630) 겨울에 김영철은 고향 사람 이연생을 만나 조선으로 탈출할 계획을 세우고, 남편의 행동을 이상하게 여긴 등주 아내는 등불을 환히 켜고 영철과 앉아 이야기하며 그의 눈치를 살피다.

-4. 김영철은 아내와 자식을 차마 버리고 갈 수도 없고, 이 기회를 놓치

면 고국으로 돌아갈 날이 언제 다시 올지 알 수 없어 고민하다가,
술을 내오라고 하여 아내와 마신 후 아내가 취해 잠이 든 사이에
이연생의 배로 가서 갑판의 판자를 뜯어내고 밑에 숨다.

-5. 새벽에 영철의 아내가 10여 인을 거느리고 와서 배 안을 뒤졌지만
김영철을 찾지 못하다.

-6. 병자년(1636) 가을 이연생이 다시 사신 일행을 따라 배를 타고 등
주에 갔을 때, 영철의 아내가 두 아들을 데리고 전유년과 함께 와서
영철의 소식을 묻자, 이연생은 모르는 일이라고 잡아떼고, 이듬해
사신 일행이 돌아오는 길에 영철의 아내가 다시 와서, 조선이 이미
청나라에게 항복하여 이 뱃길도 끊어진다고 하는데, 제발 한 말씀
만 해달라고 해 주면 자신의 마음이 풀리겠다고 하니, 이연생이 그
제야 김영철의 소식을 자세히 전해주다.[26]

위의 내용은 건주에서 여진의 처자식을 버리고 탈출한 김영철이 명나
라에 도착하여 명 황제로부터 상도 받고, 또 전유년의 누이와 혼인하여
두 아들까지 낳은 김영철이 다시 조선으로 탈출하는 내용을 정리한 것
이다. 위의 예문 -1에서 -6에 나타난 내용을 보면, 김영철이 등주 아내와
혼인하여 가정을 꾸리고 두 아들까지 낳지만, 끝내 문화적 차이를 극복
하지 못하고 조선으로 돌아간다는 것을 알 수 있다. 이 역시 조선인 김영
철과 명나라 아내와의 문화적 차별이나 냉대 때문에 발생한 것은 아니
다. 예문 -4에 제시된 바와 같이 김영철은 '고국'이라는 민족주의적 유
전인자가 강한 인물이다. 〈최척전〉에서는 최척을 비롯한 인물들이 자신
들이 몸담고 원주민들과 어울려 사는 대동사회 차원의 다문화였다. 하

---

26 〈김영철전〉, 543~545쪽.

지만 〈김영철전〉의 경우에는 이국땅에서의 생활은 일시적으로 거주하는 표류 공간이었고, 이민족 아내와 자식들 역시 정은 가지만 끝내 정서적으로 화합할 수 없는 이방인과 같은 존재들이다.

〈김영철전〉의 이러한 다문화적 양상은 단순히 전란으로 인해 발생한 어쩔 수 없는 일로 치부할 수만은 없다. 처음 건주에서 여진의 처자식들은 몰래 도망해야만 하는 처지여서 함께 할 수 없었다 하더라도, 등주 아내와 처자식은 함께 올 수도 있었고, 또 후일 다시 조선으로 청할 수도 있었을 것이다. 그리고 여진의 처자식들 역시 이후 재회하게 되는 아라나를 통해 함께 하도록 요청했다면 함께 살 수도 있었지 않을까 하는 생각도 가능하다.

하지만, 작가는 〈김영철전〉에서 그러한 희망적인 내용은 억지로 담지 않았다. 사실과 달라서 그랬을 수도 있고, 조선, 명, 후금의 삼국이 처한 정치적, 문화적 차이와 김영철, 건주의 처자식, 등주의 처자식, 그리고 조선의 처자식들이 처한 상황을 고려했을 수도 있다. 어느 것이든 김영철의 입장에서 어울려 살 수 없는 형편이다. 이러한 점은 작품 말미에서 김영철이 여진의 처자식과 등주의 처자식들을 배반한 사실을 토로하면서 자탄하는 것을 통해 알 수 있다. 그는 '고국'이, 고국으로 돌아야만 한다는 사실이 너무나 절실했기 때문에 처자식들까지 버려야만 했다. 그래서 〈김영철전〉은 고국, 민족 우선주의적 다문화 양상을 보여주고 있는 작품으로 볼 수 있다.

5. 결론

이상에서 〈최척전〉과 〈김영철전〉에 나타난 전란 체험의 차이점과 다문화의 양상의 차이점에 대해 살펴보았다. 지금까지 이들 각각에 대한 작품론은 많았지만, 이 둘을 비교한 연구는 별로 없었다. 특히 두 작품의 전란 체험이나 다문화의 성격을 비교한 것은 필자가 처음이다.

이 두 작품은 같은 전란을 포함하고 있으면서도 주인공들이 전란을 체험하는 양상이나 독자들에게 전달하려는 메시지가 많이 다르기 때문에 반드시 비교해 볼 만한 가치가 있다. 이상 논의된 것을 간략하게 정리하는 것으로 결론을 삼고자 한다.

첫째, 〈최척전〉은 주인공의 전란 체험에 환상적 서사를 결구하여 전란 후 아픔을 치유하고 극복하는 데 초점을 두었다. 이를 위해 작가는 정유재란 후 남녀 주인공이 겪는 인물 서사에 장육불이 현신하도록 하여 이들이 초월적 존재의 보호를 받는 것으로 결구하였다. 초월적 존재가 인물의 출생에 관여하거나 미래를 암시할 경우, 그 인물들의 삶은 비극적이지 않고 행복하게 결말되는 것은 우리의 전통적인 서사 관습을 따른 것이다.

둘째, 〈김영철전〉은 전란의 참상과 아픔을 역사적 사실(史實)에 입각하여 매우 사실적으로 그려내었다. 그래서 김영철이 참전하는 전란의 고통과 아픔을 정신적, 육체적, 경제적인 층위에서 다양하게 드러내었다. 김영철이 참가한 전란은 역사적 사실(史實)에 바탕을 둔 것이며, 거기서 겪는 김영철의 정신적, 육체적, 경제적 고통은 전란으로 인한 인물의 비극적 현장성을 적나라하게 보여주는 것이었다.

셋째, 〈최척전〉에는 조선, 명, 후금, 왜국과 같은 다양한 국가와 인물들이 나타나는 다문화의 현장이다. 그런데 이 작품에는 원주민과 이주민, 정치적으로는 적대국에 속한 여러 인물들이 생존 네트워크를 형성하고 있다. 그래서 이 작품에는 현대의 다문화 사회에서 나타나는 차별과 냉대가 없다. 이들은 서로의 필요에 의해 의지하면서 생존 네트워크를 형성하는 환상과 위안의 다문화가 나타나고 있다.

　넷째, 〈김영철전〉에는 정치적인 차별과 적대감을 제외한다면, 이 작품에도 이민족 백성들 간에는 적대와 냉대가 강하지 않았다. 하지만, 〈김영철전〉에서 이국땅은 일시적으로 거주하는 표류 공간으로 나타나고, 여진의 처자식과 등주의 처자식들 역시 정은 가는 인물들이지만 정서적으로는 화합할 수 없는 이방인들로 나타난다. 김영철은 이민족 아내와 자식들보다는 '고국'이 더 절실한 것으로 나타난다. 이런 점에서 〈김영철전〉은 고국, 민족 우선주의적 다문화 양상을 보여주고 있는 작품으로 볼 수 있다.

〈유충렬전〉에 나타난
'액운 - 재난 - 회운'의 구조

1. 서론

이 글은 영웅소설의 하나인 〈유충렬전〉을 중심으로 하여 '액운-재난
-회운'의 구조를 살펴보는 데 목적을 두었다. 선행 연구에서 〈유충렬
전〉은 '영웅의 일생' 구조에 가장 충실한 작품으로 소개[1]된 바 있다. 서
인석은 이러한 유형에 속하는 작품들이 갖는 공통점 네 가지를 제시하
였다. 첫째는 '영웅의 일생'이나 '전기적 유형'이라는 서사구조를 지닌
다는 점. 둘째, 천상계와 지상계의 이원론적 세계관 및 '적강 모티프'와
'신성문화'적 요소를 통해 두 세계를 연결하고 있다는 점. 셋째, 다채로
운 군담과 연애담. 넷째, 가정과 국가라는 두 축을 중심으로 작품 세계가
전개[2]된다는 것이다. 그리고 영웅소설을 전문적으로 연구한 임성래는
주인공이 부친의 원수에게 복수를 하는 인륜 수호형 작품[3]으로 보고 있

---

1 임치균, 「유충렬전」, 김진세 편, 『한국고전소설작품론』, 집문당, 1990, 387쪽.

2 서인석, 「유충렬전의 작품 세계와 문체」, 이상익 외, 『고전문학 어떻게 가르칠 것인가』, 집문당, 1998, 660쪽.

3 임성래, 『영웅소설의 유형 연구』, 태학사, 1990, 60쪽.

다. 이 외에도 〈유충렬전〉의 문체적 특징[4]이나 이 작품의 감성과 가족주의,[5] 인물 구성과 서술적 특징,[6] 서사구조 중심의 연구[7] 등 다양한 관점에서 연구되었다.

필자는 〈유충렬전〉이 국가적인 위기를 당하여 주인공이 비범한 능력을 발휘하는 것이 서사의 큰 줄기라고 보아 '체제 수호형'의 작품으로 본 바 있다.[8] 이는 유충렬의 활약이 기존 국가체제에 동화되는 쪽으로 귀결되고 있다는 점에서 보수적 성향을 드러내는 작품으로 평가[9] 받는 것과 같은 맥락에 있다.

이 중에서 〈유충렬전〉의 전기적 유형, 이원론적 세계관, 적강 모티프, 가정과 국가라는 두 축, 인륜 수호형, 체제 수호형, 보수적 성향을 드러내는 작품이라는 성격은, 사실 큰 틀에서 볼 때 주인공의 '삶의 부침'이라는 맥락 속에서 모두 설명된다. 필자는 〈유충렬전〉의 이러한 특징을 주인공의 '액운-재난-회운'의 구조로 살펴보고자 한다.

4 박일용, 「유충렬전의 문체적 특징과 그 소설사적 의미」, 『홍대논총』 25집, 홍익대학교, 1993, 141~156쪽.
5 신재홍, 「유충렬전의 감성과 가족주의」, 『고전문학과 교육』 20집, 한국고전문학교육학회, 2010, 169~193쪽.
6 정인혁, 「유충렬전의 인물 구성과 서술적 특징」, 『한국고전연구』 24집, 한국고전연구학회, 2011, 559~582쪽.
7 하성란, 「유충렬전의 서사구조 연구」, 『동방학』 25집, 한서대학교 동양고전연구소, 2012, 139~175쪽.
8 김용기, 『고소설 출생담의 연원과 변모과정』, 도서출판 책사랑, 2015, 222쪽.
9 임성래, 상게서, 60쪽 참조.

2. 액운의 천상적 근거와 지상에서의 실현

액운(厄運)을 글자 그대로 풀이하면 '액을 당할 운수'이다. 이를 좀 더 상세하게 풀이하면 '모질고 사나운 불행을 당할 운수'[10]라고 할 수 있다. 박대복은 이원론적 세계관을 배경으로 한 신성소설 가운데에도 맹목적으로 운명에 순응하지 않고 '액운'이라는 죽음의 운명을 극복하고 부귀공명을 누리는 고소설을 액운소설[11]이라 한 바 있다. 그리고 고소설의 액운은 〈숙향전〉과 같이 단순히 거쳐야 하는 통과의례적인 것도 있지만, 액운소설의 액운은 죽음의 운명을 만나 생사의 갈림길에서 삶을 도모하기 위한 분투가 이루어지는 작품[12]이라고 하여 그 차이를 두고 있다.

이 중에서 〈유충렬전〉은 후자보다는 〈숙향전〉과 같은 전자의 액운을 담고 있는 작품이다. 주인공 유충렬의 '액운'은 생사의 갈림길에서 삶을 도모하기 위한 분투의 의미보다는 '개인적 액운-가문의 액운-국가적 재난-개인적 회운-국가적 회운-가문의 회운'으로 가기 위한 통과의례적 성격이 강하기 때문이다.

그렇다면 〈유충렬전〉의 액운은 어떤 이유에서 이러한 성격을 가지게 되었는가? 그것은 이 작품이 천상계의 갈등이 지상계의 갈등으로 재현되는 이원론적 구조와 관련이 있다. 즉 지상에서 겪는 주인공의 액운은 앞으로 닥칠 재난에 대한 암시로 볼 수 있는데, 이 액운은 천상계에서

---

10 박대복, 「액운소설 연구-내용을 중심으로-」, 『어문연구』 21집, 한국어문교육연구회, 1993, 415쪽.
11 박대복, 상게 논문, 415쪽.
12 박대복, 상게 논문, 416~417쪽.

배태된다. 천상계에서의 갈등이 지상계에서의 선악 갈등, 忠奸 갈등으로 나타나면서 충신이 일시적으로 패하고 간신이 일시적으로 승리하면서 주인공과 그 가문의 액운이 시작되는 것이다. 유충렬과 정한담에게서 나타나는 액운의 천상적 근거를 정리해 보면 다음과 같다.

[A] 천상적 근거 1

-1. 정언 주부 유심과 부인 장 씨가 일점혈육이 없어 남악 형산에 기자 치성하다.

-2. 유심의 꿈에 한 선관이 청룡을 타고 내려오는 꿈을 꾸다.

-3. 자신은 청룡을 차지한 선관인데, 익성이 무도하여 상제께 아뢰어 익성을 치죄하여 다른 방으로 귀양을 보냈으며, 이 일로 익성과 자신이 백옥루 잔치 때에 싸워 상제께 득죄하여 인간 세상에 내쳐졌다고 하다.

-4. 열 달 후 장 씨 부인이 해산을 할 때에 천상 선녀가 내려와서, 상제가 자미원 대장성이 남경 유심의 집에 환생하였으니 가서 구완하라 했다고 하며 해산을 돕다.

-5. 태어난 아이의 등에 삼태성이 있고, 주홍 글씨로, '대명국 대사마 대원수'라고 새겨져 있으며, 유심이 아이의 이름을 '충렬'이라고 짓다.[13]

---

13 완판본 〈유충렬전〉, 최삼룡·이월령·이상구 역주, 『연강학술도서 한국고전문학전집24 유충렬전/최고운전』, 고려대학교 민족문화연구소, 1996, 15~23쪽. 이를 본고의 텍스트로 하고, 이하에서는 작품명과 페이지만을 밝히기로 한다. 그리고 김기동 편, 『한국고전문학 100-안락국전, 유충렬전, 음양삼태성』, 서문당, 1984의 내용도 부분적으로 참고하였다.

[B] 천상적 근거 2

-1. 도총 대장 정한담은 본디 천상 익성으로, 자미원 대장성과 백옥루
잔치에서 싸운 죄로 상제께 득죄하여 인간에 적강하여 대명국 신하
가 되다.

-2. 정한담은 본래 천상지인으로 지략이 유여하고 술법이 신묘하며,
옥관도사를 불러들여 술법을 배웠으며, 벼슬이 일품이고, 포악이
무쌍하다.

-3. 일생의 마음이 천자를 도모하였으나 정언 주부의 직간을 꺼려 하고,
퇴임 재상 강희주의 상소를 꺼려 중지하고 있다.[14]

위의 예문 [A]와 [B]에는 유충렬과 정한담이 전생에 천상 선관이었
다는 점이 나타난다. 유충렬은 전생에 천상 자미원 대장성이었고, 정한
담은 천상 익성이었다. 그런데 익성이 무도하여 자미원 대장성이 상제
께 이를 고하여 익성이 벌을 받은 악연을 맺게 된다. 그러다가 옥황상제
의 백옥루 잔치에서 두 사람이 묵은 감정으로 싸워서 상제께 득죄하여
인간 세상으로 적강하게 된 사연이다.

이 중에서 [A]에는 유충렬의 천상 득죄와 인간 세상으로의 적강 및
인간 세상에서의 역할이 암시되어 나타난다. 중간 과정은 나타나 있지
않지만, 최종적으로는 '대명국 대사마 대원수'가 되는 것으로 나타난다.
그리고 [B]에는 정한담의 천상 득죄와 인간 세상으로의 적강 및 그의
악한 성품 및 모반의 기미를 제시하고 있다.

두 사람의 천상 악연과 인간 세상에서의 역할을 고려해 보면, 유충렬
은 정한담으로 인해 고초를 겪게 될 것이라는 점을 짐작할 수 있다. 이에

---

14 〈유충렬전〉, 25쪽.

대한 복선이 바로 [B]-2, -3이다. 정한담의 성품은 포악하다. 그리고 장차 천자를 도모할 뜻을 품고 있다. 그런데 현재 이를 막고 있는 것이 유충렬의 부친인 유심과 장차 그의 장인이 될 강희주이다. 간신인 정한담이 유심이나 강희주를 그냥 둘 리 없다.

따라서 [A]와 [B]는 유충렬과 정한담의 전생 악연을 제시하면서, 동시에 현세에서 그 악연이 지속될 것임을 드러내고 있다. 이러한 분위기를 총체적으로 암시하고 있는 부분이 바로 작품 서두에 나타난 국운의 불행과 황실의 미약함, 그리고 이와 맞물려 돌아가는 정한담의 모반 계획이다. 작품 서두에 제시되어 있는 명나라 황실의 상황을 살펴보면 다음과 같다.

[C] 명나라 황실의 상황

-1. 대명국(大明國) 영종(英宗) 황제 즉위 초에 황실이 미약하고 법령이 불행한 중에 남만, 북적, 서역이 강성하며 모반할 뜻을 두다.

-2. 천자가 남경에 뜻이 없어 다른 곳으로 도읍을 옮기고자 하다.

-3. 창해국(蒼海國) 사신 임경천이 남경은 황성으로 적합하고 천하 명산과 동정호가 보호하는 명당이며, 자신이 천기를 보니 북두칠성 정기가 남경에 하강하고 삼태성 채색이 황성에 비치고 자미원 대장성이 남방에 떨어졌으니 신기한 영웅이 날 것인데 어찌 조그만 일로 오래도록 전해져 온 나라의 터전을 버리려 하냐고 하다.[15]

위의 예문은 〈유충렬전〉 서두에 제시되고 있는 명 황실의 상황과 주변 정세의 불안정에 대한 설명 부분이다. -1에서는 황실이 미약하고 법

---

15 〈유충렬전〉, 13~15쪽.

령이 불행한 와중에 남만, 북적, 서역이 강성하여 모반할 뜻을 두고 있다고 했다. 그러니 천자는 남경에 뜻이 없어서 천도를 계획한다. 하지만 창해국 사신 임경천이 남경의 풍수지리의 장점을 이야기하고, 또 자미원 대장성이 남방에 떨어져 신기한 영웅이 태어날 것이므로 근심하지 말라고 한다.

이 중에서 [C]-1의 불안한 나라 정세는 [B]-3의 정한담의 모반 계획과 연결되어 국가적 재난으로 나타나게 된다. 정한담은 토번과 가달이 강포하여 조공하지 않음을 핑계로 천자에게 기병할 것을 청한다. 천자는 이를 허락하지만, 정언 주부 유심은 황실의 미약과 외적의 강성함을 이유로 이를 반대한다. 천자는 이를 매우 불쾌하게 생각하던 차에 정한담과 최일귀가 참소하여 유심을 처단하고 가달을 정벌하고자 하니, 천자가 그렇게 하자고 한다. 유심이 처형된다는 말을 들은 충신 왕공열의 읍소로 유심은 처형을 면하고 연북으로 유배를 가게 된다.

유심의 정배로 인해 유충렬은 부친과 이별하게 된다. 1차 가족 이산이다. 이후 유심은 멱라수에 다다라 회사정 벽에 자신이 정한담의 참소로 억울하게 연경으로 유배되었음을 밝히고 억울하여 자살한다는 내용을 적은 다음 자살하려고 한다. 지나가던 사신의 만류로 유심은 죽지 않고 살아남는다.

한편 옥관도사는 정한담에게, 천상 삼태성의 정기가 황성에 비치었고, 그중에서도 유심의 집에 비쳤으니, 유심이 유배를 갔더라도 신기한 영웅이 황성 내에 살면 정한담이 일을 도모하기 쉽지 않을 것이라고 한다. 이에 최일귀는 유심의 집을 함몰하여 후환을 없애고자 한다. 이에 정한담 일당은 유심의 집에 불을 질러 장 씨 부인과 유충렬을 죽이려고 한다.

다행히 장 씨 부인의 꿈에 한 노인이 나타나 홍선 하나를 주며 삼경에 대변이 있을 것이니, 화광이 일어나면 이 부채를 흔들면서 후원 담장 밑에 숨었다가 남천(南天)을 바라보고 도망가라고 한다. 그렇지 않으면 옥황상제가 주신 아들을 화광 중에 잃을 것이라고 한다. 실제로 그날 밤에 화광이 일어나고, 장 씨 부인은 노인의 말대로 하여 유충렬과 함께 도망을 간다. 이것이 바로 유충렬의 1차적 액운이다.

장 씨 부인과 유충렬이 화광을 피하여 회수 가에 이르렀으나, 옥관도사는 삼태성이 황성을 떠나 변양 회수에 있다고 하고, 정한담은 군사 다섯을 보내어 이 둘을 죽이라고 한다. 군사들은 사공을 불러 정한담의 명을 전하니, 사공은 도적들과 함께 장 씨 부인을 잡아 결박하여 배에 태우고, 유충렬은 물 가운데 던진다. 유충렬의 두 번째 죽을 액운이다. 그리고 이 부분에서 완전하게 가족 이산이 이루어진다.

이후 장 씨 부인은 회수 사공 마용의 세 아들 중 마철의 아내가 될 위기에 처하나 기지로 이를 탈출한다. 그리고 탈출할 때에 마철이 가지고 있던 옥함도 함께 가지고 간다. 그리고 도망가다가 노구 할미의 눈에 띄어 다시 위험에 빠지고, 꿈속 노인의 현몽과 안내로 도망하였다가, 남해 용왕의 장녀가 태워주는 배를 타고 위기를 다시 벗어난다. 이후 장 씨 부인은 천덕산 할임동으로 가고, 거기서 옥함을 유충렬에게 전한다는 글귀를 남기고 자결하려다가 이 처사의 아내에게 구출되어 그 집에 의탁하게 된다. 이를 통해서 볼 때, 장 씨 부인 역시 여러 차례의 액운을 만난다는 것을 알 수 있다.

그리고 두 번의 죽을 액운을 만난 유충렬은 남경 상인들에 의해 구출된 후 영릉 땅 강희주의 눈에 띄어 그 집에 의탁하게 된다. 그리고 강희주의 딸 강경화와 혼인하게 된다. 이를 본다면 유충렬의 액운이 다하고 회운이 되는 것처럼 보이지만 사실은 그렇지 않다. 유충렬의 회운은, 국가적 재난을 거쳐야만 이루어진다. 그리고 그전에 한 번 더 액운을 겪는다. 그것은 바로 장인 강희주의 유배로 다시 나타난다. 강희주는 천자에게 유심의 원찬이 부당함을 상소하였다가 천자의 노여움을 사고, 또 정한담, 최일귀 일당의 참소로 인해 죽을 위기를 맞았다가, 고모인 황태후의 읍소로 유배되기에 이른다. 그리고 그 일족은 궁노비가 될 위기에 처한다.

유충렬은 장인 강희주로부터 자신의 집을 급히 떠나 환을 피하라는 편지를 받고, 강 낭자와 이별하고 서천으로 향한다. 1차로 부모와의 이산 후 2차로 아내 및 장인, 장모와도 이산하게 되는 것이다. 이것이 유충렬의 세 번째 액운이다.

유충렬과 이별한 강 낭자는 모친 소 부인과 함께 나졸들에게 잡혀가다가, 옛날 강희주에게 은혜를 입었던 장한의 도움으로 탈출한다. 하지만 소 부인은 청수에 이르러 자결을 하고, 강 낭자는 어머니를 따라 죽으려다가 관비의 눈에 띄어 관비에게 의탁한다. 이후 수차에 걸쳐 정절을 위협받는다.

대략 여기까지가 〈유충렬전〉에 나타나는 인물들의 액운이다. 인물의 액운은 주인공 유충렬 하나에 그치지 않고, 유충렬과 직접 관계되는 부친, 모친, 장인, 아내 등에 걸쳐 폭넓게 나타난다. 하지만 액운의 그 근원은 전생에 천상에서 맺어진 자미원 대장성(유충렬)과 익성(정한담)의 악연이다. 그 악연이 현세에서 다시 재연됨으로써 가족 이산 및 인물들의 고난이 시작되는 것이다. 따라서 〈유충렬전〉의 액운은 천상에서 배태되어 지상계에서 실현되는 것으로 나타난다고 할 수 있다. 이를 표로 정리해 보면 다음과 같다.

공간	주요 내용	사건의 결과와 의미	
천상계	자미원 대장성과 익성의 갈등	득죄 및 적강	
	액운의 배태		
	↓		
지상계	①액운	①-1.재난에 대한 암시	①-2 : 善의 일시적 패배
	↓		
	②재난	②-1.주인공이 당하는 고난	②-2 : 惡의 일시적 승리

3. 가족 이산과 인물의 액운 및 국가적 재난의 긴밀성

앞서 액운의 천상적 근거와 현세에서의 실현 과정을 살펴보았다. 전생에 천상에서의 악연이 현세에서의 액운을 배태한 원인이 되었고, 이것이 현세에서는 충신과 간신의 대결 구도로 나타나면서 구체적으로 실현되고 있었다. 앞서 논의한 것을 인물 중심의 구도로 다시 정리해 보면 다음과 같다.

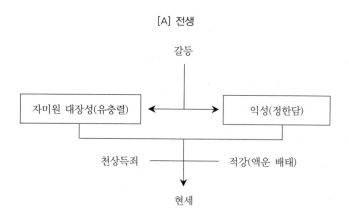

[B] 현세

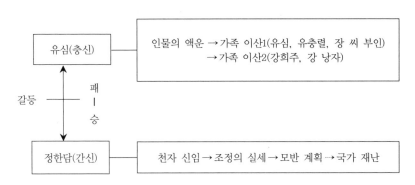

위의 표에서 볼 수 있는 바와 같이, 유충렬과 정한담의 전생에서의 천상계 갈등은, 먼저 고자질을 한 유충렬(자미원 대장성)의 액운을 배태하게 된다. 그리고 이 갈등은 현세에서 충신과 간신의 갈등으로 재현된다. 다만 현세에서는 정한담이 유충렬의 부친인 유심을 모함하여 유배를 가게 하는 것으로 상황이 바뀐다. 전생에서는 선한 인물이었던 자미원 대장성(유충렬)이 악인이었던 익성(정한담)의 무도함을 옥황상제에게 고하는 것으로 나타나지만, 현세에서는 악인인 정한담이 선인인 유심(유충렬의 부친)의 직간을 모함하여 선인이 곤경에 빠지게 된다. 이로 인해 유심은 귀양을 가게 되고, 이후 정한담 일당의 두 번에 걸친 살해 위협으로 인해 가족 이산이 이루어진다. 정한담 일당의 방화로 인한 죽을 위기가 1차적으로 죽을 액운이었고, 회수에서 도적들에 의해 물에 던져지는 것이 두 번째 죽을 액운이다. 친가와의 가족 이산 이후 유충렬은 잠시 안정을 찾지만, 장인 강희주의 상소로 인해 다시 처가 식구들과 다시 이산하게 되는 시련을 겪는다.

충신과 간신의 갈등으로 인해 유충렬의 가족은 이산의 아픔을 겪게 되고, 주인공 유충렬을 비롯한 가족들의 액운이 반복되어 나타난다. 이와 달리 간신인 정한담의 경우에는 천자의 신임을 받아서 조정의 실세로 군림하게 되고, 직간하는 유심을 유배 보낸 이후에는 자신이 품고 있던 모반의 계획을 실천한다. 그것은 곧 오랑캐들과 합세하여 명나라를 전복하고 자신이 천자가 되는 것으로 그려진다.

오랑캐의 침입과 간신 정한담의 모반으로 인한 국가적 전란은 명나라 황실과 백성들의 입장에서는 엄청난 재난에 해당된다. 이 전쟁으로 인해 천자는 황후, 태후, 태자와 이별하는 고통을 겪게 된다.[16] 또 자신 또한 신하에게 쫓겨 도망을 다니게 되고, 수많은 장수들과 군사들이 죽은 후에는 정한담에게 굴욕적인 항복을 하기에 이른다.

> 너의 죄를 따진다면 지금 곧바로 죽이는 것이 마땅하나 옥새를 바치고 항서를 써 올리면 죽이지 아니하겠다. 만약 그렇게 하지 않으면 네놈의 늙은 어머니와 처자식들을 한칼에 죽이리라. 천자가 어쩔 수 없어 말하기를, 항서를 쓰려고 해도 종이와 붓이 없다 하시니 한담이 분노하여 창검을 번득이며 말하였다. 용포(龍袍)를 떼고 손가락을 깨어 항서를 쓰지 못할까? 천자가 용포를 떼고 차마 손가락을 깨물지 못하고 있을 즈음에 황천인들 무심하겠는가.[17]

위의 장면은 정한담이 명 천자를 사로잡아 항서를 쓰라고 하는 장면이다. 그런데 천자는 지필묵이 없어 항서를 못 쓰겠다고 한다. 이에 정한

---

16 간신에 의해 충신 집안인 유심 집안의 가족 이산 및 주인공 유충렬의 고난이 나타나듯이, 간신에 의한 황실의 가족 이산 및 천자의 고난이 병치되어 나타난다. 유충렬 개인의 액운이 확대되어 천자 및 황실에서는 재난으로 나타나게 되는 것이다.

17 〈유충렬전〉, 139쪽.

담은 곤룡포를 찢고, 손가락을 깨물어서 혈서로 항서를 쓰라고 한다. 매우 참혹하기 그지없는 장면이다. 자신이 믿었던 신하에게 배신당하여 국가가 위태로워지는 전란을 맞이한 것도 모자라, 모반한 신하에게 혈서로 항서를 써야만 하는 처참한 지경에 이른 것이다.

간신 정한담으로부터 비롯된 국가적 재난은 백성들에게도 엄청난 상처와 고통을 주었다. 작품에서는 이러한 상황을 일일이 열거하는 대신, 정한담이 처형당하는 장면에서 이를 압축적으로 보여주고 있다. 해당되는 내용을 제시하면 다음과 같다.

> 이봐 벗님네야, 가세 가세 어서 가세. 만고역적 정한담을 우리 원수 장군님이 사로잡아 두 팔 끊고 전후 죄목 물은 후에 백성들을 보이려고 장안의 저잣거리에서 처형한다니 바삐 바삐 어서 가서 그놈의 살을 베어 부모 잃은 사람은 부모 원수 갚아 주고 자식 잃은 사람은 자식 원수 갚아 주세. 머리가 흰 노파는 손자를 업고, (…중략…) 네 이놈 정한담아, 너 아니면 내 가장이 죽었으며, 내 자식이 죽었겠느냐. 덕택이 하해 같은 우리 원수 네 놈 목을 전쟁터에서 베어버렸다면 네 놈 고기 맛보지 못했을 텐데, 백성들에게 보이려고 산 채로 잡아내어 오늘날 베는 까닭에 네 고기를 나눠다가 우리 가장 혼백이나 여한 없이 갚으리라.[18]

위 장면은 유충렬이 사로잡은 정한담을 처형할 때 백성들이 즐거워하면서도 한탄하는 장면이다. 정한담으로 인한 전란의 아픔이 너무나 컸기에 정한담의 고기를 맛보겠다고 하고, 또 그 고기로 죽은 가장의 혼백을 달래겠다고 한다.

---

18 〈유충렬전〉, 169~171쪽.

이상을 통해서 볼 때, 〈유충렬전〉에서는 충신 집안의 가족 이산과 인물들의 액운은 간신들의 발호와 모반으로 이어지고 있음을 알 수 있다. 그리고 유충렬을 비롯한 충신 집안의 인물들이 액운을 겪는 것에 비례하여 간신들의 위세와 횡포는 더욱 심해져 결국에는 오랑캐의 침입과 신하에 의한 모반이라는 국가적 재난을 겪게 되는 것으로 나타난다.

그리고 전란으로 인한 명나라의 재난은 간신의 욕망이 실현되는 계기로 활용되고 있다. 반대로 그 재난은 백성들에게는 상처와 시련 그 자체이다. 백성들의 상처와 시련은 국가와 천자의 위기와 병치되어 나타남으로써 간신의 욕망과 최상 극점에서 배치되게 된다. 즉 천자와 국가와 백성은 위기, 시련, 아픔이지만, 이를 야기한 정한담에게는 욕망의 실현 계기가 되는 것이다.

특이한 것은, 국가적 재난이 간신 정한담으로부터 비롯되었고, 그 재난은 정한담 개인의 욕망이 실현되는 계기가 되는 것에 비례해서 주인공 유충렬에게도 국가적 재난은 하나의 기회로 작용하게 된다. 이에 대해서는 다음 장에서 살펴보기로 한다.

4. 재난과 인물·국가·가문의 회운 구조

앞서 언급한 바와 같이 〈유충렬전〉에서 전쟁이라는 국가적 재난은 악인 정한담으로부터 비롯되었다. 그리고 천자, 국가, 백성들의 위기나 아픔과는 별개로, 정한담에게 전쟁은 모반하여 천자가 되겠다는 욕망 실현의 기회로 작용할 뿐이다.

그런데 이와 성격은 조금 다르지만, 주인공 유충렬의 경우에도 전쟁이라는 국가적 재난은 하나의 기회로 작용한다. 유충렬은 전반부에서 액운을 겪고 나서 광덕산 백용사 노승으로부터 수학하며 병법을 익힌다. 이후 노승은 천문을 보고 유충렬에게 남경에 병란이 일어났음을 알려 준 후 세상에 나가 천자와 나라를 구하라고 한다. 해당되는 장면을 제시하면 다음과 같다.

> 　노승이 일어나 밖에 나갔다 들어오며 충렬을 불러 말하였다. 상공은 오늘 천문을 보았습니까? 충렬이 놀라 급히 나와 보니, 천자의 자미성이 떨어져 명성원에 잠겨있고, 남경에 살기가 가득하였다. 방으로 들어와 한숨짓고 눈물을 흘리니, 노승이 말하기를, 병란은 남경에서 났는데 산중에 피란해 있는 사람이 무슨 근심이 있습니까? 하니, 충렬이 울며 말하였다. 소생은 남경에서 대대로 녹을 먹어 오던 신하입니다. 나라에 큰 변란이 일어났는데 어찌 근심이 없겠습니까? 그러나 혼자서 빈 몸으로 만 리 밖에 있으니 한탄한들 무슨 소용이 있겠습니까. (…중략…) 노승이 대답하였다. 옥황께서 장군을 대명국에 보낼 때 사해용왕이 몰랐겠습니까? 수년 전에 소승이 서역에 갈 때 백룡암에 다다르니 어미 잃은 망아지가 누워 있었습니다. 그 말을 데려왔으나 산속의 중에게는 부당한 것이라, 송림촌의 동장자에게 맡기고 왔습니다. 그곳을 찾아가 그 말을 얻은 후에 중간에 지체 말고 급히 황성으로 달려가십시오. 지금 천자의 목숨이 경각에 달려 있으니 급히 가서 구원하기 바랍니다.[19]

　위 예문은 스승인 광덕산 백용사 노승과 유충렬이 남경에 병란이 일어난 것에 대해 나누는 대화 장면이다. 노승은 남경에 병란이 일어났음을 알리고, 한탄만 하고 있는 유충렬에게 천사마 있는 곳을 알려 준 후

---

19 〈유충렬전〉, 99~103쪽.

곧장 가서 천자를 구하라고 한다. 국가적 전란이 액운 이후 선계에 피난해 있던 유충렬로 하여금 다시 세상으로 나오게 되는 계기가 되는 부분이다.

이런 점에서 전쟁은 세상으로부터 격리되었던 유충렬이 세상으로 나오는 기회로 작용한다. 정한담에게서 전쟁이 천자가 되겠다는 그의 욕망 실현의 도구로 활용되었던 것과 비슷하다. 차이점이 있다면 정한담은 자신의 욕망 실현을 위해 전쟁이라는 국가적 재난을 일으켜 백성들과 천자, 국가 등에 막대한 정신적, 물리적 피해를 주고 있다면, 유충렬은 모반을 꿈꾸었던 정한담에 의해 세상으로부터 격리되었다가 그가 일으킨 국가적 재난을 수습하기 위해 세상으로 나오게 된다는 차이점이 있다. 그리고 유충렬의 경우 초월적 인물에 의해 그러한 국가적 재난에 대비하기 위해 만들어진 인물이며, 천상이나 광덕산 백용사 노승과 같은 초월적 인물에 의해 국가적 재난을 해결할 수 있도록 오랜 시간 수련을 거쳐 능력을 겸비한다는 점도 다르다.

이렇게 전쟁이라는 국가적 재난은 초월계에 속하는 광덕산 백용사에 있던 유충렬을 세상 밖으로 나오게 하는 기제로 작용한다. 그리고 천자와 국가를 구하기 위해 세상으로 운신의 폭을 넓힌 유충렬은 매우 다양하고 혁혁한 공을 세운다. 유충렬이 발휘하는 능력과 공적, 그리고 그 공을 인정받아 받는 포상을 몇 가지 정리해 보면 다음과 같다.

[A]_ 유충렬의 공적
-1. 유충렬이 천자가 정한담의 수하 장수 정문걸에게 항복하려는 찰나에 나타나 정문걸을 목 베고 천자를 구하다.(107쪽)
-2. 유충렬이 도성에 들어가 정한담의 동류들을 모두 처형하다.(133쪽)

-3. 유충렬이 변수 가로 가서 천자를 칼로 치려는 정한담을 사로잡고 천자를 구하다.(141쪽)

-4. 유충렬이 천사마를 타고 달려가 호왕을 물리치고 황후, 태후, 태자를 구하다.(153~155쪽)

-5. 유충렬이 도성에 돌아오니 백성들이 만세를 부르며 유충렬의 공덕을 송축하고 만세를 부르고, 백발노인이 자신의 아들을 전장에 보낸 사연을 이야기하고 유충렬의 공덕을 칭송하니, 유충렬은 모두 노인의 축수한 공이요 천자의 은덕이라 하다.(165쪽)

-6. 유충렬이 호국에 들어가 가달왕을 꾸짖고 강 승상을 해치지 말라고 하며, 마철, 마웅, 마학 3형제를 목 베다.(177쪽)

-7. 유충렬이 격서를 써서 토번국에 보내어 번왕의 항서를 받고, 달왕의 항서와 옥관도사를 사로잡아 보내는 연유를 천자에게 장계하고, 가달왕이 남경에서 데려간 미색들을 찾아 본국으로 데려가다.(179쪽)

[B] 천자의 포상과 가운의 회복

-1. 천자가 유충렬을 대명국 대사마 도원수로 삼다.(109~111쪽)

-2. 천자가 유심(유 주부)를 태자광록태부 대승상 연국공에 연왕을 봉하고, 옥새, 용포에 통천관을 상급하고, 유충렬에게는 대사마 대장군 겸 승상위국공을 봉하여 만종록을 점지하고, 도원 결의하여 충무후를 봉하다.(171쪽)

-3. 천자가 유충렬에게 남평, 여원 양국의 옥새를 주어 남만 오국을 차지하여 녹을 부치게 하고, 대사마 대장군 겸 승상 인수를 주어 국중만사를 모두 다 맡겨 슬하를 떠나지 못하게 하고, 장 부인(유심의 아내-유충렬 모친)을 정렬부인에, 강 승상(유충렬의 장인)에 달왕 직첩을 주어 빈사지위(손님으로 대접하는 지위)에 있게 하고, 강 부인(유충렬의 아내-강 낭자)에게 정숙부인 겸 동궁후언성왕후를 봉하여 시녀 300을 강 승상의 위장 삼아 봉황궁에 거처하게 하

고, 이 처사로 간의태부 도훈관에 이부상서를 겸하게 하다.(209쪽)

위의 예문 [A]는 유충렬이 전쟁에 출전하여 공을 세우는 내용들을 정리한 것이다. [B]는 그러한 공을 세운 유충렬과 충신의 집안에 대한 천자의 포상이 이루어지는 부분이다. 유충렬은 '전쟁을 평정'하고 천자와 국가의 위기를 극복하게 하는 공을 세움으로써 그는 사회적, 국가적 영웅으로 거듭나게 된다. 공적에 어울리는 포상도 받는다. 원래도 공신의 후손이었고 충신의 집안 인물이었지만, 전쟁이라는 국가적 재난을 거치면서 국가적 영웅의 성격이 더 짙어진다.

이상을 통해서 볼 때 이 작품에서 개인과 가문, 개인과 국가의 연결 정도는 매우 끈끈하다는 것을 알 수 있다. 이에 비해 가문과 국가의 연결 정도는 상대적으로 느슨하다. 그 이유는 개인과 국가의 회운이 이루어진 다음에 서사의 결말 부분에서 가운의 회운 부분을 간략하게 처리하였기 때문이다.

이와 같이 〈유충렬전〉에서 전쟁은 주인공 유충렬이 세상으로 다시 돌아올 수 있는 기회로 작용하며 능력 발휘의 장이라는 의미를 지닌다. 곧 오랑캐의 침입과 모반에 의한 전쟁은 천자와 국가로서는 절체절명의 위기와 국가적 재난에 해당되지만, 유충렬에게는 능력을 발휘하고 사회적, 국가적 영웅이 될 수 있는 기회로 작용하는 것이다. 이는 유심과 강희주와 같은 충신들이 간신들의 모함을 받아 귀양을 가면서 붕괴되었던 가문이 회복하는 계기가 되기도 한다. 따라서 이 작품과 같이 일부 영웅소설의 경우, 전쟁은 주인공이 세상으로 나오는 것에서 시작하여 능력을 발휘하여 포상을 받고 국운이 회복되면서 동시에 가운이 회복되는 데 절대적 기여를 하고 있다.[20]

따라서 〈유충렬전〉의 '액운-재난-가문'의 구조와 '충신-간신'의 대결로 인한 '재난'의 구조는 한 방향으로 진행하는 순차적 구조로 이루어지는 것이 아님을 알 수 있다. 이 작품에서는 여러 관계가 복잡하게 얽혀서 대상과 대상, 사건과 사건이 상호 영향을 주면서 주인공과 그 가문의 회운 및 선의 궁극적인 승리를 그리고 있다. 이를 표로 그려서 설명해 보면 다음과 같다.

충신-재난-간신의 인과적 관계 및 회운 구조			
㉡ 재난 해결 (+↑)	㉯ 재난 발생 (+↑)	ⓑ 간신의 악한 마음(욕망) : (+↑)	
㉠ 유충렬 · 충신 ← →	㉮ 국가의 재난 ← →	ⓐ 간신의 악한 마음(욕망) ← →	H 충신의 고통
(−↓) ㉢ 재난 발생 및 심화	(−↓) ㉰ 재난 없음	ⓒ 간신의 악한 마음(욕망) : (−↓)	

위의 표를 오른쪽에서 왼쪽으로 이동하면서 살펴보기로 하자. 먼저 'ⓐ의 간신이 악한 마음(욕망)'과 'H 충신의 고통'의 관계이다. ⓐ와 같이 간신의 악한 마음(욕망)이 ⓑ와 같이 강해지면 H와 같이 충신은 고통을 받게 된다. 반대로 ⓒ와 같이 간신의 악한 마음(욕망)이 나타나지 않거나 약화되어 있으면 H는 거의 나타나지 않는다.

다음은 ㉮와 ⓐ의 관계이다. 간신의 욕망(ⓐ)이 강하게 되면 ㉯와

---

20 이러한 점은 〈최척전〉이나 〈김영철전〉, 〈임진록〉 등과 같이 실제 역사적 전란을 배경으로 한 고소설들에 나타난 전란과 확연히 다른 부분이다. 이들 작품에서는 전란이 민족적 참상 그 자체이지, 주인공의 능력 발휘나 가운 회복이나 국운 회복과 같은 의미는 드러내지 않는다.

같이 국가 재난이 발생하게 된다. 반대로 간신의 욕망(ⓐ)이 나타나지 않거나 약할 경우 ㉰와 같이 국가적 재난은 발생하지 않는다.

이러한 국가적 재난은 ㉠으로 인해 다른 양상을 맞이할 수 있다. ㉪와 같은 국가적 재난이 일어났을 때에 ㉠의 유충렬(충신)과 같은 존재가 있거나 활약상이 있을 경우 ㉮의 국가적 재난은 해결이 된다. 그런데 ㉮와 같은 국가적 재난이 일어났을 때에 ㉠의 유충렬(충신)과 같은 존재가 없거나 활약이 없을 경우 국가적 재난이 발생함은 물론, 그 정도도 심화된다.

이와 같이 '충신-국가적 재난-간신'의 관계는 단선적으로 나타나기보다는 상호 관계 속에서 어느 하나가 약하거나 강할 경우 국가적 재난은 일어나게 된다. 마찬가지로 어느 하나가 다시 강하거나 약해지게 되면 국가적 재난은 해결되는 것으로 볼 수 있다. 〈유충렬전〉은 인물의 善·惡 갈등과 忠·奸 갈등을 통해 나타나게 되는 인물의 액운과 국가적 재난의 양상을 다각적으로 보여주고 있는 작품이라고 하겠다.

5. 결론

이상에서 〈유충렬전〉에 나타난 주인공의 '액운-재난-회운'의 구조로 살펴보았다. 〈유충렬전〉에서의 '액운'은 생사의 갈림길에서 삶을 도모하기 위한 분투의 의미보다 통과의례적인 성격이 강했다. 이는 〈유충렬전〉의 액운이 가진 성격을 잠정적으로 드러내는 것으로, 〈숙향전〉의 액운과 비슷한 면이 있다.

〈유충렬전〉의 이러한 액운의 성격은 천상계에서의 갈등이 지상계에서 재현된다는 이원론적인 구조와 밀접한 관련이 있다. 전생에 천상계에서의 악연이 현세에서의 액운을 배태한 원인이 되었고, 이러한 액운은 선악의 대립과 갈등을 통한 재난을 암시하고 있다. 충신과 주인공이 액운은 이들의 일시적인 패배이며 간신의 승리와 득세로 이어진다. 이것은 곧 국가적 재난으로 나타났다.

이 작품에서 특이한 것은 전란으로 인한 국가적 재난이 백성들에게는 상처와 시련 그 자체였지만, 간신 정한담에게는 자신의 욕망이 실현되는 계기로 활용되고 있다는 점이다. 백성들의 상처와 시련은 국가와 천자의 위기와 병치되어 나타남으로써 간신 정한담의 욕망과 최상 극점에서 배치되어 있다.

이러한 특징은 주인공 유충렬에게서도 비슷한 방식으로 나타난다. 〈유충렬전〉에서 전란과 같은 국가적 재난은 주인공 유충렬이 세상으로 다시 돌아올 수 있는 기회로 작용하며 능력 발휘의 장이라는 의미를 지닌다. 곧 오랑캐의 침입과 모반에 의한 전쟁은 천자와 국가로서는 절체절명의 위기와 고난에 해당되지만, 유충렬에게는 능력을 발휘하고 사회적, 국가적 영웅이 될 수 있는 기회로 작용하게 되는 것이다. 이는 유심과 강희주와 같은 충신들이 간신들의 모함을 받아 귀양을 가면서 붕괴되었던 가문이 다시 회복되는 계기가 되기도 한다.

이와 같이 〈유충렬전〉에 나타난 전란으로 인한 국가적 재난은 〈최척전〉이나 〈김영철전〉, 〈임진록〉 등과 같이 실제 역사적 전란을 배경으로 한 고소설들과 확연히 다른 부분이다. 이들 작품에서는 전란이 민족적 참상 그 자체이지, 주인공의 능력 발휘나 가운 회복이나 국운 회복과 같은 의미는 드러나지 않는다.

전기소설의 죽음에 나타난
인연, 운명, 세계

〈김현감호〉, 〈최치원〉을 중심으로

1. 서론

　우리는 '삶과 죽음'을 '生死'라는 한자로 표현하기도 한다. '生'자는 흙(土)에서 싹(屮)이 나오는 모양을 형상화한 상형자다. 자원(字源) 풀이에서 추측할 수 있듯이 '生'은 '나다(낳다), 시작, 삶'의 의미를 가진다. 이에 반해 '死'자는 흐트러진 뼈(歹)와 사람(匕-사람을 거꾸로 한 모양(人))의 합자로 이루어진 회의자다. 사람(匕-人)이 죽으면 살이 떨어지고 뼈가 드러나 흐트러(歹)지기에 '죽다'라는 뜻이 되었다. 이 자원 풀이에서 추측할 수 있듯이 '사(死)'는 '들어가다, 끝, 죽음'의 의미를 가진다.

　그래서일까? 일반인들에게 '삶과 죽음'은 자연현상의 양 극단처럼 인식되고 있다. 특히 현대인들에게 있어서 '삶과 죽음'은 한 인간을 둘러싼 집단에게 축복과 재앙의 이미지로 다가오는 것이 사실이다. 물론 고대나 중세에도 그러했을 수 있다. 하지만 고대와 중세 시대 문학 속에서는 '삶과 죽음'을 축복과 재앙의 이분법으로 모두 설명할 수 없는 무언가가 존재한다.

그렇다면 '삶과 죽음'은 생명의 시작과 종말(始終)의 단순한 표현 그 이상의 어떤 의미가 있을까? 여기서 우리는 불가의 '윤회'라는 말을 떠올려 본다. 한자의 의미를 단순하게 풀이하면 '수레바퀴가 돌고 돈다'는 의미다. 비슷한 말로는, '다른 것으로 다시 태어난다.'는 의미의 '전생(轉生)'이라는 말도 있다. 거창한 부처님의 말씀을 철학적으로 풀이하지 하지 않더라도, '윤회'나 '전생'이란, 중생이 죽은 후에 그 업보에 따라서 다른 세계에서 태어난다는 것을 드러낸 말이라 하겠다.

이렇게 본다면 '생과 사'는 전혀 별개의 것이 아니다. '(태어)나고, 시작하고, 살아가는 삶'을 의미하는 '생(生)'의 전체적인 의미와 '들어가고, 끝나고, 죽음'을 의미하는 '사(死)'의 의미 맥락을 연결해 보면, 삶과 죽음은 곧 '시작과 끝'의 반복적 순환 작용으로 이해할 수 있다. 이러한 이해는 적어도 고대와 중세까지는 통용되었다. 그래서 나말여초 전기소설 속에 나타난 '삶과 죽음'은 인물의 삶이 '시작'되어 '끝'나는 일회적 작용으로 이해하면 안 된다. 이들 작품 속에 나타나는 삶과 죽음은 당시 사람들의 삶과 죽음에 대한 이해 그 자체일 수도 있고, 삶과 죽음에 대한 문학적 형상화의 한 측면일 수도 있다. 중요한 것은 이 작품들의 작가와 독자들은 삶과 죽음을 일회성이 아닌, 한 인간의 삶에 대한 순환 작용으로 인식하고 있다는 점이다. 이렇게 이해하기 위해서는 죽음의 성격을 '종말의 죽음'과 '열린 죽음'으로 각각 상정할 수 있어야 한다. 여기서 '종말의 죽음'은 삶이 '끝난다', '닫힌다'는 의미의 '닫힌 죽음'이고, '열린 죽음'은 다음의 삶을 '생성한다', '전환한다'는 의미가 담겨 있다. 나말여초 전기소설 속 죽음은 이러한 '열림과 닫힘'[1]의 '반복'이라는 점에

---

1 죽음을 각각 '열림의 죽음'과 '닫힘의 죽음'으로 상정하여 설명한 것은 김열규이다. 필자

서 이해가 가능하다.

따라서 본고에서는 나말여초 전기소설에 나타난 죽음 중에서 새로운 삶을 잉태하거나 새로운 삶으로 전환하는 죽음, 해원의 죽음 등을 '열림의 죽음'이라는 관점에서 살펴보고자 한다. 그리고 이러한 죽음을 통해 초기 전기문학에서 인간과 인간의 인연, 운명, 이 세계(삶, 이승)와 저 세계(죽음, 저승)를 어떻게 받아들이고 있었는가를 살펴보고자 한다.

2. 열린 죽음에 의한 새로운 미래의 삶에 대한 가능성

만일 한 인간 삶의 유전(流轉)에서 '죽음'이 '닫힌 죽음' 한 번으로 끝나게 된다면, 그 인간의 삶은 매우 폐쇄적이고도 한시적인 시공간 속에 갇히게 된다. 하지만 인간의 '죽음'이 다음 삶을 준비하거나 잉태하는 죽음, 자신이 죽음으로써 다른 생명을 살리는 생성의 죽음이 될 수 있는 '열린 죽음'일 수도 있다면, 혹은 그러한 순환적인 죽음이 될 수 있다면 그 사람의 죽음은 무한한 우주의 시공간 속에서 삶과 죽음을 반복하여 맞이하게 된다. 전자가 유한성의 죽음, 비정상적인 죽음, 종말의 죽음을 의미한다면, 후자는 무한성의 죽음, 정상적인 죽음, 始終의 연속적인 죽음을 의미한다.

는 김열규의 이 개념을 원용하여 필자 나름대로 전기소설 속 죽음의 의미 규명에 적용해 보고자 하였다. 김열규는 웅녀의 의례적 죽음과 같이 미래가 있고 새로운 것이 있는 죽음을 '열린 죽음'이라고 하였고, 열린 죽음의 종언을 '닫힌 죽음'이라고 하고, 그 죽음은 된바람에 시달리는 촛불의 삭아짐과 다를 바 없는 찰나적인 것이라고 하였다. 김열규, 「현대적 상황의 죽음 및 그 전통과의 연계」, 김열규 외, 『한국인의 죽음과 삶』, 철학과 현실사, 2001, 52~53쪽.

그렇다면 어떤 죽음이 '닫힌 죽음'이고 어떤 죽음이 '열린 죽음'이 될 수 있을까? 이 구분에는 좀 더 많은 설명과 이론적 체계가 뒷받침되어야 한다. 하지만 이 글에서 간단하게 적용을 하자면, 요절이나 비명횡사와 같이 비정상적인 죽음, 억울한 죽음은 '닫힌 죽음'이 될 가능성이 크다. 통과의례적 죽음이 아니기 때문이다. 이에 비해 일상적, 정상적인 죽음은 통과의례적 죽음이고 또 당시 사람들이 사후생(내세)으로 이어진다고 믿었다는 점에서 '열린 죽음'이라고 규정할 수 있다. 여기에 하나 더 덧붙인다면, 나의 목숨을 버려 다른 사람의 삶을 살리는 죽음도 '열린 죽음'이 될 수 있다. 그리고 처음에는 '닫힌 죽음'이었지만 그 억울한 죽음의 원인이 해원(解冤)된다는 '열린 죽음'으로 전환되는 것도 가능하다.

우리가 궁극적으로 바라는 죽음은 '열린 죽음'이다.[2] 열림과 닫힘이 순환하는 열린 죽음은 현세의 삶이 다해도 안돈된 내세의 삶이 있기 때문이다. 이런 점에서 '열린 죽음'은 '미래가 있는 또 하나의 삶'이 될 수 있다. 죽음이 '미래가 있는 삶'이 될 수 있다는 말이 어색하게 들릴 수 있다. '죽음'을 긍정적인 순환 현상이라고 생각하는 발상 자체가 현대에서는 어색한 일이기 때문이다. 비정상적인 죽음이든, 정상적인 죽음이든 우리 모두는 죽음을 원치 않으니까 말이다. 하지만 '사후생(死後生)'을 이야기하고 '죽음의 미래'를 이야기하는 종교학자[3]들을 보면, 죽

---

2 '죽음을 바란다'는 말이 매우 어색할 수도 있다. 이 말은 '정말 죽고 싶다'는 의미가 아니라, 불행하고 비정상적인 죽음보다, 편안하고 정상적인 죽음을 맞이하고 싶은 것이 우리의 바람이라는 의미이다.

3 최준식은 사후생을 연구한 결과물을 출간하면서 '죽음의 미래'라는 제목을 붙였다. 그는 죽음이 또 하나의 세계라는 생각에서 이러한 연구를 진행하고 있다. 최준식, 『죽음의 미래』, 소나무, 2012, 6~278쪽.

음이 '미래가 있는 새로운 삶'이 될 수도 있다는 생각이 든다. 그러면서
도 한편으로는 '죽음'에 '닫힌 죽음'이 있고 '열린 죽음'이 있다거나, 죽
음이 '미래가 있는 새로운 삶'이라고 하는 명제 자체가 모순일 수도 있다
는 생각이 들기도 한다. 적어도 철학적 논리에서는 이러한 가설은 모순
이다. 죽었으면 죽은 것으로 끝난 것이지, 그 죽음에 '닫힌 죽음'이 있고,
'열린 죽음'이 있다고 다시 살을 붙이는 것은 카테고리 상정 자체에 문제
가 있는 것으로 볼 수 있기 때문이다.

하지만 철학적 논리나 물리적 이해, 자연과학적 이해 차원에서는 모
순될 수 있는 이러한 두 가지 '죽음'의 성격은 종교적, 형이상학적, 문학
적 차원에서는 새로운 삶의 길을 제시하는 가능성으로 작용할 수 있다.
우리 조상들은 '죽음'을 통해 물리적, 자연과학적 끝을 봄과 동시에, 물
리적으로 삶의 끝자락인 '죽음'을 통해 '새로운 삶'과 '희망', '치유'를
읽어낼 수 있는 지혜를 발휘했다.

나말여초 전기소설에는 '죽음'에 대한 이러한 지혜, 정신적 철학이 나
타난다. 이들 작품에서 주인공의 죽음은 단순히 생을 마감하는 차원에
그치지 않고, 새로운 인연을 맺거나 운명을 인식하는 계기가 되기도 하
고, 인물의 삶을 지배하는 세계의 부당함을 느끼게 해주기도 한다. 또
인물의 죽음이 다른 생명을 살리는 경우도 있고, 주인공의 가치관이나
새로운 삶의 방향을 제시하기도 한다. 이런 점에서 전기소설의 죽음에
는 '미래가 있는 또 하나의 삶'이 안겨 있다고 하겠다.

이러한 초기 전기소설에서 한 인물의 '죽음'이 나타나는 부분은, 서사
의 분량과 상관없이 그 죽음은 인물의 전후 삶을 구분하는 서사의 축이
된다. 그렇기 때문에, 주인공의 죽음은 서사의 종결이 아니고 새로운
인물 서사의 시작이 된다.[4] 주인공의 새로운 삶과 정신적 가치가 제시되

면서 새로운 인물과 함께 새로운 삶을 공유하기 시작하기 때문이다. 그래서 독자들도 서사의 종결 부분에 나타나는 주인공의 죽음을, 그 인물의 새로운 삶이 시작된 것으로 인지하게 된다.

이러함에도 불구하고 현실적으로 한국인들은 내세의 삶보다 현세의 삶을 더 중요시한다.[5] '개똥밭에 굴러도 이승이 낫다'는 말이 이를 반증한다. 그런데 왜 굳이 전기소설 속에서는 죽음 이후에 또 하나의 삶을 제시하고 있는 것일까? 그것은 아마도 또 하나의 삶을 통해 하고 싶은 이야기가 많기 때문일 것이다. 삶과 죽음을 단절적으로 인식하게 되면 우리의 삶이 너무나 허무한 일이 되는 것으로 생각했기 때문은 아닐까?

가령, 백(魄)이 땅 속에서 썩어 없어지고, 魂은 공중에서 흩어져 사라져 버리게 되면, 우리의 삶의 흔적은 그 어디에도 없이 허무하게 끝난다.[6] 그래서 그 허무주의를 극복하기 위해서 전기소설에서는 현실의 삶과 소통할 수 있는 사후 세계를 설정하여 산 자와 죽은 자의 소통이 지속적으로 나타나게 만들었다. 그 허무의 극복은 주인공의 죽음이 일회적 삶의 종결로 나타나는 것이 아니라 새로운 가능성을 잉태하고, 또 다른 생명을 살리기도 하는 것으로 나타난다. 즉 미래가 있는 또 하나의 삶을 제시하는 것으로 나타난다. 그래서 새로운 인연도 만든다. 운명과 세계의 부당함을 드러내기도 한다. 이하에서는 이러한 점을 몇몇 초기 전기

---

4 주인공의 죽음이 문학 작품의 서사 전개 상으로는 종결 부분에 해당되지만, 그 죽음이 주인공의 삶의 역사에서는 새로운 삶의 기회, 새로운 삶의 시작을 의미한다는 뜻이다.

5 최준식, 「한국인의 죽음관-내세관의 형성을 중심으로-」, 전남대학교 아시아문화원형연구사업단 편, 『동아시아의 생사관』, 전남대학교출판부, 2009, 19쪽.

6 최준식, 「한국인의 죽음관-내세관의 형성을 중심으로-」, 전남대학교 아시아문화원형연구사업단 편, 『동아시아의 생사관』, 전남대학교출판부, 2009, 21쪽을 참조하여 필자가 부분 가필하였다.

소설 작품들을 통해 살펴보기로 한다.

3. 〈김현감호〉에 나타난 죽음과 새로운 미래의 삶

먼저 초기 전기소설로 간주되는 〈김현감호(金現感虎)〉를 통해 주인공의 죽음이 '미래가 있는 새로운 삶'을 드러내고 있다는 점을 확인해 보기로 한다.

익히 알고 있듯이 〈김현감호〉는 일연의 『삼국유사』 권제5 감통 제7에 수록된 10편 중 8번째에 들어 있는 작품이다. 연구 초기에는 설화로 간주되기도 했다. 하지만 임형택은 이 작품이 동양문학의 일반 범주에 비추어 그 양식이 전기류(傳奇類)에 속한다[7]고 하면서 이 작품을 나말여초의 전기문학에 포함시키고 있다. 그리고 이 작품은 낭만적 · 상징적 수법을 쓰고 있기 때문에 내용의 구체성을 파악하기 용이하지 않다고 하고, 이 작품은 신라시대 신분 간의 대립 갈등이 격화된 시대가 창출한 고귀한 희생정신의 여성 형상을 드러낸 작품[8]이라고 보고 있다.

그의 이러한 견해는 초기 전기소설을 이해하는데 큰 원동력이 되었고, 일견 설득력이 있다. 설화 속 인물이나 요소들을 상징적 기호로 해석할 때 큰 무리 없는 해석이라 할 수 있기 때문이다. 그런데 〈김현감호〉의 인물이나 요소들을 상징적 기호에 집착하지 않고, 전체 서사 맥락으로

---

[7] 임형택, 「나말여초 전기문학」, 임형택, 『한국문학사의 시각』, 창작과비평사, 1999, 11쪽.

[8] 임형택은 이 작품에서, 천창(天唱)을 임금의 명령으로, 호녀를 평민의 딸로, 김현을 화랑 세력으로, 호녀의 오빠들을 반체제 세력으로 설정하여 이 작품이 신라 골품제도하의 신분 갈등이 반영된 작품으로 보고 있다. 임형택, 상게 논문, 16~17쪽.

독해하게 되면 전혀 다른 해석이 나올 수 있다. 특히 본고의 주제와 관련된 虎女의 죽음과 그 의미에 관심을 두게 되면, 虎女의 죽음과 그 희생정신에 배어 있는 재미가 전혀 다르게 다가온다.

〈김현감호〉는 분명 '낭만', '상징', '희생'이 주요한 키워드가 된다. 그런데 이 키워드를 어떻게 해석하고 연결 짓는가에 따라서 서사의 전체적인 맥락과 의미가 많이 달라진다. 이해를 위해 이 작품의 전문을 요약하고, 일연이 함께 제시하고 있는 〈신도징〉의 내용도 참고로 정리해 보기로 한다.

[A] 〈김현감호〉 서사 단락

-1. 신라 원성왕(元聖王) 때 낭군(郎君) 금현이 흥륜사(興輪寺)에서 탑돌이를 하다.

-2. 한 처녀도 김현과 같이 탑돌이를 하다가 서로 마음이 움직여 눈을 주고, 김현이 그 처녀를 구석진 곳으로 데려가 정을 통하다.

-3. 처녀가 돌아가려 할 때, 김현이 따라가고자 하여 처녀가 거절했으나 김현이 억지로 따라가다.

-4. 한 초가에 들어가니 늙은 할미가 처녀에게 함께 온 이가 누구냐고 묻고, 처녀는 사실대로 말하다.

-5. 늙은 할미가 비록 좋은 일이나, 없는 것만 못하다고 하고, 이미 저질러진 일이니 어찌할 수 없다고 한 후, 처녀의 형제들이 나쁜 짓을 할까 두려우니 은밀한 곳에 숨기라고 하다.

-6. 범 세 마리가 돌아와 사람 말을 하면서 집에서 비린내가 난다며, 요깃거리가 있어서 다행이라고 하니, 늙은 할미와 처녀가 꾸짖다.

-7. 이때 하늘에서 "너희들이 즐겨 생명을 해함이 너무도 많으니 마땅히 한 놈을 죽여 악을 징계하겠노라."하고 외치는 소리가 들리다.

-8. 세 짐승이 이 소리를 듣고 모두 근심하니, 처녀가 "세 분 오빠들이

멀리 피해 가서서 스스로를 징계하신다면 제가 그 벌을 대신 받겠
습니다."라고 하니, 모두 기뻐하며 달아나다.

-9. 처녀가 김현에게, 김현과 자기가 류(類)는 다르지만 중한 부부의
인연을 맺었고, 세 오빠의 악은 하늘이 미워하니 자기 집안의 재앙
을 자신이 감당하려 하고, 다만, 보통 사람의 손에 죽는 것보다 남편
김현의 칼날에 죽어 은덕을 갚겠다고 하다.

-10. 호녀(虎女)가 내일 자신이 시가(市街)에 들어가 사람을 심히 해하
면, 나라 사람들로서는 어찌할 수 없어 임금이 높은 벼슬로써 사람
을 모집하여 자신을 잡게 할 것이니 그때 김현이 겁내지 말고 자신
을 쫓아와 성의 북쪽 숲속까지 오면 자신이 기다리겠다고 하다.

-11. 김현은 사람이 다른 류(類)와 사귐은 떳떳한 일이 아니지만, 이미
잘 지냈으니 진실로 하늘이 준 다행함인데, 어찌 배필의 죽음을 팔
아 세상의 벼슬을 바라겠느냐고 하다.

-12. 호녀가 이렇게 죽는 것은 하늘의 명령이며, 자신의 소원이고, 김현
에게는 경사이며, 자신의 일족에게는 복이고, 나라 사람들의 기쁨
이기에, 자신이 한 번 죽어 다섯 가지의 이로움을 얻는다고 하다.

-13. 호녀가 자신을 위하여 절을 짓고 불경을 강(講)하여 좋은 과보를
얻는 데 도움이 되게 해주면 김현의 은혜가 이보다 클 수 없겠다고
하다.

-14. 김현과 호녀가 서로 울면서 작별하고, 다음날 과연 사나운 범이
성안에 들어와 사람을 해함이 너무 심하니 감히 당해내지 못하자,
원성왕이 명을 내려 범을 잡는 사람에게 2급의 벼슬을 주겠다고
하니, 김현이 대궐로 나가 자신이 범을 잡겠다고 하자 왕은 벼슬부
터 주고 김현을 격려하다.

-15. 김현이 칼을 쥐고 숲속으로 들어가자 범이 낭자로 변하여 반가이
웃으면서, "어젯밤 낭군이 저와 마음 깊이 정을 맺던 일을 잊지 마
십시오. 오늘 내 발톱에 상처 입은 사람들은 전부 흥륜사의 장(醬)

을 바르고 그 절의 나팔 소리를 들으면 이내 나을 것입니다."라고
말을 마치고 김현이 찬 칼을 뽑아 스스로 목을 찔러 죽으니 곧 범이
었다.

-16. 김현이 숲에서 나와 자신이 방금 범을 잡았다고 하고, 그 사유는
　　숨긴 채 말하지 않았으며, 다만 범이 시킨 대로 상처를 치료했더니
　　다 나았다.

-17. 김현은 벼슬을 하자 서천(西川) 가에 절을 짓고 호원사(虎願寺)라
　　이름하고, 항상 범망경(梵網經)을 강하여 범의 저승길을 인도하고,
　　또 범이 제 몸을 죽여 자기를 성공하게 한 은혜에 보답하다.

-18. 김현이 죽을 때, 지나간 일의 기이함에 깊이 감동하여 이것을 붓으로
　　적어 그 글 이름을 〈논호림(論虎林)〉이라 하여 세상에 알게 하다.[9]

　위 예문은 虎女의 죽음과 그 죽음이 새롭게 생산해 내는 의미 맥락을
짚어보기 위해 〈김현감호〉의 순차 단락을 비교적 자세히 제시한 것이
다. 처음에는 김현과 처녀의 탑돌이와 이후 두 사람의 정을 통한 내용이,
갑자기 죽음의 서사로 바뀌게 된다. 그것은 바로 -7에서 제시되는 天唱
이다. 처녀의 세 오빠들(범)이 생명을 많이 해친 것에 대해 하늘이 징치
를 가하려고 하는 것이다. 그것은 바로 한 놈을 죽여 악을 징계하겠다는
것이다. 즉 생명을 함부로 죽여 없앤 세 오빠들에게 하늘이 그들 중 한
놈을 죽임으로써 벌을 가하려는 것이다. 여기에는 호녀 오빠들의 살인
에 대한 하늘의 보복이 드러난다.

　그런데 -8에서 알 수 있는 바와 같이 처녀는 자신이 오빠들을 위해

9　일연, 『三國遺事』 卷第五, 感通 第七 〈김현감호〉조. 본고의 번역은 박성봉·고경식 역,
　　『三國遺事』, 서문문화사, 1987, 355~357쪽을 참고로 하였다. 이하에서는 텍스트명과
　　번역본의 페이지만을 밝히기로 한다.

대신 그 벌을 받겠다고 한다. 그러니 오빠들은 멀리 가서 스스로를 징계하고 있으라고 한다. 처녀의 이러한 행위는 오빠들도 살리고, 또 자신이 사랑하는 김현도 살리는 길이다. 그래서 처녀가 스스로 죽음을 선택하는 그 순간부터 그녀의 죽음은 자신의 가족과 김현을 살리는 '새로운 생명의 죽음'이라는 성격을 가진다.

더욱 특이한 것은 -9에서 제시된 바와 같이, 자신이 죽는 것은 동물인 자신과 혼인을 하여 부부의 인연을 맺어준 김현에 대한 은덕을 갚는 길이라고 한다. 이물(異物)과 인간의 인연에 대한 운명적 사랑에 대한 보은이 처녀의 죽음과 연결되고 있는 것이다. 그런데 그 호녀의 죽음은 그리 단순하지 않다. 왜냐하면 호녀가 남편인 김현의 칼날에 죽어 그 은덕을 갚고자 하기 때문이다. 호녀는 남편 김현에게 자신과 부부의 인연을 맺어준 보은을 하겠다고 하면서 남편으로 하여금 자신을 죽여 달라고 부탁을 한다. 호녀가 김현의 칼날에 죽으면서 이물과 인간의 비정상적인 인연을 끊으려 하는 것이다.

호녀는 비정상적인 인연을 부부간 살인으로 끊으면서, 동시에 남편에게 벼슬자리를 선사한다. 예문 -10은 바로 그러한 내용을 담고 있다. 여기서 또 하나 특이한 것은, 호녀가 죽음에 이르기 위해서는 다시 많은 생명을 상하게 해야 하고, 그러한 자신을 죽인 김현은 벼슬을 얻게 된다는 것이다. 김현의 영전과 새로운 삶을 위해서는 호녀가 많은 생명을 해쳐야 하고 동시에 자신도 죽어야만 가능한 일이 된다. 특이하기는 하지만 여기까지만 본다면 호녀의 죽음이 그리 큰 의미를 가지거나 설득력을 가지지 못한다.

그런데 예문 -11과 -12를 통해서 호녀의 죽음이 가지는 의미가 새롭게 부각된다. 예문 -11에서 김현은 아내의 죽음을 담보로 세상의 벼슬을 바랄 수 없다고 항변한다. 이에 대해 호녀는 예문 −12와 같이 다섯 가지 이유를 제시하여 자신의 죽음에 의미를 부여한다. 가장 큰 이유는 天命이라고 하는 거역할 수 없는 운명이기 때문이다. 두 번째는 자신이 죽음을 원한다는 것이고, 세 번째는 자신이 죽음으로써 김현이 벼슬자리를 얻는 경사를 누릴 수 있기 때문이며, 네 번째는 자신이 대신 죽어서 다른 형제들을 살릴 수 있으므로 일족에게 복이 된다는 것이다. 그리고 마지막으로는 사람을 많이 해친 자신이 죽으면 나라 사람들이 기뻐할 것이기 때문이라고 한다.

호녀는 자신이 김현의 출세를 위해 나라 사람들을 해치고, 다시 자신이 김현의 손에 죽으면 나라 사람들이 기뻐할 것이라고 하는, 자기모순적인 이유를 제시한다. 하지만 이 모든 과정은 천상적 근거, 현실적 복락의 근거, 개인적 근거라고 하는 세 가지 층위의 근거 위에서 실행되고 있기 때문에 달리 반박할 논리를 찾기가 쉽지 않다. 이러한 탄탄한 근거에도 불구하고 사라지지 않는 찜찜한 뒷맛은, 예문 −15에서 모두 해소된다.

모든 일들은 호녀가 예상한 대로 −14에서 실행된다. 그리고 예문 −15에서 호녀는 자신에 의해 상처를 입은 사람들은 흥륜사의 장을 바르고, 그 절의 소리를 들으면 모두 나을 것이라고 한다. 실제로 그렇게 치료를 하였더니 모든 사람들의 상처가 나았다. 호녀는 자신이 죽으면서 자신이 해친 사람들이 살 수 있는 방법을 알려 주고, 김현의 칼을 뽑아 스스로 목을 찔러 죽는다. 이를 통해서 이전에 호녀가 김현의 출세를 위해 나라 사람들에게 가하였던 위해가 그 치료까지 염두에 둔 행위였음을 알 수 있다.

이후 김현은 벼슬을 하게 되고, 예문 −13에서 호녀가 바라던 대로 서

천 가에 호원사라는 절을 짓고 불경을 강하며 범의 저승길을 인도하게
된다. 이를 통해 호녀가 제 몸을 죽여 김현 자신을 성공하게 한 은혜에
보답하고 있다. 그리고 그동안의 기이함을 〈논호림(論虎林)〉이라는 글
을 써서 세상에 전하게 하고 있다.

 이상을 통해서 볼 때 호녀가 죽음을 선택하고 또 실제로 죽음으로 인
해서 파급되는 효과는 엄청나다는 것을 알 수 있다. 일차적으로 자신이
세 오빠들을 위해 대신 죽기로 결심하면서 오빠들도 살리고, 그 오빠들
에게 죽임을 당할 위기에 처한 김현도 살린다. 호녀라고 하는 주체의
죽음이 세 오빠와 김현이라고 하는 타자들을 살린 것이다. 이것만으로
도 호녀가 죽음을 선택한 것에는 다른 인물들의 새로운 삶의 길을 열어
주었다는 의미가 있다. 하지만 이야기는 여기에서 그치지 않는다. 호녀
는 자신이 죽음으로써 이물과 인간의 혼인이라는 비일상적이고 비정상
적인 인연을 끊는다. 동시에 자신과 비정상적인 인연을 맺어준 남편에
게 보은하기 위해 나라 사람들을 해치고 자신이 죽는 두 번의 죽음 의식
을 치른다. 그 결과 남편 김현은 벼슬을 얻어 안돈한 삶을 살 수 있게
되었다. 호녀가 죽는 것이 삶을 '닫는' 것에 해당된다면, 그 죽음을 통해
남편 김현의 새로운 삶을 가능하게 했다는 점에서 그 죽음은 곧 '열림'의
죽음인 것이다.

 이와 같이 〈김현감호〉에는 많은 이야기 편린을 엮어서 불교에 귀의하
여 새로운 삶을 살게 되는 김현의 모습을 형상화하고 있다. 이 작품은
전반과 중반부에 나타나는 이물의 악행과 이물에 의한 인간 살해 위기,
그러한 악행을 일삼은 이물에 대한 초월계의 징치와 같은 어두운 이미
지를 모두 걷어 내고, 마지막에는 불도 속에서 안녕(安寧)하게 살아간
김현의 새로운 삶이 제시되고 있다. 그리고 호녀의 죽음은 형식상으로

는 일회에 그치고 있지만, 실제로 그녀의 물리적인 죽음은 삶의 완전한
종말이 아니라, 김현의 새로운 삶으로 이어지고 있다는 점에서 삶의 연
속이라 할 수 있다. 또 호녀가 죽으면서 김현에게 불도에 대한 원망(願
望)을 드러내었고, 이것이 김현에 의해 모두 실현된 것 또한 그녀의 죽음
이 일회적 물리적 삶의 종결을 의미하는 것은 아니며, 불도에의 귀의라
는 새로운 고차원적 삶의 길을 열었다는 의미를 가진다.

　호녀의 죽음이 이러한 새로운 의미를 획득할 수 있었던 것은, 호녀와
김현 두 사람 사이에 생성된 신의가 있었기 때문이다. 이는 〈김현감호〉
의 종결 이후 곧바로 제시되는 〈신도징(申屠澄)〉과 대비해 보면 그 의미
가 분명하게 드러난다. 논의와 이해의 편의를 위해 〈신도징〉의 서사 단
락을 정리해 보기로 한다.

[B] 〈신도징〉 서사 단락

　-1. 신도징(申屠澄)이 야인으로서 당의 한주십방현위(漢州什防縣尉)
　　에 임명되어 진부현(眞符縣)의 동쪽 10리 되는 곳에 이르렀을 때,
　　눈보라와 심한 추위를 만나 말이 앞으로 나아가지 못하다.
　-2. 마침 길 옆에 초가가 있어 그곳으로 가니, 늙은 부모와 한 처녀가
　　화롯가에 둘러앉아 있었는데, 처녀의 나이는 십 사오 세쯤 되어 보
　　였고, 입성은 남루하였으나 매우 아름다웠다.
　-3. 그 부모는 신도징이 온 것을 보고, 앞으로 와서 불을 쪼이라고 하여
　　신도징이 한참 앉아 있으니, 날은 이미 저물고 눈보라도 그치지 않
　　아 하룻밤 재워달라고 청하자 처녀의 부모들이 허락하다.
　-4. 신도징이 방에 들어 침구를 풀고, 처녀는 손님이 유숙함을 보자
　　얼굴을 씻고 곱게 단장하고 장막으로 나오는데, 그 태도가 처음
　　볼 때보다 나으니, 신도징이 처녀와 혼인을 하고 싶다고 그 부모에

게 청하자 그 부모가 허락하다.

-5. 신도징이 사위의 예를 행하고, 타고 온 말에 여자를 태워 떠나 임지에 도착해 보니, 봉록이 너무 적었다.

-6. 아내가 힘써 집안을 돌보아 매우 즐거웠으며, 임기가 끝난 후 돌아가려 할 때에 1남 1녀를 두었고, 두 아이가 총명하고 슬기로워 신도징은 아내를 더욱 공경하고 아내에게 주는 시를 짓다.[10]

-7. 아내가 종일 이 시를 읊으며 잠잠히 화답할 듯하였으나 입 밖에 내지 않다가, 신도징이 벼슬을 그만두고 가족을 데리고 본가로 돌아가려 하자 아내가 문득 슬퍼하며 지난번 시에 화답하는 시를 짓다.[11]

-8. 그 후 함께 아내의 집에 가보니 사람들은 없고, 아내는 사모하는 마음이 깊어 하루 종일 울다가, 벽 모퉁이에 있는 호피를 보고, '이 물건이 아직도 여기에 있는 것을 몰랐구나.'하며 그것을 뒤집어쓰니 범으로 변하여 문을 박차고 나가다.

-9. 신도징이 두 아이를 데리고 아내가 간 곳을 찾아 산림을 바라보며 크게 울었으나 간 곳을 끝내 알지 못했다.[12]

위 예문은 〈김현감호〉와 대비하기 위해 일연이 〈김현감호〉 종결 부분 이후에 곧바로 제시하고 있는 〈신도징〉 이야기이다. 일연이 『태평광기』에 있는 〈신도징〉 이야기를 소개하여 '호녀와 김현', '호녀와 신도징'의 태도를 대비시킨 것을 보면 이 작품은 信의 의미가 매우 중요하게 작용

---

10 그 시의 내용을 소개하면 다음과 같다. 벼슬길에 나아가니 매복(梅福)에게 면목 없고 / 3년이 지나니 맹광(孟光)에게 부끄럽구나. / 이 정을 내 어디에 비유할까 / 냇물 위에 원앙새는 떠 있는데.

11 아내의 시 내용은 다음과 같다. 금슬(琴瑟)의 정이 비록 중하나 / 산림(山林)에 뜻이 스스로 깊다. / 시절이 변할까 늘 근심하며 / 백년해로 저버릴까 걱정하누나.

12 『三國遺事』, 〈김현감호〉, 357~359쪽.

함을 알 수 있다.

위의 〈신도징〉 이야기가 〈김현감호〉와 가장 차이가 나는 것은 바로 남녀 주인공 사이에 형성된 信과 보은, 죽음까지 감수하는 희생의 유무다. 〈김현감호〉에는 이 모든 것이 다 나타나고, 〈신도징〉에는 모두 나타나지 않는다. 이 작품에는 불도에 근거한 삶과 죽음에 대한 깊이 있는 통찰이나 철학이 나타나지 않는다. 〈신도징〉 속 신도징과 호녀의 삶의 방향은 단선적이며 즐거움만 쫓는 감각적인 성향이 강하다. 외형적 아름다움과 즐거움에 대한 감각적 삶은 있으나 두 남녀의 진정한 사랑, 인연, 운명, 信에 근거한 새로운 삶의 방향 제시는 없다. 그래서 삶의 방향을 잃고 갈팡질팡하다가 제 갈 길로 가는 비극적 삶이 나타난다.

이에 비해 〈김현감호〉는 信에 근거한 김현과 호녀의 진정한 사랑과 인연, 운명의 수용과 극복을 통한 새로운 삶의 방향이 나타난다. 그것은 바로 불도에의 귀의라고 하는 고차원적이고 깊이 있는 통찰과 깨달음으로 제시되고 있다.

4. 〈최치원〉에 나타난 '닫힌 죽음'과 해원(解冤), 그리고 '열린 죽음'

일반적으로 전기(傳奇)는 사대부 문인 지식인층의 꿈과 원망(願望)을 반영한 양식[13]으로 인식되고 있다. 〈최치원〉 역시 전기소설의 하나라는

13 윤재민, 「傳奇小說의 인물 성격」, 『민족문화연구』 28집, 고려대학교 민족문화연구소, 1995, 64쪽.

점에서 이 시대 문인의 고뇌를 그린 내용인데, 남녀상열을 주제로 하여 주인공의 현실에 대한 소외감, 고독감 등을 드러내고 있는 작품[14]으로 알려져 있다. 하지만 주인공의 현실에 대한 소외감이나 고독감은 두 여귀를 만나면서부터 해소되기 시작하고, 궁극적으로는 자아를 실현한 후 현실을 초탈하는 것으로 나타난다.

특이한 것은 이 작품이 사대부 문인 지식의 꿈과 원망을 남녀상열과 현실에 대한 소외감, 고독감을 드러내면서, 그 방식의 하나로 비현실적이고 환상적인 수법을 가미하고 있다는 점이다. 특히 현실의 인물인 최치원과 두 귀녀의 소통을 통해 인간의 죽음이 삶의 완전한 종결을 의미하는 것이 아니라 현실적 삶의 진행형임을 보여준다. 사후생의 주체인 쌍녀분의 두 귀녀는 최치원이 자신들이 찾던 남성상임을 말하게 되고, 오랫동안 무덤 속에서 품었던 자신들의 꿈을 최치원을 통해 일시적이나마 이루게 된다. 바로 이 지점에서 두 여귀의 주체적인 삶이 드러난다.

〈최치원〉에는 각기 서로의 짝을 기다리는 남녀 주인공이 등장한다. 최치원이 운우(雲雨)를 즐길 수 있는 대상을 찾고 있다면,[15] 두 여귀는 자신들과 소통할 수 있는 知音을 기다리고 있다.[16] 이러한 두 남녀의 만남은 쌍녀분이라는 무덤을 매개로 하여 이루어진다. 이 무덤은 사람

---

14 임형택, 상계 논문, 19쪽.

15 최치원이 초현관(招賢館)의 쌍녀분 석문에 쓴 시의 한 부분을 보면, 그는 '고운 그대들 그윽한 꿈에서 만날 수 있다면, …(중략)… 孤館에서 雲雨를 즐긴다면 / 낙천신을 이어 부르리'라고 하고 있다. 김현양 외, 『譯註 殊異傳 逸文』, 〈최치원〉, 도서출판 박이정, 1996, 41~42쪽. 이하에서는 작품명과 자료집의 페이지만을 밝히기로 한다.

16 쌍녀분의 두 귀녀 중 하나인, 팔 낭자의 첫 시에 보면, '몹시 부끄럽게도 詩의 글귀가 제 마음 알아주시니'라는 구절이 나온다. 〈최치원〉, 43쪽 참조. 그리고 서사가 진행될수록 이 두 귀녀는 자신들과 소통할 수 있는 남자 知己를 기다렸다는 것을 알 수 있다.

의 생물학적인 삶이 다한 후 그 마지막 흔적을 상징하는 곳이 아니다. 고대사회부터 무덤은 단순히 제의를 위해 만들어진 상징 개념이 아니라, 산 사람들의 주거와 마찬가지로 사령(死靈)들이 실제 살고 있는 장소로 여겼다.[17] 인간의 현실적인 삶 못지않게 사후생(死後生)을 믿고 소중히 여겼기 때문에 나타난 현상이다. 이런 점에서 사후생의 인정과 강조는 곧 현세의 삶을 강조하고 더욱 절실하게 하기 위해 형성된 것으로 볼 수 있다.

사후생과 현세의 삶이 가지는 이러한 관계성은 건국신화의 주인공들이 삶과 죽음을 순환하는 것으로 파악하는 것[18]을 통해 그 일면을 엿볼 수 있다. 인간의 육체적인 유한성을 인정할 수밖에 없는 상황에서 현실의 삶에 대한 절실함을 반영한 것이 사후생이라고 보면 삶과 죽음의 연속성과 순환성이 얼마간 이해가 갈 것이라 생각한다.

이러한 현세의 삶과 사후생을 연결하는 매개 고리가 바로 '무덤'이라는 제의적 상징 장치이다. 이 무덤은 사령이 안식처이면서 그 사령들이 서로 오가는 집과 같은 곳이고, 현실 세계와 완전히 분리되지 않은 곳이다. 무덤이 가진 이러한 상징적이고도 원망적(願望的), 소통적 성격을 담고 있는 설화가 바로 〈미추왕 설화〉와 〈김유신 설화〉이다.[19]

〈미추왕 설화〉나 〈김유신 설화〉에 나타나는 무덤과 마찬가지로, 〈최

---

17 박선경, 「한국인의 사후 세계관—미추왕 설화·김유신 설화·비형랑 설화를 중심으로—」, 김열규 외, 『한국인의 죽음과 삶』, 철학과 현실사, 2001, 166쪽.

18 나희라, 『고대 한국인의 생사관』, 지식산업사, 2008, 68쪽.

19 박선경은 〈미추왕 설화〉와 〈김유신 설화〉에 등장하는 무덤을 오가는 인물들과 현실 세계의 직접적인 연결 관계를 통해 사후생의 의미를 밝힌 바 있다. 박선경, 상게 논문, 162~169쪽.

치원〉의 무덤도 두 여귀가 안식하고 있는 거처이며, 현실 세계와 소통하
는 장소로 등장하고 있다. 그렇다면 작가는 〈최치원〉에서 왜 무덤을 통
해 사후생을 드러내려고 한 것일까? 그것은 바로 두 귀녀가 자신의 뜻에
위배되는 배필을 정한 것에 대해 울분을 가지고 있다가 夭折한 그 억울
함을 해소하기 위해서이다. 이해를 위해 해당되는 부분을 요약하여 정
리해 보면 다음과 같다.

> -1. 최치원이 두 낭자들이 어디에서 살았고, 어느 집안의 사람이었냐고
>   묻다.
> -2. 두 낭자는, 자신들은 율수현 張氏의 두 딸인데, 아버지가 팔 낭자는
>   소금 장수와 정혼하고, 구 낭자는 차 장사에게 혼인을 허락하다.
> -3. 두 낭자가 매번 남편감을 바꿔 달라고 하고 마음에 차지 않았다가
>   울적한 마음이 맺혀 풀기 어렵게 되고 급기야 요절하게 되다.
> -4. 두 낭자는 최치원에게 자신들은 어진 사람 만나기를 바랄 뿐이라고
>   하다.[20]

위 예문은 두 낭자가 자신들이 왜 요절하게 되었는가를 설명하는 부
분이다. 이 부분 전까지 최치원과 두 여귀는 이승과 저승의 생사를 달리
하는 존재임에도 불구하고, 최치원이 쌍녀분에 作詩한 것을 기화로 하
여 아무런 거리낌 없이 지속적으로 소통하게 된다. 그러한 소통이 무르
익었을 즈음에, 위 예문처럼, 최치원이 두 낭자의 거주와 친족을 묻자
두 낭자는 자신들의 현세의 삶에 대해 이야기하기 한다.

예문의 내용을 보면, 아름답고 똑똑한 두 처녀가 아버지의 잘못된 판

---

20 〈최치원〉, 46~47쪽.

단에 의해 원치 않는 남성과 혼인을 할 수밖에 없는 상황에 처하게 되고, 두 처녀는 부친에게 혼사 약속을 번복할 것을 요청하다가 그 울적한 마음이 맺혀 요절하게 된 것으로 나타난다. 이런 점에서 서두에 나타나는 두 여귀의 죽음은 '닫힌 죽음'의 성격을 가진다.

그런데 이들이 최치원을 만나면서부터 서서히 그녀들의 죽음의 성격이 바뀌기 시작한다. 두 낭자가 간절히 바란 것은 자신들과 소통할 수 있는 어진 사람을 만나는 것이었다. 이러한 두 낭자의 현실적 바람이 해소되지 않고 한이 되어 허무하게 죽게 되자, 작가는 두 여인의 이 허무한 죽음을 극복하기 위해 무덤을 통한 사후생을 설정했다고 판단된다. 쌍녀분이라는 상징적 사후세계를 설정하여 산 자와 죽은 자의 소통이 지속적으로 나타나고, 이를 통해 허무한 죽음을 극복할 수 있도록 하고 있는 것이다. 두 여인은 죽음 후 사후생을 통해 새로운 인연을 만난다. 그리고 사후생의 기다림과 인연의 힘으로, 세계의 횡포에 의해 굴절되었던 자신의 운명을 되돌려 놓는데 성공한다.

이런 점에서 두 여귀가 죽은 후 쌍녀분의 작시 행위를 통해 최치원과 같은 지기를 만나는 것은 이들에게 새로운 삶이 시작될 수 있다는 점에서 '열린 죽음'의 성격으로 바뀔 가능성이 생겼다는 것을 의미한다. 작시를 통해 자신들의 마음을 주고받을 수 있는 지음을 만나 서로 공감하는 것을 통해 두 여귀의 한은 해소되기 때문이다. 따라서 두 여인이 죽은 이유가 밝혀지고 자신들이 원하는 이상적 남성인 최치원을 만난 이 시점이 두 여귀에게는 새로운 삶이 시작되는 순간이다. 전체 서사를 중심으로 보면, 이 부분은 서사의 중반 이후에서 결말부로 넘어가는 부분에 있지만, 여귀의 새로운 삶을 기점으로 본다면 이제부터가 진정한 삶의 시작이 되는 것이다.

또한 팔 낭자와 구 낭자는 죽음을 통해 자신들이 지향하는 정신적 가치를 드러내기도 한다. 그녀들이 죽고 나서야 그들이 꿈꾸었던 세계가 얼마나 크고 투명했는가가 드러나게 된다. 그리고 그 죽음은 초로(草露)와 같이 사라지는 허무한 죽음이 아니라, 사후생을 통해 연속되고 있다. 다만 恨이 맺혀 죽었기 때문에 무덤 속에서 편안하게 안식한 것이 아니라, 끊임없이 자신들과 소통할 만한 선비를 기다렸다. 그러다가 최치원이 작시를 하자 곧바로 그 시에 공감하며 화답한다. 이 소통과 공감을 통해 두 여귀의 죽음은 드디어 새로운 삶을 시작하는 '열린 죽음'으로 질적 변환을 거친다.

이와 같이 두 여귀의 죽음이 질적 변환을 거치면서 최치원과 두 여귀는 생사를 달리하는 이질적 존재들임에도 불구하고 연분을 맺는다.[21] 그 연분은 최치원의 제안에 의해 이루어지지만, 두 여귀 또한 매우 적극적이다. 이렇게 자신들이 원하는 남성과 연분을 맺은 두 여귀는 이제 모든 한이 해소된다. 두 여귀는 해원을 한 후에는 현실계와 가까이 있던 사후 세계에서 떠날 준비를 한다. 달이 지고 닭이 울자, 두 여귀는 최치원에게 '즐거움이 다하면 슬픔이 오고, 이별이 길어지면 만날 날이 가까워지는 것'이라고 한다. 그리고 하룻밤의 즐거움을 누리다가 이제부터 천 년의 길고 긴 한을 품게 되었다고 하며 기약 없는 이별을 고한다.[22] 이는 두 여귀가 사후생을 통해서나마 자신들이 꿈꾸던 이상적인 남성을 만나 해원을 하였기 때문에 보다 편안한 타계인 저승으로 가는 것을 뜻한다고 하겠다.

---

21 〈최치원〉, 49쪽.
22 〈최치원〉, 51쪽.

　두 여귀의 사후생과 소통하였던 최치원은, 이들과 이별 후 삶에 대한 새로운 태도를 보인다. 그는 과거를 통해 부귀영화를 꿈꾸었지만, 과거에 급제하고 고국으로 돌아오는 길에 읊은 시에서는 그러한 생각이 사그라들고 있다. 그는 "뜬 구름 같은 세상의 영화는 꿈 속의 꿈이니 / 하얀 구름 자욱한 곳에서 이 한 몸 좋이 깃들리라."라고 하여 완전히 삶에 대한 생각이 바뀐다. 쌍녀분의 두 여귀가 사후생의 기다림과 최치원의 시에 대한 공감 및 소통을 통해 새로운 삶의 길을 열었다면, 최치원은 그러한 사후 전재와의 기이한 만남을 통해 속세의 부귀영화를 버리고 몸과 정신의 자유를 찾게 된다.[23]

　〈최치원〉에 나타난 이러한 '닫힌 죽음'과 해원, 그리고 '열린 죽음'의 과정은, 〈수삽석남(首揷石枏)〉의 경우와 완전히 다르다. 〈수삽석남〉은 사랑하는 사람들이 부모의 반대 때문에 만나지 못하게 되자, 남주인공이 죽게 되고, 첩을 간절히 사랑한 최항이 죽어서 여인을 찾아가 만남을 지속한다. 이후 현실계의 산 사람과 사후의 죽은 사람이 별 장애 없이 사랑을 이어간다. 이러한 간절한 사랑으로 인해 죽은 최항이 다시 살아나 다시 현세의 삶을 이어가고 있다.

　〈최치원〉은 두 낭자가 부모에 의해 원하지 않는 남성과 혼인을 해야

23　〈최치원〉의 최치원이 보이는 이러한 태도는, 이보다 후대에 창작되는 김시습의 〈만복사저포기〉의 양생과 대조적이다. 두 작품 모두 기이, 환상, 죽음, 남녀의 사랑이 나타나지만, 마지막에 보이는 주인공의 태도는 사뭇 다르다. 〈최치원〉의 최치원이 과거 급제 후에는 속세를 돌면서 자유롭게 살고자 하는 모습을 보임에 비해, 〈만복사저포기〉의 양생의 경우에는 지리산에 들어가 살았는데 어떻게 죽었는지 그 뒷일을 아는 사람이 없는 '不知所終'으로 끝난다. 〈최치원〉의 최치원이 '자유'를 누림에 비해, 〈만복사저포기〉의 양생에게는 '회한'이 남았다는 차이가 있다. 이러한 차이는 삶과 죽음에 대한 문학적 이해가 특정 시대를 바탕으로 할 때 달라질 수 있다는 점을 의미한다. 그래서 비슷한 '죽음'을 다루면서도 개인적, 종교적, 국가 사회적 차원에 따라 다양하게 나타날 수 있다.

하는 것 때문에 한이 맺혀 죽은 후 사후생을 통해 이상적으로 생각하던 최치원을 만나 인연을 맺어 새로운 삶을 살다가 해원을 하고 다시 저승으로 돌아가는 이야기다. 이에 비해 〈수삽석남〉은 사랑하는 두 남녀가 부모의 반대 때문에 죽었던 남주인공 최항이, 첩을 사랑하는 마음이 너무나 간절하여 사령이 되어 여인을 찾아 다시 인연을 맺고, 그 사랑이 너무나 지극하여 죽었던 최항이 다시 살아나 현실의 삶이 다시 시작된다.[24] 〈최치원〉이 '현실 불만족 - 사후생 - 사후 해원 - 他界 사후생'의 과정을 거친다면, 〈수삽석남〉은 '현실 불만족 - 사후생 - 현실 만족'의 과정을 거친다.

5. 전기소설의 삶과 죽음, 세계에 대한 이해

앞서 논의한 바와 같이 전기소설에서는 현실의 삶이 매우 강조되어 있다. 그 현실의 삶이 얼마나 소중하고 간절한 것인가를 드러내기 위해 환상적인 奇異의 기법을 통해 사후생을 형상화하고 있다. 그래서 전기소설에서는 인물의 죽음에 임하여 '현실의 삶'과 '사후생'의 연속과 순환을 강조하기 위해 '무덤'이라고 하는 상징적 의례 외에 거창한 제의는 수반하지 않는 것으로 나타난다.

전기소설의 삶과 죽음은 이원적이면서 일원적이고, 일원적이면서 이

---

24 바로 이러한 점 때문에 이 작품은 사랑하는 사람을 잊지 못하는 간절함을 의미하는 새로운 고사성어로 재창조되었다. 이는 죽음이 두 남녀 주인공의 새로운 삶을 제시하였고, 그 간절한 마음에 정서적으로 공감한 독자들에 의해 '사랑하는 사람을 잊지 못하는 간절한 마음'을 뜻하는 고사성어로 세상에 회자되고 있다.

원적 세계의 특징을 가진다. 이는 사람의 영육의 자유로운 현신을 통해 현실과 사후의 경계를 무너뜨리기 위한 작가의 전략이다. 이 전략에 의해 현실계의 산 사람과 사후의 죽은 사람의 자유로운 만남과 인연이라는 환상적 기이가 창출된다.

전기소설에서 삶과 사후에 대한 이러한 연속적이고도 순환적인 소통을 통해 작가가 말하고자 하는 것은 무엇이었을까? 그것은 조금 전에 언급한 바 있는 '현실의 삶'을 강조하기 위한 것이다. 그런데 여기서 말하는 '현실의 삶을 강조'한다는 것은 무슨 의미일까? 그것은 바로 '현실의 불만족', 즉 현실 세계의 결핍을 강조하는 것이다. 또는 현실 세계의 부당한 횡포나 억압일 수도 있다.

그렇다면 사후생에서는 어떻게 이 현실의 삶을 강조하고 시정하는가? 아주 쉽게는 '현실의 결핍'을 '사후 충족'으로 바꾸어서, 주인공이 현실에서 이루려고 한 바가 무엇인가를 선명하게 부각하는 것이다. 그래서 궁극적으로는 '사후에 충족되어야 할 꿈이나 이상'이 '현실에서 충족되어야 할 꿈이나 이상'이 되어야 한다는 역설이다. 그래서 전기소설에서는 현실의 삶 못지않게 사후의 삶이 중요한 가치를 가지고 있는 것으로 형상화된다. 하지만 이 또한 궁극적으로는 결핍된 현실을 충족으로 바꾸거나, 불합리한 현실을 바로잡기 위한 고도의 트릭임을 잊어서는 안 된다.

그래서일까? 전기소설에서는 비일상적, 비현실적, 환상적, 기이한 일들이 곳곳에 퍼져 있어도 독자에게 전달되는 의미나 이미지는 비교적 분명하다. 비일상적, 비현실적, 환상적, 기이함이 향하는 좌표가 '불만족스러운 현실', '현실의 개선'을 향하고 있기 때문이다. 이런 점에서 전기소설의 奇異나 幻想을 사실적 기이와 환상, 현실적 기이와 환상,

합리적 기이와 환상으로 치환하여 독해해도 좋을 듯하다. 왜냐하면 기이와 환상이 결국은 '사실, 현실, 합리'를 지향하기 때문이다.

6. 결론

'죽음'이라는 물리적 현상은 하나이지만, 이를 바라보고 해석하는 것은 시대마다, 또 개인적, 사회적, 국가적, 종교적 성향에 따라 달리 나타날 수 있다. 이 글은 초기 전기소설인 〈김현감호〉와 〈최치원〉에 나타난 죽음의 의미를, 작품 속 인물들의 인연, 운명, 세계에 대한 이해 차원에서 다각도로 살펴보았다. 다만 당시의 거창한 종교적 배경이나 사회적 관습, 국가적 문제 등을 특별히 부각시키지는 않았다. 대신 서사 문면에 나타나는 인물들의 말이나 행동을 통해 드러나는 편린 하나하나에 묻어나는 작가와 인물들의 생각에 초점을 맞추었다.

먼저 〈김현감호〉에서는 주체의 죽음이 타자를 살리는 '새로운 생명의 죽음', '열린 죽음'이 될 수 있다는 점을 살펴보았다. 호녀의 죽음을 두고 사랑하는 사람을 위한 '낭만적 죽음', '희생의 죽음'으로 독해할 수도 있다. 하지만 그러기에는 호녀가 내세우는 자신의 죽음의 의미나 작가가 마지막에 제시하고 있는 철학적 주제가 너무나 무겁다. 호녀는 자신의 죽음에 대해 천상적, 현실적, 개인적 층위의 세 가지 근거를 제시하고 있다. 이 세 가지 근거에 의해 호녀는 자신이 죽어서 자신이 사랑하는 김현과 세 오빠들을 살린다. 이런 점에서 호녀의 죽음은 '새로운 생명의 죽음'이다. 생명을 살리는 죽음이라는 점에서 그녀의 죽음은 '열린 죽음'이다. 그 죽음은 김현에 대한 호녀의 보은으로 촉발된 죽음이었고,

호녀의 죽음 후 김현의 보은이라는 信의 문제로 귀결된다. 그리고 이러한 두 남녀의 보은과 信의 과정을 통해 두 인물은 '불도에의 귀의'라고 하는 고차원적이고 깊이 있는 통찰과 깨달음을 얻는 것으로 나타난다.

〈최치원〉에서는 '쌍녀분'이라는 상징적 공간을 매개로 하여 팔 낭자와 구 낭자가 현실에서 꿈꾸었던 세계가 얼마나 크고 투명했는가를 드러내고 있다는 점을 살펴보았다. '쌍녀분' 속 두 여귀는 현생에서 그 이상을 실현하지 못하여 억울하게 죽은 인물들이었다. 이런 점에서 이들의 죽음은 '닫힌 죽음'이 된다. 그런데 자신들의 무덤에 작시를 하는 최치원이 자신들이 꿈꾸었던 지음임을 알고 적극적으로 소통한 후에 인연을 맺은 후에는 그 죽음의 성격이 서서히 바뀌게 된다. 자신들이 현생에서 꿈꾸었던 이상을 사후생을 통해 실현하여 해원을 한 결과 '열린 죽음'이라는 질적 변환을 거치게 되는 것으로 나타난다.

이러한 논의를 통해 알 수 있었던 것은, 전기소설에서는 '죽음'이나 '사후'의 이야기가 기이의 환상적 수법을 통해 강조되어 있기는 하지만, 궁극적으로 이야기하고자 하는 바는 이 모든 것이 현실적 삶의 소중함을 드러내기 위한 장치요 과정이라는 점이다. 특히 비교적 종교적 색채가 약한 〈최치원〉의 경우 이러한 성격이 두드러지고 있다. 이러한 현실성의 경조는 보다 후대에 양산되는 〈만복사저포기〉를 비롯한 전기소설에서도 비중 있게 드러난다.

참고문헌

【〈송부인전〉의 창작관습과 서사 전략 】

김광순, 「송부인젼 구조의 분석적 고찰」, 『여성문제연구』 10집, 대구효성가톨릭대
　　　학교 사회과학연구소, 1981.
김소라, 「송부인젼 연구 – 여성의 시련과 자매애」, 『문학과 언어』 29집, 문학과
　　　언어학회, 2007.
김용기, 「원형 스토리의 변형과 교구를 통해서 본 영이록의 특징」, 『고전문학연구』
　　　43집, 한국고전문학회, 2013쪽.
_____, 「원형 스토리와 매개 스토리를 통한 이황 등장 설화의 스토리텔링」, 『구비
　　　문학연구』 38집, 한국구비문학회.
김재웅, 「영남 지역 필사본 고소설에 나타난 여성 향유층의 욕망」, 『한국고전여성
　　　문학연구』, 한국고전여성문학회, 2008.
김정희, 『스토리텔링으로 보는 콘텐츠 기획』, 한국외국어대학교 출판부, 2010.
김진경, 「송부인전 연구」, 인제대학교 교육대학원 석사학위논문, 2013.
박기현, 「암행형 설화의 유형적 특성 연구」, 『동남어문논집』 36집, 동남어문학회.
박은정, 「송부인전에 나타난 가부장의 위상과 가족의 재구성」, 『민족문화논총』 58
　　　집, 영남대학교민족문화연구소, 2014.
박진아, 「송부인전에서 모함 모티프가 나타나는 양상과 그 의의」, 『국학연구론총』
　　　14집, 택민국학연구원, 2014.
_____ 역주, 『김광순 소장 필사본 고소설 100선 〈송부인전·금방울전〉』, 도서출판
　　　박이정, 2014.
이상택, 「燕京圖書館本 한국고소설에 관한 일연구」, 『관악어문연구』 16집, 서울대
　　　학교 국어국문학과, 1991.
장시광, 「〈소현성록〉 연작의 여성수난담과 그 의미」, 『우리문학연구』 28집, 우리
　　　문학회, 2009.
_____, 「〈현몽쌍룡기〉 연작에 형상화된 여성수난담의 14성격」, 『국어국문학』 152
　　　호, 국어국문학회, 2009.

조동일, 「英雄의 一生, 그 文學史的 展開」, 『東亞文化』 10집, 서울대학교 동아문화
　　　연구소, 1971.
진중권, 『이미지 인문학』, 천년의 상상, 2015.
클라우스포그, 크리스티안 부츠, 바리스 야카보루 지음, 황신웅 옮김, 『스토리텔링
　　　의 기술 : 어떻게 만들고 적용할 것인가?』, 멘토르, 2012.

【 황중윤의 〈사대기〉에 나타난 현실적 국가관 】

김동협, 「四代紀 考察」, 『論文集』 8집, 동국대학교 경주캠퍼스, 1989.
_____, 「玉皇紀 考察」, 『동방학문학』 5호, 동방한문학회, 1989.
_____, 「황중윤 소설 연구」, 경북대학교 박사학위논문, 1990.
_____ 역주, 『사대기』, 박이정, 2015.
김인경·조지형 옮김, 『황중윤 한문소설 逸史·三皇演義』, 새문사, 2014.
성백효 역주, 『孟子集註』, 전통문화연구회, 1996.
염정삼 역, 『說文解字注 부수자 역해』, 서울대출판부, 2008.
이상택, 『한국 고전소설의 세계』, 돌베개, 2005.
조안나, 「四代紀의 표현특질과 주제의식」, 고려대학교 대학원 석사학위논문, 2013.
許愼 撰, 『說文解字注』, 十一篇下, '燕'部, 상해고적출판, 1988.
황중윤 著, 김동협 編, 『黃東溟小說集』, 문학과 언어연구회, 1984.

【 〈옥황기〉의 천명과 권선징악에 나타난 작가의식 】

강재철, 「고소설의 懲惡樣相과 意義」, 『동양학』 33집, 단국대학교 동양학연구소,
　　　2003.
_____, 「勸善懲惡 理論의 傳統과 古典小說」, 인하대학교 대학원 박사학위논문,
　　　1993.
김동협, 「四大紀 考察」, 『論文集』 8집, 동국대학교 경주캠퍼스, 1989.
_____, 「玉皇紀 考察」, 『동방학문학』 5호, 동방한문학회, 1989.
_____, 「황중윤 소설 연구」, 경북대학교 박사학위논문, 1990.

김동협 역주, 『사대기』, 박이정, 2015.

김용기, 「황중윤의 〈사대기〉 연구—왕조교체의 특징을 중심으로」, 한국어문교육연 구회 제210회 학술대회, 2017.

김인경·조지형 옮김, 『황중윤 한문소설 逸史·三皇演義』, 새문사, 2014.

조동일, 『한국소설의 이론』, 지식산업사, 1994.

조안나, 「四大紀의 표현특질과 주제의식」, 고려대학교 대학원 석사학위논문, 2013.

『書傳』 卷第七 「周書」 〈大誥〉. 保景文化社, 1990.

李家源 감수, 『書經』, 홍신문화사, 1991.

황중윤 著, 김동협 編, 『黃東溟小說集』, 문학과 언어연구회, 1984.

【〈화문록〉의 서술방식과 주제의식의 관계】

강인범, 「화문록의 서술기법과 주제의식」, 고려대학교 석사학위논문, 1994.

김도경, 「화문녹연구」, 세종대학교 석사학위논문, 1989.

김열규 외, 『고전문학을 찾아서』, 문학과 지성사, 1991.

김탁환, 「사씨남정기계 소설 연구」, 서울대학교 석사학위논문, 1993.

두창구, 「화문녹의 연구」, 『관동어문학』 4집, 1985.

박순임, 「고전소설에 나타난 처첩관계 갈등」, 한국학중앙연구원 박사학위논문, 1990.

박은정, 「소운성을 통해서 본 〈소현성록〉의 성장소설적 성격」, 『어문학』 108집, 한국어문학회, 2010.

이수봉, 「화문록연구」, 『개신어문연구』 1집, 충북대학교 개신어문연구회, 1981.

_____, 『한국가문소설연구』, 경인문화사, 1992.

이순우, 「화문록 연구」, 『한국고전연구』 2집, 한국고전연구학회, 1996.

이지영, 「화문록의 텍스트 형성 및 서술시각에 대한 고찰」, 『한국고전여성문학연구』 23집, 한국고전여성문학회, 2011.

이창헌, 「고전소설의 혼사장애구조와 유형에 관한 연구」, 서울대학교 석사학위논 문, 1987.

임치균, 송석욱 역 〈화문록〉, 한국학중앙연구원 출판부, 2011.

정병욱, 「이조말기 소설의 유형적 특징」, 『문화비평』 봄호, 1969.
정영신, 「화문록의 인물 갈등과 옹호에서 보여지는 환상성과 페미니즘적 성격」,
　　　『동방학』 12집, 한서대학교 동양고전연구소, 2006.
차충환, 「화문록의 성격과 장편 규방소설에 접근 양상」, 『인문학연구』 7호, 경희대
　　　인문학연구소, 2003.

【 〈태원지〉의 해양 표류와 島嶼間 이동의 의미 】

박재연, 『中國小說繪模本』, 강원대학교출판부, 1993.
임치균 교주, 『太原誌』, 한국학중앙연구원출판부, 2010.
_____, 배영환 역, 『태원지』, 한국학중앙연구원, 2010.

김경미, 「타자의 서사, 타자화의 서사, 〈홍길동전〉」, 『고소설연구』 30집, 한국고소
　　　설학회, 2010.
김용기, 「태원지의 서사적 특징과 왕조교체」, 『고소설연구』 34집, 한국고소설학
　　　회, 2012.
김진세, 「태원지攷-李朝後期 社會人들의 Utopia를 中心으로-」, 『영남대학교논
　　　문집』 1·2 합집, 영남대학교, 1968.
_____, 『太原誌』, 사단법인 국학자료보존회, 1980, 서문(Ⅰ-Ⅷ쪽).
민관동, 「중국고전소설의 한글 번역문제」, 『고소설연구』 5집, 한국고소설학회,
　　　1998.
_____, 『중국 고전소설의 전파와 수용-한국편-』, 아세아문화사, 2007.
吳淳邦, 「韓日學者研究中國小說的一些優勢」, 『중국소설논총』 14집, 한국중국소설
　　　학회, 2001, 255~266쪽.
임치균, 「태원지 연구」, 『고전문학연구』 35집, 한국고전문학회, 2009.
정병욱, 「樂善齋文庫 目錄 및 解題를 내면서」, 『국어국문학』 44·45 합병호, 국어
　　　국문학회, 1969.
曹喜雄, 「樂善齋本 飜譯小說 研究」, 『국어국문학』 62·63 합병호, 1973.
허순우, 「중화주의 균열이 초래한 주체의식의 혼란과 극복의 서사-〈태원지〉-」,
　　　『고소설연구』 33집, 한국고소설학회, 2012.

홍현성, 「太原誌 시공간 구성의 성격과 의미」, 『고소설연구』 29집, 한국고소설학
　　회, 2010.

【 홍세태 〈김영철전〉에 나타난 세 가지 폭력과 문학사적 의미 】

권혁래, 「나손본 김철전의 사실성과 여성적 시각의 면모」, 『고전문학연구』 15집,
　　한국고전문학회, 1999.
＿＿＿, 「김영철전의 작가와 작가의식」, 『고소설연구』 22집, 한국고소설학회,
　　2006.
＿＿＿, 「보상과 리더십의 관점에서 본 김영철전」, 『동양문화연구』 19집, 영산대학
　　교 동양문화연구원, 2014.
김용기, 「최척전의 동아시아 전란 디아스포라와 그 특징」, 『고전문학과 교육』 30
　　집, 한국고전문학교육학회, 2015.
김진규, 「김영철전 역해」, 『새얼 어문논집』 12집, 새얼어문학회, 1999.
＿＿＿, 「김영철전의 포로소설적 성격」, 『새얼 어문논집』 13집, 새얼어문학회,
　　2000.
박희병, 「17세기 동아시아의 전란과 민중의 삶」, 김학성 · 최원식 외, 『한국근대문
　　학사의 쟁점』, 창작과비평사, 1990.
＿＿＿, 標點 · 校釋, 『한국한문소설 교합 구해』, 소명출판, 2005.
＿＿＿ · 정길수 편역, 〈김영철전〉, 『전란의 소용돌이 속에서』, 돌베개, 2007.
서인석, 「국문본 김영텰뎐의 이본적 위상과 특징」, 『국어국문학』 157호, 국어국문
　　학회, 2011.
서신혜, 「17세기 전쟁서사의 소설사적 특성과 의의」, 『동방학』 30집, 한서대학교부
　　설 동양고전연구소, 2014.
성해응, 「魯認,金英哲,崔陟」, 『研經齋全集』 권54, 오성사 영인, 1982.
송하준, 「조선후기 역사소설의 변모양상과 주제의식」, 고려대학교대학원 박사학
　　위논문, 2004.
＿＿＿, 「새로 발견된 한문필사본 김영철전의 자료적 가치」, 『고소설연구』 35집,
　　한국고소설학회, 2013.
양승민, 「김영철전의 형상화 방식과 그 작가의식」, 『국어국문학』 138호, 국어국문

학회, 2004.

양승민·박재연, 「원작 계열 김영철전의 발견과 그 자료적 가치」, 『고소설연구』 18집, 한국고소설학회, 2004.

엄태식, 「김영철전의 서사적 특징과 서술 시각」, 『한국고전연구』 24집, 한국고전연구학회, 2011.

이민희, 「전쟁 소재 역사소설에서의 만남과 이산의 주체와 타자-최척전, 김영철전, 강로전을 중심으로-」, 『국문학연구』 17호, 국문학회, 2008.

_____, 「기억과 망각의 서사로서의 만주 배경 17세기 소재 역사소설 읽기-최척전, 강로전, 김영철전을 중심으로-」, 『만주연구』 11집, 만주학회, 2011.

이승수, 「김영철전의 갈래와 독법-홍세태의 작품을 중심으로-」, 『정신문화연구』 30권 2호, 한국학중앙연구원, 2007.

윤인진, 「코리안 디아스포라 - 재외한인의 이주, 적응, 정체성」, 『한국사회학』 37-4, 한국사회학회, 2003.

윤지훈, 「삽교 안석경의 기록정신과 김영철전」, 『동방한문학』 39집, 동방한문학회, 2009.

정출헌, 「고전소설에서의 현실주의 논의 검토-15세기 금오신화에서 18세기 초 김영철전까지-, 『민족문학사연구』 2권 1호, 민족문학사학회, 1992.

한정미, 「김영철전에 나타난 이방인의 형상」, 『이화어문논집』 30집, 이화어문학회, 2012.

홍세태, 「柳下集」 卷九, 影印標點, 『한국문집총간』 167, 민족문화추진회, 1996.

Berry, John, "Finding Identity : Segregation, Integration, Assimilation or Marginality?", *Ethnic Canada: Identities and Inequalities*, edited by Leo Driedger. Toronto: Copp Clark Pitman, 1987.

【 못난 사위 성공담의 리텔링을 통한 문학치료 】

권영호 역주, 『낙성비룡』, 박이정, 2015.

김교봉, 「바보 사위 설화의 희극미와 그 의미」, 흔민崔正如博士頌壽紀念論叢編纂委員會 편, 『民俗語文論叢』, 계명대학교출판부, 1983.

김용기, 「원형스토리의 변형과 교구를 통해서 본 〈영이록〉의 특징」, 『고전문학연구』 43집, 한국고전문학회, 2013.

김용기, 「회복적 대화를 통한 고소설의 인물 갈등 치료-〈소현성록〉의 소현성과 소운성 부주를 중심으로-」, 『문학치료연구』 33집, 한국문학치료학회, 2014.

김홍균, 「'못마땅한 사위'형 소설의 형성과 변모양상」, 『정신문화연구85』 겨울호 통권 27호, 정신문화연구원, 1985.

변학수, 『문학치료』, 학지사, 2015.

서대석, 『군담소설의 구조와 배경』, 이화여자대학교 출판부, 1985.

서사와문학치료연구소 편, 『행복한 삶과 문학치료』, 쿠북, 2016.

서인석, 「장경전」, 김진세 편, 『한국고전소설작품론』, 집문당, 1990.

유강하, 『고전 다시 쓰기와 문화 리텔링』, 단비, 2017.

이윤석·김유경 교주, 『현수문전·소대성전·장경전』, 이회, 2005.

임치균·이래호 역, 『영이록』, 한국학중앙연구원출판부, 2010.

정운채, 「주역의 인간 해석 체계와 문학치료의 이론적 구조화」, 정운채, 『문학치료 의 이론적 기초』, 도서출판 문학과 치료, 2006.

_____, 「고전문학 교육과 문학치료」, 정운채, 『문학치료의 이론적 기초』, 도서출 판 문학과 치료, 2006.

조동일, 「영웅의 일생, 그 문학사적 전개」, 『동아문화』 10집, 서울대학교 동아문화 연구소, 1971.

_____, 『한국소설의 이론』, 지식산업사, 1994.

현혜경, 「고전소설에 나타나는 지감화소의 성격과 의미 – 〈소대성전〉, 〈낙성비룡〉, 〈신유복전〉을 중심으로」, 『국어국문학』 102집, 국어국문학회, 1989.

_____, 「지인지감유형 고전소설 연구」, 이화여자대학교 박사학위논문, 1990.

【 天文·人文의 관계를 통한 〈소대성전〉과 〈용문전〉의 선·악 비교 】

신해진, 「완판 38장본 〈용문전〉 해제 및 교주」, 『고전과 해석』 7집, 고전문학한문 학연구학회, 2009.

_____, 「완판 43장본 〈蘇大成傳〉 해제 및 교주」, 『고전과 해석』 4집, 고전문학한 문학연구학회, 2008.

완판 43장본 〈소대성전〉.

『한국고전소설판각본자료집1』, 국학자료원, 1994.

小田幾五郎 著, 栗田英二 譯註, 『象胥紀聞』, 이회문화사, 2005.

『周易』 '賁卦' 편.

許慎 著, 염정삼 역해, 『說文解字注』, 서울대학교출판부, 2008.

강재철, 「고소설의 懲惡樣相과 意識」, 『동양학』 33집, 단국대학교 동양학연구소, 2003.

_____, 『권선징악 이론의 전통과 고소설의 비평적 성찰』, 단국대학교출판부, 2012.

김도환, 「〈낙성비룡〉의 구성적 특징과 소설사적 위상-〈소대성전〉과의 비교 검토를 통해서-」, 『Journal of Korean Culture』 18, 한국어문학국제학술포럼, 2011.

김동욱, 「〈소대성전〉의 주인공 소대성의 인물 형상 연구」, 『고전문학연구』 50집, 한국고전문학회, 2016.

김서윤, 「〈용문전〉의 자아실현 서사와 그 교육적 활용 방안」, 『고전문학과 교육』 36집, 한국고전문학교육학회, 2017.

김용기, 「옥루몽의 문화적 융합과 서사지향」, 『다문화콘텐츠연구』 15집, 문화콘텐츠기술연구원, 2013.

_____, 「심성론으로 본 〈사씨남정기〉의 인물 선·악 문제」, 『우리문학연구』 54집, 우리문학회, 2017.

김현양, 「〈소대성전〉의 서사체계와 소설적 특성」, 『연세어문학』 26집, 연세대 국어국문학과, 1994.

박혜인, 「용문전 속 귀화인 인식 연구-'이민족 영웅'의 형상화를 중심으로-」, 『이화어문논집』 42집, 이화어문학회, 2017.

서경희, 「소대성전의 서지학적 접근」, 이화여대 석사학위논문, 1998.

_____, 「〈용문전〉의 서지와 유통」, 『이화어문론집』 16집, 이화어문학회, 1998.

서혜은, 「경판 〈소대성전〉의 대중화 양상과 그 향유 의식」, 『한국사상과 문화』, 한국사상문화학회, 2014.

엄태웅, 「〈소대성전〉, 〈용문전〉의 경판본에서 완판본으로의 변모 양상-촉한정통론과 대명의리론의 강화를 중심으로-」, 『우리어문연구』 41집, 우리어문학회, 2011.

이대형, 「〈소대성전〉의 한문본 〈대봉기〉 연구」, 『열상고전연구』 34집, 열상고전연구회, 2011.

이명현, 「〈용문전〉에 나타난 유교규범과 천명」, 『語文論集』 28집, 중앙어문학회, 2000.

이복규, 「〈소대성전〉 방각본 검토」, 『국제대학논문집』 8집, 국제대학교, 1980.

이원수, 「〈용문전〉의 일고찰-조선후기 가치관의 전환과정을 중심으로-」, 『국어교육연구』 16집, 국어교육학회, 1984.

_____, 「〈소대성전〉과 〈용문전〉의 관계-〈용문전〉 이본고를 겸하여-」, 『어문학』 46집, 한국어문학회, 1985.

이유진, 「신자료 〈소대성전〉 이본의 현황과 서사적 특징-경기대학교 소장본·필암서원 소장본을 중심으로-」, 『고소설연구』 43집, 한국고소설학회, 2017.

_____, 「신자료 한문본 〈소대성전〉의 발굴과 의미」, 『정신문화연구』 40집, 한국학중앙연구원, 2017.

이지하, 「〈용문전〉 연구」, 『관악어문연구』 14집, 서울대국어국문학과, 1989.

임성래, 「완판 〈소대성전〉의 대중소설적 기법」, 『열상고전연구』 10집, 열상고전연구회, 1997.

조희웅, 「〈낙성비룡〉과 〈소대성전〉의 비교 고찰」, 『관악어문연구』 3집, 서울대 국어국문학과, 1978.

이원수, 「〈소대성전〉과 〈용문전〉의 관계-〈용문전〉 이본고를 겸하여-」, 『어문학』 46집, 한국어문학회, 1985.

르네 웰렉·오스틴 워렌 저, 이경수 역, 『문학의 이론』, 문예출판사, 1995, 131쪽.

M.엘리아데 저, 이은봉 역, 『聖과 俗』, 한길사, 1998.

【〈최척전〉의 동아시아 전란 디아스포라와 그 특징】

강동엽, 「최척전에 나타난 임진왜란과 동아시아」, 『어문론총』 41호, 한국문학언어학회, 2004.

강진옥, 「최척전에 나타난 고난과 구원의 문제」, 『이화어문논집』 8집, 이화어문학회, 1986.

권혁래, 「최척전의 이본 연구 - 국문본의 성격을 중심으로」, 『고전문학연구』 18집,
　　　한국고전문학회, 2000.

＿＿＿, 「최척전에 그려진 '유랑'의 의미」, 『국어국문학』 150집, 국어국문학회,
　　　2008.

김청아, 「최척전에 나타난 離合의 다중구조 양상과 그 의미」, 『인문학연구』 통권
　　　86호, 충남대학교 인문과학연구소, 2012.

김현양, 「최척전, '희망'과 '연대'의 서사 - '불교적 요소'와 '인간애'의 의미층위에
　　　대한 주체적 해석-」, 『열상고전연구』 24집, 열상고전연구회, 2006.

나금자, 「최척전의 여주인공 '옥영'의 형상화를 통해 본 작자의 소망과 치유-홍도
　　　전과의 비교를 통하여-」, 『인문학논총』 19집, 서울여자대학교 인문과학
　　　연구소, 2010.

민영대, 「최척전에 나타난 작자의 애정관」, 『국어국문학』 98집, 국어국문학회,
　　　1987.

＿＿＿, 「최척전 고 - 작자의 체험반영과 용의주도한 작품구성-」, 『고소설연구』
　　　6집, 한국고소설학회, 1998.

＿＿＿, 「최척전에 나타나는 중국적 요소와 작자의 의도」, 『한국언어문학』 66지,
　　　한국언어문학회, 2008.

박일용, 「장르론적 관점에서 본 최척전의 특징과 소설사적 위상」, 『고전문학연구』
　　　5집, 한국고전문학회, 1990.

박희병, 「최척전-16,7세기 동아시아의 전란과 가족이산」, 김진세 편, 『한국고전소
　　　설작품론』, 집문당, 1990.

＿＿＿ 標點·校釋〈최척전〉, 『韓國漢文小說 校合句解』, 소명출판사, 2005.

신선희, 「전란이 낳은 이방인의 삶 - 최척전」, 『장안논총』 33집, 장안대학교, 2012.

신태수, 「최척전에 나타난 공간의 형상」, 『한민족어문학』 51집, 한민족어문학회,
　　　2007.

신해진, 「최척전에서의 '장육불'의 기능과 의미」, 『어문논집』 35집, 안암어문학회,
　　　1996.

신형식, 「고구려 유민의 동향」, 『민족발전연구』 11·12호, 중앙대학교 민족연구발
　　　전연구원, 2005.

양승민, 「최척전의 창작동인과 소통과정」, 『고소설연구』 9집, 한국고소설학회, 2000.

윤명철, 「한민족 역사 속에서 디아스포라의 의미와 성격」, 『한민족연구』 7호, 한국

민족학회, 2009.

윤인진, 「코리안 디아스포라 - 재외한인의 이주, 적응, 정체성」, 『한국사회학』 37
　　　집 4호, 한국사회학회, 2003.

지연숙, 「최척전 이본의 두 계열과 선본」, 『고소설연구』 17집, 한국고소설학회,
　　　2004.

이대형·유춘동, 「최척전의 이본, 〈三國奇峰에 대한 연구」, 『고소설연구』 34집,
　　　한국고소설학회, 2012.

이필준, 「최척전의 필사본 비교와 작품의 분석 연구」, 『국어문학』 53집, 국어문학
　　　회, 2012.

임채완·전형권 저, 『재외한인과 글로벌 네트워크』, 한울아카데미, 2006.

장효현, 「최척전의 창작 기반」, 『고전과 해석』 8집, 고전문학한문학연구학회, 2006.

정성호, 「코리안 디아스포라 : 공동체에서 네트워크로」, 『한국인구학』 31권 3호,
　　　한국인구학회, 2008.

정출헌, 「임진왜란과 전쟁포로, 굴절된 기억과 서사적 재구」, 『민족문화』 41집,
　　　한국고전번역원, 2013.

정환국, 「17세기 애정류 한문소설 연구」, 성균관대학교 박사학위논문, 1999.

진재교, 「越境과 敍事-동아시아의 서사 체험과 '이웃'의 기억-최척전 독법의 한
　　　사례」, 『한국한문학연구』 46집, 한국한문학회, 2010.

최원오, 「17세기 서사문학에 나타난 越境의 양상과 超國的 공간의 출현」, 『고전문
　　　학연구』 36집, 한국고전문학회, 2009.

Berry, John. 1987. "Finding Identity : Segregation, Integration, Assimilation
　　　or Marginality?" *Ethnic Canada: Identities and Inequalities, edited*
　　　by Leo Driedger, Toronto: Copp Clark Pitman.

【 회복적 대화를 통한 고소설의 인물 갈등 치료 】

정선희 역주, 『소현성록2』, 소명출판사, 2010.

＿＿＿ 외 역주, 『소현성록4』, 소명출판사, 2010.

조혜란, 정선희 역주, 『소현성록1』, 소명출판사, 2010.

최수현, 허순우 역주, 『소현성록3』, 소명출판사, 2010.

경기도 청소년활동진흥센터, 『창의적 체험활동 프로그램집』, 하상출판사, 2011.

구인환 외, 『문학 교수·학습 방법론』, 삼지원, 1998.

권성민, 「옥소 권섭의 국문시가 연구」, 서울대학교 석사학위논문, 1992.

김경희, 『정서란 무엇인가』, 민음사, 1997.

김용기, 「출생담을 통해서 본 소현성록 가문의식의 발현 양상」, 『고전문학과 교육』
        21집, 한국고전문학교육학회, 2011.

노정화, 「고전소설에 나타난 아동의 반응과 그 교육적 의미」, 건국대학교 교육대학
        원 석사학위논문, 2002.

박영희, 「〈蘇賢聖錄〉 連作 研究」, 이화여자대학교 박사학위논문, 1993.

박일용, 「소현성록의 서술시각과 작품에 투영된 이념적 편견」, 『한국고전연구』14
        집, 한국고전연구학회, 2006.

박은정, 「'소운성'을 통해서본 〈소현성록〉의 성장소설적 성격」, 『어문학』108집,
        한국어문학회, 2010.

서인석, 「조선 중기 소설사의 변모와 유교 사상」, 『민족문화논총』43집, 영남대학
        교, 2009.

송성욱, 『조선시대 대하소설의 서사문법과 창작의식』, 태학사, 2003.

양민정, 「소현성록에 나타난 여가장의 역할과 사회적 의미」, 『외국문학연구』12호,
        한국외국어대학교 외국문학연구소, 2002.

이승복, 「처첩갈등을 통해서 본 가정소설과 가문소설의 관련양상」, 서울대학교 박
        사학위논문, 1995.

_____, 『고전소설과 가문의식』, 월인, 2000.

이종원, 「응보적 정의와 회복적 정의 - 사형제도를 중심으로-」, 『신학과 실천』 28
        집, 한국실천신학회, 2011.

이희정, 「반응중심의 문학 토의 학습」, 초등국어교육학회 편, 『읽기 수업방법』,
        박이정, 1996.

임치균, 「〈소현성록〉 연구」, 『한국문화』16집, 서울대학교 한국문화연구소, 1995.

_____, 『조선조 대장편 소설 연구』, 태학사, 1996.

장시광, 「소현성록 여성반동인물의 행위 양상과 그 의미」, 『여성문학연구』11집,
        한국여성문학학회, 2004.

장시광, 「소현성록 연작의 여성수난담과 그 의미」, 『우리문학연구』 28집, 우리문학
　　　　회, 2009.

전영숙, 「바리공주를 활용한 문학치료의 실제 및 그 교육적 활용방안 연구」, 건국
　　　　대학교 박사학위논문, 2004.

정선희, 「소현성록 연작의 남성 인물 고찰」, 『한국고전연구』 12집, 한국고전연구학
　　　　회, 2005.

정운채, 『문학치료의 이론적 기초』, 문학과치료, 2006.

_____, 「문학치료학의 서사 및 서사의 주체와 문학연구의 새 지평」, 『문학치료연
　　　　구』 21집, 한국문학치료학회, 2011.

정창권, 「소현성록의 여성주의적 성격과 의의-장편 규방소설의 형성과 관련하여-」,
　　　　『고소설연구』 4집, 1998.

조광국, 「소현성록의 벌열 성향에 관한 고찰」, 『온지논총』 7집, 온지학회, 2001.

조혜원, 「옥루몽에 대한 아동의 반응과 그 교육적 의미」, 건국대학교 교육대학원
　　　　석사학위논문, 2003.

최기숙, 『17세기 장편소설 연구』, 월인, 1999.

한길연, 「대하소설의 요약 모티프 연구-미혼단과 개용단을 중심으로-」, 『고소설
　　　　연구』 25집, 한국고소설학회, 2008.

【 심성론으로 본 〈사씨남정기〉의 인물 선·악 문제 】

〈南征記〉, 金光淳 所藏 筆寫本, 『韓國古小說全集』 11권, 景仁文化社, 1993.

老子, 『道德經』, 第四十六章 ‘天下有道’.

『孟子』 「離婁章句」 上 二十六章.

『書傳』 卷第二, 「虞書」 〈大禹謨〉.

『禮記』 「樂記篇」.

『二程全書』 一册, 「遺書」 卷二十四.

程敏政, 『心經附註』 卷一.

〈사씨남정기〉, 仁川大學 民族文化硏究所 編, 『舊活字本 古小說全集』 21권, 仁川大
　　　　學 民族文化硏究所 資料叢書刊行委員會, 1984.

_____, 『韓國古典小說板刻本資料集』 卷4, 國學資料院, 1994.

『中庸章句』序.

崔鳳永, 「韓國人의 社會的 性格 Ⅱ」, 느티나무, 1995.

강재철, 「고소설의 懲惡樣相과 意義」, 『東洋學』 33집, 단국대학교동양학연구소, 2003.

김미령, 「〈사씨남정기〉에 담긴 혐오적 시선」, 『국학연구론총』 17집, 택민국학연구원, 2016.

김용숙, 〈사씨남정기를 통해 본 이조여성생활〉, 「김만중연구」, 새문사, 1983.

김홍균, 「낙선재본 장편소설에 나타난 선·악관의 심성론적 검토」, 『정신문화연구』 14권 3호 통권 44호, 한국정신문화연구원, 1991.

박대복, 「고소설에 수용된 민간신앙 연구」, 중앙대학교 대학원 박사학위논문, 1989.12.

신재홍, 「〈사씨남정기〉의 선·악 구도」, 『한국문학연구』 2호, 고려대학교 민족문화연구원 한국문학연구소, 2001.

신해진, 「〈사씨남정기〉 교 씨의 인물형상과 의미-형상의 소종래를 중심으로-」, 『고전과해석』 11집, 고전문학한문학연구학회, 2011.

우연상, 「〈사씨남정기〉의 악 개념에 대한 철학적 분석」, 『존재론 연구』 29집, 한국하이데거학회, 2012.

이금희, 「〈사씨남정기〉에 나타난 서포의 여성관」, 『국어교육』 69·70합집, 한국국어교육연구회, 1988.

이상구, 「〈사씨남정기〉의 작품구조와 인물 형상」, 정규복 외, 『김만중문학연구』, 국학자료원, 1993.

이상일, 「〈사씨남정기〉에 나타난 선·악 대립 구조와 비평적 가치화 방법」, 『국어교육연구』 42집, 국어교육학회, 2008.

張德順, 「古代小說의 惡女들」, 『韓國古典文學의 理解』, 박이정, 1995.

조현우, 「〈사씨남정기〉의 악녀 형상과 그 소설사적 의미」, 『한국고전여성문학연구』 13집, 한국고전여성문학회, 2006.

崔鳳永, 『조선시대 유교문화』, 사계절, 1997.

韓相鉉, 「古小說에 나타난 惡女의 實相」, 건국대학교 대학원 석사학위논문, 1996.

許愼 著·(宋)徐鉉 校定, 『說文解字』 卷十 下, 中華書局, 1989.

A.V.Ado 外 著, 박장호·이인재 譯, 『윤리학 사전』 백의, 1996.

앤 쇼우턱 사쑨 編著, 『여성과 국가』, 한국여성개발원, 1989.

【〈옥루몽〉의 문화적 융합과 서사지향】

동양문고본 〈옥루몽〉.
서울대 가람문고 〈육미당기〉, 김기동 편, 『필사본 고전소설전집1』, 아세아문화사,
        1980.
『周易』 '賁卦'편.

김기동, 『이조시대 소설론』, 이우출판사, 1989.
김성환, 「한국 선도의 생사관」, 유초하, 김성환 외 공저, 『한국인의 생사관』, 태학
        사, 2008.
김일권, 『동양 천문사상, 하늘의 역사』, 예문서원, 2007.
김종철, 「옥루몽의 대중성과 진지성」, 『한국학보』 16집, 일지사, 1990.
성현경, 「옥련몽연구」, 『국문학연구』 9집, 국문학연구회, 1968.
예태일 · 전발평 편저, 서경호 · 김영지 역, 『山海經』〈海內北經〉, 안티쿠스, 2008.
유광수, 「옥루몽 연구」, 연세대학교 대학원 박사학위논문, 2005.
_____, 「옥루몽 한글원작설 변증-정유본 〈옥련몽〉을 중심으로-」, 『고소설연구』
        31집, 한국고소설학회, 2011.
이상택, 『한국고전소설의 세계』, 돌베개, 2005.
장효현, 「옥루몽의 문헌학적 연구」, 고려대학교 대학원 석사학위논문, 1981.
_____, 「육미당기의 작자 재론」, 『고전소설 연구의 방향』, 한국고전문학연구회,
        새문사, 1985.
조광국, 「옥루몽의 서사미학과 그 소설사적 의의」, 『고전문학연구』 15집, 한국고전
        문학회, 1999.
조혜란, 「옥루몽의 서사미학과 그 소설사적 의의」, 『고전문학연구』 22집, 한국고전
        문학회, 2002.
차용주, 「玉蓮夢의 著作 및 著作年代考」, 『어문논집』 10집, 안암어문연구회, 1967.
_____, 『옥루몽 연구』, 형설출판사, 1981.
최종운, 「옥루몽의 도교적 성격 연구」, 『우리말글』 34집, 우리말글학회, 2005.

【 고소설 인물 출생담에 나타난 세계관과 자연의 섭리 】

『書經』, 「大禹謨」.

최삼룡·이월령·이상구 역주, 『연강학술도서 한국고전문학전집 24 〈유충렬전〉외』, 고려대학교 민족문화연구소, 1996.

황패강 역주, 『연강학술도서 한국고전문학전집5 〈숙향전〉』, 고려대학교 민족문화 연구소, 1993.

강재철, 『권선징악 이론의 전통과 고소설의 비평적 성찰』, 단국대학교출판부, 2012.

김승호, 「羅末麗初期 탄생담에서의 神話素 개입과 탈락」, 『韓國文學硏究』第17輯, 東國大學校 韓國文學硏究所, 1995.

김용기, 「인물 출생담을 통한 서사문학의 변모양상 연구」, 중앙대학교대학원 박사 학위논문, 2007.

_____, 「소현성록 인물 출생담의 특징과 서사적 기능」, 『어문연구』149호, 한국어 문교육연구회, 2011.

_____, 「태원지의 서사적 특징과 왕조교체」, 『고소설연구』34집, 한국고소설학 회, 2012.

_____, 「원형 스토리의 변형과 교구를 통해서 본 영이록의 특징」, 『고전문학연구』 43집, 한국고전문학회, 2013.

金鉉龍, 「崔孤雲傳의 形成時期와 출생담攷」, 『古小說硏究』4집, 한국소소설학회, 1998.

金炯敦, 「春香傳의 傳記的 構造－春香의 출생담을 中心으로－」, 『明知語文學』15 집, 명지어문학회, 1983.

朴大福, 「고대소설 주인공의 출생과정과 민간신앙에 관한 연구」, 중앙대학교 대학 원 석사학위논문, 1981.

_____, 『고소설과 민간신앙』, 계명문화사, 1995.

朴炳完, 「天降型小說에 나타난 超越主義的 世界觀 硏究－〈白鶴扇傳〉·〈정을선전〉 ·〈창난호연녹〉의 경우를 중심으로－」, 檀國大學校 大學院 博士學位論 文, 1993.

朴鍾翼, 「고소설의 通過儀禮的 實相 연구」, 忠南大學校 大學院 博士學位論文, 1997.

박찬옥·조희진, 「한국의 전통 출생의례」, 『한국여성교양학회지』16집, 한국여성교양학회, 2007.

박환영, 「한·몽 출생의례의 비교민속학적 고찰」, 『비교민속학회』 40집, 비교민속
학회, 2009.

변종현, 「통과의례의 양상과 그 기능－A.V.Gennep의 이론을 중심으로－」, 『국문
학논집』 14집, 단국대학교 국어국문학과, 1994.

成賢慶, 『韓國小說의 構造와 實相』, 嶺南大學校 出版部, 1981.

오출세, 「고전소설의 출생의례 考」, 『한국문학연구』 13집, 동국대학교 한국문학연
구소, 1990.

＿＿＿, 『한국 敍事文學과 통과의례』, 집문당, 1995.

趙東一, 「英雄의 一生, 그 文學史的 展開」, 『東亞文化』 10집, 서울대학교 동아문화
연구소, 1971.

【17세기 동아시아 전란 체험과 다문화 양상 비교】

Kwon, Hyeok-Rae. 『Choichuk-Jeon & Kimyoungchul-Jeon』, Hyeonamsa,
2005.

Hong, Se-Tae. 「Youhajip」 Printed by phototypography, The Comprehensive
Publication of Korean Literary Collections in Classical Chinese,
vol.167, Korean Classics Research Institute, 1996.

Park, Hee-Byeong. 「Choichuk-Jeon」, On Edition & Annotation of Ancient
Korean Narratives written in Chinese, Somyong Press, 2005.

Kang, Jin-Ok. 「The Ordeal and Redemption in Choichuk-Jeon」, Journal of
Ehwa Korean Language and Literature, The Society of Ewha Korean
Language and Literature, vol.8, 1986.

Ku, Jung-Hwa, Park, Yoon-Kyeong and Sul, Kyu-Joo. 『The Theory and
Practice of Multi-cultural Educatio』, Dongmoonsa, 2010.

Kwon, Hyeok-Rae. 「The Realism and Feminine Viewpoint on Kimchul-Jeon
of Nason Version」, 『A Study on Classics』, Korean Classical
Literature Association, 1999, vol.15.

Kwon, Hyeok-Rae. 「The Study on Different Version of Choichuk-Jeon: Focused on Character Written in Korean」, 『A Study on Classics』, Korean Classical Literature Association, 2000, vol.18.

_____. 「The Writer and Writer's Recognition of Kimyoungchul -Jeon」, 『A Study on Classical Novel』, The Society of the Korean Classical Novel, 2006, vol.22.

Kim, Yong-Ki. 「East Asian War Diaspora and its Feature in Choichuk-Jeon」, 『Classical Literature and Education』, The Society of Korean Classical Literature Education, 2015, vol.30.

Min, Yeong-Dae. 「Writer's Experience Reflection and Scrupulous Composition of Work on Choichuk-Jeon」, 『A Study on Classical Novel』, The Society of the Korean Classical Novel, 1998, vol.6.

Park, Il-Yong. 「The Feature of Choichuk-Jeon and Stature of Novel History from the Point of Genre Argument」, 『A Study on Classics』, Korean Classical Literature Association, 1990, vol.5.

Park, Hee-Byeong. 「16th and 17th East Asian War and Family Separation in Choichuk-Jeon」, Kim, Jin-Se. 『The Theory of Korean Classical Novel Works』, Jipmoon Co., 1990.

_____. 「17th East Asian War and People's Life」, Kim, Hak-Sung and Choi, Won-Sik et al. 『Issue of the Modern Korean Literature History』, Changbi Publishers, Inc., 1990.

Seo, In-Suk. 「The Stature of Different Version and Feature of Kimyoungchul -Jeon Written in Korean」, 『Korean Language and Literature』, The Society of Korean Language and Literature, 2011, vol.157.

Song, Ha-Joon, 「The Material Value of New Founded Version of Kimyoungchul-Jeon Written in Chinese」, 『A Study on Classical Novel』, The Society of the Korean Classical Novel, 2013, vol.35.

Yang, Seong-Min, 「Creative Motivation and Communication Process of Choichuk-Jeon」, 『A Study on Classical Novel』, The Society of the Korean Classical Novel, 2000, vol.9.

_____ and Park, Jae-Yeon, 「The Discovery and its Material Value about Origin version of Kimyoungchul-Jeon」, 『A Study on Classical Novel』, The Society of the Korean Classical Novel, 2004, vol.18.

O, Kyeong-Suk, 『Multiculturalism in Korea』, Hanol Co., 2007.

Lee, Je-Bong, 「Korean Nationalism and Multiculturalism」, 『A Study on Multicultural Education』, The Korean Association for Multicultural Educatioln, 2012, vol.5, 1.

Lee, Min-Hee, 「The Subject of Meeting and Separation and Non-Subject in History Novels Based on War: Focused on Choichuk-Jeon, Komyoungchul-Jeon, Kangro-Jeon」, The Society of Korean Literature, 2008.

_____, 「Reading the 17th History Novel of the Background of Manchuria as Narration of Memory and Oblivion: Focused on Choichuk-Jeon, Kangro-Jeon, Kimyoungchul-Jeon」, 『A Study of Manchuria』, The Society of Manchuria, 2011, vol.11.

Gee, Yeon-Sook, 「Two Different Version of Choichuk-Jeon and the Best Version」, 『A Study on Classical Novel』, The Society of the Korean Classical Novel, 2004, vol.17.

【〈유충렬전〉에 나타난 '액운-재난-회운'의 구조 】

김기동 편, 『한국고전문학 100-안락국전, 유충렬전, 음양삼태성』, 서문당, 1984.

최삼룡·이월령·이상구 역주, 『연강학술도서 한국고전문학전집24 유충렬전/최고운전』, 고려대학교 민족문화연구소, 1996.

김용기, 『고소설 출생담의 연원과 변모과정』, 도서출판 책사랑, 2015.

박대복, 「액운소설 연구-내용을 중심으로-」, 『어문연구』 21집, 한국어문교육연구회, 1993.

박일용, 「유충렬전의 문체적 특징과 그 소설사적 의미」, 『홍대논총』 25집, 홍익대학교, 1993.

서인석, 「유충렬전의 작품 세계와 문체」, 이상익 외, 『고전문학 어떻게 가르칠 것인가』, 집문당, 1998.

신재홍, 「유충렬전의 감성과 가족주의」, 『고전문학과 교육』 20집, 한국고전문학교육학회, 2010.

임성래, 『영웅소설의 유형 연구』, 태학사, 1990.

임치균, 「유충렬전」, 김진세 편, 『한국고전소설작품론』, 집문당, 1990.

정인혁, 「유충렬전의 인물 구성과 서술적 특징」, 『한국고전연구』 24집, 한국고전연구학회, 2011.

하성란, 「유충렬전의 서사구조 연구」, 『동방학』 25집, 한서대학교 동양고전연구소, 2012.

【 전기소설의 죽음에 나타난 인연, 운명, 세계 】

김열규, 「현대적 상황의 죽음 및 그 전통과의 연계」, 김열규 외, 『한국인의 죽음과 삶』, 철학과 현실사, 2001.

김현양 외, 『譯註 殊異傳 逸文』, 〈최치원〉, 도서출판 박이정, 1996.

나희라, 『고대 한국인의 생사관』, 지식산업사, 2008.

박선경, 「한국인의 사후 세계관 - 미추왕 설화·김유신 설화·비형랑 설화를 중심으로-」, 김열규 외, 『한국인의 죽음과 삶』, 철학과 현실사, 2001.

박성봉·고경식 역, 『三國遺事』, 서문문화사, 1987.

윤재민, 「傳奇小說의 인물 성격」, 『민족문화연구』 28집, 고려대학교 민족문화연구소, 1995.

일연, 『三國遺事』 卷第五, 感通 第七 〈金現感虎〉.

임형택, 「羅末麗初 傳奇文學」, 임형택, 『한국문학사의 시각』, 창작과비평사, 1999.

최준식, 『죽음의 미래』, 소나무, 2012.

_____, 「한국인의 죽음관-내세관의 형성을 중심으로-」, 전남대학교 아시아문화원형연구사업단 편, 『동아시아의 생사관』, 전남대학교출판부, 2009.

논문출처

1부 고전소설 연구 대상의 확장

〈송부인전〉의 창작관습과 서사 전략 – 기획스토리텔링을 중심으로
국어교육 152호, 한국어교육학회.

황중윤의 〈四代紀〉에 나타난 현실적 국가관 – 循環論에 의한 王朝交替를 중심으로
국어교육 158호, 한국어교육학회.

〈옥황기〉의 천명과 권선징악에 나타난 작가의식
한국문학과예술 21집, 한국문학과예술연구소.

〈화문록〉의 서술방식과 주제의식의 관계
한민족어문학 66집, 한민족어문학회.

〈태원지〉의 해양표류와 도서간 이동의 의미 – 영웅의 자아실현을 중심으로
도서문화 41집, 도서문화연구원.

홍세태 〈김영철전〉에 나타난 세 가지 폭력과 문학사적 의미
어문론집 66집, 중앙어문학회.

못난 사위 성공담의 리텔링을 통한 문학치료 – 〈장경전〉을 중심으로
우리문학연구 58집, 우리문학회.

2부 고전소설 연구 방법의 확장

천문인문의 관계를 통한 〈소대성전〉과 〈용문전〉의 선악 비교 – 선악 집단의 특징과 판단 기준의 비교를 중심으로

국제어문 78집, 국제어문학회.

〈최척전〉의 동아시아 전란 디아스포라와 그 특징

고전문학과 교육 30집, 한국고전문학교육학회.

회복적 대화를 통한 고소설의 인물 갈등 치료 – 〈소현성록〉의 소현성과 소운성 부부를 중심으로

문학치료연구 33집, 한국문학치료학회.

심성론으로 본 〈사씨남정기〉의 인물 선악 문제

우리문학연구 54집, 우리문학회.

〈옥루몽〉의 문화적 융합과 서사지향

다문화콘텐츠연구 15집, 문화콘텐츠기술연구원.

고소설 人物 출생담에 나타난 세계관과 자연의 섭리 – 〈숙향전〉의 출생담과 복선화음의 관계를 중심으로

동아시아고대학 33집, 동아시아고대학회.

17세기 동아시아 전란 체험과 다문화 양상 비교 – 〈최척전〉과 〈김영철전〉을 중심으로

다문화콘텐츠연구 22집, 문화콘텐츠기술연구원.

〈유충렬전〉에 나타난 '액운–재난–회운'의 구조

우리문학연구 56집, 우리문학회.

전기소설의 죽음에 나타난 인연, 운명, 세계 – 〈김현감호〉, 〈최치원〉을 중심으로

온지논총 50집, 사단법인 온지학회.

김용기(金鏞基)

중앙대학교 대학원 국어국문학과 박사과정 졸업(문학박사)
열화당 서숙 장재한 선생님에게 한문 수학
서울대학교 언어교육원 한국어교사 양성과정 수료
경기도교육청 특목고 자기주도학습전형 출제 및 면접 위원
前 중앙대학교 국문과 강사 및 대학원 강사, 현재 신천고등학교 교사

저서
『고전문학 속 영웅의 출생과 자아성취』
『고전문학의 전통과 고소설의 세계』
『고소설 출생담의 연원과 변모 과정』
『한국 고소설의 문화적 전변과 위상』(공저)
『고전문학과 정서 교육』(공저)
『동아시아 세계의 기록문화와 학문정신』(공저)
『동아시아의 종교와 문화』(공저)

논문
「인물 출생담을 통한 서사문학의 변모양상 연구」
「조선후기 고소설에 나타난 여성상 연구」
「왕조교체형 영웅소설의 왕조교체 방식 연구」
「경판 24장본과 완판 71장본〈심청전〉의 출생담 비교 연구」
「출생담을 통한 여성영웅의 성격 변모 연구」
「〈태원지〉의 서사적 특징과 왕조교체」
「원형 스토리의 변형과 교구를 통해서 본 〈영이록〉의 특징」
「〈소현성록〉 인물 출생담의 특징과 서사적 기능」
「〈창선감의록〉의 상징과 초월성 연구」
「원형 스토리와 매개 스토리를 통한 이황 등장 설화의 스토리텔링」 외 다수

고전소설 연구 대상과 방법의 확장

2020년 10월 12일 초판 1쇄 펴냄

지은이 김용기
펴낸이 김흥국
펴낸곳 보고사

책임편집 이소희
표지디자인 손정자

등록 1990년 12월 13일 제6-0429호
주소 경기도 파주시 회동길 337-15 보고사
전화 031-955-9797(대표), 02-922-5120~1(편집), 02-922-2246(영업)
팩스 02-922-6990
메일 kanapub3@naver.com / bogosabooks@naver.com
http://www.bogosabooks.co.kr

ISBN 979-11-6587-098-0   93810
ⓒ 김용기, 2020